U0921575

《聊斋俚曲集》校注

（上）

张泰◎校注

教育部人文社会科学研究
一般项目资助（15YJA740064）

九州出版社
JIUZHOUPRESS
全国百佳图书出版单位

前言

俚曲多是舊時文人按照民間俗曲體裁創作的文學作品。聊齋俚曲則是蒲松齡用白話創作的唱本與當時的地方俗曲相結合的產物，是一種具有鮮明民間藝術特色的音樂文學樣式，是一種地方戲曲。其分佈區域主要在山東省淄博市，又以淄川區為核心。

本書校注的對象是蒲松齡創作的十五種俚曲：《牆頭記》《姑婦曲》《慈悲曲》《翻魘殃》《寒森曲》《瑟琴樂》《蓬萊宴》《俊夜叉》《窮漢詞》《醜俊巴》《快曲》《禳妒咒》《富貴神仙》《磨難曲》《增補幸雲曲》。俚曲的內容涉及社會現實、歷史傳說、神話故事等，部分內容由《聊齋志異》中的篇目改編而成。本次校注，以 1986 年上海古籍出版社出版的《蒲松齡集》所收錄的《聊齋俚曲集》十四種俚曲為底本，同時補充了日本慶應大學藏本《琴瑟樂》。其他主要參校本有：盛偉先生整理的《蒲松齡全集》（簡稱盛本）；蒲先明先生整理、鄒宗良先生校注的《聊齋俚曲集》（簡稱蒲本）；路大荒先生編輯的《聊齋全集》，以及蒲松齡紀念館收藏的遺著抄本、清代周村三益堂刻本。在此一併表示感謝！有一點需要特別說明的是，齊魯書社版《聊齋俚曲集》出版以後，本書的校注工作已經完成，因而其研究成果沒有及時吸收到本書之中，很是遺憾！

本書的內容由三部分構成：原典，校，注。“校”主要是圍繞路大荒本、蒲本、盛本三個版本進行，同時參考了其他版本。對路大荒本出現的語法問題、文字問題、標點問題、曲牌問題以及不同版本間的異文給出了校記；“注”主要採用了簡注的方法，沒有給出過多的旁證，這主要是考慮到書稿的篇幅而做出的取捨。“注”的對象側重於方言俗語，為了突出地域性，有的加注了方言讀音；有些方言俗語使用範圍較廣，地域性不強，則不予作注。

“《聊齋俚曲集》校注”於 2015 年獲准教育部人文社會科學研究一般項目

立項，本書即是本項目的最終研究成果。本書的出版，希望能對聊齋俚曲的深入研究起到拋磚引玉的作用，希望對漢語詞彙學、古籍整理、辭書編纂有些許的幫助。

另外還要感謝李正堂先生的鼎力相助，感謝學生于慧、張超、王夢超在校對書稿過程中時間和精力的無私奉獻，正是他們的不辭辛勞，本書纔得以順利出版。

由於本人水平所限，雖幾經修改，書中錯誤在所難免，挂一漏萬者應不在少數，希望專家學者、讀者朋友多多批評指正。

目　录

牆頭記

第一回　老鰥凍餒①

張老持杖破服[一]上唱養兒養女苦經營②，亂叫爺娘似有情；老後[二]衰殘難掙養③，無人復念老蒼生。白自家張老便是。合老婆子吳氏，一個走南傍北④，一個少吃儉用，受了無窮辛苦，掙了個小小家當。

［耍孩兒］一個母一個公，不怕雨不避風，爲兒爲女死活的掙。給他治⑤下宅子地，還愁後日過的窮[三]。掙錢來自己何曾用？到老來無人奉養，就合那牛馬相同。

老漢今年八十二歲，老婆子又故去了，一切[四]飢寒誰問？好痛人也！

老光棍最可憐，誰知飢誰知寒[五]，一口屋剩下個老扯淡⑥。炕上鋪着席頭子⑦，頭枕着塊[六]半頭甎，就死了可有何人見？身上疼對誰告訴？沒人處自己叫喚[七]！

生了兩個兒子，一個叫大怪，一個叫二怪。因他翅膀硬了⑧，終日淘氣，

---

① 凍餒：受凍受餓。

② 經營：籌畫營造。

③ 掙養：掙錢養家。

④ 走南傍北：走南闖北。此指辛苦奔波。

⑤ 治：經營。此指買。

⑥ 老扯淡：扯淡有淡化之意，此指無用。老扯淡即無用的老人。

⑦ 席頭子：殘破不全的炕席。

⑧ 翅膀硬了：本指鳥兒翅膀長成可以獨自飛翔。多比喻人可以獨立生存。有時用作貶義。

早早分他出去。家有薄田一百五十畝，每人給他五十畝，留下五十畝養老，倒合老婆子清淨自在。

從兩個娶了妻，一個東一個西，老頭子日日生閒氣。我說罷麽分開他，各支鍋子把飯吃①，每人給他幾畝地。整日家兩不見面，倒落的清淨之極。

清淨了二年，誰想婆子死了，撇下個老光棍。那裏疼，那裏癢，誰[八]問一聲？苦哉呀苦哉！

老婆子死去了，冷合熱自己熬，肚裏飢飽誰知道？身上衣服沒人洗，虱子蟣子都成條，一雙鞋穿的底兒吊。只轉[九]了飯飽無事，抗牆根②也還逍遙。

那一時還支使着個小廝，白日給我做飯，黑夜給我看火，也還罷了。那兩個孝順令郎[十]便說："你如今老了，不如把地分開[十一]，你情③"。

他說我年太高，不宜量④把心操，八石糧不用開口要，又不封糧不納草，吃穿使費都勾了。他說的一陣天花落，老頭子全沒主意，幾畝地一並分消。

他說的極好，我就分了。殊不知⑤他是欣羡我那地，誰給誰糧食[十二]！

頭一年還算强⑥，零碎使了七石糧，雖不豐富還無賬。第二年全然不打攏⑦，跟着腚上狗哐荒⑧，他還說我絮聒⑨様。尋常是少柴沒米，眞教人焦怨難當。

兩個人合[十三]我說："你不如情吃罷，俺吃甚麽，你也吃甚麽。"我說："你那飯指不的⑩。"兩個都說："每哩⑪俺該不吃飯麽？分外還弄點好的你吃。"急自⑫要不出來，可也沒奈何，也就依了。休說吃好的，合他一様也就罷了。

---

① 各支鍋子把飯吃：分門立戶各自生活。

② 抗牆根：倚在牆根。舊時冬天的農村，老人有依靠在牆根曬太陽的習慣。

③ 情：坐享其成。此指不勞而獲。通"賙"。《集韻》："賙，慈盈切，音晴。受賜也。"

④ 宜量：適合。

⑤ 殊不知：實際上；其實。

⑥ 強：好；可以。

⑦ 打攏：搭理。

⑧ 狗哐荒：狗饑餓時會在主人身旁發出低沉的叫聲。此處是比喻的說法。

⑨ 絮聒：絮絮叨叨。

⑩ 指不的：即指望不的。

⑪ 每哩：難道。

⑫ 急自：本來。

我癡心不可言，聽的他話兒甜，安心要吃自在飯。這個念頭大差[①]了，又從泥裏到深灣，自己差却將何人怨？老婆該留心在意，他老達甚麽相干！

起初甚好，兩個兒早晚問候，兩個媳婦熱湯熱水常來服事，好不的那好[②]。誰想是蘇州娘子不纏脚——光興了一個頭兒[③]。我說說我吃的：

十一月數九天，冷脐塊[④]放面前，一行哈[⑤]着渾身戰。又怕老頭脾胃弱，吃了乾糧消化難，老孝順兒革了他達的麵。半年來絲絲兩氣[⑥]，只餓的老肚生煙！

我再說說我那穿的：

天那天好可憐，不看吃來看我穿，十根兩綹人人見。六月還穿破棉襖，臘月還是舊布衫，待[⑦]烤火沒人捨筐炭。想是這罪沒受勾，又着我活了一年。

天不教我死了，這肚子又不探業[⑧]。這不是還不曾晌午[⑨]，早晨吃了兩碗糊突[⑩]，兩泡尿已是溺去了，好餓的緊！今日可有個指望，聽說他稱[⑪]肉殺鷄，等他丈人，就不教我陪客，或者還捨點腥水兒，喝喝呀[十四]！

無鞋襪少衣裳，一堆[⑫]吃飯嫌我臟，清陪客[⑬]斷斷不敢望。肚兒肚兒你捱餓，有個盼頭休要慌，待霎子撐[⑭]你個膨膨脹。也是俺跟他吃飯，一年來見的腥湯[⑮]。

俺且去一邊等着。下。張大出來說[十五]他有達媽人兩個，我有俺達一個人；

---

① 大差：大錯特錯。
② 好不的那好：非常好，好的不能再好。
③ 蘇州娘子不纏脚——光興了一個頭兒：歇後語。做事有頭無尾。
④ 冷脐塊：這裏指稀飯因冷而凝結成的塊。
⑤ 哈：喝。口語中 a、e 存在混用的情況。
⑥ 絲絲兩氣：氣息如絲，指身體虛弱。
⑦ 待：想。
⑧ 探業：聽話。
⑨ 晌午：正午。
⑩ 糊突：用雜糧面做成的稀粥。
⑪ 稱：此指買。
⑫ 一堆：一塊；一起。
⑬ 清陪客：不用出錢財只是陪客人吃喝。
⑭ 撐：過量飲食（而腹部不適）。
⑮ 腥湯：泛指沾有魚肉的渾湯。

雖然叫達一樣叫，俺達不如他達親。自家張大怪。是他今日他達待來[十六]，買了些東西等他，須是做的好才好。我的達他叫達，他的達我也叫達。若是人說敬俺達[十七]，無論他極肯，我也就依了；若是人說不必敬他達，無論他不依，我就不肯。世間有一等沒良心的，看着自己的達漫①是達，人的達就不是達，我可就不是這樣人。

他的達強及②俺達，他那達俊及俺達，他達就比俺達大③。他達合俺達一堆站，俺達矮了勾一楂④，叫他達教人不支架⑤。不因着情受⑥他那地土，俺只說俺是他達。

小瓦瓻，小瓦瓻。老婆出來說李氏[十八]，張大的妻是也。這裏正忙，他叫的甚麽？張大說還沒停當麽？李氏說也就好了。指望你買的那東西麽？

三觔⑦肉一隻鷄，就是您家那好東西，好廚子做煞也不濟。咱爹有點薄體面[十九]，赴了多少大酒席，您家何曾見天日？不說那鵰頭抶腚⑧，看您達那也勢勢⑨。

張大說誚甚麽！俺達好不好，誰着他合你令堂並骨⑩哩麽？李氏說呸！放屁！俺莊裏多少好漢子，那裏找着您達並骨。張大笑說出上您揀的那好的並去。他老爺待好來了，你去伺候罷。

我這話實不通，俺達我也相不中⑪，等一個好達再相送。咱那東西雖不濟，他也知道咱家窮，全要你把心來用。快去把衣裳找找，梳梳頭好見尊公。

却說李老來了一日能動轉，百里作生涯；尋常幾個月，不到女兒家。女壻張大郎，久不相見，不免望他一望。來此已到門前，待俺竟進。李氏說張大

---

① 漫：很。

② 強及：比……強。

③ 大：此處有“強”的意思。

④ 一楂：手掌伸開，拇指與中指間最大的距離為一楂。

⑤ 支架：裝門面；有體面。

⑥ 情受：繼承。

⑦ 觔：同“斤”。

⑧ 鵰頭抶腚：形容相貌醜陋。

⑨ 那也勢勢：那個樣子。

⑩ 並骨：夫婦合葬。

⑪ 相不中：看不上；不滿意。

呀，咱爹來了！慌忙按帽迎進，作揖磕頭，讓了坐阿爹好麽？李老都答應好。娘好麽？又答好。李氏也問爹好，娘好，哥哥、嫂嫂都好麽？李老都答應好。張大説你去罷，看老王弄不好。李氏去了。張大才敘話

爹來時是秋間，今日來是冬天，别了爹又是兩月半。合爹隔着三四里，爹若來時也不難，想爹恨不常相見。難得爹肯來下顧，説爹來到大小喜歡。

小瓦瓿提了酒來。李老説外甥好快長①[二十]。張大説聽的爹來，從早晨望了幾回哩。斟上酒，陪着説咱家[二十一]的酒，爹嘗嘗。李老説令尊呢？張大説在舍弟家。李老説何不請來？張大説發老[二十二]病②來不的，爹。上了幾碗菜，李老説不必這樣費事。張大説有甚麽咧，爹，不過稱了二觔肉呀，殺了隻鷄呀。爹，咱縣裏休説沒有猴頭、燕窩呀，爹，連那魚鼈蝦蟹，也是沒有的呀，爹。

趕了個西關集，稱的肉買的鷄，潑下茶倒上了一盅蜜。不知爹在江湖上，吃了多少好東西，窮人家做的也不精緻，勉强把箸兒動一動，也省的半日忍飢。

李老説已是醉飽了。李氏出來説東西不濟，你好歹③吃飽，休餓着。李老説我能吃多少，你忒也費事。李氏説有甚麽給爹吃哩！

這東西太不堪，又少油又少鹽，不過是頓家常飯。雖無甚麽給爹吃，盡盡這窮情也心安。不時的你來看俺看。俺還有八十畝好地，也還能養活你幾年。

李老説我兒有這一個心就好。但只是我飽了，行了罷。李氏説爹，再坐坐，就不吃酒，再吃盃茶。李老笑説茶裏可休加蜜呀。張大説那苦苦的怎麽吃？李老説苦到不妨，再加蜜看人笑話④。張大説這到不必過慮。

我平生客不多，只有爹合二位哥，家中只有客三個。母舅表兄時或到，坐不壞的板櫈，喝不乾的河。閒來並不讓他家坐，尋常連茶沒有[二十三]，待笑話那裏撈着？

走罷，請了。張大送了回來。李氏説你看偺爹吃了多大點子，若是您達從來

---

① 好快長：長得快。

② 發老病：舊病復發。

③ 好歹：此指湊合、勉強。

④ 看人笑話：被人笑話。

沒見東西，不知待餶[①]多少哩。

張大說你看天已日夕，還沒打發他吃飯哩。

一家人鬧呵呵，端菜碗找傢伙，席完已是日頭錯[②]。他急自極好害飢困[③]，何況等了半日多，此時不知怎麽餓。你把那殘湯剩飯，拾上些給他如何？

拾上些，着小瓦瓿給他送去罷。李氏說那腥湯如今壞了麽？且是那狗這二日不吃食，留着拌點糠餵他餵。今早晨賸的那糊突，給他不的麽？

您達達無正經，撈着餅飯儘[④]着撑，給他碗腥湯就盡了命。前年做的布衫子，如今鍋巴有千層，贓呵呵宜量甚麽敬？你看那薥秫[⑤]糊突，他還餶五碗有零。

張大說那糊突只怕忒也涼，給他煨煨。李氏說狗脂[⑥]，冷不冷餶下去了。我舀給他去。並下。張老㖞哼出來說餓死我也！

清晨飯日頭高，糊突哈了勾一瓢，雖只然多只撒了兩泡溺。肚裹吐嚕如雷響，一堆餓火把心燒，堪堪餓死誰知道？老婆子真有造化，這樣罪何曾摸着！

小瓦瓿端出飯來。張老說好了！好了！必然有點東道[⑦]，可把這肚子包補包補。小瓦瓿放下去了。近前一看呀，原來還是我那糊突寃家！

你大號紅粘粥[⑧]，你名突你姓胡，原來你是高粱做。熱了燙人嘴巴子，薄了照出行樂圖，老來相處你這椿物。摸了摸，呀，老盟兄你幾時死了，一點兒溫氣全無？

盛上呵了一口，裂着嘴說冰的牙根這樣疼痛，怎處怎處？哎呀！可憐，可憐！待要不吃，這樣飢如何捱的？一行吃，一行擦淚

---

① 餶：吃。

② 錯：下落。本字為“矬”。

③ 飢困：饑餓。

④ 儘：最大限度。

⑤ 薥秫：高粱。

⑥ 狗脂：發洩不滿時多用，類似發牢騷時說的“狗屁”。

⑦ 東道：款待。這裹指好的飯菜。

⑧ 粘粥：稀飯；稀粥。

踩踩脚叫聲天，這樣苦對誰言？冷凍凍①攙上這淚珠咽。那如做個老絕戶②，賣地也還吃幾年，落了草③怎不把頭㩧爛？有心待告訴官府，爭奈這腿軟腰酸。

才捱④了一碗，戰戰起來，說禁了心了，不吃罷。哎！我不知前世傷了多少天理，才生下這樣兒郎。天那天，但仔⑤有一個好的，也還好過。

老天爺忒也謅⑥，我不曾把佛眼摳，怎麽叫我諸般受？想是前生欠他債[二十四]，又把他害命割了頭，不知何日填還⑦彀？怎麽就一個模裏，脫出了兩個寃仇。

本待把兩個畜生送了不孝，這遊遊一口氣兒，怎能到城，倒不如還要我那地罷。

腿又痛腰又疼，勢不能到城中，瞎張致⑧轉惹的寃仇重。若還自家做飯吃，必不肯吃這冷凍凍，熱炕頭也做了個自在夢。我不如還要地上[二十五]，再把那爐火生紅。

我要地，只怕不肯，也是有的。每哩不要罷，性命要緊，斗斗膽就要一要。

一個兒家十五天，十一月初一在那邊，十六才把主來換。那裏常在刀山上，這裏又來上磨研，受罪幾時滿了限？待要他[二十六]不敢開口，不要他凍餓難堪。

不免叫他一聲大漢子，大漢子。張大說吃的飽飽的，叫喚甚麽？張老笑着說我一件事合你商議。問是甚麽事？張老說我思量着，每日情飯吃，也勞苦您，不如還給我那地罷。

老頭子日日閒，情着吃情着穿，着您媳婦常忙亂。方且早晚合冷熱，怎

① 凍凍：冰。此指冰冷的粘粥。
② 老絕戶：多指無兒繼承家業的人。
③ 落了草：嬰兒出生。
④ 捱：此指勉強地吃。
⑤ 但仔：但凡；只要。
⑥ 謅：不通情理。
⑦ 填還：償還。
⑧ 張致：模樣；裝腔作勢。

麼好向媳婦言？這裏許多不方便。不如我自己另過，飢合飽與您無干。

你是大的，借重你合小二子說說。張大瞟了一眼嗤，我當是[①]待說甚麼呢！拿着筷子敲菜碗——我知道你是飯飽了弄筷。

老頭子忒也差，當日分地爲甚麼？今日又說糊突話。一個口唱兩個曲，放屁又要着把拿，是別人我就失口罵。我勸你依老本等[②]，還便宜你一個疙疸。

李氏跑出來說怎麼着？待要地？黑夜裏睡不着，那裏尋思不到呢！怒冲冲的指着數量起來了

一個褲贓呵呵，縱然成了蝨子窩，補丁補了勾一千個。褂子過了兩冬夏，不過穿了三年多，又自叫人看不過。你還要飯飽了弄款[③]，你想想做的甚麼生活？

張大說不必理他。這月裏是個小盡[④]，到明日送給他二叔家，儘他合他怎麼啕去。下。張老說[二十七]咳咳，天哪，天哪！

不敢吃不敢穿，掙下了頃多田，老來撈不着吃飽飯。沒兒霎[⑤]想着要做老，叫一聲爹爹酥半邊，誰想這老不值個狗屁蛋。殊不得地土享用，倒叫他吵了一天。

苦哉呀苦哉！我叫他兒我不安，他稱我老亦徒然；願情彼此相交換，只怕那經紀評評要找錢。下

【校】

[一] 持杖破服：盛本作“拄杖破衣”；蒲本作“破服拄杖”。

[二] 後：盛本作“來”。

[三] 還愁後日過的窮：盛本作“還愁他後日過的窮”。

[四] 一切：盛本作“到如今”。

[五] 誰知飢誰知寒：盛本作“誰知飢來誰知寒”。

---

① 當是：以為是。

② 依老本等：老實本分。

③ 弄款：擺架子。

④ 小盡：不足三十天或者不到三十一天的月份。

⑤ 霎：時候。

［六］塊：盛本作“一塊”。

［七］叫喚：蒲松齡紀念館藏《聊齋新編牆頭記》作“聲喚”。

［八］誰：盛本作“誰來”。

［九］轉：盛本作“賺”。

［十］那兩個孝順令郎：盛本作“我那兩個兒子”。

［十一］不如把地分開：盛本作“封糧納漕都得操心，耕種鋤刨也費事，不如把地分給俺”。

［十二］他說的極好，我就分了。殊不知他是欣羨我那地，誰給誰糧食：盛本作“我見他說得極好，就依着他，把地分了。誰想他是貪戀我那地，到後來誰給我糧食”。

［十三］兩個人合：盛本作“那兩個不孝兒子，還怕便宜了我，又和”。

［十四］或者還捨點腥水兒，喝喝呀：應為“或者還捨點腥水兒喝喝呀”。

［十五］張大出來說：盛本作“張大上，白”。

［十六］自家張大怪。是他今日他達待來：應為“自家張大怪是也，今日他達待來”，“他”為“也”之誤。

［十七］若是人說敬俺達：蒲松齡紀念館藏《聊齋新編牆頭記》作“若是人說不必敬俺達”。

［十八］李氏：盛本作“自家李氏”。

［十九］咱爹有點薄體面：盛本作“咱達常在江湖上走”。

［二十］外甥好快長：盛本作“外甥好快長，不覺這麼高了”。

［二十一］咱家：盛本作“這是自家”。

［二十二］老：蒲松齡紀念館藏《聊齋新編牆頭記》作“勞”。

［二十三］尋常連茶沒有：蒲松齡紀念館藏《聊齋新編牆頭記》作“尋常連茶葉沒有”。

［二十四］想是前生欠他債：盛本作“三九嚴天無炭火，夜晚沒曾有燈油，就是這糊突也不甚夠，想是前生欠他債”。

［二十五］地上：盛本作“地土”。

［二十六］待要他：盛本作“待要地”。下文“不要他”中的“他”亦為“地”。

［二十七］張老說：盛本作“張老抹着眼淚說”；蒲本作“張老邊下邊說”。

第二回　計賺雙梟

張二上說做兒也罷了，瑣碎①在養老。虧了老兄乖，跟好就學好。自家張二怪便是。家達有五十畝好地，留着養老。我合家兄哄法②了哄法，便就分了，情着吃穿。起初時，聳着蛇頭③實落去做衣買帽，傻着脖子當真的稱肉殺鷄，恐怕不如家兄，我先討愧。誰想家嫂他就極乖，好的留着自己穿，熱了只給他破襖；好的留着自己吃，餓了只叫他刮[一]飯盆。我才恍然大悟[二]：一個達是公夥的④情受的東西，我何苦都費了？省了點子⑤給那老婆孩子吃了穿了，他還叫聲達達；没有說叫人達達，還貼上⑥吃穿的。草蛤蜊縫至行頭裏，這不成了個憨蛋麼⑦？

［耍孩兒］我明說我實言，要那地分那田，原是有些便宜轉。照應臉面⑧儘着用，一年得多花好幾千，有轉頭也是看的見。他癡心要情自在，他乖覺俺也不憨。

今日初一了。一年不知幾個小盡，都着家兄占了，今日想必又送來；若是公道的，多待半日送來才是，只是怎肯？老婆趙氏出來說大清晨出甚麼陽神⑨哩？張二說你唬殺我！我這裏躊躇一件事。趙氏說甚麼事？張二說

正尋思咱大哥，他占的便宜多，小盡到有六七個。一個老是大家的老，兄弟二人分養活，明日送來也不錯。大不然吃了早飯，往這裏走也還煖和。

---

① 瑣碎：零碎。此指啰唆、麻煩。
② 哄法：哄騙。
③ 聳着蛇頭：只顧低頭傻傻地幹活，不動腦子。
④ 公夥的：大家共有的。
⑤ 省了點子：省下一些。
⑥ 貼上：搭上；賠上。
⑦ 草蛤蜊縫至行頭裏，這不成了個憨蛋麼：比喻做事不通情理。
⑧ 照應臉面：應付面子上的人情世事。
⑨ 出甚麼陽神：發什麼愣。口語中將發愣或神情過於專注稱為出陽神。

你看今早晨這樣冷，他必然送來。老婆說我有一計：咱就不要開門，推[①]不在家；他叫不開門，愁他不領回去。張二說好計，妙妙！

我這個行子[②]眞正獃，多虧了娘子你還乖，指望不的[③]我張二怪。今日就把門緊閉，儘[④]他喃叫再不開，閤家推是出了外。他雖是轉了便宜，咱合他誰[三]折[⑤]回來！

走走，休做聲，藏去把[四]。却說張大到了清晨，說好了，養活了半月，且喜逢着小盡。今日初一，冷不冷的把他送去。俺達達！張老說你待怎麼？張大說咱去罷。張老說那裏去？張大說上二弟家去。張老說你看我就忘了是初一。清晨這樣冷，走這半里路，只怕凍死！張大說甚麼冷的！

老頭兒聽我言：今日輪着二弟的班，我這裏沒做你的飯。磨陀[⑥]會子飢困了，安心又把飯來端，這半月[五]怎麼合他算？對你說休要害冷，走熱了自然舒坦。

張老說是輪着他，也說不的冷，咱就走。走了幾步，說好冷呀！你看路上裂的這璺，街上都是冰凌。滑了一跌[六]，爬不起來，說[七]死了，死了！張大拉起來說沒似你弄的這髒像[⑦]兒！

這天是臘月天，刮北風陣陣寒，鬍子成了凍凍片；渾身骨頭全凍透，脖子連頭墜下圈。捱半里就頂二里半，若還是再有半里，老性命必染黃泉！

張大說是乜[⑧]冷麼？你忒也虛喝[⑨]。張老說你穿的是綿褲綿襖，我穿着甚麼哩？張大說你又不出門，要那綿衣裳做甚麼？這不來到了，怎麼沒凍煞呢？

你又不常出門，脫不過[⑩]抗牆頭根，綿衣裳穿着可也笨。遇着刮風或下

① 推：假裝。

② 行子：傢伙；東西。有時指人，有時指物，多帶有感情色彩。魯南蘇北方言口語中發音 huáng zi。

③ 不的：動詞尾碼，表示否定。

④ 儘：任憑。

⑤ 誰折：即“准折”。互相抵消。

⑥ 磨陀：磨蹭。

⑦ 髒像：有失面子的情態。

⑧ 乜（niè）：那。

⑨ 虛喝：誇張；誇大。

⑩ 脫不過：躲不過；免不了。

雨[八]，鎖[九]在屋裏不動身，老頭子不必過求俊。這不是咱已來到，怎麽沒凍斷腰筋？

呀！怎麽二弟家還不曾開門？待我叫他。開門呀！並沒人答應奇呀！怎麽不聽的做聲？

了吊兒①亂瓜打，拾石頭把門砸，全不聽的人說話。豈有日高還沒醒，必是人兒不在家，門外又沒把挂兒挂。好教人參相②不透，多管是厭惡這老達。

張老說凍死凍死！你快叫！

上下一堆破鋪襯③，西北風好難禁，牙巴骨④打的渾身困。還不瞞⑤牆着實叫，堪堪就死命難存，發脾寒⑥冷的還成陣。我若是牆邊凍死，您兩個怎辨清渾？

張大說你過來，我把⑦這牆上撮⑧過你去罷。張老說這牆老高的，怎麽上的去？張大說多大高哩，過來你試試。果然把那張老挾起，往上一擱。張老說不好，不好！放下我來罷。張大又招⑨下來，心焦說好恨人！你總是個死狗，你好歹的拘巴⑩着些。

使力氣撮上牆，鬆了手往下張⑪，眞如死狗一般樣。渾身像是沒骨頭，抗將起來軟丟當⑫，只待撲塌⑬把你放。恨煞人不生不死，攤着你眞正遭殃！

你還過來。張老哭說道我不上了！張大輪打着說好恨人！使⑭的我喘吁吁的，

① 了吊兒：門環。

② 參相：猜想；尋思。

③ 鋪襯：泛指破舊的碎布。

④ 牙巴骨：牙床骨。

⑤ 瞞：從。此指隔着。

⑥ 發脾寒：發瘧疾。

⑦ 把：從。

⑧ 撮：把人向上推舉。

⑨ 招：此指扶。

⑩ 拘巴：用手攀附。

⑪ 張：人或物體從直立狀態傾斜、倒下。

⑫ 軟丟當：柔軟無力。

⑬ 撲塌：象聲詞。物體跌落的聲音。

⑭ 使：累。

他倒嗗嗤①起來。㖠殺我了！你過來罷。張老又起來，着他挾上去，說上呀，上呀。拘巴着，拘巴着，上去了沒？張老說上來了。張大撒了手。張老說了不得！那邊極深，過不去。你還扶我去[十]。張大說我還不扶你哩。

休害怕莫心焦，只用你拘巴牢，可在上頭死聲叫。你就縱然過不去，也還撈着往裏瞧，就弔休往外頭弔。你在此從容叫罷，我可待扯腿開交②。

達呀，你在這裏叫罷[十一]，我待去哩。張老說俺達達，你休去了。沒人答應。皇天哪皇天！這不去了麼？大叫二小子，快救人！你看何曾有人兒？可死了！可死了！

過不去回[十二]不來，手合脚瞎蹬歪③，似上竿又把解來賣④。落了一口游游氣，牆頭就是望鄉臺⑤，這個死活[十三]法眞奇怪。累[十四]這牆使⑥錢一吊，誰知你今日爲災。

皇天哪皇天，怎麼就沒個行人？

㺃畜生這樣謅⑦，前生合我有寃仇，眼看就死無人救。橫死七十零二樣，投井懸梁與墜樓，何曾聽說在牆邊[十五]受？就死在陰曹地府，只怕還沒處收留。

王銀匠上生着一爐火炭，手拿一把鐵鉗，熱糟[十六]⑧長放在爐邊；又把那粉土打礶，加上吹箭吹罷，往裏常撤銷鉛，鈾子也抹二三錢，因着這手兒扶慣。自家不是別人，縣前王銀匠便是。急急上城，看有花戶傾銷⑨。前邊是夏莊了。呀！那牆頭上不是個人麼？怎麼在此叫喚？待俺看來。脚在這邊，頭在那邊，這是何人？張老說大爺快救人！扶下他來。銀匠說呀，原是張大哥麼？張老說呀，是王兄弟麼？銀匠說這幾年因你不出門了，我又忙，久不見了。你怎麼這等？

---

① 嗗嗤：因受委屈而啜泣。

② 開交：離開。

③ 蹬歪；腿脚屈伸。

④ 似上竿又把解來賣：民間一種在杆頭表演的節目。

⑤ 望鄉臺：原指陰間可以眺望家鄉的臺子。此指死亡之所。

⑥ 使：花費。

⑦ 謅：固執；任性。

⑧ 熱糟：製作首飾的模具。"糟"通"槽"。

⑨ 花戶傾銷：將碎銀熔鑄成錠的人家。花戶，戶籍在冊的人家。

相别了這幾年，因窮忙[①]沒問安，乍見了模樣不能辨。常時兄弟何等厚，那時衣帽甚光鮮，怎麼這樣流丟爛[②]？又因何爬牆蓦寨，在這裏叫苦連天？

聽的說：兩位令郎都極過的[③]，你怎麼這等？張老說不着那兩位令郎，也到不了這步田地。一言難盡！

破衣衫破布裙，無秋夏無冬春，兩個畜生全不問。今日該來這忍餓，送了我來不開門，大兒叫我爬牆稃。撮上我佯常去了，幸遇着救命恩人。

銀匠說還是你忒[④]也囊包[⑤]，怎麼依他這樣揉搓？

問他身從何處生？地上百畝有餘零，都是當年自家掙。難說濟[⑥]着他擺劃[⑦]？合他大家過不成，大石頭往他那鍋裏擹[⑧]。不說你鋪囊[⑨]不濟，怎怨的黄口成精[⑩]？

張老說兄弟，你不知道我麼？罷了罷了！

五十多抱娃娃，冬裏棗夏裏瓜，費了錢還怕他吃不下。惹的惱了掘墳頂[⑪]，還抱當街對人誇，說他巧嘴極會罵。慣搭[⑫]的不通人性，到如今待說甚麼！

如今這樣冷，肚裏又飢，我往那裏去？可憐哪可憐！

這一險可非輕，幾乎把老命傾，遇着你也是前生幸。但是如今飢又冷，可往那裏去投生？叫皇天也叫不應。有心待投河上弔，千百世取笑親朋。

銀匠說那像是個賣飯的來了。點手這裏來。那人果然挑來。銀匠說是賣扁食[⑬]

---

① 窮忙：瞎忙。是一種謙虚的說法。

② 流丟爛：非常破爛。

③ 極過的：生活得很好。

④ 忒：特别。

⑤ 囊包：窩囊；沒能耐。

⑥ 濟：任憑。

⑦ 擺劃：處置。

⑧ 擹：扔。

⑨ 鋪囊：窩囊；沒能耐。

⑩ 黄口成精：此指小孩子長了本事。黄口，原指幼鳥。成精，原指變成妖精。指人則形容很聰明或在某方面造詣深。多含貶義。

⑪ 掘墳頂：此指罵祖宗。

⑫ 慣搭：嬌慣。搭，詞綴。

⑬ 扁食：水餃。

的王二。你待上城麽？王二説是。銀匠説我先給你發市①，盛一碗給張大爺。王二盛上，又待盛。銀匠説休盛了，我上城裏照顧你的罷。張老自家一連吃了三碗。銀匠又讓②，張老説飽極了。

頭一碗在心間，第二碗到下邊，第三碗止了渾身戰。救了殘生還取擾，恩情難報重如山！這一别未必重相見。且坐在太陽[十七]等侯，他這門必不常關。

銀匠數上錢，打發賣飯的去了，説張大哥，你不如還上大令郎家去罷。張老説他怎的肯收留？銀匠説你既飽了，且找個避風去處[十八]，且慢慢歸家。情管③我着他兩個爭着事奉你。

叫一聲張大哥，日頭高還暖和，你這肚裏又不餓。你在路上慢慢走，避風的去處好磨陀，到家就是晌午錯。情管那令郎歡喜，都爭着把你養活。

張老説你不知那兩個畜生勸化不的，你有甚麽妙法？銀匠説你不要管我，咱别了罷。那廟裏有個道士，你且去合他扳話④。任拘⑤見誰，可休説撞着我來。張老點頭去了。銀匠長吁了一口氣，説這是我的個老朋友，如今受這樣苦楚！哎，人待生兒做甚麽！

落了草⑥叫讙讙，摸摸有峻⑦甚喜歡，細想來也是精扯淡⑧。不過指望下半世，依着兒家過幾年，似張哥待要兒何乾？既掙下幾畝好地，到老來愁甚麽吃穿？

我有個法了，把這兩個禽獸嘮⑨一嘮。來此已是張大家，待俺叫一聲：張大官人、張大官人。張大出來説王大叔，你無事不來。銀匠説敬訪令尊。張大説今日上舍弟家去了。有甚麽話説？銀匠説也没有甚麽大事，就是令尊那二年，

① 發市：開市。

② 讓：邀請。

③ 情管：保證。

④ 扳話：攀談，閑説話。《蔣興哥重會珍珠衫》："三巧兒道：'時常清閒，難得你老人家到此，作伴扳話。'"

⑤ 任拘：無論。

⑥ 落了草：此指幼兒降生。

⑦ 峻（zuī）：男孩生殖器。《廣韻》："朘，赤子陰也。峻，朘同。"

⑧ 精扯淡：非常無聊，沒意思。精，非常，很。

⑨ 嘮：騙。

三十兩、二十兩，一年十數回，去敝鋪傾銷。因着相好[①]，二三年並不曾給我火錢，打算起來，有好幾吊錢。往常時還每日見他，這二年全不見，找他把賬算算。

從前不曾問一聲，只爲十年兄弟情，爭奈如今手裹空。每日待合他算一算，他又多時不進城，今日閒過來蹭一蹭[②]。兄弟們厚是極厚，財帛上也要分明。

張大大驚說哎呀！他化了多少銀子？銀匠說零零碎碎也不大記的，有賬可查。張大說請裹邊坐坐。銀匠說多謝罷。令尊既在令弟那裹，我就上那裹找他。張大笑進來叫李氏，說咱商議。

這人也沒處猜，誰想咱爹有錢財，化錁兒欠多少傾銷債。家裹財神不供養，把他簡慢[③]又蹬開，這是嘲[④]呀可是怪？咱不如從此孝敬，哄着他掘將出來。

李氏說誰說！每日窮的合那破八菓[十九][⑤]那似的，他那裹的錢？張大說現成王銀匠來問他要火錢。李氏說你還不快找也[二十]，看到別處着人哄去了。張大忙忙去訖

俺達是個老精靈，腰裹銀子上秤稱，已往從前眞失敬。二弟若還知道了，他那哄法比我能，他就有點貪心病。我先把財神扯倒，任拘他怎麽相爭。

張老說[二十一]合那老道士閒談烤火，直到如今，那扁食漸漸沒了。不見我那大畜生，單看王兄弟戲法如何。

拄拐杖往家行，不知方法靈不靈，單指望妙法眞靈應。若是魘殃不大巧，這裹跐[⑥]來那裹蹬，裂壘裹躭誤救殘生命。說不的老頭命苦，再去求告第二個畜生。

父子相遇。張大說你如何在此？張老說他不開門，我安心還求你的。張大說極好，極好！我不放心，正要找你。咱就回去罷。

---

① 相好：相交甚好。

② 蹭一蹭：走一走。

③ 簡慢：怠慢。

④ 嘲：傻。

⑤ 破八菓：當為“破八萬”，即非常窮困。

⑥ 跐：踩。

我剛才到了家，略把那家務查，心裏到底放不下。急忙跑來要去看，二弟今日太大差①，爹爹該把畜生罵。從今後我就養老，又何必再去求他？

張二笑上說[二十二]妙妙，都去了，多虧了娘子用計。天已晌午，我去開門。張二遇着銀匠說一向少會[二十三]。那裏去？銀匠說敬訪尊翁。才令兄說來了這邊，在家麽？張二說不曾來的。銀匠說這就奇了。

原是來問問安，也不是敬要錢，何妨出來同相見？那邊找說在這裏，這裏又說在那邊，胡推脱安心把我騙。到不如明說沒有，看的見那兩吊三千。

張二說甚麽錢？銀匠說年年化銀子[二十四]，該下了幾吊火錢，因着相好，不曾開口，怎麽連面不見？每哩見了我待啃你一口不成麽？好笑人！張二說豈敢豈敢！實在不曾來。拘麽②，請且去，就問去。

合賤荊③去探親，剛剛的到家門，還不曾去把家兄問。爲着該④錢就不見，家父不是這樣人，既相好怎麽不相信？你過日從容再訪，若撒謊怎見鄉鄰。

銀匠說原不在錢，既不在家，咱別了罷。張二回家說[二十五]咱可把財神打退了！老婆說怎麽？[二十六]

王銀匠到這邊，來找他要火錢，化錁兒欠下錢幾吊。銀子不曾使出去，必然埋在那牆間，他喜了寶貝才出見。休着咱哥家哄去，孝順他咱要當先。

老婆說是是，快去，不要遲了！

詩曰：爲人一念最公平，養老從來不肯爭；今日不依別處去，不因家父爲“家兄”。

【校】

［一］刮：盛本作“舀”。

［二］我才恍然大悟：盛本作“哈哈，我才恍然大悟”。

［三］誰折：應為“准折”，即“兑折”。《寒森曲》第三回：“你把趙舉人打去一耳，准折了罷。”

［四］把：當為“吧”。

---

① 大差：做事超過了一定的限度。

② 拘麽：這麽；要不然。

③ 賤荊：對妻子的謙稱。

④ 該：欠。

［五］月：蒲本、盛本作“日”。

［六］滑了一跌：盛本作“正說著被凍凍滑了一跌”。

［七］說：蒲本作“哐哼說”。

［八］雨：蒲松齡紀念館藏《聊齋新編牆頭記》作“雪”。

［九］鎖：當為“縮”。

［十］你還扶我去：盛本作“你還扶我下來”；蒲本作“你還扶下我去”。

［十一］你在這裏叫罷：蒲本作“你在這裏罷”。

［十二］回：盛本作“下”。

［十三］活：衍文。

［十四］累：當為“壘”。

［十五］邊：盛本作“頭上”。

［十六］糟：當為“槽”。

［十七］太陽：盛本作“太陽下”。

［十八］且找個避風去處：盛本作“且找個避風去處坐坐”。

［十九］破八菓：破八萬。“菓”為“萬”的形誤字。

［二十］你還不快找也：盛本作“既這等你還不快找他來的”。

［二十一］張老說：盛本作“卻說張老從廟裏出來，說”。

［二十二］張二笑上說：盛本作“再說張二和妻子，在家聽著不作聲了。張二笑上說”。

［二十三］張二遇著銀匠說一向少會：盛本作“卻說銀匠走來，正遇著張二出來開門，張二說，王大叔麼一向少會”。

［二十四］年年化銀子：盛本作“乜二年化銀子”。

［二十五］張二回家說：盛本作“張二回家和婆子說”。

［二十六］此處盛本有“張二說誰想咱爹鑽有錢。”

第三回　安飽驚夢

張大扶着張老到了家，李氏迎出來說咱爹來了麼？那屋裏生上火了，着咱爹烤烤。這天這樣冷，你這身綿袍子着咱爹穿着。張大接過來，給他套上，說快拿飯來[一]。

［耍孩兒］這天是甚麽天，把炕上鋪下毡，火少還得加上炭。看咱爹爹肚裏飢，快打鷄子用油煎，吃點兒且把心窩站[二]①。倒上酒頓②的滚熱，咱給爹湯湯風寒。

張二跑進來說我沒聽的怎麽就來了？俺爹放下盅子，咱去罷。張大說既回來，在這裏罷。

叫二弟聽我言：這裏如同在那邊，我合你何爭這幾頓飯？咱爹剛吃一盅酒，烤着火才不戰戰，怎麽又叫他把身欠？你叫他他也不去，你何必苦死歪纏？

張老說我暖和過來，在這裏罷。張二說咱去罷，多拘遠哩。

今日輪是我正輪③，你怎麽不動身？俺哥的話兒休聽信。我那裏殺鷄頓下酒，生下來木炭一大盆，若不好就把我打一頓。俺爹爹咱就去罷，不必還留戀因循④。

張大焦了說精狗屁圈子⑤！你早飯做甚麽來⑥？今早晨沒去麽？

你說的狗屁圈，今早晨送去把門關，大喒叫衹推聽不見。怎尋思一回無計奈，才領咱爹又回還，生爐頓酒做下飯。剛剛的溫了一霎，你又來巧語花言。

張二也焦⑦了說老是大家的老，偏你就孝順？

偶然吃酒醉昏昏，並不知你去叫門，開了門全然沒音信。誰想着你就把持⑧着，咱爹不敢動動身，這個心腸不堪問。只管你低三下四，把惡名丢與別人。

俺爹咱還是去。張老說我穿着他這身袍子，怎麽去？張二說你穿了去，咱給他送回來，我有衣裳你穿，合我去罷。張大說[三]去怎的！一個說休去，一個說必得去，把老頭子幾乎掙倒

---

① 站：此用作“墊”，“吃點兒且把心窩站”，即吃點東西墊墊胃。

② 頓：通常指用熱水加熱。

③ 正輪：正好輪著（我管飯）。

④ 因循：拖延時間。

⑤ 狗屁圈子：也說成“狗屁圈”，對別人的言辭表示不滿的詈詞，猶狗屁。

⑥ 來：語氣詞。

⑦ 焦：焦躁；發怒。

⑧ 把持：控制。

老頭子喘吁吁，拉的我沒是處，起來站也站不住。兩個齊往兩下裏掙，好像掙着個老叫驢①，叫我可往那裏去？你聽我講個道理，何必似拉羊拖豬。

爹吩咐是該怎麽樣[四]？張老說依我說：今日該小二仔養活我，不如跟了他去，還照常半月一輪罷。

我的兒你是聽：這裏拉那裏爭，奪去奪來何時定？不如照常半個月，按期交代甚公平，好歹只在各人敬。我初一若還不去，差一日這賬難清。

張大說就是這等。但只是天冷，爹又餓了，忒也爲難。張二說不過半里路，一霎②到了。張二扶着出門去了。

張老說穿着這件衣服，果然走着就不冷了。

今早晨來一遭，幾乎凍的直了腰，綿衣和煖眞麽③妙。你看走了半里路，渾身熱氣到脚梢，就是這腚上還不妙。若還再添上綿褲，只怕要火暈殺了！

張二說這件舊袍子穿了幾年了，也是看的見的。你看我扎掛④的你一嶄新。

外頭袍子雖囫圇，邊上漏着破鋪襯，舊衣裳穿上還不趁⑤。看我不去⑥五日內，着你表裏一嶄新，看比這個俊不俊？馬前刀⑦他還會耍，俺哥哥並不是人。

趙氏笑出來說[五]怎麽來到如今？鷄也爛了，餅也冷了，酒頓了兩三回了，爐子旺旺的。老婆說哕⑧殺我！弔臉打胯⑨的，就給老的們穿穿[六]。

休說是件破衣，七長八短不整齊，穿上就是有些覔漢⑩氣。老人家衣服要

---

① 叫驢：雄性的驢。

② 一霎：一會。

③ 眞麽：這麽。

④ 扎掛：打扮。

⑤ 趁：相稱。“趁”通“稱”。

⑥ 去：出；滿。口語中存在 j、q、x 與 zh、ch、sh 混用的情況，所以“出”讀成了“去”。

⑦ 馬前刀：做表面文章。

⑧ 哕：噁心；寒磣。通“磣”。

⑨ 弔臉打胯：此指衣服不整齊、不合身。

⑩ 覔漢：舊指給富人家做活的雇工。

會做，綿的極厚要炻[①]皮，掯裹[②]寬快[③]些才如意。我看着你那絹襖，爹穿着肥瘦相宜。

張二說快拿飯來！老婆提着酒，端着東西。張老說我能吃多少，就費這麽些事？老婆說有嗄吃哩。

俺嫂子漫會嘮，我老實不會叨，誰能弄那花花哨[④]。咱家雖沒好的吃，或是熱麵或冷酒淘[七]，爹爹待吃就開口要。早合晚沒甚麽孝順，但只是不敢辭勞。

你勸咱爹再吃盃酒。張老說我酒飯都勾了，您收拾傢伙，天色已晚，歇息去罷。張二說我等爹睡了着去。

我等着爹爹眠，蓋蓋被把燈端，溺鱉兒[⑤]拿來我可散。張老說：不必呀。把燈安在牀頭上，夜壺放在這牀前，坐坐睡了極方便。張二說：就是這等。咱兩個把門掩上，到天明再來問安。

張二夫妻去了。張老說奇哉怪哉！怎麽兩個兒，兩個媳婦，都孝順起來了？

細想來好蹊蹺，怎麽術法這樣高，忤逆兒一霎變成孝？當時餓死沒人理，酒肉而今大口叨，不懂的這是甚麽竅。忽經着兒家供養，只覺着意亂心搖。

夜已深了，睡了罷。上了床把腰一伸好自在呀。

每日愁到晚來，似母猪把糠篩[⑥]，雖戰戰並不敢高聲咥[⑦]。半夜轉了腿肚子[⑧]，脚頭冰涼舒[⑨]不開，土炕上鋪着席一塊。倒不曾想日出遭殃，日未落得其所哉。

夜有三更，不免臥倒，打了兩聲鼾睡。忽然做着夢，見張大進來，便問來做甚麽？張大說我那袍子，就許你常穿麽？

我昨日那身袍，別要穿壞，我今日來問你要。給你遮寒原是好，怎麽着

---

① 炻：緊貼。

② 掯裹：衣服的腋下前後相連的部分。“掯”通“裉”，kèn。

③ 寬快：寬鬆。

④ 花花哨：花言巧語。

⑤ 溺鱉兒：夜壺。

⑥ 似母猪把糠篩：比喻身體如同篩糠哆嗦不停。

⑦ 咥：低聲呻吟。

⑧ 轉了腿肚子：俗謂小腿抽筋，即小腿肌肉痙攣。

⑨ 舒：伸展。

人把俺誚，拿來甘休被人家笑。他給你做了好的，我定然剝來擶了。

張老起來說你休聽人瞎話①。我穿着一路沒冷，感念不盡。您二弟給我做了綿襖，不省的你做麽？正說着，張二拿進衣服來說這是俺媳婦做的，爹你試試。

我費錢二大千，敬做來給爹穿，表裹都是紬合絹。兒婦雖然端相着做，可還不知窄合寬，穿上可教旁人看。雖不是蟒龍緞子②，也比那粗布光鮮。

張大大怒你當面來形容③我，咱只裂④了！兩個打成一堆張老拉不開，說反了反了[八]！

他雖然大不通，到底是你的兄，怎使的按倒使捶㨃⑤[九]？哥打兄弟從來有，兄弟打哥罪不輕，村種⑥眞不通人性！告到官三十六[十]板，押你去流徒邊城！

張二說放手。張大跑了。張二說老頭子，你說他不該打麽？原是爲你，你還向⑦他。你宜量甚麽好，穿的這襖給我脫下來！張老說你待叫我穿甚麽？張二說還穿你那破鋪襯。一把抓住，剝將下來

老頭子瞎發威，不論個是合非，他不過比我大幾歲。他那心腸極可恨，你不說道着實捶，倒給我一個充軍罪。該把你削個罄淨，還叫你像似破賊！

張老大叫凍死我也[十一]！張二端出火來，說天已明了，看老頭子害⑧冷，先送些火去。呀[十二]！裹邊嗃叫甚麽？待俺看來。張老又叫凍死了！張二近前說火在此。張老翻身哎呀！原來是個怪夢。

甚煖和睡醄醄，最自在是今宵，一宿共做一大覺。忽夢見您兄弟𣁽，把我剝的赤條條，牀上不覺死聲子叫。忽被你一聲驚醒，到而今冷汗還澆。

張二說這是胡突夢。正說着，張大拿了衣服來，說咱爹還沒起來麽？張二問甚麽衣服？張大說您嫂子怕咱爹起牀怕冷，做了個綿褲。張二說這裹已是裁了，你又送來。

---

① 瞎話：亂說。

② 蟒龍緞子：此指一種質地厚密光澤鮮豔的絲織品。

③ 形容：對比；比照。

④ 裂：打；厮打。

⑤ 㨃：打。

⑥ 村種：詈詞。傻種；傻東西。

⑦ 向：袒護。

⑧ 害：感覺。

夜來[①]時做飯忙，到晚來趁[②]燈光，才把綿褲裁停當。你做出來先送到，俺家那個叠在牀，將來那裹去發放？你再來做鞋做襪，也還該犯個商量。

其餘別的，再休送來了。張大去了。張老穿上，笑說乍穿綿褲，休火暈了。

破單衣合我熟，久下來妄想全無[十三]，並不知世間有綿褲。忽然穿上渾身熱，好似今日入了伏，腰也伸不像彎彎木[十四]。不覺的渾身通泰[③]，說甚麽皮襖貂狐。

張二說老頭子這般歡喜，等我套弄他套弄。回過頭來說你看我呀，就忘了合爹說，王銀匠來要錢。張老說甚麽錢？張二說他說火錢。

那一日靸[④]着鞋，跑出去把門開，王銀匠已在門兒外。他說火錢六七吊，至到而今把他該，沒錢使上門來索債。我說道爹不在此，他說是改日還來。

張老轉身說哦哦，這兩個行子是敬我有錢。是了，是了。回頭說王銀匠這様可惡！他使的我的銀錢無數，我不問他要，他倒問我要起來了。

王銀匠不是人，使我錢借我銀，十年我並不曾問。因着合他常相處，該錢也無個賬目存，這一來叫人心不憤。若不是有些話說，怎依我欠到而今。

我近中捎過帖子去，看他有何話講。張二笑說這老頭眞正有錢。回過頭來說俺爹，你化的那錁兒呢？張老說你待問他怎的？

休說我窮斷根，縱然有幾兩銀，我還不使何須問。七八十畝田地還好過，我又別無有子合孫，就有銀留着好出殯。況您兩日生也便，又不曾女嫁男婚。

張二轉身說老頭子筋節[⑤]的緊，我看他扁[⑥]了那裹去？哈哈！出門去了。張老說平生不會撒謊，今日反哕自己的兒孫，討愧的緊，可笑的緊哪！

詩曰：軟弱無能一老頭，全憑誆賺我兒流；雖然飽煖渾身妙，四顧無人暗暗羞。

---

① 夜來：昨天。

② 趁：借着。

③ 通泰：舒坦。

④ 靸：把鞋後幫踩在脚後跟下。

⑤ 筋節：做事、說話很有分寸。

⑥ 扁：此指掖、藏。古時衣服沒有口袋，往往把錢物掖在袖口或褲腰裏，稱為扁。

【校】

［一］快拿飯來：盛本作“咱爹饑困快拿飯來”。

［二］站：蒲本作“𧻓”。

［三］張大說：盛本作“張老起來說不就和他去吧！張大說”。

［四］爹吩咐是該怎麽樣：盛本作“兩個才住下說爹吩咐是該怎麽樣”。

［五］趙氏笑出來說：盛本作“張二扶著張老來到家，趙氏笑出來說”。

［六］老婆說：哕殺我！吊臉打脬的，就給老的們穿穿；盛本作“且坐下烤烤，咱爹這袍子是穿的誰的？張二說是咱哥的，趙氏說哕殺我了！吊臉打脬的，就給老的們穿麽”；蒲本作“‘且坐下烤烤呀。咱爹這袍子是穿的誰的！’張二說：‘是咱哥的。’老婆說：‘哕殺我！吊臉打脬的，就給老的們穿麽？’”

［七］冷酒淘：蒲松齡紀念館藏《聊齋新編牆頭記》作“冷淘”。

［八］張大大怒你當面來形容我，咱只裂了！兩個打成一堆張老拉不開，說反了反了：蒲本作“張大大怒，說你當面來形容我，咱只裂了！兩個打成一堆張老拉不開，說反了反了”；盛本作“張大大怒你當面來形容我，咱只裂了！張老才待穿，被他一把奪過去裂了。張二說，我也裂了你的，把老張頓了一跌，剝下來就裂，張大來奪，張二把他推倒，按住就打。張老拉不開，說反了反了”。

［九］怎使的按倒使捶撑：蒲松齡紀念館藏《聊齋新編牆頭記》作“怎使的按倒只管挺”。

［十］六：當為“大”。

［十一］張老大叫凍死我也：盛本作“張二把老頭推倒，剝着去了，張老倚着大喎叫凍殺我了，凍殺我了”。

［十二］呀：盛本作“到了門外說呀”。

［十三］久下來妄想全無：盛本作“好衣裳自來無”。

［十四］腰也伸不像彎彎木：盛本作“腰也伸不開極像彎彎木”；蒲本作“腰也伸不直像彎彎木”。

第四回　痴儿失望

張老出來，衣帽齊整，手持拄杖說我的兩個兒爭着孝順，不覺三年，老來可謂享福。但只是早晨肉麵，晌午鷄湯，吃着有些靦覥；冬月絲綿，夏月葛布[一]，穿着只是心驚。每日在閃電影裏存身，半虛[二]空中度日，好可笑人也！

［耍孩兒］他原是敬財神，不是爲孝父親，受了孝養心還恨。但我合他是父子，哄着他朝夕盡殷勤，情上理上俱不順。討愧處三年盡孝，臨作別並無分文。

哎！我也曾掙過銀子，早知道眞麼中用，怎麽不藏下幾兩？

原該埋下幾兩銀，老來衰憊靠別人，他就養活也有點準[三]。若還到了百年後①，拿將出來按分[四]分，大家光降②情理順。我如今才會做老，又待去脫生兒孫。

連日飯也不待吃，四肢無力，想是也不久了。設或問我要錢，給他甚麽？

跺跺脚皺皺眉，這時節好難爲，臨終還把神思費。說一聲渾身不大好，都來要錢擠成堆，有與沒可把何辭對？若還是說聲沒有，未必不焚骨揚灰！

張大出來，問爹這兩日吃的飯不濟，病了麽？張老說覺着脚沈頭重。

這兩日懶動身，頭也重脚也沈，坐牀頭忽然暈一陣。終日不吃也不想，吃是勉强打精神，手脚酸只覺着渾身困。好像是飲酒過醉，整日家悶悶昏昏。

你看又暈起來了！正說着，倒在地下。張大大叫瓦瓿子，快來！李氏出床[五]忙問怎麽來？張大說快來！咱爹倒了！咱架他牀上去。兩個架在牀上捶了捶才又醒了。張大說好了好了！

忽然間發個昏，一脚跌在地埃塵③，病又如牆倒沒音信。若是跌倒沒人見，此時久已見閻君，那財帛可向何人問？幾乎把三年養育，都成了枉費辛勤！

張二領了個人來說今日該我養活父親。前日說身上不快活，我僱了個人來，好架他去。進來看見說咱爹不好麽？張大說才不着④我合您嫂嫂，如今已完了事了。

忽然間就昏迷，頭也折腰也直，一跌仰在平川地。我才叫您大嫂嫂，擡上牀來並不知，捶了捶方才有了氣。到如今不言不語，瞑着眼一似獃癡。

張二說我擡了他去罷。張大說好不通！這樣病怎麽敢擡！

---

① 百年後：去世以後。

② 光降：有面子；體面。

③ 地埃塵：地上。

④ 才不着：是的；可不是嗎。

二兄弟大不通，病人昏憒①眼矇朧，剛還魂②麽敢驚動？一口氣不來瓜打了③，竹籃打水落長空，可纔大家沒蛇[六]④弄。脫不過⑤不吃甚麽，我勸你暫且從容。

張二轉身自思若留在這邊，我一脚不來，只怕他問問，可不便宜了他麽？還是擡去爲妙。回頭說我已僱了人來，路又不遠，連牀擡去罷。張大說擡不的。張二說我只是擡。張大說我就不依你擡我的牀。張二說我背了去。下手扶起，張大按倒。張老哐哼兩聲，合煞眼了。張大試了試，說有什麽氣哩！拱了拱說請擡請擡。

罵畜生太不該，我說休擡只是擡，擡殺人待向何人賴？偺㸿在旁且守候，扶正這頭兒休教歪，心頭溫還有魂靈在。只怕是一時昏去，待霎時還醒將過來。

張二說還溫溫！便指着數量起來

老頭兒太不通，或是銀或是銅，你何曾漏出牙之縫？清晨後晌⑥孝順你，三般⑦臉上有笑容，怎麽心眼全不動？你如今徉徜死去，這口屋⑧就是你墳塋。

張大說二弟，你好沒良心！你原待擡了去，就死了，你還該擡去才是，怎麽丟在這裏，安心把這屋當了墓田？

老頭子在這邊，你怕他把我偏，死活爭着去管飯。一霎作擺⑨的沒了氣，你就安心不近前，這個心不是人來變。占的是我的房子，你敢說與你無干！

張二說你休焦[七]，不許還活了麽？還魂過來，我自然擡去。張大把頭掀起，一跌說看看，連頭死了，還活那狗蛋哩！張二也一跌可是呢！已是挺挺⑩了，怎麽處？放聲大哭我那銀爹㗂，你疼煞我了耶！

細絲錁白生生，趷到心沒點銅，想你那模樣心酸痛。死尸又不會話[八]，

---

① 昏憒：神志不清；迷糊。

② 還魂：蘇醒；還醒。

③ 瓜打了：咽氣。

④ 蛇：即啥。口語中“蛇”讀為 shá。

⑤ 脫不過：大不了。

⑥ 清晨後晌：此指從早到晚。後晌，下午或晚上。

⑦ 三般：佛教有“三般”之說。

⑧ 這口屋：這座房子。

⑨ 作擺：此指折騰；擺弄。

⑩ 挺挺：屍體直挺。

不知埋在那個坑，好俺達望你來託夢①。若是你囑咐兩句，就死了俺也不疼。

張二說咱也不必瞎哭。我如今想了一個計策，這也是望空打彩，可也來[九]必不中用。

王銀匠老獾叨②，合咱爹久相交，頭髮根兒盡知道。老頭合他常擣③酒，又往鋪裏去傾銷，必然他還通些竅。咱就去找他敬問，未必不有點根苗④。

張大說極是。你守靈⑤，我就去。張二說你居長，該守靈，我去罷。張大說你這麼乖，不如咱同去。張二說就是這等，走走。張大說這脚上一個麼[十]眼⑥，你等我等。張二說你後邊慢慢走罷。張大說看他弄鬼，疼不疼的我捨命趕去。張二喘吁吁的說好了，到了。趁他趕不上，我先問了，嘮這狗頭。回頭一望呀，那是他來了。張大喘成一塊這十來里路跑乍了肺⑦！張二喘着道你甚麼要緊[十一]！咱且定定，好叫門。

你說你害脚疼，如何不慢慢行？甚麼要緊捨了命。張大說一行叫你等等我，你只扯腿一溜風，你那心不知待怎麼用。我不如捨死趕上，並不敢撒溺出恭。

王大叔在家麼？銀匠問是哪個呀？原是二位賢姪。令尊好麼？張大說沒了⑧。銀匠說幾時沒的？

那一回相別了，又在貴莊會一遭，以後再不曾領教。倒比常時着實胖，還像當年信口叨，誇獎您爹怎麼孝。可不知幾時得病，就忽然大限⑨難逃。

張大說沒甚麼大病，今早就不在了⑩。銀匠說既倒了頭⑪，還不守靈，找我有甚麼說。哦，是了。

---

① 託夢：傳說人在做夢時鬼神會囑咐一些事情。

② 老獾叨：喂老獾的東西。獾，一種哺乳動物。

③ 擣：吃。有貶義。

④ 根苗：比喻線索。

⑤ 守靈：死者的家人親朋等守在靈床、靈柩旁。一種民間習俗。

⑥ 麼眼：雞眼。“麼”通“磨”。

⑦ 跑乍了肺：因奔跑而呼吸困難。

⑧ 沒了：民間對死亡的婉轉說法。

⑨ 大限：壽數。

⑩ 不在了：民間對死亡的婉轉說法。

⑪ 倒了頭：人死後停屍在床。

莫不是沒有棺，待出買又少錢，借重①我這老體面？縱有這樣要緊事，也該一個守靈前，怎麽兩個齊奔竄？這其間必有緣故，倒叫人驚怪難安。

張大說材②合墳都有了。銀匠說既這等，找我怎麽？張大說因先父有銀子全沒吩咐[十二]，王大叔必然曉得。

您𧽚是一個人，又每日去化銀，必然你就知到信。朝朝飲酒談心腹，細話從來不昧音③，想到這才來把你問。若還是有點鍬[十三]眼，俺兩個好去跟尋。

銀匠說原來爲此麽？俺𧽚雖厚，他埋下東西怎麽對我說？但外邊我都曉得。

這浮財④也還多，當日文書一大籮⑤，有中人到底還不錯。但這些人做生意，朝朝南北去奔波，家中並無人一個。方且是停喪在地，怎使的合人鬧呵？

這幾年我聽的說，令尊也沒錢，只怕要去便[十四]了。張大說並不曾。銀匠說只是如今要不的賬。您好生⑥去發喪，那該錢的都是體面人，見您兄弟還成個局面，自然不好賴您的。

你好生去發喪，扎掛起面有光，費𧽚錢也還有名望。人見您弄的不精緻，就說不是好兒郎，該您錢他也背了鞅。只顧去經營喪事，到殯後咱再商量。

只在您立體面。我待留二位坐坐，這是甚麽時節，請了，請了。兩個說他也說的是。咱若弄不好，誰還給錢？

叫二弟你聽知：這喪事待整齊，每人破上⑦十畝地。墳合棺材都有了，紮些棚彩⑧與旛旗⑨，臺前一個猪羊祭。僱幾個禮生喝禮，兩小吊五百四十。

張二說這不來了麽？你守靈，咱指地作保⑩，取王十萬家錢，過了喪事要來還他。李氏說[十五]你上那裏去來？

---

① 借重：借他人的權力地位等為自己做事。

② 材：棺材。

③ 不昧音：不隱瞞。

④ 浮財：不動產之外的金錢等動產。

⑤ 一大籮：一大疊。

⑥ 好生：用心。

⑦ 破上：出上。

⑧ 棚彩：帳篷。

⑨ 旛旗：即旗幡。用竹竿等挑掛的條形旗。

⑩ 指地作保：用地作擔保。

你好似長嗓黃[①]，把個尸丟在牀，不知你上那裹撞。他二嬸子來家見我，才聽說跑慌張，俺𠲎叫人停撥上。現如今占着口屋，該商議怎麽出喪。

他二叔呢？張大說他去取錢的了。趙氏跑出來說取甚麽錢？

清晨肉晌午鷄，每日像賊吃食，絲毫何曾得他濟？單單指望他一句話，他低頭子挺了屍[②]，全不放個狗臭屁。只用根穿心杠子[③]，他還算轉了便宜。

張大說俺也不潮[④]，這有個話說。

王銀匠問我言，人家使着咱大些錢，他說該弄個虛體面。灰毛烏嘴[⑤]不成事，人就把咱下眼看[⑥]，待還錢也把卦兒變。咱如今費錢幾吊，這裹頭本利兼全。

李氏才歡喜了說這還罷了。既這等，我還得縫個塌頭[⑦]，還得搓根麻繩。

服侍了二三年，指望他有𠲎錢，臨了半個錢沒見。一眼看見恨一個死，俺𠲎方才把心安，渾身衣服全不變。這等說慟與不慟，還只得淌淌邪涎[⑧]。

張二來了。張大說怎麽來到如今？張二說取了三十兩銀子，我已是分給了您丈人和您大舅子了。[十六]

咱大家晝夜忙，就排七[⑨]出了喪，事完咱好去要賬。近來白黑常打算，我要蓋個合頭房[⑩]，上一個監生[⑪]好遊蕩。你識字買個秀才，隔住板好上公堂。

你說何如？張大說也好。張二指着他三人說都聽着。

他也忙我也忙，我也忙他也忙，太行山大家一齊上。等那親戚回了話，扎扎麻繩就發喪，擡出去完了一天的賬。若還得財帛到手，咱從容大弄咚

---

① 長嗓黃：長在喉嚨裏的一種失音的疾病。

② 挺了屍：死亡。

③ 只用根穿心杠子：草草埋葬的委婉說法。舊時窮苦人家沒錢厚葬死者，就用草席之類裹屍，然後將杠子從草席中間豎著穿過，抬着埋葬。

④ 潮：傻；呆。

⑤ 灰毛烏嘴：比喻做事不體面。

⑥ 下眼看：看不起；輕視。

⑦ 塌頭：喪事中頂在頭上的白布或者白布帽子。

⑧ 淌淌邪涎：此指假裝悲傷鼻涕涎水往下流。

⑨ 排七：人死後的第七天。

⑩ 合頭房：四合院。

⑪ 上一個監生：花錢買一個監生。監生，明清时期國子監中的書生。

噹①。

我這心裹急，再去各處催催。張大說我也忙我的。李氏說您二嬸子咱可好了。

您二叔志氣高，鋪排着進個學，秀才娘子也英耀。不識字的上了監，州同②的奶奶儘你搖，僱上人打傘還擡轎。咱縣裹又沒鄉宦，羊羣裹跑出驢號[十七]。

可不知上了監，人叫咱甚麼？趙氏說如今都是叫爺，叫奶奶，就合那眞果的一樣[十八]。李氏說誰說？趙氏說你沒見，且是還有前後補子③的哩。

叫老爺是尊稱，添上個大字更中聽，何年曾奉朝廷命。新中了進士稱了老，撇下個爺字與監生，他說哪咱就往前蹭。待幾年州同越大，把閣老挨④做了孤窮[十九]⑤。

李氏說既眞麽大，俺也做監生，那秀才鵰頭抉腚的不做他。趙氏說你沒見，如今那管秀才的學官，一多半不識字。他大爺若做了秀才，俺還管着您了。

方且是進了學，那教官才出鐵[二十]牢，他就把你頭啃弔。一千才依塡打上，白眉扯眼不害囂，生纂出名色⑥問你要。倒不如監生自在，省了那混賬雜毛⑦。

正說着，張二回來了，叫哥哥，咱收拾起靈⑧，一天大事都停當了。果然旗旛[二十一]招展，起了靈[二十二]就休停下，安了葬罷[二十三]。一些人下葬。張二說着人培墳⑨，咱且做咱的。忙忙走了。却說王銀匠又來送殯

老朋友七八十，又受凍又忍飢，方法靈才把叫他得了地[二十四]。死了又落在兒子的手，兩個體面全不知，只得又用牢籠計。今日來塋前送送，作一個

① 大弄咚噹：借鑼鼓之聲大肆渲染，把喪事辦好。咚噹，鑼鼓之聲。

② 州同：官名。清代知州的佐官。

③ 前後補子：補綴於品官補服前胸後背上的一塊織物。織物上色彩、飾物的不同以區別品官的職務與等級。

④ 挨：都。

⑤ 孤窮：达官贵人。

⑥ 生纂出名色：硬編造出名称、名目。

⑦ 雜毛：行為不端的人。亦作詈詞。

⑧ 起靈：將靈柩從靈堂抬出。

⑨ 培墳：用土將棺材培起並築成墳頭。

生死別離。

張大二人正跑呀，那不是王銀匠來了？到了跟前，問王大叔那去？銀匠說敬來送殯。張大說下了葬了。銀匠說怎麼這樣快？張大說正待奉訪。銀匠說甚麼事？張大說你忘了麼？銀匠說我忘了。

家父如今死去了，該銀都是親手交，你原說喪後來計較①。你做中人有證佐②，差錯無有半分毫，說是誰咱好問他要。王大叔陪俺走走，老人家想不辭勞。

銀匠哈哈大笑說二位待要銀子？甚麼銀子？桃仁子？杏仁子？

您兩個不成人，全不知養父親，倒了頭還怕您不出殯。我又用個牢籠計，哄着您去做人，說銀錢是我瞎胡混。二巴喇③該您賬目，對您說請去登門。

兩個沈了沈臉，說怎麼，嘮俺？銀匠又哈哈大笑說得罪得罪！

兩賢姪您是聽：我雖老的無正經，哄殺人從來不償命。不曾哄着你敬俺老[二十五]，又不曾哄着你跳枯井，這一哄略略通人性。您二位歇息去罷，我還要敬去陪情。

兩個大怒說每日叫你叔，那狗叔，驢雜毛材料，混賬物囊！銀匠說這不罵起來了？張二說你值麼[二十六]！

想一想咬碎牙，你望俺傾了家，老賊可恨忒也詐！嘮着年年費家當，發喪又要弄光滑④，百石糧食費不下。要合你捨死對命⑤，我就說罵你沒查。

銀匠說這禽獸，你待打我不成！蹦了一頭去。兩個就待動手，旁裏一大些人拉着。不一時，李氏三個來了，問怎麼說？張二說這就是王銀匠。

王銀匠不是人，老奸賊咱吃他三年虧，哄着咱把錢來費。如今銀錢都是謊，問着只把眼兒白⑥，哄人該問甚麼罪？該合他見見官府，辨一個誰是誰非。

趙氏說咱裂了他罷！衆人又推着，銀匠說一個老頭子，該您老婆漢子甚麼打。

---

① 計較：商量。

② 證佐：憑證；證明。

③ 二巴喇：此指虛構的人名。

④ 光滑：體面；敞面。

⑤ 捨死對命：拼命；一命對一命。

⑥ 只把眼兒白：裝糊塗。

恰好官去東莊相尸，咱就去見見。

不肖的兩畜生，餓的恁達哼哼哼，牆頭上幾乎送了命。這樣行子眞禽獸，好話勸你必不聽，才嘮着您把父親敬。恰好您老婆俱在，咱着官斷個分明。

兩個說[二十七]老忘八！老婆那有你叫的？咱就見見官。果然官來了。兩個老婆就叫皇天。官問甚麽人？答是張大的妻[二十八]。

大老爺是青天，閤家不足兩頃田，可恨銀匠把俺騙。他怎麽騙您來[二十九]？家裏一個老頭子，飢飽與他嗄相干？他調唆①着不吃家常飯。你不給他吃不的麽？他却又千般哄誘着，着俺去裏頭把錢轉。他怎麽哄你來呢？他說俺公公有大錢，死後全然沒一言，他又說賬目有千萬。你怎麽來？聽着他事事弄整齊，又稱漆來漆了棺，光糧食糶了有五十石。後來呢？臨了是分文無有，吃的虧叫人難堪。

官問銀匠你爲甚麽哄人呢？

他把個老子擱牆頭，渾身都是爛流丢，一家全是眞禽獸！若不將銀錢打動他，好言怎能勸回頭？張老也活不到八十六。全憑着老婆出馬，攔住路合我爲仇。

官說你起出，與你無干。給我把兩個不孝的奴才，每人打三十六[三十]板；兩個不賢的婦人，每人一拶子，一百擶。那皂隸喊了一聲，先打了漢子，後拶了老婆，官才去了。一家人叫苦連天，哼哼成塊。張大說好打好打！

那官府忒也偏，一打幾乎到九泉，好胡突②並不聽人辨。二弟，你不相干麽？我這腿像有個蝦蟆肚，得找外科馬壽先，長到三十沒經慣。哥哥，你呢？這一霎惡心疼痛，只覺着口澁唇乾。

李氏說哎呀，疼死我也！

我從來不怕誰，打就打捶就捶，這一遭可把膽來碎！您二嬸子，你還好麽？十個指頭露着骨，好似心裏扎一錐，渾身疼痛連肝肺。嫂子，你呢？手子[三十一]裏全沒皮肉，不由人裂嘴攢眉。

張大說小瓦瓿子，給我擦擦腿上這血。瓦瓿子說俺不，怪髒的。張大說小雜羔子氣煞我！我到家可打你！瓦瓿子說俺爺爺長瘡疼，叫你給他看看，你就嫌

---

① 調唆：教唆。

② 胡突：稀飯，稀粥。

髒，正眼不理麽，怎麽這個就待打人？張大哐哼着説我做下樣子了。我對你説，休學我了，我這就不是樣子麽？

望上看有雙親，往下看有兒孫，我不好後代越發甚。指望他到家服事我，誰想他事事要學人，壞了腿還有誰來問？腚雖疼有點好處，也着那後世驚人。

四口子都説這個行子好可惡，幾時的事他還記着。

小瓦瓿不過才十來多歲，已下手把樣子描了兩對，想是那小心眼諸般學會。你可前半截學伶俐，後半截學吃虧。你若是學的像了我，可預先裹準備着爛下腿。

張大哎喲受打捱捶爲甚麽？張二哎喲皮開肉綻血成窪。李氏哎喲説太爺説到還輕處。趙氏哎喲説又積作下堂前忤逆達。哐哼瘸跛並下

【校】

［一］冬月絲綿，夏月葛布：盛本作“冬日絲綿，夏日葛布”。

［二］虚：盛本作“懸”。

［三］進：盛本作“勁”。

［四］分：當為“份”。

［五］床：蒲本、盛本均作“來”。

［六］蛇：盛本作“啥”。

［七］你休焦：盛本作“你休心焦”。

［八］不會話：盛本、蒲本作“不會説話”。

［九］來：蒲本作“未”。

［十］麽：蒲本“磨”。

［十一］你甚麽要緊：蒲松齡紀念館藏《聊齋新編牆頭記》作“你什麽你什麽要緊”。

［十二］因先父有銀子全沒吩咐：盛本作“因先父在日，有幾兩銀子，忽然死了，並無吩咐，尋思着”。

［十三］鏐：蒲本作“鍬”；盛本作“窍”。

［十四］便：盛本、蒲本作“使”。

［十五］李氏説：盛本作“李氏出來説”。

［十六］我已是分給了您丈人和您大舅子了：盛本作“我已是分給了您丈人和您大舅子了。替咱幹事，早抬出去，咱好去做正事”。

［十七］號：盛本作“嗥”。

［十八］就合那眞果的一樣：盛本作“就合那眞果的一樣，尊着的哩”。

［十九］窮：蒲本作“穹”。

［二十］鐵：盛本作“餓”。

［二十一］旛：蒲本作“幡”。

［二十二］起了靈：盛本作“起了靈前頭報導到了塋了，張二說”。

［二十三］就休停下，安了葬罷：蒲本作“——就休停下，安了葬罷”。

［二十四］方法靈才把叫他得了地：盛本、蒲本作“方法靈才叫他得了地”。

［二十五］不曾哄著你敬俺老：盛本作“方且哄着你敬恁老”。

［二十六］你值麽：蒲松齡紀念館藏《聊齋新編牆頭記》作“我罵你值什麽”；盛本作“罵你值甚麽”。

［二十七］兩個說：盛本作“兩個婦人說”。

［二十八］是張大的妻：盛本作“是張大張二的妻”。

［二十九］他怎麽騙您來：盛本作“官問，他怎麽騙您來”。

［三十］六：蒲本、盛本作“大”。

［三十一］子：蒲本作“丫”。

姑婦曲

第一段　孝子出妻①

詩曰：二十餘年老友人，買來矇婢②樂萱親③；

惟編姑婦一般曲，借爾絃歌勸內賓④。

［西江月］家中諸人好做，惟有婆婆極難：管家三日狗也嫌，惹的人人埋怨。十個媳婦相遇，九個說婆婆罪愆；惟有一個他不言，却是死了沒見。

人家衆口難調，這做婆婆的極難。兒孫是自己生的，還要七拗八掙⑤的；何况媳婦是四山五岳之人⑥，相逢一處？若[一]着那爺娘從小教誨，那裏有天賢[二]的呢？還有四句歪詩：

媳婦從來孝順難，婆婆休當等閒看；自此若有豺狼出，方識從前大婦賢。

這是咱說：天下有一等不良的人家，有那賢慧媳婦，事奉的癢也撓不的，只是嫌不好；又遇着攪家不良⑦的歪貨，處治的只千不盡的，纔道我那是個賢慧媳婦。你看，這不是個愚人麽？

［劈破玉］必然是前世陰德無量，今世裏纔遭着媳婦賢良。這樣福合佛一

---

① 出妻：休妻。

② 矇婢：盲人中的說唱藝人。矇，失明。

③ 萱親：母親。《紅樓夢》第八十七回：“妹生辰不偶，家運多艱，姊妹伶仃，萱親衰邁。”

④ 內賓：舊指有姑表親關係的女子。泛指婦女。

⑤ 七拗八掙：為自己的利益紛爭的樣子。

⑥ 四山五嶽之人：來自不同地方的人。

⑦ 攪家不良：心術不正；恣意尋事。

樣，不知好合歹，拿着當尋常；只等的歪揣貨[①]兒話出，這才把君子想。

這有個故事，也是說婆婆，也是說媳婦，編了一套十樣錦的曲兒，名爲姑婦曲。因四川重慶府有一個秀才，姓安，名大成；兄弟是二成。他老子是舉人，早死了。他母親于氏。二成還小；大成娶了個媳婦，姓陳，名叫珊瑚，是個秀才的女兒，又知禮，又孝順，模樣又好。

[劈破玉] 好一個俊媳婦風流不過，穿上件粗布衣就似蟬娥；又孝順又知禮，一點兒不錯。不說他爲人好，方且是活路多：爬灰[②]掃地，洗碗刷鍋，大裁小鉸[③]，掃碾打羅[④]；餵鷄餵狗，餵鴨餵鵝，冬裹䐁猪[⑤]五口，夏裹養蠶十箔；黑夜紡棉織布，白日刺繡綾羅；五更梳頭淨面[⑥]，早早伺候婆婆。親戚朋友聽着，鄰舍百家[⑦]看着，都說道這麼個媳婦，就是那揚州的瓊花[⑧]，眞正是找徧天下無二朵！

珊瑚自從過門[⑨]，無所不做；且是性情又好，呼氣來，呵氣去的，就吆喝[⑩]他兩句，他也不使個性子[⑪]。人人都說于氏有造化，就攤[⑫]了恁麼一個賢慧媳婦。

[倒扳槳] 媳婦終日不從容[⑬]，婆婆閒的皮也疼[⑭]，不知心裹還待嘛，終朝吵罵不停聲；不停聲，好難聽，人人說是糊突蟲。

一日，安大成有病，不曾起來，珊瑚還照尋常的規矩，早早起來，梳的

---

① 歪揣貨：此指沒有教養的人。口語中也說“歪貨”。

② 爬灰：即“扒灰”。

③ 大裁小鉸：此指做衣服或一般針線活。

④ 打羅：用羅子羅麵粉等。

⑤ 䐁豬：將豬催肥。

⑥ 淨面：洗臉。

⑦ 鄰舍百家：眾多鄰居。

⑧ 揚州的瓊花：瓊花以揚州最為有名。自古就有“維揚一株花，四海無同類”的美譽。現為揚州市花。

⑨ 過門：結婚；成親。

⑩ 吆喝：斥責；訓斥。

⑪ 使個性子：耍脾氣。

⑫ 攤：遇到；碰到。

⑬ 從容：悠閒。

⑭ 閒的皮也疼：形容非常清閒。

光頭面淨，去伺候婆婆。到了門外，于氏不曾起來，等𠰷子，二成纔開了門。于氏纔起來，一眼看見珊瑚，那臉上就有些怒色。

［倒扳槳］早兒新妝下鏡臺，停停久候寢門開，進門先看婆婆面，惡氣冲冲怒滿腮；怒滿腮，自疑猜，不知又是爲何來。

珊瑚看出他怒來，却不知其故。到了房裏，給他端了尿盆子來，又上牀待去給他梳頭。于氏推了一把，沒好氣[①]說："我不希罕你！"珊瑚在旁裏站着，看他那臉。于氏說："你扎挂的合妖精似的，你去給那病人看的，只顧在這裏站嗄哩？"珊瑚才知道是嗔他扎挂，就出去了。

［倒扳槳］珊瑚隨即進房來，脫了衣裳換了鞋，落了鬅頭[②]洗了粉，去了裙子掩掩懷；掩掩懷，插金釵，未照菱花[③]𩭹髻[④]兒歪。

珊瑚換了衣妝，又來到婆婆房裏。于氏方纔洗臉，流水[⑤]找着手巾[⑥]，拿在手裏伺候着。于氏洗完，從珊瑚手裏一把奪過來，甚麽不自在[三]。

［倒扳槳］手巾一把奪過來，容顔老大不自在，珊瑚在旁不敢去，低頭無語暗徘徊；暗徘徊，好難猜，單等着婆婆說出來。

珊瑚不敢去了，只顧站着。于氏拭了臉，劈珊瑚瓜的聲一耳根子[⑦]，說："我看不上你乜髒樣！"珊瑚又不敢問是爲甚麽，待了一會說："你說罷，就要賭氣了麽？"

［跌落金錢］珊瑚兩眼淚撒撒[⑧]，說娘方纔怒氣加，親娘呀，我還不知是爲嗄。娘道不是該這麽，我就回房換了他，親娘呀，誰敢在你身上詐？這身衣服不堪誇，穿着做飯紡棉花，親娘呀，不是因着那句話，剛纔算計一時差。我的不是[⑨]說甚麽，親娘呀，望你寬洪擔待罷。

---

① 沒好氣：沒有好的語氣和口氣。
② 鬅頭：一種髮髻鬆散而高起的發式。
③ 菱花：鏡子。
④ 𩭹髻：以金銀絲或馬鬃、頭髮、篾絲等材料編成發罩。
⑤ 流水：趕緊；立馬。
⑥ 手巾：毛巾。
⑦ 一耳根子：猶言一耳光。
⑧ 淚撒撒：淚珠兒紛紛跌落。
⑨ 不是：差錯。

于氏不待[①]看也不待聽，黄天黑地[②]的蹦起頭來了。安大成平日極孝，正臥着，聽見他娘吵罵，扎掙起來，流水來問："娘是爲嗄來?"于氏也告訴不出口來，只是髩鬆着那頭哭罵。珊瑚還要來表白，大成說："你還不跪下？你說甚麽話!"珊瑚就流水跪下了。

[跌落金錢] 大成說他一二十，一點人性全不知，親娘呀，終朝惹的長生氣。爲人全不識高低[③]，你可看了是合誰？賤人呀，怎麽要說你自家？只是該拿他當糞堆，休要爲他氣着你，親娘呀，你可暫且消消氣。看這一樣揣東西，不宜量好說只宜量捶。賤人呀，氣着娘你該甚麽罪？

大成巴數[④]了一陣，牆上挂着一支鞭子，拿下來把珊瑚打了幾下子，于氏那氣纔略消了。又怕使着他娘，纔吩咐散了。

[銀紐絲] 于夫人此時運正也麽高，儘着你歪揣濟着你叨；若遇着婦不賢良兒又渾，要再不孝順，一溜子[⑤]把氣淘，有理還着你沒處告。媳婦肯將鞭子敲？夫妻恩愛爲娘抛，我的天，孝天生，可是天生孝。

于氏自那日以後，越發厭惡珊瑚，來到近前，一句好氣也沒有。珊瑚起來，依舊梳一個不醜不俊的頭，披上一件不髒不淨的衣裳，換上一雙不新不舊的鞋，照常的伺候。

[銀紐絲] 沒人處尋思雙淚也麽漣，不晴不雨的奈何天。好可憐，翻貼門神左右難[⑥]：醜了怕你惱[⑦]，俊了你又嫌，就是這模樣難更變。滿肚寃屈對誰言？心裏的苦水變成酸，我的天，嘆見人，好叫人嘆見!

那一日，大成生了噪子氣，直掙子[四]一身汗，他病到好了。知道他娘厭惡珊瑚，也就躲出去別處宿臥，他娘知道他也不愛珊瑚。

[疊斷橋] 別珊瑚，別珊瑚，從此分開兩下裏孤，這家子獨一牀，那一家

---

① 不待：不願；不肯。

② 黄天黑地：不管不顧。

③ 不識高低：不懂事；不會見機行事。

④ 巴數：數落。

⑤ 一溜子：一夥。

⑥ 翻貼門神左右難：北方習俗，門神一黑臉，一白臉，貼的時候要白左黑右，臉對臉，否則就會出現反貼門神——不對臉或者左右為難的情況。

⑦ 惱：生氣；不高興。

另一鋪。別珊瑚，別珊瑚，見了說笑都全無，一來是體娘的心，二來是解娘的怒。

待了半年，那于氏全感化不過來，比桑樹，罵槐樹，只是給珊瑚那不自在①。見一個狗來，就罵："狗科子②！你來人前裏搖頭擺尾的，裝甚麼俊哩?"見一個鷄來，就說："鷄科子！到幾時殺了你，這眼裏才利亮③了!"珊瑚只推不懂的。女孩家，女孩家，孝順賢良誰似他？分明是小孩童[五]，只裝着不懂話。責備自家，責備自家，照舊全無半點差。我盡了我的心，儘你怎麽罵。

安大成每日見他娘全沒個懽喜臉兒，便尋思：娶老婆原是成人家，着他娘[六]母子不自在，要老婆怎的？寫了休書，對珊瑚說："你不孝着咱娘生氣，我也沒有那些氣合你嘔，不如休你去罷。這不是休書?"

罵賤人，罵賤人，指望你來孝娘親，你全然不聽說，光合咱娘撒懶。疾忙起身，疾忙起身，拿着休書另嫁人。若還得娘喜，情願打光棍④。

那珊瑚也不接休書，也不做聲，也不動彈⑤。大成說："你待等着攆纔走麽?"珊瑚那眼裏，清澌澌⑥的掉下淚來。去給于氏磕了頭，磕了起來說："娘眞個待休了我麽?"于氏說："我沒造化情受你這個好媳婦，休去了也罷了!"

淚珠兒抛，淚珠兒抛，恩情一筆盡勾消！雙膝跪塵埃，哀哀的把娘叫：有粥同熬，有粥同熬，眞個將奴休斷了？這媳婦淚雙雙，那婆婆還激激[七]⑦笑。

珊瑚說："我來了三四年，在娘身上就沒點好麽?"于氏說："有甚麽情!"珊瑚沒奈何，纔拭了拭那淚，到了房裏，取了一把剪子出來，又朝着大成拜了拜說："我身上一個針也沒帶着，留着等你娶了好婆子來，你可給他。惟有這把剪子，是從小使的，我拿了去罷。"

［羅江怨］可憐煞，陳珊瑚，拜了婆婆拜丈夫，滿懷冤枉憑誰訴？痛煞了

---

① 不自在：不高興。

② 科子：暗娼。

③ 利亮：亮堂。

④ 打光棍：多指男子獨自生活。

⑤ 動彈：動身（離開）。

⑥ 清澌澌：清。澌澌，詞綴。

⑦ 激激：象聲詞，指笑的聲音。

淚下眼枯，昏惨惨地黑天烏，替他叫屈的無其數[①]。他婆婆眼裏沒珠，合媳婦恩義全無，生生趕出門兒去；只怕壺中酒無錢沽，鍋裏飯不能自熟，只得撅着老腚從頭做。

珊瑚待走，安大成叫住[②]房子的老王婆子，拿着那休書去送他。一路子不做聲一聲。老王說："俺大嫂你也不必惱甚麽，一家好人家[③]哩！有你這樣人物[④]，還愁沒主[⑤]麽？"珊瑚說："我也不愁沒主，我就不家去了。"

［疊斷橋］叫聲老王，叫聲老王，我主意不還鄉。既然出了門，我情着[⑥]往前撞。兄弟爺娘，兄弟爺娘，我若成人他面有光；做不下媳婦來，嗄臉把家門上？

正說着，出了莊，老王方纔待問他要往那裏去。還沒問出來，只見他抽出那剪子來，嗤的聲照[⑦]脖子一攮[⑧]，就倒在地下。老王唬極了，說："俺娘呵！這是怎麽說！"才給他拔出那剪子來，那血往外直冒。

脚兒懶行，脚兒懶行，袖裏抽出那剪子明，這回出門來，安心就不要命。嗤的一聲，嗤的一聲，一攮幾乎喪殘生！若是命還好，必有神合聖。

那莊東頭有安大成異姓的大娘，姓何，老王跑到他家裏，拿了塊布子[⑨]來，給他扎了。看了看，幸得剛搽[⑩]着那氣嗓頭邊兒。何大娘兒呀心肝的叫着，合老王扶到他家，着他臥了。說："老王，你回去罷，着他且在這裏罷。"

我的嬌，我的嬌，你的賢慧我儘知道。你怎麽不怕死，就把殘生撇[⑪]？那老雜毛，那老雜毛，天就着你把他遭，也是你那輩子，有一點沒修到。

---

① 無其數：形容很多。

② 住：租。口語中存在 z、c、s 與 zh、ch、sh 混用的情況。故而"租"寫成了"住"。

③ 一家好人家：反語。不是一家好人。

④ 人物：長相；容貌。

⑤ 主：對象；配偶。

⑥ 情着：只管。情，通"賙"。《集韻》："賙，慈盈切，音晴。受賜也。"

⑦ 照：朝；向。

⑧ 攮：扎；刺。

⑨ 布子：手巾。

⑩ 搽：擦；緊挨著。口語中存在 z、c、s 與 zh、ch、sh 混用的情況。故而"擦"寫成了"搽"。

⑪ 撇：扔。

且不說珊瑚養病，却說老王奔到家，安大成迎着說："你來的怎麼這樣快?"老王細說了一遍。大成唬了一驚，囑咐他休對他娘說。待了幾日，打聽珊瑚較好了，怕待的久了，弄的他娘知道，便上門去逐他。

着他開交，着他開交，仔顧在這窩藏着，恐怕久下來，弄的娘知道。尋思一遭，尋思一遭，見珊瑚又害囂，不好到他家，只騎着門子[①]叫。

安大成在門上呀了一聲，何大娘出來見是他，笑了笑說："屋裏沒人，你來家呀。"大成說："罷呀。我對你說，珊瑚好了，你着他去罷。"何大娘说："你来家当面说说不的么?"

膿血成漥，膿血成漥，终朝每日买药搽；瘡虽渐渐平，还没多吃点嗄。給我來家[②]，給我來家，有的是你來有的是他，好歹當面言，何用人傳話?

何大娘見大成不肯進去，就叫了一聲。珊瑚慌忙出來，一眼看見他丈夫，低下頭，一聲不言語，那淚趕點子[③]滴。

［房四娘］嘆殺人小珊瑚，低着頭哭烏烏；滿懷寃苦言難訴，惟憑雙淚向丈夫。頭不擡，淚撲簌，腮邊滾滾落紅珠；千言萬語說不了，寃到極時半句無。

大成說："你還不遠走高飛，還哭甚麼?"珊瑚也不做聲。何大娘看了看，眼裏流的都是血水，把袖子都沾了。勸道："我兒，你哭出血來了！休哭罷!"

大娘子不擡頭，哭的天昏地也愁；一肚子血也沒處出，變成清淚眼中流。安大成，怒不休，看見血水把心柔；不是强將酸水咽，幾乎淚下不能收。

安大成原是來逐珊瑚，見了那血水，把逐他的言語一句也說不出來了。忽然一陣心酸，幾乎吊下淚來，回過頭去跑了。

逐珊瑚是本懷，見他血淚滿心哀。此時若不回頭走，怕被旁人看出來。

待了幾日，不知是誰多嘴，那于氏知道了，也竟不合安大成說，氣冲冲的跑到何大娘家裏。

于夫人甚不通，好好的媳婦不能容，家裏氣兒才生了，又要外頭找氣生。勸婦人，且消停，勸你不必怒冲冲，只怕我的這個主，他也不是省油燈[④]。

---

① 騎着門子：緊靠着大門或對着大門。

② 給我來家：回家。"給我"無義。

③ 趕點子：連續不斷。

④ 不是省油燈：不是好對付的人。

何大娘見那于氏到了，説：“貴人不踏賤地呀。”于氏説：“你心昏麽！人家休了的人，你每日窩藏着，還打乜是不知哩！”何大娘惱了，説：“耶耶好奇呀！駝垜子的老驢上山——你捱霎着，又濟着喘嗄粗氣哩。那珊瑚罷，他是乜東人[①]麽？我有飯給他吃，我只顧留着他，你待囉着我罷？誰是恁那媳婦子，濟你怎麽揉搓哩？”

又不傻，又不潮，好媳婦你休去了，指出件不是還可笑。作弄[②]的媳婦尋了死，你腆着狗臉不害囂，賤東西也擔不的媳婦孝。聽的説人人痛罵，恨不能把你抛[八]！

何大娘連罵帶説，數喇[③]了一陣，把于氏氣的臉兒焦黄[④]，便説：“你真個不着珊瑚去麽？”何大娘説：“我已待着他去；你降[⑤]着我攆他，我就只是不着他去！莊家老得罪着老龍王，只怕怪下來，不上俺那地裏下雨的。”

老于婆，你實是歪，找上人家門子來。我可就不怕你怪！你家裏降了外頭找，我就是個難劈的柴。如今現有個珊瑚在，你既然騎鍋厭灶[⑥]，可就才只是發揣。

于氏氣極了，見他洶洶的，却又不敢罵他，只説：“扯甚麽蛋哩！”何大娘説：“我只説你扯蛋！你休了的人，還與你甚麽相干？我留的是陳家的閨女，留的不是安家的媳婦。”

［耍孩兒］叫老于你是聽，找着我甚不通，你必然做了個不好的夢。我的[九]留的是陳氏女，安家媳婦我不曾。今日你把心錯用，問問你有個説好，我就把姓氏全更。

他兩個大吵大鬧，那鄰家都來看，可也没人勸他。何大娘説：“我説還不爲憑，您這衆人們[⑦]都不要昧心，您説他好不好？”衆人你看我，我看你，都不做聲。何大娘説：“就説呀，何妨呢？”

---

① 東人：逃難之人。

② 作弄：折磨。

③ 數喇：數落。

④ 焦黄：很黄。焦，很，非常。

⑤ 降：壓服；逼迫。

⑥ 騎鍋厭灶：比喻欺負到别人家裏，即欺人太甚。

⑦ 衆人們：大家夥。

何大娘說話粗，您心有口全無，何必把那腔來做？但有一個說聲好，我就叫他聲于大姑，還要拜他個無其數。您若是昧心說話，就着他託生了珊瑚。

問了兩遍，衆人都抿着嘴笑。何大娘說："不做聲就是了。"又向于氏說："你可尋思尋思。"于氏又氣又羞，待往外走。何大娘說："你去罷。粃芝麻上不的鍋炒——歇了還無了油水。"于氏一行走着發恨："我定是着他試試，你慌嗄哩！"何大娘說："哎喲！褲襠裏鑽出個醜鬼來——你唬着我這腚垂子①哩。"于氏說："咱待不見哩麼？"何大娘說："鐵鬼臉滿地𢴤——看丢出那醜來了，打殺人。我等着就是了！"于氏才去了。

［對玉環[十]］這一回出來，安心把人找，昂藏[十一]氣兒吃了一個飽，連罵又帶誚，數瓜又數棗，扎的那橫虧，一霎說不了。一行走着心裏只暗惱，人人都說罵的好，也是現世報。每日是降人，日頭又倒照，纔知道抄不的家裏的稿②。

【校】

［一］若：盛本作"仗"。

［二］天賢：盛本作"天生賢"。

［三］甚麽不自在：盛本作"甚不自在"；蒲本作"甚是不自在"。

［四］子：蒲本作"了"。

［五］小孩童：盛本作"心靈通"。

［六］着他娘：盛本作"既是"。

［七］激激：蒲松齡紀念館藏"聊齋遺著抄本"作"微微"。

［八］抛：盛本作"嚼了"。

［九］的：衍文。

［十］對玉環：全稱為"對玉環帶清江引"。

［十一］昂藏：盛本作"骯脏"。

---

① 腚垂子：屁股。

② 抄不的家裏的稿：在家裏蠻橫霸道、撒潑刁鑽但是在外面無法複製。

第二段　孝婦重還

先有一個哮婦歌，歌曰：

終朝每日數他哮，又遇着哮的比他狠，這一個哮的哮的緊，那一個哮的可才窘；上一個不哮你到允，只怕因着你哮他不肯。

不説于氏受氣而去，且説珊瑚聽的吵鬧，索性藏了，只等于氏家去①了纔出來，便説："不可爲我又着大娘生氣。看生出事來了，我去罷。"何大娘説："象呀[一]②，老母猪啣[二]着象牙筷子——他就裝煞，也是殺才，怕他怎的？"

珊瑚説在這裹隔着③太近[三]，明知道何大娘一片好心，着您𡟖犯爭差④于理不順。那裹生氣你又惱，都是爲我一個人。縱然是沒甚麽差池⑤，何大娘，我這心裹也不忍。

珊瑚堅執不肯住下。何大娘説："我兒，你待家去着，我也不肯留你。"珊瑚説："我不家去。俺婆婆有個姐姐，極好的個老人家，他在沈家莊住，他家裹止有一個寡婦媳婦子，我往他家裹去罷。"何大娘見留不住他，就借匹馬來，送了他去。

辭別了何大娘，淚濕衫袖，必然是前世裹打下佛頭，今世裹纔教你無般不受。本莊裹住不住⑥，又沿地裹⑦將人投。好一個有志氣的人兒，定不肯往他家裹走。

這安家莊到沈家莊有二十五里，走到晌午纔到了。問他門兒進去。沈大姨一眼看見，唬了一驚，説："這怎麽來到這裹？"珊瑚一行磕下頭去，那淚直流。沈大姨一行拉着他，説："我兒，你怎麽來？"珊瑚搽着淚，和他兩姨

① 家去：回家。
② 象呀：不要。
③ 隔着：距離。
④ 犯爭差：產生矛盾或衝突。
⑤ 差池：差錯。
⑥ 住不住：無法居住。
⑦ 沿地裹：四處；到處。

嫂子[①]拜了兩拜，才一五一十的細說。

叫一聲俺大姨你可沒見，又不晴又不雨的皇天，又不知爲甚麽沒處思念，千樣的去伏侍，只是一個不喜懽。忽然間打了頓鞭子，您外甥立刻就把奴來攆。

沈大姨說："你仔說，您二姨這殺才是乜人麽！眞麽一個媳婦，是模樣不好呀，是脚手[②]不好呢？是不孝順這殺才是待死呀？"

常說你模樣好，爲人又孝敬，婆婆敬的是口也難學。他二姨這殺才，就眞麽無道數樣的替你做，自在的癢難撓[③]，打退了這麽個賢慧媳婦，只怕你點着燈還沒處去找[④]。

沈大姨罵了嗓子說："好兒，你休惱，在這裏宿了，我明日送你去。"珊瑚說："大姨呀，我不回去，我就這裏跟着你罷。"沈大姨嘆了一聲，說："您婆婆論[四]也難說話！你在這裏待會子[⑤]，我再瞧個空子和他說。"

論起來你今日不去也罷，隨你的心從你的意就且住下。您婆婆委實的極難說話，他說聲謬起來，信口子瞎胡吧。我這裏瞧一個空兒，定然說他個無言答。

珊瑚說："我也不肯吃大姨的飯。"沈大姨說："我兒，你眞麽薄皮子[⑥]，我就沒有那頓飯你吃麽？在你身上疼飯，就合您婆婆一樣的人了。我可不是爲外甥媳婦，我敬的是賢慧人兒。"

[倒扳槳] 見你尋常百事佳，心裏想念口中誇。就是外人不得地[⑦]，也該把他拉到家；拉到家，用香茶，一日三時供養他。

不說珊瑚住下，針指[⑧]度日，且說于氏受了氣，哭到家，着安大成寫呈子告他。大成見他娘氣的着極，不敢勸他，滿口應承。到了第二日清晨，纔說：

---

① 姨嫂子：比自己年長的姨家兒媳婦。

② 脚手：此指針線活。

③ 自在的癢難撓：形容非常舒服。

④ 點着燈還沒處去找：意即打着燈籠也難找。形容非常難找。

⑤ 待會子：此指住一段時間。

⑥ 薄皮子：臉皮薄；害羞。

⑦ 不得地：沒有好的際遇。

⑧ 針指：針線活。《快嘴李翠蓮記》："小字翠蓮，年方二八，姿容出眾，女紅針指，書史百家，無所不通。"

“昨日那件事，想了想，不必理他。”

爲兒今夜細思量，妯娌相處是尋常，官府不肯處治他，惹的那潑勢更倡狂；更倡狂，面不光[①]，那倒越發氣着娘；氣着娘，不必忙，咱找法兒把他降；把他降，他休慌，咱定着珊瑚離了莊。

大成說：“娘不必急，咱從容找法治他，他着珊瑚去了就罷了。”他娘見說的極好，也就沒做聲。待了二日，打聽珊瑚去了，流水跑來對他娘說，消他娘那氣。

大成聽說走慌忙，來說東頭何大娘，他合母親合氣[②]後，珊瑚已是離高莊；離高莊，雖倡狂，不必放在娘心上。

自從珊瑚去了，眼裏倒也拔了釘子，可只是諸般的沒人做。安大成怕勞着他娘，清晨起來，着二成掃地，自己去做飯。漢子家知道那飯怎麽做？做的甚不相應[③]。于氏只得撅着老腚去擺劃[④]。

清晨就去上鍋臺，添下一瓢水來，塡上一把柴，絕頂的婆婆不待做，只待去做老蠢才；老蠢才，眞是獃，自家拸捘[⑤]着沒[五]自在。

待了一年多，每日娘們[⑥]燒火剝蔥，弄的娘們灰頭土臉[⑦]的。于氏平日自在慣了，覺着不大快活，便合大成商議：“二成十四五了，他媳婦比他大兩歲，合他丈人家說，咱娶了罷。”安大成說：“極好。”

二成儘可做新郎，這話極好不用商。媳婦既然大兩歲，必然學會做羹湯；做羹湯，替替娘，大家心裏也安康。

却說二成他丈人家姓謝，是個生意人。他在臧姑縣裏住了幾年，生了一女，名叫臧姑。大成託人合他說，一說就允了。且是不教他下禮，沒消[⑧]兩月，就把臧姑娶來。

看了臉兒看身端，看了頭髮看金蓮，都說模樣看得過，怕的性情未必賢；

---

① 面不光：臉上無光，即沒有面子。
② 合氣：慪氣；賭氣。
③ 相應：相宜；合適。
④ 擺劃：安排；處理。此指做飯。
⑤ 拸捘：哆嗦。
⑥ 娘們：母子。
⑦ 灰頭土臉：身上沾滿灰塵。形容外表狼狽。
⑧ 消：需要。

未必賢，莫喜歡，寃家今日是第一天。

于氏看見媳婦，上下都看罷了，心裏極喜。他娘家跟了一個人來，做了三日飯，去了。臧姑在房裏坐着，等人伏侍他。于氏心裏總不耐煩，也還說是初來，做了飯，二成端給他吃了。

媳婦三日不動彈，惹的婆婆不耐煩，還是初來合乍到，只得再等他兩三天；兩三天，往後看，只怕還弄出個故事尖。

只等了二三日，于氏看着不是長法①，便到他那屋裏，臧姑坐着也沒欠身。

臧姑終日照紅妝，不作生活②不出房，常見家家要娶婦，只當是娶來要做娘；要做娘，氣昂昂，婆婆親來不下牀。

于氏說："你還出來做點活路呀，光坐燥子是囉着？"臧姑瞅了一眼，粗聲大氣的說："我不會做活路！"于氏就沒敢做聲出來，合大成說："咱不是娶的媳婦，竟是娶了婆婆來哩！"

于氏氣的戰挆挆[六]，咱今娶了個老婆婆，我兒呀，這日子往後怎麽過！大成便說沒奈何，低着頭兒且情着③，母親呀，咱不幸遭着這不賢的貨。于氏便說有一着，咱就大家不動鍋，我兒呀，咱可看他餓不餓？大成說這犯咶囉④，怕他越發逞縷纙⑤，母親呀，弄的大家不安樂。

依着大成說，不必理他，他娘不聽，娘們吃了兩個剩餅，就合他熬⑥。臧姑等到晌午，沒人給他飯吃，問了問，還沒動鍋。便道："哦，這意思裏待合我熬麽罷？囉呀？"那屋裏一把斧子，便說："二成，你拿了去，換䭔䭔來我吃。"二成不敢不從，拿出來，他娘看見就問。

問一聲待怎麽，二成實說待換䭔䭔，母親呀，他說他那肚裏餓。他娘聽說一把奪，你就寧麽怕老婆！看透呀，眞眞是個膿包貨⑦！二成篤篤又磨磨⑧，低

① 不是長法：不是長久之計。

② 作生活：做家務。

③ 情着：等着。

④ 咶囉：吵鬧。

⑤ 逞縷纙：爭吵不斷。

⑥ 熬：堅持；比拼。

⑦ 膿包貨：軟弱的人。

⑧ 篤篤又磨磨：磨磨蹭蹭。

着頭兒無奈何，漢仗呀，今夜晚不敢去房裏臥。媳婦聽見又發作，跑出房去大吆喝，強人呀，不來把你乜頭來剁！

臧姑聽的跑了來，也不怕大伯①，罵二成："賊殺的！你不來呀！"二成狗顛呀似的跟了去，只聽的那屋裏，娘呀娘呀的，動了腥葷②了。于氏氣極，忽的跑了去說："小科子罵的不少了！"臧姑也罵："我只說你那老科子！"大成見不是犯③，跑到屋裏，把他娘拉出來，他那裏還罵哩。

罵人已是罵不服，拉着還打墜骨碌④，媽媽呀，不走只怕吊了褲。朝朝日日嫌珊瑚，這比珊瑚是何如？媽媽呀，一般遇着這潑辣物。拿着人人當珊瑚，這却不是珊瑚是臧姑，媽媽呀，這婆婆還得另一做。諸葛初次出茅廬，婆婆漢子都降伏⑤，媽媽呀，也不可不走走這[illegible]路。

臧姑也不管，哭叫搥下來了钁钁頭[七]，待自家拿去換燒餅。大成慌了，叫二成來說："你對您媳婦子說，我這裏做着飯哩，着他等等罷。一個新媳婦子出去換嗄吃，咱就見不的人了！"二成去說了，臧姑說："狗脂，餓極了呢！呵口的糨着哩。"可也就放下了。

兄弟媳婦坐在也麼房[八]，大伯親手做菜湯，急忙忙，流水做來給他嘗；但得消消氣，許猪又許羊，一家才把眉頭放。新給他兄弟娶了一個娘，遇着太歲又遭殃。我的天，大杖烹⑥，逐日烹大杖。

安大成做了些白飯⑦，趕了餅，着二成拿了去，才安穩了。到了九日上，他哥哥自家來搬他。安大成請了鄰牆⑧他叔伯⑨陪着他，吩咐學學給他聽聽。

九日的媳婦作了多少也麼精，自家不敢去告誦。請鄰兄，借他的口兒訴寃情：怎麼罵婆婆，怎麼弄象生⑩，從頭說說他那禽獸性。希望他哥哥側耳聽，到家教誨他兩三聲。我的天，用心苦，才把苦心用。

---

① 大伯：丈夫的哥哥。

② 動了腥葷：此指打起來了。

③ 不是犯：情勢不對，難以應付。

④ 打墜骨碌：身體努力向後拖、向下墜。

⑤ 降伏：降服。

⑥ 烹：此指打。

⑦ 白飯：米飯。

⑧ 鄰牆：隔壁鄰居。

⑨ 叔伯：此指叔伯哥，意即堂兄。

⑩ 象生：本指口技。此指撒潑罵人、裝腔作勢。

大成躲了個空子，着他叔伯哥對他告誦告誦，望到家勸他，這都是安大成用的苦心不題。臧姑去了，倒松緩①了八九日。

九日裏閻羅下降也麽災，衆鬼離了歇魂臺，好怪哉，吃碗粗飯也自在。誰想九日裏，日頭容易歪，一霎就到九日外。指望他受了教誨來，懊悔從前太不該；我的天，賽②前番，更比前番賽。

九日裏回來，實指望他達嬀念誦，必然差些了。誰想越發利害了，一點兒不應心，就掘③口邊說："俺娘說來，您婆婆宜量甚麽好，不照着④他，他就乍了毛⑤。"這都是壞了名頭⑥惹出來的。

［呀呀油］我的娘，我的娘，說您婆婆好裝腔。你若是好奉承他，越發弄他那像。不識臭香⑦，不識臭香，索性照着掘他娘！他不過也是人，我看他有甚麽賬！

一清晨二成沒在家，洗臉水沒人端，一聲裏[九]⑧罵二成。于氏便說："他在裏麽?"臧姑說："你端了來，也壓不煞你！"慌的大成給他送到門外頭。

吵罵開，吵罵開，一窩野雀撲下來，大伯端着洗面湯⑨，慌忙送到門兒外。好不怪哉，好不怪哉！大伯拿着當奴才！就是不曾拿繡鞋，就是不曾給他拴褲帶。

自此以後，那婆婆就是降下來的戶子⑩，待囉支使，就囉支使。遇着二成不在家，連尿盆子都給他端了，但求他一個不做聲。那臧姑還不大自在。

二成專司，二成專司，洗脚水往門外泚⑪。他既然不在家，大伯又不好

---

① 松緩：輕快。此指平靜；安靜。

② 賽：勝過。

③ 掘：罵。通"啳"。

④ 照着：壓着。

⑤ 乍了毛：撒潑欺人。

⑥ 名頭：名聲。

⑦ 不識臭香：不知好歹；不分好壞。

⑧ 一聲裏：不住聲。

⑨ 洗面湯：洗臉的熱水。湯，熱水。

⑩ 戶子：某種人或人家。

⑪ 泚：此指傾倒（dào）。

替。婆婆難辭，婆婆難辭，大家趨小伏地[①]的，只說是盡了心，他倒還不大自[②]。

臧姑見個狗來，就駡："老科子！安心待叫人服侍你麽？你錯了主意了！"一個驢來，也駡："老科子！指望你做的那活路哩！"也看的那見，可可的[③]就是于氏待珊瑚的那嘴[④]，如今輪着自家頭上，這才是現世現報天，治己治人處。

哰丁頭，哰丁頭，婆婆像是有寃仇，一聲聲駡出來，全不把眉兒皺。合家低頭，合家低頭，全然不敢把氣抽。前曾治別人，倒回頭來從頭子受。

大家捱了一年，那于氏是給人氣受的主，到了受人氣，就擔不的了，以此得了病，一口水也下不去。大成白黑的守着，溺尿出恭，都要他伏着，把眼都宿了[十]。纔叫二成來替替，臧姑來喬聲怪氣的叫了去了。

不脫衣服，不脫衣服，白黑一個替身無。就是待溺泡尿，也叫他兒來捇[⑤]。兩眼模糊，兩眼模糊，雖有兄弟不丈夫，被他哥哥叫了來，着他媳婦叫了去。

大成合二成商議："你黑呀[⑥]合您媳婦做伴，又不能來。我今夜尋思了一個法兒，你在家守着咱娘，我往沈家莊搬咱姨來看看。"囑咐畢，騎上驢去了。

請姨娘，請姨娘，騎着直到沈家莊，說母親病着[十一]牀，搬他來望一望。告訴他臧姑娘，告訴他臧姑娘，一行說着淚汪汪。醜媳婦沒說完，好媳婦掀開帳。

却說珊瑚他兩個哥哥，聽的他在沈家莊，自家來搬他，他不肯去；待給他找主，他又不肯；只在沈家莊跟着他沈大姨，倒合婆媳一樣。

在沈家，在沈家，哥哥親身去看他，既不肯見爹娘，又不肯找主嫁。在沈家，在沈家，日日紡綿又繡花，和他沈大姨，安心就過了罷。

這一日，見了他姨，先說他娘病，待請他去看看，次告訴那病由。正說

---

① 趨小伏地：屈尊自己。

② 自：高興。通"恣"。

③ 可可的：恰好。

④ 嘴：借指說的話、說話的口氣。

⑤ 捇：動詞，抱。

⑥ 黑呀：晚上；夜裏。

到那傷心處，珊瑚掀開門簾鑽出來。大成羞極了，就待扯腿。珊瑚兩手叉住門①。大成窘了，從他媳婦那夾肢窩裏鑽出去顛了。

休了他，休了他，誰想娶了個母夜叉②！不惟說見面羞，方且是可說嗄。跑了爲佳，跑了爲佳，分明母親做事差，好合歹難出口，出上③個不說話。

安大成捨了那驢，一癟氣④跑回來，也沒敢做聲。到了第三日，沈大姨騎着他那驢來。進門來，于氏看見，不覺淚下。

離别情，離别情，先向牀頭問一聲，相隔着二三十，不知道你有病。牀上哐哼，牀上哐哼，滿懷寃屈向誰明？忽看見同胞人，不覺心酸痛。

沈大姨坐了坐，就去二成屋裏，看那臧姑。一見，可就滿口稱道："好個俊人兒！你看就上的畫兒⑤。"臧姑纔笑了笑，跟了來婆婆房裏，站了站去了。

難相交，難相交，就是心裏的癢難撓；照着癢處鑽，老婆子眞眞的妙。性兒雖喬，性兒雖喬，滿口裏奉承怎麼照；任拘他怎麼惡，不覺的激激[十二]笑。

沈大姨住了一夜，于氏合他說了說話，那心裏覺着略寬快了些。

他媳婦賽霸王[十三]，好不好罵爺娘，終朝只在刀尖上。老媽媽心裏痛傷，病懨懨倒在绳牀。姐姐總像從天降，對着他訴訴衷腸，對着他出這悽惶，一宵暫把愁眉放。借重他看看菜湯，借重他摸摸身上，十樣愁去了七八樣。

第二日，沈大姨家着人送了一個盒子來，沈大姨拿開給病人看了，說道："這是俺那媳婦子着人送來的呀，一則是問好，二則是因着這裏沒人做飯，怕餓着我。"于氏點了點頭，說："咳，好好媳婦知道嗄。"也就收了。隔了一日，又送了菓子⑥來。待了五六日，就送了三次。于氏說："姐姐，你有造化，怎麼媳婦就眞麽賢孝！"就吊下淚來。

于夫人淚恓恓，叫一聲你大姨，造化也是因前世。你出來還送東西，又愁你在這忍餓，在家不消說是極如意。不敢望跟的上⑦你，就次些我也肯依。

---

① 兩手叉住門：兩手伸開分别扶着兩邊的門框。

② 母夜叉：醜陋而又兇惡的女人。夜叉，佛經中形象醜陋的怪物。

③ 出上：豁上；拚上。

④ 一癟氣：一口氣。"癟"通"憋"。

⑤ 上的畫兒：可以畫到畫上。形容貌美。

⑥ 菓子：點心之類。

⑦ 跟的上：比得上。

這命不值個狗臭屁！娶了來不像婆媳，見了面就像仇敵，終日受不盡的那雜毛氣！

于氏嘆了一回。沈大姨說："這福只在人享。那媳婦子怎能件件都合着心呢？只是有一半點不是，我也不計較。倘若是我這媳婦給你，只怕你又嫌哩。"于氏說："俺姐姐，你說起來我就不是乜人！"沈大姨說："珊瑚嚻來？"

想想珊瑚[十四]，想想珊瑚，一聲高話從來無。早給你梳了頭，還去把飯來做。聽說他被逐，聽說他被逐，我就說你太糊塗。眞麽個賢惠人，休了是因何故？

于氏說："珊瑚雖然强及如今的，只是可不如您那媳婦。不知他嫁了沒？"沈大姨說："不知道。你若還待要着，咱打聽打聽。"于氏說："這句話，我也說不出口來了。"

珊瑚歸家，珊瑚歸家，想想從前咬碎牙。想是到如今，必定逢人罵。已是仇家，已是仇家，如今說是待要他，縱然有這樣心，也不敢說出那句話。

于氏說："我如今就待要他，他也未必肯來。"沈大姨說："倒未必，他賢惠着哩。"

甥婦賢能，甥婦賢能，模樣風流百事精。若早上說嫁人，晚上就來紅定①。他離了門庭，他離了門庭，不肯把婆婆罵一聲。若待嫁別人，怎肯捨了命？

沈大姨說到這裏，于氏不覺的哭了，說："他實[十五]實也罷了！我是怎麽迷糊着那心眼來！"沈大姨說："你懊悔就是了。"

志氣可嘉，志氣可嘉，情只尋死不歸家。他存着這個心，必定是沒改嫁。我去尋他，我去尋他，你的性兒可難拿，萬一再處不來，我嗄臉合人說話？

沈大姨說："想是還沒嫁，也還可以來的。萬一找他來再不好，可是屁股長在脖子上——我腆着腚去見人麽？"于氏說："你說起來呀。"

［房四娘］大姨說我害羞，怕你將來到不的頭②。你看珊瑚那樣的孝，你可還嫌定要休。于氏聽說淚交流，自待自家蹦頓頭。姐姐自管③往前做，後來

---

① 紅定：聘禮。

② 到不的頭：不能善終。

③ 自管：只管。口語中存在 z、c、s 和 zh、ch、sh 混用的情況，所以"只"發成"自"的音。

的話兒不要愁。

又待幾日，于氏病好了，沈大姨待去。于氏說："只怕你去了，我還是死！"沈大姨看着不是長法，不如把二成分開，極聲①叫二成來，對他說。二成去說了，臧姑說："哦，娘們安心待分出我去麽？我可不肯哩。"大家見他不肯，就沒了法。

娘三個共商議，要送太歲遠別離，誰知道那還不肯，大家無法更可施。安大成要[十六]尋思，不過他[十七]轉便宜，我就讓他便宜轉，這一個商議或者依。

大成又讓他地土、宅子，都着他揀了去，臧姑纔依了。又吩咐只留下三十畝薄地給他哥。大成說："就是這等。"當下同着沈大姨立了分書②。

二娘子大不賢，踢蹬③的合家不團圓，還要割下別人的肉，拿來自己身上安。安大成無怨言，自家情願種薄田，但得親娘不受氣，無有一攏也心安。

沈大姨看分了家，又把大成賣弄④了噪[十八]子。

人分開鬧不休，爭着乜錢打破頭；我那外甥今日好，萬頃良田百座樓。

沈大姨說："你每日誇獎俺那媳婦，你待會他會，你上俺家裏待二日，也散散心。"于夫人極喜，着大成找了個牲口，姊妹𨑨去了。安大成知道，這一回珊瑚就來了。

孝順兒要喜懽，夫妻離別正三年。心中參透⑤姨娘意，知道珊瑚必要還，好夫妻再團圓，只在三朝兩日間。大成暗知娘心悔，準備寬牀一處眠。

且說二人到了家，于夫人才坐下，便請外甥媳婦來。沈大姨笑了笑："你坐着，我着他扎挂了來的。"去了不久，從門外頭吆喝了來："這不是你每日誇獎的那媳婦？這不是每日孝敬你的那媳婦？你可認他認。"進門來却是珊瑚。于氏吃了一驚："他從那裏來？"沈大姨又笑。

你誇的那好媳婦[十九]，就姓陳名珊瑚，在我這裏有二年數。每日慇懃買盒看，問你的病好了沒，費錢都憑着針指做。你每日口口稱道，見了面却是

---

① 極聲：大聲。

② 分書：子孫分割家產的憑據。

③ 踢蹬：折騰。

④ 賣弄：誇獎；表揚。

⑤ 參透：猜透。"參""猜"存在陰陽對轉的情況。

極熟。

沈大姨說完了，珊瑚說："給娘磕頭。"于氏拉着，就弔[二十]下淚來，說："咳，我那好心的嬌兒，我今甚麼臉見你！"就拿過珊瑚那手來，使力氣照着自家那臉亂挆①。珊瑚奪出手來，他自家瓜冷②瓜冷的打了頓耳根子。沈大姨合珊瑚拉着，才住了。

想當初我用心太偏，待的你委實難堪。我兒你道③不曾怨，聽說我病長挂意，買上東西去問安，日久纔把人心見。倒把我好心的嬌兒，離別了正勾④三年。

珊瑚說："但得娘知道我沒有二意，不怪我呵，就死了也甘心！"說着，就弔下淚來了。

怨只怨自己不才，就打殺應當該！就是難得娘不怪。當初辭別親娘去，恨不將心剾出來，死了擲了荒郊外！實不望今生今世，還得那天眼重開。

娘們就像親娘親女兒，待了幾年沒見，親的就學不的。待了二日，拜別了沈大姨，謝了又謝。珊瑚磕下頭去，淚如雨下。

［對玉環］[二十一]想我當初，離家無處跑，想起大姨，旣溜哈喇⑤找。大姨情意高，待奴那樣好，已往從前，一言說不了。今日離別，心緒如刀攪。破上在沈家莊過到老，誰還想着這條道？媳婆美團圓，夫妻重懽樂，多虧了親娘姨用意巧。

【校】

［一］象呀：盛本作"莫怕"。

［二］啣：盛本、蒲本作"銜"。

［三］珊瑚說在這裏隔著太近：盛本作"［劈破玉］珊瑚說在這裏隔着太近"。

［四］您婆婆論：蒲本作"你婆婆論"；蒲松齡紀念館藏"聊齋遺著抄本"作"您婆婆真"。

［五］沒：盛本作"漫"。

---

① 挆：通常指用針扎，此指用手打。方言中發音 duō。

② 瓜冷：象聲詞。此指手打臉的聲音。

③ 道：通"倒"。

④ 勾：同"夠"。

⑤ 旣溜哈喇：到處；角角落落。哈喇，旮旯。

［六］于氏氣的戰拸捘：盛本作“［跌落金錢］于氏氣的戰拸捘”。

［七］臧姑也不管，哭叫揎下來了鑁鑁頭：蒲本、盛本作“臧姑也不管哭叫，揎下來了鑁鑁頭”。

［八］兄弟媳婦坐在也麼房：盛本作“［銀紐絲］兄弟媳婦坐在也麼房”。

［九］一聲裹：盛本作“不住聲的”。

［十］把眼都宿了：盛本作“把眼都熬壞了”。

［十一］着：盛本作“在”。

［十二］漖漖：蒲松齡紀念館藏“聊齋遺著抄本”作“微微”。

［十三］他媳婦賽霸王：盛本作“［羅江怨］他媳婦賽霸王”。

［十四］想想珊瑚：盛本作“［疊斷橋］想想珊瑚”。

［十五］實：蒲松齡紀念館藏“聊齋遺著抄本”作“其”。

［十六］要：盛本作“苦”。

［十七］他：盛本作“他想”。

［十八］噪：蒲本作“嗓”。

［十九］你誇的那好媳婦：盛本作“［耍孩兒］你誇的那好媳婦”。

［二十］弔：盛本作“掉”；蒲本作“吊”。下同。

［二十一］［對玉環］：盛本作“［對玉環帶清江引］”。

第三段　悍婦回頭

先有一個勸人歌，歌曰：

這個惡人好不謬，惹着儘自勾人受：漢子惹着他也掘，婆婆惹着他也咒。我勸歪人不要歪，閻王不怕你性子㑶①。眼前雖着人難受，只怕折了你的兒孫，促了你的壽！

且說珊瑚到家，合莊裹都喜，無論同姓異姓，都拿着禮物來看珊瑚，就是娶個新媳婦來，也不能那麼熱鬧。惟有何大娘不好來。于夫人也算是個好人，敬着人去請他來，自家認罪。

［劈破玉］您大娘你休要放在心上，那時節打一頓也是應當。想當初那是

① 㑶：死板固執。

甚麼模樣，一味胡踢弄，像吃了迷魂湯①。我如今清夜②的想來，嫂嫂呀，那汗珠子往下淌。

臧姑聽的珊瑚來了，那口裏着實嗤撇③他，到了第二日纔來了[一]。珊瑚也到了他那屋裏，那四六句④裏誚他，珊瑚推不懂的。珊瑚自來了，于氏又疼他，他却不肯自尊。

大娘子進了門合家歡樂，任拘嗄做停當不用吆喝，于夫人在房中穩穩高坐。還是舊媳婦，換上了個新婆婆，只恐怕使着我那孩兒，也去替他燒上一把火。

不說這院娘們親熱，却說臧姑爲鷄爲狗，就來罵這裏；又添上一個極能忍氣的，大罵了一聲，這裏大家氣也不敢喘，像沒人似的。

這一回添一個鋪囊的更甚，閉了門氣不喘總像是無人，靜靜的聽着那豪傑罵陣⑤。一個巴掌拍不響，姑娘自家退了神⑥。任你怎麼剛强，總然⑦是治不的一個忍。

那眼裏光陰，忍中日月，不覺的十年，臧姑生了一男一女。日生又便宜了，就買了丫頭。臧姑無處使那氣，每日不是罵漢子，就是打丫頭。誰想那二成他會捱，妮子不會捱，一條繩子吊死了。

這也是臧大姐點子不順⑧，可怎麼好好的死了一個人？他達達比臧姑無賴的更甚，聲聲的要告狀，跳打着⑨罵上門。把一個極有本領的媳婦，到這裏老大窘，也是自家踢弄的緊。

那妮子他達無賴之極，上門子罵了，又告狀；縣官又贓，要拿鵝頭⑩，出

---

① 迷魂湯：地獄中導致靈魂迷失的湯藥。比喻迷惑人的語言或行為。

② 清夜：寂靜的夜晚。

③ 嗤撇：嗤笑；挖苦。

④ 四六句：古指駢體文。此指韻文或順口溜。

⑤ 罵陣：本指兩軍交戰在陣前叫罵，泛指叫罵。

⑥ 退了神：精神萎靡，沒有鬥志。

⑦ 總然：終究。

⑧ 點子不順：時運不好。

⑨ 跳打着：人發怒時一蹦一跳的樣子。形容很生氣。著，詞綴。

⑩ 拿鵝頭：勒索作姦犯科者的錢財。又說“拿訛頭”。顧炎武《日知錄·訛》：“泰昌元年八月，禦史張潑言：‘京師奸宄叢集，遊手成羣，有謂之把棍者，有謂之拿訛頭者。’”趙翼《陔餘叢考·拿訛頭》：“伺人作姦從而嚇詐取財，俗謂之拿訛頭。”

了個票子，單叫臧姑。臧姑慌了，着二成替他回話。

［倒扳槳］平日臧姑嘴麻子多，紅票出來無奈何。走後走前無有法，二成只得替他婆；替他婆，好呆哥，腚不曾着鐵瓦合！

二成見了官，打了十五，押着要他媳婦。臧姑越發慌了，自家沒臉面，央他大伯。大成老大不忍，自家去見官，替他告免。那官那裏肯依。

臧姑贓極遇贓官，更比臧姑贓一番。臧姑雖贓贓不過，那贓官只要揻贓錢。叫皇天，臧姑謹具贓一盤；贓一盤，早早完，受了贓刑誰可憐？

臧姑拗强不肯使錢，到了官，捱了一拶子。沒奈何，指地作保，取銀五十兩。問他丈人告助，那生意人割捨不的[①]多給，只給了五兩；又折蹬[②]頭面[③]、衣服，共凑一百之數，送進去，兩口子才來了家。

臧姑遇着那贓哥，沒了家裏那好老婆。如今的天忒矮[④]，惡人自有惡人磨；惡人磨，沒奈何，猜他來家變成了佛。

兩口子來家，一個𦋐[⑤]着手，一個𦋐着腚，也就是天教誨他。若是回了頭，從此做好人，也還不晚；誰想他不害羞，還使他那本領，動動[⑥]就說："我拶子都捱了，怕人嗺！"

想想如今受折磨[二]，原是從前過惡多，娘子呀，懊悔該把脚來跺。回過頭來去念佛，敬了丈夫敬婆婆，娘子呀，老天也不記你從前的錯。又比常時大揭鍋[⑦]，要憑粗氣熬閻羅，娘子呀，怕你合他熬不過。人若是惱你嗺不着，天若惱了時嗺奈何？娘子呀，就該早把心頭摸。

安大成種着幾畝薄田，日子難窘，惟有二成寬容。自從遭了官司，弄的少擋沒係[⑧]，又搭上人來索債，叫花子躲亂——窮的討飯還帶着不安穩。

分家便宜了安二成，積趲了十年一旦空，哥哥呀，騙來的錢財中何用？家

---

① 割捨不的：不捨得。

② 折蹬：此指變賣（財產）。

③ 頭面：舊指首飾。

④ 天忒矮：比喻受壓抑。

⑤ 𦋐：即"𦋐"，同"捂"。

⑥ 動動：動不動；動輒。

⑦ 大揭鍋：更加徹底。

⑧ 少擋沒係：缺衣少穿。也作"少襠無系"。《聊齋俚曲集·窮漢詞》："怎麽的弄的少油沒鹽，少柴無米，少襠無系，少吃無燒？"

中兩口甚寬容，只是自家去踢弄，娘子呀，自作自受怨不的命。踢弄的別人不生生[三]①，你待生生也不能，老天呀，怎麽就眞麽有靈應？天爺爺看着他不做聲，他暗裏有個定盤星，哥哥呀，只怕是發了從前的病。

二成把三十畝好地賣給本莊任華，因這地土是大成讓②的，定要大成做中人③。二成說了，大成去了。二成還沒到，任華家[四]忽然倒了，爬起來說："我是安舉人。我的地那裏有任華買的！"就看着痛哭。

您兩口甚是賢，報你的名字到陰間，我兒呀，閻王也喜人爲善。因你的行德感動天，放我過了鬼關[五]，我兒呀，我才合你得相見。回地④休愁沒有錢，咱還能買百畝田，我兒呀，那刺蘼⑤樹下刨刨看，銀子刨來不用謙。絲毫休對二成言，我兒呀，那媳[六]婦呆兒何足念。

囑咐："那刺蘼樹下埋着幾兩銀子，回那地，您兩口好費用。我不能久住。"又倒了。還魂了半日，纔爬起來，聽見人說，才知道是安舉人附着他⑥，把文書交給大成，拿回來了。

［銀紐絲］拿着文書來到也麽家，見了娘親淚如麻，又搐答⑦，說他方纔是[七]任華，怎麽倒在地，怎麽又爬查⑧，從頭細說他父親的話。不忍他兄弟傾了家，俺合他共驗刺蘼花。我的天，牽掛心，總把心牽掛。

安大成淚洒洒的合他娘說，臧姑來窗外頭聽。聽見那銀子的話，等不的說完就跑，叫着二成，一個拿着杴[八]，一個抗着钁，流水先去刨去。于夫人看他影了一影，猜他去刨，瞧了瞧果然。大成便說："休去看他。"

臧家姑姑太心也麽貪，一席話兒沒聽完，往後顛，怕人分他那元寶邊。一個拿着钁，一個拿着杴，刺蘼樹下全刨徧。誰想並不見銀錢，滿坑裏都是一些瓦合磚。我的天，變了窖⑨，才把窖來變。

---

① 不生生：不得安生。

② 讓：轉讓。

③ 中人：中間人；經紀人。

④ 回地：贖回自己抵押出去的土地。

⑤ 刺蘼（mí）：纍絲花。薔薇科。

⑥ 附着他：魂附體。

⑦ 搐答：抽泣。

⑧ 爬查：此指從地上站起來。

⑨ 變了窖：變了掛。

兩口子呹嗤[①]了半日，光見瓦石，並不見銀，氣的把興頭[②]全沒了，撅着嘴去了。于夫人去看了看，刨了一個大坑，裏頭堆着瓦查子[③]，也只當他刨了銀子去了。

刨了來[九]，刨了來，夫妻要把寶藏開，只當是元寶哥，誰想是磚頭塊。沒倣[十]打彩[④]，沒倣打彩，無心還把舊窩埋，實指望大歡喜，到尋了個不自在。

珊瑚說："我也去看看。"到了坑邊，見那土裏白花花的都是小銀錁。下腰[⑤]拿了一塊來，看了看，都說異常，一齊去驗了。大成到底不忍瞞他兄弟，自家去叫了二成來。

情意高，情意高，叫他兄弟瞧一瞧，可憐他傾了家，也着他笑一笑。勞他先刨，勞他先刨，不肯自家上了腰[⑥]，兄合弟齊下手，公同着出了窖。

把銀子都拾出來，約有萬數兩，分了兩堆，先着二成揀了一堆，包了去給臧姑看。閃開包，都不是銀子，依舊是磚頭，掙[⑦]極了。臧姑說："你着他倒了包。"

傻兒瓜，傻兒瓜，他怎肯給你那雪鍊花[十一]！他待瞞着咱，又怕我知道罵。好您潮達，好您潮達，一堆磚頭拿到家。若不是倒了包[⑧]，怎麽就變了卦？

二成說："明明的兩堆，我揀了一堆來了。我去看看他何如。"進門來，看見他哥嫂合娘那裏擺劃。

稱着歡喜，稱着歡喜，五十兩紋銀足足的，他娘說自家窮，這銀子休妄費。大家尋思，大家尋思，年年春裏舉[⑨]糧食，不如咱買犋[⑩]牛，再治幾頃地。

---

① 呹嗤：非常吃力而喘粗氣。
② 興頭：興致。
③ 瓦查子：碎瓦片、石塊。
④ 沒倣打彩：沒精打采。
⑤ 下腰：彎腰。
⑥ 上了腰：掖在腰裏。此指私吞。
⑦ 掙：通"怔"。
⑧ 倒了包：调包。趁人不備將貨物調換了。
⑨ 舉：借。
⑩ 犋：量詞。畜力單位。

娘們正盤算着，二成包着些磚頭來傾在地下。大成問他："這是甚麼?"二成說着只是哭，大家都掙了。

獃蠢畜生，獃蠢畜生，鬼神警戒最分明，怎麼到此時，心裹還不動？兩淚盈盈，兩淚盈盈，空自哀哀告蒼穹，喜的是老兄憐，不知道罪孽重。

大成見他兄弟那模樣，老大不忍[①]，算了算他取的那銀子，本利共該捌拾兩，便把自家這銀子包上，說："沒要緊，你拿了去回地的罷。"

眼睜睜一大窩[十二]，猜堆堆有五千多，雙邊雙沿細絲錁；雖不知輕重如何，雪花銀倒有些插和[②]，每人只分了百十個。那鬼神把人作梭[③]，閃開包諕了一個篤坐[④]。也該論論從前的過，自家的盡情丟却，世上那有這樣哥哥，給[⑤]臧姑還打的頭兒破。

二成拿了銀子去，着實稱道他哥哥。遂即送與債主，退了文書來。那債主夾開銀子，都是大上皮[⑥]。債主大怒，待去告着二成。

在人手雪片花明，到他手一片光銅，鬼神忒也有靈聖。這時節還不心驚，反說人把機關弄。他漢子而不冷騰[⑦]，他老婆跐溜撲籠[⑧]，天生一對獃瓜命。他看着是個英雄，人看着是個蜇[十三]蟲[⑨]，聽說告狀纔挣一挣。

二成慌了，又寫章死契送于債主，任憑他典賣，央及着，纔退回那銀子來了。臧姑說："哥哥好也好不到這分天地，這意思要着咱犯了，好捱夾棍。"

有些潮腔[十四]，有些潮腔，哥好心裹有點攮，怎肯將自家的銀，生生的將你讓？有刀鎗，有刀鎗，你使的發了才遭殃，不止說瞎[⑩]了錢，還着你捱來[十五]榜。

臧姑說："咱也不要說破，把這夾了的留下，別的還送給他。你說：哥哥屢次的讓我，我也不忍，留下幾兩，見哥哥的厚意；別的送了來，你去回那

---

① 老大不忍：非常不忍心。

② 插和：摻和。

③ 作梭：作祟；捉弄。

④ 篤坐：堅實地坐在地上。

⑤ 給：被。

⑥ 大上皮：摻有銅的銀錠。

⑦ 而不冷騰：愣頭愣腦；傻氣。

⑧ 跐溜撲籠：沒有正形。

⑨ 蜇蟲：平庸之輩。

⑩ 瞎：白費。

地來種罷。”二成果然到他哥哥那裏，照老婆的言說了。大成不肯，二成放下去了。

銀子收下，銀子收下，點了點塊又包煞，見他讓慇，不尋思有別話。典當珠花，典當珠花，凑足了數兒找債家，一戥[1]盤稱上銀，那賬兒够消罷。

安大成凑足了銀子，支給債家。債家看那銀子，合前番絲毫無二，心裏疑忌；連夾了三錠，全無差遲[2]，就把文書退了。

銀色差遲，銀色差遲，還是前番大上皮，誰想到了好人手，就成了冰花細。好不蹺蹊，好不蹺蹊，着人恐懼汗淋漓，臧姑是也人，他那敢子喘粗氣。

大成來家，二成來打聽，知道那地回了來了，對着臧姑說。臧姑說："必然是換上好的，給了人家。"

當初纔刨，當初纔刨，你就叫他倒了包。怎麽換假銀，哄着你上他的套？眞正蹊蹺，眞正蹊蹺，又不是行者那猴毛，可怎麽到咱手，就變的沒人要？

臧姑怒極，來到這邊，見他大伯在門裏頭，就罵："忘八科子，可自在了！嘮着給俺那假銀子，虧了沒轉出夾棍來！各人分的，就不給俺，俺也不怨，怎麽嘮俺？"

怒氣冲冲，怒氣冲冲，一陣罵的天也紅，不知嗄緣由，大家掙一掙。從容細聽，從容細聽，聽的那韻甚分明，才知道那宗銀，不是好來送。

大成說："珊瑚，你出去問問，怎麽假銀子？"珊瑚說："你就多了那一多。"一把抓過那文書來，出來遞與臧姑，說道："回了那地來了，方才待對你說去種的呢。"

纔到門庭，纔到門庭，您哥就待叫二成，你從那發了來，還不知那裏的病。銀是元封，銀是元封，人家並不犯相爭，他雖然回了來，原沒說自家種。

臧姑接了文書，見珊瑚全不分辨，也就不留細說，去了。大成喜極："好！我不如你。若一分辨，不知喫多少氣哩。"

叫聲賢妻，叫聲賢妻：想想從前我好癡，遇着這樣人，辨甚麽非合是？全然不提，全然不提，算是我更得便宜，若要說分明，又喫多少氣。

不說大成歡喜，且說二成夜間夢見他父親說："您兩口子不孝不弟[3]的，

---

① 戥：一種小型的稱。

② 差遲：差錯。

③ 弟：通"悌"。尊敬兄長。

眼前就促您的壽哩！您自家的還不知給誰，又賴別人的！”二成醒來，合臧姑說。臧姑說：“這糊突夢，那[十六]着當件事哩。”

［房四娘］二娘子忒也乖，罵着剛强罵滿街，屢屢鬼神警戒你，依然全不挂心懷。乖極了却是呆，惱着天爺不怕你歪，縱有南海觀音母，難從油鍋里拉出來。

待了幾日，一個兒五六歲了，正旺相相①的，忽然得了病，二三日就死了。二成害怕說：“那地咱還送給他大爺家罷。”臧姑說：“象呀，休說咱還年小，縱沒有兒，我也留着個閨女。”

二娘子太掇爭②，全憑吵罵過平生。旺跳的勝[十七]兒一旦死，指望女兒來送終。

又待了十來天，閨女也是一點病沒有，正頑[十八]着，絕氣而亡。臧姑才慌了。

二娘子瞎星星③，兒女都喪才心驚。如今回頭已是晚，念殺彌陀活不成。

臧姑吩咐二成，把文書給他哥。大成不接，二成放下去了。大成說：“他二嬸子又不知待弄甚麼鬼哩！”全不去種，二成也不去種，到了三月盡還荒着。大成說：“合他分了罷。”臧姑一壠也不要。大成見是實意，方纔耕種了。

謝臧姑最可憐[十九]，他爺娘甚不賢，一句好話沒人勸，踢蹬的兒亡女又死，才知道頭上有青天。回頭晚了十年半；若還是早早悔悟，定積的子貴孫賢。

臧姑哭了會子女，忽然來這院裏，見了他婆婆，娘長娘短的，見婆婆做甚麼，就奪過來替他做；若沒有事，就合珊瑚說笑，嫂嫂叫的極親熱。這都是從前來沒有的。于夫人喜的說了又說。珊瑚看着也異常，就着實敬他。

謝臧姑回了心，敬嫂嫂孝娘親，忽然這等誰能信？像遭百日淋淋雨，一旦忽逢日纔新，一家歡喜言難盡。誰指望頑石一塊，轉回頭變成黃金。

一日，到珊瑚房裏，珊瑚笑了笑說：“我合你做妯娌十年多，近來極像合你初會呀。是的[二十]，我知怎麽說[二十一]，見了你親極，全不像尋常日。”臧姑就吊下淚來。

---

① 旺相相：身體健康，精力旺盛。

② 掇爭：執拗；強悍。

③ 瞎星星：瞎逞能。

自是我不成了[二十二]，怨爺娘甚不該，一言把我終身壞，他說婆婆不宜量好，我就聽着胡揣歪[①]，誰想惹的神靈怪。到如今通身的下汗，悔也是悔不將來。

人家女兒不教道[②]他孝順，他若終於胡行，惹的天惱了罰他，豈不是吃了爺娘的虧麽？若是他懂過來，又要怨爺娘，這臧姑不是様子麽？

謝娘子淚雙雙，一聲聲怨爺娘，發恨[③]不把娘門上。妯娌二人齊孝順，一門和喜慰高堂，也是前生有福相。于夫人現世現報，晚年來受盡的風霜。

從此臧姑比珊瑚還小心。待了半年，于夫人有了病，着實危篤，兩個兒、兩個媳婦，都是淚道不乾的；臧姑越發着極，每夜焚香禱告。

謝娘子淚漣漣，一炷明香禱告天：不孝惹的那神靈怨，我今纔醒了糊突夢，痛改從前以往愆。爭奈光陰已有限，若許從新改過，再着我侍奉十年。

臧姑說："若是咱娘有些差遲，就是天不許我改過。"一行說着就下淚。守了幾日，果然又好了。臧姑分外歡喜。

開笑口合不交，像是老天把我饒，又着我往前得盡孝。從今改前略把媳婦做，也將罪孽折分毫。不敢望得來生報，但得我進十年孝順，就死了也好見三曹。

後來珊瑚兩個兒都中了舉。臧姑生十胎都不存；到了五十上，纔生了一子，進了學。臧姑活到八十纔死了，還受了兒的孝順。若是他終于不回頭，着他公公說該促壽，該沒兒，該早死了，還有甚麽兒哩？

［羅江怨帶清江引］仔顧踢蹬，天就把我找，若是回頭，天也就不惱。老天容易饒，只要回心早，不用念佛，休駡也休吵，孝順公婆敬哥又敬嫂。惡似臧姑天下少，天還不計較；若是他早回頭，還有榮華報。你可看陳珊瑚，他好不好？

人人聽說齊打罕[④]，賢慧的榮華差的減；世間報應甚分明，休說老天沒靈驗。

---

① 揣歪：胡說八道。

② 教道：教導。

③ 發恨：發誓。

④ 打罕：奇怪。

【校】

［一］了：盛本作“拜了拜”。

［二］想想如今受折磨：盛本作“［跌落金錢］他想想如今受折磨”。

［三］生：盛本作“安”。

［四］家：衍文。

［五］鬼關：當為“鬼門關”。盛本、蒲本作“鬼門關”。

［六］媳：盛本作“潑”。

［七］是：盛本作“見”。

［八］杴：盛本作“鍁”。

［九］刨了來：盛本作“［呀呀油］刨了來”。

［十］俅：盛本作“精”。

［十一］雪鍊花：蒲本作“雪煉花”。

［十二］眼睜睜一大窩：盛本作“［羅江怨］眼睜睜一大窩”。

［十三］箽：盛本作“傱”。

［十四］有些潮腔：盛本作“［疊斷橋］有些潮腔”。

［十五］來：当为“夹”。盛本同誤。

［十六］那：盛本作“拿”。

［十七］勝：盛本作“嬌”。

［十八］頑：蒲本、盛本作“玩”。

［十九］謝臧姑最可憐：盛本作“［耍孩兒］謝臧姑最可憐”。

［二十］近來極像合你初會呀。是的：蒲本作“近來極像合你初會呀是的”。

［二十一］我知怎麼說：當為“我不知怎麼說”。盛本作“我不知怎麼”。

［二十二］了：盛本作“才”；蒲本作“人”。

慈悲曲

西江月

別書勸人孝弟，俱是義正詞嚴，良藥苦口吃着難，說來徒取人厭；惟有這本孝賢，唱着解悶閒玩，情真詞切韻纏綿，惡煞的人也傷情動念。若是看了說好，大家助毛攢毡①，拿着當是感應篇[一]，刻來廣把人勸；一來積了陰德，二來出[二]能轉錢，刻了印板天下傳，這宗生意誠善。若是無心抄刻，看了即時送還，不也儘着光爲玩，要緊還有一件：詞句曾經推敲，編書亦費鑽研，閒情閒意須留傳，兒孫後日好看。有一等粗俗光棍，拿着隨處掀翻，袿子不洗十來年，穢頭土臉②也看，牀上炕上揉搓，尿裹屎裹估揀③，爭來奪去濟着搼④，弄的翻邊捲沿⑤。更有一種光棍，借去全不送還，張兄李弟濟着傳，有無全不掛念，今日正在直隸，明日弄到雲南，既溜蛤喇找着難，仔等的連本不見。觀者憐存本之難，勿久假而不歸⑥也。

① 助毛攢毡：將毛髮聚集起來製作氈。比喻大家共同努力。

② 穢頭土臉：即灰頭土臉。

③ 估揀：（在泥水、面等物體裏）反復沾、蘸。

④ 搼：搏、揉等。

⑤ 翻邊捲沿：此指書頁的邊緣卷起。

⑥ 勿久假而不歸：長期借閱而不歸還。

第一段[三]　是[四]後娘氣

詩曰：古往今來萬萬春，世間能有幾賢人？

誰知百世千秋下，王祥①王覽②有後身。

我今說一件兄弟賢孝的故事，給那世間的兄弟做個樣子。但只是裹邊掛礙③着那做後娘的。我想普天下做後娘的，可也無其大數④，其間不好的固多，好的可也不少。我說出這件故事來，那不好的滿心裹驚，那好的想是也不見怪。這件故事名爲慈悲曲。

［一剪梅］世間兩種最難當：一是偏房⑤，二是填房⑥。天下惡事幾千樁，提起來是後娘，說起來是[五]後娘。

你看那有刺的就叫做"後娘拄棒⑦"，有鉤的就叫做"後娘匙子"，不壯⑧的就叫做"後娘麻線⑨"，尖底的就叫做"後娘確子"：一旦做了後娘，天下之惡皆歸焉了。

人心原自不相同，你生的你疼，我生的我疼。後娘寃屈也難明，好也是無情，歹也是無情。

譬如有一個前窩⑩兒，若是打罵起來，人就說是折蹬；若是任憑他做賊當忘八，置之不管，人又說是他親娘着，他那有不關情的：謂之左右兩難。但只是做着後娘，只出上一片好[六]，就見了玉皇爺爺，也敢抓出心來給他看看；

---

① 王祥：西晋人。二十四孝中有其"臥冰求鯉"之事。

② 王覽：西晋人。王祥異母弟弟。

③ 掛礙：涉及。

④ 無其大數：形容數量很大，無法統計。

⑤ 偏房：妾；小老婆。

⑥ 填房：原配亡故之後，再娶的妻子稱為"填房"。

⑦ 拄棒：拐棍。

⑧ 壯：結實。

⑨ 麻線：用麻搓成的細繩。舊時多用來納鞋底。

⑩ 前窩：前妻所生的孩子。

但仔[①]是那做後娘的可又不能哩。

詩曰：孩兒一樣叫親娘，叫煞親娘不氣長；

試問後娘因何故？不曾親吃定心湯。

古時有一家人家，屋裏有一窩燕子。那小燕子方纔抱[②]出，那母燕子被貓咬去。待了二日，那公燕子又合[③]了一個來，依舊打食[④]餵他。那小燕子隔了一日，就一個一個的吊[七]在地下死了。都知不到[八][⑤]是甚麼緣故，吧[九]開那小燕子嘴，看了看，個個都啣[十]着蒺藜，纔知道是後娘使的狡猾。鳥且如此，何況是人。雖然那蒺藜是後娘的罪孽，孝順是爲兒的本等[⑥]。

詩曰：後娘雖不好，子孝理當然；

不過蘆花變，焉知閔子賢[⑦]？

自古以來的孝子，如穿[十一]井的帝舜，穿蘆花的閔子騫，都是遭着後娘；就是那臥冰的王祥，也是臥了魚來事奉他後娘。有一篇俚歌爲證：

孝子王祥自古傳，後娘待他甚難堪：夏天跑[十二]在毒日裏，隆冬差着下深灣。雖然支使的極暴虐，王祥就做不辭難。他兄弟王覽是後娘子，有仁有義的好心田，就是上山打猛虎，也不肯叫他哥哥獨當先。家有園中一樹李，原是他娘心所懽，就着王祥去看着，風雨損壞打一千。忽然狂風又大雨，王祥抱樹哭漣漣。王覽來合他同相抱，雨淋風打不敢遷。他娘看見疼了個死，纔連王祥都叫還。又罰王祥整夜跪，直橛[⑧]跪在畫簾前。王覽跑來一處跪，一陪陪到二更天。母親睡醒纔知道，心中惱恨又哀憐。思量折掇[⑨]別人子，就是折掇親生男，從此少把心腸改，王祥以後得安然。當年不遇後娘唦，後世那知兄弟賢。

---

① 但仔：但凡。

② 抱：孵化。通“菢”。《集韻》：“菢，鳥伏卵也。”

③ 合：打聽；尋找。

④ 打食：鳥獸等外出覓食。

⑤ 知不到：不知道。

⑥ 本等：本分。

⑦ 不過蘆花變，焉知閔子賢：閔子，指閔子騫，春秋時期魯國人。《二十四孝》中載其“蘆衣順母”的故事。

⑧ 直橛：直挺挺。

⑨ 折掇：折磨。

這也是已往的古人，不必細說。本朝就有一個人，可以比那王祥，他兄弟就可以比那王覽。你道是誰？這人老子姓張，號是張炳之，原是東昌人。張炳之的老子曾在陝西做生意，住了二十多年，生了一女，就在那裏合人家做了親①；後又來了東昌，才生了這張炳之。

［耍孩兒］這一個張炳之，因他姐在陝西，時常往那裏做生意。達子②虜了媳婦去，又在漢中娶了妻，三回弄出好把戲。他也是命該如此，遭了些生死別離。

他的結髮妻是姓王，娶了二年多，遇着達子放搶，擄了去了。他又往陝西去了，他姐姐又給他找了一個媳婦，姓陳，生了一子，名喚張訥。這張訥纔四五歲，陳氏又死了。以理論起來，既有了兒，就不娶也可以罷了，可只是打光棍也是難呢。

打光棍實勢難，爐少火竈少煙，衣髒襪破鞋兒綻。外邊待上三五日，進門好似枯墳壇③，塌灰遮滿了牀兒面。站一回無精打采，坐一回少心無肝。

且休講這光棍子百般的瑣碎④，萬般的淒涼，只有一個孩子叫呱呱的，沒了他娘，就只是找他達呀，他叫你東遊西轉不的。因此張炳之又尋了一個老婆，姓李，撮傀儡子解包被——這一回纔弄出故事來了。

［呀呀油］娶後婆，娶後婆，抱⑤子[十三]兩窩並一窩，着孩兒叫他娘，指望他合孩子過。娶後婆，前邊撇下了個小哥哥，你說是咱的兒，他拿着當拾來的⑥貨。這張炳之娶了這個老婆，實指望給他看着孩子，誰想那李氏的性子極殘。因張訥沒叫他個娘，就說科子生的，連娘也不叫，還望人養活你麼？

不叫娘，不叫娘，又說灰了人心腸，他不叫娘，還望我把孩子來將傍⑦？叫他娘，他又沒有好聲嗓，哀哀的叫了來，還着人睃不上⑧。

張訥從小聰明孝順，知道嗔他不叫娘，就來娘長娘短的。李氏又不耐煩，

---

① 做了親：聯為姻親。

② 達子：舊時漢人稱呼金元北方民族為達子。

③ 枯墳壇：比喻淒清落寞。

④ 瑣碎：煩亂。

⑤ 抱：此指生孩子。通“菢”。

⑥ 拾來的：抱養的。

⑦ 將傍：輔佐；養育。

⑧ 睃（suō）不上：看不上；瞧不起。

喝的聲說："誰是您娘！"劈頭一鈷釘，幾乎把那孩子頭來搥了腔子裏去了，嘛的聲就叫喚了。李氏越發惱了，一把抓過來，那小腚上打了四十多下子。張炳之老大不忍。

［倒扳槳］惟有後娘最無情，打兒不管輕合重，你滿心裏無干係，不知達達心裏疼；心裏疼，待做聲，未曾開口笑顏生。

張炳之笑了笑說："多少打他幾下子罷，你就打他眞麽一些？"

炳之叫聲我賢婆：小小孩兒知甚麽？只該打他三五下，叫他再來好記着；好記着，沒奈何，就是打的他忒也多。

張炳之也沒敢大嗔，那李氏就是淨了包袱的線匠——沒零賣，發了繵子①了。

罵了一聲忘八羔：湯②了一湯，你就死聲子嚎，還要慣着做達叫，你眞是個老雜毛。老雜毛，我把你乜小筋抽一條！

張炳之被老婆罵了一陣，不敢做聲了。這孩巴子③也不宜量好，當時有他娘在時，越哄越發喲氣；今日打了一頓，又見老子受氣，從此以後，就是打煞他，他也不敢哭一聲了。

［銀紐絲］每日清晨起來天兒也麽烏，揉眼還是眵兒糊；孩子雛，一身營生做不熟，新學着紀[十四]帶子，纔學着穿衣服，兩頓打的會穿褲。一日吃了兩碗冷糊突，沒人問聲够了沒。我的天來咳，數應該來，應該數！

你說四五歲的乜孩子，誰知道穿衣裳來？他娘只是打着他穿，打了幾清晨，襖也找着袖了，褲也伸上腿了，指頭似的個人，五更裏起來，吷嗤吷嗤的穿把上。叫他在牀前站着，待盼[十五]子④中了飯，都吃停當了，纔着他刮那冷眵塊⑤吃。若着他親娘見了，就疼煞了。

［懷鄉韻］替張訥把娘叫：你只管你死去了，撇下肉兒將誰靠？身上的飢寒自家知道，疼裏癢裏對着誰學？若着親娘見一遭，必然叫一聲心肝，還帶一聲嬌嬌，哎，淚珠兒還要趕點子往下吊。

---

① 發了繵子：這裏指一束一束的批量出售。繵子，此指一束線的量。

② 湯：碰。

③ 孩巴子：小孩子。

④ 待盼子：待一會。

⑤ 冷眵塊：此指剩下的稀飯。

一日，張訥出去玩的，鄰捨家有個周媽媽，見他跛蹫[①]跛蹫的，便問："這孩子你那裹疼呀？"也不做聲。媽媽叫他坐下，扳起他那脚來看了看，見那鞋沒有底，有半截棘針[②]扎在那脚心裹。嘆了一聲："咳，我的兒！這是幾時簽上的來？又咱會[十六]膿了？"從頭上拔下個針來，給他撥出來，那棘針就有半指多長。一行給他揉搓，一行嘆着他：

［跌落金錢］沒娘孩子好可憐，棘針幾時把脚簽？我兒呀，成了膿來還沒人見。又叫一聲苦心肝，脚上的鞋底少半邊，我兒呀，您爹怎麽就看不見？您娘養你四年正，哄着還怕你叫喚，我兒呀，今日死了誰憐念！您娘當日那樣賢，撇下了個孩兒交給了天，我兒呀，一揞[③]揞了勾一半。

媽媽嘆了一回，取了他那孩子的一雙舊鞋來，給他換上，才叫他去了。不覺的光陰似箭，日月如梭，就是一年有零，張訥程程[④]瘦了。

［羅江怨］見張訥人人痛傷，都說他家有後娘，孩[十七]折掇的不像樣。道上行人笑老張，把乜孩子來交給了個鬼王，瘦的着人看不上。他心裹一般的愁腸，又不能做個主義[十八]，而不冷騰的，是個甚麽像！

人人都說張炳之既沒有漢子給那孩子作主，就不該尋後老婆。不論張炳之無有漢仗，就是個好漢子，一個生意人，少在裹，多在外，娶了後老婆待了半年，就出去了，家裹好歹，他那裹知道的？

［疊斷橋］孩子可憐，孩子可憐，他達一去不回還；就是長在家，也只是多出了幾身汗。往外飛趟，往外飛趟，捨了孩子去掙錢；無論他死活，只出上個看不見。

縱然出了門，那心裹其實也常掛念。忽然一日從外回來，張訥聽說，流水跑來守着。張炳之一眼看見，吃了一驚，說："哎喲！你有病來麽？"張訥說："我沒有病。"張炳之點了點頭，也沒說嗄。

唬了一驚，唬了一驚，尸駭鬼步[⑤]瘦伶丁；叫了一聲我的兒，你怎麽像有病？問了一聲，問了一聲，口裹不說心裹明；再待一半年，怕喪了小狗的命。

---

① 跛蹫：一瘸一顛。

② 棘針：口語中多指棗樹、槐樹上長出的刺。

③ 揞：縮回。

④ 程程：漸漸；逐漸。

⑤ 尸駭鬼步：瘦得如同鬼一樣。極言很瘦。

張炳之把行李搬進來，飯也沒吃，早放倒頭兒睡了。他婆子只說他走乏了，也沒理他。

[劈破玉] 張炳之放倒身長吁短嘆，最不該尋老婆懊悔從前，再一會怕爹兒不得相見。給他找一條逃生的路兒，顛倒尋思了萬萬千千，溜溜[①]的睡了一整夜，好漢子及到天明宿了眼。

原來這張炳之，他姐姐家是趙家莊，隔着這莊有二裏路。他姐夫死了三年，他姐姐在家守寡，爲人極有本領。當下張炳之就要送給他養活着，可又不敢明說。

張炳之是一個甚麼物，爲孩兒想了個顛倒爛熟，有了法還不敢明明的去做。低頭又把苦心用，白迷拉眼就弄局[②]。怕的是那脚步兒響來，忽然間儆覺[③]了那胭脂虎[④]。

虧了這一日，那李氏又娩臥[⑤]了，雖然生了個小廝，張炳之也不甚喜歡。瞧了個空子，把張訥叫了那無人處，說："你知道您姑家麼?"張訥說："我知道他那莊，他是路東裏頭一個瓦門樓。"又問他："能自家去麼?"張訥說："我能自家去。待叫我做嗄的?"他老說："我看你待會子再[⑥]死了，你上那裏逃生的罷。"那孩子點了點頭，撲簌簌吊[十九]下淚來，離了老子，徉徜去了。

[清江引][二十] 娶一個後婆子不當耍，兩條腸子常牽掛，撇下個親生兒，樹坎叉裏也括[⑦]他不下，反過來覆過去，難爲煞他爺䇓。

【校】

[一] 感应篇：盛本、蒲本作"《感應篇》"。

[二] 出：蒲松齡紀念館藏石印本作"也"。

[三] 段：盛本作"回"。下同。

---

① 溜溜：整整；滿滿。

② 白迷拉眼就弄局：眯著眼睛想辦法。弄局，設圈套。

③ 儆覺：警覺。

④ 胭脂虎：潑婦。據說宋代縣官陸慎言非常害怕貌美卻又蠻横的妻子朱氏，民間便稱其妻為"胭脂虎"。

⑤ 娩臥：分娩。

⑥ 再：如果；要是。

⑦ 括：擱下；放置。

［四］是：盛本无。下同

［五］是：盛本作“还是”。

［六］好：盛本作“好心”。

［七］吊：盛本、蒲本作“掉”。

［八］到：盛本、蒲本作“道”。

［九］吧：盛本作“扒”。

［十］啣：盛本作“銜”。

［十一］穿：盛本作“浚”。

［十二］跑：盛本作“跪”。

［十三］子：蒲本、盛本作“了”。

［十四］紀：盛本作“繫”。

［十五］盻：蒲本作“盼”。

［十六］會：盛本作“潰”。

［十七］孩：盛本、蒲本作“孩子”。

［十八］主義：盛本作“主張”。

［十九］吊：盛本作“掉”。

［二十］［清江引］：全稱為“［羅江怨帶清江引］”。

第二段　是逃命計

詩曰：路上行人笑老張，爺⿺式爾都受後娘降；

　　　自家慣用⿺走眞鎗計，又把家傳教令郎。

四句歪詩題過，却說那張訥聽了他老子的言語，就一溜煙跑到趙家莊，一直照着①那瓦門樓鑽將進去。他姑看見說：“這是誰家的孩子？”張訥說：“你看俺姑，你就不認的我了麽？”他姑細想了想，才大驚失色說：“你是小訥子麽？”張訥說：“是呀。”他姑一把拉過來，說：“我兒，怎麽你就瘦的這麽［一］了？”

---

① 照着：朝着。

［耍孩兒］隔着您够一揸[①]，一二年不到您家，就因那科子說那話。兩句俗話說的好，有了後娘就有後達。您達怎麽就看的下，把一個沒娘孩子，就弄的飢飢哇哇？

張訥見他姑罵他爹，便說："我這來，就是俺爹叫我來的。"他姑說："叫你來做嗄來[②]？"張訥說："沒嗄做。"他姑說："這就奇呀，沒嗄做，怎麽叫你來來？"張訥說："俺爹說，你到您姑家裏休回來。"他姑點了點頭，說："哦哦，是了。您媽知道麽？"張訥說："俺媽不知道。"他姑說："您爹枉轉了是條漢子。罷呀，我正尋思着不叫你去哩。"

［呀呀油］沒娘孩，沒娘孩，一跑跑到他姑家來。這也不是趙家莊，分明就是三界[③]外。好不成材，給一個孩子作不下主來。見了人休要作揖，原只該㧑挴着拜。

且不提張訥在他姑家裏，得其所哉。却說李氏生了個孩子，昏魂[④]了半天，將待黑了，不見張訥。便問："小訥子那裏去了？"張炳之故意失驚道："可說呢！他那裏去了？"

張炳之婆子的性兒尖似錐，我雖不敢朝你的頭，你還猜不方[⑤]我的謎。雖在一堆，常常用那小心機，只爲着一個兒，看做了多少勢。

張炳之故意失聲大怪[⑥]，沒地去呀問了一遭子，自家回來了。原來那李氏沒放在心上，艾焙子[⑦]炙那連連骨[⑧]——疼着他那脚後跟了麽？

［倒扳槳］婆子放倒頭睡沉沉，漢子攲[⑨]下暗沉吟。不見了孩子你全不掛，暗暗的罵了聲狼[二]心人；狼心人，你不親，不知道我還更放心。

到了五更裏，張炳之故意爬起來說："那孩子只怕那猲虎[⑩]吃了，我還得

---

① 一揸：伸開手指，大拇指與中指之間的最大距離。

② 來：句尾語氣詞。

③ 三界：佛教稱欲界、色界、無色界為三界。

④ 昏魂：此指昏睡。

⑤ 猜不方：猜不准。

⑥ 失聲大怪：大驚小怪。

⑦ 艾焙子：艾炷。

⑧ 連連骨：脚踝骨。

⑨ 攲（qī）：躺。方言音多為 qiē。

⑩ 猲虎：狼。

去找他找。”李氏說：“好好的跑了，就到底不長進[①]。籠裏犯出羔團子——好勢的也挖打，就少耗了也罷了。”張炳之說：“雖然也養活他那麽大小哩，還得察訪[②]他察訪。”

孩子已是得安身，還說出門去找尋。大門外頭走一趟，故說全然沒信音；假沉吟，老婆跟前使碎了心。

張炳之出門去了，略不停時[③]，有莊東頭老孫婆子，竟來送信，說：“夜來[④]俺那兒在路上，見他往趙家莊去了。”李氏說：“哦，必然上他姑那賊老婆[三]科子那裏去了。”

［銀紐絲］罵了聲張訥忘八也麽羔，怎麽去找那老獾叨？死囚牢[⑤]徒白着兩根老賊毛，擠眉挖挨眼[⑥]，要把孩子嘮，他又會弄那小老婆調。李氏自己不害囂，只怨孩子開了交[⑦]，我的天來咳，笑煞人來，人可笑。

老孫婆子聽着他罵了會子，出門去了。張炳之纔回來，李氏說：“你問着了麽？”張炳之說：“沒問着。”李氏說：“剛纔東頭老孫婆子來說，您小達達往您養漢頭[⑧]姐姐家裏去了。你看但仔是個人，怎麽就不來說聲。你不去叫他來的麽？那裏不知道怎麽嬌兒肝心的調唆他哩。”

［懷鄉韻］炳之不言心裏笑，孩子去了正待去瞧，哎，今日奉了明文越發妙。老婆你說你乖覺，漢子哄你不值個破瓢，但只是躭了些驚恐，費了些計較。那苦情[⑨]話兒說不出口來，對着人也是難學，也是難學。哎，白黑[⑩]的，使碎了心腸誰知道？

張炳之正待去囑咐囑咐他，也就將計就計，跑到趙家莊。他姐姐說：“你希性[⑪]呀，怎麽來到這裏來？”張炳之說：“小訥子在這裏麽？”他姐姐說：“沒

---

① 長進：有出息。

② 察訪：打聽。

③ 略不停時：時間不長。

④ 夜來：昨天。

⑤ 死囚牢：關押死囚犯的牢房。這裏當為詈詞。

⑥ 擠眉挖挨眼：擠眉弄眼。

⑦ 開了交：離開；跑開。

⑧ 養漢頭：詈詞。有不正當男女關係的女子。

⑨ 苦情：苦難之情。

⑩ 白黑：白天黑夜。

⑪ 希性：稀罕。

呀。你家裏娶了極好的美人，又賢慧，招管[①]的他極受用[②]，他可待來這裏做嗄呢?”張炳之不覺的吊下淚來。

撲簌簌淚珠兒落，俺如今有了前窩並後窩[③]，哎，尋老婆，原是我當初錯。把一個小廝瘦成一朵，不着來此怕見了閻羅。我如今沒奈何，一時一霎可是難學，可是難學。哎，實說了罷，姐姐呀，我這漢子支不過[④]。

張炳之合他姐姐說話，張訥聽的流水跑來，在旁裏站着。張炳之不免囑咐他幾句。

［跌落金錢］我身雖是在他方，時時懸掛一條腸，我兒呀，今日纔把心來放。半年不曾還故鄉，你就憔悴不成腔[⑤]，我兒呀，再待半年就畢了賬[⑥]。終朝每日受災殃，打一場來罵一場，我兒呀，你今到了天堂上。你在這裏得安康，您姑就是您親娘，我兒呀，你聽說，學成一個人模樣。

張炳之說罷就待走。他姐姐說：“我也不留你。看你去的遲了，轉下來了。”往外送了幾步，說：“你到家裏，就說他姑不教他來。”張炳之往外走，張訥跟着，兩個小眼裏淸澌澌的流淚，一個小嘴裂呀裂呀的[⑦]。他姑說：“你回去罷。”纔站住了。

孩子沒娘託他姑，跟着他爹淚汪汪，爹爹呀，我幾時纔把家門上?他爹說你且窩藏，待上幾年再商量。嬌兒呀，你可休要沒人樣。孩子聽說又哀傷，我從今不得還家鄉，爹爹呀，你幾時還來把我望?他爹聽說淚兩行，你跟着您姑強的您娘，嬌兒呀，我近裏還來走一趟。

不說張訥翹着脚兒，只等的看不見他老子，纔回去了。且說張炳之到了家，李氏說：“你叫的他呢?”張炳之說：“他姑不依他來。”李氏說是：“何如?我說那老科子，會弄他那眞像[四]，𧡮眼擠打擠打的[⑧]，不知弄了多少鬼

① 招管：照顧。

② 受用：舒服。

③ 後窩：後娘生的孩子。

④ 支不過：支不起男人的架子。

⑤ 不成腔：不像樣。

⑥ 畢了賬：了結。此指苦日子到頭了。

⑦ 裂呀裂呀的：嘴角因哭泣而抽動。

⑧ 擠打擠打：此指眼睛一眨一眨的。打，詞綴。

哩。賣糖的不見了糖箱子——光拉那彎彎擔。人家的孩子，勒着他哪條筋[①]哩。”張炳之說：“他養活二日，他自然就啕够了。”他口中不言，心內自想。

［羅江怨］乜孩子不够一揸，不爲他娘也爲他達，那棍子怎忍落的下？是奴才也該憐他，是牛馬也該餵他，怎麽那良心就没有點渣[②]？又不曾弄壞了甚麽，動不動，口咬把抓，他去了又找他囉？

李氏說：“你看着再待會子，他不送他來，我定要自家去找了他來。怎麽七八歲纔可以支使的，他就招攬了去了？”

［叠斷橋］罵了聲淫娼，罵了聲淫娼，留下孩子商量[五]，他休要裝人弄他那科子樣。偏要拗强，偏要拗强，誰家的孩子你承當？終久少不了我去走一趟。

張炳之說：“不必呀，我僱一個小廝給你支使不的麽？”李氏說：“我定是待要小訥子呢，怎麽就光向[③]那養漢頭呢？”張炳之說：“我也不是向他，只是他那性子不大好，你的性子又不好，到那裏弄把起來[④]了。”李氏說：“狗屄哩！弄就弄，瞎牛蠓飛在眉毛上——怕他咬着我這眼麽？膿包貨，自家的孩子找不了來，還嗔人去哩！”

［劈破玉］烏龜頭你比那囊包的還賽，自家乜小廝還叫不了來，每日家裏裝漢子，你還要出外！我合你打下賭，定要去找那殺才；我若是拉不了您小達來，張炳之，我就把這李字來改！

張炳之說：“罷，你去就去，若是弄的不好，可不也[六]找我。”李氏嗤了一聲：“找你囉？指望你那漢子麽？給人出氣哩。”張炳之說：“你說的是。”

［清江引］[七]降的那孩子離了你，離了你，還要找着去罵的。使的慌[⑤]不必喘粗氣，不是你那親漢子，你還要降的起。

【校】

［一］這麽：蒲松齡紀念館藏石印本作“這麽様”。

---

① 勒着他哪條筋：不管他什麽事。

② 没有點渣：形容很少。

③ 向：袒護；偏袒。

④ 弄把起來：吵罵起來；打起來。

⑤ 使的慌：累得慌。

［二］狼：盛本作“狠”。下句同。

［三］婆：盛本作“私”。

［四］李氏説是：“何如？我説那老科子，會弄他那眞像……”：盛本作“李氏説是：‘何如？我説那老科子，會弄他那具像……’”；蒲本作“李氏説：‘何如？我説那老科子會弄他那眞像……’”。

［五］商量：盛本作“不商量”。

［六］也：盛本、蒲本作“要”。

［七］［清江引］：全稱“［羅江怨帶清江引］”。

第三段　是小痛

老婆頂，老婆頂，逢人要把老婆逞，老婆老婆好沒影。拿着人人當老炳，老婆沒有那本領，孩子到哭了一日整。

上面是李氏降的前窩裏張訥，跑了他姑家裏去了。李氏只待自家去要，張炳之苦勸不聽。果然孩子滿月了，忽然一日穿上裙子，對張炳之説：“孩子睡着些[一]，我待去找小訥子來的哩。”張炳之説：“也着個人跟了你去呀。”李氏説：“有狼哇？有虎哇？”

［要孩兒］扎①扎腰去一回，蹺金蓮去如飛，一心去問那收留的罪。他若是兩手來送獻，不用鎗刀就解了圍，一點唇舌全不費；他若是牙崩不字②，管叫他棄甲丟盔！

李氏來的勇猛，不一時來到趙家莊，進去門往裏正走，那趙大姑一眼看見，流水迎來説：“您大妗子，那陣風刮了你來了？”笑着拜了拜，讓到屋裏坐下，便説：“您大妗子你無事不來。”李氏説：“小訥子在這裏麽？”趙大姑説：“在這裏哩。你待看他看麽？”李氏説：“我待叫他家去。”趙大姑哼了一聲，説：“罷，囉哩。”

［呀呀油］來意何如，這一門兒不曾熟。只當你待瞧他瞧，你可是待叫了

---

① 扎：捆。

② 牙崩不字：嘴裏説不同意。

他去。他來看姑，不好攆他出茅屋；你既待叫他還家，我也就不肯留他住。

李氏說："他到底是你不着他去，我纔自家來叫他。"趙大姑冷笑道："左右[①]是您的孩子，與我甚麼相干！他就掙下那封贈幞頭[②]，還有他姑的哩麼?"

他是姓張，好合歹是您的令郎。原是他自已來，可休要上我的賬[③]。雖是後娘，榮華富貴你承當，就掙下金幞頭，也來不到他姑頭上。

趙大姑說："待領了他去，我就交給你。"叫了一聲："大媳婦子，出來去做飯，給您大妗子吃。"李氏說："休做呀，我等不的，看那孩子醒了哭。你叫小訥子來，我合他去罷。"趙大姑說："你慌嗄，你可是上門來怪[④]哩麼？有一個母鷄，極雜毛的科子，光啄那小鷄子，我殺來給你吃了罷。"

［倒扳槳］有個鷄甚雜毛，啄的小鷄沒處逃。今日殺他來待客，定要剮他一千刀；一千刀，上爐燒，要把科子着實嚼！

趙大姑說是殺鷄，可是比着桑樹罵槐樹。李氏也懂的那滋味，紅了紅臉，也就忍了，只說是我等不的。

趙大姑說："哎喲，你給我再坐坐，就不吃嗄，咱吧嗓子[一]瞎話[⑤]也好麼。"

兩人久不話衷腸，貴步難來到敝莊。你就極飽不吃嗄，咱再坐坐也無妨；也無妨，休要慌，我想你家也無甚麼忙。

趙大姑說："我有一件故事，說給你聽聽。俺這莊裏有個私科子，光折掇他那後窩裏那兒。"李氏說："且休說，怎麼有後窩?"趙大姑笑道："敢子[⑥]你只知有前窩。"那李氏就紅了臉。

心裏嘲罵俱無窮，都在微微一笑中。後娘只知有前窩，分出後窩就不公；就不通[二]，更不通，一般也知道那臉兒紅。

趙大姑說："這有個說法。他漢子以先合了一個混帳老婆，原說是做妾，待了一年，又娶了一個大婆子，生了一個兒，也有小訥子那大小，他娘就死

---

① 左右：反正。

② 封贈幞頭：獲贈官階。封贈，古代對功臣的長輩及妻子授封榮典。襆頭，一種包裹頭部的紗羅軟巾，有時因質地也稱"烏紗"，俗稱"烏紗帽"。

③ 上我的賬：把責任推到我的身上。

④ 怪：責怪。

⑤ 吧嗓子瞎話：說一會家常；閒談。吧，說。

⑥ 敢子：感情。

了，那個混帳科子就做了大。那科子是以前來的，這孩子不是後窩裏麼？那科子把那孩子朝打夕罵，昨日跳了井裏，幾乎死了。有人說，就該罵那科子；有人說，不止罵，就該打那科子；有人說，不光打，就該殺那科子；依我說，不光殺，還該油鍋裏煎那科子，刀山上扎那科子，吊在樹上剮那科子，一刀一塊刮那科子！”趙大姑罵到興頭子上[①]，便就搖起棹子來了。

［銀紐絲］罵了聲滴澾[②]的小老也麼婆，別人的孩子你看着多。狗私科，心兒不知是囉長着？不知在懷裏，不知在脇膘[③]？一刀把他心攮破，孩子幾乎見閻羅！他又無兄弟，他又無哥哥，我的天來咳，一個人來人一個。

趙大姑只管罵起來，李氏那臉上，紅一陣，白一陣。他罵的是別人，却又不好自己承當。

李氏從來嘴兒也麼高，到了這裏不濟了。好心焦，渾身熱汗似瓢澆。一霎又起來，一霎又坐着，沒嗄說來沒嗄道。又鼓肚子[④]又害囂，油煎火燎[⑤]好難熬。我的天來咳，趨道忙來，不如忙趨道。

李氏沒等着罵完，又起來說：“我去罷。”趙大姑嗍了一聲，說：“罷呀！你既等不的，我也不敢留你了。”也就起來往外送他。到了門外頭，李氏說：“小訥子呢？”趙大姑說：“你看我就忘了。實對你說罷：這莊裏有個小書房[⑥]，我着他上學，够半月哩。你不必找他，他待中來家吃晌飯哩。你大妗子，你且坐坐，再等他等。”

趙大姑信口瞎胡也麼吧[⑦]，忽然滿面長天花[⑧]，再坐霎。李氏知道弄把[⑨]他，也不出門去，也不再坐下，說我站着等等罷，一來晚了好還家，二怕孩子叫呱呱。我的天來咳，捱罵難來，可又難捱罵。

李氏等了霎，那心裏兩三樣子急，便說：“姐姐，你着人去找他找的罷。”

---

① 興頭子上：興致正濃的時候。

② 滴澾：前後矛盾；胡攪蠻纏。《西遊記》第二回：“悟空笑道：‘師父果有些滴汰，一行說我不會打市語，怎麼謂之窯頭土坯？’”

③ 脇膘：脅部。

④ 鼓肚子：比喻生氣。

⑤ 油煎火燎：此指走坐不安，心煩意亂。

⑥ 書房：舊指私塾。

⑦ 信口瞎胡也麼吧：隨口亂說。

⑧ 滿面長天花：滿臉堆笑。

⑨ 弄把：此指奚落。

趙大姑說："不用呀，他就來。"說猶未了，張訥進來了。趙大姑說："那不是他來了?"張訥看見他娘，也掙了一掙，又笑了笑，來到跟前，問他娘好。李氏瞅了他一眼，說："好呢，好着①你肯走麽?"張訥紅了紅臉，不做聲。趙大姑在旁笑了一笑，說："是呢。"李氏又紅了臉。

[懷鄉韻] 笑了聲把話截斷，一當是耍，二當是玩，一句話到弄了身汗。說一個不好到不是自謙，不在那孩子可是通說②那從前，不說你做的太不堪，空教那臉上白一陣，又紅一番，又紅一番。哎，這也是，自家惹的無體面。

李氏看了看張訥，扎括③的上下一嶄新，臉兒白胖就像是個學生了。趙大姑說："你看看，可沒給你養活瘦了呀。"李氏紅了紅臉，說："多謝。"趙大姑三句甜，二句酸，可是小糴糧的生意快——只見不住下。那李氏一陣紅，一陣白，可是賣饊子的折了本——也就煠掙不的④了。

炕頭上濟着乍，對着漢子把嘴誇，哎，到近前低着頭兒，捱人家罵，指東說西又沒處回答；氣也不喘儘歹那菜瓜⑤，掘打了一陣，又要殺他，一身的熱汗濕透了重紗。哎，細思量，早知是這着⑥來做嗄。

李氏說："小訥子，咱家去罷。"張訥回過頭來看他姑。他姑說："你真果待要他麽?"李氏說："你看，我來做嗄來?"趙大姑說："我這裏合您家裏一樣們哩[三]，我就沒有那碗飯給他吃麽?"

您大妗子你知道，這姑合娘能差多少?哎，你如今何須言把孩子叫?吃碗飯也不計較。我雖窮，也沒到了捓[四]瓢。况且他纔上了學，待幾日又要開交；哎，待幾日又要開交，他去了，到惹的旁人把我笑。

趙大姑說："他纔上了學就去了，也着旁人笑話。張訥，你且去吃飯的，我這裏再合您娘講講款⑦。"張訥聽說，一溜煙跑了。李氏說："休去了，咱家去吃的罷，多拘遠哩。"一行叫着，那孩子又咱沒了影了。這李氏氣憤不過。

---

① 好着：如果好的話。

② 通說：總說。

③ 扎括：打扮。

④ 煠掙不的：比喻無計可施。

⑤ 菜瓜：一種甜而脆的瓜。

⑥ 這着：這樣。

⑦ 講講款：談條件。

每日乍的頭兒筐哇大，到了這裏，幾乎氣殺！哎，那心裏一把業[五]火[①]難按下。有心待發乍[②]，看了看趙家姑姑，也不是個善查[③]；況且是他那媳婦𡚶𡚶𡚶𡚶𡚶，若踢弄起來，自然都是向他，自然都是向他。哎，細思量，不如把他哄哄罷。

李氏待惱了，看看趙大姑不是個良善君子，他又有兩三個媳婦子，必然沒有我轉的便宜，不如嘮他嘮罷。便說："孩子讀書不極好麽？我既來了陣子，着他送到我家，待二日再叫他來。"趙大姑說："我着俺小三子，備上那大叫驢，送了你去罷。"

［跌落金錢］我時來走一遭，着他送我二裏遙，姐姐呀，回來再受那師傅的教。趙大姑說這不消[④]，俺那叫驢大又高，您姈子呀，飛𧼮飛跑豈不妙？李氏躊躇心裏焦，姐姐休要瞎胡叨，姐姐呀，而今光光的把我罩。趙大姑說他放了學，可着他回家把你瞧，您大姈呀，今日斷不能遵你的教。

李氏見他不吐口號[⑤]，就拿極紅了臉[⑥]說："那孩子是俺的孩子呀，該別人嗄事？"趙大姑聽說，那氣就粗了，說："耶耶！誰賴您那孩子來麽？麵盆裏加引子——你這不發起來了麽？我不過因着他姓張，我還疼他點呢。"

我那姪兒苦難當，四五歲上沒了娘，苦兒呀，受罪受的看不上。渾身上下淨腚光，肚子高大臉焦黃，苦兒呀，人人都說走了樣。給他做了件粗衣裳，叫他穿着上書房，苦兒呀，近來方纔漸漸的胖。縱不念書也無妨，就是家去去見閻王，苦兒呀，恐怕到家就算了賬[⑦]。

你說這李氏是省事的[⑧]麽？以先雖是罵的惡，還是借着別人，趙大姑因着一句話，就訐挑[⑨]出來了，他怎能忍的？就變了臉："你還是上起話[六]來了麽？你從先罵的不少了，我說你省着些罷。"趙大姑瞪起眼來說："我不省！

① 業火：怒火。
② 發乍：發作。
③ 善查：賢良之輩。也指好對付的人。
④ 不消：不需要。
⑤ 吐口號：鬆口。
⑥ 拿極紅了臉：無法忍受而翻臉。紅了臉，生氣，惱怒。
⑦ 算了賬：此指死亡。
⑧ 省事的：省心的；不惹事的。
⑨ 訐（jié）挑：揭發別人的隱私或攻擊別人的短處。

你待怎麽着!”

[羅江怨] 做後娘，沒仁心，好不好剝皮抽了筋，打了還要駡一陣，這樣苦楚好不[七]難禁！五更支使到日昏，飽飯何曾經一頓？吃畢了才把碗敦①，叫他來刮那飯盆，你把天理全傷盡！你來叫他也不是相親②，想必要給他個[八]斷根，你那黑心還不可問!

李氏說：“你這些屁，是聽的誰放的？必然是小訥子那小忘八羔篡作③的！叫他來，合我質證④質證。”趙大姑說：“賣布的淨了店——你沒嗄裂拉一裂拉。該小訥子那腿事麽？南莊北院的說的少哩麽？就是獁虎咬着老羊——就吃下他下半截，他也是不做聲的。”

[叠斷橋] 天生的賢，天生的賢，苦甜只在他心間，就是背地裏⑤他也不曾怨。一字不言，一字不言，止不住行人道路傳，吊了土地老，還沒傳個遍。

趙大姑說：“你掩着耳朵偷鈴鐺，你那心刓出來，那狗也不吃。你當是沒人知道來麽?”

刓[九]出心肝，刓出心肝，餓狼饞狗嫌腥膻。掩耳去偷鈴，只當是聽不見。莫要欺天，莫要欺天，一牀被子蓋不嚴。就是人不知，還怕神靈見。

李氏聽說，氣的戰拸撲的，那臉都焦黄了。便道：“依你說，就是你好。你既那麽好，我去了，你給您兄弟做個老婆不的麽？”趙大姑見他失了口⑥，氣沖兩脅的說：“好科子！屁股裏長出波瘰子來——瞎了你那腚門子⑦！你着您媽媽替你做不的老婆麽?”旁裏有根杴[十]柄，就拿起來了。

趙姑怒發，趙姑怒發，一霎氣的眼前花，拿起杴柄來，就要分頭下。媳婦子鄰家，媳婦子鄰家，推着你來護着他，沒得打下來，還指着臉兒駡。

他那媳婦子，又搭上⑧他那鄰捨家跑了一天井⑨，都奪着那杴柄，才沒撈

① 敦：放下。通“撴”。
② 相親：相親相愛。
③ 篡作：編造。
④ 質證：對質作證。
⑤ 背地裏：不在當面。
⑥ 失了口：失言。說話欠妥。
⑦ 腚門子：肛門。
⑧ 搭上：加上。
⑨ 天井：院子。

着他打。李氏怕吃了虧，濟着他罵，沒大敢做聲。衆人都推把着李氏往外走，趙大姑還趕着罵。

［劈破玉］我每日待找他沒點閒空，他倒反上門來瞎胡尋逞①，該把乜科子撕一個罄淨！若不是衆人拉着，打他一頓好枚柄，把他那賊毛撂[十一]②了，從今日去去他那老婆頂！

趙大姑一行③罵着，一行告訴着說："您看這是怎麽說！販梢瓜④的，爬到屋簷上——上門來尋人便宜。乜科子！"不說趙大姑還罵，且說李氏一路尋思：好沒要緊，除沒找了孩子來，賺了一場好罵，還幾乎捱一頓好打。

想當初他那話這耳中還在，不知道這老科子這樣利害，到家中問一聲我何言答哉？我若說是受了氣，他敢說⑤是𠵼着來。這無名的菜瓜，只得是捏着鼻子歹⑥。

李氏一路尋思，又是氣，又是惱，低着頭，少魂無識的，蹴着⑦了一塊石頭，跌了個倒栽蔥⑧，再爬不起來了。

那枚柄不捱着實實的僥倖，他自家在道上又找上個小零，這石頭可也就不當不正，想是有神靈過，嫌處的他忒也輕。這不是明明的路兒，怎麽就單踏着那石頭頂？

虧了張炳之見他沒來，着一個小厮牽着驢去迎他，扶上他那驢去，纔來了。那腿上去了一塊皮，走着還瘸呀瘸呀的，呀的進了房門[十二]，也沒管孩子哭，一頭攮⑨在牀上，回臉⑩了朝裏[十三]。就知道沒轉了便宜來，可也沒敢問他。

［清江引］[十四]進門來一句也沒捽⑪，腚朝着牀兒外，氣一場跌了皮一塊，

---

① 尋逞：尋釁滋事。
② 撂：揪；薅。
③ 一行：一邊。
④ 梢瓜：長形的脆瓜，也叫菜瓜。
⑤ 敢說：就會說；於是說。
⑥ 歹：吃。
⑦ 蹴着：腳踢到、碰到。
⑧ 倒栽蔥：頭朝下摔倒。
⑨ 攮：頭向前栽倒。
⑩ 回臉：轉臉。
⑪ 一句也沒捽：一句也沒說。

大娘子這一回不撞采①。

【校】

［一］孩子睡着些：盛本作“孩子睡着了，你看着些”。

［二］吧嗓子：蒲松齡紀念館藏石印本作“吧會子”。

［二］通：盛本作“公”。

［三］們哩：盛本断为下句，即“們哩我就沒有那碗飯給他吃麼”。

［四］搲：蒲本作“掩”。

［五］業：盛本作“烈”。

［六］話：蒲本作“火”。

［七］好不：蒲本作“好”。

［八］他個：蒲本作“他”。

［九］叧：盛本作“扒”。下句同。

［十］杴：盛本作“锨”。下諸句同。

［十一］擇：盛本作“捋”。

［十二］瘤呀瘤呀的，呀的進了房門：盛本作“瘸呀瘸呀的，瘸的進了房門”。

［十三］回臉了朝裏：盛本作“回臉子朝裏”；蒲本作“回臉朝了裏”。

［十四］［清江引］：全稱“［羅江怨帶清江引］”。

第四段　是人人痛

詩曰：後娘折掇前窩子，異母兄弟反痛［一］哥；

世間儘有蹺蹊②事，破繭偏能出好蛾。

上一段說張訥被後娘降的走了他姑家裏，李氏自家去找，受了一場厭氣③，回來惱④的飯也沒吃，直到了五更，纔對着張炳之痛罵。

---

① 不撞采：不走運；運氣差。

② 蹺蹊：蹊蹺。

③ 厭氣：厭煩之氣。

④ 惱：生氣。

［耍孩兒］四更盡五更初，炳之聽他罵趙姑，達合媽掘了個無其數。媽媽只當是叔伯媽，達達只當是出了服[①]，話兒不敢多一句。不着他前言爲證，定治他個不亦樂乎。

却說張訥在他姑家裏，他老子偷寒送暖[②]的，楊柳忽青，梧桐又落，不覺的十年有零，張訥長的茂堂堂的，一表人才，也就成了漢子。李氏生的那個兒子，名喚張誠，也送在學裏讀書，十年來合張訥也沒見一面。父子兄弟，你東我西，這都是姓張的苦楚。

他遇着後娘災，孤身兒跑出來，眼看已是十年外。念書已是有長進，又是一表好人才，人人都說天生的怪。無奈他災星未退，像有個鬼使神差。

忽然他姑得了病，他就合他姑舅哥們，白黑的守着。倒是他姑舅哥們還有離了的時節，還有睡着的時節；獨有他，半夜裏叫一聲就答應。

衣不解眼不交[③]，守病人晝夜熬，孩兒也是天生孝。後娘折掇的堪堪死，虧了他姑把氣啕，好心還得好心報。奈何他三災未退，還有個大數[④]難逃。

待了會子，趙大姑大數已盡，可惜就一命歸天。張訥哭的人人下淚。

［呀呀油］我的姑，我來跟你一身孤；我今纔略成人，怎麽就撇了我去？我絲毫的報答尚全無，想想你那養育恩，淚珠兒流不住。

張炳之去吊喪，暗地裏給了張訥幾兩銀子，着他給他姑盡孝。張訥果然不肯妄費分文，買材念經，合他哥們一樣。出了喪，他哥們因他仁義，還待留他，他斷然不肯。

哥合嫂，人人合我像同胞，縱然再住幾年，也不至惹人笑。幾時是了？到底終須要開交。古時有王祥，也曾把後娘孝。

他哥們見他說的有理，他老子看看他成了塊[⑤]了，也禁的揉搓[⑥]了。張訥從新給他哥們磕頭。

---

① 出了服：出了五服。“五服”有多种含义：據《儀禮·喪服》記載“五服”即五等喪服：斬衰、齊衰、大功、小功、緦麻。也可以理解成“高祖父、曾祖父、祖父、父親、自身”五代人。“出了五服”說明親屬關係不再密切。

② 偷寒送暖：暗地裏表示關切。

③ 交：合。

④ 大數：舊指命中註定的壽限。

⑤ 成了塊：長大成人。

⑥ 禁的揉搓：禁得住折磨，受得了磨難。

拜哥嫂，十年不曾錯待[①]了，說不盡哥嫂恩，忘不了犬馬報。好似同胞，十載恩情一旦抛，屈雙膝就磕頭，淚珠兒雙雙吊。

張訥拜别了哥嫂，不免落淚，他哥嫂們也都感傷，拉着大家痛哭了一場，纔放他去了。

［倒扳槳］漸漸行來到舊村，當年小樹已成林。十年風景依然在，兩眼悲酸認歸門；兩眼悲酸認歸門，笑吟吟，歡喜登堂拜母親。

張訥進門，就跪下說："給娘磕頭。"李氏說："你來了麼？我當是那雜毛待跟你一百年來呢。"

沒娘孩子最堪悲，來到家中依靠誰？母子十年不相見，見面還要大發揮；見面還要大發揮，皆淚垂，都說他腸[二]狠似賊。

李氏又看了一眼，見他持着服[②]，便說："白花花的[③]他家裏死了人，俺家裏也死了人來麼？"張訥聽說，流水把白袍子脫了。那裏頭還是個白襖，便說："我明日去取那藍襖來穿的。"李氏翻磚揭瓦[④]的，找出他自已穿的個紅襖來，撩[⑤]過去，着他穿。張訥看見那襖是個白裏子，就尋思着，出了門我翻過來穿。當時流水換上，笑了笑，說："我穿着就極好。"

想着到了他家中，幾乎惹的使柄[三]通。見他持服心裏氣，着他換上穿大紅；着他還上着大紅[四]，依他行，只怕難叫他心不疼。

張訥那裏穿衣服，張誠從書房裏來，端相了端相，一把摟住說："你是俺哥哥呀！"張訥老大的歡喜，便一把拉住說："你怎麼認的我來呢？"張誠說："定是見慢慢認的麼？"張炳之說："好奇呀，怎麼他就認的？"張訥見他兄弟來，哥哥長，哥哥短的那樣親熱，不覺的酸上心來，眼中落淚。

［銀紐絲］兄弟的心腸天生也麼仁，見他哥哥親又親。雖然兩樹是同根，自從生下你，一別到如今，怎麼還能把我認？好好的兄弟似参辰[⑥]，今日才認的模樣眞。我的天來咳，一陣酸來，酸一陣。

---

① 错待：虧待。

② 持着服：穿着孝服。

③ 白花花的：此指白色的孝服。

④ 翻磚揭瓦：把磚瓦揭起來，指到處尋找。

⑤ 撩：扔。读音 liào。

⑥ 参辰：參星和辰星。由於各自在西東方，多比喻彼此不相見、不和睦。辰星也叫商星，固有"參商"之說。

張誠待吃飯，拿過碗來，先盛了一碗給他老，又盛了一碗給他哥。他哥說："我還[五]不吃。"意思裹等着他娘吩咐。他娘說："張誠，你仔管你吃了，上那學罷。"

一點點人兒情意也麽[六]多，心裹不知是怎麽，眞情只曉得愛哥哥。歡天又喜地，殷勤又活潑，不管他娘心裹樂不樂，那知道哥哥受折磨。左難右難無奈何，我的天來咳，難煞個人來，人難過。

張誠又說："俺哥哥你還不吃飯麽?"張訥說："我不飢困。"他老也說："你吃些罷。"李氏說："不知道他來，也沒做着他的飯。"張誠說："我今晌午不大飢困，就添上俺哥哥也够了。"張訥說："我這肚子裹怪想飽，我且待霎吃。"張誠見他哥哥沒吃，只吃了一個餅，一碗飯，也就去了。

［懷鄉韻］沒娘孩子不出氣，像是乍到外國，沒有一個相知。在人前，有處站來沒處立，一個飯碗，也不敢去拾，清瞪⿹式兩眼看人的高低。分明那肚裹飢，只說是想飽那肚皮，只說是想飽那肚皮。哎，好可憐，磨難這才是頭一日。

李氏見張誠去了，纔下來那炕，合張炳之吃飯。張炳之也沒[七]吃不下飯去[八]，臨了①剩一大些。李氏纔說："張訥子，你來搗②些罷。"張訥纔吃了些飯。到學裹看了看張誠，回來上外邊屋裹掃了掃，拾掇③了一個鋪。

進門來打了一個鋪，地也是纔掃，窗還是沒糊，牆兒上灰塵蛛網無其數。好似覓漢④上工，纔做了文書⑤，還未知主人打駡輕重是何如。當初來家，那安眠穩睡，俺原自己就不圖；只伺候下條手巾，黑夜裹好拭那淚珠，黑夜裹好拭那淚珠。哎，虧了有個好兄弟，一天的愁腸都丢去。

到了晚上，張誠來家問他娘："俺哥哥呢?"他娘說："甚麽也[九]好哥哩!誰知道他那裹死的⑥了!"張誠跑出來，找着他哥哥，兩個親的不知是怎麽樣哩。

［跌落金錢］兄弟進門笑嘻嘻，你鋪上個草兒打打席，哥哥呀，咱⿹式兩蓋着一

---

① 臨了：最後；末了。

② 搗：吃。有貶義。

③ 拾掇：即拾掇。收拾。

④ 覓漢：雇工。

⑤ 文書：此指契約。

⑥ 那裹死的：死到哪裹去了。意即去了哪裹。

牀被。哥哥叫了聲好兄弟，這屋裏冰涼冰着你，兄弟呀，咱娘嗔你出來睡。兄弟說：你讀書是合誰？明日咱𤤎在一堆，哥哥呀，咱一處念來一處背。哥哥說：我不是個閒人，掃了田地並把灰①，兄弟呀，我從今再不受那書本子罪。

兄弟二人，只管喇②起來了。他娘見他不來，自家出來叫他。張誠不待去，說："待合俺哥哥睡呢。"着他娘吆喝了兩句，纔去了。到家合他娘說："明日着俺哥哥合我一堆念書不好麼？"

俺那書房也甚寬，哥哥合我在一間，爹娘呀，俺𤤎一同把書念。炳之有意不曾言，這語正合我心間，我兒呀，說的可也十分便。回頭便對老婆言：書修③多添兩吊錢，您娘呀，着他兩個也好作伴。老婆說：狗屁圈不如留着做覓漢，您達呀，念陣子書來也看的見。

張炳之見他老婆不依，也就不敢做聲了。到了第二清晨，張誠早起來上書房開開那角門子④，見哥哥已咱把各鬧⑤打掃了一大堆，還在那裏掃。張誠說："你看俺哥哥，你從多咱⑥就起來了？"慌忙拿杴就除⑦。張訥說："不用呀，放下我整治罷。"他那裏肯聽，又去找了個提籃⑧來跨[十]⑨。

［羅江怨］兄弟去，再休來霑了衣裳塌拉⑩了鞋，你雖殷勤我不愛。你不快疾忙走開，怕晚了去上書房，定然惹的師傅怪，轉下打沒人替你捱。那時節懊悔剛纔，腚上疼可也不自在。胳膊兒瘦似蔴稭⑪，像蜻蜓去撼藸稭⑫，那裏用着你忙成塊？

張誠又除上了一提籃，他哥奪過來，他還不依。兩個正在那裏掙，他娘知道了，出來吆喝說："跟你嗄事？不快上學裏去！"纔撒了手去了。張訥自

① 把灰：扒灰。清理鍋灶裏的草木灰。
② 喇：拉呱。
③ 書修：即束脩。舊指學生給教師的禮物或報酬。
④ 角門子：正門兩側的小門。
⑤ 各鬧：雜草之類的垃圾。
⑥ 多咱：啥時候。
⑦ 除：用鍁清除垃圾等雜物。
⑧ 提籃：用柳條等編織的帶有橫梁的籃子。
⑨ 跨：通"挎"。
⑩ 塌拉：即趿拉。將鞋後幫踩在脚下。
⑪ 蔴稭：蔴的秸稈。
⑫ 藸稭：高粱的秸稈。

此以後，只等他去了纔做活路。

［疊斷橋］自出娘胞，自出娘胞，好事沒有半分毫，不想有個好兄弟，還着我開口笑。情意太高，情意太高，長長事兒要分勞，以後做生活，只叫他先跑[十一]。

張誠每早晨起來，定是到他哥哥那裏，說兩句話，又問："你沒做嗄麽？"他哥哥說："不做嗄。"他纔去了。

頭兒纔梳，頭兒纔梳，張誠早起來讀書，先到哥哥的房，話兒說兩句。天色還烏，天色還烏，又問那活路做了沒？他哥說不做活，方纔出門去。

有一清晨，他娘出來，見張訥纔找杴[十二]，罵道："懶賊殺的！早做嗄來？"張訥說："我怕張誠來瞎胡混，就沒早做。"這也就罷了。那天井裏，有多年的一堆灰土，着他去打掃。張訥合該造化低，一個杴頭使成了兩半。張訥也就掙了一掙，不得不對他娘說。他娘大怒說："今早晨罵了你兩句，你就沒好氣①。給我跪着！"

雙膝跪倒，雙膝跪倒，下氣怡色②又告饒，淚珠兒流下來，哀哀的把娘叫：休要心焦，休要心焦，我去釟③[十三]上就是了；我若釟不了來，就是兒不孝。

張訥去釟了杴，李氏還怒氣不息，找了棍子來，正待打他。張誠來見那光景，把臉一變，問他哥哥爲嗄來。他哥說："破了杴頭。"張誠跪下說："娘饒了他罷。"他娘說："該你嗄事？"輪起那棍子來，打了他一下子。張訥哐哼了一聲。張誠就爬着他哥哥那身上，叫喚着說："娘打我罷。"他娘沒法，纔住下了。

小小學[十四]生，小小學生，怎麽就知把哥疼？且是那樣娘，反生出個賢聖。一片至情，一片至情，王覽當日也必[十五]能，旁人聽的說，個個心酸痛。

從今以後，他娘待打張訥，只等張誠去了纔打他。一年一年的，張誠越發大了，他娘望着他懂竅④了，誰想一年潮似一年，知道他哥是等他出門纔做

① 沒好氣：心懷不滿。

② 下氣怡色：和顏悅色，態度恭敬。

③ 釟：用釟子固定金屬、瓷器等破裂處。

④ 懂竅：明白道理；開竅。

嗄，每日晚上來，就自家找着那活路忙揭[①]了半宿，他娘叫着他也不聽。

書齋回還，書齋回還，手忙脚亂更不閒，不怕他娘嗔，只做到二更半。小小心田，小小心田，要把生活都做完，也着俺哥哥，少出兩身汗。

他娘又生出法來，着張訥上山打柴，一日一擔。一日到了山上，只打了半擔，那雨就大下不止；及至[②]住了雨，天已晚了，就將這半擔擔了來家。他娘嫌少，不給他飯吃。

罵了聲狗兒，罵了聲狗兒，一日兩個肚兒圓，打的那柴兒，就也看的見。今日上山，今日上山，十根柴兒肩上擔，你可就出去，休把釘子來揎。

張訥一來又弱，二來又飢，撅着嘴，在炕上仰着。不一時，張誠來家，到了他哥那裏，便問："哥哥，你病了麼?"他哥說："不是病了，却是飢了。"又問："你沒吃嗄?"張訥告訴了一遍。

大雨如麻，大雨如麻，割的柴兒够一把，及至住了雨，日頭已西下。擔到來家，擔到來家，柴雖不多一樣乏，除不給飯吃，還惹的咱娘罵。

張誠聽說，沒做聲去了。不一時，跑回來說："哥哥，給你這個。"那天已黑了，他哥摸了摸，是滾熱的一個油餅。慌的說："這是那裏的?"張誠說："我偷了點面，着咱那鄰捨家給趕[③]的。"他哥說："你可不也再呀！一半頓飯不吃，也餓不煞，着咱娘知道了，敢說是我嘮着你，偷麵趕餅我吃哩。"

我那兄弟，我那兄弟，千般爲我用心機，如今你這等，倒着我肝腸碎。你可再思，你可再思，寧可低頭忍着飢，休要作弄的，着咱娘再生氣。

張訥吃了餅就睡了。早起來吃飯，上了山，在山裏正斫着柴，忽然擡起頭來，見那嶺上來了個小不大的一個人，那行動就像張誠，便站起來拿着斧子正正[十六]的看。

遠望昏花，遠望昏花，那手拿斧子眼巴巴，極像是張誠，人兒又不大。分明是他，分明是他，越發細看越不差，未曾他上山，早把心摘下。

及至到了近前，果然是張誠。他哥大驚說："你來囉來[④]?"張誠說："我

① 忙揭：忙活。

② 及至：等到。

③ 趕：通"擀"。

④ 囉來：怎麼；做什麼。

來看看。”又問：“您師傅沒在家麽？”他也不答應，竟下手扳[①]那乾柴。他哥哭聲撒拉[②]的說：“你待怎的？”他也不做聲，脚排手扳，使的那汗順着臉往下淌。一面還說：“明日我也捎那斧子來。”

口中不言，口中不言，兩脚排[③]柴手又扳，一霎時手起泡，鞋也稀糊爛。近前一觀，近前一觀，心腸攪碎似刀剜，哥哥的淚珠兒，兄弟的頭上汗。

他哥看了看，那手上使的兩個泡[十七]，脚上鞋也破了，倒弄的無心打柴，守着哭起來說：“你不家去，我就跳了崖頭！”張誠看着够一小捆子，纔家去了。他哥送過他嶺來，就回去了。

[劈破玉] 張大官倒回來淚流腮上，我那個好兄弟比不的尋常，不知是那一個神聖來下降，那點小嫩手，爲我中了傷，捆着他那柴兒，好似萬把刀往這心攮！

張訥擔柴到家，放下擔子，且不吃飯，先到書房裏看了看張誠。他師傅出來送他，張訥囑咐道：“張誠你攔着他些。今日跟到山裏，萬一撞見猏虎着呢？”他師傅說：“頭晌午[④]來的晚些，責了他幾下。”

見哥哥進門來忍飢受罵，痛的那心眼裏沒處去抓，明知道必受責也全然不怕。讀書極伶俐，聰明誰似他？到了他哥哥身上，好像是一片心兒都是傻。

張訥回來吃了飯，張誠也來了。張訥又拉過來，看了看手上那泡，吊下淚來，說：“你總不聽，白死的轉下了。”張誠笑着說：“那裏來呀。”他哥說：“可再休去呀。”

叫一聲張誠你絕不害怕，你看那狼蟲多山又難爬，不聽說果然就轉了幾下。你若是再要去，我可就不是這麽，定是稟給您師傅，要着他多多的着實打。

到了次日，張訥想他不去；誰想到了山裏，他已咱到了。他哥慌了，一行推着他，腰裏拿出斧子來，乒乒乓乓的斫起來了。他哥勸不動他，恐怕悞[十八]了打柴，一行斫着，一行念誦他。

兄弟來倒叫我心裏難受，我打柴也不是充軍砍頭，何用你這樣的捨身來

---

① 扳：掰；折。

② 哭聲撒拉：言語中帶着哭腔。

③ 排：踹。

④ 頭晌午：上午。

救？你上山來一次，我淚珠淌一大兜。你若是疼你哥哥，好兄弟你流水往家裏走。

正說着，聽着呼呼的風響，好幾個打柴的喊了一聲說："虎來了！"都跳滾崖下躲避。張誠還呆呆的。他哥慌了，一把拉過來，也要下崖躲避。那虎一過，一口把張誠來咬去。張訥着急，捨命追趕。那虎啣[十九]着個人走的慢，被張訥趕上，劈了一斧子，捨命亂跑，眼看着過了山去了。

把一個聖賢人被虎咬去，都說是天沒眼不分賢愚，從今後在世間好人難做。張訥只一跳，我看是有天沒？仰起頭來大叫了一聲皇天，呵叱①的只一斧！

張訥叫了一聲皇天，把頭幾乎劘②下來！衆人吃了一大驚，看了看，那嗓根頭子③，割斷了半邊，那血直淌。大家裂了一塊布衫子來，纏了纏，又着一個人取了一扇門來，纔把張訥擡了來家。

[清江引][二十]人人没[二十一]说天不好，世间事谁能料？兄弟皆贤人，处治忒也虐，谁知道鬼合神用意巧。

【校】

[一] 痛：盛本作"疼"。

[二] 腸：盛本作"心腸"。

[三] 使柄：盛本作"大棍"。

[四] 着他還上着大紅：盛本作"着他換上着大紅"；蒲本作"着他換上穿大紅"。

[五] 還：盛本作"且"。

[六] 也麽：當為"乜麽"。"乜麽"在俚曲中是一個常用詞，意為那麽。《翻魘殃》第六回："世上惟有禽合獸，生來只知自有娘，爲人不該乜麽樣。"《增補幸雲曲》第十二回："金墩說：'俺就乜麽樣哩？'"蒲本、盛本同為"也麽"。

[七] 沒：衍文。

[八] 張炳之也沒吃不下飯去：蒲本作"張炳之也沒多吃，吃不下飯去"。

[九] 也：蒲本、盛本作"乜"。

---

① 呵叱：象聲詞。用刀斧等砍東西發出的聲音。

② 劘：割。当为"劘"（mó）。《增韻》释为"剴也，切也"。《前漢·賈山傳贊》自下劘上。

③ 嗓根頭子：咽喉。口語中又稱"氣嗓頭"。

［十］跨：盛本作“挎”。

［十一］先跑：盛本作“不知道”。

［十二］杴：盛本作“鍁”。下同。

［十三］釟：盛本作“霑”。下句同。

［十四］學：盛本作“后”。下句同。

［十五］必：盛本作“未必”。

［十六］正正：盛本作“怔怔”。

［十七］泡：盛本作“燎泡”。

［十八］悮：盛本、蒲本作“誤”。

［十九］啣：盛本作“銜”。

［二十］［清江引］：全称“［玉带罗怨清江引］”。

［二十一］没：盛本、蒲本作“都”。

第五段　是慈悲露

詩曰：死後不忘手足恩，陰司暗暗路黄昏；

　　　觀音瓶裏楊枝水，一灑能還孝子魂。

上段是說張訥，他後娘着他山中打柴，他後窩兄弟，偷着去替他，被虎咬去，張訥幾乎把頭劘下來，擡在家中，臥在牀上。合家喝叫起來：他達是哭小的，還疼大的；他娘是哭小的，還罵大的。

［耍孩兒］哭一聲我的嬌，罵一聲死囚牢，哄着我嬌兒上你的套。打柴不光①一個人，虎來偏把我兒叼，我兒屈死誰知道？就死你賊徒千個，當不過我那金豆②一包。

任他娘怎麽罵，張訥發昏，可也不覺。張炳之哭着說：“張訥已將待死哩，你還罵他怎的！”李氏說：“死一百個張訥，敵不過我那兒。他死不死你待守着他囉呀！”

① 不光：不只。

② 金豆：比喻珍貴的東西。此指人。

張炳之不做聲，老婆的話可也不聽，倒疼兒的心腸盛。渾身上下摸挨[①]遍，頸血長流不住停，氣兒還比遊絲緢[②]。守到他三更以後，纔聽那牀上哩哼。

張炳之聽的哩哼，慌忙取了點飯湯來，灌了他一口，也咽下去了一半，從那刀縫子裹也出來了一半。那莊裹有個醫官叫開門，取了刀瘡藥來，給他搽上，又灌了幾口，臨明才略懂人事。他娘聽説，又來罵道："你殺了我那兒，難道劏一刀子就罷！"張訥哩哼着説："娘休生氣，我自然就死。"

[呀呀油] 淚如梭，兄弟死了我不活，能換了我兄弟來，我情願把骨頭磋。要告閻羅，我自是不能活，我也是不過[一]。

張訥哩哼了兩句，他老又拿水來灌他，他一口也不咽了。待了三天，嗚呼哀哉了。他老子哭的發昏。

好哀傷，小的死了大的亡，撇下這絕戶人，成一個甚麽樣！刀割心腸，反來覆去淚汪汪，指望你來把我埋，倒着把你葬。

不説他老痛極，却説張訥死了，那魂靈不曾忘了他兄弟，一心要找着合他相會。自家飄飄颻颻[二]，走了一回，見大路上往來的，也就跟了去了。

到陰曹，我的兄弟那裹去了？心裹暗暗的想，口裹哀哀叫。飄飄颻颻，路上的行人沸似潮，但仔是跟着走，不知是那裹[三]的道。

正走中間，忽遇着莊裹的吳媽媽子，每日過陰[四][③]，這一日正待還家，看見張訥，大驚道："你怎麽來到這裹？"張訥説了一遍。媽媽子點了點頭嘆息。張訥又問："你見俺兄弟來沒？"媽媽子説："我合你回去再問問的。"

[倒扳槳] 兄弟賢名到夜臺[④]，閻王聽説笑顔開，將來還有無窮福，忽到陰司好怪哉；忽到陰司好怪哉，不用猜，我説還是不曾來。

媽媽説："您兄弟𧶠有極好處，就是陰間裹也是久矣[⑤]知道的，還有大好處沒享受，怎麽就來了呢？"一行説着，到了一座城池，作買做賣的，就與那陽間無二。到了城門上，見一條大漢子出來。媽媽説："極好，我正待去找你

---

① 摸挨：摸索。

② 緢（tīng）：緩慢。

③ 過陰：從陽間到陰間。李漁《凰求鳳·假病》："這叫做過陰，凡問病人的吉凶，先要到陰司裹面去，查他的壽數。"

④ 夜臺：墳墓。此指陰間。

⑤ 久矣：很久。

的呢。”

有一個張誠被虎食，他家就在敝鄰西。哥哥找他找的苦，不知他在那一批？不知他在那一批，好可疑，料想班頭[①]無不知。

那大漢子想了想，說道：“張誠沒有呢。”便向腰中抽出一張票來，給那張訥看。

腰間裏把票抽，許多小字黑溜溜，張訥接過來細細看，沒有張誠在上頭；沒有張誠在上頭，且把批[②]疊起，又叫大漢子收。

看了看票上沒有，媽媽子說：“只怕在別人票上。”那大漢子說：“豈有此理！這一路是我管的，怎麽差的別人呢。”大漢子臨走，又問說：“這是那好人張誠麽？”媽媽子說：“是。”大漢子說：“他那有叫虎吃了的，還在陽間。”

［銀紐絲］媽媽子告訴張大也麽官，而今不用再疑難，請回還，令弟的尊名不上單。虎吃了幾個聖，虎吃了幾個賢，從古以來何曾見？雖然犯了個猛虎關，必然還有個好因緣。我的天來咳，打算難來，難打算。

媽媽子說：“大相公，咱回去罷。”張訥說：“我既來了，再打聽打聽。若是沒在陽間，再回去[五]不難麽。”

大官人聽說若[六]告也麽難，我好容易來這番，難上難，受子苦楚萬萬千。沒個眞實信，隨即又回還，可不辜負了死這一遍[③]？陽間裏看着是在陰間，陰間裏看着又在陽間。我的天來咳，見面難來，難見面。

媽媽又合他到了城裏，見衙門前抗枷帶鎖[④]的一大些，媽媽替他逢人便問，並沒有知道張誠的。正問着，忽然滿城裏大明[⑤]起來，不似陰間昏慘的氣象。衆人都嚷道：“菩薩來救苦哩！”媽媽子慌忙的拉倒張訥，合他跪下。

［懷鄉韻］擡起頭來看一看，慈悲菩薩在雲端。哎，又只見五色祥雲[⑥]空中現，手拿着楊柳枝兒，一閃一閃，好一似籠籠的細雨灑在衣衫。那枉死寃鬼萬萬千千，齊叫一聲救苦的菩薩，震動了青天，震動了青天。哎，苦命的人兒，也遇着觀音老母來救人難。

---

① 班頭：舊指差役的頭目。

② 批：批文。

③ 一遍：一次。

④ 抗枷帶鎖：戴着枷鎖。

⑤ 大明：天色非常明亮。指太陽升起好久了。

⑥ 五色祥雲：多指好的預兆。

菩薩在雲端灑那細雨，只見帶枷的脱了枷，帶鎖的脱了鎖。張訥覺着那脖子上涼了一陣，就不疼了。那菩薩也就過去了。

叫了一聲觀音自在①，造化高，就逢着你來，哎，一霎時刀瘡疼上全無害。陽世三間誰慈悲俺來？到陰司倒受那楊柳枝兒一灑。菩薩菩薩，你把眼睜開，保佑我那兄弟無難無災，無難無災。哎，放倒頭多把觀音拜幾拜。

媽媽子說："你真有造化！陰間裏傳說：觀音老母三千年一到陰司，打救苦難，裏頭必有寃死的人。空是這說，也沒人見，怎麽偏你來就可巧②的撞着？合該你不死。過來，我合你家去罷。"

[跌落金錢] 陰間傳說我菩薩，三千餘年一見他，官人呀，這也不過是傳留的話③。適遇觀音菩薩駕彩霞，領[七]下刀瘡一把抓，官人呀，你真是天生好造化。您𡚱的福日日加，要如那枯樹再生花。官人呀，勸你不必心牽掛，替你問了又替你查，查來問去並無差，官人呀，過來跟我回家罷。

媽媽子領着他出了城，送到他家纔去了。張訥死了一日一夜，材也買了，忽然又還魂過來。他老喜極，從容問他，他纔說這等這等。李氏知道，又來吵罵說："你推佯④死，又搗那臭鬼！難道乜孩子着虎啣了去，還有活的麽？"

張訥聽說淚漣漣，若不信我到陰間，親娘呀，吳媽媽也曾親眼見。我把那批文細細的觀，沒有我那兄弟在上邊，親娘呀，俺又上陰城走一遍。我自陰城得回還，不見我那兄弟心痛酸，親娘呀，痛傷懷也不止你掛牽。我就重生在世間，要經萬水與千山，娘親呀，定找着我那兄弟見一面。

張訥說："兄弟是手足，沒有不疼的，况且我那兄弟，又比不的人家那兄弟。若不問着還在，我也不回來。我好了，要着飯吃去尋他。"他娘說："你麽？你好找個枝頭子⑤一溜煙罷，你找甚麽！"張訥聽說，不覺的撲簌簌落下淚來。

[羅江怨] 大官人淚紛紛，提起兄弟刀絞心，海角天涯將他問。也不是當[八]外人，也不是恐怕娘嗔，就是這心裏酸一陣。找着他問問原因，拉着他

---

① 觀音自在：觀音菩薩的別稱。又叫自在觀音、觀自在菩薩。

② 可巧：恰巧。

③ 傳留的話：傳説；傳言。

④ 推佯：假裝。

⑤ 枝頭子：由頭；藉口。

進進家門，那時說話人才信。我若是欺哄親娘，頭頂上自有靈神，娘呀，何必你酸困？

自此李氏想起張誠，就罵張訥。虧了他老子服事他，待了半月，纔略略的好些了。

［疊斷橋］張家大郎，張家大郎，自家要見閻王，誰想幸遇着南海觀音降。露灑垂楊，露灑垂楊，脫枷解鎖愈刀瘡；就是頭斷了，可也接得上。

待了幾日全好了，跪着他娘磕了幾個頭，就要起身去找他兄弟。爺（左式右兩）不免落淚。

［劈破玉］大官人放倒身磕頭幾個，拜爹娘要登程兩淚如梭，這也是天教我人離家破。兄弟若是尋不見，休要指望我還活。從今後三年五載，定不得歸期了，爹爹呀，你只當是沒有我。

依着他老子，既沒了小的，吊了一個兒，也割捨不的教他去，却是怕老婆，又沒奈何。只得沒人處給他幾兩銀子，叫他盤纏[①]。張訥接過銀子，灑淚而別。

［清江引］萬苦千辛受不了，又上羊腸道[②]。天道也難知，世事總難料，下一回再看他這一找。

【校】

［一］我也是不過：盛本作“縱然是能活，我也是活不過”。

［二］飖飖：盛本作“搖搖”。下文同。

［三］那裏：盛本作“往那裏”。

［四］每日過陰：盛本作“她每日過陰”。

［五］去：蒲松齡紀念館藏石印本作“來”。

［六］若：蒲松齡紀念館藏石印本作“苦”。

［七］領：盛本作“頸”。

［八］當：盛本作“擋”。

---

① 盤纏：路費。

② 羊腸道：狹窄而崎嶇的小道。

第六段　是悲中喜

詩曰：賢兄尋弟兩三年，歷盡千山與萬山；
　　大劫消來磨難盡，爺兒兄弟大團圓。

上段是說張訥還魂，知他兄弟不死，立志尋找。且說張訥出門，沒有定向，見道便走。

［耍孩兒］出漢中到鳳翔，由西安到平涼，延安臨洮濟着闖，半年纔到慶陽府，又待了三月至鞏昌，纔到了甘肅把霜降。最可憐鞋破襪綻，說不盡凍餓風霜。

張訥起身，在本省裏，逢州府縣，到處即問，並無音信。

［呀呀油］叫了聲大哥，我那兄弟被虎馱，上穿着襖兒長，下穿着鞋兒破。神聖仙佛，保佑我合兄弟到一窩①，祭祀猪一口，還殺羊一個。

張訥在省[一]尋了一遍，纔到了山西地方。

［倒扳槳］過了沁州又汾州，潞安找遍大同遊，秋後纔到了太原府，及至平陽歲已週②；及至平陽歲已週，更無休，過巷穿街雙淚流。

張訥走了兩省，已是二年多。其初逢冷逢熱，還不能不換換衣裳；後來盤費沒了，也就換不得了。

有錢不怕無衣穿，爭[二]奈腰中無有錢，肚裏無食偏要死，窮人論不的熱合寒；窮人論不的熱合寒，行路難，起倒③一身隨處安。

張訥無冬無夏，只是穿着個破襖，褸褳搭撇④的，真似一個花子⑤。起初還找店房，後來只在古廟裏存身。

［銀紐絲］渾身藍褸鞋兒也麽穿，襖少袖，又沒肩，難遮寒，合那花子是

① 一窩：一起；一塊。
② 週：環繞。
③ 起倒：行臥。
④ 褸褳搭撇：形容衣服碎成條塊狀，破爛不堪。
⑤ 花子：乞丐。

一般。一日飯一頓，兩個黑采藍[①]。夜晚不敢找房店。問人問的口兒乾，盼他盼的眼兒穿。我的天來咳，見何時來何時見？山西問不着，又到了江西的境界。江西十二府，過了七府，不一日到了瑞州。

［懷鄉韻］南昌府八州縣，過臨江合吉安，廣信饒州都找遍，南康建昌走的我腿酸，及到了瑞州，已過了三年。走一步來叫一聲天，兄弟兄弟，我別你時容易，找你時好難，找你時好難！哎，見了你，我死在他鄉也情願。

張訥出門時是二月間天，這一年到了瑞州，是十月裏，共算起來是三年零九個月，盤費久已淨了，一年來只是沿門上乞食了。

［跌落金錢］瑞州城裏鬧喧喧，走過了東關問北關，奶奶呀，離鄉人來求你一碗飯。南家裏討，北家裏纏，在外的人兒難上難，爹爹[三]呀，發慈悲施給我餅一片。撞着了青春一少年，誰保的俺兄弟得團圓，哥哥呀，破衣施給俺一件。二八佳人往外看，聽說哀情淚漣漣，姐姐呀，好心人施給俺針合線。

張訥討了半日，肚裏不甚飢餓，便在那大路之旁，告訴他在外的緣故。一霎時站了許多人兒，聽他說張誠怎麽仁義，怎麽被虎咬去，怎麽到了陰間裏，知道他沒死……那人就有吊下淚來的。

我那兄弟叫張誠，小小的年紀他知道愛兄，列位呀，他爲我纔把殘生送。我找他死到陰城，陰間問了够千萬聲，列位呀，到陰間纔知道他還有命。有人就道事難憑，猛虎銜人定不生，尊客呀，死活只怕也未可定。又有人說好至誠，此人若要把命傾，可就是老天全然無靈應。

正說之間，有七八匹馬過來，像是一個官府[②]，衆人一齊閃開，讓他過去。馬上一個官府模樣的，看了一眼，過去了。後邊有一個美少年，來到近前，把馬勒住，細細的端相。張訥還不敢看他，他互然[四]跳下馬來，問了一聲："這是俺哥哥呀！"張訥擡頭一看，却是年年尋、日日找的那個張誠，不覺一[五]拉住，兩人放聲大哭起來。

只說你遭虎是命裏該，我也爲你到夜臺，兄弟呀，到陰間纔知你還在。隔日還魂痛傷懷，不見兄弟誓不回，兄弟呀，我離家已是三年外。三省走了萬條街，瑞州今日我初來，兄弟呀，幾乎把我那心使壞！見你的念頭已是丟開，破上路死便路埋，兄弟呀，誰想合你又在一塊！

---

① 采藍：不詳。

② 官府：舊稱封建官吏。

二人痛哭，那路上行人無不感傷。馬上跟隨的，都跳下馬來站着，等張誠哭罷，纔到馬前，稟知那官府。

［羅江怨］那張誠來到馬前，一字字訴說根原，馬上不住連聲嘆。吩咐人又把馬牽，扶張訥跨上雕鞍，一齊到了那官府院。兄合弟細說當年，纔知道有個因緣，從來千古何曾見？若不是他被虎啣，怎能得個個團圓？老天真不由人算。

一齊到了那官府家裏，兄弟細說原由。原來那一日虎啣張誠去，並不曾傷他，丢在路旁而去。這官府原是瑞州的同知①，他原是滿洲人，罷了官，就在瑞州居住，現今贖了身，也是姓張。一日往南昌公幹，起的身早，見張誠欹在路旁，看了看，是個書生模樣，試了試還有氣，就下轎來，守了一霎，還魂過來，說起家鄉是陝西保城縣，離家已隔八百餘裏，就按在轎裏去了。

那猛虎將人啣，遙遙經過萬重山，鞋襪全脫衣裳爛；又不曾邱[五]個牙尖，跑了程途也够一千，丢在道旁沒人見。張同知恰早回還，看了看面似粉團，慈悲不覺心憐念。帶到家喜喜歡歡，暫教他奉事堂前，許着送還他保城縣。起初時兩不相干，誰承望兄弟得團圓，猛虎必定是神佛變。

張老爺因着自己沒兒，見張誠是個齊整②人才，有心拾③了他去做個義子。不一日，就到了瑞州。

［叠斷橋］到了瑞州，到了瑞州，便與太太說因由。實話告張誠，要他把乾兒做。無家可投，無家可投，重拜爹娘另磕頭。張誠無奈何，只得全俯就④。

張誠給張老爺做了兒。這一日城隍廟開會⑤，爺[六]趕會⑥回來，不想撞着他哥哥。

暗淚長抛，暗淚長抛，西望家鄉萬裏遙。哀哀一片心，開口向誰告？馬上錦袍，馬上錦袍，偶爾出門玉轡搖。哥哥在眼前，夢想何能[七]到。

---

① 同知：官名。副職。

② 齊整：整齊；端莊。

③ 拾：領養。

④ 俯就：凑合；將就。《紅樓夢》第七十九回：“金桂知其不可犯，每欲尋隙，又無隙可乘，只得曲意俯就。”

⑤ 開會：廟會開始。

⑥ 趕會：到廟會上游覽購物。

那一日來到家，給張訥換上衣服，一處坐着。便問："貴族先世曾有鄉紳麼?"張訥說："敝族原是山東人，先族曾做過浙江布政司。"張老爺說："我也是山東人。貴府是那一府呢?"張訥說："是東昌府。"張老爺說："奇呀!既是東昌府，怎麼又在陝西住呢?"張訥才說緣故。

嫡母如何，嫡母如何，韃子虜去浪漳河。後娶我生身母，又遭了塌天禍。僅得存活，僅得存活，家父陝西去時多。又娶張誠娘，就在那裏過。

張訥說了一遍，張老爺點一點頭，說道："哦哦!你那嫡母姓嗄呢?"張訥說："姓王。"張老爺又點了點頭道："哦哦!"互然跳起來，上後宅裏去了。略不停時，老太太出來了。張訥磕了頭。老太太便問："你老子甚麼名字?"張訥說："是炳之。"老太太眼中落下淚來，說："咳!你就是張炳之的兒麼?"

你是姓張，你是姓張，家門原自在東昌。你那老爺爺，當初也有名望。我就是姓王，我就是姓王，就是你前邊頭一個娘。可不知弄的您爹爹，近來怎麼様?

老太太回頭說那張老爺："這都是你的親兄弟，你拿着當兒[①]，折罪煞了!"張老爺說："張誠何曾說出是山東人來?"

我問張誠，我問張誠，何曾說出是山東，只說他姓張，與我爲同姓。說的分明，說的分明，指引我兄弟再相逢，如今倒叫我心酸痛。

原來張老爺就是王太太所生。王太太被黑固山虜去，五個月生了張老爺，起了個名字，叫做白持。後來固山死了，因着老太太思家，他就贖了身，改名張複。

因爲母親，因爲母親，複了張姓又贖身。每遇着東昌人，就把爹爹問。全無信音，全無信音，炳之少年離家門，一凡[②]故鄉人，無複能相認。

張老爺正自[八]的問不着，互然得了老子眞信，又添了兩個好兄弟，扎括起來，却是一表人才，又孝母，又敬哥。張老爺異常的歡喜，就合他同桌吃飯，同牀宿臥，就商議同歸陝西。

[劈破玉] 張老爺常思念那故鄉的情義，平空[③]的拾了𢬿親親的好兄弟，歡喜的娘兒們拜天又謝地。吩咐又[九]賣田宅，一心要上陝西。愁只愁兩個娘

① 拿着當兒：拿對方當兒子看待。

② 一凡：只要是。

③ 平空：憑空。

同居，只怕嫉妬人要弄氣。

這張訥是個孝子，並不肯說後娘一字。老太太恐怕到家，合他合不上來，便叫張訥那没人處，問那李氏的性情。張訥答應說："極賢慧!"老太太不大信，又商量那張老爺。張老爺說："不必察訪。"

那張訥爲兄弟出來討飯，這個人我看他是個聖賢，他怎肯無道理說那後娘的過犯？僅仔[①]剩了人一個，割捨的出來受顛連[②]，那後娘的心腸，這也就摘下帽子看見纂[③]。

張老爺說："我看這兩個兄弟都是賢人，那後娘縱然不好，張訥也不肯說。自我看來，一個兒着虎吃了，剩了一個兒，還着他來到這裏，爲娘的也就可知了。"老太太說："依你這一說，是不去好。"張老爺說："那有不去之理！只是去也有法，不必疑難。"

張老爺叫母親你把心放，只管去也不必望他賢良。到那裏住兩天看一看風浪[④]，若好就在一堆過，縱然不好也無妨，咱另起[⑤]一位樓宅，蓋上幾座廳堂，買上一些桌椅，買上幾張藤牀，僱上幾個小廝，尋上幾個梅香[⑥]，支上幾個鍋爐，下上幾斗粗糧。他端的是他的碗盞，咱穿的是咱的衣裳。一下裏叫爺，兩下裏叫娘，不合他一個鍋輪[十]勺[⑦]，像這等還有什麽話講?

老太太聽說大喜，即便打點行裝，揀了個好日子，僱了兩乘駝轎，合家往陝西儘[十一]發不題。却說這李氏自張訥走了，不見兒子音信，晝夜的啼哭，得了惡疾，疼痛難堪；又一年，嗚呼哀哉了。剩下張炳之一個老光棍，終日愁悶。這一日正在門外頭打盹[⑧]。

張老兒每日家不生不滅，忽然間人合馬來了一大些，那裏的貴公子將誰拜謁？又見兩匹馬尖[十二]指就來這，老拘遠裏下馬，纓帽兒皮靴，少年英耀步亂趄，來到跟前叫了一聲爹爹。擡頭細認，喜纔驚絕，誰知這人原來非别，

---

① 僅仔：本來；原來。

② 顛連：困頓不堪。

③ 摘下帽子看見纂：明擺著的事情。纂，舊時婦女在腦後挽的髮髻。

④ 風浪：比喻情勢。

⑤ 起：建造。

⑥ 梅香：丫鬟。

⑦ 一個鍋輪勺：在一起吃飯。指一起過日子。

⑧ 打盹：閑坐瞌睡。

却是那親生的嬌兒，忽然間從那裹來也！

張炳之正打着盹，忽然擡頭，見轎馬人夫，來了一大些。內中兩匹馬，飛奔而來，下了馬，却是大兒張訥。張炳之喜極了，還沒問出話來，看了看後頭就是張誠，越發喜極了，眼中落淚，竟問不出了。不多一時，張老爺也到了。張訥稟了來歷。張炳之這一時裹，八十的老頭轉磨磨，幾乎暈煞了！旋即老太太合官娘子都下了轎，大家一齊進門，到了家裹。那四十年離別夫妻，又得相見，就是鐵石人，那裹有不悲痛的呢？

張炳之沒了兒婆子又喪，每日家單禱告着張訥還鄉，以外老頭子別無指望。已破上做個老絕戶，誰想兒子成行，鬧鬧嚷嚷，妻子滿堂，小兒沒死，大兒沒亡，四十的兒子認父，久別的妻兒進房，一夥小廝參見，一羣丫頭鋪牀，忽然成了太爺，不是昨日老張。說不盡、學不出來的喜歡，不覺的淚珠兒，趕點子往下淌。

夫妻哀傷了一回。三個兒來磕頭，又是官娘子來磕頭，以後是家人媳婦來磕頭，又以後是管家小廝參見，亂烘①了半日。張誠纔問："俺娘呢？"張炳之說："死了一年多了。"張誠聽說，叫了聲親娘，倒在地下，絕氣而亡。大家失色，摸弄②了許多時，纔還魂過來，慟哭不止。張訥也着實哭的慟切。

［清江引］來到家，指望你說聲好，生死離別誰知道？不記往前③仇，慟哭傷懷抱，爲兒的像張訥天下可也少！

不說二人哀哭，且說李氏死了，倒省了許多調停，那旁人都說他死的恰好。後來張老爺供給着他兩個讀書，大的會了進士，小的中了舉，張炳之八十還在，豈不是福呢？

怕婆子天下也不少，張炳之誰能到？三兒都做了官，且是人人孝，還是他祖宗積作[十三]的好。

［西江月］因賢孝弟，好心腸感動青天。不是神鬼共撮攢④，那得父子相見？誰似他一門賢孝，說起來個個悲酸。人家兄弟有多般，這一個樣子請看。

詞宜音調清，白宜聲色象；止有一分曲，借爾十分唱。

---

① 亂烘：亂哄。此指鬧哄。

② 摸弄：撫摸擺弄。

③ 往前：從前。

④ 撮攢：聚攏。

【校】

［一］省：盛本作“本省”；蒲本作“省内”。

［二］爭：盛本作“怎”。

［三］爹爹：盛本作“爺爺”。

［四］互然：盛本作“忽然”。下文同。

［五］一：盛本、蒲本作“一把”。

［六］邱：盛本作“印”。

［七］能：盛本作“時”。

［八］正自：盛本作“整日”。

［九］又：盛本作“人”。

［十］輪：盛本作“掄”。

［十一］儘：盛本作“進”。

［十二］尖：盛本作“直”。

［十三］作：盛本作“行”。

翻魘殃[①]

第一回　仇尚廉賄賣姪婦　土條蛇造言誣良

［西江月］人只要脚踏實地，用不着心內刀鎗；欺孤滅寡行不良，沒娘的孩子自有大將傍。天意若還不順，任憑你加禍興殃；禍害反弄成吉祥，黑心人豈不混帳？

這人生禍福，俱是老天作主，在不的人作弄。那一等無知的小人，見人家有碗飯吃，就嫉妬他；有點不好，就加點禍給他，殊不知做着天麽？

［耍孩兒］勸人[一]生莫弄歪[②]，休嫉妬休賣乖[③]，頭上自有青天在。萬事不由人計較，一生都是命安排，害別人反把自己害。若自己不尋苦惱，那裏有苦惱尋來？

今日我說一件故事給列位聽聽：話說陝西鳳翔府扶風縣，有一個人姓仇名仲號是牧之，原是莊農人家。娶妻陳氏，早死了。撇下一個女兒，叫大姐。他又娶了一個繼室，姓徐。生了兩個兒子：長男仇福，次男仇祿，俱年小。惟有大姐十二歲，性子極不好，他老子因他潑，所以不大喜他。

仇大姐性子喬[④]，事兒不值個破瓢，開口就合爹娘鬧。父親心裏大不喜，說這個妮子把氣嗆，做媳婦一定極不孝。叫人家休退打駡，豈不着父母擔囂？

---

① 魘殃：舊指用符咒等迷信手段去除災殃或致禍於人。

② 弄歪：對他人使壞。

③ 賣乖：此指借小聰明陷害別人。

④ 喬：性情急躁。

給他找了個婆婆家，姓謝，在寶鷄縣住。離家大遠的，任他作甚麼精[①]，我且聽不見。且是上無公婆，下無妯娌，家裏有五十畝地。大姐只十六歲，就叫他娶了。

若有婆若有公，或者有嫂並有兄，還怕他不大通人性。止有女壻人一個，或者他𩨸平打平[②]，誰打過誰來誰得勝。况且是路途遙遠，撈不着上門告誦。

從大姐出了嫁，來家走了兩次。每遭來家，一點合[③]不着他的意思，就使出來[④]，因此整年的[⑤]沒人搬[⑥]他。倒是他後娘過意不去，着人搬了他來，待了半年，又不好[⑦]了。

仇大姐怒開言：是紬襖是紗衫，何曾給俺做一件？找了個漢子一千里，整年沒人理之焉。來家只吃您兩碗飯。一般都是你的兒女，拿着俺大不相干！

把他娘數喇了一場，使性子[⑧]去了。仇牧之見他如此，越發惱他，從此不來往。待了幾年，大姐生了一子，才五六歲，女壻忽然長病[⑨]死了。他爹去弔喪，倒還替他發愁。

看見女兒淚兩行，不料他姐夫早命亡，我兒可將誰依傍[⑩]？外甥方才五六歲，你又年小怎承當？如今是該怎麽樣？添上塊憂心大癖，倒教我晝夜愁腸！

大姐說："俺爹你放心。就難些也罷們哩，還待另嫁哩麽[二]？他在時，我還嫌他帶累[⑪]我哩。五十畝地倒賣了十畝[三]，他中甚麽用！"

叫爹爹莫愁腸，好歹的出了喪，濟俺娘們往前撞。還有四十畝薄喇地[⑫]，

① 作甚麽精：作什麽孽。

② 平打平：不分上下。

③ 合：符合；相稱。

④ 使出來：表現出來。

⑤ 整年的：整年累月；一年到頭。

⑥ 搬：請。

⑦ 不好：關係變差。

⑧ 使性子：耍性子；發脾氣。

⑨ 長病：生病。

⑩ 依傍：依靠。

⑪ 帶累：牽累。

⑫ 薄喇地：薄地。喇，詞綴。

也還打他幾石糧，料想也還沒妨賬①。他雖然是個男子，我却還嫌他鋪囊[四]。

仇牧之説："這等我就放心了。"腰裏掏出二兩銀子，料理着出了喪，才家去了。大姐從此當家過日子，就走不的娘家了。

只爲着家沒人，十年不上娘家門，他後娘常送盒來問。過的個日子雖不富，粗布衣裳細絹裙，儉年②也不曾斷了囷③。又給他兒娶了媳婦，却方才有了替身。

待了十來年，給他兒娶了媳婦，才像家人家了。忽然那一年陝西大亂，賊頭鄭六[五]來扶風放搶，擄了許多人去了，就有仇牧之在内。大姐聽的説他爹被擄，才來家看了看。

來到家合他娘，抱着頭哭一場，枯墳壇就是他家樣。説俺爹爹既被擄，又不是對敵中了傷，將來還有個回家望。説了些寬心好話，又帶着勸他令堂。

大姐説："娘也不必常哭，焉知後日不回了家？像我待不過了麽？"母女説了一宿話。因着他兒家④年小，到了明日，就家去了。

住一宿回去了，十年來家走一遭，臨行又把淚兒吊。人都説這一次沒了老子，倒省了許多吵合鬧。早起來沒敢留戀，只爲着水遠山遙。

却説仇福這一年是十六，仇祿十四，因着家裏無人，就沒念書，留着家裏支使[六]。有牧之一個叔，叫仇尚廉，爲人極無賴，看着徐氏年小，還值幾兩銀子，又有宅園地土，着人來勸他改嫁，好圖謀他的物業。

仇尚廉用心機，一心要賣他姪的妻，還要圖謀他宅子地。就説日月如梭催人老[七]，錯過了光陰悔後遲，不如早嫁還如意。留下乜兩個孩子，我看着⑤並無差遲。

那來人説了一遍。徐氏氣的把臉一變，説："老賊殺的！敢放這些狗臭屁！"

---

① 妨賬：妨碍。也作"妨帳"。《翻魘殃》第三回："姜娘子知道無妨帳，説你又嚐不疼了？"

② 儉年：收成不好的年份。

③ 斷了囷（qūn）：家無存糧。

④ 他兒家：他兒媳婦。

⑤ 看着：照看；照顧。

仇徐氏怒忿忿，罵尚廉不是人，看着我值幾兩銀，白黑鋪排①心使盡。俺家還有頃多地，安心一股②要全吞，這様黑心不可問！若撇下兩個孩子，他必要剪草除根！

徐氏罵了一場，那人回去說了。仇尚廉又羞又怒，起了一個狠心，暗地裹找個主子，言定價銀十兩，安心不對他說，着人家强拉了去。

仇尚廉用狠心，言定身價十兩銀，那人是個老光棍。安心[八]筆落天平響③，死活拉着出了門，不管他心裹順不順。但那人有兒又有女，還打聽徐氏爲人。

言對就④了，那老頭子還要打聽徐氏的德性。却說那莊有一個人是魏名，綽號是土條蛇⑤。仇牧之在家的時節，因他不正氣，不大理他。他就造了一篇瞎話，贓誣⑥那徐氏。

鑽出来[九]贓揚⑦他，說他要着他鄰家，邪僻行子⑧眞奸詐。他也不知尚廉計，到處逢人儘打瓜[十]⑨，老頭聽說變了卦。催了催不肯上套⑩，到全了這家人家。

却說那魏名每日待找鑽眼⑪治仇家，還沒有法，他若是知道仇尚廉的計策，他豈肯破他的親？總是神靈指引。待了二日，徐氏知道這些事情，只氣的采發打臉，大哭大罵。

哭聲地叫聲天，罵老賊仇尚廉，挖出心來狗不餂！枉口嚼那舌根子⑫，不知有甚仇合寃！頭上自有老天見。整日的大哭大罵，倒在牀上不能動彈。

---

① 鋪排：安排。

② 一股：全部。

③ 筆落天平響：契約寫定立馬稱銀子付賬。

④ 就：完。

⑤ 土條蛇：膚如土色的蛇。口語中也稱土條子。

⑥ 贓誣：栽贓陷害。

⑦ 贓揚：栽贓誣陷令人不適。

⑧ 邪僻行子：奸邪無賴。行子，對不喜歡的人和物的稱呼。

⑨ 打瓜：此指呱嗒。

⑩ 不肯上套：不上圈套。

⑪ 鑽眼：比喻容易下手的地方。

⑫ 嚼那舌根子：編瞎話。

徐氏哭了幾日，又氣又惱，渾身腫了，不能行動，通然[①]過不的了。便尋思着：仇福十五六了，不如給他娶了媳婦罷。

叫仇福去燒鍋，不是極稠是極薄，這樣日子怎麽過？不如看個好日子，糶上幾石糧食做被窩[②]，縱然小些也不錯。但得那媳婦賢慧，也看着做些生活。

徐氏主意已定，遂即央人去合他丈人説。未知如何，且聽下回分解[十一]。

【校】

［一］勸人：蒲松齡紀念館藏遺著抄本作“處世”。

［二］就難些也罷們哩，還待另嫁哩麽：蒲本、盛本作“就難些也罷，們哩還待另嫁哩麽”。

［三］五十畝地倒賣了十畝：盛本作“那不，五十畝地倒賣了十畝”。

［四］鋪囊：盛本作“胡鋪囊”。

［五］鄭六：盛本作“鄭六虎”。

［六］就沒念書，留着家裏支使：盛本作“就著仇祿書房裏讀書，留著仇福在家裏支使”。

［七］老：蒲松齡紀念館遺著抄本作“你已三十五”。

［八］安心：盛本作“言明”。

［九］鑽出来：盛本作“纂瞎話”。

［十］打瓜：盛本作“呱嗒”。

［十一］未知如何，且聽下回分解：盛本无此句。

第二回　用奸計魏名教賭　迷眞性仇福思嫖

却説[一]那仇福的丈人家，是姜秀才，號屺瞻，爲人極好。體量徐氏領着兩孩子難過，徐氏着人去説娶親的事，一説就允了。

① 通然：全部。

② 被窩：被褥。

［耍孩兒］託親戚去一遭，徐氏話從頭學，家長理短[①]皆實告。姜秀才聽說把頭點，他的日子我知道，娶去做伴也極妙。只收拾光屋[②]一口[③]，那繁文再是不[二]消。

徐氏聽說親家體量，極喜。看了日子[④]，娶了媳婦。且是媳婦又極賢良，一進門，朝夕服事，件件都極遂心。

新媳婦好處多，又洗碗又刷鍋，趕着驢兒去推磨。病人歇在牀頭上，不用指點並呋喝[三]，打發婆婆十分[四]樂。幸喜疾病漸漸好，拄着棍脚也能踋。

徐氏心裏舒坦，那病漸漸好了。又待了二年，那仇祿也是十六，長的貌[四]堂堂的，滿腹文章。魏名肚子裏又生氣[五]。[六]

仇牧之永無蹤，猜他就把家來傾，怎麽過的只顧盛？暗裏生那旁旁[⑤]氣，着他安穩過不成，待鑽他就是沒點縫[⑥]。想一想說道有了，這人家不賭不窮[七]。

魏名算計定了。到了年間[八]，仇福正在街上閒玩，魏名拉着[九]，讓到家裏，頓上酒，端上東西[十]，又叫他兄弟[十一]陪着。

叫一聲大相公[十二]，每日待將你請，逐日窮忙沒點空。今日節間沒嗄事，吃盅薄酒避避風，殷勤便把酒盅奉。打夥子[⑦]傳杯換盞，只吃的意快情濃。

仇福着他奉承的極快樂。魏名又拿了骰子盆來，合他行令[⑧]。仇福說："我不會。"魏名說："既不行令，嗒趕搶[⑨]罷[十三]。"仇福也不會。魏名說："我教給你。"

魏名把仇福教，仇福跟着魏名學，一說爽然就知道。不過大點贏小點，俗名叫做"火燎毛"，惟有這個極公道。那魏名說的極好，仇相公心癢難撓。

---

① 家長理短：鄰里間的家庭瑣事。

② 光屋：沒有傢俱等生活用具的房子。

③ 一口：一座。

④ 看了日子：又稱"擇日""查日子"。按照舊俗，一些重要的事情要選擇吉利日子。

⑤ 旁旁：连续不断。《詩·鄭風·清人》："清人在彭，駟介旁旁。"朱熹集傳："旁旁，馳驅不息之貌。"

⑥ 待鑽他就是沒點縫：比喻想給對方製造禍端卻沒有機會和藉口。

⑦ 打夥子：大家夥。

⑧ 行令：行酒令

⑨ 趕搶：一種賭博遊戲，以點數定輸贏。

仇福合他擲，魏家兩個都輸了；吃乾又擲[十四]，又輸了。魏名說："相公眞好運氣，虧了沒合他贏錢。"

不成人[十五]有兩條，除了賭錢就是嫖，今日引他上了道。一連擲了幾輪①子，相公贏了好幾遭，魏名連誇擲的妙。仇相公磨拳擦掌，一聲裏叫六喝么[十六]。

吃到三更天，仇福醉了，才送出來，說："大相公，你若不棄嫌着[十七]，你悶了就來找我。我有[十八]甚麽好的你吃，咱耍耍②也好。"

［劈破玉］甚喜你就合我一般忠厚，天地間惟有這好人難求。咱相好敢對天發咒，分不的你合我，只多着一個頭。你悶了就來找我，咱兩個說說心腹吃盅酒。

仇福大喜，謝了擾去了。從此成了朋友，不一時攜了酒來合他吃。魏名漸漸的合他賭博。

土條蛇用心機來的最妙，每日把賭錢法用心去教。漸漸的勾引他小贏東道，贏了也是吃，輸了也是叨③。不知他安的甚麽心兒？大相公只說他合我好。

一日清明佳節，仇福輸了一瓶酒，魏二輸了一隻鷄，魏二的表弟秦幌幌子也是一瓶酒。魏名是輸家，又搬了一個老婆[十九]，藏在裏邊[二十]。

土條蛇這樣奸賊，也不要百般的用心機引人去嫖。呆相公只貪耍那裏知道。方才就了坐，掀簾往裏瞧。主人擡頭，叫聲春嬌，你從何來？正遇良宵，沒人陪客，正好相勞。就合仇相公同上座，虛圈套④兒不消。看他年有二八，人物道也窈窕；眼含秋水，口綻櫻桃，三寸金蓮，一捻⑤柳腰；聲兒細，話兒嬌。把一個不見人物的相公，引的魂靈兒不知那裏去了！

仇福此時魂飛天外，魄散九霄。才待說走着，那妮子撒嬌弄勢的拉着。

① 幾輪：幾個迴圈。

② 耍耍：玩玩。

③ 叨：吃。

④ 虛圈套：表面的客氣。

⑤ 一捻：形容纖細。元《鬧樊樓多情周勝仙》："足步金蓮，腰肢一捻。"明朱權《荊釵記·遐契》："思憶多嬌，想他十指纖纖一捻腰。"

不覺的又黑了，又只顧不點燈來，別人都去了，落了他⿺弍兩在黑影裏[①]坐着。

［呀呀兒油］天黑了，天黑了，手拉手兒暗坐着。雖然說是點燈來，却又只顧拿不到。呀呀兒油。靜悄悄，靜悄悄，密密的滿天星亂搖，總像屋裏沒有人，並不聽的說合笑。呀呀兒油。

待了許久，魏名點[二十一]了燈來。仇福說："我不能吃酒了。"魏名說："既不吃酒，咱每人一吊錢小頑頑。給春嬌打二百頭[②]，也不負[二十二]他的來意。"

咱商量，咱商量，小小頑頑消夜長。就輸了也窮不了人，贏了就使肩膀抗。呀呀兒油[二十三]。輸何妨？輸何妨？咱給情人攢私房。若不給他打⿺弍兩頭，空着他來走一趟。呀呀兒油。

仇福說："我沒有帶[二十四]錢。"魏名說："我借上們哩，你還不起我吊錢麼[二十五]？"

大相公，大相公，你就合我一樣同。有你這麼一個人，那怕你就借一甕。呀呀兒油。我雖窮，我雖窮，吊錢於[二十六]不在我眼中。贏了是你運氣高，輸了只當把你送。呀呀兒油。

仇福大喜，借過錢來就賭。賭了霎子，秦幌幌子先淨了。三個又賭，魏名也淨了。仇福贏了六百錢，魏名輸了一吊多，春嬌打了幾百頭。魏名說："咱不賭罷。人不說是咱鬧玩，敢說是成宿的[③]賭博哩。"

三更多，三更多，數個人兒鬧哈哈。不說是咱是頑[二十七]，敢說指着[④]賭博過。呀呀兒油。我說如何，我說如何？裏頭又有仇大哥。敢說幫他來賭錢，這倒成了我的錯。呀呀兒油。

魏名收了骰子盆。仇福還了他那錢，下剩的[⑤]說："春嬌，我送了你罷。"

---

① 黑影裏：背光的黑暗处。《儒林外史》第十八回："景蘭江見不是事，悄悄地在黑影裏把匡超人拉了一把，往小巷內兩人溜了。"

② 打二百頭：拿二百回扣。清周亮工《書影》卷五："今之出錢物以主博者，名曰囊家；什一徼勝者，曰打頭。"

③ 成宿（xiǔ）的：整夜的。

④ 指着：指望；依靠。

⑤ 下剩的：剩下的。

魏名說："還是大相公慷慨大方。春嬌，你還不留客麼?"那妮子死活的①拉着仇福不放[二十八]。

倒在牀，倒在牀，春嬌給他脱衣裳。好好的老實孩，從此就把嫖來上。呀呀兒油。

魏二見他住下了，抗着錢走了。魏名也拱了拱手去了。仇福好自在!

那老婆，那老婆[二十九]，奉承的渾身沒奈何。每日聽着人說嫖，不想其中這樣樂!呀呀兒油。淚婆娑②，淚婆娑，一心只待嫁哥哥。一個說是傾了家，定要娶你來一堆過。呀呀兒油。

到了清晨起來，魏名伺候的扶頭酒③，每人吃了兩杯。春嬌痛恓恓的去了。仇福到了家，姜娘子說："一宿沒來家，你做甚麼的來?"仇福也不答應，欹下睡了。

來到家，來到家，也不飯來也不茶。想着他那痛恓恓，怎麼教人放的下!呀呀兒油。想寃家，想寃家，知疼知熱誰似他?人說婊子沒良心，他還有點良心芽。呀呀兒油。

姜娘子見他少魂沒魄的，也沒理他。睡到日西，才起來吃了兩碗飯。在外頭蹭④了兩趟，又睡了。

進來門，進來門，望着媳婦也不親。一聲兒不言語，好似吊在迷魂陣。呀呀兒油。睡沈沈，睡沈沈，放倒頭兒不動身。各人臥着各人牀，却也沒把他來問。呀呀兒油。

到了清晨，姜娘子才說："你沒了魂了麼?從夜來迷迷殃殃⑤的!"仇福說："吃了一宿酒，合失了困，那是的[三十]。"

[耍孩兒] 清明日好良宵，沽美酒買佳肴，一直吃到了鷄兒叫。方才放倒身子睡，却又翻轉睡不着，睜眼已是日頭照。從夜來只顧盤問我，或者沒[三十一]賭沒嫖。

姜娘子說："仔[三十二]怕嫖賭也是有的。"賊人膽子虛，仇福紅了臉，說：

---

① 死活的：拼死拼活的。

② 婆娑：此指眼淚滚落的樣子。

③ 扶頭酒：為醒酒而飲用的酒。

④ 蹭：閒逛。

⑤ 迷迷殃殃：精神不振的樣子。

“你問不的。你可休對咱娘說我沒來家。”姜娘子說：“我可不說!”

仇大郎未露眞，詐了詐滿面生春，徹脖帶臉①紅一陣。娘子雖然沒親見，也就猜了八九分，故意可才把他問。待要我不合娘說，除非是再休出門!

仇福說：“昨日約下，今晚去吃酒。過了今日，我就不出門了。”到了過午，趁着姜娘子沒在屋裏，自己有幾兩私房銀子，拿着二三兩去了。

心思亂眼睛花，昨[三十三]約我到他家，盼我必定淚珠下。意想如今他想我，必然也似我想他，我不去時他心裏駡。恨不能一時就到，霎時間依舊[三十四]酥麻。

及至到了那裏，問了問，春嬌沒在家[三十五]。他姐姐秋桂問了來意，就往屋裏讓他。仇福待不去[三十六]，他那裏肯依。

他二人鬧喧喧，拉胳膊死活纏，霎時掙了一身汗。說你合我妹妹好，吃杯茶去也心安，你去了看他來家怨。仇大郎無計所奈②，跟着他進了花簾。

秋桂叫丫頭去頓茶③。仇福心生一計，說：“我是來訪熟人，並無帶錢來，你留下我，也是無益。”秋桂說：“我翻翻④。”銀子都被他翻了去了。

秋桂原不如春嬌，二十多甚風騷，精的糊的無不道。急仔⑤嫌他年紀大，抓打起來不害囂。秋桂越發作弄着笑，嬌兒心肝不住口，把乜孩子吃了大敲。

吃了茶，天就黑了，外邊又有來搬春嬌的。丫頭說：“沒在家，明日來搬罷。”仇福那心中暗思道：“他夜夜陪人，哪里想着我的!”

他年少又風流，合人家臥[三十七]牀頭，必然常起昧心咒。王孫公子千千萬，那裏想着我姓仇？那有實心合我厚。只怕他兩眼珠淚，未必不用着就流。

秋桂見他只顧尋思，便說：“張天師⑥閉了眼，你出甚麼神哩?”行說着，端了菜碟來，又燙了酒來。

秋桂起把酒斟，傳着杯又相巡，一壺不曾吃的盡。仇福先說不吃了，兩個解衣放倒身，上牀解開心頭悶。他二人歡歡喜喜，直鬧到夜定更深。

---

① 徹脖帶臉：從脖子到臉。

② 無計所奈：無計可施。

③ 頓茶：燒水。

④ 翻翻：搜尋。

⑤ 急仔：原本。

⑥ 張天師：張道陵，字輔漢，天師道創始人。

鬧到半夜，仇福說[三十八]："我去罷。"秋桂說："好潮孩子，慌甚麼哩?"

這孩子你好潮，睡到天明也罷了，誤不了你家去比較①。缺嗤嗤②的穿把上，黑暗暗[三十九]的待開交，躭誤老娘一大覺。我看着上路糊迷了，又該去寫紙撒招[四十]③!

秋桂送他出來說："你一兩日還來[四十一]。妹妹來家，我着他等你。"仇福答應一聲，別了去了。不知後來如何，且聽下回分解。

【校】

［一］却說：盛本無。

［二］再是不：盛本作"一概打"。

［三］呋喝：盛本作"佸喝"；蒲本作"吆喝"。

［四］打發婆婆十分：盛本作"婆婆看着心裏"。

［四］貌：盛本作"相貌"。

［五］滿腹文章。魏名肚子裏又生氣：盛本作"都說他的詩文大有可觀，這且不講，要知何如，且聽下回分解"。

［六］從"卻說……"到"……又生氣"，盛本歸在第一回。

［七］仇牧之永無蹤，猜他就把家來傾，怎麼過的只顧盛?暗裏生那旁旁氣，着他安穩過不成，待鑽他就是沒點縫。想一想說道有了，這人家不賭不窮。盛本無。

［八］魏名算計定了。到了年間：盛本作"拿魏明見仇家的日子漸漸的好了，他心裏就生氣，尋思着要教他敗落，除非是教他去賭錢。有一日，看見"。

［九］魏名拉着：盛本作"魏名上前拉着他"。

［十］東西：盛本作"四樣菜"。

［十一］兄弟：盛本作"兄弟魏二"。

［十二］叫一聲大相公：盛本作"［要孩兒］叫一聲大相公"。

［十三］既不行令，喒趕搶罷：盛本作"大相公既不行令，喒就趕點子罷"。

［十四］吃乾又擲：盛本作"仇福越發喜極了；吃乾又擲"。

［十五］不成人：盛本作"敗家的營生"。

---

① 比較：舊時不按時繳納錢糧或緝拿人犯誤時要受責罰，限日完成。此指受家人責罰。

② 缺嗤嗤：費力而喘粗氣的樣子。

③ 寫紙撒招：書寫並散發尋人啟事。

［十六］么：蒲本作“幺”。

［十七］着：盛本作“咱”。

［十八］有：盛本作“没有”。

［十九］老婆：盛本作“婊子”。

［二十］裹邊：盛本作“家裹”；蒲本作“屋裹”。

［二十一］點：盛本作“這纔端”。

［二十二］負：盛本作“辜負”。

［二十三］呀呀兒油：盛本作小字體。下文均同。

［二十四］帶：蒲本無。

［二十五］我借上們哩，你還不起我吊錢麼：盛本作“我借給你們哩，你還不起我數吊錢麼”，蒲本作“我借上。們哩你還不起我吊錢麼”。

［二十六］於：蒲本作“放”。當為“餘”。

［二十七］頑：盛本作“玩”。

［二十八］那妮子死活的拉着仇福不放：盛本作“那妮子死活的拉着仇福不放，纏抹起來了”。

［二十九］那老婆，那老婆：盛本作“那嬌娥，那嬌娥”。

［三十］合失了困，那是的：蒲本作“合失了困哪是的”。

［三十一］或者沒：盛本作“不曾去”。

［三十二］仔：盛本作“你”。

［三十三］昨：盛本作“昨宵”。

［三十四］依舊：盛本作“親熱”；蒲本作“一樣”。

［三十五］沒在家：盛本作“已着人家搬去了”。

［三十六］待不去：盛本作“紅着臉待往外走”。

［三十七］合人家臥：盛本作“夜夜情人伴”。

［三十八］仇福說：盛本作“天還未明，仇福說”。

［三十九］暗暗：盛本作“籠籠”。

［四十］我看着上路糊迷了，又該去寫紙撒招：盛本作“我看着上路，糊迷了又該去寫紙撒招”。

［四十一］一兩日還來：盛本作“待兩日再來”。

第三回　弟費錢魏名獻計　母生氣仇福分家

却說那仇福別了秋桂來家，那嫖的一道，冷淡的許多[一]。只是認眞[二]魏名合他相厚①，悶了就去找他，拿着三五百錢賭博。

［耍孩兒］說他潮實是潮，認定魏名實相交，時常跑去登門叫。不是攢窮②是玩耍，就是吃酒帶着梢③，知心話不向別人告。雖沒有多錢賭博，三五百丟淨開交。

一日飲酒中間，魏名說："如今令堂病了，您兩口子無所不做，令弟在書房裏自在。家當是大家夥裏的家當，爲嗄都着他自己費了？"

仇大嬸臥牀頭，事不平着實謅，辛苦叫您兩口受。令弟清閒不管事，讀書還要使束修[三]④，分家你不能偏從厚。這不是學道就考，他上府去把錢丟？

"在我看來，你不如分開罷，費也費的是他的。不着咱厚，我也不勸你。"仇福說："是呢。不着你說，我還想不到這裏哩。"

仇大郎聽着他，才[三]說的是實話，不相厚誰肯將我掛？忽然提醒糊突夢，急忙今晚早到家，見娘就說分了罷。方且待刷刮⑤盤纏，細尋思我爲甚麽？

來到家[四]，合姜娘子說："咱分開罷。"姜娘子說："怎麽說呢？"仇福說："着我糶穀，給二弟做盤費。我尋思着，公夥⑥裏的錢，他拿着花費，不如分了好。"

我打水你漉⑦漿，你也忙我也忙，他道清閒却極胖。除了盤費不算賬，考去[五]⑧還要買文章，偏他自己費家當。不如咱合他分開，也省下幾石粗糧。

姜娘子說："你這樣胡說，是誰調[六]唆的？你聽我道來。"

兄合弟是同胞，指望他步步高，他做官咱也得榮耀。人家沒了父合母，哥哥還把兄弟教，娶媳婦合⑨費錢合鈔。不知你聽誰調唆，極精細却是極潮。

姜娘子念誦了一回，才不敢做聲了。刷刮了盤費，打發二郎上了府。魏

---

① 相厚：情義深厚。
② 攢窮：收入不高的人湊錢做事。
③ 梢：賭博的本錢。
④ 束修：舊指學生給老師的學費或酬金。
⑤ 刷刮：籌集。
⑥ 公夥：大家夥；公共。
⑦ 漉：過濾。
⑧ 考去：考出；考上。
⑨ 合：應該。

名見他没動静，又對着仇福着實條陳①那不分的利害。

請師傅費錢財，縱然就做[七]秀才，兩考還得十千外。你若用着使幾個，去稟令堂口難開。使乜錢由不的心裹，待分了家來去在你，尋思起那樣的自在？

仇福[八]來家，就直山直卯②的，合他娘説要分[九]。他娘聽的説，幾乎氣死！

罵畜生太欺心，自估着③成了人，要捨病娘全不問[十]。想是您媳婦調唆你，不待自家受苦辛，老婆漢子不長進！你待去佯常④就去，一壠地也休要想分！

徐氏一行哭，一行罵。姜娘子進來問："娘是爲嗄？"徐氏説："你待分開罷呢！"姜娘子聽説，寃屈的着極⑤，就哭了。

手指着仇大郎，誰着你這麽樣？十日以前合我説，着我數喇了一千行，並不曾[十一]把嘴來詈⑥。今日又着娘生氣，你幾時合我商量？

仇福氣也不喘。徐氏見姜娘子極的抓耳撓腮的，就知道不該他事。便説："你每日極好，也想着你做不出這樣事来。只是我没处怨了，就屈了你了。"

當面鼓對面鑼⑦，把[十二]自己要快活，這可怎麽合他過？看着不像你做的事，但只是别人爲甚麽，必然是你圖快樂。都知是眞眞的禽獸，你不必淚眼婆娑。

兩個折辨⑧了一回，仇福撅着那嘴去了。發恨説："既不分家，我還給别

---

① 條陳：逐條陳述。

② 直山直卯：開門見山；直截了當。

③ 自估着：自己估摸着。

④ 佯常：即揚長。大模大樣的。

⑤ 着極：着急。

⑥ 詈：用言語頂撞。

⑦ 當面鼓對面鑼：比喻面對面地商討、質證等。

⑧ 折辨：争辯。《老乞大谚解》："你兩家不須折辨高低。"《封神演義》第十二回："今日三公子因遊玩，打死龍王三太子，適龍王與老爺折辨，明日要奏准天庭，不知老爺為何啼哭？"

人攢家當!”果然着他糶一石，他就糶三石，大腰貶[①]着錢去賭博。

［西調］從上來敗家的道，說他嫖還沒大嫖，只光賭，一宿就是七八吊！說他潮何曾是潮？極精細的光棍就是好撈[②]，贏了又待賭，輸了又去撈。飯也不吃，只是去凑梢，上了賭，好像有個星兒照。

賭了會子，一囤穀都淨了。姜娘子說他，他又不聽；又不敢對他娘說。尋思他一霎也費不淨。及至開囤一看，大驚失色，也就不敢瞞他娘了。

雙膝跪在牀兒下，未開口那淚珠兒先吊下，一句句告訴他從前的話。咱這麽家人家，指望着甚麽？雖然糶了幾石糧，也却還不大差。方才去開囤，幾乎把奴唬殺！穀囤淨了，往後咱可待吃嗄？

徐氏唬了一驚說：“七八十石穀那裏去了？必然是那賊殺的輸了!”找他，他又沒在家。等了等，自家來了。他娘說：“你過來。”往前凑了凑。他娘說：“再靠前。”他又往前凑了凑。那牀上一個碗Z子，拾起來分[③]頭就打，打了一個跟頭，鮮血直流。姜娘子抓了一把灰來，給他罨[④]上。他娘說：“你不要理他!”

我怎麽生下這樣禽獸！這一樣東西斷斷難留！姜大姐你不必將他救。也不知他做的甚麽事，看見我只是一溜。誰想他緝頭夜貓[⑤]，已是成了下流，把正經事一筆全勾。尋思起剁了他乜賊頭！把賊頭掛出去，叫那老鴰[⑥]野鵲[⑦]吃他那肉！

姜娘子給他包了頭。他還說：“我甚麽不是，打我這麽一下子?”姜娘子說：“爲不見了穀子。”他才沒做聲。他娘說：“罷罷！可分開你罷。一頃二十畝地，留下四十畝養老，別的平分開，任你去踢弄罷。”

每日是濟着你用，八十石白穀一旦全空，我還做着南柯夢。你這行子，

---

① 貶：掖。也用作“扁”。《醒世姻緣傳》第四十八回：“把些糧食俱趕集賣了，腰裏扁著銀子……一溜煙走了。”

② 撈：此指為了補償自己的損失而繼續賭錢。

③ 分：對着；朝着。

④ 罨（yǎn）：敷。方言发音为 ǎn。

⑤ 緝頭夜貓：頭一伸一縮，躲躲閃閃的樣子。

⑥ 老鴰：烏鴉。

⑦ 野鵲：喜鵲。欧阳修《野鵲》：“鮮鮮毛羽耀朝輝，紅粉牆頭綠樹枝。日暖風輕言語軟，應將喜報主人知。”

合那牛驢猪狗一様同！我積下幾石糧食，也帶不了去脱生。狠凹[十三]了你那心，恐怕不窮，恐怕不窮。看起來，留你嗓子也不中用！

着人找了他叔伯哥來，立了文書，寫了兩個鬮①，叫仇福來拾。仇福那頭雖疼，却喜如了意，竟然就來拾了。姜娘子大哭起來了。

［還鄉韻］罵聲强人不成個貨！還嗄臉來把鬮來摸索？這樣人我待跟着你怎麽過？不只光沒甚麽下鍋，只怕這幾畝薄田，烏溫②的時節不多。一個不成人的漢子，配着個迂囊③老婆，未必不就死，也就不能長活。不如我尋了死，省的捱那寃屈餓！

姜娘子哭了多時。徐氏説："你既攤着這様東西，也是你命裹不好。不必哭了，給你四五斗麥子，三四斗豆子，你去做飯吃去罷。"

姜娘子去把房門進，破頭的丈夫在那裹呻吟。害頭痛也不問他甚不甚，臉兒朝牆淚珠兒紛紛，我是那輩子瞎了眼，就嫁你這個强人！你糊迷着心眼，説説還嗔，必然到片瓦根椽，才是個斷根④。只怕你討飯吃還沒條棍！

仇福也不做聲，聽着姜娘子數量着哭，一日沒吃飯，就暗宿了。到底病人也沒力氣，雖然狠打，也沒打犯，疼了一宿，就好了。

［耍孩兒］腫的頭好似筐，過夜却比頭夜⑤强。姜娘子知道無妨帳，説你又啫不疼了？我看你死也應當！打殺却也告不的狀。但望你頭疼不好，省的去手長丁瘡⑥。

仇福説："分開你清閒不好麽？"姜娘子説："我不愛你這様疼我。"

看咱娘病在家，燒火沒人替替他，有飯可也吃不下。況且你心不大好，安心一味胡拼打，看情苗⑦叫人心害怕。你若是依老本等，不孝些也還不差。

姜娘子念誦了陣子，天就明上來了，疾忙梳了頭，依舊去伺候婆婆。徐氏説："咱分開了，你去做你的去罷，我外頭叫個客家媳婦子⑧來，給我支

---

① 鬮：為賭勝負或決定事情而抓取的做有記號的紙團或紙卷。

② 烏溫：比喻留在身邊。

③ 迂囊：窩囊。

④ 斷根：結束。

⑤ 頭夜：上半夜。

⑥ 手長丁瘡：此指手賤又去賭博。

⑦ 情苗：情勢。

⑧ 客家媳婦子：此指寄居者的媳婦。

使。”姜娘子聽說，又哭起來了。

姜娘子淚盈盈，他着娘把氣生，原是他不通人性。昨日雖然分開了，奴心不曾有變更，怎能忘了親娘病？雖是他爲兒不孝，望娘親照舊看承①。

徐氏也吊下淚來說：“咳！這麽個賢慧媳婦，怎麽攤了一個畜生！”

可恨那老雜毛，生下這忘八羔，不是尋常那不肖。是我前生有寃孽，把這個媳婦帶累了，一輩子惹的傍人笑！我那兒你死活捱着，有我在不叫你抱瓢②！

姜娘子做了飯，打發他婆婆吃了，才搲③了升麥子碾上，搯了搯[十四]，烙了兩個黑餅，丟給他說：“這不是咱過的日子，你可受用④。”

姜娘子心痛酸，倒餓了整一天，這不是餅你可䭾。原是你待享這富貴，與別人大不相干。

姜娘子又到了婆婆那屋裏，刷鍋洗碗。他娘說：“你吃了飯了麽？”姜娘子說：“吃了。”徐氏說：“你沒吃着。我剩下的，你吃些罷。你再來做的多着些，分開們哩，是爲你來麽[十五]？”

我的兒你聽言：分不分是一般，散了也不是爲你散。你就趁閒趕下餅，休要管他䭾不䭾。好媳婦既無二意，我照常一樣相看。

娘㛰講了款，照常的過，只把仇福蹬開。未知後來如何，且聽下回分解。

【校】

［一］那嫖的一道：盛本作“把那上嫖的心腸，倒冷淡了許多”。

［二］認眞：盛本作“認定”。

［三］束修：蒲本作“束脩”。

［三］才：盛本作“你”。

［四］來到家：盛本作“仇福來到家”。

［五］去：盛本作“了”。

---

① 看承：看待。

② 抱瓢：借指討飯。

③ 搲（wǎ）：以手或器皿舀取。《陳州糶米》第一折：“我量與你米，打個鷄窩，再搲了些。”

④ 受用：享用。

［六］調：盛本作“挑”。下同。

［七］縱然就做：盛本作“舍弟縱然做”。

［八］仇福：盛本作“仇福有幾兩私囊銀子，零碎賭博買酒，淒離沒了。待去看看春嬌，正愁着沒錢，魏名的話，正説著他的癢處。他跑”。

［九］要分：盛本作“待要分家”。

［十］要捨病娘全不問：盛本作“逐日擺乜溜子陣”。

［十一］曾：盛本作“會”。

［十二］把：盛本作“他”。

［十三］刜：盛本作“扒”。

［十四］才摝了升麥子碾上，搯了搯：盛本作“才摝了升麥子碾上，掐了掐”；蒲本作“才摝了升麥子，碾上掐了掐”。

［十五］分開們哩，是爲你來麽：蒲本作“分開們哩是爲你來麽”。

第四回　仇大郎賺賣本妻　鄭知縣怒殺趙閻羅

却説仇福[一]那頭漸漸的好了。魏名聽的他分了家，甚喜，合夥了兩個相識的來請仇福散悶。

［耍孩兒］仇大郎實是潮，賭的錢不大高，囷裹空可沒嗄羅。一向待賭無有本，分了家才有了梢，光棍們已是下上套①。雖然是席上有酒肉，却原是心內[二]鎗刀。

仇福罨上②帽子遮了頭，上了賭博場，到了魏名家，李狠賊、秦幌幌子平日一堆賭的朋友，俱在那裹。魏名説：“衆兄弟們聽的説，大相公吃了點虧，又不好去登門問候。大家攢了個小分子③，一瓶薄酒，做幾碗粗菜，也不成個席的呀，請你來吃盅散散悶。今日可許開杯盡興。”好幾天不在一堆了，吃了酒，又吃了飯。光棍們胡歌野叫④的鬧了一場，就商議要賭博。仇福説：“我

① 下上套：設上騙局。

② 罨上：戴上。

③ 攢了個小分子：湊了點錢。

④ 胡歌野叫：胡亂喊叫。

才分開，一個錢沒有。”狠賊說：“有地不是錢麼?”

仇大郎你好偘①，沒錢使難住人，難住了不是眞光棍。你就指地去作保，要錢是錢銀是銀。分了家未必不交好運，不許你贏錢百吊，還把那地來耕耘?

仇福眞個做了一張文書，遞於魏名。魏名說：“咱兄弟們豈同別人，沒有錢我借上，那裏用着指地作保呢!”

大相公你好憨，你待賭咱有錢，那裏用着地一段?實說我可不去賭，你待賭時靠一邊，看人說我把你騙。若還着令堂知道，皇天河水洗不淨乾。

魏名給了他十兩銀子，就上秦幌幌子家裏去賭，只有一更天，十兩銀已淨了。魏二贏了，又寫了一張給他，又是十兩。“天家駁敹子”——不消半夜又淨了。

仇大郎輸淨了，心裏熱無了梢，這腚不是尋常吊[三]。地土到手還沒種，三四張文書一齊交，那裏去把皇天叫?打的那破頭沒好，把家當一宿全消。

賭了一宿，四十畝地都輸淨了。秦幌幌子見他在那裏出陽神②，便說：“我有一策，可以撈梢。”仇福說：“甚麼策?”秦幌幌子說：

那一年三月裏，輸的我着了極，尋了一條最妙的計，取錢就指妻作保，抗了錢來沒人知，還了梢還轉下了十畝地。只是得[四]破上去做，難道說運氣常低?

仇福在那迷魂陣裏，眞果寫了一張文書，上寫着：

立文契仇大郎，爲沒錢去納糧，情願就着妻作當。取到白銀二十兩，三日以裏③定還上；不還上，將他準了賬④。叫的應並無返悔，作憑證文書一張。

寫完遞於魏二，魏二說：“皇天，我不敢做這個。”又給狠賊，狠賊說：“我不敢收。”沒了法，送給魏名。魏名說：“若是有錢[五]，就借給你，那裏有當人的?”

［劈破玉］仇大郎你聽着：再沒有咱厚，每日家在一堆磕打着頭，你用錢原就該把你幫湊⑤。開口說當人，這話忒也謅。若是有錢不借給你大相公呱，

① 偘（kǎn）：同“侃”。根據押韻的情況可知此處讀 pǐn。

② 出陽神：發愣；發呆。

③ 以裏：以内。

④ 準了賬：兌了賬；抵了賬。

⑤ 幫湊：幫助。

那可就是一個狗！

“若是當人，有南莊裹趙大爺可以商量。”衆人說：“是呢。”却說趙某是一個土豪，放三十分利①債，還不到就打[六]。

這趙某他原是土豪一個，他的名是趙烈綽號閻羅。惱着他就犯了塌天大禍，吊在馬棚內，打你一百多；他還要送到堂上，三十二十的使板抹②。

魏名因着沒人敢當仇福的妻，才指這個剛查子③，好着他去發脫。

可笑那仇大郎眞是個憨蛋，土條蛇暗咬人，異樣的秦奸④，他知道趙閻羅爲人不善，若說當老婆，他必定敢擔。但若是打一個遲局⑤，他就丢下那閻王臉。

大家陪着仇福到了那裹，說了來意。閻羅說：“這不是姜屺瞻的女兒麽？”仇福說：“是。”閻羅說：“我曾見這個人來，值二十兩。”當面就秤銀子。

問了問人，猜他未必敢當；誰想是稱銀子，並不商量。姜秀才並不曾放在他的眼眶，說我曾見來，身量⑥不大長。文書上數兒不多，那人可也就值二十兩。

交了銀子，弄的酒飯給中人們吃了，在他那廳房裹就賭。賭了一日一宿，禁子[七]的三個人哄了一個人，二十兩又淨了，趙烈打頭⑦就得了七八兩。閻羅說：“這可說不的別的，仇相公，我着人跟了你去罷。”仇福着實作難。閻羅把眼一瞪，說：“你這意思裹還待賴麽？”

睜睜眼認認我休要想賴，休說是仇福子你這奴才，就是您達來我也要揭

① 三十分利：比本錢高出三倍的利息。

② 抹：打。

③ 剛查子：無人敢招惹的硬茬。

④ 秦奸：史書記載：“三秦王為秦將，將秦子弟數歲矣，所殺亡不可勝計，又欺其衆降諸侯，至新安，項王詐阬秦降卒二十餘萬，唯獨邯、欣、翳得脫，秦父兄怨此三人，痛入骨髓。”後世認為因為秦將章邯的投降導致了秦國的滅亡，因而章邯背上了“秦奸”的罵名。此指奸人。

⑤ 打一個遲局：猶豫了一下。《醒世姻緣傳》第八十四回：“狄希陳倒也喜歡，只說到那八十兩束修的去處，打了一個遲局，說道：‘俺那鄉里程先生這們好秀才，教著我合表弟相覲皇，兩個妻弟，一年只四十兩銀子。’”

⑥ 身量：身材。

⑦ 打頭：拿回扣。

他的蓋！仗着您丈人，不過是秀才，憑他那裏說，我憑着細絲銀子買。

閻羅就待打的火勢①。仇福慌了，滿口應承，才放他去了。一路上自思道："俺媳婦子急仔睃不上我，不如就給他罷。"

他每日巴數我還要落淚，何況是到如今水淨鵝飛②，我不知到後日怎麽受罪。罷罷罷！我就狠一狠，交給那殺人賊，也省的我路上着他抓住，使那巴棍③打我這腿。

定了主意來到家，對姜娘子說："咱爹家裏大病，說的極重[八]。"姜娘子聽說，辭拜了婆婆，拾掇了拾掇出來。見一個小夥子牽着一匹馬，仇福扶上他[九]去了。

［疊斷橋］這個潮行，這個潮行，低頭返複自思量，若俺丈人來，是該怎樣？閨女被人誆，閨女被人誆，難說忍了不聲張？賭錢賣老婆，未必不捱夾棒！

尋思一回，不如顛了罷。把姜娘子兩件衣裳捲了捲，夾拉着走了。他娘欹在牀上[十]，有人來說："仇福輸了地了，好幾個人在那裏量哩。"把徐氏幾乎氣死！

大叫一聲，大叫一聲：氣殺我了賊畜生！烏溫了不大霎④，又嗜罄了淨！要我怎生，要我怎生？不如死了眼不睜！照着那南牆，只顧使頭砌⑤！

不說徐氏生氣，且說魏名猜姜屺瞻治不的趙閻羅，必然來踢弄仇家，當時跑了去，報給姜相公。

大爺聽着，大爺聽着：令壻做事甚蹊蹺，哄着你女兒，賣給了閻羅趙。休要遲了，休要遲了，看他知信開了交，疾忙到他家裏，去把人來要。

姜相公聽說，唬了一驚。謝了魏名，到了家，就寫狀告趙閻羅。

端過銀燈，端過銀燈，拿過筆硯就寫呈，先告趙閻羅，不怕他查兒硬。到了五更，到了五更，爬將起來進了城，拿呈上公堂，稟了知縣鄭。

姜相公稟了一遍。知縣抽了兩支簽，一支拿趙閻羅，一支拿仇福。

---

① 火勢：架勢。

② 水淨鵝飛：比喻一無所有。

③ 巴棍：短細的木棍。

④ 不大霎：不多时。

⑤ 砌：碰；撞。

稟了官府，稟了官府，老鄭從來惡棍徒[十一]，既是賺良民，他又着實怒。即刻吩咐，即刻吩咐，不用該房出票拘，抽了兩支簽，分了兩條路。

不言官府拿人，且說那徐氏找不着仇福，氣的一宿沒睡着。到了第二日，才待打盹，支使的一個小廝來說："差人來拿俺大叔來。"徐氏大驚。

徐氏聽了，徐氏聽了，心裏疑影①好蹊蹺，咱又不欠糧，用不着去比較。尋思一遭，尋思一遭，爲着嗄事鬧吵吵？若是犯賭博，拿去道極妙。

徐氏在那裏猜疑，他那個叔伯姪來，一五一十的說了一遍，把徐氏氣的白瞪了眼②。

病娘在席，病娘在席，百樣款兒那得知？一夜沒合眼，惱他輸了地。這還不奇，這還不奇，又來說是輸了妻，一個病老婆，禁的甚麽氣！

仇祜慌了，扶着頭捶了陣子，才醒過來了。說："我才自在了，您又待捶過我來嘩！"

叫聲老天，叫聲老天，我那媳婦那樣賢，怎麽哄着他，去把錢來換？磕頭萬千，磕頭萬千，給我拿住送到官，求他動刀鎗，剉[十二]③他個稀糊爛！

差人知道他走了，着地方尋找不題。却說姜娘子駝④到趙家莊裏，姜娘子說："這是那裏？"閻羅出來，滿臉陪笑說："仇福把你賣給我了。"

閻羅笑哈哈，閻羅笑哈哈，仇福賣你到我家。咱家極善良，娘子休害怕。不做甚麽，不做甚麽，吃的穿的强似他。你爹就知道，他也不敢嘩。

姜娘子聽說，慌張下馬來，硼頭散發，大哭大罵。閻羅大怒，拿鞭子來待打[十三]。

閻羅發威，閻羅發威，拿着鞭子就待捶，安心唬唬他，望他伏了罪。姜氏痛悲，姜氏痛悲，大罵閻羅趙狠賊，流水拿棍來，把我這頭砸碎！

閻羅見他不怕打，說："給我拉了屋裏去！"一羣老婆把姜娘子扶着屋裏。他從頭上拔下來了一支簪子，使力氣照脖子底下就穿[十四]⑤。

使力一穿，使力一穿，插在喉嚨氣嗓間，一羣媳婦子，齊來把他按。滿

---

① 疑影：懷疑、擔心。

② 白瞪了眼：此指昏迷。

③ 剉：剁。

④ 駝：通"驮"。

⑤ 穿：刺。

屋鬧喧喧，滿屋鬧喧喧，按着脖子拔出簪，那血冒出來，登時容顏變！

姜娘子一口水也不喝[十五]。到了明日，差人到了。閻羅不拿着當件事，騎上馬到了城裏。老鄭坐了晚堂，差人稟道："拿到趙閻羅了。"上頭就叫閻羅，他僱了個人，就待過去替。

老鄭思量，老鄭思量：遠近聞名趙閻王，怎麽這個人，行動不大像，大罵賊行，大罵賊行，斗膽假冒上公堂！那人光磕頭，唬的不敢譬。

把原差合替身，每人打了三十板，只得說本人在下邊。閻羅慌了，上去跪下。官大怒。

大罵匹夫，大罵匹夫：貌似一個狠賊徒！你是嗄功名，來這誇你富？閻羅氣粗，閻羅氣粗，霸佔民妻只似無，擔不的①你上公堂，還把人來僱！

丢下來了八支籤，衙役們都怕他，待了許久，並無人敢動刑。老鄭越發怒了，叫他內司跑出來了七八個，先把衣服裂了。

［耍孩兒］罵奴才老賊奸，又害民又欺官，被你把持着扶風縣。堂上喝了一聲裂，嗤嗤一陣響連天，條條都是八絲緞，合衙門偷着搶去，都縫個荷包②裝煙。

把閻羅打了四十大板，夾了一夾棍，背了四絆，把一個通天的光棍，就[十六]嗚呼哀哉了！

趙閻羅完了操③，渾身上下赤條條，不衣冠就去赴他那同寅④召。囑咐家人勸姜女，臨行諄諄把話教，安心還望他順了道；誰知道一去不返，光着腚去見同僚。

官吩咐把趙烈的死尸拉出去。又差人合姜相公往趙家裏去要他女兒。

拉閻羅到當街，滿城人鬧該該，人人都說他心胸乖。吩咐去要姜娘子，着人陪着姜秀才，霎時到了門兒外；才知道女兒待死，姜相公落下淚來。

却說姜娘子二日無吃飯，合家人正沒奈何，差人要[十七]了一聲，流水就從牀上擡出來。姜相公看見，不覺落下淚來。

---

① 擔不的：擔當不了。

② 荷包：旧指隨身佩帶的小囊，多用來盛放零星物品。此指盛放煙葉的小囊。

③ 完了操：完了命。

④ 同寅：同僚。

也是你命該當，怎麽嫁了個仇大郎！我瞎眼叫你受魔障[①]。到底還是我的女，這個志氣不尋常，沒壞了咱家好聲望。實不料女兒軟弱，還叫咱門戶生光。

趙家聽説閻羅死了[十八]，疾忙撥了四個人，把姜娘子擡了姜家去了。

姜相公先到了，夫人出來哭嚎啕，連聲又把心肝叫。嫁的女壻不長俊[②]，虧了我兒志氣高。受罪可有誰知道？異常事你都經過，苦殺了我的嬌嬌！

一家人扶到屋裏，才問："你不相干呀？"那姜娘子說："我就是主意要死。這喉嚨裏雖疼，比先稍好了些。"

自那日扎一簪，水合米不曾沾，旁裏多少人來勸。我的主意已拿定，今日必要到黄泉。閻羅死合該我氣不斷；若是他一日不死，今日裏必不生全！

他娘盛了一碗粥來遞給他，他吃了，料想不妨。姜相公說："不料老鄭處置的這樣痛快！"大家歡喜。不知將來何如，且聽下回便知。

【校】

［一］却說仇福：盛本作"却說仇福待了二日"。

［二］内：盛本作"懷"。

［三］吊：盛本、蒲本作"掉"。

［四］只是得：盛本作"但只要"。

［五］若是有錢：盛本作"我這是沒錢了，若是有錢"。

［六］還不到就打：盛本作"至期不到就拴來吊起來打，打了還送縣"。

［七］子：盛本作"不"。

［八］說的極重：盛本作"着人來搬你哩"。

［九］仇福扶上他：盛本作"仇福扶他上了牲口"。

［十］他娘攲在牀上：盛本作"他娘攲在牀上，哪里知道"。

［十一］惡棍徒：盛本作"恨博徒"。

［十二］剉：盛本作"挫"。

［十三］閻羅大怒，拿鞭子來待打：盛本作"閻羅大怒说：'给我拿鞭子來待打。'"

---

① 魔障：佛教中指修行者修行過程中遇到的惡魔設置的障礙。泛指因他人導致的磨難。

② 不長俊：不思進取。

［十四］使力氣照脖子底下就穿：盛本作“使力氣照脖子底下就穿，鲜血暴流，張翻在地”。

［十五］姜娘子一口水也不喝：盛本作“這趙閻羅本待慢慢摩攏他，不料，他這等有志氣，只是使人守著他”。

［十六］就：盛本作“登時就”。

［十七］要：盛本作“呹”。

［十八］趙家聽說閻羅死了：盛本作“趙家聽說閻羅死了，哪敢強嘴”。

第五回　仇大姐含冤告狀　鄭知縣奉批追田

姜娘子在他娘家養病不提，却說那徐氏堪堪至死[一]，魏名尋思着，仇大姐若是知道，沒有不來家的[二]，又生奸計。

［要孩兒］土條蛇恶心腸，弄的合家都遭殃，不肯休還要往前將。家裏沒有人半個，他娘一口氣不來，撇下一個好家當，仇大姐若還知道，愁他不一掃精光！

那一日有一張羅的，就合仇大姐同莊，魏名就捎了一個信去。待了二日，果然娘𢇁來了。看了看，全不像人家了，只有一個病娘在牀上喘氣。

仇大姐進家堂，糞合草甚是髒，枯墳壇是他家中樣。進的房門望裏看，一個病娘臥在牀，混身腫不成個人模樣。扶着牀問了一問，睜開眼一陣恓惶。

徐氏看見大姐，忍不住的兩淚交流說：“我可①着小福子氣殺我了[三]！”從頭說了一遍，把大姐幾乎氣死！

仇大姐怒冲冲，兄弟𢇁是頑童，沒了老子就着[四]人家儘着弄。不惟土地全嘮去，老婆也哄着換了銅！這個還要[五]甚麼命！我要去伸寃告狀，也叫他不得從容。

恨的他銀牙咬碎，氣的那粉面通紅。自家去做的飯，盛了一碗，給他娘合他兒吃了。請了仇祜來商量告狀。

① 可：程度副詞。

您大舅你聽言：您叔撇下幾畝田，着人哄去七八段。種的都是咱的地，並無見他一文錢，咱吃甚麽安穩飯！你給我寫狀一紙，到明日我去見官。

仇祜說：“你乜女人家，出頭露面的怎麽告狀？”大姐說：“何妨？”

⿹式兩孩子被人嘮，老婆不是紙窩裹包，這也避不的①旁人笑。縱然地土官不斷，賭博局騙也難饒，明日這狀我必告。你照着我這意思寫狀，明了天我就開交。

仇祜說：“該請過您三叔來商議。”大姐說：“他老人家心裹彎彎②，不用請他。我念着，你寫罷。”

告狀人我一身，說詳細你聽音：告着一羣精光棍，哄着學生去賭博，坑了地土騙金銀。求天公斷執法問，懇把那祖宗產業，望老爺追給本人。

仇祜寫完，給了大姐。到了次日，他娘說：“只怕你告不過他。”大姐說：“不妨[六]。”

叫聲娘放心寬，我今夜何曾眠？一宿氣的這肝腸斷！人家孩子沒了老，濟着光棍們翻過天，這樣如何受的慣？勝不勝告他一狀，出出這肚裹生煙。

大姐騎上驢，合他兒去了。到了城裹，天還早，官還未坐堂，就在縣前等着。仇祜忽然來說：“那人們攢了十兩銀子，求你不告狀。”大姐說：“極好！”

婦人家不辭勞，皆因漢子沒一條，也不是待把狀來告。你就回去合他說：退出文書把地交，銀子我也全不要。咱合他一言而決，講別的話斷然不消。

大姐留下那銀子，仇祜合人們說，衆人不肯。不一時，官府坐了堂，大姐把狀遞上。衆人又叫仇祜來說，要那銀子。大姐說：“我待留着做盤費哩。”

他每日把人嘮，我也騙他這一遭，略略的準折③也公道。告狀正愁無盤費，他送上門來算不的刁。待鬧合他當堂鬧；若是待平安無事，除非是銀地兩交。

“大兄弟，你是怕他麽？”仇祜說：“我怕他怎的！我怕姐姐告不過他。”大姐說：“你既不怕，我使他的沒查④。”

---

① 避不的：免不了。

② 心裹彎彎：心裹沒有多少好心眼。

③ 準折：抵消。

④ 沒查：沒有錯。

大姐說這不差，我只當是你怕他，你不怕我才更不怕。他就給我百十兩，使了他的甚麽查，兄弟休要把心掛。我要是不告十狀[七]，就死了回不的娘家！

大姐來了家。到了明日，差人下來齊人①，把魏名、魏二、李狠賊、秦幌幌子一干人犯鎖進城去。大姐也去銷了到。老鄭甚惡賭博，叫上去當堂就審。

鄭老爺怒不休，罵一聲衆賊頭，因何把人家學生②誘？幾宿把錢都騙去，哄着全把家業丟，準備捶你乜狗肉！每人打三十大板，一面[八]枷枷在街頭。

審完，大姐又稟道："還望大老爺追還那地畝。"老鄭不理。那衙役們一聲吆喝[九]，大姐只得下來了。

［銀紐絲］老鄭清明，大發也麽威，大枷大板像處賊。這一捶，一夥子光棍吃了虧。雖然把他打，地土却沒追，便宜他，倒着那官教誨。我有盤費不用歸，再往上司告一回，我的天，使碎心，幾乎把心使碎！

大姐即時上了府，遞上狀，點過名去，大姐伸寃。知府看了狀說："爲土地事，自有知縣官。"大姐爬了一步，從頭訴了一遍：

老爺是清也麽天！父親擄去七八年，苦難言。小的登堂告知縣，那些光棍們，枷打在下邊，就是沒把地土斷③。賭博雖是不曾寬，祖宗產業幾時還？我的天！憐念人，可把人憐念。

知府待不准他的狀，見大姐說的有理，便說："你且出去，聽候本府就去提人。"大姐出來，到了下處，說他那兒子："您二舅來考，你去找他找。"待了不多時，就合仇祿進來。大姐見他，不免下淚。

兄弟離家兩月也麽間，如今家裏翻了天！好難言，您哥踢弄的海也乾，地土罄了淨，老婆換了錢。我來家才告到扶風縣，又來省裏稟了官，我的天，人犯提，俱着提人犯。

姊妹兩個哭了一回。仇祿說："道裏④夜來才考了，我就待回家。如今姐姐在此，我也去不的了。"大姐說："你在此也是無用，不如你家去罷。"仇祿說："我去合俺老師商量商量的[十]。"即時回了下處，一一對他師傅說了一遍。金相公說："有一策。"

---

① 齊人：集合人員。

② 學生：童生。

③ 斷：判斷；裁決。

④ 道裏：學道。

知府取你做第也麽三，把你文章着實圈，甚喜歡。你就去把手本[①]傳，若得見了他，眞情吐一番，官府未必不動了念。提人不過三四天，求他把地盡追還，我的天，案定了，却才定了案。

仇祿大喜，即時寫了手本，拿着道裏考的那文章來，合他姐姐說。他姐姐極喜。仇祿到了府衙門，傳了手本，裏邊就請。

請到後宅把手也麽拉，作了長揖讓坐下，待了茶。當場問他文字佳，袖裏掏出來，雙手遞於他，看了許他三名下。仇祿說是待回家，有件事兒異樣殺，我的天，休罷難，叫人難休罷。

知府說："甚麽事？"仇祿說："童生[②]安排待回家，家姊忽然來了，說已有狀告在老爺案前。"知府說："那就是令[③]姊麽？"仇祿說："是。"

父親未知存與也麽亡，老母懨懨病在牀，從書房叫出哥哥守病娘。被些光棍們，嘮去賭博場，半頃地一宿完了賬。還望老爺上公堂，把那地土盡追償，我的天，不忘恩，叫人恩不忘。

知府說："昨日告狀的，不知就是令姐。這也不用提人，把狀批下去罷。"仇祿又磕頭謝了。

仇祿叩頭在案也麽前，官說何必又重參？去後邊，找出狀來把墨研，寫了兩行字，遞於仇二官，上頭是仰扶風縣。接狀從前仔細觀，不覺喜氣動容顏，我的天，心願足，才足了心頭願。

仇祿看了看，是仰扶風縣即將局騙地土，照數追還本主，仍將博徒重責。仇祿謝了恩出來，到了大姐那裏，念了念，大姐極喜。

［疊[十一]落金錢］大姐喜地又歡天，又歡天，說我初來到此間，兄弟呀，往前撞心裏也沒成算[④]不成算。你是個學生不足言，不足言，但只我離家這幾年[十二]，不過找你看一看。你雖不得去見官，去見官，對你述述心裏冤，兄弟呀，那裏料你有體面。虧了你師傅用機關[⑤]，用機關，把事做的甚周全，兄弟呀，有臉去回扶風縣。

---

① 手本：明清時拜見主考官、達官貴人等用的名帖。

② 童生：明清時期泛指考取秀才之前的讀書人。

③ 令：你的。表示尊敬。

④ 成算：計畫；打算。

⑤ 機關：計謀。

仇祿稟過師傅回來，合他姐姐起了身。仇祿愁沒盤費，大姐笑了笑說："咱有錢[十三]。"說那錢的來歷，大姐姐笑了一場。

這錢來的也蹊蹺，也蹊蹺，自己拳搗自己腰，姐姐呀，這件事兒甚堪笑。家裏糧實踢弄了，踢弄了，銀子並無半分毫，姐姐呀，縱有糧借重何人糶？蒙他送來情意高，情意高，省的自己去下操①，姐姐呀，拿着就走豈不妙？到家只有二百遙，二百遙，路上三人宿一宵，姐姐呀，至多不過一兩吊。

大家上了驢，走的也快，一日多到了扶風縣。大姐說："二兄弟，你家去罷，好教咱娘知道放心。我投上這狀，合您外甥小尚子隨後家去。"

［耍孩兒］二兄弟你先去問母安，病在牀不知怎麼盼！到家說說前後話②，也着咱娘放心寬，不必在這同作伴。我進去使錢二百，央門上即刻給傳。

仇祿走了，大姐傳了那狀。等了多時，不叫了，娘𡡉才走了。

出了城走的慌，不多時看見莊，二相公早在莊頭望。牽驢才把家門進，他娘那裏正恓惶，看見大姐把聲放：養的兒太不成貨，倒叫我女兒遭殃！

大姐進了門，問了安。徐氏哭着說："我的兒，我可累煞你了！怎麼就有這樣的本實[十四]！"

我的兒我的嬌，聽說你上府去告，時刻就把肝腸吊。一個[十五]嗄本領，怎不來家就開交？知道那上狀怎麼告？不想你出頭露面，倒把咱門戶撐高。

大姐來家，重整家門。莊裏人都說他看着異樣，又說他不過異母兄弟，何苦如此。大姐說："這是甚麼話！娘是𡡉罷，老可是一個呀。"

見兄弟受災殃，疼的我手足傷，就把生死全然忘。世上惟有禽合獸，生來只知自有娘，爲人不該乜麼樣。分出個同母異母，就像那驢馬牛羊。

大姐看着人打掃天井不題。却說老鄭看了批詞說，這個婦人利害，又上上臺告下狀來。遂即坐了堂，把衆人每人又打了二十。

衆奴才做就③局，哄着人把地輸，那知你也守不住。還了地土饒你死，退出幾張舊文書，少了把你頭割去！一夥人連聲答應，提上褲長嘆短吁。

衆人說："仇大姐這個老婆好哮，不給他成不的。"衆人說："魏名，你沒

① 下操：張羅。

② 前後話：此指事情的經過。

③ 做就：事先做好。

合他賭，是實買的，可以不退。”魏名只是搖頭。

搖着頭說不然，堂上不是軟弱官，仇大姐爲人却又不善。休要惹的再告狀，衆人必定把我攀①，那才算是沒體面。不如我做個人情，到還得大家平安。

衆人來到家，找出仇大姐來，把文書一張一張的驗了。魏名說：“我可沒合他賭，是實買的。既然大姐待要，我也不留。”

大姐姐你聽着：那錢財是甚麽？人情更比王法大。他爲封糧賣了地，賭與不賭不知他，事到而今還說嗄。這不是老天在上，有虛言滅了自家！

大姐說：“你道是個好人。”收了文書進去了。魏名回家，好不煩惱！尋思着說：“我待治②人來，倒着人治了這麽一下子。這是從那裏說起！且放着他的，我定尋法給他點虧吃。”不知後來何如，且聽下回便知。

【校】

［一］却說那徐氏堪堪至死：盛本作“卻說那徐氏自從發昏以後，渾身大腫，堪堪至死”。

［二］沒有不來家的：盛本作“沒有不來家和仇祿爭家當的”。

［三］我可着小福子氣殺我了：盛本作“我兒，虧了你這來看我，若再待兩天，咱娘倆就不得見了。我可着小福子氣殺我了”。

［四］着：盛本作“濟着”。

［五］這個還要：盛本作“咱還顧的”。

［六］不妨：盛本作“你休害怕，這也問不出誣告反坐來”。

［七］我要是不告十狀：盛本作“我若是不告回這地來”。

［八］一面：盛本作“取大”。

［九］那衙役們一聲吆喝：盛本作“高聲又稟那衙役們一聲吆喝”。

［十］我去合俺老師商量商量的：盛本作“我去合俺老師商量商量的，他必有法處治”。

［十一］叠：盛本作“趺”。

［十二］但只我離家這幾年：盛本作“但只我離家這幾年，兄弟呀”。

---

① 攀：攀比。

② 治：處治；整治。

［十三］咱有錢：盛本作“你休愁，我這裏也有銀子也有錢”。

［十四］實：盛本作“事”。

［十五］一個：盛本作“一個女人”。

第六回　土條蛇遊園賺祿　范公子許字石崇

却說魏名暗惱無計可施，忽然尋思說：“有鄉紳范公子，祖輩官宦。他有個園，尋常人無事不敢進去；若有私自進園，打死無事。我誆仇祿往他那園裏走走，着他給他點虧吃。”

［耍孩兒］范公子祖輩官，他家裏有個園，尋常無人撈着見。哄着仇祿去惹他，登時打他一千鞭，還要送到扶風縣。尋思就此計大妙，着他姐姐乾跣那金蓮。

算計一定，瞧着二相公出來，湊到跟前，說了幾句閒話。便說：“今日清閒，范公子家極好的一個花園，咱何不去看一看？”

范鄉紳一名園，天下的第一觀，過往官府都來看。裏頭奇花並異草，松竹梅李玉欄杆，太湖石夾在兩河岸。一處處樓閣高聳，可也是天下奇觀。

二相公大喜。兩個到了那裏，魏名合他那看園的極熟，放他進去一看，果然整齊的緊！

過一亭又一臺，百樣花隨時開，高竹又在欄杆外。遊遊步步①聞香氣，一層一層走進來，河流洶湧響成塊。有一座石橋當路，那邊廂一路花開。

正走中間，見一道大河，河上一座橋，橋那邊一路花草。魏名拱了拱說：“你先進去，我出一恭。”二相公看的正好，那知是計。

二相公過河來，看松竹走花階，點頭稱贊好心快。忽然擡頭往裏看，朱紅格扇②一亭臺，裏邊有個美人在。二相公扯腿就跑，那裏頭大罵奴才。

却說那范公子常合那內眷們，在此吃酒下棋。曾有一人不知道，走過橋

① 遊遊步步：從容走動。

② 格扇：鑲有通花格子的門。

去，着他打了一頓，送到縣裏，又打了二十。因此魏名推住下出恭，哄他進去。

范公子怒聲高：那裏賊來往裏瞧？扯長聲就把家人叫。叫出人來一大夥，吆喝打腿又撕毛[①]。二相公就往河裏跳，説了聲我該萬死，可罷了這命難逃。

范公子看了看是個學生，哈哈大笑。叫人撈上他來，又往裏讓。二相公不敢走。公子叫人拿了衣裳來，給他换了，讓到亭子裏。

范相公笑吟吟，把他换的一嶄新，又把他來從頭問。仇禄就把實情告：我才考了還家門，却還不知進不進。范公子要茶要酒，越發的相待殷勤。

原來公子有個女兒，年方二八，才貌雙全，到了十六歲，還沒有婆婆家。忽然夜間作了一夢，一個人來説："明日一個大富大貴的女壻來了。"公子説："是誰？"那人説："是石崇[②]。""石崇在那裏？"那人説："吊在河裏的就是。"因着這個夢，他又是俊俏書生，心裏有了主意，所以殷勤待他。

范公子設大席，擺上些好東西，碗盤俱是極精致。窗外有人偷着看，無心的學生怎得知？低頭只思回家計。吃了飯説是待走，范公子那裏肯依！

斟酒下菜，俱是極好的丫頭，仇禄也不敢擡頭。吃了飯待走，范公子拉着説："我有一句對子[③]，你對上我就放你行。是：'牌名渾不似[一]。'"二相公説："銀成沒奈何。"公子大喜説："極妙！這不是石崇是甚麽？"

范公子笑哈哈，不是石崇是甚麽？這可應了夢裏話。對子原是小女做，並無一人對上他，不是天緣可是嗄？你到家合令堂去説，我合他做門親家。

二相公聽説，撒面[④]通紅説："小人家怎敢妄想！"公子説："何妨，石崇也不是天生的萬貫。"叫人牽馬捎着那濕衣裳。臨行，公子又囑咐。

范公子拉住他，説做親也不差，到家學學我這話。這原是我心裏愛，不是强求生摘瓜[⑤]，對令堂説休害怕。若還是房屋不便，合小女就在我家。

二相公到了家，换了衣裳，着馬夫捎回去。仇禄對他姐姐説了一遍。大

---

① 撕毛：厮打；撕扯。

② 石崇（249—300）：字季倫，小名齊奴。西晉時期文學家、官員、富豪，"金谷二十四友"之一。

③ 對子：即對聯、楹聯。此指對偶句。

④ 撒面：满面。

⑤ 生摘瓜：比喻勉強做某事。俗語有"生摘的瓜不甜"。

姐合他娘，吃了一大驚。

那魏名這樣奸，哄着你去看園，安心要把人坑陷。虧了公子還相愛，設或淹死在深灣，這寃可向何人辨？賊頭心這樣奸惡，想一想膽戰心寒！

二相公說：“范相公極待合咱做親，臨走又叮嚀了一回。”徐氏說：“哎喲，唬殺我了！他是甚麽人家！”

[呀呀油] 唬殺我！好皇天！他家樓捨幾千間，傾了家可能治他那一件？再休言，再休言，耳朵沒教蛐蜒鑽。他那閨女大模樣[①]，婆婆可也看不見。

從此就放下了。忽然大姐待家去，仇祿合他娘都哭起來了。

手拉手哭嚎啕，咱家產業已全消，不着你來把氣生，不愁不把飯來要。

大姐說：“罷麽，我就再待會子。”着他兒自己回去了。

你回去到家中，老實看着把地耕，可休學你大舅舅，踢弄的一個精光腚[②]。

大姐住下，內外俱是他管。買了兩個盒禮，着人去看姜娘子好了不曾。

誰似他真不差，恨駡閻羅咬碎牙，但看要死不求活，必定不把人家嫁。

囑咐那去人說：他若不收，你說是俺大姑買的，定是叫他收下。你就說：

俺大姑到上臺，完了官司才回來，半月沒人問問安，望你看常休見怪。

到了那裏，果然不收。把大姐話說了一遍，他才收下了。

您大姑太費心，家裏沒錢又沒人。說我瘡口漸漸好，就是還覺心裏悶。

去人回來，大姐從頭問了，極喜。他娘說他做的是。

我這心裏亂如麻，我就不曾到他家。不惟說的咱有情，仇福來家好說話。

話說范公子見四五日沒有信，敬託王相公來問。仇祿進來說。他娘說：“你就出去實對他說罷。”

咱是誰他是誰？他家綢緞垛成堆，咱是穿着粗布衣，可也合他不般配。

仇祿出來說了，王相公回去了。到了第二日，又來說：“公子不嫌窮，斷無反悔之理。”徐氏只是不肯。大姐說：“不妨，他既待合咱做，不該咱事[③]。”

既然是他不嫌咱，就合他是姻緣。雖然說是做了親，也不求他一碗飯。

---

① 大模樣：清高傲慢。

② 精光腚：比喻一無所有。

③ 不該咱事：和咱們不相干。

徐氏說："諸事你都主的極是，這個我不從你。"仇祿說："我也嫌他太富。"大姐說："你也嫌麽？我當你愛呢。既是不愛，就出去辭他。"

尊聲客你聽着：他家女兒忒也嬌，一個母親病在牀，他可知道怎麽孝？

王相公說："公子的意極堅。且是他令愛讀書知禮，不比尋常。"仇祿說："就怪些也罷，如今怪强的後日怪。"

他令愛雖是賢，只知薰香吊花簾，莊家人家家務多，他可知道怎麽幹！

王相公見他堅執不肯，只得回去了。待了幾日，來報了仇祿進了第四名。大姐歡喜。大姐說："其實合他做了親也罷了，這不是二弟又進了？"

［呀呀兒油］窮姑姑，窮姑姑，下番[1]人家誰貪圖？急仔人家嫌咱窮，咱還倒嫌人家富。呀呀兒油。出茅廬，出茅廬，藍衫精緻皂靴烏。不但咱把門戶撐，人也肯把丈人做。呀呀兒油。

賞了報子[2]去了不題。却說那范公子，不出三日，就來行賀，靴帽二事[3]、藍衫一領、錦帳一幅、羊一牽、酒一壇、四十盤禮、十六碗熟東西，吹鼓手領着來到門前，把徐氏幾乎難殺！

［疊斷橋］牀上遲疑，牀上遲疑，他又不曾教咱知，忽然擡了來，這却怎麽治[4]？輾轉躊躇，輾轉躊躇，尋思半日總沒局[5]。待說全不收，怎麽擡回去？

正議論着，只聽的那喇叭一聲子哩響，范公子又咱進來了，在那書房裏掛帳子[6]。大姐說："二弟，你出去罷。帳子掛了，還說甚麽哩！"

把禮擺開，把禮擺開，看着擺擺收進來。已是成了親，怎麽說不愛？請你師傅陪，請你師傅陪，家裏事情我安排。煨着那熟東西，就把客來待。

二相公請了金相公來，行了禮，坐下。范公子才說他的本意。

話說從容，話說從容，令徒將來比石崇。前日到我家，應了吉祥夢。媒人來通，媒人來通，這裏堅執不肯從。已是說出來，怎肯虛頭[7]弄？

---

① 下番：地位低下。

② 報子：科舉時代給考中人家報告喜訊的人，也指送去的喜報。

③ 事：件。量詞。

④ 怎麽治：怎麽辦。

⑤ 沒局：沒有辦法。

⑥ 掛帳子：北方民俗，喜喪事中，客人給主家送布料以示情義，謂之掛帳子。

⑦ 虛頭：不實在。

金相公說："皆因公子人家太大，所以不敢。"公子說："何妨呢?"

貧富丟開，貧富丟開，只求夫婦兩合諧。要不是求着我，是我自已待。有何難哉，有何難哉？花燭房舍我安排。女壻在我家，於理何妨礙?

說話之間，酒席已完。斟酒下菜，俱是公子的人。大姐叫了兩個客家媳婦子來，燒火做飯，打發了行人[①]。有盤費不盡的那銀子，賣了二兩，賞了行人。

［耍孩兒］仇人姐在裹邊，安排的甚周全，趕餅做飯登時辦。雖然家中無預備，排頭[②]個個賞了錢，行人們都待了酒合飯。不料他還能如此，來的人個個喜歡。

范公子臨行，合二相公說："媒人就借重二位先生罷。我把婚啓[③]帶去，却也極便。後日是吉辰，我在家專候。"

到明日隔一天，會親友甚周全，昨宵曾把黄曆看。二位先生到捨下，一杯薄酒共盤桓[④]。婚啓帶去極方便。既結親諸事脫略，把虛文一切全刪。

公子說："十二月是大利月，等覆試回來，另作商議。"范公子去了。仇祿回來，對他娘合他姐姐，述了述公子那話。他娘說："任您去怎麼做的罷。"

論公子道不歪，到而今口難開，這原不是咱家待。嗤頭抶腚[⑤]看不上眼，待要大發[⑥]那裹來？我就沒個主意在。待二年咱也沒有大錢費，您姊妹儘着安排。

大姐說："怕怎的！你只管伺候送啓罷。就再待二年，咱也沒有大費頭[⑦]，不如依着他。就着十二月裹你去他家成親，且騙他個好媳婦再講。"

到後日結婚姻，隔日就去倒踏門[⑧]，家裹窮不必還撑棍[⑨]。指頭粗的咱這腿，咱可那裹把他跟？不如一概全不論。又有他給的靴帽，咱全然不費分文。

---

① 行人：僕役等隨從的人。
② 排頭：從頭。
③ 婚啓：訂婚的書信。
④ 盤桓：滯留；逗留。
⑤ 嗤頭抶腚：穿戴不整齊。
⑥ 大發：大方。
⑦ 大費頭：花錢多。
⑧ 倒踏門；入贅。也稱倒插門。
⑨ 撑棍：此指假裝富裕。

待了數日，把親事妥當，二相公才覆試去了。

進了學親又成，門前車馬亂烘烘。合莊打罕人稱誦，都說道怎麽范公子，認定仇家二相公？姻緣也是前生定。自從他姐姐來家，忽然又發變興隆。

二相公覆試回來，范公子又着人來問安，又着王相公來講款。不知後來何如，且聽下回便知。

【校】

［一］牌名渾不似：蒲松齡紀念館遺著抄本作“絲結有分子”。

第七回　暖雲窩夫婦合卺　棘闈捨郎舅成嫌

却說仇祿覆試回來，范公子看了成親的日子是十二月十六日，着人來說了。到了十五日，大姐着人買了十六盤禮送了去。范公子說：“這樣費事①！”

［耍孩兒］我合他是一家，那裏分的我合他？原說我這裏招管罷。人費錢來送大禮，不好推辭就收下。說的都是眞實話。擡盒的待了酒飯，又賞了二百銅蚪②。

到了明日，二相公安心借匹馬騎了去，那裏又擡了轎來。二相公給他娘合他姐姐磕了頭，坐上轎去了。到了范宅門首，一派樂器響起來了。

下了轎整衣裳，舅子引進內書房，路兒彎曲幾千丈。隨路都是毡鋪地，媳婦出來同拜堂，拜了堂才把女壻讓。不說那酒席齊整，滿屋裏蘭麝薰香。

完了席，天也就黑了。四個丫頭挑着兩對燈籠，送二相公煖［一］雲窩合范小姐合婚。進去門，只見滿桌酒果。小姐紅粧出來，合二相公坐下。

范小姐出畫簾③，分明是玉天仙，聲音好似春天燕。相公到了這時節，就再富些也不嫌，可才足了心頭願。這就是皇羅宮裏，說甚麽天上人間！

---

① 費事：花費大。明徐複祚《一文錢》第一出：“只是妻兒奴婢，人口衆多，甚是費事。”

② 銅蚪：銅錢。

③ 畫簾：有畫飾的簾子。

夫婦相得，說不盡魚水之樂。到了三日，二相公怕他不家去。誰想范公子已是轎馬人夫，伺候停當了。又教導慧娘，到那裏是該甚麼禮體，怎麼着行。

叫小姐往家來，早撥下轎夫擡，轎兒已在大門外。吩咐到那行了禮，上了墳塋散了鞋，婆婆是該行八拜。不吃飯回來也罷，人太多也費安排。

却說那仇大姐買下東西，叫了個廚子伺候。他娘說："他不來着，才着人笑哩。"

買東西伺候着，早起來鬧吵吵，等人只怕人不到。鄉紳人家眼目大[①]，婆婆丢在九雲霄，才着人笑的牙兒吊。依着我偷着做做，人不知還好遮囂。

大姐說："說起來呀，他讀書知禮，那裏有不來的？"一行說着，有人來說："俺二叔合嬸子來了。"大姐才出來迎着進來了。

進來門就鋪毡，花枝展拜在堂前，滿屋都是丫頭站。起來又合大姐拜，才向牀前問母安，衣裳耀的眼花亂。還是他大家知禮，一步步典雅安閒。

大姐陪着坐下。丫頭端過禮來：婆婆是繡鞋、枕頂、尺頭[②]四端；大姐是繡鞋、枕頂、尺頭二端。大姐說："尺頭收不的。"

新媳婦敬婆婆，繡鞋枕頂[③]都收着，尺頭費的忒也過。俺家全無杯水敬，到着尊宅費事多，收下咱娘心不樂。端過去咱娘看看，看咱娘是待如何。

果然丫頭端過去，徐氏見說："反過來了，到着您爹娘費這樣事。"不肯收。慧娘說："這不過是給娘做件衣裳穿，怎肯拿回去。"

俺爹說，兩疋紬兩疋紗，着娘做件衣裳罷。怎肯從新[④]拿回去，拿去也着爹娘罵。這不是甚麼好物，反回去斷然不拿！

徐氏沒奈何收下。大姐說："咱娘罷了，我可斷[⑤]不肯領。"慧娘說："姐姐收下。往後借重姐姐處多着哩。"

又無父又無哥，家裏日子仗賴着，全憑姐姐合俺過。哥哥逃了嫂子去，

---

① 眼目大：瞧不起人。

② 尺頭：衣料。

③ 枕頂：枕頭的兩頂。舊時枕頭兩端為繡花的方形布料。

④ 從新：重新。

⑤ 斷：一定；絕對。

牀頭又有病婆婆，滿家[①]只有你人一個。你看這宅裏宅外，誰管那穿布燒鍋[②]？

大姐也收了。慧娘說："爹爹吩咐休住下，看這裏費事。"大姐說："來到你家裏，還待做客麽？"

你原是大人家，急仔沒人敢哈喇[③]，去了就是眼目大。這裏原是該你作主，安心使那摘頭卦。雖然是沒嗄你吃，咱可也不是叫花。

慧娘說："我帶了供來，上了墳，回來吃飯罷。"大姐說："哦！你是待吃你那東西呀？"

［劈破玉］你安心上了墳好吃你那酒肉，是看着咱這裏不能伺候。——就是那紅糊[illegible][二]也管你個彀。况且是咱那墓田近，就在那莊西頭，頑[三]一霎把墳上了，你必然就打那裏走。

慧娘坐下，只見一羣客家子老婆，都來親近他，給他磕頭。慧娘吩咐丫頭，解開包袱，每人紅絹三尺、錢二百，俱是伺候就的。

却說那范宅裏人家也大，你看他行的事這樣大發。細細眉紅紅臉真堪上畫，說出一句話把人活愛煞。你看他典雅風流，遍天下難找出這麽[illegible]。

衆人有說俊的，有說好的，亂咕噥[④]着去了。不一時，吃完了飯。慧娘說："姐姐，你合我各處走走。"大姐合他到了西邊，見一口屋鎖着門。就問："裏邊是甚麽？"大姐說："是他大舅住的。"慧娘說："俺的屋呢？"大姐說："您那有，有也待張[⑤]的口屋哩。"慧娘說："咱修理[⑥]修理不的麽？"

這口屋不堅牢却也不大，就修理也費不多甚麽。你沒錢我捎來不必牽掛。雖然是屋不大，到底是我的家；他那裏總有萬間樓房，小妮子使不的要他一片瓦。

大姐說："怎麽費你的錢？若是娶你着，待不扎掛[⑦]哩麽？"又到了後邊，是一個大園。慧娘說："這裏蓋不的屋麽？"大姐說："那可就在你了。"

---

① 滿家：全家。

② 穿布燒鍋：借指日常生活。

③ 哈喇：招惹。

④ 咕噥：嘰咕；小聲說。

⑤ 張：從高處向下歪倒。

⑥ 修理：修繕。

⑦ 扎掛：修理。

［疊斷橋］樓捨亭臺，樓捨亭臺，論[四]這裏邊蓋的開，可惜沒有錢，不是心不待。日後你來，日後你來，做了鄉宦有錢財，這裏甚空閒，任你怎樣蓋。

走了一遭子回來，又給他婆婆磕了頭，待去上墳。大姐把那丫頭、老婆子，一百的，二百的，都賞了。慧娘合大姐作別。大姐又囑咐：

弟婦聽着，弟婦聽着：那裏門戶忒也高①，一半點東西，拿去着人笑。一別日子遙，一別日子遙，好歹二弟來家學。沒人去問安，我可實相告。

慧娘說："我自然着人來問安，何必着人去？"拜了拜，上了轎，合二相公上墳去了。大姐回來，合他娘說着歡喜。

一貌如花，一貌如花，遠近何人跟上他！不但人物精，又極會說話。雖是大家，雖是大家，溫柔軟款②不矜誇。比着小人家，着實知道嗄！

徐氏說："可說呢，算是極知道嗄③。"大姐說："你看不久要來了。"徐氏說："咱那裏盛他？"大姐說："他雖是不說，我可看出來了。"

院後宅前，院後宅前，個個屋裏仔細觀。問了問他那屋，嫌那屋沒墁④。修理要給錢，修理要給錢，不是空口說空言。他有個小乾坤，不單指娘家飯。

"我安心打下麥子來，就給他修理。"

麥子有餘，麥子有餘，泥牆再把上灰除，扎上個新虛棚⑤，就教人進的去。娘道何如，娘道何如？他那兩邊休餵驢，蓋上兩間屋，給他那丫頭住。

正說着，兩個上了墳，把那祭饌來着人擡了來。大姐叫人端進來折⑥了，賞了他錢，打發他去了。大姐又稱獎他。

年才二八，年才二八，全不像個孩子家。兩個上了墳，還要囑咐話。誰能似他，誰能似他？行事絲毫全不差。年紀雖小小，肚裏乾坤大。

却說范公子的大郎，名是范栝，十八上納了監，還請着師傅念書。二相公回去就在書房伴讀。

［耍孩兒］第二日上了學，三更回上煖雲窩。早起就上書房裏坐，待了回

① 門戶忒也高：家大業大。
② 軟款：溫柔。
③ 知道嗄：明白事理；懂事。
④ 墁：涂抹；粉饰。
⑤ 虛棚：天棚。
⑥ 折：此指將剩菜等往一個盤子碗裏集中。

子不回宅，就在書房自揣摩，五日一次兩篇課。他師傅極相敬愛，就許他定要登科。

且說范栝一字不通，見他師傅不稱讚他，那范栝心裹生氣。他師傅不在家，就百樣的方法作瑣①二相公，不依他念書。

那范栝全不通，聽着常誇二相公，打這裹就把讐來中②。諸樣方法來瑣碎，全不依他把書攻。待要坐坐沒點空，拿書本煖雲窩裹去，對着娘子咕噥。

二相公三五日來家看看。到了五月裹，是他娘的生日，慧娘自己來上壽[五]。大姐已是修理了屋，看了看大喜，着實拜謝大姐。

我沒來賞匠人，扎掛的一嶄新，怎麽就不說個信？旁裹又添兩口屋，丫頭有處去安身，姐姐好處言難盡。我擡上兩桌箱子，可給我鎖着房門。

“姐姐這樣，還該磕頭才是！”大姐說：“你只不嫌就彀了。”慧娘說：“先擡上兩桌箱子，佔着俺的。”

仇大姐笑開言：我這心裹怕你嫌，你不嫌就卸了這根擔③。螃蜅④棚彀捧⑤呀大，你那嫁裝那裹安？放着那裹也方便。等着蓋了大屋，可從容再往家搬。

慧娘上了壽去了不題。却說那二相公考了個二等，師徒三個同去進了大場[六]。范栝做不上來，不敢纏磨⑥他師傅，光來纏磨二相公。

出下題沒奈何，極的兩眼清瞪着⑦，在家原自不成貨。出來進去走幾趟，也學人家去吟哦，晌午何曾有字一個？二相公才待做做，跑了來只顧瑣摩。

二相公說：“你怎麽這樣？咱求功名，中與不中，還要完場。”

叫大哥把你央，這時誰不在號房⑧，你却如何這麽樣？你還比我大兩歲，

① 作瑣：打攪。

② 中：通“种”。

③ 卸了這根擔：放下心來。

④ 螃蜅：金龜子的幼蟲，長寸許。

⑤ 捧：用手可以捧的量。量詞。

⑥ 纏磨：糾纏。

⑦ 清瞪着：幹瞪着。

⑧ 號房：貢院的號舍。《明史·選舉志二》：“試士之所，謂之貢院；諸生席舍，謂之號房。”

我也不過來觀場，你混①的連我做不上。你等我擺畫②停當，我給你做篇文章。

范栝說："你乜個給我寫上罷。"二相公說："雷同了怎麽了？"范栝說："你眞果不給我？"二相公說："你怪些也罷。"范栝就惱了說："狗攮的！你每日吃俺的飯，這點事就求不動你？"

大舅子怒冲冲，罵一聲二相公，弄像你也不能中。每日在家吃俺飯，請着師傅課學功，怎麽這點央不動？你就合癡驢木馬，看起來一樣相同！

二相公也惱了，說："您不止管我飯，還貼了個老婆哩，你知道麽？"

二相公氣囃囃[七]，罵范栝太詐煞③，不知讓你是爲嗄？狗攮的你可自家想，豈止吃你飯合茶，貼上個閨女把我嫁。我出上連門不上，你嗄法治您老達？

范栝大怒，就待行粗，二相公也出了號房。虧了朋友們勸開，二人才散了。

二相公低着頭，尋思起着實謅，連那文章無心做，一坐坐到日頭落。無奈才把心來收，不論好歹一揮就。包搭起來找他師傅，細訴那根本來由。

二相公對他師傅說了，出了場，也沒上下處④去，上他表兄徐博那下處睡覺。待了霎，范栝也出來了，着他師傅好罵。

罵范栝無賴徒，在家全不用功夫，場中文可央別人做。既是令尊招管他，原是你的親妹夫，怎麽臉面全不顧？這才是膏粱子弟⑤，就一點心眼全無！

他師傅教他去請二相公。范栝說："我去他也不來。"他師傅令⑥着范栝到了那裏，也沒說嗄，就出來了。二相公往外送他。他師傅叫着來了下處，叫范栝謝了罪，才進了二場，來了家。未知後事何如，且看下回便知。

【校】

[一] 煖：盛本、蒲本作"暖"。下同。

---

① 混：攪和。

② 擺畫：處置；安排。

③ 詐煞：張狂。

④ 下處：下榻之處。住處。

⑤ 膏粱子弟：富貴人家的子弟。膏粱：肥肉和細糧，指美味佳餚。

⑥ 令：通"領"。

［二］粽：盛本作“焿”；蒲本作“突”。

［三］頑：盛本作“玩”。

［四］論：盛本作“認”。

［五］慧娘自己來上壽：盛本作“二相公去考的了，慧娘自己來上壽”。

［六］師徒三個同去進了大場：盛本作“到了初秋，師徒三個同去進了大場”。

［七］囃囃：盛本作“咋咋”。

第八回　歸夫家慧娘立業　中奸計仇祿充軍

却說二相公進了場，來了家，也不上他丈人家去。范公子不知其故。他師傅一一的說了一遍，把公子幾乎氣死！

［耍孩兒］叫畜生快跪下，做的事太大差！你枉長了這麽大！妹夫比你强十倍，給他提鞋踿①了牙！看你說的甚麽話！我把你畜生打死，這樣人留你怎麽！

公子把范栝打了一頓，他師傅說着才饒了。又叫他去謝罪。范栝說：“我去他也不見我，不如着娘差個婦人去。”他師傅說：“這也有理。”

他二人犯爭差②，各人低頭把飯爬，至到而今不說話。今日若是自己去，未必出來就見他，不如差個女人罷。老兄臺請回宅去，議一議是該怎麽。

公子到了宅裏說了。夫人王氏氣極了，把范栝罵了一場。才差了一個婦人，拿着盒禮去問安。後邊又是一匹馬來。那婦人說的極好：

來了家好幾朝，俺大叔不敢學，先生說大爺才知道。爺爺打了奶奶罵，還望姑爺把他饒，郎舅們甚麽說不到？奶奶說姑爺不去，就着我替他跪着。

二相公不做聲，那婦人就跪下了。大姐說：“你起來。”那婦人不肯。大姐拉起他來說：“二兄弟，你不必這等。郎舅們甚麽正經［一］！”

---

① 踿：踢。

② 爭差：糾紛；爭執。《西遊記》第四十九回：“攢簇五行皆別異，故然變臉各爭差。”

二兄弟你聽着：大舅子把你敲①，到底還是你年少。你去不爲舅子去，特爲丈人情意高，怎麽斷的這條道？范大叔又沒得罪你[二]，不去着人擔囂。

徐氏也吩咐去，無計奈何，才騎上馬去了。到了門首，他丈人就迎出來，着實謝罪。又叫范栝來跪着。二相公也跪下，公子才叫起他來。

姐夫惱也應該，但是他比驢馬獃，怎麽當一個人兒待？以後照常休介意，我把書房兩分開，不叫您倆在一塊。他後日通了人性，您倆個再犯往來。

二相公到了後宅，見了慧娘，正在那裏哭的淚眼汪汪的，說："我猜你不來了呢!"

俺哥哥乜獃瓜，又不肯俯就他，我不說心裏常牽掛。又不是討米才貨②，怎肯常住丈人家？做了親戚我就安排下。咱商量從容家去，休等着二次犯查③。

待了幾日，師徒都沒中。又待了會子，二相公說："家母病重，只得往家裏守着。"其實那徐氏心裏自在，那病一一的好，不過是推託的意思。

過了場落孫山，家母病尚未痊，這書可也沒心念。家裏事沒人招管，日日奔波路塗間，朝夕往來極不便。不如我暫且歸去，却方才身心兩安。

二相公來家待了四五日，那裏又着人來問安，又捎了牲口來。又去待了三四日，家裏又着人去叫他。

二相公主意高，暗着家裏人來叫，便向岳父說知曉：家母病又不太好，只得家去瞧一瞧。這是弄就的虛圈套。到家中搬也不去，看着人修理窩巢。

二相公來家，來搬了兩次不去。他丈人就合慧娘商量。慧娘說："女壻住丈人家，也沒有到老的。"

［跌落金錢］如今他既把家歸，把家歸，倒也免了是合非，爹爹呀，不必還把神思費。富貴貧賤不用悲，不用悲，他又不曾玷辱誰，爹爹呀，造化好不許將來貴？他也不到窮似賊，窮似賊，插插草屋④掃掃灰，爹爹呀，孟光⑤也曾

---

① 敲：貶低；嘲諷。口語中有"敲貶"之說。

② 討米才貨：乞討之人。

③ 犯查：引起爭執。

④ 插插草屋：用麥秸等修補草屋。

⑤ 孟光：東漢人，家庭富有，三十歲時嫁給書生梁鴻。婚後到深山隱居。每次孟光給梁鴻送飯時把托盤舉得跟眉毛一樣高，後世有"舉案齊眉"的故事流傳。

把梁鴻配。從來嫁鷄隨鷄飛，隨鷄飛，他既去了我該隨，我兒呀[三]，娘家能住幾千歲？

范公子見年近了，把煖帳箱籠要緊的東西，使人送去。臨了去送慧娘。老夫人不免下淚。

生長咱家十七年，十七年，時時嬌養在身邊，我兒呀，造定今日該拆散。你在繡房縱然閒，縱然閒，不少綾羅緞疋穿，我兒呀，到那裏要知勤合儉。婆婆那裏早問安，早問安，不要驕傲惹人嫌，我兒呀，人說好才是有體面。女婿縱不做高官，做高官，你家也有幾畝田，我兒呀，或者不至沒有飯。

慧娘别了爹娘，到了家裏。大姐迎出來，異常的歡喜說："我每日想你，一般的你也來了家了麽?"

[西調][四]一般的你也來到。俺每日絮絮叨叨，一日就說你幾千遭，或者你乜眼也跳。從今以後，想念全消。聽的你那聲音，就着人喜笑。

慧娘拜了婆婆，到了那屋裏，叫人篩茶①，說："姐姐呀，往後你可就是客了。"

想當初咱𠲎說笑，扎掛屋望你勤勞，你還說是我胡叨，此時才知我慮的到。自從那日，就有今朝。掯的現成，難把恩情報。

大姐說："你的人多，你就另做飯吃[五]，我合咱娘照常。"慧娘說："豈有此理！我就沒見來。"

那屋裏少人備辦，就不必動火生煙。我這裏做熟着人端，𠲎人能吃多少飯？咱娘有病，不能動彈，姐姐陪着，不用心掛牽。

大姐說："情着吃飯也不安。"慧娘說："我㩼情着住屋來？姐姐只管大事，家裏的事，不用姐姐管。"

叫姐姐不用心困，你只管納草②耕耘。我的人就是你的人，惱了何妨打頓棍？鍋頭灶腦，米麵柴薪，小小事兒，不必留心問。

二人講了款，吃了飯，兩口子搬進行李來。慧娘有自家的一處小莊，三頃地，隔着有七八里路，寫了票子去，着他供給。

寫票子行到莊上，叫那裏供給雜糧。着他媽媽去開倉，自己親筆登了賬。

① 篩茶：倒茶。

② 納草：即封糧納草。向官府交納賦稅。

就說："相公，你上書房只管讀書，休要把心放。"

到了第二日，范公子送了一個管家，一個騾子，後邊又運到雜糧二十石，油鹽醬醋之類，無所不有。慧娘一一收了。那管家就在書房伺候。

二相公肯把書念，外邊事姐姐全擔，慧娘招管米合鹽。書房撯吃自在飯，管家伺候，馬背雕鞍。娘子來家，陡然把門風變。

待了二年，人家越發興旺。却說魏名自家尋思說："我本意待害他來，越發了人家了。他拿我不當人，我有法治他。"勾了一個東人①來，瞅着二相公在[六]家裏，溜到書房裏去。

［呀呀兒油］勾東人，勾東人，剜出心來狗不吞。只望人家傾了家不如他，他才心不恨。呀呀兒油。那逃人，那逃人，一溜溜進書房門。倒在牀上挺着尸②，單等人來把他問。呀呀兒油。

却說那管家張旺上書房裏去，見那行子仰在牀上。張旺大驚說："這一定是個賊!"那行子扒起來，就拉京腔③。

來幾遭，來幾遭，鑲黄旗④下把名標。你家收着我萬兩銀，我是敬[七]來問他要。呀呀兒油。你去學，你去學，流水打發我開交。還得備上一個騾，我好騎着去顛道。呀呀兒油。

張旺聽說，吃了一驚，慌忙報於二相公。合家聽說，都唬的手足無措。

他似賊，他似賊，拉着京腔丟詐威。本朝王法甚森嚴，這是一件極大的罪！呀呀兒油。商量誰，商量誰？說不盡的要吃虧。縱然就是死不了，却也要把皮來退⑤。呀呀兒油。

大家沒法。慧娘差張旺去問他爹，他爹也是沒法。二相公同着四鄰去央他，安心給他一百銀子，打發他去。

那逃人，那逃人，坐在那裏不動身。大家拿着好話央，那人拿頭摔光棍。呀呀兒油。累四鄰，累四鄰，一口許他百兩銀。說你已傾十來家，咱有甚麽仇合恨？呀呀兒油。

---

① 東人：隨清人入關的僕人。

② 挺着尸：死亡。這裏指直挺挺躺着。

③ 拉京腔：操着京城一帶的腔調。

④ 鑲黄旗：清代八旗之一，因旗子黄色鑲紅邊而得名。

⑤ 把皮來退：形容遭受酷刑。

那行子不依，約地[①]、保正[②]都知道了，只得把二相公合四鄰一齊送到官。到了縣裏，官明知冤枉，因着王法太嚴，不敢擔，立時解了府，府裏解了院。

王法嚴，王法嚴，任你那裏不敢擔。縣裏差人解到府，府裏即時解了院。呀呀兒油。院裏官，院裏官，問他實有多少錢？他只是信口吧，說是收着幾千萬。呀呀兒油。

待了二日又審，始終沒有清渾。

提出來，提出來，東人連累十家牌[③]。滿堂都是無辜人，個個唬的魂不在。呀呀兒油。日頭歪，日頭歪，分不出青紅合皂白。相公說是沒見錢，他反說是合他賴。呀呀兒油。

軍門把東人解了，二相公問了口外[④]充軍，只得解下變產[⑤]湊盤費。却說二相公去後，范公子把慧娘搬去，止有他娘合仇大姐在家裏，把日子又大差了。

回了程，回了程，到家一望好傷情。忍着不哭笑呵呵，只怕他娘犯了病。呀呀兒油。保安寧，保安寧，十月就到奉天城。若是遇赦還歸家，或者不至送了命。呀呀兒油。

却說范公子使了許多錢，央了體面，才把慧娘擇下[⑥]了[八]。二相公來家，公子自已來看，送盤費五十兩。二相公寫了一張退婚文書給公子。

告丈人，告丈人：待我恩情似海深！若是從頭說起來，再一輩子也報不盡。呀呀兒油。去充軍，去充軍，躭誤了令媛好青春。從今叫他另成親，倒還省我心頭悶。呀呀兒油。

他丈人不接那文書，就說小姐隨後就來。二相公止他："休來罷！"

好傷懷，好傷懷，爹爹止他休要來。我今是個犯罪人，已是割了心頭愛。呀呀兒油。他若來，他若來，一家人家哭哀哀，見了他更痛傷心，那倒反把我來害。呀呀兒油。

---

① 約地：疑是鄉約，舊時按自然村落設置或與保長並置。

② 保正：清代制度每十戶設一牌頭，每十牌設一甲長，每十甲設一保正。

③ 十家牌：明朝規定每十家為一牌，故名十家牌。

④ 口外：長城以北地區。

⑤ 變產：變賣家產。

⑥ 擇下：此指免於處罰。

范公子堅執不肯收那文書，二相公又着人送了去。范公子遞給慧娘，慧娘接過來一看，不免痛傷[九]。

［憨頭郎］咧溜子喇，喇溜子咧，合他三年好夫妻。好夫妻，兩有情，並沒曾失口鬧一聲。他又專心把書念，指望金榜早題名。家雖小，不甚窮，着他專心去用工。還望三年撑門戶，就遭大禍把軍充！我的哥哥喲！咳！我的皇天哥哥喲！身軟弱，瘦可憐，穿上綿衣只似單，膊胳好似蔙杆子①樣，怎麽口外去受風寒？你教我莫往還，不得合他交一言。寫了書來叫我嫁，心裏好似刀子剜！我的哥哥喲！咳咳！我的皇天哥哥喲！

不説那慧娘痛哭，且説二相公起身，大姐不放心，僱了一個人送他。又囑咐那去人：

［耍孩兒］您二叔沒出門，幾千里去充軍，乜學生生的忒乜嫩。詑你合他去做伴，早晚全憑你費心，你回家才有眞實信。你可要小心在意，到回來多賞你金銀。

二相公騎上騾，合公差走了。就[十]來查他的産業，保正勒了冊子，給了公差。大姐不依，拿着分書去見官。

仇大姐上公堂，把分書執一張，説他已是分家當。仇禄地止四十畝，仇福輪淨逃遠方，我曾上臺去告狀。稟老爺若還不信，現有案存在該房。

知縣又叫保正具了甘結②，保下了八十畝。却説虧了踢弄了一回，如今倒有了證佐。

仇福子淨打淨，都説他太無成，如今倒弄的有憑證。鄰保都説實情話，甘結具的甚分明，八十畝地全沒動。若不着興詞告狀，他娘將何以爲生！

娘娳守着八十畝好地，也不甚着急。只是兩個兒一個也沒在家，老母親想起來就哭。未知後來如何，且聽下回分曉。

【校】

［一］郎舅們甚麽正經：盛本作“郎舅們甚麽正經！這是鋼刀割不斷的親戚，你還能斷了那條路麽？”

---

① 蔙杆子：茼的秸稈。“蔙”同“茼”。

② 甘結：舊指交於官府的責任之類的字據，如有違背接受处罰。

［二］你：蒲本無。

［三］我兒呀：盛本作“爹爹呀”。

［四］［西調］：盛本作“［皂羅袍］”。

［五］你就另做飯吃：盛本作“你就自家做飯吃吧”。

［六］在：盛本作“沒在”。

［七］敬：盛本作“前”。

［八］下了：盛本作“脱出來”。

［九］不免痛傷：盛本作“撕了個粉碎，大哭起來”。

［十］就：盛本作“官府就”。

第九回　二相公父子相認　姜娘子夫婦重圓

却說二相公一月走百十里路，一日，到了盧龍地方，住下打尖①。

［耍孩兒］二相公要打尖，脚離鐙下雕鞍，驀[一]步進了房子店。買了麸子②餵上馬，店主慌忙走面前，上下都是包子麪。二相公一霎吃飽，閒上來站在槽邊。

二相公看着馬吃草，進來了一個叫花子，頭髮遮了眼，狗皮蓋着腚。二相公也沒理他，那人站下只顧端相。

叫花子進後房，見相公細端相，看看不成個人模樣。相公正往屋裏走，他又站立在門旁，拿錢待往他那碗裏放。叫花子放聲大哭，問二弟要上何方？

二相公認了認是哥哥，兩個哭起來了。

二三年不見哥，却在這裏受折磨，形容③叫人看不過。忽然上了嫖合賭[二]，賣了地土輸老婆，原來自己惹的禍！我如今充軍流徒[三]，可不知是爲甚麽！

二相公問店主要了水來，着他洗了臉。才解開包袱，有多帶的衣服鞋襪，

① 打尖：行路途中停下吃便飯。

② 麸子：小麥磨碎篩過後剩下的麥皮和碎屑。

③ 形容：神色儀容。

拿出來給他換了。又端了飯來吃。二相公説："你可想家麽？"仇福説："怎麽不想家！"

我如今悔不來[①]，受這罪也應該，想想打這額髏蓋[②]！魏名不是父母養，哄着我把錢賭開，迷了心就把人品壞。要自己剜心剔骨，把魏名挖眼嚼腮！

二相公説："我這充軍，未必不是他弄的。"便將怎麽陷害，怎麽成親，怎麽爲東人被罪[③]，從頭至尾，説了一遍。稱出三兩銀子，説："你路上少吃儉用，可以到了家，你就快忙走罷。"

稱了銀叫聲哥，我也是無奈何，知道懊悔還不錯。咱娘病還沒大好[④]，如今心裏氣惱多，家中並無人一個。你從此疾忙去罷，休只顧在外頭磨陀。

弟兄二人灑淚而别。却説口外有一個滿洲將軍把守，不幾日，把二相公解到，投了文。那將軍即時叫了去，看了看二相公是個書生，就問他犯罪的情由。二相公對着他訴了一遍。

大老爺聽道來：我是鳳翔一秀才，不敢絲毫去分外[⑤]。忽來東人從天降，説在我家寄錢財，沒點影平空把我害！望老爺天眼[⑥]看顧，可憐俺無妄之災。

那將軍説："你既是個書生，自然他是賴你。我也不難爲你，你給我照管賬目，兼理書札。"二相公磕了頭下來了。

聽説是一秀才，大些人[⑦]鬧垓垓[⑧]，打夥跟去把他拜。一個慌忙頭裏走，導引相公入帳來，都作揖不當軍人待。有一個陝西大漢，才坐下便把言開。

那人問道："你才説是鳳翔府的，貴縣是那一縣的？"二相公説："是扶風縣的。"又問："貴姓？"二相公説："是姓仇。"又問説："你令尊是甚麽名字？"二相公説："家父是仇仲，字牧之。"那人聞言，便説："這不是我的兒麽！"

---

① 悔不來：後悔來不及。

② 額髏蓋：前額。

③ 被罪：因罪而受懲罰。《新唐書·姚崇傳》："燕欽融、韋月將以忠被罪，自是諍臣沮折。"

④ 沒大好：沒有徹底好。沒大，表示程度，意即不太。

⑤ 分外：本分之外的事。

⑥ 天眼：即人上丹田處，最形象的説法就是二郎神的第三只眼。

⑦ 大些人：好多人。

⑧ 鬧垓垓：鬧哄哄。

仇牧之淚如麻，叫我兒你聽嘛[四]，我可說說前後話。我三十四歲被賊擄，十七八年離了家，恁哥剛才吐嚕話①。你那時還在懷裹，忒也小記的甚麼。

二相公聽說，拉着衣襟，放聲大哭。仇牧之說："我兒，你也不必哭了。把家裹的事情細說來，我好去安排。"二相公述了一遍，把牧之幾乎氣死！

我被擄在東山，賣旗下十餘年，京遊子②不敢下眼看。跟着將軍守口外，名子尚在頭一單，也還有點薄體面。那一個雜毛光棍，把我兒流徒邊關！

拾掇了飯來，給二相公吃着，說："我去稟稟的。"二相公吃完了飯，牧之回來，着他修書二封：一封給正黄旗③的固山，一封給都督。

細說說心上寃，拜都督合固山，老爺的人怎被棍子騙？叫他把東人細細審，審明立刻發西安，到軍門行下扶風縣。我那兒耐得幾日，我到京不幾日回還。

二相公起了稿，給了將軍。將軍說："極好！"就差他去下書。人因着他是仇牧之的兒子，越發親熱，都來請他。

二相公自忖量，我雖是竄遠方，兩樁喜事從天降：第一見了爹爹面，第二哥哥還家鄉。充軍又有回家望。二相公清閒自在，騎着馬走遍山岡。

每日[五]騎着牲口，游山看水。待了二十餘天，牧之回來了，合二相公說："事體已妥。"

我見了那固山，打東人一百鞭，招出魏名拉的縴④。魏名這個賊禽獸，更比曹操秦檜奸！咱合他有甚麼仇合怨？總是望人不如他，那狗心方才喜歡！

那一年，咱莊裹有一個是劉悅，他媳婦子吊殺了，莊裹人講說着，給他丈人十兩銀子，已是就結局；着魏名唆撥⑤着告上狀，把劉悅打了二十板，地上[六]宅子都淨了。

那行子忒也秦⑥，不拿他當個人，因此他那心裹恨。但只我已被賊擄，怎

① 吐嚕话：剛剛開始學說話的樣子。

② 京遊子：舊指北京城裹無正當職業、油腔滑調、深諳人情世事的浮浪子弟。

③ 正黄旗：清代八旗之一，因旗子顔色純黄而得名。下文說"老爺的人怎被棍子騙"，這是說東人與固山一樣都屬於正黄旗，這與上文東人講自己是鑲黄旗不符。

④ 拉的縴：牽的線。

⑤ 唆撥：教唆挑撥。

⑥ 秦："秦奸"的省略。

麼尋法害子孫？我待弄他個活倒運。又轉念若不着他，我那兒怎見父親？

二相公說：“爹爹說的極是。這原是神靈指引咱父子相會，怪他怎的?”從此父子在一處同榻。

父合子共一牀，二相公問後娘，才知兩次把妻喪。牧之還待尋一個，目下此事正商量，見了兒這事全丟放。說我也全無他慮，只求這老骨頭還鄉。

“向來有人給我說，我已是辭了。如今只想家中父子團圓就罷了。”二相公說：“待要贖身，不着千兩銀子，也難開口，如何能的？兒有個願心在。”

湊千兩委實難，傾了家不能完，爲兒晝夜常打算。就是去往書裏找，除非是去做高官，老天却要遂人願。若一家合該會聚，就着我平步登天。

牧之說：“都是必不就的。我這一年有一百兩銀子的根盤①，咱兩下裏積攢積攢就彀了。”二相公住了大半個月，牧之說：“你家去罷。”二相公那意思不待走。

叫一聲俺爹爹，咱今朝這一別，不知幾年幾個月？我明年若是中了舉，如今人心也隨邪，銀子未必不容易借。定不就何時再見，怎忍的一旦割別！

又住了四五日，那跟來的人待回家去。牧之說：“祿漢子，你家去罷。”二相公只得收拾行李。他爹給他十五兩銀子盤費。二相公說：“不用，我還有錢哩。”

叫爹爹休要愁，一個月到西州，盤費我已打算就。丈人送銀五十兩，賸的還在囊中收，到家一路還能够。爹打算從此攢起，團圓日這就是起頭②。

他爹見他不要，也就收起來了。二相公還要遲延。牧之說：“你走罷，看你娘家裏掛心。”家人備上騾子[七]。仇祿說：“爹，你送我送。”

叫爹爹上雕鞍，送到我山陽關，到那裏同宿山陽店。並騎走這三十里，還得半月還家園，傷心不忍就離散。他爹說終須要别，你何必這樣留連？

牧之說：“送你就不分手了麼？你走罷。”二相公無奈何，上了騾子走了。牧之哭回去了。這且不表。却說那仇福到了家，他娘欹在牀上，忽然看見仇福進來，跪在牀前。徐氏說：“你還在着哩麼！”

［疊斷橋］徐氏大驚，徐氏大驚，罵了一聲狗畜生！三年不來家，猜你喪

---

① 根盤：此指最基本的收入。

② 起頭：開頭；開始。

了命。你又回程，你又回程，家裹沒嗄你踢弄！等你姐姐來，打你一個掙！

大姐進來說："這不是大兄弟麽？你從那裹來？"他娘說："你拿棍來！"大姐眞果拿了一根棍來。

兄弟知聞，兄弟知聞，做的事兒該打斷筋！今日旣來家，少不的這一頓！若怕難禁，若怕難禁，你就從此再起身。若是開了交，可也沒人把你問。

大姐說："必然打你一百巴棍。若不得捱打，就請走。"仇福說："我聽的二兄弟說，全虧了姐姐，就打殺我也不怨。"

當日愚頑[八]，當日愚頑，做的事兒太不堪！如今想起來，沒臉把人見。悔也徒然，悔也徒然，勞動①姐姐去見官。打下下半截，不敢把姐姐怨。

大姐忙問道："你見咱二弟來麽？"仇福說："見來。"大姐說："這等你起來，說說我聽。"

我在關前，我在關前，二弟在那正打尖。我到店裹頭，他像看不見。又到裹邊，又到裹邊，他才看見淚漣漣。給我三兩銀，着我來家看。

說完了，又跪下說："求姐姐教誨這不成人的兄弟！"大姐說："你叫我打你，我可不打你，只看你後日如何。"大姐做的飯給他吃着，又念誦他。

既是回心，既是回心，就該尋思做也[九]人。今日歇歇脚，明日去攢糞②。咱家雖貧，咱家雖貧，事事須要自辛勤。那的閒飯兒，叫你吃着混？

仇福吃了飯，腰裹掏出四錢銀子來說："這是我路上省的，收着好使。"大姐接着，點了點頭，就知道他好了。

把銀接着，把銀接着，大姐低頭想一遭。兄弟回了頭，心裹早知道。暗對娘學，暗對娘學，兄弟成人看出苗。省了四錢銀，不肯自己要。

自此以後，仇福早起晚眠，勤謹之極，不是餵驢，就是掃地。大姐又買了四個盒，差了婦人去對姜娘子說，仇福來了家。又想了想："你到那裹，可不要就說。"

老實聽着，老實聽着，聽我從頭把你教。進門放下盒，休要實相告。等他收了，等他收了，你可從頭把話學：大叔來了家，着我來報。

去人到了那裹，果然看着姜娘子收下了，才說："俺大爺來了家了，着我

① 勞動：煩勞；勞累。

② 攢糞：拾糞。

來說聲。”姜娘子聽說，把容顏一變，說：“來與不來，與我何干！”

這話忒差，這話忒差，他還合我是甚麼！我已是成了親，近裹①就出嫁。不必提他，不必提他，各人找主另成家。他來與不來，對我說他囉[十]！

賞了去人三十個錢，打發來了。那人對着大姐，從頭至尾，細說了一遍。大姐就叫了仇福來聽着，他也是着極。

仇福低頭，仇福低頭，一點氣兒不敢抽。大姐只顧重，他就儘着受。見他害羞，見他害羞，說咱須索②把他求。話兒雖然狠，那心也是肉。

他娘說：“他既有了主，央他也是不中用。”大姐說：“那不過是恨極了，只是那麽說就是了。”

貞烈堪誇，貞烈堪誇，到了閻羅趙烈家，鞭子在眼前，他還濟着罵。眞正不差，眞正不差，斬鋼截鐵誰似他？簪子扎喉嚨，就死也不怕！

“看他這個行徑，還肯另嫁麽？我有法，也不必央人去原融③，我合他大舅一直④去登門。”

孝順是他，孝順是他，婆婆待他又不差。想想那舊恩情，未必就放的下。就是這麽，就是這麽，一直登門到他家。見面就生情，看他是說嗄。

商量已定，着仇福借了一匹馬，合自家那驢，一直到了姜宅。姜屺瞻聽的，躲⑤出去了。大姐已到，姜夫人迎接到了屋裹，大姐就拜。

跪下磕頭，跪下磕頭，我見大娘也害羞。女壻不成人，叫你怎麽受？他已回頭，他已回頭，才敢領着來央求。若是不回心，怎敢望俯就？

姜夫人拉起大姐來，大姐說：“大兄弟快來磕頭。”仇福磕了頭，大姐才說：“弟婦呢？”夫人說：“沒在家。”

不曾在家，不曾在家，前日去住老娘⑥家。不知親家來，可是多謝罷！你且坐下，你且坐下，蹺蹺[十一]腿兒⑦吃杯茶。等閒又不來，咱且說句話。

---

① 近裹：近期。

② 須索：必須，一定。《平山冷燕》：“平如衡道：‘要行須索早行。’”

③ 原融：調節；勸和。

④ 一直：徑直。

⑤ 躲：故意避開不見。

⑥ 老娘：外婆。

⑦ 蹺蹺腿兒：此指坐坐。

大姐說："眞果沒在家麽?"夫人說："實是沒在家。"大姐笑着说："我翻翻。"各屋看了，又到了後邊一口小屋，伸進頭去，看見姜娘子，一把拉着，落下淚來。

眼淚紛紛，眼淚紛紛，我那兄弟不成人！來家聽的說，我也替你恨。咱那娘親，咱那娘親，爲你哭的眼也昏。說你要嫁人，這話我不信。

"若是他不回頭，我也不敢來奉央。他既知道懊悔，我領他來，濟着你處治。"姜娘子說："姐姐呀，我甚麽面目見他?"

[銀紐絲] 叫聲姐姐淚珠也麽流。他又不害一點羞，忒也謅，沒有星星[①]情意留，哄我去耍漢子，待當忘八頭。我只待撕他一口肉！看見他時氣怎休，要使尖刀把眼摳！我的天，忍受難，叫人難忍受！

"平日咱娘待我極好，姐姐的情意又高，那裏我該忘了麽?是我不待見他，姐姐就怪些也罷。"

姜娘子淚珠往下也麽澆。咱娘待我沒差了，口難學，又打上姐姐情義高。每日打聽着，他死在荒郊，我還去把親娘孝。他今沒死還在着，要見面時再不消。我的天，依靠誰，却把誰依靠?

大姐說："你既不肯另嫁，又不合他見面，他又不死，你在娘家裏也不是常法[②]。"

叫聲弟婦你聽也麽知，別的話兒再休提。沒差池，我着他跪着苦央你。你掐他一塊肉，撕他一塊皮，也還出出你那心頭氣。到底您兩是夫妻，給您調停又不依。我的天，處治難，叫人難處治。

大姐說："我既來了，叫我怎麽回去?你過來，只當爲我。"大姐身量[③]大些，一把拉着，脚不沾地，到了他那屋裏說："大兄弟，快來跪着。"仇福眞果跪下。姜娘子扭過頭去不理。

姜娘子霎時變容也麽顔，說我這苦水變成酸，苦難言。萬死千生誰見憐?老婆嫁別人，心裏極舒坦[④]，哄着出門去養漢。夫妻也是二三年，掉頭一去不相關。我的天，見面難，合他難見面。

---

① 星星：一點兒。

② 不是常法：不是長久之計。

③ 身量：身材。

④ 舒坦：此指心情愉悦。

大姐又死活的撥過他那臉來說："大兄弟，你磕一百頭。"仇福磕了頓頭，姜娘子看着仇福大怒。

姜娘子指定仇大也麽官，柳眉直豎眼睛圓，怒沖天。你可說我嗄罪愆[①]？你就沒好氣，我也不回言，從無一點把你犯。你把恩情一旦捐[②]，眞是狼心狗肺肝！我的天，磨難遭，你教俺遭磨難。

"姐姐，你說，我這二年若是嫁了着，你待上那裏找我的？他合我已是沒了情，我還回去囉[十二]？"大姐說："你不嫁，正是你那好處。你饒了他罷。"

［耍孩兒］叫弟婦你思量，你看他這個腔[③]，就知不敢把心放。我那來時誇了嘴，就說我能把你央，親娘單倚門兒望。你只管放心回去，若不好我管承當。

姜夫人說："這也彀姐的受的了。"姜娘子才說："姐姐，你着他起來罷。"大姐說："饒了你了，起來罷。"仇福才起來了。大姐又勸姜娘子。

叫弟婦你聽着，你略略把氣消，他懊悔旁人也知道。跪下磕頭千千萬，他也不害一個囂[十三]，今日着實領你教。你扎掛咱就去罷，再說不我就跪着。

姜娘子心裏還犯尋思。大姐就跪下在面前。姜娘子連忙拉起來，長吁了一口氣，說："罷麽！我腆着這不害囂的臉，合姐姐去。我到那裏，可在娘那屋裏睡，可不合他同房。"

姜娘子氣兒平，叫姐姐你是聽，淚道兒教我洗不淨。一來母親待我好，姐姐人極把我疼，你既來嘴也不敢硬。原不爲結髮夫妻，戀的是美滿恩情。

大姐見他吐了口號，流水應承着。姜夫人留他吃飯。大姐說："家裏吃去罷。"姜娘子洗了臉，才走了。到了家，徐氏一眼看見就落淚。姜娘子才待磕頭，徐氏就先跪下了。

我那兒這樣賢，你受罪我何安？今日難見我兒面！我生這樣畜類貨，聽說你自己扎一簪，我那淚珠何曾斷！像合你隔了幾世，好教我目痛心酸！

姜娘子疾忙拉起來。大姐去拾掇的飯米[十四]，大家吃了。大姐拉姜娘子說："大兄弟來了家，他也沒開開[④]您那房門。咱去看看，開開您那門，少了

---

① 罪愆：罪過。《三國演義》第九十一回："孔明曰：'此乃我之罪愆也。'"

② 捐：抛棄。

③ 腔：樣子。

④ 開開：打開。

甚麽不曾。"

仇大姐將門開，姜娘子淚下來，粧奩鏡架依然在。看看牀上灰土埋，還有一隻[十五]舊繡鞋，打了打就着那牀角蓋。又有那箱子沒鎖，去掀開掃掃塵埃。

姜娘子掀開一看，說："我那兩件衣裳沒了。"大姐說："你休惱，我管賠你。"遂即拿去了兩疋尺頭，說："這不是兩件衣裳。"

這尺頭在那邊，箱裏包也是閒，就把衣裳做兩件。你可打量肥合瘦，咱𠆢做成你可穿，我可去找找針合線。姜娘子不肯就要，說不要才開笑顔。

大姐給他放下，說："大兄弟，去拿掀來，打掃打掃這屋裏。"仇福把屋裏掃的極乾淨。大姐替他掃了掃那坑[十六]上，才合他坐下。又叫仇福生着火。

時常我來到家，咱兩個笑哈哈，前年沒人說句話。極仔想你不得見，又說你去的不光滑①，痛恓恓把我心摘下。你來了眉頭開放②，有你我窮些何差？

大姐說："大兄弟，那屋裏還有兩壺酒哩，你去燙燙拿來，我合他大妗子說兩句話。"仇福燙了酒來。大姐說："你斟上一盅，給他大妗子。你可朝上再謝罪。"

仇大姐把兄弟教，生火頓酒不辭勞，當頑[十七]當耍還取笑。仇福慌忙斟上酒，跪下磕頭也害囂，只得領他姐姐的教。他到也有點心眼，姐姐說做他就去學。

姜娘子說："姐姐，你待濟着弄把人𡁶[十八]？"仇福又斟了一盅，給他姐姐磕頭。大姐說："這是怎麽說？"仇福說："不全虧了姐姐麽？"

懊悔殺不值錢，他若是不回還，今日難見親朋面。喒的姐姐舌尖破，才把大醜遮的嚴，今日該打個稀糊爛！得受他一場痛罵，也着我消些罪愆。

大姐吃乾了盅，往外就跑，說："您兩個吃盅合勸合勸罷。"出來把角門掛了。他二人從此又成了夫婦。這才是大相公夫婦重會。還不知二相公何日回家，再看下回便知。

① 光滑：體面；光彩。

② 眉頭開放：愁眉舒展。比喻沒有了愁容。

【校】

［一］驀：盛本作“邁”。

［二］忽然上了嫖合賭：盛本作“兄忽然上了嫖合賭”。

［三］我如今充軍流徒：盛本作“弟我如今充軍流徒”。徒，當爲“徙”。

［四］囉：盛本作“咋”。

［五］每日：盛本作“仇祿每日”。

［六］地上：蒲本作“地土”。

［七］家人備上騾子：盛本作“二相公才去別了將軍和衆人，家人備上騾子”；蒲本作“家人備了騾子”。

［八］頑：盛本作“玩”。下句同。

［九］也：蒲本作“乜”。盛本作“个”。

［十］囉：盛本作“咋”。

［十一］踡踡：盛本作“蜷蜷”。

［十二］囉：盛本作“咋”。

［十三］他也不害一個囂：盛本作“難道他就不害囂”。

［十四］米：盛本作“來”。

［十五］隻：盛本作“雙”。

［十六］坑：盛本作“炕”。

［十七］頑：盛本作“玩”。

［十八］囉：盛本作“咋”。

第十回　重聚會慧娘興家　暗生氣魏名放火

却說二相公別了他父親，夜住曉行，一月多到了家。進了莊，莊裏人看見，個個驚疑，都來問候。

［耍孩兒］下了騾到門前，莊裏人來問安，個個都道蒙掛念。莊裏老大犯疑影，怎麽如今就回還？

猜他是偷逃，也不好問他。二相公也不明言。到了家，撞見大姐。大姐也迭不的[①]問，跑到屋裏說："娘呀！俺二弟來了！"他娘往外就跑。二相公進來，大放悲聲。

徐夫人雙淚垂，我兒怎麼得回歸？只怕還是夢裏會。但願朝廷有好事，甚年何日赦你回，免了已往從前的罪。

正哭着，大兒來到，正相會合家傷悲。姜娘子也圍着說，二相公才細說緣由。

那口外房舍無，有雄兵一萬餘，一個將軍管轄住。帳裏許多門下客，爹爹在那管文書，見了就把家譜敘。問了問知是父子，就上京把罪消除。

說他父子相會，一家人家又驚又喜。大姐說："咱爹來不的家麼？"二相公說："還家還得贖身，得二千兩銀子，咱怎麼回[一]得起？我若僥倖中了，就是咱爹回家之日。"

二相公淚雙雙，我若能上玉堂，爹爹就有回家望。咱爹說是兩下裏，攢一年不足百石糧。說攢都是淨瞎賬，若要是老天保佑，就叫咱門戶生光。

姜娘子做飯去了。大姐差人報於慧娘。范公子聽說，即刻合他兒來見了，異樣的歡喜。二相公給他丈人磕頭。

二相公叫爹爹，咱這是一年別，作揖就把丈人謝。忽然大禍從天降，寃氣昏黑把天遮，幾乎就把滿門滅。多虧了看常不改[②]，贈白銀那麼一些。

范公子猜他逃軍[③]，問了問詳細，越發歡喜，起來告辭："我回去，打發小女來。"作別去了。不多時，慧娘已到，給他婆婆磕了頭，起來滿眼落淚。

［憨頭郎］唎溜子喇，喇唎子溜，從天降下禍臨頭。禍臨頭，淚交流，自你去後把家投。臨別夫妻沒見面，還寫離書把我休。我的哥哥喲！咳咳！我的皇天哥哥喲！

我在家，晝夜愁，待來看你說根由。你就摔手[④]佯常去，一句情腸話[⑤]不留。我的哥哥喲！咳咳！我的皇天哥哥喲！

---

① 迭不的：來不及。

② 看常不改：如同往常，沒有改變。

③ 逃軍：逃兵。

④ 摔手：甩手。

⑤ 情腸話：情話。

我白黑，把心安，還守咱娘過幾年。老母死了我也死，骨頭葬在地頭[①]邊。我的哥哥喲！咳咳！我的皇天哥哥喲！

慧娘悽惶已罷，才說："姐姐好麽?"大姐說："好。您妯娌去了，倒教我沒了魂，終日在家帶着兩行泪。再不料有今日又得聚會。"

［懷鄉韻］一散散的好無味，你去了倒着我的魂，逐日裏只帶着兩行淚。忽然走進你那角門，這心裏就像聽的你那聲音，定醒[②]了一霎，才知道沒人。誰敢望今輩了還在一堆，還在一堆？好蹊蹺，這才是個難猜的謎。

慧娘說："聽的說大嫂子來了家，怎麽不見他呢?"大姐說："他剛才來了。他爲人蹊蹺[③]，見你渾身耀眼，他就溜了。"慧娘說："咱去找他找的。"大姐說："極好極好!"

他有點歪揣性，怕你尊大望着你眼生[④]，撒了撒[⑤]犯了他疑心病。他人雖不大，異樣的聰明，找徧天下，怎有他那才能？你若是不去問他，他必不來把你奉承。知不道他那心腹[⑥]，見了他也就心驚，也就心驚，久下來，才傾心吐膽把你敬。

兩個走到西院，大姐吆喝說："您大妗子，有客來拜你哩。"姜娘子出來，讓到屋裏，拜了拜，坐下，彼此問了安。大姐說："你大妗子看見這個人像是眼生麽?"

你每日把我問，我就沒說他是個美人，今日你可細細把他認。他雖是大家[⑦]，他却不眼裏沒人，話兒輕巧，又極溫存。看他這模樣，好似一尊觀音，說他那心腸，好似那慈悲天尊。你閒着聽他那聲音，解解你那心頭悶。

說了一回話，大家散了。到了明日，慧娘那邊還是照舊做飯。姜娘子不肯，說："常時就罷了，如今怎麽使的!"慧娘說："何妨呢。"

慧娘說道也不錯，俺是兄弟您是哥，若不然怎麽叫做一堆過？這才是一

---

① 地頭：私家土地的一頭。

② 定醒：安定清醒。

③ 蹊蹺：不同一般；怪異。

④ 眼生：陌生。

⑤ 撒了撒：瞅了瞅。

⑥ 心腹：心思。

⑦ 大家：大户人家。

個鍋裏輪杓[①]，怎麽分的這個那個？我的人比一家還多，沒有說終日清閒，叫他們無事坐着，無事坐着；除了他兄弟塊，翻轉[②]是咱娘四個。

姜娘子始終不允。大姐說："你先從容待二年，咱有了地上[二]，尋上個老婆子，叫他搭手[③]去忙就是了。"不幾日，軍門裏下了文來，一切地土都追還本主人。皆不知是那裏力量，都異樣至極。

魏名也認了十畝地，押的那官帖即時退出，倒把他生了一肚子氣。他是嗄法擺弄的這樣疾，依然是癩狗還家，這事好奇！一個人充軍不消一年，來在家裏。你看他門前熱鬧，那樣的整齊，那樣的整齊，好叫人，尋思一遭沒法治。

二相公專工讀書，仇福又極勤苦，家中井井有條，好人稱獎[④]，歹人嫉妬不題。却說那一日夜間，他那鄰家失了火，合莊人去救火。魏名去仇家裏，也發了幾把火，好燒！

［要孩兒］可恨那土條蛇，發上火燒仇家，一連點了兩三把。一概房屋都是草，火勢連天威更加，西北風刮的越發大。看那火無法可治，只光念觀音菩薩。

那火着了一宿，虧了慧娘人手子多，要緊的搶出來了。一家人家，啕啕叫叫，都來那後園裏坐着。到了天明，只弔了[⑤]仇福那邊大小屋還有兩口。

看着那火亂飛，一霎落的滿頭灰，都說是咱犯了甚麽罪？燒的沒了屋子頂，合家可待依靠誰！一家人都帶着恓惶淚。他娘說誰家失火，倒着咱吃了大虧！

二相公說："咱也休怨人家，原是該當如此。既是還有兩口屋，我合哥哥在那小屋裏，您娘們在大屋裏，他各人娘家自然來搬了去。"

叫聲娘放心寬，休怨人莫怨天，命裏造就災星現。咱且擠着住兩日，各人娘家都來搬，一家人家登時散。等着咱從容修理，那一時再講團圓。

果然到了第二日，范公子知道，着人來搬慧娘。慧娘給他婆婆磕了頭，

---

① 一個鍋裏輪杓：指一家人一起生活。

② 翻轉：只不過，反正。

③ 搭手：伸手，即幫忙。

④ 稱獎：稱頌誇獎。

⑤ 弔了：即"掉了"。落下。弔，通"掉"。

大家作別，不免傷感。

仇大姐淚滂沱，又待了半年多，天不叫咱一堆過！前年才好犯了罪，略略成家又揭鍋，一番不了一番禍。又不知幾時聚首，好似那烏鴉啣窩。

慧娘說：“姐姐不必過慮。這比不的那充軍，開了春[①]，我湊幾兩銀子來，姐姐看着蓋蓋就是了。”

叫姐姐你聽着：這事也沒奈何，何必還把淚珠落？雖是眼前沒處住，自然好歹的壘個窩，這比充軍還好過。望姐姐看着蓋蓋，咱還在一堆快活。

姜娘子也出來送他。

想那日你初來，乍見你甚驚駭，不敢望你好心待。及至相處半年久，說句話兒中心懷，沒一點不叫人心裏愛。老天爺把人嫉妒，怎叫咱兩下分開！

慧娘說：“嫂嫂不必掛慮，只怕咱有三月的別離，相會的日子正長。”說罷，作別去了。又待了一天，姜相公又着人來搬，大相公也出來送他。

老天爺把禍生，一口屋住不成，一把火燒的乾淨淨。您都有主俱散去，剩下男女共四丁，一家大小無別姓。四口人守着破屋，俺可去何處告誦？

姜娘子說：“虧了那火光燒了屋，囤裏糧食沒動，還可以蓋起屋來了。咱娘那屋幾時興工，就捎信去給我。”

這場禍甚哀哉，門窗燒的不成材，虧了還有糧食在。姐姐到了開春後，把那牆屋拾掇開，僱人就把房子蓋。到幾時興工修理，捎信去即刻就來。

囑咐了幾句，也去了。剩了他娘四個在那破屋裏，支鍋做飯吃着，每日倒蹬[②]那糞土。

那屋壁破牆垣，四下透黑浪煙[③]，一行倒蹬一行嘆。每日就是姊妹𡚸，常常攢那枯墳壇。二相公只把書來念，全不管星星閒事，但求那父子團圓。

自從失火之後，家中眞合那枯墳壇一樣，四個人在那裏頭，自生自活，並沒人開開笑口。不知後事何如，且聽下回便知。

---

① 開了春：正月或立春前後。

② 倒蹬：此指掘挖、集中等。

③ 浪煙：此指飛揚的灰塵。

【校】

［一］回：盛本作“出”。

［二］上：盛本作“土”。

第十一回　仇大郎手撥銀池　二相公名題金榜

話說那仇家自從那失火之後，處處俱是灰塵，進的看看，一片荒涼。這一回，比着[①]仇祿充軍之時，更覺難看。

［耍孩兒］煙鎗氣亂飛騰，門裏門外少人行，塵土爛灰掃不淨。常是憂愁眉不展，終日沒人做聲聲[②]，大姐也使不的[③]强剛性。好一似千年古廟，住着些瞎道癡僧。

仇福每日在那破屋裏，打掃灰土。大姐做了飯，也時或去幫他。

或是钁或是掀，掃出來好糞田[④]，姊妹𠯈常把灰來捲[⑤]。眉毛常帶灰合土，口裏也吐黑黏痰。大姐帶着去做飯。安心把瓦石揀淨，僱幾個短工來擔。

兩個把那他娘那屋來打掃停當了。大姐說：“我這二日使的身上乏了，二弟家那屋，等他捎了錢來，僱人整理罷。”仇福說：“姐姐，你沒本事[⑥]，去歇歇的罷，我閒着做嗄哩。”

叫姐姐你聽言：我在家也是閒，你沒本事隨你的便。咱二弟婦人家大，或有化的金銀簪，未必不拾點金子片。你在旁咱𠯈細找，拿了去換𠯈銅錢。

大姐說：“你忒也妄想。二弟婦沒說麽燒了，甚麽找不着；你找着，我也不要。”仇福笑了笑，自己去打掃，見那地都燒紅了。

仇大郎把灰除，鼻也黑嘴也烏，自己去把活路做。說話雖然是想錢[一]，

① 比着：與……相比。

② 做聲聲：此指說話。

③ 使不的：用不着。

④ 糞田：施肥。

⑤ 捲：用鍁等將物體堆起來。

⑥ 本事：此指氣力。

其實心裏也貪圖，未必不有點金銀物。明晃晃一掀掏出，看了看是化①的錫壺。

仇福當是銀子，咬了咬，才知是錫。放了又除，除了一大堆。尋思着，田地都燒紅了，我起出這一桁②來上地也好。

地通紅掃不光，不如去了鋪了强，擔去上地③也極壯。離地抉④了沒半尺，掏出石頭把钁傷，拿起看看無妨賬。又往前摟⑤了老遠，極像是石頭鋪場。

“大約是石頭鋪了場子來，我起⑥出他來，蓋屋好使。”加上钁·拗，拗了一道縫，縫裏骨突突冒出一股氣來。

又似雲又似煙，濃骨突只沖天，往裏瞧瞧看不見。加钁盡力只一拗，塞上一塊半頭磚，大冒一陣氣才散。摸了摸不是石頭，認了認喜動容顏。

那氣出淨了，瞧了瞧，都是銀子。喜極了，跑了去對他二弟說：“你不必念書了，咱爹爹來了家⑦了。”二相公說：“你瞎吧嗄哩。”

叫哥哥你休胡吧，怎麽咱爹來了家？說的也[二]是那裏話！哥哥乜話我不信，只怕是那眼睛花，銀子沒曾從天下。他哥哥只拉着就跑，才把那書本放下。

兩個跑到那破屋裏，看了看，可不是麽？又來對他娘合他姐姐說。大家拿着扛子⑧，掀起那石頭來一看。

白花花一大窩，都傾成“沒奈何”，對聯對的眞不錯。大的就有一千兩，小的也有六百多，都還不知幾千個。

大郎說：“咱擡出幾個來，可再埋殺，何如？”大姐說：“也使的。咱擡出些來，從新培了，用着再拿。”姊妹三人使盡力量，掀了那石頭看了看，是一個大池，上頭使尖子石鋪了。

---

① 化：熔化。

② 一桁：一層。桁，方言音为 xíng。

③ 上地：給地裏施肥。

④ 抉：通“掘”。挖。

⑤ 摟：用工具撥拉、聚攏。此指用钁頭刨。

⑥ 起：用工具撬、别。

⑦ 來了家：回了家。

⑧ 扛子：棍子。

看了看好東西，滿滿的一大池，上邊都是石頭砌。大夥擡出五六個，可又蓋的嚴實實[①]，還愁沒法把他治。仇福說虧了不圓，使大鏨鏨這合[②]的。

仇福說："這不過有頂有面的，我去買兩把大鏨來，有日沒工[③]的鏨他娘的。"大夥子擡到屋後，使草蓋了。仇福買了鏨來家，下了手[④]，就鏨起來了。

鉗子夾大錘錘，好似石匠去打碑，可也不能十分碎。一塊約有十來兩，半日鏨了一大堆。銀子安心濟着費，打算下口外千兩[三]，再蓋上一片樓宅。

又去街上，賣了半疋布來，一包一包的包起來。席後裏[⑤]，坑洞裏，甕裏，園裏，無處不是銀子。即時診人買甎瓦木料。待了二日，就有個王四來找着戲他。

王鄉紳家道衰，有個兒不成才，一座大宅拆着賣。隔着這裏不大遠，拆了容易運了來，就着[⑥]現成來的快。他說的價雖不小，那木料委實不𡃤。

王四的外號是叫王哨子，猜他買不起，竟來哨[⑦]他。仇福說："他要多少銀子?"王四說："他要一千銀子，至少也得八百。"仇福說："就借重合他講講。"王四說："眞果的麼?"

大相公你聽嗹[四]：若實落招架[⑧]他，咱就合他去說話。雖然我去合他說，到底還得你自家，咱可休說空子話[⑨]。若說了你再不要，張着口我說甚麼?

仇福說："你先合他說說，我還去看看。"王四拱了一拱去了。不多時，回來了，說："合他說了，咱就去看看去罷。"仇福果然合他去看了看。

走一層又一層，也有樓也有廳，宅子共有三四蹬。樑棟門窗皆齊整，磚瓦還不甚凋零，牆角石頭皆方正。大相公看了一遍，說我出七百冰凌[⑩]。

---

① 嚴實實：非常嚴實。

② 合：詈词。

③ 有日沒工：不管時間長短，不計工作量。

④ 下了手：動手做事。

⑤ 席後裏：炕上席子靠牆部分的後邊。

⑥ 就着：趁着。

⑦ 哨：逗弄。《醒世姻緣傳》第五十八回："我不合你'打虎'，你哨起我來了!"

⑧ 招架：應付；對待。

⑨ 空子話：空話；大話。

⑩ 冰凌：冰花細絲的銀子。

王相公不肯。王四謜謕[①]着，到了八百銀子，王相公才依了。當時立了文約，仇福腰裏掏出包來，現交了五百兩；拆完了，再交那三百。把王四幾乎唬殺！

輸了地賣老婆，去了三年他還活，猜他腰中沒一個。自從燒了屋子頂，娘們裏頭孤對[五][②]着，怎麽能買起樓宅一大座？筆落了天平就響，一大包好他那賊哥！

大相公交了銀子，請了他表兄徐立來，看着去拆，僱了二十輛車子去推。又定了匠人二十個，小工一百名，一行拆，一行蓋。

仇相公大鋪張，百多人日日忙，一日費到百金上。各處房屋一齊起，外邊大廳裏邊廂，亂紛紛都是泥瓦匠。興了工沒消一月，只蓋的一片輝煌。

二相公照着在他丈人家住的那煖[六]雲窩，說了款致[③]，蓋的一樣，一遭子垣牆都合那城牆一樣。沒消兩月，把宅子修理完了。

乍住着螬螬房，進大屋也恍蕩[④]，可惜沒嗄安插上。反轉[⑤]星星人四個，按上一張钁頭牀[⑥]，破矮桌安上也不展樣[⑦]。惟有那范家小姐，才可以送的圓房[⑧]。

慧娘捎了十兩銀子來，着大姐給他蓋屋，大姐沒收他的，慧娘異樣的至極。又聽的家裏興工蓋屋，越發疑惑。及至來家一看，吃了一大驚！

叫姐姐你弄腔[⑨]，銀子不收又蓋房，我就看着極異樣。聽說家裏大修理，我猜修理的也平常，人說好我還合他譬[七]。早知道若能如此，我也來犒勞那匠人上樑。

合二相公到了那院裏，一眼看見那煖窩，笑了笑說："這小廝又咱抄了人

① 謜謕：說合。

② 孤對：蹲着。

③ 款致：樣式；款式。

④ 恍蕩：空蕩蕩。

⑤ 反轉：总共。

⑥ 钁頭牀：形状类似钁頭的牀。钁頭，一种狭长的金属农具。

⑦ 展樣：像樣。有氣派。《紅樓夢》第六十七回："真是大戶人家的姑娘，又展樣，又大方。"

⑧ 圓房：此指室內床帳桌椅之類。

⑨ 弄腔：裝腔作勢。

家的稿①來了？”

范小姐甚快活，分明是煖雲窩，如今像在家中坐。還有幾張舊箱子，明日擡來看用着，一行鋪排一行樂。都說是慧娘在此，才與那人物相合。

到了明日，姜娘子也來了。每日相見都是下淚，這一回大非昔日。

叫姐姐你聽着：這口屋又極高，不知那的錢合鈔？一間草屋蓋不起，忽然身到九雲霄，任拘給誰想不到。都說是大嫂有福，報他那孝節貞操。

大相公叫他把物件衣服收拾出來，且在咱娘那屋裹住着，好着人拆了另蓋。

舊繡鞋破鋪襯，娘子夾進舊房門，可才又把言來進：當初剩下兩口屋，一家擠着去安身，忽然拆了我心困。這座屋就極精致，可又好事奉娘親。

大相公商量他姐姐。大姐說：“弟婦眞是賢良，別人可就沒有這個心眼。”

把弟婦尊又稱，不肯忘了舊恩情，足見他那聖賢性。若是當年失了節，怎得歸家還受榮？這樣好人天也敬。一口屋還想舊日，這個心問問誰能！

仇福聽他說，就沒拆那口屋。二相公來合他商議，要上口外去贖他父親。大相公說：“伺候進大場罷[八]。”

我去了道不妨，你在家好進場，進大場才有個舉人望。咱的人家原不大，從新蓋了幾間房，安上吻獸②才展樣。得着人叫聲爺爺，好打襯③這裘馬廳堂。

大相公買了四個騾，僱了兩個覓漢，又買的小妮子[九]，一概完備；又買了幾疋緞子，打算着送那將軍；還④找了跟二相公去的那人來，才起身去了。

大相公才氣高，一旦回頭做富豪，事兒周全慮的到。囑咐兄弟去科舉，親身萬裹不辭勞，騎騾上了邊庭⑤道。還是那來時舊路，這一回主僕逍遙。

大相公去時，是六月將盡。二相公考了個二等，就沒來家，等着進了大場才來家。慧娘說：“有點指望麼？”二相公說：“在不的人⑥，那指望哩。”

去科舉完了場，就聽着命主張，功名原不由人望。命好撞着試官喜，篇

---

① 抄了人家的稿：模仿別人的樣子。

② 吻獸：獸頭，中國傳統建築中的一種裝飾物。舊時多用作“避邪物”。

③ 打襯：相稱；般配。

④ 還：依然；仍舊。

⑤ 邊庭：邊境地區的政府。

⑥ 在不的人：不由人的意志所決定。

篇都是好文章，兩點下不在咱頭上；怕遇着試官瞎眼，辜負了我那慧娘。

二相公清閒無事，看着匠人垛樓[①]。一天，那樓上的匠人說："來了報馬了。"二相公坐不住，來到前邊。

果然把錄條[②]傳，一聲聲要大錢，門前一派人聲亂。喜壞了婦人合小厮，慌了管家合覓漢，太太喜外人不得見。即時賞白銀十兩，奶奶的紅緞二端。

打發報馬去了。那道喜的盈門。范公子來道喜，上宅裏看慧娘，見那宅子款致，一場好笑。

范公子甚喜歡，對慧娘開笑顔，熳雲窩你道住的慣？我說得了石崇壻，人說你嫁了窮范丹[③]，今日才信我夢兒驗。那一時充軍在外，誰指望還見青天？

慧娘吩咐就在宅裏待了。去了，到了家，送了慧娘的圓房來。人見他又富又貴，公然成了大家，都極打罕。

如今人眼皮寬[④]，時勢炎涼好可憐！充軍時誰肯來相看？今日忽然中了舉，人是富貴又少年，必然就做翰林院。你看那牀帳桌椅，各屋裏擺列光鮮。

二相公待起身上府，范公子又送了一個老道管家、一匹好馬來。慧娘說："你到那裏赴了宴，謝了座師[⑤]，拜了同年[⑥]，靜一兩個月，打那裏上京罷。"二相公說："是呢。"

二相公點點頭，說慧娘你好謅，做了奶奶還不够。熱突突的[十]生拆散，叫我千里把官求，半年離別怎麼受？待這等生難割捨，聽這話別念全勾。

慧娘說："離別的滋味我嘗過了。況且這是好離別，還好。你只管努力功名，勿生他念。"

雖然是桂花香，還望你上玉堂，人心無足蛇吞象。生死離別曾受過，這樣離別何足傷？一傷感就些孩巴[⑦]樣。咱爹爹歸家有日，得了官就告假還鄉。

---

① 垛樓：建造樓房。

② 錄條：抄有考中者資訊的紙條。

③ 范丹：也作範冉，中國東漢著名的廉吏。

④ 眼皮寬：比喻趨炎附勢，嫌貧愛富。

⑤ 座師：明清時期中舉之人對主考官的尊稱。

⑥ 同年：舊時科舉考試中同科考中者相互間稱同年。

⑦ 孩巴：孩子。巴，詞綴。

二相公笑着合慧娘說："我去了。等有人上京，你可親手寫一封書去給我。"慧娘說："你這潮孩子！看着人家知道，成了故事[①]。"二相公出來，去給他娘磕了頭；又到了范宅，拜别了丈人丈母，才起身去了。不知後事何如，且聽下回便知。

【校】

［一］想錢：盛本作"相戲"。

［二］也：蒲本作"乜"。

［三］打算下口外千兩：盛本作"打算口外使千兩"。

［四］囉：盛本作"咋"。

［五］孤對：盛本作"跍蹲"。

［六］煖：盛本作"暖"。

［七］罾：盛本作"罼"。

［八］伺候進大場罷：盛本作"你伺候進大場，我去罷"。

［九］又買的小妮子：盛本作"又買的小妮子、小廝在家支使"。

［十］熱突突的：盛本作"熱突突的夫妻"。

第十二回　仇牧之合家團圓　土條蛇滿門誅戮

却說那仇福到了口外，仇牧之看見大喜，把緞子送給了將軍，才講贖身；講了好幾天，事體[②]方妥。朋友們來餞行。又待了好幾日，爺兩才起了身。及到至家，已是殘冬將盡。到了莊外，看見紅旗飄搖。仇福說："俺兄弟中了！"

［耍孩兒］指一指那旗桿，仇牧之甚喜歡，馬上他就留心看。他原說是中了舉，才望父子得團圓，猜他說的是遠限。那個話依然在耳，誰想他今日果然。

① 故事：笑柄。

② 事體：事情。

不一時，到了門前，見了那八字門牆[①]高大，掛着經魁[②]金字牌。一羣管家來馬前磕了頭起來，來牽馬的，墜鐙的，把爺爺扶下來。進了宅，大姐合他娘迎出來，不免傷感。

眼看着冬將殘，父子遙遙萬裏還，二十年夫妻不相見。去時方才三十四，歸家已是五十三，一家帶淚來相見。痛多時才開笑口，都來問一路平安。

仇牧之看見大姐，又落下淚來。

我在家鬟才齊，一點惱着就不依，磞頭打滾[③]眞難治。搬你一回一回惱，整年輪月[④]兩別離，不想得了你的濟[⑤]。若不然兩個孩子，怎麽能還有今日？

正說着，兩個媳婦來磕頭。仇牧之看見，着實歡喜。以後又是家人媳婦子來磕頭，丫環在旁點火斟茶。又看了看房舍規矩[⑥]，公然就是大家。

我去時是草房，回家時是高堂，媳婦都是嫦娥樣。去時覓漢沒一個，來家管家擺成行，丫頭小廝一大捧[一][⑦]。咱家裏一時興旺，我那兒必上玉堂[⑧]！

仇牧之來了家，范公子、姜相公，都來認了親家，彼此極甚親熱。逐日斷不了有來看望的、賀喜的，紛紛攘攘，來往不絕。到了年下，說不盡的熱鬧紛華。到了二月盡，忽然來了京報，說二相公中了會魁[⑨]；不多時，又來報了探花[⑩]。這個聲勢，不比尋常。

范小姐拜公公，滿頭花穿大紅，渾身都是玄鶴鳳。磕頭賀喜無其數，門前轎馬鬧轟轟，牧之像做黃粱夢。千百人天天不斷，只鬧到六月將終。

到了六月盡，那人客略略少了，忽然探花來了家。父子相見，喜不自勝。

仇牧之笑哈哈：書裏求眞不差，原就不信攢錢的話。虧了未貴已先富，

---

① 八字門牆：門樓與兩邊的牆壁結合體，形如古體“八”字，故名。古語有雲：“衙門八字開，有理無錢莫進來。”

② 經魁：明清時期科舉以五經取士，每經的第一名為經魁。

③ 磞頭打滾：此指小孩子撒潑耍賴。

④ 整年輪月：整年累月。形容時間長久。

⑤ 得了你的濟：受了你的益。口語中多說“得濟”。

⑥ 規矩：此指規模。

⑦ 一大捧：即“一大幫”。

⑧ 玉堂：官署名。漢代設有玉堂署，宋代以後玉堂也指翰林院。

⑨ 會魁：會試中五經第一名稱“會魁”。

⑩ 探花：殿試中一甲的第三名。

全沒用着做探花，爹爹早來一冬夏。就等着中了才去，這時節也將近還家。

那遠近人家說："這家人家怎麽這樣興旺?"却說那魏名見他這樣光景，少不了也來磕頭，實指望以鄉親之禮待他，誰想仇牧之沒理他。

老奸賊不害羞，進來門就磕頭，實指望不[三]把他頭來受。誰知老太爺穩穩坐，全然一盅茶不留，自跑出只在衆人後。到了家咬牙切齒，那股氣半晌難收!

論這小人，就該虚情假意的待他，這仇老太爺還是少年的心性①，那裹會弄那虚假。那魏名聽的人說，待鄉親極有理，所以來親近他，不想轉了一臉灰，好不煩惱!

土條蛇進來門，低下頭咬牙根，口裹不言心裹恨。尋思一遭着實惱，這樣拿我不當人!做了官還該把情理論。除非是這等這等，才叫他貴賤難分。

却說那桃花山下，有一夥賤賊，賊頭是李興，手下有兩千兵馬，隔着扶風縣有一百里路。魏名有個朋友是周二毛，也在那裹入夥。想了想，我就去找他，說說仇家的富貴，可以請下他哥們來了。

可恨那土條蛇，裹乾糧離了家，請他哥兒們把山下。一陣把宅子打破，下手就把仇禄拿，不給錢就使火把架。進去門開刀就砍，那一時難爲了他那探花。

魏名安心已定，自己悄悄的到了桃花山上，找着周二毛，說了來意。周二毛就領他見了李興。李興讓他坐下，便問："有甚麽見教?"魏名說："敬來送三年兵餉。"

我是爲送糧來，仇鄉宦廣錢財，還得兵馬下山寨。樓房瓦捨一齊起，大錠元寶土裹埋，沒似他家銀錢大。我着他裹邊迎接，兵馬去一到門開。

李興說："這樣容易，如何不去。不知得多少人馬?"魏名說："五百人馬可矣。"李興點了五百精兵，九月初十日早到，一路上可以無阻。

百里外到鳳翔，都知道李大王，就是官兵也不敢擋。我把精兵點五百，九月初十到貴莊，發了財高情②不敢忘。全憑你安排妥當，我可也省動刀鎗。

魏名吃了頓飯走了不題。却說那仇宅有兩個把門的：一個是陳榮；一個

---

① 心性：性情。

② 高情：深厚的情誼。

是高强，是魏名的妻姪。魏名就請他吃酒，使話挑弄[①]他。

叫一聲老賢姪，咱可是急親戚[②]，不是有話不輕易。帶着一頂奴才帽，好雖好來名頭[③]低。我給你尋一條終身計，要着你得銀千兩，揹着去吃飯穿衣。

那高强是個賭博鬼，聽的說大喜，便問："是甚麽計?"魏名說："桃花山上的賊，就來找你主人家。你只管把門開了，在我身上揹一千銀子。"高强點頭會意去了。

賭博人二分賊，可又吃那人虧，花言巧語把他說。句句說的天花亂，眼前銀子一大堆，數着日子大富貴。一開門千金到手，這生意如何不爲?

不說二人商議行事，却說那仇老爺，着人上西安府公幹回來，一路上聽的人亂傳說，桃花山上的賊要搶扶風縣仇宅。家人來家說了，吃了一大驚。

說賊待上扶風，這謠言傳的凶，人人都說搶仇仲。雖然訛言也難信，全不伺候也不通，方法該是怎麽弄?仇太爺從軍半世，到底他心裏從容。

一家人驚慌無措。太公吩咐人去范宅借弓箭鳥鎗，並家丁二十名；又叫仇禄發帖去縣裏借大礮四尊，都要密藏拿來。新投門下的管家，都進後宅聽用。行牆[④]周遭，扎起架子一面，十個窩鋪[⑤]。都要靜守，不許做聲，又不許一人出入；如有走透消息者，必要重責不恕。

仇大爺一聲聲，叫衆人您都聽：休要懶惰違軍令。吩咐大爺常查點，不得出入總軍情，合宅鴉雀全不動。若違令即時就打，傳一遍號令嚴明。

又吩咐這礮黑日擡出，一尊朝西，一尊朝東，看着賊來將近，二礮齊點；前面上各鋪，聽的礮響賊敗，鎗箭齊發，不可有違。

仇大爺定軍機，四尊礮列東西，單等賊從那裏入。等他街上擠滿了，點火照着一齊跐[⑥]，我可看他那裏去!等着他丢盔撩[⑦]甲，可放那鎗箭鳥機。

---

① 挑弄：點撥；啟發。

② 急親戚：關係很近的親戚。

③ 名頭：名分；名聲。《初刻拍案驚奇》第三卷："又怕有人知道，壞了名頭，也不敢向人說著這事，只索罷了。"

④ 行牆：牆基。

⑤ 窩鋪：窩棚。

⑥ 跐（cī)：此指用火藥打。

⑦ 撩：扔。方言音为 liào。

太爺說："我也曾臨過大陣，須要相機而行。咱這莊一條直街，他來的人多，街上擠滿了，一礮可以放倒百人，又打上牆頭上鎗箭齊下，他還如何攻的哩!"

叫衆人您聽知：若賊少不須提，只使鳥鎗放倒地，他就來的人馬衆，街窄可也難對敵，箭射鎗打怎回避？就是那後面臨坡，多加些器械整齊。

又吩咐二爺在樓上掠望[①]，婦人俱要上樓。不在話下。却說魏名也聽的說，他家裏伺候，要找高强問問，尋了好幾次，並不見他出來。到了九月初十日，只得自己去迎接那賊。

尋思着仇家肥，人馬到滿載歸，一點事兒全不費。却還沒有眞實信，倚着五百好强賊，開門只用人一對。要把他踏爲平地，實不料棄甲丟盔。

却說仇大爺騎着一匹好馬，出去四五里打探。到了這一日，止走了二十里，就見人家躲避，急急跑回來，從新又吩咐了家人小心謹慎。

排弓箭列鳥鎗，磚頭石頭堆在旁，伺候要合賊打仗。又把大礮齊擡出，礮響[二]先在黑影藏，靜悄悄屁也不敢放。總像是全沒知覺，只等着賊到高莊。

大門外道南道北，俱有小門，把礮手伏在門裏。到了半更天，果然賊兵到了，見那街道窄狹，分兩頭進。那礮手看的明白，四礮一齊發火。

只等到夜方深，來的賊一大帮，分兩頭就把莊來進。四尊大礮連天響，牆倒屋塌賊亂奔，皇天爺娘叫一陣。那牆上鎗箭齊發，擠成塊如何能禁？

那賊們噉叫了一陣，只見那箭如飛蝗，鎗似炒豆，箭箭着人，鎗無空響。那賊只說一到就開門，並無伺候打仗，這一回五百賊折了四百。

一羣賊亂烘烘，沒人敢再來攻，怕他另把機關弄。死的都是連頭死，活的褲裏出下恭，說咱今把計來中。都說道魏名可殺，喫了他這樣牢籠[②]!

那賊裏就有魏名調唆着人告他的那劉悅，是一個賊頭。李興因他這莊裏熟，所以差他領了五百人來，來此喫了這一場大虧，必是中了魏名的計。忽然尋思起前仇，便說道："前仇不報，更待何時!"領着些賊兵，到了魏名家裏，一陣好殺!

二十年中下仇，不料他做賊頭，自己作的自己受。那些賊到他家裏，孩

---

① 掠望：即"瞭望"。

② 牢籠：即"牢籠計"。圈套。

子芽芽[1]也不留，排頭趕殺沒人救。土條蛇奸了半世，只落了子孫全休！

獨找不着魏名，都說："便宜了他！"把他兩個兒子，三個孫子，一個閨女，老婆、媳婦子，盡皆殺死。家中所有，席捲而去。

他原是害別人，不想是害已身，人口家當登時盡。幾番害人人興旺，臨了自家弄斷根，這魘殃翻的忒也甚。可見人自有天報，何苦的寃讎相尋？

却說仇宅把門緊閉。賊去遠了，本莊裏人起來喧嚷，打着火把出來看，見那死馬亡人，不計其數；還有那中了傷沒死的，擡來細細的審問。

賊死的羅壓羅[2]，滿街上血成河，沒死的還有三十個。擡進宅裏細細審問，他們相隔一百多，是從那裏起的禍。審了審盡情招出，念了聲南無彌陀。

那賊從頭至尾，說了一遍。太爺大驚，把高強拿來，立時打死。又說："這賊合咱無仇，還送他們出去罷。"

仇太爺說過他，合咱原不是仇家，不過錯聽了人的話。吩咐把他送出去，着他當街就地爬，若能去了也就罷。推出去沒人招管，依然是命染黄沙。

到了天明，看了看，魏名已是打死了。報給了扶風縣官，來驗了，着人把魏名擡了他家去。他家裏那血水淌出門來，一家人口已被賊殺盡了。

那劉悅死了婆，把他丈人去調唆，那知後日還成禍。到了二十餘年後，給了一個大揭鍋，弔了頭還有甚麼回生藥？可見是寃仇莫結，人弄你你心下如何？

人都說魏名每日弄仇家，仇家不理他，自己弄出禍來，每哩是仇家弄他哩麽？

土條蛇心不良，把仇家死裏降，一番降時一番旺。一遭弄人人不理，他那心裏只冰涼，就該回頭才沒賬。須知道人治人道還好受，天惱了狗命難當。

却說那仇宅從此無事。待了會子，仇大姐就待告辭還家。

叫爺娘合兄弟，當初咱家過不的[3]，我才來家把您替；今日咱家富且貴，縱有邪人也不敢欺，却也用不着我生氣。㧟孩子在家多日，我家去才是意思。

姜娘子、慧娘合老太太都哭起來了，老太爺與大爺、探花老爺都下淚。

① 孩子芽芽：嬰幼兒。

② 羅壓羅：相疊而壓。

③ 過不的：無法生存。

太公止住淚說："您們都不必悲傷，我已是算計就了。"

孩兒們莫悲傷，我心裏慮的長，你不必再把賨鶵上。牆外還有閒田地，給你蓋上幾口房，在隔壁也好把你來望。就搬那外甥來這裏住，還給你買處小莊。

"你爲您兄弟們，費了無窮的力氣，使了無窮的心機，如今俱已團圓所願，富貴遂心，那裏還有肯着你去了的呢？"

叫孩兒莫慌張，恁弟婦眞賢良，你不必再把賨鶵上。院外有的是閒地，給你蓋上幾座房，在隔壁也好把你望。搬那外甥來同居，給你買上處小莊。

老太爺一說，一家人無不歡喜，都說極好。即時看了日子，在那牆東平地裏興了工。到了這個時節，不過是吹口之力，樓捨廳房，門牆院落，蓋了極大的一位宅子。整理妥當了，遂即差人使駝轎牲口，去搬了他那家人家來居住。那仇大姐又善會掌家，待了三五年之間，也就過成極大的一家人家。

性子潑惱父親，叫他遠遠離家門，整年沒月[①]沒人問。不想全把他仗賴，滿門受他覆庇恩，從小醜處都成了俊。這向後子孫世世，成了貼壁緊鄰。

到了後來，仇家老爺官做到尚書，兒殿了翰林；仇福的兒也會了進士，做到禦史。可見這人生在世，行好事的自有老天加護，怎能怕人嫉妬呢？那魏名的結果，還不是一個樣子嗎？

[清江引] 魘殃做人精胡講，老天爺長在上，越弄越發窮，一咒十年旺，怎麽能依的人這心眼裏想？慶災樂禍的焉能好？嫉妬眞不妙。弄的人家興，死了才不跳，世上魘殃再沒有不翻了！

【校】

[一] 捧：蒲本作"棒"。

[二] 不：疑似衍文。

[三] 響：盛本作"手"。

---

① 整年沒月：年年月月。

寒森曲

第一回　商員外歸途遇害　大相公告狀鳴冤

［西江月］報仇難得痛快，尤奇[①]在二八紅顔。快刀終日繡裙掩，殺人時秋波不轉。常聽説銜寃投御狀，不曾聞告到陰間。一頭撞到九重天，直踢倒森羅寶殿[②]！

善人衰敗惡人興，倒倒顛顛甚不平；忽遇正神清世界，始知天道最分明。

話説元朝至正[③]年間，有一件奇事，出在山東濟南府新泰縣。這縣有個諸葛村，這村有個商員外，爲人忠厚老實，人都稱他老實員外。人家因他好善，又叫他商老佛。

［耍孩兒］商員外號南華，最老實好善家，爲人忠厚不奸詐。一文便宜他不占，並不合人犯爭差，下人也不曾惡口駡。雖有人打到門上，關了門盡他跳打。

且不説他别的事，那一年儉[一]年，人吃人的年景，商員外有從前先世積下的兩倉穀，就拿出來救人命。

［前腔］大儉[二]年沒奈何，刮人肉來下鍋，不吃難忍肚裏餓。員外開倉救鄰里，叫花登門日日多，一瓢半碗無空過。打掃打掃的糧淨盡，一莊人俱得存活。

---

① 尤奇：即“尤其”。

② 森羅寶殿：即“森羅殿”。迷信傳説閻羅居住的地方。

③ 至正：元惠宗的第三個年號（1341—1370）。

員外生平好行善，施棺材，捨棉襖，所以家裹也不富。却有兩個秀才兒：大的商臣，字廷獻；小的商禮，字廷儀。又有一個女兒，叫商三官。都極孝順，却也算自在。

施壽器①捨衣裳，到處裹說賢良，家雖不富有名望。都說員外極忠厚，生了兩個好兒郎，將來實有封侯像。只說起老實員外，遠近[三]人也知道姓商。

不說員外好處，却說鄰莊欸子店，有個舉人，名是趙興，號是鄂湖，每日倚勢行凶，霸人家田產，奪人家婦女，因此人都叫他做惡虎。

趙惡虎好吃人，作祟②煞鄰近村，不管禮上順不順。他家有錢又有勢，結交上下大衙門，殺了人誰敢問一問。若還是牙崩個不字，他不要剝皮就抽筋！

商、趙二家緊鄰屋，員外有一片好地，趙惡虎着人對他說，待要他那地。依着員外，也就給了他；大相公尚在兩可③，二相公斷然不依。

趙惡虎那畜生，行霸道不留情，安心一點無留剩。咱就只是不依順，我看他也遞不的呈，待弄咱就合他弄。滿總④幾畝好地，給了他何以爲生？

那遠近人家，都是要一奉十，誰敢梗令⑤。獨[四]商員外要了幾回，公然不理，心中懷恨，就安排着給他點左道⑥給衆人看看。

霸就霸吞就吞，降服了遠近村，惟有商家他不順。四五十畝好地土，說了幾回不遂心，口雖不言心裹恨。要把他做個樣子，好服那四外⑦鄉鄰。

這一日是十月間天，員外去向鄰莊赴了席，騎着驢從北往南走，遇着趙惡虎從南往北走，已是過去了，忽然兜回⑧馬說："這狗才見了我，怎麽不下來!"

趙惡虎駡奴才，怎麽見我不下來，丁字眼⑨沒長在額髏蓋！你有甚麽大體面？你仗着兩兒是秀才，我可就不怕你賜怪。快給我掀下驢來，看你有怎麽安

---

① 壽器：此指棺材。
② 作祟：作怪；搗亂。
③ 兩可：此指可與不可。
④ 滿總：總共。
⑤ 梗令：阻礙命令。
⑥ 左道：歪門邪道。此指不正當手段。
⑦ 四外：周邊。
⑧ 兜回：勒回。
⑨ 丁字眼：不詳。

排？

吆喝了一聲："給我掀下來!"兩個管家，一個馬夫，一齊上前，把員外扑通掀下，虧了沒大跌著。員外氣也沒喘，即時著跟的人扶上驢去。惡虎一見又怒發了。

趙惡虎怒冲冲，怎麽他沒做聲，想是心裹還使性。我今把他降法下，方作却是治下生，赶上裂他個精光腚①。要給我著實捶②他，讓他告我敢應承。

分付了一聲，兩三個人跑來，那驢夫只當還要掀，恐防跌著，流水抱下驢來。兩三個走狗，把老頭子一脚踢翻倒地，一頓好打。

一羣虎就地來，脫了衣裳把③下鞋來，帽兒丢在三尺外。打了頓捶來捲④頓脚，又使拳頭擣⑤那腮，鞭子多又把頭打壞。驢夫見勢頭不好，一溜烟把腿拿開。

員外不敢叫罵，可也不曾告饒，只是哐哼而已。那跟的人見勢頭不好，隔着莊還勾一箭地，即慌跑來家裹報信。

那驢夫到家中，把禍事報的凶，家中正做南柯夢。兩個公子聽的信，滿腔發怒面通紅，登時就把刀鎗動。安心把惡虎殺死，除了這一方大蟲。

却說兩個公子聽的報了幾聲，極的三尸神⑥暴跳，怒氣冲天。一個拿刀，一個摸鎗跑出來。惡虎見他來的凶勇，撥馬領着人走了。

趙惡虎逞英豪，見人來動鎗刀，勢頭凶惡眼看到。覺着勢頭不大好，叫著家人開了交，怕他單把老本⑦要。兩公子無氣可出，抱着他父親嗥咷。

二位相公跑來，那天也就黑了。見他爺那衣服碎破，在那裹哐哼，流水問道："爺呀！傷的怎麽樣了？"員外說："料想也不相干。"

兩個兒淚紛紛，好一似箭攢心，流水去把爹爹問。身上衣服稀糊爛，頭上網帽具無存，渾身打的具成稃。二相公把爺揹起，牽着驢回上家門。

---

① 精光腚：此指赤條條。

② 捶：用拳头打。

③ 把：通"扒"。

④ 捲：即"踡"。踢。方言音為 juǎn。

⑤ 擣：同"搗"。

⑥ 三尸神：也叫"三彭""三蟲"。道教認為，人的身體裹有上屍、中屍、下屍三條蟲，這些寄生蟲稱為三屍神。

⑦ 老本：性命。

二相公揹著父親，大相公牽着驢，來到家，把員外放在臥榻上，都來摩挲[①]問候。只見一身鮮血淋漓，處處皆傷。商三官年方一十六歲，跑近來，把柳眉直竪，便說："二位哥，怎麼不殺了趙惡虎，提他那頭來？"

咱爹爹行輩尊，不係[②]他門下人，不下驢怎麼就打一頓？就該拿住趙惡虎，割了腦袋剜了心，方才解解心頭恨！商三官柳眉直竪，咯吱吱[③]咬斷牙根。

一屋人都守着哭。三官說："或是服藥，或是打官司，哭歇子[④]當了甚麼？"

兩相公哭嗥咷，擦着淚同罵奸曹，也不知該用甚麼藥。那時天有二更半，醫官隔着十里遥，慌忙去把門來叫。大相公騎驢快走，一往返四鼓初敲。

大相公取了藥來，那鷄也就叫了一遍。二相公說："你休驚動咱爺，這一煞才不哐哼了，想是睡着了。"大相公悄悄的向前去，把手嘴上試了試，大驚說："怎麼不喘氣了？"

大相公唬一驚，叫二弟端過燈，照了照已是送了命。擡了材來安排就，大家一齊放了悲聲，沒穿衣還等官司定。只哭的天昏地暗，亂嚷嚷直到天明。

哭了一回，天就將明，兄弟二人商議告狀，參酌[⑤]着做了一張狀。

儒學生本姓商，父飲酒在鄰莊，半路裏就把惡虎撞。掀下驢來只顧打，渾身俱是致命傷，擡到家即時把命喪。但哀求父師[⑥]作主，只要那惡虎抵償。

二相公說："我出名[⑦]告他。"大相公說："你性子不好，說話忒也直戇，還是我去吧。"遂即拿着狀上城去了。却說趙惡虎也不料商員外就死了，忽然聽的說死了，也掙了一掙。

趙惡虎聽的傳，商員外賓了天[⑧]，心裏著實費打算。尋思一回沒了法，得

① 摩挲：撫摸。

② 不係：不是。

③ 咯吱吱：咬牙的聲音。

④ 哭歇子：哭會子。

⑤ 參酌：商討。

⑥ 父師：也稱老父師。知縣。

⑦ 出名：具名。

⑧ 賓了天：即賓天。原指帝王之死，泛指尊者去世。

學前朝一輩賢，就是殺人的王十萬。任憑他千般萬樣，只用那受苦的使錢。

趙惡虎差人拿著兩百銀子往衙門裏打點去了，這也不提。却說那大相公告上狀，那知縣官即時出票拿人。

趙惡虎頭一名，倆奴才俱行凶，驢夫親見無干證[五]。倚勢降人大管家，少時請來上了繩。惡虎安心要告病，送出了白銀十兩，兩差人意思嫌輕。

差人拴起人來，惡虎送上十兩銀子，說他偶然有病，不能上城。差人說："這銀子俺不敢使，不是小官司，請趙爺合俺走走罷。"

那差人把話傳，趙惡虎把銀添，宅舍中端出兩盒飯。差人方才開笑口：甚麽大事身不安？濟着俺去當堂辨。還有句要緊實話，告不下于[六]俺無干。

差人吃的醉飽，拿起銀子笑說："沒禮。就真果拿着罷，再不拿，又敢說是嫌少哩。但只是告說過的了，若是官府不依，可也不干俺事。"帶着人走了。未知官府如何，且看下回分解。

【校】

［一］儉：蒲松齡紀念館藏遺著抄本作"欠"。

［二］儉：蒲松齡紀念館藏遺著抄本作"欠"。

［三］近：蒲松龄纪念馆藏《全集寒森曲》抄本作"處"。

［四］獨：盛本作"獨向"。

［五］倆奴才俱行凶，驢夫親見無干證：蒲松齡紀念館藏《全集寒森曲》抄本作"三個奴才都行凶，驢夫看見有干證"。

［六］于：當為"與"。

第二回　貪官府上下無公道　賢兄弟冤憤哭靈前

却說趙惡虎把二百銀子送於知縣。那知縣姓王，也是個貪贓物①，二百銀子嫌少，駁了不收。差人上去銷差，便問道："正身怎麽不到呢?"差人說替

① 貪贓物：此指貪贓枉法者。

他告病。老王大怒。

［耍孩兒］罵一聲賊奴才，貪酒食圖錢財，如何便把正身賣？王子犯法皆同罪，怎麽依着他自在？說起來沒個王法在。你若不即時拿到，把狗腿夾將起來！

丟下五支簽，一個人打了二十五板，即時又去拿人。管家稟說："主人偶然有病，等老爺相了尸，自然來聽審。"

王知縣怒冲冲，驚堂木①響連聲，怎麽由他那自在性？心裏立個老主意，任他囉說再不聽，逞威風俱是貪心病。也不是安心執法，不過是銀子嫌輕。

那一夥差人到了趙家，拿出牌來，着他家人驗過。那惡虎素日②合老王極好，待弄個體面，誰想他翻了臉，不由的不着忙。

他如今不看常，低着頭細思量，這可是該怎麽樣？再送上白銀八百兩，轉託老二送老王，不出官③着他把尸相。不爲說免了消[一]到，還要他作個主張。

一面差家人劉賓上城打點，一面又送差人銀十兩，說："借重列位回的話好着些，老爺着人合官府說話去了。"差人接着銀子出了門，又囑咐："休要再着俺吃虧。"

衆公差接了銀，即時就起了身，大家上城打聽信。若是方法不大效，咱就回去另拿人，再捱打可就難撐棍④。到了城找了半日，才知道是趙管劉賓。

隨自見了劉賓拜了拜，便問道："事情何如？"劉賓說："情管今日打不着了麽！"歡歡喜喜作別去了。差人才說來回話。老王便問："拿了人來了麽？"差人說："俺親自驗過他委實有病。"老王說："既是實有病，就罷了。"

無有錢似仇家，有了錢像親達，戲臺上嘴臉難描畫。前日發的怎麽樣？今日滿面長天花⑤，消息靈登時變了卦。眼見的商員外屈死，就與那蒿草無差。

---

① 驚堂木：即"氣拍"。又叫醒木、界方和撫尺，驚堂木為俗稱。古時縣衙多用於震懾犯人。

② 素日：平時。

③ 出官：即"出棺"。將棺材從屋內抬出安葬。

④ 撐棍：此指撐體面。

⑤ 滿面長天花：滿臉堆笑。

老王出了票子就相尸。趙家把仵作、刑房都打點停當，檢了一回，並無有致命傷，只有頭上一個窟窿，是自己碰的。

大相公叫皇天，王知縣全不言，銀子買的賊心轉。任掏怎麼叫寃苦，尸棚裏像個木頭官，搖搖頭不聽苦主辨。大相公一聲嚷鬧，官坐轎一溜飛烟。

大家跟到城裏，待了二三日，纔挂了牌，次日聽審。趙惡虎還要着人替他審理，大相公又大不依，老王也無奈，只得差人去請趙惡虎。惡虎無奈，只得出來見官。

趙惡虎把身藏，聽知縣坐了堂，才敢出門伸頭望。少時上堂行了禮，賜個坐兒坐在旁，腆着臉還裝舉人像。大相公一聲大罵：趙惡虎休弄髒腔[①]!

趙惡虎才坐下，大相公說："王子犯法，庶民同罪。你不下來跪着，裝你娘的那甚麽様兒!"趙惡虎雖不跪着，却也不敢坐着了。

罵一聲王八雜，你過來咱跪下，殺了人怎麽還裝大？老王見他倔的狠，把那塊木頭亂拍打，怎麽對着本縣罵？我老爺自有公斷，怎麽該鬧動官衙？

老王一聲吆喝，大相公才不做聲了。老王便問："趙春元[②]，你怎麽打殺人？"趙惡虎說："不曾，原是犯官的家人抽了他一鞭子，他就自己碰頭，這是實情。"大相公聽的此話就怒了。

罵一聲萬刀殺，您叔合俺是親家，行輩也還比你大。不曾給令堂去抗腿，也不曾𧿳[二]腰給令達，怎麽見你就該下？活活的把人打死，你還待支吾甚麽!

老王叫上那驢夫來，便問："怎麽打來？"那驢夫說了一遍。

叫老爺在上聽：那一日路上行，撞着並不曾執敬。趙舉人這就發了怒，掀下驢來只顧抨[③]，背到家送了殘生命。王知縣微微冷笑，誰見來這話無憑。

老王說："你是商家一面之詞也聽不的。"大相公說："死了人是實話。"老王說："人雖死了，却沒有致命傷痕。"

你父親雖死亡，却無有致命傷，合該一命把身喪。我把他家人着實打，

① 髒腔：髒様。

② 春元：古时尊称舉人为春元。

③ 抨：捶、打。方言音为 hēng。

原不該肆倡狂，掀下驢來這是他無狀[①]。再斷過燒埋[②]給你，你到家好去發喪。

老王丟簽，把趙家家人每人打了二十五板。便問商相公："我着趙春元給你燒埋銀子二十兩，罷了麽?"大相公說："生員不要錢，使他一兩銀子的，就是他娘的一個孤老[③]!"

大發督怒冲冠，若還使昧心錢，着他娘合他妮子去養漢。他是舉人有勢力，你也不該另眼看，如何就把燒埋斷？老父師忒也不公道，頭直上[④]怕有青天!

大相公從來和平，今日恨極，便大罵起來。老王推聽不見的，起來退了堂。

人有短便無剛，聽着人掘他娘，爲銀錢就把廉恥喪。只推罵的不是我，忽然打點退了堂，原被告散了一大棒[三]。二相公聽了許久，好不待氣的斷腸。

二相公在大堂東頭，聽着斷的不公，幾乎氣死！想了想，沒法可治，便去找了塊半頭磚擫[⑤]在腰裏。

二相公口不言，藏下塊半頭磚，站在旁氣的渾身顫。堂上犯人才待散，他便一手摸腰間，安心打他個稀糊爛。湊一湊一聲風響，正照着耳後頭邊。

官退了堂，一些人護着趙惡虎正待去藏，二相公一磚頭打去。若是照的正着，那白的紅的都出來了；也是他合該不死，僅只擦弔了一個耳捶，打倒了一個家人。

若是照準了，這一磚揭了鍋，怎麽剛擦耳邊過？他捨了耳捶[⑥]全不顧，護駕家人一大窩，二相公空把脚來跺。回過頭放聲大哭，一伸手拉住哥哥。

二相公見沒打殺他，放聲大哭說："哥哥，這鬼神怎麽只保佑那惡人？那官都着他買透了，這日子怎麽過哪！皇天，皇天!"大相公勸他說："二弟，不必這等。"

---

① 無狀：無禮，行為醜惡。《太平經》："今上士多樂真道善德，中士半好之，下士無狀，純無道無德，皆應大逆無道之人也。"

② 燒埋：處理喪事的費用。

③ 孤老：姘夫。

④ 頭直上：頭頂上。

⑤ 擫（yè）：塞；藏。通"掖"。

⑥ 耳捶：即耳垂。捶，通"垂"。

叫二弟聽我言：打官司要耐煩，生死原不由人算。老王雖是沒天理，府裏上司還有官。難道說都是驟變馬[四]，有一個公平正道，咱有時還見青天。

兄弟二人一行說着，出了衙門，向那沒人處寫了三張大狀。大相公囑咐他兄弟在家守靈，大相公也沒回家，即刻上府去了。

不歸家起了身，一心要告仇人，騎上驢只是往前進。雖說司廳合撫院，都該橫骨坨了心①，敢仔遭着清官問？不一日來到府裏，聽牌日才去投文。

到了府裏，待了幾日，府裏、司裏、院裏告上狀，這且不提；却說趙惡虎差人到京，求的都察院的書信，給了軍門②；又送上銀子三千兩：司裏二千兩，府裏一千兩；惟有府上沒收。

趙惡虎憑著錢，東一千西二千，都買的蜜溜轉③。休說清官沒半個，就有一個不大貪，被銀錢也耀的眼光亂。大相公不識顛倒④，還只要報仇報冤。

那狀告上，又是院上批司，司裏批府，府又行文批仰鄰縣的知縣來相尸。大相公聽的信是如此，也就下來了。那鄰縣是萊蕪縣，趙惡虎聽的，就送上六百兩銀。不一日，萊蕪縣到了。

萊蕪縣奉上司，騎着馬來相尸，又完了人命官司。一日到了新泰縣，新泰知縣又通知[五]，舊尸格⑤只改了一二字。葫蘆提⑥忙亂了一陣，却倒也沒犯差遲。

萊蕪的官來相尸，大相公求他公斷，他也沒無說出甚麽來。那惡虎推說傷重發昏，不曾出來，胡亂檢把⑦了檢把，倏然去了。

做官的貪似賊，見了錢魂也飛，世間那有抵償罪？因着人命事重大，三批三檢照舊規，不過空把紙筆費。那裏從公審斷，怎論那是是非非。

---

① 坨了心：鐵了心。

② 軍門：明清時期尊稱總督、巡撫、提督等為軍門。

③ 蜜溜轉：（圍着）團團轉。

④ 不識顛倒：認不清形勢；看不出對錯。

⑤ 尸格：指驗屍的表格。也叫驗狀、屍單。《古今小說・蔣興哥重會珍珠衫》："若不見貼骨傷痕，兇手怎肯伏罪？沒有屍格，如何申得上司過？"

⑥ 葫蘆提：也作"葫蘆蹄""葫蘆題"。糊塗。《金瓶梅》第六回："一面七手八腳葫蘆提殮了，裝入棺材內，兩下用長命釘釘了。"

⑦ 檢把：檢驗。把，詞綴。

兩個貪官到了城裏，會同會同，要給商家點拿法[①]。因趙惡虎傷重，沒人起解，就出了票子來叫二相公。

二奸賊商議同，商量拿二相公，登時就把神鬼弄。如今聽說趙鄉宦，血染衣裳一片紅，叫他傷的着實重。立刻把商禮拿到，看他有甚麽神通。

差人到，二相公即時就去。老王一見，便說："你怎麽不聽公斷，把春元打？傷重將死，該得何罪？"二相公說："已死的還沒事，何況將死呢？"

二相公氣昂昂，雖然是跪在堂，那是理直氣也壯。實說那日趙惡虎，我恨沒泚[②]出他腦兒漿，罷了！也是他運氣旺。我不像他有錢使，他死了我情願抵償。

兩個賊叨訕訕[③]的便說："上司要人，他怎麽解的呢？"二相公說："擡他來當堂驗傷，看解的解不的？不然，就擡着他，我合他往省城裏去上司驗驗也罷了，我待走了哩麽？"

把惡虎上了牀，往上擡驗了傷，我就合他到府堂上。他殺了人他該死，我殺了他我抵償，直口布袋不用譬[六][④]。那一日打他時明明白白的，我不是不敢承當。

兩位官也沒的說了，差人去擡那趙惡虎起解。到了次日，二位相公同一干人犯起了身。

大相公心裏焦，你合我都解着，家中老母無人孝。兄弟說家中有妹子，扯斷愁腸這一條，恨一磚沒把腦兒照。此一行却也妥當，到那裏分些憂勞。

不一日，到了府裏。大相公說："二弟，這上司比不的縣裏，說話要婉款[⑤]些。"二相公說："我知道。"到早堂，投上文去銷到，擡上趙惡虎去。知府姓馮，問說："你病麽？"惡虎哐哼說："被商禮打的。"家人就稟道：

那一日見縣官，審了理公事完，一堂人役哄哄散。我家主人才待走，他只照頭就一磚，生咯吱打吊了耳一片。這一日噁心成塊，只怕要命染黄泉。

---

① 拿法：說法；樣子。

② 泚：迸。

③ 叨訕訕：難為情。

④ 直口布袋不用譬：直口的布袋不需要再用漿使之變硬。比喻不用多費口舌。譬，通"漿"。漿，舊時将紗、布、衣服等浸泡在粉漿或米湯里，使幹後變得硬而挺。

⑤

知府叫商禮："你如何不聽官斷，行凶打人?"二相公說："生員也是一時昏惑[①]，看見仇就忘了王法。但只是他這病也是推病的。"

大宗師[②]在上聽：論生員也稜爭[③]，見仇人顧不的殘生命。就無了耳捶也死不了，擡上來哐哼哼，打起來看他甚麽病情。如今當堂親驗，就知道或重或輕。

二相公稟他驗傷，知府果然下了坐，掀開一看，那耳捶只去了半截，也就平復[④]上來了。吩咐寄監，次日聽審。

本來那馮知府，銀子錢不貪圖，心中也把惡人怒。明知惡虎該死罪，爭奈司院亂吩咐，此時難把清官做。不如我胡突審審，解上去盡他何如。

馮知府是個世家，極愛聲名，爭奈那司院俱吩咐他，也就不能持公了。

一干人寄在監，三日上一聲傳，今日要審這案。開監喚出原被告，都去跪在街路邊，審的也像王知縣。大相公跺腿耍脚[⑤]，二相公叫哭連天。

把趙家家人打了三十板，二位相公大叫寃屈。知府也沒理，具了牒，解赴臬司[⑥]，司裹點了點，又解了院；院裹又駁下，着司裹審理。

軍門裹駁下來，一干人跪在階，比着府裹威風賽。惡虎不敢還推病，半個耳捶長在腮，磕頭也把東司拜。大相公大叫寃屈，按察司頭也不擡。

一個個叫上去，問了問，又把趙家家人每人打了二十板。

按察司又徇情，大差了又難行，少不了打那奴才腚。司裹官員雖然大，意思也合知縣同，人人都有昧心病。審完了原告叫屈，按察司全然不聽。

司裹審了，又解上去軍門裹過了堂，又把爲首的夾了一個。便說："這雖是下人可惡，可也不曾打死。你把趙舉人打去一耳，准折[⑦]了罷。"商二相公又稟：

喝着打趙春元，與奴才不相干，到家就死人人見。殺人若是不償命，從

① 昏惑：發昏，糊塗。
② 大宗師：此指知府。
③ 稜爭：不穩重。
④ 平復：恢復平静。
⑤ 跺腿耍脚：形容非常着急。
⑥ 臬（niè）司：明清指主管一省司法的提刑按察使司。
⑦ 准折：互相抵消。

今頭上沒了天，還求老爺從公斷。若着那惡虎償命，我情願割耳奉還。

二相公說："大宗師着惡虎償命，生員情願把耳朵都割了。"軍門只是搖頭，遂將犯人一聳趕出。這可再向那裏去叫寃的！

哭聲地叫聲天，這寃屈對誰言？只恨撈不着[①]朝廷見。一個好人死的苦，滿城聽說都哀憐，官司打罷人人嘆。𡚒相公𢙳頭搭腦[②]，回家去問母平安。

不一日，二位相公來了家，到了父親靈前，哭了一場，問了母親的安。大家罵不公道的官府。聽說趙家家人死了兩個，心裏才略略的平些氣[③]。

兄弟𡚒氣呼呼，傳凶犯死在途，也還略解心頭怒。兩個商量且不葬，還要西行告一回，一個說不如上刑部。兩個人商議已定，由大名直上京都。

兩個正商議告狀，商三官跑過來說："哥們好胡突！告了一遭子，不過是如此，也就知這世道了。老天爺待爲咱敬生出一個包文正來哩麽？"

叫哥哥好胡突，告一遭砯磅蒲[④]，天下官走的是一條路。天不敬爲的咱家苦，再生一個包龍圖，這寃待向何人訴？把父親尸骸暴露，我問你於心安乎？

二位相公見三官言之有理，便問："妹妹，依你怎麽様？"三官說："依我把爹爹暫且坵[⑤]起來，打聽着有了好官再講。"二位都說："妹妹說的極是。"就依着他的言語，坵起來了。未知後來如何，且看下回分解。

詩曰：如今公道有誰論？世事滔滔河水渾；

上下全成錢世界，兄弟痛哭黑乾坤。

【校】

［一］消：盛本作"銷"。

［二］蒄：盛本作"哈"。

［三］棒：盛本作"幫"。

［四］騾變馬：蒲本作"騾馬變"。

［五］通知：盛本作"通私"。

---

① 撈不着：不能夠。

② 𢙳頭搭腦：萎靡不振的樣子。

③ 平些氣：常說"平氣"。心平氣和。

④ 砯磅蒲：不分勝負。也寫作"平光撲"。見《富貴神仙》第七回。

⑤ 坵：人死後不下葬，先用磚石等將盛有屍體的棺材封閉起來。

［六］彊：盛本作“强”。

第三回　李蠍子請客叫清唱　商三官報仇吃人心

却說商三官還未出嫁，員外在日，看了日子是過年正月，婆婆家是張秀才家，聽的官司已定，便着媒人來說：

張大爺着老身[一]，合宅上說娶親，原當看的是正月盡。雖然持服不出嫁，說是明年該禁婚，附就①着娶了禮也順。不如就良辰吉日，權且着小姐出門。

老夫人聽說，便請大相公來商議。大相公說：“這在母親。”老夫人說：“依着我，你妹妹大了，就依了他也罷了。”三官聽說，大有不然之意。

商三官氣啞啞：他也是詩禮家，怎麽就說出這句話？設或他家有喪事，他那閨女十七八，難說就把漢子嫁？你着他自己尋思，這件事忒也大差！

那媒婆聽了三官的言語，飯也沒吃，起來去了。娘們冷清清的過了年。三官說：“娘呀！這妮子一毫也無用，我待死了去罷！”

商三官叫娘親，陽世間做個人，小妮子原就沒長進。一般也是十月養，絲毫難報父母恩，心裏雖有上不的陣②。倒不如懸梁投井，早着些去見閻君。

老夫人說：“這妮子這樣不長進，怎麽十七八的個人，就想着尋死？”三官就不做聲了。一日正月十五，給員外做百日③，忙了一日。到了夜間，不見了三官。

做齋到三更天，等三官去同眠，一等一個四更半。兩個哥哥犯疑影，家前院後打尋來，井裏也去打撈徧。眼看着天將明了，怕人知不敢聲言。

怕他婆婆家知道，並無敢說，暗地尋找。却說那趙惡虎來了家，請酒壓驚，好不熱鬧的緊。

愛他的請壓驚，怕他的也奉承，人人都把惡虎敬。惡虎爲護那耳朵，常

---

① 附就：將就。

② 上不的陣：上不的臺面。

③ 百日：人死後第一百天。這一天喪家要舉行祭祀活動。

帶着七八個家丁，怕人再使磚頭揈[①]。逐日家醺醺大醉，每夜裏鬧到三更。

城南他有個最相厚的朋友，姓李，綽號叫李蠍子，是個監生。一日請惡虎，叫了個有名的清唱王成，領着兩個徒弟，在家伺候。

李蠍子請祖宗，每日家仗威風，遭着他就把殘生送。今日若不怕人笑，老婆也來斟了盅，閨女也把酒杯奉。只叫了一班清唱，師徒們武藝精通。

不一時，惡虎到了，就了座。李蠍子說："今日請大爺來散散悶，有一班清唱在此。"

那官司大起天[②]，大爺到一霎完，這勢力壓倒了新泰縣。今日請來散散悶，縣中又無有好梨園[③]，幾個清唱來相勸。都說他唱的極好，看人頭[④]倒也可觀。

惡虎說："極好！叫他來。"王成領着兩個徒弟，一個叫孫晏，一個叫吳孝，都來磕了頭，就唱了一會。

吳孝箏孫晏簫，王成就把檀板[⑤]敲，唱了一曲昆山調[⑥]。板腔不錯聲音妙，眞像黃鶯囀柳梢，人人誇獎眞個妙。那惡虎滿心歡喜，發出那一片粗豪。

唱畢，惡虎誇獎說："極好!"端相着吳孝標致，又着他唱。吳孝紅了紅臉說："我不會唱。"惡虎說："恁麽一個俊人，那有不會唱的?"

見吳孝動了心，看着他像美人，風流典雅天生俊。年紀不過十五六，喉嚨尖細好聲音，唱出來必定有風韻。你若是唱的中意，我賞你一兩白銀。

王成又替他告免說："他跟我不久，才學了些小曲，還沒韻[⑦]。"惡虎說："沒韻也好。"吳孝沒奈何，緩緩的唱了一個。

他武藝不大高，各樣曲未曾學，唱出來也沒甚腔調。惡虎也不是知音客，不過愛他模樣嬌，口口聲聲只說妙。你明日跟我家去，我給你另換新袍。

---

① 揈：打。方言音为 hēng。

② 大起天：比天大。

③ 梨園：舊時稱戲曲班子。

④ 人頭：人。《警世通言》第四十卷："只見那先生忙忙的，占了又斷，斷了又占，撥不開的人頭，移不動脚步。"

⑤ 檀板：樂器名。檀木製成的拍板。

⑥ 昆山調：又叫"昆山腔""昆調""昆劇"等，為我國古老的戲曲劇種。

⑦ 沒韻：不在調上。

吳孝唱罷，惡虎大笑說："極好極好！我定然重賞你。"李蠍子又添上盅，又着孫晏唱了一齣[二]。惡虎說："吳孝，你過來。"吳孝說："我不會了。"

不會唱口難開，桃花瓣上玉腮，待唱不會眞無奈。王成在旁瞅一眼，我說你休來只是來，如今惹的大爺怪！你就是兒童胡念，也唱與大爺開懷。

惡虎說："不必好，唱就極好。你唱一個，我吃一大盅。"吳孝聽說，即忙斟上大盅奉上，就唱了一個。惡虎大喜，一口吃乾。吳孝又滿斟上一盅，王成說："不害羞！你會唱麽，又給大爺斟上？"

把吳孝叫一聲：共總①一詞唱的生，不害羞又把大爺敬。吳孝一聲不言語，也不管人聽不聽，公然又把前詞奉。趙惡虎還沒說嗄，幾幾乎笑倒王成。

王成說："不害羞！唱過的又唱。"惡虎說："何妨，詞只在人唱，那在重不重。"吳孝見惡虎愛他，遂即又奉一大盅。李蠍子大喜說："今日虧了吳孝。"

雖唱的不相干，我心裏甚喜歡，點水滴動心靈變。今日若是不着他唱，大盅如何能吃的干？虧他替我把客勸。到明日戲價以外，另賞你五百高錢。

吳孝又把前邊唱的那第二個又唱了一遍。天已晚了，點起燈來。惡虎戀着吳孝，總不說走，說："你仔唱，我就吃。"那吳孝沒的唱，遂又唱了一個胡念們②。

已吃到星月全③，點上燈不說顛，反轉只把吳孝戀。唱了一個狗咬狗，惹的笑聲滿屋喧，他殷勤只把酒來勸。趙惡虎不嫌娃氣，看着他越發喜歡。

那王成、孫晏見他相中了吳孝，便都去了，剩下吳孝在旁。惡虎醉了，只顧呆呆的看他。李蠍子說："大爺既愛你，你待霎就打發大爺睡覺，明日重賞你。"

李蠍子笑嘻嘻，叫吳孝你聽知：難得大爺中了意。若是今夜奉承的好，不說大爺賞東西，我先送一兩冰光細④。那吳孝點頭微笑，看那人眉眼高低。

惡虎說："我不吃酒了，醉極了。就收拾牀鋪，我合吳孝一鋪罷。"吳孝

---

① 共總：總共。

② 胡念們：有悖常理的民間說唱，也叫顛倒歌。例如"天上打雷沒有響；地下石頭滚上坡；海裏駱駝會下蛋；樹上鯉魚搭了窩"。

③ 星月全：比喻夜深、時間晚。

④ 冰光細：品質上乘的細絲銀。

說："旁裏有人，我可害羞。"惡虎說："小廝們都出去罷。"衆人哄的聲都散了。

衆家人都散了，主人家也去了，吊了[①]惡虎合吳孝。扑喇就把門關了，待了一霎静悄悄，屋裏也沒銀燈照。李蠍子把家人勸酒，又給那清唱的酬勞。

李蠍子把衆管家合清唱都讓在廂房裏，着他吃酒，他纔回家去了。衆人方纔吃酒，好像主人叫了一聲；家人止了喧嘩，聽不見動静，便又吃起酒來了。

一屋人鬧嚷嚷，你一盞我一觴，矮矮的[②]就把小曲唱。一吃吃到三更半，灌了好酒一大缸，主人官還把客官讓。忽然聽的扑通一聲，好像是倒了堵高牆。

衆人唬了一驚，說："是甚麽響？"跑出去主人窗外一聽，並無動静。王成叫了一聲吳孝，不答應；又叫，又不答應。一夥人異様極了。

一夥人鬧吵吵，捶窗戶把門敲，管家又把主人叫。一個說是醉的狠，一個說是睡熟了，拿杠子才把門來拗。拗開門一齊去看，一個個魂散魄消！

不看還好，拗開門一看，却唬的目瞪癡呆[③]！只見那惡虎頭在地下，肚子開了膛，腸子滿了一炕。吳孝死在地下，口裏咬着個人心。

一些人好慌張，割了頭剜了腸，血淋淋並無個人模樣。地下躺的是吳孝，一把鋼刀丢在旁，將人心咬在朱唇上。脖子上繩拴一扣，知是他自己懸梁。

看了看，吳孝那脖子上半截帶子，梁上還有半截，才知道是跐[④]着椅子上吊，墜斷帶子吊下來，撞倒那椅子，那様響亮。

活把人異様殺，殺了人吊自家，不知他是因着嗄。只怕是嗔人挑[三]戲，他何至就把頭割下？參詳[⑤]偏不知就裏，看架勢是個仇家。

不一時，李蠍子出來一看，唬的戰抖抖的，便叫王成來問。王成跪下，磕頭哀告，遂稟道：

一月前到我莊，又少年又在行，一心跟我去學唱。如今也會三四板，爲

---

① 吊了：此指剩下。

② 矮矮的：聲音低低地。

③ 目瞪癡呆：目瞪口呆。

④ 跐：踩。

⑤ 參詳：即"猜想"。尋思；揣摩。"參"為"猜"的一聲之轉。

人又好弄嬌腔，睡覺不合人一盤炕。昨日說他休來罷，死活的跟在腚旁①。

“我昨日嗔他跟着，他只是待來，誰想他做出這樣事來。”皭子說：“休要動着，我去請官來相驗。”

天未明寫報單，往城裹報縣官，從頭至尾說一遍：怎麽吃酒怎麽唱，怎麽兩個要同眠，開門已見頭兩斷。王知縣從頭看罷，掙了腦膽戰心寒。

王知縣見了報單，唬了一驚，即刻上馬前來相尸。不多一時，到了莊裹，皭子接進去看了，遂把王成問了。便問趙家家人：“他那仇人是誰？”

這樣事是何如，不是仇人是甚麽？這機關叫人參②不破。趙家家人忙跪下，說他仇人也是多，不知這是那一個。别的是陳人舊事，惟有商家新犯干戈。

家人說：“仇人雖多，都久了，就商家是個新仇家。望老爺詳情。”王知縣便抽了一支簽，去叫商臣、商禮。

王知縣動疑心，叫商禮合商臣，着他兩個親來認。公差即時跑了去，以前以往訴原因，老爺要把相公問。兄弟倆聽這話相③，也是猜了八分。

說差人：“您坐下，俺去去就來。”一行走着，大相公說：“每哩是咱妹子麽，但只是他可怎麽能呢？”二相公說：“是他不是他，殺了就好。”二人稟了母親，又叫上了幾個族人出來，同差人起了身。

兄弟倆甚喜歡，不像是去見官，好似去赴瓊林宴。妹妹不知何處去，想是他來報父冤，但他軟弱何能乾？若别人替咱出氣，我把他供養佛前。

兩人歡歡喜喜，走的好不有興。二十多裹路，一霎到了。老王看見說：“你如何着人來殺了趙春元？”大相公說：“若有人能殺他，生員也肯託他；但只是無人可託。”

打官司打半年，守父喪閉了門，門外事情全不問。生員若能殺惡虎，也要割頭剜了心，但不知情難承認。未知我識與不識，我且去看是何人。

老王叫他去看。進門一看，果然是三官，穿的是員外少年的一身道袍④，

① 跟在腚旁：跟在身旁。

② 參：猜。

③ 話相：話中隱含的情形；話音。

④ 道袍：舊時男子在家中穿的直領大襟、兩側開衩的外衣。

二相公的一雙舊鞋，那把刀子且是祖輩傳留的一把短刀子。尸也沒挺，還像活人。

我妹妹實是賢，不言語報仇寃，全勝人間男子漢。爹娘生成人兩個，名色①叫做是兒男，那裏跟上你一半！看見你滿面羞愧，又好似刀刺心肝！

大[四]相公嘆罷，面來稟官說："原是生員的妹子。"老王大驚說："呀！是個女的麼?"相公答應："是。"老王起來，又去看驗，叫人剝下鞋來，帶出來許多棉花套子②，才露出了一雙金蓮。

身穿着青道袍，兩腿用毡襪包，鞋裏都是棉花套。渾身都是繩子綁，一根皮條束了腰，上邊拴着皮刀鞘。不知他安排幾日，尋思了幾百千遭。

老王說："既是個女人，必是你們主使；不然，怎麼做出這樣事來?"大相公躬身稟了一遍：

那一日是元宵，把妹子不見了，井裏樹上都尋到。又不知是尋了死，又不知是開了交，不敢言恐怕親朋笑。誰想他滿腔忠義，能把這寃恨全消。

"尸靈在此不雅，生員領去罷。"此時趙惡虎的兒子已來到了，名是趙豹，綽號叫歪子，便稟老王說："把口裏那心留下。"老王吩咐挖出來。兄弟二人聽說，一齊下手。

二相公使手掏，大相公把頭招，一行又使筷子拗；拗來拗去不開口，上下咬的甚堅牢。大相公怕拗的牙兒吊，便稟說勢難拗出，總不如靠肉一刀。

大相公說："挖不出來，不如割下來罷。"趙歪子聽說這話，抽出刀子來說："不如割開這嘴，拿出來罷。"二相公也抽出刀來說："你若動手，咱就殺起來罷!"

二相公怒冲冲，叫歪子好不通，官府跟前把刀弄。一家裏死了人一個，那裏犯着來逞凶？說起王法全無用。你若是輕自動手，咱就像捨妹尊翁。

老王唬極了，叫人奪刀子，吩咐有動刀者，與殺人同罪。又叫趙豹自己用手挖取。趙豹近前，才把三官嘴唇一招，扑通跌倒，七竅流血。

商三官實有靈，趙歪子害頭疼，倒在地下去掙命。鼻口鮮血流不住，倒把老王唬一驚，家人都把腦來掙。一夥人齊去救護，二相公得空先行。

---

① 名色：名稱。

② 棉花套子：成塊的棉絮。

一些人亂烘烘都去救趙歪子，大相公說："二弟，你揹着妹子，先合族人走了罷。我且在此聽聽，看他還醒過來賴咱。"

大相公叫一聲，二兄弟你是聽：咱那妹子有靈應。歪子既是昏迷了，我且等等這畜生，死活可也有干證[①]。趁人亂你揹着去罷，急忙走勿得留停。

二相公把三官揹起來，合族人們一鬨走了。趙歪子還魂了半日，纔醒了說："叫商臣好打！當官行凶，求老爺作主。"大相公說："老父師在上，誰打他來？"

趙歪子休胡言，有衙役有堂官，打不打不是一人見。想是因你沒天理，被那神靈打一鞭，如何却把商臣怨？老父師親眼看着，這不用再叫證見。

老王吩咐各人領尸，本縣給你申報司院，起來走了。又吩咐帶着李蠍子合王成。李蠍子稟："在家看着移了尸，再去聽審。"老王依允，光帶着王成去了。未知後事如何，且看下回分解。

詩曰：閨中二八女嬋娟，殺父也知不共天；
斬首未消心頭恨，人心咬在嘴唇邊。
年少嬌癡女，提刀報父仇；偷生男子愧，畏死婦人羞。
自古稱英雄，多死婦人手；一死不足惜，剜心又斬首。

【校】

［一］張大爺着老身：盛本作"［耍孩兒］張大爺著老身"。
［二］齣：盛本作"曲"。
［三］挑：通"調"。
［四］大：盛本作"二"。

第四回　大相公設心祭父　商三官託夢顯靈

驗了尸，老王去了不提。却說李蠍子合惡虎不過是勢力[②]朋友，活着像是

① 干證：與訟案有關的證人。
② 勢力：即"勢利"。

祖宗，死了甚麽相干！見滿屋裏血淋淋，巴不能①快移了去，却又不肯替他買棺材。送了官去了回來説："趙大哥，你快買棺材來收拾。"趙歪子冷笑。

趙歪子大發歪[一]，旺跳②人請將來，做就局③將俺爹爹害。俺爹活時合你好，你依勢力詐錢財，就沒有半點情兒在。我隔着二十多裏，還着我去買棺材。

趙豹有名的歪子，當下使了性子，合那家人們説："您扶傍④着我，咱去物色材去罷。一日買着一日來，十日買着十日來，多煩李大哥看守尸靈。"

這也是命合該，多借重守尸骸，李大哥你可休見怪。我去物色材去罷，一日買着一日來，你可全把心放開，至多不過十日外。大不然告上張狀，求官府斷口棺材。

歪子待走，蠍子慌極，連忙拉住説："趙大哥，咱從容商議。我合趙大爺是怎麽的相與，每哩我疼錢麽？急切裏找不着好材。罷罷，不若家母那壽棺，就此着趙大爺用了罷。"

李蠍子無奈何，叫一聲趙大哥，依舊拉到別屋坐。八十老母有壽木，論價也值百兩多，如今用了也不錯。趙大爺這等凶死，難道説我就快活？

歪子聽了歡喜，即時擡了材來，便説："借重僱個人，把這頭來縫上。"蠍子滿口應承，當時使了五兩銀子，僱了屠子來縫頭。

屠子到把頭安，爛多多⑤縫着難，旁裏又着家人按。把那肚皮又夾起，兩個又把腸子填，當中又使一條線。收拾上頭蹄雜碎⑥，到家中好去殮棺。

收拾停當了，蠍子又僱了十五六個舉重⑦的，擡着出了門。李蠍子好像從殺場裏放出來，合家人念佛慶倖。

李蠍子活遭瘟，滿屋裏血淋津，腥臊爛臭人難近。賠了棺材一大口，縫

---

① 巴不能：巴不得；恨不得。

② 旺跳：活生生；活蹦亂跳。

③ 做就局：設好的圈套。《元典章·刑部十七·禁局騙》："其局騙者結成黨與，白日設局，强騙人物。"《初刻拍案驚奇》第二十五卷："只合着鴇兒，做局騙人過日不成？"

④ 扶傍：幫助。

⑤ 爛多多：非常爛。

⑥ 頭蹄雜碎：此處用作詈詞。"蹄""雜碎"均對動物而言。

⑦ 舉重：抬棺材。

頭又是五兩銀，蠍子也是活倒運。請客時怕他不到，今日又喜他出門。

且不說歪子移了尸去了，却說商二相公把三官背着，使的力盡筋舒，纔到家停起來。大家哭了一場。

告妹妹你有神，拿快刀殺仇人，已是解却心頭恨。望你即時開了口，吐出仇人一片心，獻獻先靈也把你心盡。一家人靈前禱告，奠了酒又把香焚。

却也甚奇，禱告了一畢，又去拿心，輕輕的抽將出來，還是個囫圇心，就是咬的將斷，可還連着。一家大家歡喜，拿出來供養員外靈前。

爺不幸得凶終，告縣院總無功，生俺兩個全無用。虧了妹妹有志氣，殺仇人便與殺猪同，剜心來在靈前供。望爹爹神明照鑒，一家人仇怨皆空。

祭畢了，大家又哭了一場。老夫人說："這心給那狗吃了罷。"大相公說："既是祭了先靈，使不的餵了狗，俺倆分了罷。"

割去了老賊頭，刯[二]出心狗也羞，聞一聞一片腥臊臭。拿來一刀分兩斷，兄弟嚼來血水流，只因原是仇人肉。咯吱吱①一齊嚼響，骨碌碌咽下重樓②。

按下二位相公祭父設心，不在話下。却說老王是個貪官，看着李蠍子也還滿錢③，商臣也還成的人家，前日因着他是苦主，纔沒難爲他；今日趙惡虎被殺，他就動了奸心。

低低頭又使奸，隨處裏要弄錢，一宿尋思了幾十遍。商家給他個坐位坐，再把李家捏個灣④，不愁裏頭無錢轉。出票子另齊人犯，說不盡那贓物奸貪。

老王出了票子，叫那李蠍子、商臣、趙歪子一干人犯，一齊到縣堂上去點點⑤着，便問起歪子："你父親被人殺了，你可甘心麽？"趙歪子說："不甘心。"老王說："本縣也看着不明白，怎麽偏死在李監生家？可快補狀來。"

朝南坐是老王，諸犯人過了堂，不覺露出贓官樣。當堂說了幾句話，歪子詐的頭似筐，一心去告人命狀。不知他原不爲你，只爲他自己貪贓。

這些人都着人押下來。歪子得意之極，就找人寫狀。李蠍子害怕，託人央他，他那裏肯依，寫了狀，告着李蠍子、商臣、王成謀殺人命，干證孫晏。

---

① 咯吱吱：咀嚼的聲音。

② 重樓：喉嚨。

③ 滿錢：即"蠻錢"。蠻有錢。

④ 捏個灣：找個藉口。灣，通"彎"。

⑤ 點點：簽到。

告狀人趙監生，王老爺在上聽：父親謀殺有干證。商臣就把心剜去，因此才把詞狀興，求斷一人償父命。李蠍子首先慌了，送進去二百冰淩。

李蠍子送進去二百銀子，老王嫌少不要，吩咐他把這一干人犯暫且寄監。着人對李蠍子說："待要無事，還添上四百。"李蠍子無奈何，連典衣代[①]借貸，湊進去了。

李蠍子有錢財，六百銀費安排，指着田土揭下債。當下託人送進去，到了過午挂了牌，不愁次日官司壞。只吊了商家公子，但望那天眼重開。

到了次日審理，老王叫着李蠍子，把他那請客唱詞的首尾，說了一遍。老王說："這自然不干你事。"又叫王成說了一遍。老王說："這話信不的。"叫："拿夾棍來！"

王成說雖是眞，但沒有錢合銀，官府一聲要夾棍。王成說我眞有罪，原不該收下這個人，只是小的命該盡。背了背連聲叫苦，只夾的致命發昏！

把王成鬆了夾棍，就叫商臣大相公上去。老王說："這人命無人招承，明日你兩家都把尸移去關外，我要細細檢驗。"大相公說："殺人是眞，吊死是實，何必再驗？"

債有主寃有頭，殺人的已罷休，檢驗一回何必又？殺人的是懸梁死，被殺的是爛流丟，傷痕不用還窮究。這不是無人承認，不過是報父寃仇。

老王說："你帶了趙春元的心去了，就罷了麽？"大相公說："那心已是割下來餵了狗了，再要已是無了。"老王說："我就申[②]了你，你擔的麽？"大相公說："生員擔的。"

那心已變狗恭，再要他沒處生，殊非是掏那黄狗腚。若是該問甚麽罪，我也不是不應承，若是該死也難逃命。老父師你就申了，那怕他湯鑊油烹！

老王說："我定要另驗！"大相公說："生員的妹子已是殮了棺了。"老王說："打開蓋子擡了來。"即時差了兩個皂隸來，押着他去移尸，吩咐已畢，退了堂了。

大相公不自然，下堂來鬧喧喧，如今上有天爺見。人家死一個俺死倆，

---

① 代：通"帶"。

② 申：申報。舊時官府行文，下級對上級稱申。

還有甚麽大罪愆？拿捏[①]噪[三]子也沒的乾。就問了砍頭流徙，俺兄弟斷不辭難。

公差說："相公不必瞎竈[②]。官府的意思，是指望你幾兩銀子，說驗尸是個拿法。你每量[③]了去。"大相公說："這狗攮的[④]！還待指望我的錢麽？"

大相公怒冲冠，駡一聲賊奸貪，何不着他娘養漢？待要命時我有命，待要錢時却沒錢，我破上我這個商廷獻。我到家商量捨弟，尋個法着你回官。

不一時來到家，二相公出來說："放了你了麽？"大相公沒做聲，到了他娘那裏，才長吁了一口氣說："咱有了事[⑤]了。"老夫人說："甚麽事？"大相公說："那老王待問咱要錢，差人押下來了。"

那老王忘八羔，長錢迷害錢癆，如今向咱把錢要。不然移了妹子去，翻尸檢骨咱害囂，總然沒法把他傲。現如今差人押下，這可有嗄法能逃？

二相公聽說，暴叫如雷說："罷喲！那個也是咱爺掙的，就湊些給他。到明日，我去見他，也是眞麽等。"夫人說："大不然人已死了，還覺[⑥]哩麽？出上就擡了去。"

既遇着這縣官，說不的沒有錢，麥子還有一百石。着人拿去街上糶，十日可以折蹬完，但願天爺把咱看。大不然移了尸去，儘他去怎麽失翻[⑦]。

大相公說："再擡了妹子去，俺就不是人了。"娘們低頭無語。二相公說："我想了一個法：前日學裏姚子明來吊喪，說令妹是個女中丈夫，我要遞呈子表揚他，咱不如就去求他。"

他稱獎妹子賢，女子去報父寃，眞正勝似男子漢！咱如今不就[⑧]去求他，動動公憤把人傳，老王也違不了閤學面。他肯把公呈一遞，可也就免了出官。

大相公歡喜說："極好極好！姚子明是個正氣人，若央他他也肯做。就是

---

① 拿捏：故意找茬。

② 竈：通"躁"。急躁。

③ 每量：估量。

④ 狗攮的：詈詞。

⑤ 有了事：攤上事。

⑥ 覺：醒。此指復活。

⑦ 失翻：翻騰。

⑧ 不就：要不就。

這等，咱明日就早去央他。”

咱合他在厚間[①]，想是他不作難，他也是個英雄漢。況且妹妹這個事，路上行人到處傳，人人聽說肯稱讚。他若肯公呈爲首，閤學裹都要上前。

兄弟商議妥當，天已二鼓了。向來大相公在員外柩前宿臥，二相公在三官靈前安宿，各人散去。二相公至三官靈前欹下，才合煞眼，忽見三官進來，二相公便拉着哭。三官說：“二哥，如今仇已報了，哭的是甚麼？”

商三官笑嘻嘻，叫二哥你聽知：我今出了胸中氣。休要愁我還出醜，移尸只管叫他移，這都是些些小事。到明日叫他來擡，二位哥不必遲疑。

三官說：“他擡只管叫他擡，不必愁。只有件事，來合哥哥商議：先前咱爹爹告着趙惡虎，如今他又告着我合咱爹。他使錢買了那惡鬼，咱爺又老實，動動就受打罵。你給我寫張狀來。”

趙惡虎到陰間，他手裹又有錢，買着鬼與咱沒體面。可憐咱爺老實的很，動動[②]就是骨朶揎[③]，乜女人可又難爭辨。你給我寫張狀紙，我去告城隍面前。

說畢，出門去了。二相公忽然醒來，異樣之極。又遲了一遲，爬起來，便說去叫大相公說夢。

二相公跑進房，訴南柯夢一場，忽見妹妹要告狀。把夢從頭說一遍，大相公說好異常，我夢也合你一樣。急慌忙拿着紙筆，就待要寫狀一張。

大相公說：“甚奇！眞是妹妹有靈，我夢見也是這等。不必遲疑，速寫了狀，燒了過去。”二相公說：“不必。”大相公說：“怎麼不必？”二相公說：“還得我自家親身去才好哩。”

惡虎殺咱父親，報仇死女釵裙，到而今還是夢裹恨。咱爺爲人太忠厚，妹子又是一女人，怎麼合他相爭論？不如我死在地府，合他去辨個清渾。

大相公說：“二弟，你胡突[④]了！咱已是死脫了兩個，你再死了，咱不是三命抵一命麼？”大相公不聽他說，登時寫了呈子，去三官靈前燒了。却又禱告：

我如今把狀燒，望妹妹不辭勞，陰間還望你盡孝。二相公在旁接口說：

---

① 厚間：相處深厚。

② 動動：動不動。

③ 骨朶揎：用骨朶打。骨朶，古代一種頂端綴有蒜形頭的兵器。

④ 胡突：即“糊涂”。犯傻。

你若不能把他治，還得我去替你告。能把我魂靈引去，我情願就赴陰曹。

二人禱告才畢，老夫人着丫頭來請，二人即忙便去。見老夫人淚還沒乾，二位相公就說那做夢，老夫人也訴了一遍。

老夫人淚重重，告訴與二相公，說你休當胡突夢。從頭至尾說一遍，說來說去一樣同，娘兒三個心酸痛。說多時天已明了，才商量安排尸靈。

大相公說："夢中的話也全沒信不的，怎麽忍的把妹妹着人擡了去？"二相公說："不然，咱妹妹有神，不可不信他。"二人遂即跑去，把三官擡出來，着被子裹了，停在一個牀面子上。大相公焚香祝贊①：

有差人合地方②，要擡你上公堂，妹妹原說無妨賬。妹妹眞是有靈應，斷不說瞎話把我誆，若誆我就把體面喪。你有神顯顯靈感，也好去回覆老王。

兄弟二人安排停當，才開門出來。那差人領着地方，已在門首，便問："商相公商議的如何？"大相公說："沒有法，請擡去便了。我可沒人。"差人進去說："這不難，兩個人就可以擡去。"那地方合他那兒子，安心就擡。

上了肩喝了一聲，爺兩個面通紅，靈牀一點何曾動。差人旁裹加上手，大家使的哐哼哼，那牀絲毫沒點縫。曾說是蜻蜓撼柱，和這個一樣相同。

差人驚駭之極，又撥了牌甲③十名，穿上三四根槓子④，一齊着力，那靈牀子頭也沒點。差人沒法，只得回了老王。老王不信，每人責了三十板。

罵一聲賊奴才，說瞎話又弄乖，輕輕就把王法賣。前日商禮把尸揹，看着輕妙似麻稭⑤，忽然就有千斤賽。你不知使錢多少，把狗腿夾將起來！

老王大怒，另差了十名壯健的衙役，着他去擡。一夥人雄赳赳的，十里多路一霎就到，不問好歹，一直到靈前，穿上槓子就擡。

那衙役瞧了瞧，擡的擡招⑥的招，上了肩打了一聲號⑦。果然擡了够半指，一齊都說折了腰，險些兒就把頭壓吊！又道渾身骨頭碎，丢了槓子都咳呋[四]。

---

① 祝贊：也作"祝讚"。祈求神靈福佑。

② 地方：舊指裏甲長、地保。《儒林外史》第五回："他為出了一個貢，拉人去賀禮，把總甲、地方都派份子。"

③ 牌甲：清代州縣城鄉每十戶立一牌長，每十牌立一甲長。

④ 槓子：較粗、長的棍子。

⑤ 麻稭：麻的秸稈。

⑥ 招：碰。此指幫扶。

⑦ 打了一聲號：喊了一個號子。

一些人丢了槓子，弓着腰，哐哼成堆，再沒人敢說撬了，可也沒人理他，只得上城回話。

都說道吃橫虧，一個個哐哼成堆，快頭先行又被屁骨墜。踽踽涼涼[①]都亂動，好似夾了一羣賊，又像當的鍋腰子[②]會。人都說黄河乾了，爬出來一羣烏龜。

一些人捱到城裏，天就黑上來了。老王叫到二堂裏，驗了驗那腰，都揣出骨頭來。

走一步哼一哼，死活的捱[③]到城，二堂裏才出來覆了命。家人從頭說緣故，也把老王唬一驚，說是商家把術弄。到明天我去親驗，看他有甚麽奇能。

老王也是想錢迷了心，你不想那三官是一個女子，既能報父仇，這是個尋常人麽？況屢屢顯聖，怎麽敢去擺弄他？

軟苗條一仙姬，報父仇用心機，能把人頭割在地。屢屢顯聖還不信，那有這樣潮東西，還要把他尸靈治？總然是銀錢中用，就把那心眼全迷。

老王說："這是他弄的妖術，我明日去親驗，邪不侵正，看他有甚麽本領。"可笑自家邪極了，還要去衊那正人，反說出這樣話來。未知驗的如何，且看下回分解。

詩曰：三鼙鼓罷面朝南，善惡誰能見肺肝？
　　　聞說官司用打點[④]，人人便道不成官。
又曰：利令智昏是老王，事事賣法又貪贓；
　　　上堂不問情合理，無錢只得腚遭殃。

【校】

［一］趙歪子大發歪：盛本作"［耍孩兒］趙歪子大發歪"。

［二］刖：盛本作"剜"。下文同。

［三］噪：盛本作"臊"；蒲本作"噪"。

［四］咳吠：盛本作"佸"。

---

① 踽踽（jǔjǔ）涼涼：此指慢步獨行的樣子。踽踽，方言音为 yǔyǔ。

② 鍋腰子：腰羅鍋者。即駝背的人。

③ 捱：堅持；死撑。

④ 打點：用錢財疏通關係。

第五回　商三官急難求兄弟　二相公捨死傲閻羅

却說老王到了明日，領着許多衙役，上諸葛村來了。

王知縣做事差[一]，想邪人忠人刂[二]，聲聲還把商家罵。三官屢屢顯靈聖，怎麽還敢褻瀆①他？眞是沒眼的老孫化。領着一大些衙役，一騎馬直到商家。

大相公迎進去，老王站在門外，喝叫動手。

伸脖子把筋抽，撼不動一點頭，衆人空壓那槽頭肉②。老王說是齊加力，我要解衣細細搜，裹邊必有邪符咒。快給我掀開包裹，待本縣自己搜求。

分咐："掀了被子，剝了衣服，待我去親看。"一聲說罷，兩三個人就把被子掀了，還沒解衣，老王伸頭去看，只見有人丟過了一塊石頭，磅③的一聲，老王就倒了。

哎喲了一大聲，陡然間害頭疼，像石頭照着腦門擲。撲咚一聲跌在地，紗帽滾了四尺零。手爬脚蹬如掙命。一夥人疾忙扶起，只見他鼻腫眼青。

老王醒了醒，馬也騎不的了，差人取了轎來，扶在轎裹回縣不提。却說二相公連日不吃飯，只在三官靈前打坐④。大相公勸他吃飯，二相公睜開眼說："陽間官司你打，陰間官司我打。"說完，閉煞眼，就不做聲了。

二相公守着靈，只求死不求生，盤膝打坐端正。陰間官司讓我打，陽間官司弟讓兄，此時已把主意定。兩句話開口說了，問着他再不做聲。

老王來時，叫也叫不動，只得把房門閉了。老王去了，推開門看，已沒了氣。

二相公立志堅，一心要到陰間，一日禱告幾十遍。勸他吃飯也不吃，終日不語又不言，開開門已是氣兒斷。大相公忙叫老母，娘兒倆齊叫皇天。

---

① 瀆：同"瀆"。

② 槽頭肉：豬頸脖部位的肉。此指人的脖子。

③ 磅：通"乓"。

④ 打坐：盤腿而坐。

老夫人跑來，兒天兒地，哭個不了。大相公摸了摸說："娘休哭了，我看着二弟不死，心口窩裹[①]還熱。"

二兄弟心裹溫，想將來要還魂，未必霎時該命盡。我那妹妹有神聖，必是要他救父親，要還魂還得官司問。我在此守他幾日，看冷熱生死才分。

大相公自此在靈前宿臥。却說二相公過一日正自打坐，忽有個人來說："三姑娘差我來請二叔哩。"

三姑娘把我差，請二叔到東街，說他今日要起解。大爺打了十五板，兩個解子押出來，恐怕路上還受害。囑咐我催你早去，務必的休要遲捱。

二相公聽說，疾忙跟去。不一時，進了城，到了東街上一座酒鋪裹，一個人迎出來，却是伯兄，名叫商正，死久了，在此做生意。讓進屋裹，才說那理。

全沒人對我學，三妹妹名聲高，滿城傳說才知道。昨日方才審了理，惡虎使錢買透了，妹妹又不能合他告。就是他聲名極重，城隍爺沒敢囉着。

二相公聽了，怒氣衝天："我定然連官都告着！"商正說："若不是萬不得已也不去請你。今清晨起了解了，咱妹妹臨行，囑咐請你。"

今清晨送出街，三妹妹哭哀哀，二叔唬的魂不在。囑咐差人去請你，又着你急忙趕上來。他爺䠞走的也不快，你急去還能趕上，也好去壓伏公差。

"如今玉皇爺爺差了二郎爺爺[②]查訪那忠臣孝子，烈女節婦，因此咱妹妹連名也不曾點着。只是二叔吉凶難保。"遂取出了十兩銀子說："你拿着好上下使用，流水走罷。"二相公說："我就不使錢，只是拿着二兩盤費罷。"

大哥哥放心寬，有理事不用錢，要和他打上森羅殿[③]。他就憑錢咱憑理，不但告人還告官，告城隍帶着王知縣。難道說陰曹地府，就還似陽世三間？

商正送出了北門，二相公一陣神風，一霎時走了二十里多路，就見員外合三官在前邊。疾忙趕上，一手拉着員外，一手招住妹子，大哭起來了。

叫父親淚漣漣，如今咱冤上冤。咱定合他辨一辨。叫了一聲我妹妹，像你才是眞聖賢，我今羞見妹妹面。見閻王出這口惡氣，我才得瞑目黃泉。

---

① 心口窩裹：胸口。

② 二郎爺爺：傳說中的二郎神。《西遊記》第六回："那大聖已至灌江口，搖身一變，變作二郎爺爺的模樣。"

③ 森羅殿：迷信傳說中指閻羅居住的宮殿。

三人正哭，那個解子狼眉豎眼①的説：“急自一個哐哐哼哼的，一個扭扭捏捏的，又添你哭哭啼啼的，哭會子，不走罷!”二相公聽見，就大怒起來了。

奴才鬼齷齪賊，休作怪莫發威，慢行該問甚麽罪？我們只是慢慢走，我看你待嚇着誰？要銀錢就把人掯勒②，咽[三]到那閻王殿上，可合你辨個是非。

從來鬼怕惡人，二相公沒來時，動不動打駡；着二相公掘了一場，撅着嘴也沒敢做聲。飄飄渺渺，不一時到了陰城，解子投了文，把員外合三官都寄了監。二相公寫了狀詞候去告。

趙惡虎知縣王，第三個是城隍，貪贓司院一般樣。如今成了錢世界，上下都受枉法贓，殺了好人全沒帳[四]。一家人寃死在地，望閻羅作個主張。

閻王的牌日是逢五排十，還隔着二三日。城隍知道了，託人來合二相公説，給他五百銀子。二相公大怒，駡了一場。那城隍慌了，合趙惡虎送了大刀鬼王五百銀子，求他的情面，過付了黄金一萬兩。商正得了這個信，星夜來報與二相公，二相公也不以爲然。

閻羅王是正神，就收下萬兩銀，這話可信不可信。陰間他既爲天子，也爲錢財喪良心，這官司他待怎麽問？若這話眞果③是實，我捨命去叩天閽④。

商正説：“我既聽的，不得不對你説。我舖裏忙，我去罷，别了。”却説舊閻王陞了，此時是修羅大王權印。這大王原是個貪昧之神，到了牌日，二相公遞上狀，便叫上去，大喝大駡。

閻王爺把氣淘，駡商禮這樣刁，難説人人皆不肖。已是一命抵一命，彼此准折也罷了，怎麽還敢把官告？打二十逐出境界，再生事决不輕饒!

一羣牛頭馬面，青臉紅發的惡鬼，把二相公捉翻在地，打了二十，趕逐出境。二相公臨行説：“閻王爺爺，我若得罪你，可休怪!”

閻王爺你休焦，我不能告聲饒，世間不過沒公道。明人必不做暗事，大板只顧憑你敲，大狀不能不憑我告。似這等胡敲亂打，怎麽不屈打成招!

---

① 狼眉豎眼：形容兇狠的樣子。

② 掯勒：勒索。

③ 眞果：即“果眞”。

④ 天閽（hūn）：天宫的門。

閻王大怒說："憑你那裏告，犯到我手裏，休想還活!"兩個鬼押出二相公來。

二相公氣昂昂，罵一聲老閻王，如今可也把良心喪！如今寃氣沒出處，尋思灌口[①]找二郎，告一回看是怎麽樣。回頭說兩個鬼使，不勞你送我還鄉。

二相公說："二位請回，我自己去罷。跟我回子，我也沒錢你使。"那鬼說："你待那裏去?"二相公說："我上灌口。"

見灌口二郎神，要告着老閻君，這就是個眞實信。差你送我出境界，我就從此起了身，往何方也不必勞你問。你縱然跟我遠走，我可也沒有金銀。

鬼使說："就是這等。相公，你可休怨俺，俺也只是官差不自由，你可休連累俺。"二相公說："你雖可恨，可也值當不的[②]怪。"兩個鬼便作別去了。

二相公氣忿忿，急慌忙往前奔，逢人便把程途問。一霎走了三十里，後邊來了鬼一羣，看看來的風頭近，二相公回頭觀看，凶糾糾像是拿人。

一羣鬼趕上二相公說："你且休走，閻王爺着俺來拿你。"二相公說："一行逐我出境，如何又拿?"衆鬼說："那押你的回去說你要告，才叫俺拿你。"掏出繩子來就拴。二相公說："不必拴，我還跑了哩麽?"

叫衆鬼你聽言：我看着不用拴，走了不算男子漢。原說我要告狀，這話不是背人言，君子並不羞當面。閻王爺叫我回去，我可也不敢隱瞞。

衆鬼們做剛的，做柔的，也沒拴着，推着的，拉着的，擡着的，架着的，一霎就來到閻王面前。閻王便問："你定要去告?"二相公說："是實。"

閻王爺怒睜睛，罵商禮小畜牲，料想你是不要命！若還直要去告狀，我將油鍋把你烹，看你嘴頭硬不硬！快給我拿將下去，剝衣服去上油鐺[五]。

閻王吩咐了一聲，兩個惡鬼往下就拉。閻王又問："你還是告麽?"二相公大聲說："怎麽不告!"閻王說："拉下去!"即時到了，見一口大鍋支在那裏，兩個鬼燒火。二相公直然[③]不懼，遂即脫了衣裳說："不用鬼卒動手。"往裏就跳。

那油鍋大又高，兩個鬼把火燒，二相公就往鍋裏跳。一霎忽然沉下去，

① 灌口：地名。傳說此處有二郎神。

② 值當不的：值不當的。

③ 直然：分明。

一霎忽然往上漂，滚處都是油星爆。二相公疼痛難忍，只煠[①]的肺熱肝焦！

二相公在那油鍋裏煮了多時，覺着骨頭皆焦，可也只是不死。一個鬼使又挑出來，旁裏一池水，丟在那池裏，才覺着渾身清涼。穿上衣服，閻王叫上去又問："還告麽?"二相公說："我還告。"

閻王爺聽我言：實實告不敢瞞，何方我就死無怨。若是要我不去告，除非解了父親寃，還要磕頭千千萬。若待强要我不告，這心比石頭還堅。

閻王大怒說："難道就傲不過你！快與我鋸解分身!"說了一聲，一衆鬼把二相公拉下去，用兩頁板[②]夾起來，綁在樁[③]上。

一羣鬼亂烘烘，夾起來上了繩，渾身夾的挺梆硬[④]。二鬼分頭按上鋸，骨頭拉的嗤泠泠[⑤]，夾鋸條還要只顧掙。二相公心疼難忍，咬着牙並不哐哼。

兩個鬼看看將到心頭窩裏，一個鬼說："這是個好漢子，鋸的斜着一點，休要傷了他的心。"果然把鋸條歪倒，曲曲折折鋸將下來，越發疼極。

二小鬼把鋸歪，打旁裏鋸下來，大疼更比前番賽。彎彎曲曲連肝肺，滿身疼痛苦哀哉。虧了錯[⑥]的鋸條快，一霎到脖臍[⑦]以下，不多時一鋸兩開。

上邊又吩咐"合上來"。二鬼把兩半身對起來，又站不住，只待跌倒。那個鬼解下了一條帶子，給他扎在腰裏，說："你是個好人，我送你這根帶子罷。"扎上帶子，果然就住壯[⑧]了。

奉贈你帶一條，兩手縷縷[⑨]纏在腰，果然更比靈丹妙。不過也是個拉鋸鬼，還喜相公品行高，閻王不如鬼公道。二相公扎挂停當，上堂來又把王朝。

二相公上殿，閻王又問："你還告麽?"二相公尋思："我若說還告，不知又動甚麽非刑，受了苦可也無益，不如就說不告了罷。"答應說："再不告了。"閻王說："他既不告，送他回去罷。"

---

① 煠：即"炸"。

② 兩頁板：兩塊板。頁，用來表示片狀物的量詞。

③ 樁：同"桩"。

④ 挺梆硬：非常硬。也說成"挺硬""梆硬"。

⑤ 嗤泠泠：此指鋸物體的聲音。

⑥ 錯：通"銼"。

⑦ 脖臍：肚臍。

⑧ 住壯：牢靠；穩定。此指站得穩。

⑨ 縷縷：捋一捋。

閻王爺怒氣消，叫商禮你聽着：一般你也不敢告。你既自己改了口[①]，暫且放你這一遭，差人送上陽關道。你若是再有翻悔[②]，拿回來定不輕饒！

兩個鬼押着二相公送出陰城。二相公説："不勞相送，我自己去罷。"二鬼不肯的。

叫一聲商相公，你這話倒也通，只怕你又把故事弄。若是從此放你去，去了再生出事一宗，敢説是俺不曾送。你縱然沒嗄俺吃，俺只得送到家中。

兩個鬼跟着，一直送到家，看着二相公進去了，二鬼才回來。二相公竟不進內宅，在門裏停過時，出門向南好跑。

二相公立志堅，出了門面朝南，一心只把程途盼。逢人便問灌江口，都説到那有兩千，思量就得二日半。一霎時風雲縹緲，過了些綠水青山。

二相公往南竟走，欲上灌江口。未知告的何如，且聽下回分解。

詩曰：陽間不能皆聖朝，陰間那得盡神堯？
　　　吉凶顛倒眞難比，只要油鍋煠不焦。

又曰：不共戴天仇恨深，陰間陽世俱難伸；
　　　鬼神莫笑皆貪昧，如今錢大也通神。

【校】

［一］王知縣做事差：盛本作"［要孩兒］王知縣做事差"。

［二］叭：盛本作"扒"。

［三］咽：盛本作"咱"。

［四］帳：盛本作"賬"。

［五］鐺：盛本作"鍋"。

第六回　森羅殿鬼神齊拿問　安樂宮父子小團圓

却説二相公走了半日，到了山東邊界，遠見一簇人在那路旁裏歇着。才

① 改了口：改變了説法。此指改變了主意。

② 翻悔：即"反悔"。

待上前問路，那些人見了，都起來說："果不出爺爺所料。"

一羣鬼鬧吵吵[一]，商相公又來了，果然不出爺爺料。知道你還胡生事，差俺這裏等侯着，一霎就看見相公到。你看那油烹鋸解，商相公可也能熬。

那鬼說："閻王爺想你還告，着俺等你；既等着了，說不的咱還去見見。"二相公見了這些鬼，也唬了一驚，却也沒處逃，低着頭跟他回上陰城。

二相公怒冲天，這苦楚對誰言？只怕難見閻王面。這回到了陰城裏，不是碓[①]搗是磨研，這苦螻蟻殘生何足算。我死了到也罷了，愁爺妹誰與他鳴冤？

二相公走着只是愁悶，裏邊就有贈他帶子的那個鬼便問道："相公，你從前極直壯[②]，今日怎麽這樣愁？"二相公說："這去又不知受甚麽非刑，我怕死了沒人給爺妹報仇。"鬼說："不必愁，像相公這條漢子，地獄裏也弄不殺你。"

英雄氣最難消，捶千捶剮萬刀，地獄滅不了忠良孝。若是尋常無用漢，油鍋多少煤不焦，還放你在外邊跳。但只是這回回去，受刑罰想必難逃。

二相公說："若是死不了，就那刀山劍樹，我怕他怎的！却[二]不知我爹爹、妹妹將來如何？"那鬼便說："令妹是一位尊神，閻王不敢治他，只是令尊難免。"

令妹是一位神，要叫他脱生[③]人，這個好像禮不順。令尊刑罰不能免，虧他修的德行深，那官司可也還沒問。况且有相公在外，也不敢輕易處分。

二相公說："屢次蒙你見愛，就沒問大號[④]？"那鬼說："我沒有大號，有一個名是憨頭郎。"二相公說："我久後還有報答。"一行說着，就到了陰城，想着那閻王必勃然大怒，心裏就算計着受刑；誰想那閻王比前不同。

閻羅王開笑言，叫商禮聽我言：你到是個眞好漢。我今送你回家去，叫你中舉做高官，分外帶着銀百萬。就是你令尊令妹，也着他好好昇天。

---

① 碓（duì）：舊時農村一種舂米的工具。

② 直壯：理直氣壯。

③ 脱生：舊説人死後靈魂會投胎轉生。

④ 大號：指正式的姓名。與乳名相對。

閻王便叫判官拿下簿子[①]給他看着：商禮名下註[②]定官三品、銀百萬。二相公看罷，甚是猜疑，閻王說："你回家奉養老母，享福去罷。"二相公叩頭下殿。

二相公下殿來，這個謎好難猜，一行走着還驚怪。只怕嘮我還家去，才把監門兩扇開，審官司才把爺爺[③]害。三兩步下了衕路[④]，低着頭着實徘徊。

二相公下殿來，還待看他令尊。一個鬼說："俺還不合你去哩。"一個鬼說："你拿着多少錢哩？"二相公說："一個沒有。"那鬼說："可有哩！你既沒有錢，把監門的他也不給你傳。"

叫一聲商相公，不是家俺不從，沒有錢去也不中用。白手來來[⑤]白手去，你也是個胡突蟲。流水走俺去把你送，苦瓠子[⑥]難望知感，不如你早到家中。

二相公無奈何跟他出去，㦝頭搭腦的，一步一步的慢走。兩個鬼不耐煩，口裏拾拾掇掇[⑦]的。

二相公不做聲，走一步停一停，往前走的沒心幸[⑧]。倆鬼嫌他走的慢，瞜[三]眉裂眼[⑨]亂咕噥：㦝纏纏[⑩]你害的甚麽病？似這等死厭不捨，還宜量鋸解油烹！

二相公見他四六句裏帶着罵，就惱了說："你嫌我走的慢，你住下不的麽？"

罵一聲鬼奴才，不是我請你來，找我也是眞奇怪。你倆嫌我走的慢，我可只是眞麽捱，你雖是嫌我可愛。大不然咱去稟稟，我自去何勞你公差。

---

① 簿子：生死簿。迷信指陰曹地府記載衆生生卒年月時辰以及善惡行為的本子。

② 註：同"注"。

③ 爺爺：此指父親。

④ 衕（chéng）路：用磚石鋪成的路。衕，《玉篇》："牛角長豎。"《類篇》："角長貌。"通"衕"。

⑤ 來：句尾語氣詞。

⑥ 苦瓠子：比喻苦命人。瓠子，即瓠瓜。《紅樓夢》第四十三回："這麽些婆婆嬸子湊銀子給你做生日，你還不夠，又拉上兩個苦瓠子！"

⑦ 拾拾掇掇：因責備而絮絮叨叨。

⑧ 心幸：此指心情、興致。

⑨ 瞜眉裂眼：借指心情不好。

⑩ 㦝纏纏：精神萎靡。

二相公說："咱回去稟稟，我自家去不的麽？我知道道路哩，何必勞二位呢？"倆個鬼又不合他回去。二相公說："你不去，我自己去稟。"回頭就走。兩個鬼又拉着央他回來。

商相公莫心焦，俺看着路途遥，不由心中先發竈①。咱就出去慢慢走，你也暫把氣兒消，不過多走二日道。二相公也不分辨，低着頭緩步慢遥。

二相公只想告狀，也不合他分辨，又上了道。到了一個莊裏，有一家人家，大門朝東，門前兩塊石頭，二相公就坐在門限②。那個鬼跑到舖裏，端出來了一個碗，一個茶盅，把他遞與二相公說："你也解解渴。"

二相公才待嘗，看了看渾光漿③，覺着不是個模樣。心裏展轉沒好說，這未必不是迷魂湯，沒肯拿到嘴唇上。瞧着那倆鬼沒看見，把那水潑在門旁。

二相公把茶潑下，光拿着一個空盅。那個鬼哈了那碗水，便問："相公乾了麽？"二相公說："乾了。"那鬼來接那盅子，把二相公推了個仰面朝天，跌在那門裏。二相公大怒，跳叫了一聲，聽見人說："下來了！"二相公看了看自家，已是脫生了一個小孩子。

吊在地叫呱呱，成了個小娃娃，手脚沒有半㲉[四]大。尋思還待去告狀，怎麽着我脫生在人家？晝夜哭乳食全不下。他娘說孩子有風④，叫姑娘白黑弄把。

二相公脫生了正死不的，那家子叫了個姑娘來，掐了半宿，就嗚呼哀哉了。二相公離了身體，出了門，往南好跑。

忙忙走如流星，急如火不暫停，沒如今番走的勝。心忙迭不的下食店，二日走了一千零，逢人就問灌口徑。忽進了深山一座，只見那山嶺層層。

走了二日，忽然進了深山。轉過山嘴，忽見了一簇人馬，旗旛招展，傘扇飄揚。纔往下路⑤去躲避，他那開道的說："串了道⑥了！"登時鎖了。

鬧哄哄彩旗飄，亂紛紛宫扇搖，必然是個大官到。住下不敢往前走，要

① 發竈：急躁。竈，通"躁"。

② 門限：門檻。

③ 渾光漿：渾濁。

④ 有風：受了風邪。

⑤ 下路：路邊。

⑥ 串了道：错了道，此指沒有回避。

奔别路躲避了，頭行[1]說他串了道。馬上人一聲吆喝，鎖起來拴在鞍轎[2]。

把二相公帶在馬鞍轎上，虧了走的從容，沒吃大虧。後邊一支小輦[3]，輦裹一個人一霎到了，便叫帶串道的人去問話。二相公到了輦下。

那小輦卷起簾，在裹頭一官員，兩邊遮着兩把扇。看見相公甚喜歡，說你如何到此間？問了姓名合籍貫。又說道看你這個模樣，好像是有甚麽奇寃。

二相公一肚子寃氣沒處告訴，又尋思："這像那裹的個王子，未必不能給我出氣。"伸着脖子[4]，一行哭，一行訴。

把爺爺尊一聲，說籍貫說姓名，父親被打送了命。官府全然沒公道，虧了妹妹把氣爭。昏閻王更比陽間勝，爺合妹送在牢內，又把我鋸解油烹。

那王子聽着他訴了一遍，吩咐開了他的鎖。又問："你待要上那裹去？"二相公說："我的本意，是要去尋眞君。"

在陽間無正人，到陰間無正神，滿懷寃屈無人問。玉皇爺爺隔着遠，那裹捞着去叩閽？上天入地無投奔。安心上灌江口告狀，把寃情訴與眞君。

王子叫他跟着走了多時，忽見那旁許多的神將來接。王子叫停了輦，向一位神將說："這個人要去找你告狀，給他問問。"說罷，就走了。

那位神甚英豪，身穿着赭黃袍，頭上帶着三山帽[5]。後邊跟着一員將，拿着三尖兩刃刀，回頭就把相公叫。二相公把狀掏出，跪馬前痛哭嚎咷。

二相公問那從人，這就是二郎爺爺，去的是玉皇九殿下。二相公遞上狀，二郎爺馬上看了狀詞，吩咐手下人給了二相公一匹馬，着他騎着，即時就下了陰城。

二郎爺下陰曹，把閻王先拿了。遂即當堂出了票，點名差下了四個鬼，知縣城隍俱不饒，限他二日全拿到。即刻把員外父子，發獄鎖放出監牢。

又吩咐把三官送在安樂宮裹，選了閻王宮裹兩個丫頭扶持[6]，就叫員外合二相公同去居住。父子三人到了宮裹相見，不免傷感。

---

① 頭行：隊伍前排的人。

② 鞍轎：也作"鞍橋"。馬鞍。

③ 輦：古代用人拉着走的車子，後多指天子或王室坐的車子。

④ 伸着脖子：低着頭。

⑤ 三山帽：武士所戴的尖頂盔帽。

⑥ 扶持：服侍。《孟子·滕文公上》："出入相友，守望相助，疾病相扶持。"

二相公叫爹爹，心裹寃一大些，不知那世造下的孽？只說陽世無公道，誰想陰間一樣邪，險些父子全消滅！雖受了油烹鋸解，却又還替不了爺爺。又叫聲我妹妹，又叫你吃了虧，只該把你雙膝跪。兄弟倆人一般大，沒有能誅殺父賊，見你死後還心愧。不知你怎樣磨難，苦煞了我的妹妹！

"妹妹，你當初怎麽知道學唱來？"三官說："我聽的趙惡虎官司得意，人人請他。李蠍子合他最厚，王成又隔着①蠍子近，就想到這裏。"

左思量右思量，做女人不氣長，一肚子憤氣把心撞。聽說他合蠍子好，必然請他去登堂，擺酒一定叫清唱。但能够把他親近，一刀子殺在當場。

三官說："我安心瞧個空，把他一刀子殺死，便自家磨[五]②了頭。倒不想還得割頭刨心，殺的道也自在。"二相公說："是怎麽着來？"三官就紅了臉。

那個話不好學，到而今還害羞，爲父親竟把廉恥𢴦[六]。惡虎灌的稀爛醉，摸着嗓子只一刀，他還掙命把我招。只着我連二刀子，他便就兩腿蹬搖③。

三官說："仇人易殺，官司難打。"

待殺人不顧活，打官司受折磨，邪神眞叫人難過。咱爹若能說句話，他也未必敢囉着，奈倆人都說話[七]兒弱。到明日當堂折辨，爭是非全在哥哥。

二相公說："這倒不必愁。二郎爺爺明見萬里，用不着對詞。"員外說："閻王的勢大，只怕還有更變④。"未知問的如何，且看下回分解。

詩曰：顏淵夭死⑤意如何？曹操奸臣福壽多；
伯道無兒⑥千古恨，英雄幾個告閻羅？

【校】

［一］一羣鬼鬧吵吵：盛本作"［耍孩兒］一羣鬼鬧吵吵"。

---

① 隔着：間隔；距離。

② 磨：用刀、劍等割。通常用作"抹"。《紅樓夢》第六十七回："興兒道：'他母親和他妹子。昨兒他妹子各人抹了脖子了。'"

③ 蹬搖：腿不住地伸縮。

④ 更變：中途變化。

⑤ 顏淵夭死：顏淵三十二歲去世，故說夭死。顏淵，即顏回，孔子的弟子。

⑥ 伯道無兒：晉代鄧攸，字伯道。為了躲避戰亂，帶着兒子和侄兒一起逃難，在危難關頭，棄兒全侄。後人以"伯道無兒"指對他人無子的歎息。唐代韓愈《遊西林寺題蕭二兄郎中舊堂》："中郎有女能傳業，伯道無兒可保家。"

［二］却：盛本作“欲”。

［三］瞅：盛本作“瞅”。

［四］觳：盛本作“拳”。

［五］磨：盛本作“抹”。

［六］揪：盛本作“搭”。

［七］話：盛本作“胆”。

第七回　二郎神地獄遣神鬼　商員外金橋哭別離

按下員外父子團圓，伺候對理不題。却說那新泰縣老王，從得病回縣，晝夜只害頭疼。忽一日說：“二郎爺爺叫我審理去哩。”刨燥①子[一]噪子，就嗚呼尚饗②了。

兩個鬼到衙門[二]，套上了鎖一根，造就③此時命該盡。打詐的銀錢拿不了去，止有無窮孽隨身，挺着脚④去把理來問。閻縣裏猪頭買缺，每一個賣錢千文。

且不說老王死了，人人慶幸。却說二郎爺爺次日坐殿，一羣鬼判都來銷到，新泰縣的城隍、知縣，一班的衙役，後邊是趙惡虎、員外父子，都點了名，一個不少，伺候聽審。

森羅殿一丈高，二郎爺面南朝，一干人犯逐名叫。頭名先點趙惡虎，知縣城隍都跪着。閻王帶鎖來鎖[三]到。常時人跪他的所在，到如今反過來了。

二郎爺點完了名，獨留下商禮，問他始末緣由。二相公把父親怎麽被打死，上下官員怎麽賣法，三官妹怎麽報仇，知縣、城隍怎麽受賄，閻王怎麽動非刑，從頭至尾，說了一遍。

---

① 刨燥：多指心煩意亂，鎮定不下來。此指死前無法鎮定。

② 尚饗：亦作“尚享”。舊時用在祭文的結語處，表示希望世者前來享用祭品。《儀禮·士虞禮》：“卒辭曰：哀子某，來日某隮祔爾於爾皇祖某甫。尚饗！”

③ 造就：早就。命中注定。

④ 挺着脚：邁開步。

我妹妹一女流，父親是老實頭[1]，官刑屈打無人救。我才不顧生合死，我來向閻王把狀投，誰知又把非刑受。因此上要到灌江口，對爺爺訴訴寃仇。

二相公說完，二郎爺吩咐暫且下去。又叫趙惡虎，惡虎上來跪下。二郎爺叫判官查他的善惡。判官拿過一本冊子來，鋪[2]在案上，二郎爺掀開看了一遍，便大怒了。

二郎爺怒冲天，駡一聲賊判官，你把簿子全更換。惡虎行狀我知道，改的全然沒罪愆，撥弄的天地皆昏暗。你還要欺心弄鬼，現放着劍樹刀山。

那判官都是買透了的，故意把假簿子拿來，試試二郎爺受與不受。見上神惱怒了，才跪下磕頭說："判官該萬死！實說了罷：這是閻王爺着我造的一本假的。"二郎爺聽說大怒。

駡判官眞賊根，受人錢喪良心，你把簿子全然溷[3]。想是不止趙惡虎，不知屈了多少人，人間善惡全不論。擺弄的不成世界，都是你這些毛神[4]！

着人把判官鎖了，押着取了眞冊子來。二郎爺從頭一看，眞是惡貫滿盈。吩咐把他的贓物擡來，都着他吃將下去。

霸物業騙銀錢，有一宗幾十千，算來眞有幾十萬。一宗一宗垛[5]在地，金銀銅錢積如山，化成汁子往口裏灌。只灌的唇焦牙碎，燒的那心肺成煙！

把銀錢化成汁子，使鐵杓舀着往口裏直灌，那惡虎叫哭連天。活時恨那東西少，此時又恨這東西多。灌完了，點他的淫惡。

駡惡虎太淫邪，占婦女一大些，强把良女霸作妾。花前月下沒人見，端過業鏡惡難遮。誰教你生前造下孽？便罰他婦女養漢，填還他惡業車車。

罰了他婦女養漢，報他的淫惡。然後着他把員外死的情由，記着打了一百二三十下，二郎爺便叫員外上去，給他一支鐵絲擰成的鞭子，着他照數還他。

商員外磕了頭，照着惡虎使鞭抽，一還一報自家受。一鞭一道縷唇[6]起，

---

① 老實頭：老實本分的人。

② 鋪：展開。

③ 溷（hùn）：同"混"。亂。

④ 毛神：此指对鬼神的蔑称。

⑤ 垛：整齊地堆積起來。

⑥ 縷唇：皮膚表面凸起的條形血印。

兩鞭就見鮮血流，百鞭打爛皮合肉。又說他宰殺生靈，罰他去世世爲牛。

員外打完，二郎爺叫鬼使把他人皮剝去，給他換上牛皮。只見一個鬼手拿着尖刀，從頭剝起，剝一剝把牙一龇[①]；剝停當，拿了牛皮來給他換上，拍打了拍打，變成了一個黄犍[②]。

角兒粗蹄兒圓，有兩濕有三乾，到頭就值七兩半。犁上摘來耙上使，脊受棍子腚受鞭，肉被烹煑皮縫罐。牽過來人人亂看，這行子是個懶犍。

惡虎變了牛，才叫知縣、城隍兩個上來，恐懼之極。二郎爺便罵：

既做了知縣官，原就該辨民冤，貪贓不是個人來變。搚着印把[③]憑你弄，不愛黎民只愛錢，臭名傳滿了新泰縣。只宜量變牛變馬，只受那鞭打繩牽。

二郎爺吩咐查他的簿子，那知縣的贓銀倒有十七八萬，那城隍只有兩萬，也都化成汁子灌了他。便叫王知縣，就罰他上新泰縣變猪，着那閤縣的人稱他的肉吃。

王知縣低下頭，刀劙[④]下血水流，皮囊生剝眞難受。拿過猪皮按把上，還着四鄉變一周，合縣都來吃他的肉。兩個鬼帶血抓住，就着那皮穿人頭。

王知縣變成猪，趕下去了。二郎爺說："那城隍的贓少，打你在餓鬼籍中去罷。"

因看你是正人，才用你做了神，做神名節全丟盡。神裹那有貪贓物？餓鬼隊裹去安身，選好的暫權城隍印。又吩咐一羣惡鬼，按倒他抽了貴筋。

一羣鬼把城隍按倒，用刀把腿肚割開，抽了貴筋二條，都勾[⑤]麻線粗，四五尺長。那城隍叫苦連天。抽完了趕下去。又叫閻王上去，二郎爺指着便大罵：

官既高福也長，只該求姓名香，如今全把良心喪。四季搜求州縣禮，自己又受枉法贓，小官盡描你的樣。斧打鑿鑿又入木，遂叫那百姓遭殃。

二郎爺爺吩咐，把地獄的寃魂放他出來，有寃的訴寃。吩咐了一聲，一霎時跪了一千多，都是被人陷害的。二郎爺見了大怒。

---

① 龇（zī）：露齒。方言音为 cī。

② 黄犍（jiān）：閹割過的黄牛。犍，閹割過的牛。

③ 搚着印把：手握印柄。借指掌握權力。搚，同"攥"。

④ 劙（lí）：割；劃。《唐韻》"呂支切"；《玉篇》"分割也"。

⑤ 勾：同"夠"。

權印官狠似狼，該剝皮揎麥穰[①]，叫獄神盡把寃魂放。陰間自從你掌教[②]，地獄竟有善人藏，惡人反在金橋上。把一個花花世界，眞弄的日月無光！

二郎爺爺罵罷，把寃魂都放了。又叫商禮去看閻王受罪，他那治人的法子，還着他受。吆喝了一聲，拿下去，挑油鍋裏煤了幾個滾，挑出來又去使鋸解。

把閻王一把抓，抓住頭用鋼叉，挑來就把油鍋下。煤了三個滾挑出來，兩板夾的扁瓜搭[③]，按上鋸兩個鬼當頭拉。把一個哮天細犬[④]，只撐的肚大如瓜。

一霎鋸的那血水淋漓，二郎爺那哮天犬倒舔了個飽。解成兩半，又捆成一堆，着兩個鬼扶着又去殿上跪着。二郎爺吩咐，打入陰山背後。發放閻王去了，才叫商員外上去，也叫查他的善惡。判官簿子呈上。

商員外跪殿前，二郎爺把簿掀，從頭至尾看一遍。生平有善沒有惡，注定活到九十三，祿米該有二十萬；只因着前生孽障，當遭着橫禍一番。

二郎爺說："你倒是個好的。這番苦楚，原是前生的孽障。"便回頭問值日功曹："不知他尸靈壞了沒壞？"功曹說："因他不該死，現有土地守尸，還不曾損壞。"二郎爺爺大喜。

二郎爺笑一聲，半年不曾壞尸靈，這事也是前生定。既然尸靈沒損壞，就可還魂再得生，三十一年人家盛。還得求觀音菩薩，求他的聖水一瓶。

二郎爺差了一員神將，向南海去取聖水，吩咐殿下伺候。又叫商禮，二郎爺說："你是個孝子。"

你是孝我知聞，通天下無二人，賢名好似轟雷震[⑤]。注你一生官二品，分外還有十萬銀，四十年全無撥雜運[⑥]。還把那趙家產業，都給你奉養雙親。

二相公磕頭下殿。上邊又叫三官。三官上去，才待下跪，二郎爺疾忙起

① 揎麥穰：用麥穰填充。

② 掌教：主管和教育。

③ 扁瓜搭：扁。瓜搭，語氣詞。

④ 哮天細犬：神話傳說中二郎神身邊的神獸，輔助他斬妖除魔。

⑤ 好似轟雷震：形容如雷貫耳。

⑥ 撥雜運：也作"駁雜運"。坎坷的命運。駁雜，坎坷不順。又作"運駁親"。明代楊珽《龍膏記·脫難》："只為你謫塵世命運駁雜。"

來說："請起請起！"三官站在一旁，二郎爺着實敬重。

你原是一仙娥，在人間孝義多，千年無有第二個。玉皇教我巡天下，孝子賢人都網羅，直到如今還空過。我奏上凌霄寶殿，着你管十帝閻羅。

二相公聽的吩咐，疾忙上去，一跛骼[①]跪下稟道："望爺爺還着妹妹還陽，大家團圓。"三官聽說，那玉面通紅，便說："二哥，不必回去了。"

二哥哥不要嗔，告爺爺得知聞，不待再上陽間涸。女子不守閨中教，拿着口刀去殺人，嫁丈夫也着人難信。到如今成了話柄，怎見那遠近鄉鄰？

二郎爺見三官不願還魂，便說："商禮，你也不必相強，在這天上享受香火，不强似在人間享富貴麽？"

二郎爺誇又誇，這個話實不差，不必定把丈夫嫁。奏上元穹高上帝[②]，封號重重福祿加，父兄何必心牽挂？只受那千年香火，勝强似一世榮華。

又叫查山東司院的簿子，兩司院還有三十年的福壽，軍門還有二十五年的福壽。看了看貪贓的罪犯，提起筆來，勾了二十年。

做大官有威靈，愛錢財害衆生，全然不管黎民命。坐着八擡[③]打黄傘，通然不想保朝廷，着他長壽中何用？削去他二十年福壽，到陰間再受非刑。

二郎爺正說着，那取水的回來了。二郎問："菩薩給了水了麽？"神將說："菩薩聽的說是救善人，不勝鼓舞懽喜，滿滿的倒了一瓶來了。"

端過那聖水瓶，倒一盞還有零，救善人聽說極欽敬。他說一口灌下去，十年白骨肉重生，更比仙丹有靈應。我知道眞君正直，不救那邪僻尸靈。

二郎爺大喜。又有一位神將押過那判官來，上邊吩咐："這樣潑官害民的賊，上磨研了罷！"

二郎爺罵判官，把報應顛倒顛，涸的沒有惡合善。善人受窘於世上，惡人享福在人間，全是你把王章亂。快把衣服剝去，上了磨慢慢細研。

大衆跟着到了磨研地獄裏，只見幾盤大磨，都血淋淋的，兩個鬼挑了盤淨磨，將判官倒插在磨眼裏就推開了。

---

① 跛骼：膝蓋。口語中又叫跛骼蓋。

② 元穹高上帝：玉皇大帝。

③ 八擡：八個人抬的轎子。

推起來呼籠籠[①]，起初時還害疼，研到腰不見腿兒動。血肉推成磨糊子[②]，染的磨盤一片紅，因他曾把鬼來弄。公門裏極好行善，傷天理王法難容。

把判官上磨研了，二郎爺吩咐："把那血肉合那新泰縣的衙役，都填了奈河[③]罷。"吩咐着轎送三官回宮，功曹送員外父子還魂。衆人都走到奈河一看，好驚人的緊！但只見：

一道河血水流，裏邊蛇亂伸頭，腥登登[④]都是死人臭。現出黃金橋一座，商家父子到橋頭，眼看着傾下判官肉；又把那一干衙役，提着腿往下亂丟。

三官因他爹爹、哥哥走，也沒坐轎，都上了橋。看見那衆人丟在河裏，被那些惡蛇纏繞，連天叫苦。父子下橋作別，不免悲傷。

三個人共一堆，拉着手淚雙垂，陰間永別難相會。爹爹叫聲我嬌女，哥哥叫聲我妹妹，滿眼都是悽惶淚。有功曹在旁催促，不由的兩下分飛。

功曹催促，三人才散了。三官回上安樂宮，功曹拿着聖水，送員外父子歸家。未知怎樣還魂，且聽下回分解。

詩曰：吃着朝廷祿俸，莫謂只有君重；

　　　由你貪心胡弄，還要請君入甕[⑤]。

【校】

［一］子：盛本作"了"。

［二］兩個鬼到衙門：盛本作"［要孩兒］兩個鬼到衙門"。

［三］鎖：盛本作"銷"。

---

① 呼籠籠：呼隆隆。

② 磨糊子：用雜糧磨成的糊。此指糊狀的肉醬。

③ 奈河：佛教中所講的地獄之河。《敦煌變文集·大目乾連冥間救母變文》："行經數步，即至奈河之上，見無數罪人，脫衣掛在樹上，大哭數聲，欲過不過，回回惶惶。"

④ 腥登登：腥氣重。登登，詞綴。

⑤ 請君入甕：比喻用某人整治別人的辦法來整治他自己。

第八回　孝義神威靈顯著　陰陽報禍福分明

員外父子别了三官，走了回頭，見二郎爺轎馬人夫也出城去了不提[一]。却說大相公守着他兄弟，待了六七日，時時去摸他的心頭，雖然沒氣，却也沒冷了尸殻①。

大相公沒奈何[二]，常在旁估堆②着，夜兒也在旁裹臥。雖然口裹沒有氣，將來未定死與活，一只手常向懷中摸。晝夜的減食廢寢，只熬的淚眼婆娑。

這一日，大相公吃了些飯來，才待伸手摸，只聽的二相公長吁了一口氣。慌忙叫："二弟，二弟！"二相公把眼一翻說："你快去看看咱爹！"大相公慌忙跑去，見那坵子③也開了。

大相公上堂階，坵裂紋看見材，大驚說道眞奇怪。忙叫丫環流水去，内邊請出母親來。娘倆揭開材蓋看，忽一陣濛濛細雨，灑面目流下唇腮。

請出老夫人來，看見大驚說："你怎麼開了坵？"大相公迭不的細說，一行拾那坯塊④，一行說："俺爺活了！"老夫人大驚。娘倆才待打那材，材已自家開了。纔揭起那蓋來，只見一陣濛濛細雨，落在頭上，流入唇中。一霎時，員外就哐哼了一聲。

揭開材面如生，豆花雨⑤細濛濛，入唇便見鼻眼動。哐哼說道多多謝，細雨才住眼微睜，恍然好似南柯夢。一家人懽天喜地，這才是兩世重生。

娘兒兩個把員外擡在牀上。大相公纔待說他二兄弟，二相公已是自家來了。老夫人看見，又驚又喜說："呀！你也活了麼？"不覺的流下淚來。

---

① 尸殻：尸體。

② 估堆：蹲。

③ 坵子：墳墓。

④ 坯塊：土坯。

⑤ 豆花雨：古代稱農曆八月下的雨為"豆花雨"。《荆楚歲時記》記載："八月雨，謂之豆花雨。"宋代吴元可《鳳凰臺上憶吹簫·秋意》："更不成愁，何曾是醉，豆花雨後輕陰。"據說農曆八月之後幾乎所有的花都謝了，只有豆花鮮豔盛開，故名。

老夫人淚盈盈，又是喜又是驚，我半年哭的得了眼花病。你爺死了半年整，誰還想他得複生，入黃泉叫他也不應。這裏邊必有怪異，你從頭說與我聽。

大相公伏侍他爹，二相公拜了他母親，各人落了座，才細說緣由。

二相公訴前情，說一句唬一驚，說起閻王掙一掙。說道油烹又鋸解，二回拿去又脫生，母親不住淚珠迸。苦殺我嬌兒受罪，這才是萬死一生。

二相公訴了一遍，把母親幾乎疼死！叫了勾多少嬌兒，兩行淚擦了又淌。員外吃了些水，訴他的苦楚。

說到那杖臨身，唬壞了老夫人，帶淚又把將來問。又說怎麽把閻羅見，到了三官爲了神[①]，方纔略解心頭悶。又説那聖水打救[②]，一家人感謝眞君。

員外活了，年六十二歲，比前越壯健，越發愛老憐貧。待了三年，兩位相公一齊中了舉人。人都說善人善報。

商員外六十多，兩相公俱登科，如今纔有善人樂。都說善人有善報，不知好人受折磨，近來天道常常錯。若不是眞君顯聖，到如今未知如何。

到了明年，二相公又登了進士，選了揚州刑廳，異常的清正。做了二三十年官，家中全無增一壠地，也沒蓋一座樓廳。

一來怕員外嗔，二來奉二郎神，三來天生眞賢俊。地土未增新產業，廳堂通是舊家門，清高更比常時甚。惟有叫爺爺奶奶，比着那舊時較尊。

商二爺行取進京，打家裏過來，連年積攢了二三百俸祿銀子，就在那莊外修了一座二郎廟。那遠近人家，又在旁裏蓋了一座三官祠堂，春秋香火極盛。

衆善人修祠堂，安斗栱畫雕梁，三月三日[③]都來把香降。有寃屈的來告訴，還香願的宰猪羊，千人萬馬眞興旺。每年是三月三大會，無數的婦女燒香。

二老爺又在祠堂門裏修了一座憨頭郎廟，塑着那憨頭郎的像，託他給三

① 爲了神：做了神。

② 打救：搭救。

③ 三月三日：三月三日是我國古代的上巳節。舊時人們常在這天到郊外遊玩嬉遊。民間在此日有舉行廟會的習俗。《段書列傳》第二卷："晉穆帝永和九年，暮春三月三日，常游山陰。"

官守門。

想當初見閻王，蒙他的情義長，至到而今不曾忘。作惡的無非伶俐鬼，忠孝的盡是憨頭郎，堪與烈女爲神將。祠堂裹人來許願，都給他燒紙燒香。

且不說香火甚盛，却說那商老爺奉旨去琉球國[①]封王，到了海裹，走了二日，忽遭着大風大浪，一條黑龍在那水裹盤旋，弄的那船儼然就翻。

風折桅浪滔天，奄撲撲[②]就翻船，號咷痛哭人聲亂。官府不覺失了色，衙役家人齊叫唤，都說不得親娘見。正在那危急時節，忽看見神將臨船。

一船人正在危急之際，忽見半空中下來一位神將，青臉紅發，將龍一刀斬爲兩斷，一霎時風浪全消，商老爺便站起來觀看。

商老爺正驚駭，砍了龍風浪開，船中雲霧依然在。老爺感他來救護，不覺欠身站起來，那神跪下將老爺拜。定了神睜睛細認，連聲說着奇哉怪哉！

商老爺認了認，那神便是憨頭郎。才待問他，他翻身就拜說："蒙擡舉，如今受娘娘大恩，叫我做監察使者，到處巡查。"

商老爺舉小神，如今受娘娘恩，監察使有名分。出了鬼道入神道，享受無窮分外尊，一言感激真難盡。今日奉娘娘差遣，知老爺患難臨身。

商老爺問："是那個娘娘？"使者說："就是三姑娘。玉皇封他孝義夫人，兼管總督水陸神祇。今早說老爺海中有難，差小神特來救護。"

三姑娘封夫人，兼管着水陸神，天曹地府皆歸順。世間若有不平事，表章[③]不必到天門，許他立刻全拿問。今日把業龍斬死，從此後不阻擋行人。

商老爺還待問他，他躬身說："奉娘娘命令，不敢久留。"一陣風就不見了。這是那善人的靈應，還沒說那惡人的果報。却說趙歪子又嫖又賭，駡親娘，打官司，花費的又輕快[④]，因此甚窨。

趙歪子甚雜毛，又好賭又好嫖，器皿田園折蹬着拼[三]。以前還有虛體面，

---

① 琉球國：即現在的琉球群島。

② 奄撲撲：昏暗的様子。吕新吾《小兒語》："指星星，千萬點。天上奄撲撲，地下黑黪黪。"

③ 表章：舊時臣子向帝王呈交的陳述意見的文字。石敬瑭《翰林學士公事並歸中書舍人詔》："《六典》云：'中書舍人掌侍奉進奏參議表章，凡詔旨刺敕，璽書策命，皆案故事。'"

④ 輕快：不費力。

後來冬裏沒身袍，也是他有耗星[①]照。搜算着樓宅地土，這家業指日全消。

自從惡虎死了，他霸佔的莊田有五六十處，家家告狀，歪子不敢朝頭[②]，都着人家認了去[③]了。本莊十來頃地，倒被人家告了三四頃去了。

人沒[四]要逞粗豪，霸佔的不安牢，身死難免人家告。家業歸於商孝子，簿上註定怎能逃？商家不必有心要。若不是天生造就，那怕你交轉千遭。

那歪子沒甚麽折蹬，不能驚天，只得動地。那鄰近人家不肯買，都讓商宅，只得託人合商人爺說。商宅實是沒錢，也就辭了。

如咱家雖做官，却實是沒有錢，豈肯不買滿心願。家裏若銀錢估不透[④]，不看吃來也看穿，茅菴草舍何能換？我不是故意不買，這個說眞是無錢。

員外不管事，大爺辭了，也就不消說了。誰知那簿子註就的，再不能逃，有鄰近鄉鄰平日受他的好處，都情願借幾百銀子給他。

衆財主把銀攢，給商宅買莊田，人人都是心情願。三十兩來五十兩，大包包來擺面前，交文書就要兩手貫。商大爺呵呵大笑，這個債何日能還？

大爺說："承列位美意極好，但只是這銀幾時能還？多謝了罷。"衆人又不肯拿去，替他找了中人，拿文書來，兩相交納。

立文契是趙歪，只因貧少錢財，就將自己莊田賣。時值價銀三千兩，四至[⑤]分明詳細開，一面全管無罣礙。與商宅永遠爲業，一任他把耕種葬埋。

對門有個周仁宇，家裏擺下酒席，請了中人合趙歪子來，就請過商大爺來，當下交銀。不由大爺作主，吃了酒，就領着商宅家人去查點。

管家去仁宇陪，地兩頃立封堆，進莊又有看宅一位。點了瓦屋驗革舍，又把傢伙看一回，犁耙繩索皆齊備。查點了一件不少，才回來報與商宅。

大爺也就收了契。員外說："該人錢也是業債。"大爺說："無妨，二郎爺爺既把他的物業給二弟，想是將來還起了。"

---

① 耗星：又名破軍星，災星。《封神演義》第九十九回："小耗星，殷諱破敗；貫索星，丘，諱引。"

② 朝頭：得罪。

③ 認了去：認領回去。

④ 估不透：估計不准，猜不透。

⑤ 四至：宅子、田地東西南北四個方向的邊界。

二弟到禦史行，俸祿比往時的强，省省①也就完了帳[五]。神把田產歸二弟，怎麽辭了不承當？想是將來還有望。怎麽肯欠人帳目，變做那驢馬牛羊？

待了二日，商大爺去看那宅子，要去讀書。見有一株大榆樹掃②那屋簷，便叫人斫了；還怕再發③，又叫人刨[六]那根子。

那樹有一抱圓，極嫌他掃屋簷，安心要把根刨斷。主人椅子旁裏坐，一個使钁一個使鍁，半尺深露出大甕磞[七]。除去了一個石蓋，揭起來滿甕銅錢。

商大爺見是一甕錢，遂叫搬出來。誰想那錢只有二三指厚，以下俱是元寶。商大爺大喜，取了兩三個騾子來，運了家去。將刨銀子的人，每人賞了他錢二千。

忽然間得横財，這才是命裏該，好像在此久相待。去時拉他拉不住，來時蹬也蹬不開，裏邊像有神鬼在。若還是命裏該得，溺泡尿泚④將出來。

這銀子也不知是趙家的，也不知是别人的，只是埋的時節，已註定是商家的了。

傷天理黑汗流，攢來埋在地裏頭，埋時已是辭别就。攢他原來爲誰攢，留他又是爲誰留？自家待使不能勾。有一日主人到了，無餘剩一併全收。

將銀子運完，那刨的才待散，忽然跌倒一個人，直瞪着眼説："這是商老爺的銀子，你偷往那裏去？"商老爺着人翻了翻，每人身邊藏着一個大元寶。這豈不是好奇怪！

從來這元寶兒，見了的就動情。雖動情也看各人的命：有命千金也易得，無命一文也難爭。運氣低任憑怎麽掙，就忽然拾了元寶，也着你災患齊生。

大爺收了他那元寶，兩個纔還醒⑤過，自家一毫也不知，羞羞的去了。却説商家老爺點了江西的按院。當初二老爺父親被惡虎打死，山東的軍門就是江西人，如今也是致仕⑥在家，依舊横行作惡。

到了家還是貪，佔人宅霸人田，凶惡惹的人人怨。也是他的惡貫滿，也

---

① 省省：儉省；節約。

② 掃：觸碰；摩擦。

③ 再發：樹被伐等之後根部重新長出新芽。

④ 泚：用水沖擊。此指用尿沖。

⑤ 還醒：恢復神智。

⑥ 致仕：辭官。

是他怨氣動了天，就遇着仇人來巡按。二老爺代天巡狩，就訪他異惡奇貪。

那軍門聽說他來到也害怕。他若是改行，二老爺是個正人，也未必不饒了他；誰想他依舊作惡，就被一個秀才告着打死人命。二老爺就想到自家那苦楚。

二老爺動了心，出了票要拿人，當堂親自秉公問。當初我也曾告狀，幾乎屈死我父親，至到而今咬牙根。我只是從公審理，可斷斷不要金銀。

那老奸賊求了情來，又情願送銀萬兩。二老爺笑說："他拿我當他麽？"全然不理。審了一堂，件件都真，遂具疏參了，奉旨砍頭抄沒。

奉聖旨殺奸貪，也不肯爲前寃，老爺也是從公斷。抄沒了金銀十萬兩，又有紬緞幾萬端，還有珍珠幾萬串。一輩子傷天害理，他何曾帶去一錢？

奉旨抄了軍門以後，又待了三四年，那山東臬司[①]升了山西布政[②]，着一個科道[③]參了三十款，奉旨拿問追了贓，問了遼東充軍。

人人要做大官，不是待做聖賢，不過要把錢來轉。退堂美女齊歌舞，那有心緒理民寃，上堂來只把夾棍絆。到做了遼東的遠鬼，那惡名還留在人間。

這是二位貪官，都應了二郎爺判斷的年數，就是那死後受罪，沒人見了。却說起歪子流蕩不堪，年年賣地，臨了，連住的宅子都賣於商宅了。

爲人把天理傷，到後來賣田莊，子孫那有還興旺？算來不出十年外，田地樓宅都姓商，歪子不成個人模樣。人看着點頭感嘆，都說那當日豪强。

趙歪子住着兩三口客家子[④]屋，還要去賭。在賭博場裏，常是三四日不還家。他後娘才三十多，合他媳婦子娘兒兩個，夜間都掙起錢來了。

也沒吃也沒穿，一口屋漏着天，窮難忍娘倆齊養漢。歪子只在賭場裏，打倆頭來買菜籃，就到家也推看不見。這才是昭彰天理，明明的一報一還。

一日，歪子小傍晌[⑤]還沒吃早飯，出來又沒撈着什麽。打孝義夫人祠堂前行過，猛然想道："都說娘娘靈，我窮的這等，或者娘娘也不怪我了。我進去禱告何如？"連走了幾步，到廟裏雙膝跪下。

---

① 臬（niè）司：明清時期指提刑按察使司。

② 布政：布政使的省稱。為一省的最高長官。

③ 科道：明清總稱六科給事中和都察院十三道監察禦史，民間又稱為兩衙門。

④ 客家子：寄居者。

⑤ 小傍晌：鄰近中午。

告娘娘得知聞：結仇是我父親，娘娘已是解了恨。員外還活我父死，又罰的歪子窮斷筋[①]，可憐報的忒也甚。望娘娘慈悲在念，看我這窮餓難禁。

禱告已畢，淚灑灑的出了廟門，戴着一個破帽，忽被一陣風颳去，骨碌就滚。歪子趕了有半箭之地才趕上，却見帽旁有個紙包，先拾起來看時，約有二兩多銀子。

展開包甚喜歡，又包煞顛了顛，約摸也有二兩半。燒乾鍋子沒有米，餓的黎眼又鑽圈[②]，從天吊下清晨飯。想娘娘冥中暗說，這行子窮的可憐。

歪子喜極了，即時换了些燒餅，糴了米，拿到家中吃了一頓。到了明日，遂買了一把紙錁燒了，給娘娘叩頭謝恩。

磕了頭又跪着，我當年罪孽多，怕你還念從前過。拾着銀子歸家去，渾家大小都念佛，才知不記小人錯。還指望從今以後，給我點小小生活。

歪子出了廟門，往家正走，也是娘娘指引，正遇着太老爺偶然出莊閒走，看見歪子襤褸搭撒[③]的不成個態狀[④]，便叫人送了一身袍，一頂帽，雜糧兩石。

商員外實是賢，忘了仇忘了冤，送衣裳又帶着糧幾石。歪子合家都歡喜，說他肚大撑開船，初一十五燒香[⑤]念。就是那惡虎不死，他也要自悔前愆。

自此以後，每到秋成，定送他雜量三四石。歪子冬年寒節，也來磕頭；就極無有錢，也買把紙錁來祠堂裏燒燒，因此寃仇盡解。

員外憐他不成才，寃若不解何日開？報應還比流星快。寃仇不止如天大，好人轉眼盡忘懷，惡人也喜他胸襟泰[⑥]。若還是比你能我勝，定然有異樣奇災。

後來商老爺升了尚書；大相公又中了進士，選了翰林。二老爺做了一年，就告病來家養親，父子團圓。此時太老爺八十六歲，還極康健。

爲善的莫辭勞，天雖遠不大高，到底昧不了忠合孝。自有正神清世界，作惡終究罪難逃，還要把他兒孫報。你看那商家父子，好不待富貴逍遥。

---

① 窮斷筋：極言很窮。

② 黎眼又鑽圈：視線模糊。

③ 襤褸搭撒：形容衣服非常破爛。

④ 不成個態狀：不像個樣。

⑤ 初一十五燒香：佛教規定佛教徒要在初一、十五吃齋誦經。

⑥ 泰：大。《左傳·哀公九年》："遇泰之需。"疏："泰者，大也。"

太老爺到了九十三歲上，已是誥贈了尚書，便把衣裳棺槨，伺候停當，請親友來作了別。忽然一日說："三官來接我哩。"穿上衣服，欹在材裏，合煞眼就壽終了。

又沒病又沒災，忽然間眼不開，說三官已在旁門外。自己梳頭洗了臉，穿上衣服臥在材，合煞眼即時人不在[①]。擡頭看見娘娘在上，把父親拉上天街。

那四鄰八捨，都見天上一朵彩雲照耀，商三官合太爺站在上邊，有一盞茶時才不見了。後來老夫人也是這等。

［清江引］這等結果天下少，真正是善人報；富貴三十年，臨終彩雲到，看起來真是行善好。

詩曰：莫幸閻羅也愛財，真君馬到恨雲開；

聽人講說陰陽報，遍體寒毛豎起來。

【校】

［一］員外父子別了三官，走了回頭，見二郎爺轎馬人夫也出城去了不提：盛本作"員外父子別了三官走了，回頭見二郎爺轎馬人夫也出城去了不提"。

［二］大相公沒奈何：盛本作"［要孩儿］大相公沒奈何"。

［三］拼：盛本作"搿"。

［四］沒：盛本、蒲本作"莫"。

［五］帳：盛本、蒲本作"賬"。下句同。

［六］叭：盛本作"扒"。下句同。

［七］礷：盛本作"堰"。

① 不在：民間對死亡的婉轉說法。

蓬萊宴

第一回　神仙大會

［西江月］王母①駕臨蓬[一]島，滿座都是神仙。不知世上幾千年，東洋海乾了一遍。只說天宮快樂，還有那美女思凡。多年擾攘②在人間，蓬萊頂宴席未散。

常言道："河無頭，海無邊。"這海不止無邊，且是無底；不是無底，有底誰見來？這麼一個大海，忽然一日乾了，就像是百十餘頃地的一個盆底窩兒。

［耍孩兒］常言道河無頭海無邊，有朝一日自家乾，八千年纔見他乾一遍。龍宮海藏漏③着脊，老鵰④落在獸頭⑤邊，燕子頭上去嬔[二]蛋⑥。人世間眞有奇事，東洋海變做桑田。

有個舊例：海乾了的時節，王母娘娘就下天宮，到蓬萊大會羣仙。這一日，娘娘領着一些仙女嫦娥，出離了月宮。

西王母離月宮，駕祥雲半懸空，飄飄一陣香風送。一派笙簫聲細細，一

① 王母：即王母娘娘。也稱西王母等，是神話傳說中的長生女神。道教中是創世女神，是全真教的祖師。《列子・周穆王》："遂賓於西王母，觴於瑤池之上。"

② 擾攘：擾亂、紛攘。

③ 漏：露。

④ 老鵰：烏鴉。

⑤ 獸頭：即獸瓦。安裝在房脊兩端的鳥獸形裝飾。清代張廷玉等《明史・志》第四卷："十六年八月壬午，雷震南京舊西安門鐘鼓樓獸頭。"

⑥ 嬔（fàn）蛋：生蛋。

羣環佩響丁冬，仙女都騎着五彩鳳。天門外霞光萬道，天河上瑞氣千層。

娘娘正行，忽然吩咐仙女吳彩鸞："你去西嶽華山，取兩枝藕來。"彩鸞領命去了。這藕那處沒有，怎麽只上華山去取？原來華山上有玉井蓮花，開十餘丈高，那藕就像一枝小船一般，原是神仙家的至寶。

華山頂上玉井蓮，花開十丈藕如船①，凡人那得吃一片。彭祖吃了一片藕，整活人間八百年。人人皆說不曾見，若撈着飽叨②一頓，就成了大羅神仙③。

却說那上八仙、中八仙、下八仙，合那五岳[三]的散仙④，都知道王母下降，齊到蓬萊，各顯神通，就在山頂上造了七十里地一座大殿，琉璃頂、水晶牆，一顆月明珠大如柳斗⑤，做了寶瓶，照的那大海通明。

普天下衆神仙，一齊到蓬萊山，接娘娘蓋下的[四]水晶殿。裏面淨有七十里，地下鋪着白玉磚，四部洲⑥都從影裏見。忽然降彩雲一朵，衆神仙望上朝參。

衆仙等候多時，忽聽得仙樂繚繞，娘娘從空中落下鳳輦，衆仙一齊迎娘娘進了殿。衆仙拜罷，分班站立。

西王母面向南，東西擺列衆神仙，齊臻臻⑦好似兩行雁。五莊觀裏人參果，八卦爐中九轉丹，各人有的各人獻。衆神仙齊祝萬壽，西王母喜動容顏。

衆仙們見了娘娘，各人獻寶。忽然一個梅花鹿，啣着一朵靈芝，跑將過來，撞倒張果老⑧，挨倒鐵拐李⑨，一直跪在面前。

---

① 華山頂上玉井蓮，花開十丈藕如船：傳說華山上的玉井產蓮。唐代韓愈《古意》詩："太華峰頭玉井蓮，開花十丈藕如船。"北宋白玉蟾《題餘府浮香亭》："芍藥牡丹歸去後，花開十丈藕如船。"

② 叨：吃。

③ 大羅神仙：天仙之一，超脫、逍遙。大羅，指道教中三十六天裡最高的一重天。

④ 散仙：道教里指上天没有官爵的仙人。

⑤ 柳斗：用去皮的柳條等編成的圓形器具。

⑥ 四部洲：即四大部洲，又稱四洲、四天下等。佛教認為須彌山周圍鹹海中有勝神洲、牛賀洲、贍部洲、俱盧洲四大洲。

⑦ 齊臻臻：整齊的樣子。

⑧ 張果老：本名張果（618—907），唐朝人。由於年長稱之為張果老。神話傳說中的八仙之一。

⑨ 鐵拐李（約公元前418—前326）：又稱李凝陽等，神話傳說中的八仙之一。

西王母坐高臺，梅花鹿何處來？鐵拐李幾乎把腰跌壞。口啣靈芝忙跑進，迎頭雙膝跪當階，點頭也把娘娘拜。衆神仙罵聲孽畜，把娘娘笑破香腮。

衆神仙說："這野畜從那裏來得這等無狀！"娘娘笑了笑說："收了他的靈芝。"衆神仙還待教誨他教誨，未及說完，一個仙童跑來，把角抓住，拉下來踢了頓脚，罵道："你這畜生！主人家還未到，你搶甚麼哩！"

有仙童怒恨恨，罵一聲賊遭瘟，那裏數着你來親近？回頭不知那裏去，跑來蹅[五]倒大些人，畜生少不了這一頓！到家時和你算賬，把畜生剝皮抽筋！

仙童打鹿，人才知是老壽星騎來的。不一時，壽星和福、祿二星同到，便問仙童打他怎的。仙童近前說了一遍。壽星笑着向衆人謝罪說："我路上遇着福、祿二老，下來說了幾句話，他就偷走了。罷罷，也見他一點誠心。"

壽星到福祿同，進殿來俱打恭，慇懃寶物來相奉。盤中棗大如瓜樣，梨似胡蘆摘下棚，娘娘喜歡容顏動。正這裏謙恭致謝，忽聽得鶴唳空中。

福、祿、壽三星獻了一盤棗，都大及①瓜，一盤梨大及胡蘆，這都是仙家的寶物，吃一口就長生不老。娘娘說："大家來看看這海水清淺，記記各人的年紀就是了，何勞厚賜？"正說着，半空中忽落下一對黃鶴來，娘娘座前雙雙飛舞。娘娘說："老君來了。"

一隻鶴落半天，忽飛去又飛還，舞的教人心花亂。娘娘早知其中意，老君離了離恨天②，衆神仙迎出蓬萊殿。空中現玲瓏寶塔，有青牛降落塵寰。

衆仙聽說老君將到，一齊迎接出來。不一時，半空中落下一座玲瓏寶塔，老君騎着青牛，到了殿前，那鶴才不舞了。

李老君到殿前，下青牛整衣衫，娘娘座上把身欠。分付今日免行禮，彼此相逢問了安，老君才把寶貝獻。獻了個黃金寶爐，不用火自吐香煙。

老君獻了個黃金爐，大如柳斗，耀眼睁光③，安在娘娘面前。將玉蓋揭起，一縷香煙冒將出來，像雲霧又像樓閣，那頂上現出一座黃金寶塔，塔上

---

① 大及：比……大。

② 離恨天：天的最高一層。古語云："三十三層天，離恨天最高；四百四十病，相思病最苦。"

③ 耀眼睁光：光耀鋥亮的意思。

有舍利子[①]放光，一霎時滿殿皆香。

［黃鶯兒］金爐發異香，起彩雲結樓房，看來百里一般樣。黃金塔盡長，舍利子放光，人人都把眼睛晃。與娘娘廣寒宮[②]裏，早晚照梳粧。

娘娘謝了，便說："每次取擾衆位，今日我做主人[③]。"衆仙說："難得娘娘到此，怎敢勞娘娘費事！"衆仙看了看，八百多席，已是安排齊整，衆人才謝過了娘娘，挨次坐下了。

賓客密如麻，東一一西一一，八百席一霎安排下。玉桌椅彫牙，錦裙褥繡花，娘娘真正人家大。朝廷家大開禦宴，也沒有這樣奢華。

衆仙坐定，又海屋[④]老人來給娘娘磕頭。娘娘便問："你每日在海上[六]，可記的這海水乾了幾次？"老人說："每一次我便記一支籌[⑤]。今日那籌不知多少，已經滿屋，底下的俱朽爛的數不的了。"

老天日日週，海一乾下一籌，一籌就得八千壽。這日月如流，這光陰不留，娘娘容顏還依舊。一回頭人間天上，又是幾千秋。

老人下來，東海龍王又來叩頭，獻上丈二高的珊瑚九頂，玉樹十株。

娘娘下天宮，今來到東海東，小神無物可相奉。大海的小龍，見娘娘玉容，渾身鱗甲皆生動。喜重重，八千餘歲，又得一相逢。

詩曰：八千有餘年，滄海變桑田；

此日蓬萊頂，王母會羣仙。

【校】

［一］蓬：盛本作"蓬萊"。

［二］嬔：盛本作"生"。

［三］五岳：盛本作"三山五岳"。

---

① 舍利子：梵語Śarīra的音譯。佛教中僧人死後，身體的各部分包括骨灰等均稱舍利。屍體火化後產生的晶體稱舍利子。

② 廣寒宮：傳說唐玄宗於八月十五日遊月中，見到了"廣寒清虛之府"，後因稱月中的仙宮為"廣寒宮"。

③ 主人：東道主。

④ 海屋：傳說中的海上仙屋。

⑤ 籌：用竹子等製成的計數的用具。

［四］蓋下的：盛本作“蓋了座”。

［五］蹸：盛本作“跌”。

［六］海上：盛本作“海上住着”。

第二回　兩地相思

且不說娘娘在蓬萊和衆仙飲酒，却說吳彩鸞奉娘娘令旨，去取碧藕，一駕雲頭，到了華山，看不盡的景致。

［銀紐絲］華山的景致儘堪也麽誇，左是玉女右蓮花，高槎枒[一]①，頭隔着星辰勾一揸，摸着南天門②，鄰着玉皇家。在山頂越發覺天大，斧劈皴[二]③來石頭佳，山根又像大披麻④。我的天，描畫難，眞正難描畫。

彩鸞按落雲頭，正看那山中景致，轉過山頭[三]，頂頭子⑤撞着一個書生，模樣標致，調度⑥風流，約有十七八歲。看見彩鸞，走走又看，這彩鸞也忽動了凡心。

誰家的少年好不也麽乖，幾乎和奴撞滿懷。頭不擡，斜將俊眼看將來：上邊看模樣，下邊看繡鞋，看着奴像是心裏愛，回頭走走又徘徊，顛倒神思脚步兒歪。我的天，害相思，他定把相思害。

彩鸞尋思：天上雖好，終沒有夫婦之樂。但得像這個丈夫，跟⑦他幾年，也不枉生在人間。回頭一看，那書生在那裏題詩。彩鸞說：“我隱了身形，看

---

① 槎枒（cháyá）：也作“槎牙”。樹木枝杈參差不齊的樣子。唐代元稹《寺院新竹》詩：“槎枒矛戟合，屹仡龍蛇動。”宋代王安石《虎圖》詩：“槎牙死樹鳴老烏，向之俯噣如哺雛。”

② 南天門：道教中人神兩界入口處。

③ 斧劈皴（cūn）：山水畫皴法之一。唐代李思訓首創，筆線運筆如通刀斧砍劈，故稱。

④ 大披麻：山水畫皴法之一。亦稱“麻皮皴”，五代董源首創。筆線如麻披散，故稱。

⑤ 頂頭子：迎面。

⑥ 調度：格調，氣度。

⑦ 跟：嫁給。

他寫得是何言語。”到了跟前，那書生已去，特留下一個曲兒[四]。

那裹的神仙下九也麽霄，俊臉兒好像芙芙子苗①。美嬌嬌，一派風流在眉梢。身子軟窈窕，一捏楊柳腰，走將來看着他影也俏。蝴蝶兒被狂風飄，花枝兒趁月影搖。我的天，引弔魂，教人把魂引弔。

彩鸞看罷，總[五]是前世姻緣，便把凡心打動。

從來心似玉無也麽瑕，今日不知是怎麽，難按捺，一霎心緒亂如麻。他若人間找，那裹問奴家，問暹㬇②也是胡占卦。他若是相思病轉加，分明是奴害了他。我的天，牽掛人，好教人心牽掛。

躊躕了一回，又不知他姓甚名誰③，何處人氏，也就罷了。急忙去見西岳夫人，傳了娘娘的令旨。夫人即遣了天丁力士，擡着藕同向蓬萊山來了。

即將娘娘令旨也麽傳，相從即刻駕雲還。悶懨懨，九天仙女也思凡。夫人頭裹走，彩鸞在後邊，上東來懶見娘娘面。身子雖是在雲天，心兒却是在人間。我的天，亂心思，暗把心思亂。

彩鸞隨着夫人，頃刻到了蓬萊山。夫人參見了娘娘，獻過了藕。適然麻姑④也攜過酒來，娘娘吩咐，就在座前添設兩席。

［跌落金錢］夫人說我隔遙天，多時不曾見玉顏，娘娘呀，冬年寒節常常念。娘娘說我到人間，要把碧藕賜衆仙，夫人呀，怎敢勞動來相見。麻姑說我聽人言，娘娘已到蓬萊山，娘娘呀，一樽薄酒來相獻。娘娘歡喜動容顏，又勞美酒助清懽，麻姑呀，相逢得遂平生願。

衆仙在座飲酒，那水晶殿内外通明，看着那海水澄清，好像沒有牆壁一般。娘娘說：“這殿宇雖好，只少株樹陰籠罩，未免耀眼。”一言方出，忽見[六]一株垂柳，高有萬丈，大有百頃，一條條將殿頂全遮。

忽然殿后一垂楊[七]，滿殿全遮日色光；只見那長條垂下有千丈。老葉濃陰

---

① 芙芙子苗：田旋花。一年生草本植物，花呈喇叭狀，粉紅色。方言中也稱“芙芙苗”“芙苗秧”。比喻女子面容俏麗。

② 暹㬇：算命的盲人。

③ 姓甚名誰：啥姓啥名。

④ 麻姑：也叫壽仙娘娘，中國道教中的女神。唐代李白《短歌行》：“麻姑垂兩鬢，一半已成霜。”

如線長，一時殿閣俱生涼，好似那月殿娑蘿①無兩樣；纔弄清陰到寶窗，又逐日影下迴廊，忽然間飛來好似從天降。娘娘歡喜說異常，此樹移來自何方，一絲絲教人心歡暢[八]。

娘娘便問："這樹是那位仙卿的法力②？從何處移來？齊整得緊！"鐘離仙③欠身說："這是純陽④的弟子柳樹精，自現眞身，孝敬娘娘。"娘娘說："好虧他，好虧他！可怎的不見洞賓呢?"鐘離對說："他志願高大，要度脫世人，不知雲遊何方，特遣他的門人來接駕。"呂祖軒昂膽氣粗，朝遊北海暮蒼梧，娘娘呀，他心要人人都把神仙做。找個昇仙了道徒，遊遍天下一個無，娘娘呀，就是那四大部洲都是他常行的路。人人眞把名利圖，誰肯拋家泛五湖？娘娘呀，倒是這柳樹精入的神仙數。誰說天上不清孤？仙女也要想丈夫，呂祖呀，何况凡人誰受神仙度。

且說衆仙飲酒，那一班嫦娥玉女，唱的唱，舞的舞，斟酒的斟酒，下菜的下菜；獨有彩鸞，倚着那白玉欄杆，手託香腮，全無情緒。

無情無緒悶懨懨，手託香腮倚玉欄，書生呀，就是那滿殿喧嘩也聽不見。低垂紅袖嚲⑤香肩，左金蓮壓右金蓮，老天呀，就是那同伴人來也懶把身兒欠。對鏡時時照玉顔，縱然俊美有誰憐？書生呀，天宫雖然好，只是心裏淡；嫁個風流美少年，試試人間夫婦歡，那時節，方才足[九]了心頭願。

彩鸞正坐，娘娘回頭看見，早知其意，便叫一聲彩鸞。彩鸞正在那裏出陽神，竟無聽見。有董雙成跑去說："娘娘叫你哩。"彩鸞纔忙跑來。娘娘笑說："南康府是你的故家?"彩鸞說："是。"娘娘說："南康府有一進賢縣，縣中有座棲賢山，棲賢山裏有個海[十]花村，村中有個秀才是文簫，他家有一部書，是孫愐⑥的詩韻，可去借來我看看。"彩鸞答應一聲，駕雲去了。却說那文簫就是在華山那書生，自那日見了彩鸞，到家中無日不想。

---

① 娑蘿：即柳安。梵语的译音。产自印度等地的常绿乔木。此指月中桂树。

② 法力：原指除妖降魔的力量，後泛指超人的力量。唐代張説《書香能和尚塔》："大師捐世去，空餘法力在。"

③ 鐘離仙：即鐘離權。號和穀子等。唐朝人。民間稱之為漢鐘離。八仙之一。

④ 純陽：即呂洞賓，原名呂岩。唐朝人，號純陽子。全真道祖師。八仙之一。

⑤ 嚲（duǒ）：下垂。

⑥ 孫愐：唐代音韻學家。編有《唐韻》五卷。

俊煞人的俏乖乖，窈窕風流調度兒乖，乖乖呀，教人望着你那影也愛。那裏的娘娘來撒災，平步①丟下相思來，乖乖呀，緊相思就是我先害。連日想來我好呆，待要推開推不開，乖乖呀，見了你只是心裏待。鋪着長裙枕繡鞋，死在你面前也自在，乖乖呀，情願吊死在羅裙帶。

却說這文簫原是玉皇面前管書的童子，因到了廣寒宮調戲彩鸞，玉皇貶他下界，脫生了文簫，年方一十七歲，就成了名士。這一日，獨上華山，見了彩鸞，這才是前世的情人，怎麽不愛呢。

運氣低[十一]，就合那寃家相見，魂靈兒飛上半天。恨不能把身子變上一變：愛你的鬅頭②，好變一對鳳頭簪；變一塊螺黛，畫你的春山③；變一瓶胭脂，近你的舌尖；變一根銀絲，穿你的耳環；變一個菱花，照你的嬌顔；變一個荷葉，遮你的香肩；變一條腰帶，纏你的腰間；變一幅羅裙，罩你的金蓮；又情願變上一雙凌波④，隨着你那脚步兒轉。

詩曰：月裏嫦娥下九天，人間應作畫圖傳；

莫言倉猝成佳偶，得害相思亦有緣。

【校】

［一］杅：盛本作“椏”。

［二］皴：盛本作“皱”。

［三］頭：蒲松齡紀念館藏遺著抄本作“峰”。

［四］特留下一個曲兒：盛本作“特留下一個曲兒在上邊”。

［五］總：盛本作“終”。

［六］然：盛本作“見”。

［七］楊：疑似為“柳”。上文是柳。

［八］一絲絲教人心歡暢：盛本作“你看他一絲絲教人心歡暢”。

［九］足：盛本作“遂”。

［十］海：盛本作“梅”。

---

① 平步：輕易。

② 鬅頭：頭髮蓬鬆。

③ 春山：因春日山色青青，多比喻婦人眉毛姣好。宋代阮閲《眼兒眉》：“盈盈秋水，淡淡春山。”

④ 凌波：凌波襪。

［十一］運氣低：盛本作“［劈破玉］運氣低”。

第三回　喜成佳偶

且不說文簫日日思想，單表彩鸞領了娘娘令旨，一路尋思，這借書是男子做的，怎麼叫我去取，我待怎麼樣借法？一行尋思着，已到了棲賢山。

每日家不離娘娘左右[一]，忽叫俺向凡間露面出頭，這意思好叫人參想①不透。人生面不熟，見了人先害羞，平白地找着人家漢子，怎麼好開口？

彩鸞在雲端一望，見那村中出來一個人，於是按落雲頭，先問問那秀才在那裏居住，再想個法兒好去找他。隨即驀動②金蓮，迎着來人，仔細一認。呀！這不是他麼？

迎上前和那人頂頭子撞見，就是那華山上題詩的那少年。又是怕又是羞渾身出汗，情人兩相遇，低頭無一言，氣也不喘，進退兩難。方知道娘娘是個神仙，各人心裏有事，他已參透機關。呀，待要不回去，只怕有罪愆；待要轉回去，怎麼着回還？路上別無一人，我和他四眼相看，才知道娘娘有了意思，故意纔把奴來遣。

兩個撞在一處，都掙了一掙。彩鸞不料是文簫，便把那俊臉兒紅了一紅，問道：“這莊裏有個文簫麼？”相公說：“問他怎的？”彩鸞說：“待問他借書。”相公說：“這想必是個夢麼！”[二]

好一似張君瑞③正然害病，從天上吊下來一個鶯鶯④，這時節任拘誰怎麼不掙。看起來真像是個胡突好夢，夢胡突真難做成。這夢兒我再好生做做，休要待霎顧揣⑤醒。

又想想就是夢也好。迭不的問他是從那裏來的，走近前拉住羅裙，雙膝

① 參想：猜想。

② 驀動：突然邁動。

③ 張君瑞：又稱張生，名珙，字君瑞。古代戲曲《西廂記》中的人物。

④ 鶯鶯：即崔鶯鶯。古代戲曲《西廂記》中的人物。

⑤ 顧揣：動彈。

跪下說："我一般的也夢見你了。"

自從在華山相見以後，到家中害相思何曾擡頭，你看看到如今懨懨憔瘦[①]。只說天上嫦娥女，今日相逢已罷休；誰承望[②]神靈指引，勞你那寃家相投。終日價飯裹思夢裹想，堪堪沉重，沒處央求，忽然從天降，誰肯便干休[③]。不問你何鄉何里，那管你公子王侯，顧不的斬絞[④]，怕甚麽徒流[⑤]，就是頭上放着刀劍，鍋內燒着滾油，捨上這個性命，也着那魂靈兒跟着你走。

彩鸞怕娘娘責治，掙脱了就待騰雲；不知娘娘早已摘了他的雲頭，怎麽去得？無奈何扯起他來，跟着他到了書房。見他滿屋香煙[⑥]，滿架詩書，到也不俗，方才實說了。

［呀呀兒油］問奴家，問奴家，現住廣寒王母家；因奴動了思凡心，才摘了我的雲頭駕。哩麽呀呀兒油，哩麽呀呀兒油。有緣法，有緣法[三]，就做夫妻也不差；已是惹得娘娘嗔，到了如今還說嗄，到了如今還說嗄！

相公大喜，領着彩鸞到了後宅，又見房舍乾淨，鋪蓋齊整。便問："你家怎麽靜悄悄的全無個人？"相公說："只有一個書童，沽酒去了。"

聽我言，聽我言：小生有言已在前，必得一個俊佳人，方才合他成姻眷，方才合他成姻眷[四]。美人難，美人難，今庚十七尚孤單；若要不是命裹該，怎麽得見娘子面，怎麽得見娘子面？

少時相公出去，拿進一壺酒來，又安排的酒肴，也是自己端來，和娘子吃酒。娘子每日吃那仙酒，這人間的酒怎麽吃得下去？只吃了一口。些須吃了幾個菓子，那東西又嫌腥氣。相公就笑了。

笑呵呵，笑呵呵，你似南海白鸚哥[⑦]，正吃着那紫竹花，乍餵着黄豆不快活，乍餵着黄豆不快活。這却如何，這却如何？天上的蟲蟻餵不活，任是甚麽你都嫌，往後咱可待怎麽過，往後咱可待怎麽過？

---

① 懨懨憔瘦：精神不振，憔悴消瘦。

② 承望：料想；料到。

③ 干休：即甘休。甘心罷手。

④ 斬絞：斬首絞刑。此指死刑。

⑤ 徒流：流放。古代的一種刑罰。

⑥ 香煙：此指焚香所生的煙。

⑦ 白鸚哥：一種觀賞魚。身體銀白色，臉部花紋似鸚哥，故名。

娘子說："我就待兩日不吃，也不飢餓，以後只消兩碗大米飯便了。"天色已晚，二人收拾睡了。

熱鬧呵，熱鬧呵，天上的仙子會嫦娥；朝朝每日受孤單，今宵纔曉得夫婦樂，今宵才曉得夫婦樂。好快活，好快活，日出猶然[五]戀被窩；早知人間這樣懽，要做神仙眞是錯，要做神仙眞是錯。

上無公婆，下無子女，直睡到日上三竿，娘子才起來梳頭，也就學着淘米做飯。相公看着，老大不忍。

窮難爲，窮難爲，娘子也曾在香閨；到了天宮這些年，也就忘了那窮忙味。哩麼呀呀兒油。把火吹，把火吹，一霎報[六]①了一頭灰；軟窈窕的玉人兒，怎麼能受這樣罪？哩麼呀呀兒油。

相公說："你嫁了這個窮秀才，也就[七]受這樣罪。"娘子說："也罷了。別人做的飯，我還吃不下去。"

無奈何，無奈何，既在人間要做活；原是我待找着忙，豈不知那天上樂？哩麼呀呀兒油。吃不多，吃不多，但得有米來下鍋；不過使了水一瓢，我就忙忙也不錯。哩麼呀呀兒油。

娘子並不嫌窮，兩個如魚得水，一刻不離，和好度日。未知終久如何，且看下回分解。

詩曰：一在人間一上方，如何兩美得成雙？
　　　教他萬里來相會，王母眞成老在行②。

【校】

［一］每日家不離娘娘左右：盛本作"［劈破玉］每日家不離娘娘左右"。

［二］相公說："這想必是個夢麼!"：盛本作"相公說：'就是小生。'彩鸞越發掙了。相公說：'呀，沒哩。這想必是個夢麼!'"。

［三］有緣法，有緣法：盛本作"既愛奴家，既愛奴家"。

［四］方才合他成姻眷，方才合他成姻眷：蒲松齡紀念館藏遺著抄本作"足了平生愿，哩麼呀呀兒油"。

---

① 報：灰、塵飛揚或落在物體上。也作"暴"。《醒世姻緣傳》第五回："拿罩兒罩住，休要暴上土。"

② 老在行：非常內行。

［五］猶然：盛本作“三竿”。

［六］報：盛本作“爆”。

［七］也就：盛本作“着你”。

第四回　仙女抄書

却説文簫得了彩鸞，心滿意足。只是一日兩回做飯，心中甚是過意不去。待了幾日，使了十兩銀子，買了一個丫環，姓魏叫小癡，便請娘子來相看。

你聽知[一]，你聽知：皴①了你的嫩手，沾了你的衣；雖是娘子不嫌窮，我可怎樣過意得去，我可怎樣過意得去！到城西，到城西，買了個丫頭叫小癡，他今方才十一二，也可些須把你替。哩麼吁吁兒油。

娘子相了相説：“極好！也到有個仙意。你窮窮的那裏的錢來？”相公説：“我賣了十來畝地。”娘子説：“你有多少地？”相公説：“不瞞你説，我原有兩頃多地，這幾年賣了一頃多，昨日又賣了十來畝，只剩下二三十畝了。”娘子説：“這可怎麼了！”

我的郎，我的郎，家中莫有十石糧；若還留着幾畝地，還可少把膽來放，還可少把膽來放。細思量，細思量，年年賣地不爲常；有地你就儘着②賣，沒了可待怎麼樣，沒了可待怎麼樣？

娘子説：“我見你書舍齊整，衣服搖擺，當是還成的是個家當，不想這等，可怎麼着過？”相公笑説：“不妨，我憑着滿腹文章，若得一舉成名，甚麼田宅沒有。”

不用商量[二]，不用商量，我有滿腹好文章。呀，一舉成名，直上玉堂，烏紗玉帶，去伴君王；萬金俸禄，百處田莊，百羣騾馬，千隻牛羊；金銀滿庫，米麥滿倉，小廝沒數，管家成行；道府州縣，看俺的鼻梁；兩司撫院，送禮百筐，白的白，黄的黄，珠成串，緞成箱，無數東西往家擡，還得㧾人來

① 皴：因氣候或風吹的原因皮膚乾裂。此指因勞作而手部皮膚乾裂。

② 儘着：無節制。

上賬[①]。

娘子笑着說："富貴在人，也還在天。你那文章雖好，那富貴在那裏哩？却是尋件生意，暫且糊口。"相公說："這個却難。"

莫要貪圖，莫要貪圖，我不是經商買賣徒。書不會販，我只會讀。待做行商，誰走江湖？待開當鋪，誰等他回贖？待開緞店，誰下杭蘇？待開藥鋪，又少藥廚；待攻炭井[②]，鼻嘴黑烏；待開食店，越發村粗[③]；況且本錢一個全無。惟想當日，文君當壚，你篩酒，我提壺[④]，也熱賣，也冷沽，生意必然大轉錢，先問娘子你做不做？

娘子笑了笑說："胡謅[⑤]哩！你知道如今興那一部書，咱抄書賣也好。"相公說："你好迂！休說那大部不能抄，就是孫愐的兩本詩韻，如今甚興，一部賣到四五百錢，大小四五萬字，誰能抄他？"

你是天仙，你是天仙，莫拿那抄書當等閒。呀，筆要中使[⑥]，墨要稠研，字要端正，紙要完全，寫的精致，方才值錢。專工一日，能寫幾篇？縱有快手，能寫幾千，四五萬字，也得十天；壓裁訂輯，又費鑽研；十餘日纔得完，抄一部，手也酸。這些工夫抄出來，可問人家要多少錢？

娘子聽說詩韻，唬了一驚，便問："這詩韻還有兩樣麽？"相公說："就是一部。"彩鸞說："娘娘差我來借的就是這書。分明娘娘指我一條吃飯的生路，還不抄他，等待何時？"

我的心事娘娘知道，陡然叫我下九霄，呀，又明明指我一條謀生道。娘娘忒蹊蹺，怎就知道我嫁文簫？明對我說他家裹也不是富豪，若是難過，便把書來抄。娘娘呀，我今方才領了你的教。

"官人，你取那書來。"相公即刻取到，放在娘子面前，笑着說："這不是書？我看你怎麽抄。"娘子說："你休管我。"

---

① 上賬：記帳。

② 攻炭井：開礦挖煤。

③ 村粗：粗鄙俗气。

④ 文君當壚，你篩酒，我提壺：此指卓文君與司馬相如私奔之事。由於生活所迫，後來文君與相如賣酒為生。

⑤ 胡謅：胡說；胡扯。

⑥ 中使：好用。

娘子接來看了一看，揭開本兒掀了兩掀。呀，鋪下張紙，拿過硯磚[①]，伸出玉筍，就把墨研，挽了挽長袖，咬了咬筆尖，低頭就寫，像那雨點兒一般，一盞茶未冷，字寫了幾千，轉眼之時完了一篇。天下人這樣寫法誰曾見？

娘子下筆好似雨打敗葉，風捲殘雲，一霎時寫了一篇，遞於相公說："你看看支的不[②]？"相公驚訝說："怎麼這樣快！"又看了看說："怎麼這樣精？可愛可敬！"

相公接來才看罷，叫了聲彩驚我那寃家，呀，你這字眞不在鐘王[③]卜，細細端相，教人愛煞。就像我那娘子，又帶上了一朵鮮花，怎割捨得賣了他？那錢是甚麼，只該寫下幾部，留着傳家，裱將起來，就當一部法帖[④]，也是沒有價。

相公一行讚美，娘子一霎抄了一羅[⑤]，晌午多已是完了一部。娘子說："不必訂輯，搭起來送在書鋪寄賣靑錢六百文。"相公說："可以值兩千。"娘子說："看再貴了不發市，一千就賣了罷。"

夫婦方才定了價，找了個包袱包罷煞。娘子說我再囑咐你一句話：拿到街上可休說是奴家，那秀才們嘴臭，看他再瓜答[⑥]，說你寫的到還不差；識貨的太少，不必忒也胡吧，再緊緊[⑦]六七百錢賣了罷。

娘子說："你只說是你寫的。"相公笑說："我說是你寫的才值錢，我寫的值甚麼？况且是我也寫不出來。向後[⑧]我也學你的字樣，替你代勞可也。"遂即將書送到書鋪裏，書鋪嫌價錢多。相公說："賣不了還給我。"徉徜[⑨]回家來了。

寄下就有人看，人人看見都喜歡，一霎時奪奪扯扯的嚷成片。共總一部，又極希罕，一個出八百，一個出一千，買到手裏好似得了個金磚；買不着的

① 硯磚：硯臺。
② 支的不：是否能支架，意即是否拿得出手。
③ 鐘王：鐘繇和王羲之。
④ 法帖：名家書法的範本。
⑤ 一羅：一疊；一沓。
⑥ 瓜答：此指亂說。
⑦ 緊緊：降低價格。
⑧ 向後：以後。
⑨ 徉徜：安閑自在地走。

還要借觀，囑咐那鋪內，物色下幾部我拿錢來换。

書鋪裏做了一千二百錢賣了，還有些人託他物色。到了第二日送了錢來，求他再寫。從此丫頭研墨，夫婦齊抄，書去錢來，以此大便①了。

惟有這般生意興旺，待了幾日，那錢堆的滿牀。呀，一個是仙女，一個是才郎，丫頭研墨，急急忙忙，兩個齊抄，快如風霜。那開元通寶，成堆成筐；鍋有剩飯，家有餘糧；旺活②的鮮魚來下酒，嶄新的紬緞做衣裳。這快活那王孫公子也跟不上，况那享用不比尋常。呀，清晨起來見了太陽，相公洗臉，娘子梳粧，扶頭美酒，解渴香湯；三盃以後，説笑滿堂，下棋賭勝，馬吊爭强，看牌擲骰，搶快③敖江，巴孤堆④趕鳳凰，耍笑諸般都在行；不知道納草，不知道封糧⑤，惟看烹魚做飯，要指點梅香。呀，早飯已罷，爐内添香，掃田刮地，淨几明窗，拔筆鋪紙，寫書幾張；日頭方落，明燈高張，紅爐賁酒，果碟成行，小盅滿飯[三]，細説衷腸，金蓮壓腿，手搭肩膀，你一盞，我一觴，醉醺醺倒在牀，兩人同蓋紅綾被，一覺睡到大天光⑥。呀，這樣自在，比那神仙還强。或是花前向暖，或是月下乘涼，細雨長下，雲片飛揚，烹茶來好用，水酌來噴鼻香，你呷呷，我嘗嘗。閒暇無事，做詩幾張。小癡不癡，伶俐的異常，跟着娘子學舞霓裳，跟着相公學唱昆腔。朝朝寒食，夜夜重陽，比目魚兒成對，並頭蓮兒成雙。各處蠟燭流成塊，一宿炭灰一大筐，這時節把那富貴神仙一切忘。

那小癡異樣的聰明，教他歌舞，一説就會，玩的越發興致。玩了二年，娘子生了一個兒子，夫婦大喜。因着抄書，起了個名字，教小韻哥。

［疊斷橋］仔細端詳，仔細端詳，耳大頭圓好聲嗓，雪白的個玉人兒，就有個福態像。好個兒郎，好個兒郎，模子⑦又好杆又强，脱個坯⑧來就不和人一樣。

---

① 大便：非常寬裕。
② 旺活：鮮活的。
③ 搶快：舊時一種比賽“開”數的骰子遊戲。
④ 巴孤堆：不詳。
⑤ 不知道納草，不知道封糧：指不問家事。
⑥ 天光：天亮。
⑦ 模子：比喻外表。
⑧ 脱個坯：用模子製作土坯。此處比喻生孩子。

那孩子生的唇紅齒白，夫妻愛如至寶。一日，相公感嘆說："咱已有了兒子，雖然快樂，可只是憑着娘子抄書度日，這也不是常法。"

和你商量，和你商量，小生原無隔宿糧；自從娘子來，嘴兒纔趕扯上。快活異常，快活異常，全憑娘子度日光；天天去抄書，將來是怎麽樣？

娘子說："依官人說，該怎麽處？"相公說："依我說，還是求取功名，中了來就好了。"娘子說："休說你中不的，就是中了，那富貴也是草頭之霜，何必看在眼裏。"

大場入簾，大場入簾，一字不通瞎試官；一半個識文章，也未必撈着看。就中狀元，就中狀元，上下都是些好奸貪；若是做了官，才吃不的安穩飯。

"做了官早起晚眠，要想今日飯酒賦詩，萬不能够了。"相公聽了，也就低頭無言。或者從此安分守已，抄書到老，也未可知。且看下回分解。

詩曰：早起窮忙挽繡襦，丈夫慚愧意何如？
　　　纖手爲炊已難忍，又煩娘子去抄書。

【校】

［一］你聽知：盛本作"［呀呀兒油］你聽知"。

［二］不用商量：盛本作"［西調］不用商量"。

［三］滿飯：盛本作"漫飲"。

第五回　純陽度脱

却說文相公欲求功名，被娘子說了幾句，把那興致消了，依舊抄書。又待了二年，韻哥漸漸的大了。娘子一日正抄着書，韻哥跑來，要娘抱着，丫環哄也不去，只管是哭。相公疾忙抱起來，還是哭了一個不了。

叫聲嬌嬌[一]，叫聲嬌嬌，挾在懷中接[二]抱着；任人怎麽哄，只把親娘叫。孩兒太嬌，孩兒太嬌，走來走去哭嚎啕；娘子沒奈何，放下筆來抱[三]。

娘子接過去，方才住了聲。相公長嘆了一口氣說："日子怎麽過！若是富貴人家，用不着抱孩子，可也用不着抄書。"

做個丈夫，做個丈夫，憑着娘子去抄書；孩子叫呱呱，兩頭不能顧。你說如何，你說如何？莫若仍舊去讀書；中了狀元來，請把奶奶做。

娘子笑了笑說："隨你，你既然要求取功名，我也不擋[①]你。"相公於是打點琴劍書箱，又擺下酒，夫婦對飲相別。到了次日，領着書童，向長安去了。

撒手開交，撒手開交，志氣昂昂貫九霄；掙個功名來，把娘子恩情報。年少英豪，年少英豪，埋着的功名只用爬[②]；今科狀元郎，數着日子到。

到了京裏，讀了會子書，進了三場，又極得意，看着狀元無有不是姓文的；誰知道不然不然。

試官糊塗，試官糊塗，銀子成色認的熟；縱有好文章，也未必念開句。指望傳臚[③]，指望傳臚，命乖才好不如無；盼的放了榜，還是一瓶醋。

相公落了第惱極，悔想當日娘子說我不能中，甚不服他，今日果然。這回家去，怎有那臉見他？

說的不差，說的不差，那時堅持不聽他；誰想到今日，由了他那話。恨死回家，恨死回家，回家依然抱娃娃；但只是進門去，見了他可說嗄？

"沒奈何只得回家。或者我那娘子未必像蘇秦[④]的婦人。只是不得不還家勞他抄書，做男子的豈不羞死？"

男子不羞，男子不羞，全把那吃穿靠女流；他雖不做聲，自家覺着面皮[⑤]厚。把心再收，把心再收，還去抄書掉筆頭；難得他不嫌，死活的和他受。

相公沒精打采，離了長安。書童忽然笑了。相公說："你笑的什麼？"書童說："我笑大叔這樣惱，這幾年大叔也算是自在，就是沒人叫聲爺爺，除上我向後叫爺爺奶奶，就中了狀元是待怎麼？"

近來咱家，近來咱家，雖不富貴也榮華；又不接上司，省了躭[四]驚怕。把門關煞，把門關煞，就叫爺爺也不差；就中狀元來，也是這們[⑥]大。

---

① 擋：阻止；阻擋。

② 爬：扒。

③ 傳臚：此指二甲第一名。

④ 蘇秦：字季子，雒陽（今河南洛陽）人，戰國時期著名的縱橫家、外交家和謀略家。年輕時受家人排擠。

⑤ 面皮：臉皮。

⑥ 這們：這麼。

相公說："這樣可恨！你知道是甚麼！"書童就笑了。

朝裹盡奸刁[1]，朝裹盡奸刁，人人詭詐苦難交；頭上那烏紗，原是頂憂愁帽。况且要早朝，况且要早朝，側耳長聽四鼓敲；那時節才知道，難睡自在覺。

主僕正然說着，一個道士走來，看見相公，端相了端相，說："相公必是落第的。"相公說："怎麼知道來？"道士說："觀看容顔便得知。"

正在少年，正在少年，有怎麼憂愁不自然？總被那鏡中花晃殺[2]男子漢。人生天地間，人生天地間，自有長生快活仙；儻[3]來的臭東西，那個何足念。

"我看尊範[4]，功名無分，道是神仙可求。"相公說："我就不能成名，可也不必求仙。"道士笑道："怎麼說呢？"相公說："你有所不知。"

仙長聽知，仙長聽知，家有幼子與嬌妻；忽然想起來，蒲團[5]也坐不住。孤苦無依，孤苦無依，並無兄弟與親戚；捨了他不回頭，心裹也過不去。

道士笑說："你好愚呀！那都是水上的泡，鏡中的影，戀他怎的？"相公也不做聲，那心裹却大不以爲然。

信口胡吧，信口胡吧，那神仙也是鏡中花；拿晝來充飢，熱饅頭反丟下。孩兒才會爬，孩兒才會爬，房中仙女貌如花；怎麼從這被窩裹，硬往山裹拉？

道士見勸他不醒，便說："那人限期將滿，娘娘不久就來叫他，你不捨他，只怕他捨了你，那時却休懊悔。"

仙女臨凡，仙女臨凡，他原和你有前緣；不久限期滿，就和你姻緣斷。誰敢遲延，誰敢遲延？娘娘的令旨下九天；你雖是戀人，人却不把你來戀。

道士說罷，拱了拱手說："請了。"扯開步，竟往前走了。相公大驚，說："呀！我的事他怎麼知道？必定是個神仙。"趕了幾步說："仙長且住，還有個商量。"

我的來由，我的來由，你已從尾知道頭；不但有心戀那人，還有一塊連

---

① 奸刁：狡詐。

② 晃殺：引誘；捉弄。

③ 儻：偶然。

④ 尊範：對他人儀容的尊稱，後多用作謔稱。蒲松齡《聊齋志异·章阿瑞》："生知其鬼，捉臂推之，笑曰：尊範不堪承教！"

⑤ 蒲團：用蒲草編織的圓扁形的座墊。又稱圓座。

心肉。孩子歲兩週，孩子歲兩週，家裏無[五]命即休；沒了這條根，怕絕了先人後。

道士說："這到不妨，那公郎已是有癡仙看着他，愁他怎的。"手扯相公到了樹底下，說："請坐。我有一盅酒，就着①和你說句話。"

手入道袍，手入道袍，拿出把壺有四指高；放在樹陰中，又往袖裏撈。伸手一掏，伸手一掏，不知袖裏有甚麽？有兩個小盅兒，都把人影照。

袖裏拿出四指高的一把小壺，兩個[六]盅兒，斟上一盅，遞於相公。看着那酒就該盡了，他自己斟上一盅陪着。

偶攜一樽，偶攜一樽，薄酒不堪奉上人；些須吃一杯，解解心頭悶。吃了又斟，吃了又斟，二人換杯又交巡；壺够四指高，只顧吃不盡。

相公吃了一盅，異常香美。那酒只顧吃只顧有。相公吃了三盅，忽覺心中寬闊，把那功名妻子，一切看着都不要緊了。

壺中別有天，壺中別有天，酒到胸中眼界寬；富貴與功名，一切全冷淡。大悟恍然，大悟恍然，覺着自己便是仙，一心要出家，妻子全不戀。

相公恍然大悟，跳起來朝着道士磕了頓頭，說："師傅，我懂過來了。照我看着你極相是呂祖。"道士就笑了。

拍手笑哈哈，拍手笑哈哈，怎麽就說我是他？呂祖是神仙，他可來做甚麽？到也不差，到也不差，就是純陽待怎麽？見了活神仙，也是這般大。

相公到底是神仙根的，斬鋼截鐵，並不留戀，便叫書童："你家去罷，我待出家了。"

叫聲書童，叫聲書童，煩你寄信到家中，就說我今日醒了黄粱夢。看望小相公，看望小相公，做了神仙再相逢；今日是出家人，不勞你相送。

書童說："從頭裹②不愛去。我還待自己跟了師傅去，何况大叔跟去，我待家去怎的？"

從先聽着，從先聽着，大叔只顧緊叨叨；俺待自家去，怕師傅不肯要。心內打恆撓③，心內打恆撓，半路若把主人抛，又愁無人給你背褥子套。

---

① 就着：搭配着；配合着。

② 從頭裹：從開始。

③ 打恆撓：嘀咕；猶豫。

道士笑說："好好！"相公也喜，三人徉徜去了不題。却說娘子在家中見相公久不回來，遇着那風花雪月，無[七]不想念。

［採茶兒］風兒是難捱，風兒是難捱，打戶敲窗又入懷；鐵馬①兒響成堆，簾鈎②兒響成塊。好似惡人來，好似惡人來，錦被蒙頭眼不開；就是苦相思，也不教奴安穩害。

花似美人圖，花似美人圖，好時全在半開初；錯過好光陰，亂紛紛飛滿路。我單你也孤，我單你也孤，奴看你來你看奴；花呀，你若是有神靈，對你把理來[八]訴。

雪花亂飄飄，雪花亂飄飄，粉壓垂楊玉砌橋；靜悄悄無個人，甚麽不思量到？長夜苦難熬，長夜苦難熬，鼓打三更眼未交；祝讚③那屋裏神，也着俺睡一覺。

月明轉梅梢，月明轉梅梢，又隨竹影上窗搖；漸漸上牀來，想是憐奴少。夜色迢迢，夜色迢迢，可憐孤負好良宵；嫦娥也孤單，合奴心相照。

雪月風花，雪月風花，件件淒涼愁悶殺；白日還好捱，黑夜難招架。心緒亂如麻，心緒亂如麻，想想奴來念念他；繡鞋兒顯顯靈，打一個團圓卦。

等了一年，越發無了信。有人說，見他跟了道士出家去了。娘子說："好奇呀！我沒說你中不的麽？你一心待去，不中正好，甚麽直不[九]的功名，就值當惱的出了家？"

［憨頭郎］哩溜子咧，咧溜子哩，惱人就是春月裏。春月裏好可憐，才郎不中入了山，那紗帽不值榆錢④重，我還沒有正眼看。我的哥哥嚛，咳咳！我的皇天哥哥嚛！

不覺的到夏天，愁人又見並頭蓮。我爲你神仙都不做，怎麽捨我去求仙，怎麽捨我去求仙？

到秋來更悽惶，促織兒叫的好悲傷。郎在家中全不覺，誰知道秋天最淒涼，誰知道秋天最淒涼？

冬日天寒夜最長，牀上輾轉苦難當。五歲的嬌兒全不顧，那有這樣狠心

---

① 鐵馬：掛在宫殿、廟宇等屋檐下的銅片或鐵片，風吹時互相撞擊發出響聲。
② 簾鈎：指卷簾所用的鈎子。
③ 祝讚：祈禱。
④ 榆錢：榆莢，因圓似小銅錢而得名。

腸，那有這樣狠心腸？

娘子無情無緒，不抄書了。虧了攢下了幾串錢，到還過的[①]。未知後來如何，且聽下回分解。

詩曰：佳人才子兩相歡，何苦抛家去求仙？

明被道人蒙汗藥，迷將人去入深山。

【校】

［一］叫聲嬌嬌：盛本作“［疊斷橋］叫聲嬌嬌”。

［二］接：盛本作“摟”。

［三］放下筆來抱：盛本作“放筆把兒抱”。

［四］躭：盛本作“擔”。

［五］無：盛本作“無人”。

［六］兩個：盛本作“兩個牛眼大的”。

［七］無：盛本作“無一日”。

［八］理來：盛本作“衷肠”。

［九］不：盛本作“錢”。

第六回　桃仙獻技

話說文相公出了家，娘子思念了會子，也無可如何，終日得個空兒，便與小癡下棋；僱了個婦人看那孩子。

［要孩兒］小娘子莫奈何，僱個人看韻哥，幾畝薄田還好過。看着孩子清守寡，不覺又是三年多，也就忘了從前樂。只說是天生這等，受下來也就快活。

娘子一日靜坐，忽然想起來說：“我不過動了凡心，娘娘罰我下采受罪，或者還有滿的日子，我何必這等愁悶。”

終日價鬧垓垓，忘了我從何處來，回頭想想好奇怪。兒孫自有兒孫福，

① 過的：日子過得去。

離別原是命裹該，何必把個人愁壞？只宜蒲團打坐，把人事一切丟開。

娘子忽然大悟，叫小癡過來："你往後好生看望孩兒，照管家事。我從此打坐，一日連四碗飯也不用了。"

受歡樂也受悲傷，我從今要靜養，一筆勾却從前賬。小癡本是靈霄[①]女，聰明伶俐敢承當，看着修仙不異常。就是那韻哥淘氣，不教他瑣碎親娘。

按下吳彩鸞從新打坐不題。且說王母娘娘在蓬萊山慶賀，衆仙飲酒，這個時節才上了八碗菜，忽然見半空中一條白霶[一][②]直插到座前。娘娘說："洞賓來了。"不一時，呂祖領着個道童，脚踏寶劍，降落塵埃。——原來那霶就是那劍光。

呂純陽下九霄，風擺長須腦後飄。娘娘一見微微笑，便說洞賓免行禮，來晚罰酒一大瓢，坐在近處好領教。呂祖說娘娘賜酒，三兩碗怎敢辭勞。

又設一席，近着娘娘，呂祖坐下。娘娘說："你度[③]的那文簫怎麽不來？"呂祖說："他功行還不曾滿，只可惜辜負了娘娘撮合彩鸞的美意。"

天上人去脱生，勸着他全不聽，皆因酒色迷眞性。賜了他三杯還陽[④]酒，心内才有一竅明，這兩天方把心來定。只可惜夫妻離散，辜負了娘娘的美情。

娘娘說："那妮子不安分，教他受受[⑤]，也好度脱[⑥]世人。多虧了洞賓一片苦心。"

遊三江遍五湖，渡脱人間癡丈夫，就能教他回頭悟。若還不受離别苦，成了個昏迷酒色徒，他就忘了那雲霄路。不虧你慇懃省着，天上神仙全無。

呂祖擡頭，見柳條垂下，笑道："小徒也知道孝敬娘娘。"娘娘說："極虧他，我臨行該賞他。"

水晶殿耀眼明，我嫌沒個柳頭青，勞他現身把我敬。千枝萬葉忙垂下，居然清陰罩戶庭[二]，眞能助我遊山興。賜他些仙酒仙果，也教他延壽長生。

呂祖便問娘娘："園内蟠桃開了花不曾？"娘娘說："此桃未熟，如何有

---

① 靈霄：玉皇大帝的宫殿。

② 霶：虹。方言音讀作 jiàng。

③ 度：僧尼道士等勸世人出家。

④ 還陽：此指擺脱困境。

⑤ 受受：遭受苦難。

⑥ 度脱：佛、道教中指超度解脱，使到達仙佛的境界。

花。”吕祖便叫桃仙：“你也來獻獻功，求娘娘掛號①。”

叫道童你聽言：今日娘娘在上邊，何不把你功勞獻？若是能着娘娘喜，掛一個號兒就成仙，有造化才得娘娘見。那道童磕頭到地，聽吩咐異樣的喜歡。

道童磕了個頭跑出去，見那殿前一塊大石頭，他就靠着那大石頭，變了一株絕大的桃樹，滿樹開花兒，重重疊疊[三]，好不齊整！

那道童是小妖，轉身變作一樹桃，妙處又把石頭靠。千枝萬葉齊開放，重重叠叠有三丈高，朶朶都朝着娘娘笑。西王母歡喜下坐，伸玉手摩弄一遭。

娘娘看罷，又來坐下，着實歡喜，說：“像蟠桃園那頭一種八千年才開花一次。洞賓先前未有這個童子，是從何處得來？”

頭一種生在園，一開花八千年，我也不得常常見。你看這花開的好，就合蟠桃無二般，這神情豈是人能變？從那裏得來的此物，可也是天下奇觀。

純陽說：“不知那位仙兒赴了蟠桃會②，把個桃核弔在終南山③裏，就生了一株樹。到底是有仙根[四]的，這幾年就成了道業④。”

他是個桃樹精，他却道有仙風，並不肯把妖精弄。一百多年養成道，終南山裏得相逢，勞他慇懃把我送。我爲他誠心至意，因收他做個道童。

“昨日送文簫到終南山上回來撞見我，他便認得我，苦苦求我度他。因他心誠，方帶他來了。”娘娘說：“我看他就不尋常。”

我看他有仙根，一朶朶嬌豔超羣，仙花自是有風韻。足見你慈心志願大，柳桃俱是貴門人，這個功德眞難盡。你就合觀音菩薩，都合那世上有親。

娘娘說：“蟠桃園裏少個童子看門，你送了我罷。”洞賓說道：“極好！我正沒處安放他。實告娘娘說，他原來是個美人，我嫌跟着我不雅，纔[五]化他做個道童。”

他原是一佳人，聞名要訪吕洞賓，時時刻刻逢人問。我嫌跟着不雅致⑤，

---

① 掛號：此指登記名稱。

② 蟠桃會：正月十六日民間祭祀王母娘娘的節日。有的地方在三月三日舉行。

③ 終南山：位於陝西省，屬於秦嶺的一部分。是我國道教、佛教文化以及財神文化等發祥聖地，在我國歷史地理中佔有重要的地位。

④ 道業：修成正果。

⑤ 雅致：美觀超俗。

點化成個道童身，跟着娘娘不嫌俊。我正然躊躇不定，可那裹安插這釵裙[①]。

娘娘說："原來如此。"洞賓說："我有心着他跟了荆人[②]去，不想娘娘待要他，是他造化。娘娘不信，看我叫他一聲，不要點化他，他未必變成個道童。"

見了我淚如梭，在旁變[六]儘杜磨[③]，哀哀憐憐教人眞難過。着他去把道童變，變來變去像老婆，點化[④]過了才不錯。你看我叫他一聲，看看他模樣如何。

呂祖叫桃仙過來。只見那樹晃了兩晃，變了個童子，還梳着牡丹頭[⑤]，滿座人都大笑。這呂祖才說："娘娘待要你哩，現了原形罷。"於是成了個美人，羞慚慚的來磕頭。

叫桃仙造化强，帶你來見娘娘，忽然一步登天上。過年[⑥]我赴蟠桃會，好桃先奉呂純陽，你可休把薦師忘。那桃仙掩口微笑，磕個頭歡喜非常。

一行說着，十六碗菜已上了十四碗了。娘娘叫董雙成說："吳彩鸞今日又回了頭了，你去到江西取他來。"

那妮子亂心腸，一心要下天堂，禁住他他心裹也不能忘。離合悲歡受不盡，世間的滋味都嚐嚐，現今又在蒲團上。我還要代他回去，好教他寫字焚香。

董雙成得了令旨，急駕雲頭上江西去了。未知後事如何，且聽下回分解。

詩曰：終南山裹見紅粧，忽到廣寒近玉皇；

他日蟠桃會上見，應將笑臉接純陽。

【校】

［一］霽：盛本作"虹"；蒲本作霽。下句同。

［二］居然清陰罩戶庭：盛本作"一片清陰罩墀盈"。

---

① 釵裙：舊時指婦女的釵子和裙子。此借指女子。

② 荊人：對己妻的謙詞。

③ 杜磨：纏磨。

④ 點化：此指用法術使物體發生變化。

⑤ 牡丹頭：舊時女子的一種髮式。

⑥ 過年：次年。

［三］重重疊疊：盛本作“那花瓣兒重重疊疊”。

［四］仙根：盛本作“點靈氣”。

［五］纔：盛本作“就點”。

［六］變：盛本作“邊”。

第七回　蓬萊罷筵

話說吳彩鸞天天打坐，連飯都不吃。一日對小癡說：“今日娘娘來叫我哩。”

吳彩鸞打坐功［一］，不吃飯表裹空，覺着兒女全無用。娘娘罰我下天界，經了些惱來受了些窮，六七年像個南柯夢。蒲團上端然正坐，這身子忽到天宮。

吳彩鸞沐浴了沐浴，穿上那來時舊衣［二］，端坐在淨室①。吩咐小癡：“你替官人看守着小韻哥，再待十年來叫你。”

叫小癡你聽着：看望着小韻哥，閒了無妨打打坐。我今受人間苦，才知天上甚快活，你可休把念頭②錯。你到那功成行滿，我自然將你度脫。

小癡聽說，磕了個頭說：“奶奶可休忘了我。”正然③說着，只見從外邊一雙燕子翩翩飛入房中，小癡撲了一把，落在地下，却是一雙繡鞋。吳彩鸞說：“這是董雙成的。”即便穿上說：“我去了。”一陣清風，就到了天上。

董雙成紅繡鞋，變一對燕子來，穿上就到雲霄外。韻哥玩耍回家轉，不見親娘淚滿腮，一哭哭的人無奈。兩個人千樣哄法，說娘子去去就來。

且不說韻哥慟哭，閤家煩惱。單表吳彩鸞見了雙成，一把拉住，又是歡喜，又是羞愧。雙成說：“恭喜了，又生了個小神仙。”彩鸞一聲也不言語。

吳彩鸞到空中，看見了董雙成，雙成笑說好喜幸。彩鸞聽說紅了臉，只

① 淨室：清靜、乾淨的房屋。舊指和尚或尼姑居住的房屋。

② 念頭：心中所念。

③ 正然：正在。

是低頭不做聲，跟着去複娘娘的命。一霎時風雲似箭，就聽的蕭管齊鳴。

遠聽的蓬萊殿上笙琴細樂①，彩鸞大驚説："呀！我在人間六七年，怎麽着這裏筵席還未散?"

驚異殺吳彩鸞，我在人間六七年，怎麽筵席不曾散？回頭眞是一場夢，可笑離合與悲歡，勞勞攘攘眞扯淡。忽然把雲頭落下，舊風景全在眼前。

雙成上去稟説："彩鸞到了。"彩鸞就跪下説："給娘娘磕頭。"娘娘笑問："你自在够了麽?"彩鸞眼中落淚，只是磕頭。娘娘又念誦他。

叫彩鸞聽我道來：你三年樂四年悲哀，我這裏只上了幾碗菜。一霎時就換了一個臉，你想從前呆不呆？夢醒自家也驚怪。還不如蟠桃遺種，他還要跳出塵埃。

太上老君合那衆仙給他告免，娘娘才説："起來。"彩鸞歸了仙班。娘娘要起行，衆仙圍繞起來説："大家備了幾樣仙菓，望娘娘少坐片時，好給娘娘跟隨的酬勞。"

衆神仙鬧吵吵，把娘娘圍一遭，都説難得娘娘到。仙女嫦娥忙半日，大家無物可酬勞[三]，一杯酒略把高情②報。若娘娘心嫌悶坐，撑隻船去海上飄搖。

娘娘違③不過衆仙好意，又坐下了。那仙女嫦娥也是三四個一席，坐下飲酒。

衆神仙即時回席，仙菓仙肴甚整齊，酒杯碗琖④皆精致。仙女嫦娥各就位，桃仙又是新添的，大家共把彩鸞戲。猛擡頭大山一座，變成了萬頃玻璃[四]。

娘娘座下桌椅沒動，那牆仍舊，忽然那水晶殿變了一百多只大船，大家皆在船裏。只見海水洶湧，那船自己遊動，蓬萊山皆在那水泡裏，只露出一個尖來。

那海水浪滔天，忽沒了蓬萊山，也不知從何時變。大家俱在船中坐，身子搖動不能安，沒人撑自家離了岸。滿船上雕欄玉柱，一枝桅直插青天。

① 細樂：管弦之樂。

② 高情：崇高的情誼。

③ 違：阻擋；改變。

④ 琖：同"盞"。小杯。

娘娘說："又勞衆仙的法力。"看那柳樹沒了，便問洞賓："那樹精何在？我要賞他。"呂祖說："适才差他去取文簫。趁着娘娘在此，教他夫妻一會，也知道神仙[五]有情。"

方才把柳樹精，遣他去取文生，他的道業還不堪敬。趁着娘娘不曾去，着他夫妻一相逢，才知道仙家妙用。若要離別到底，那神仙好煞誰聽[六]？

娘娘說："足見洞賓渡世的苦心。"便叫彩鸞："你去迎接你丈夫去。"彩鸞聽說，扯脖子代臉①的通紅。呂祖說："這到不妨，完結了一段姻緣。"

吳仙子聽我言：我就是夫婦同修仙，我修仙才度我結發伴。你也曾受離別苦，夫婦修到再團圓，一心淸白人人見。你縱然外邊扎掙，那邪心腸也難哄靑天。

呂祖指了一指說："那船上合何仙姑同席的便是賤荆②，你道假的麽？"遂照彩鸞吹了一口仙氣，看繡裙飄動，不覺的起在空中。

吳彩鸞甚害忉③，娘娘叫他接文蕭，一羣仙女嗤嗤的笑。呂祖吹了一口氣，不覺已將繡裙飄。前行一見丈夫到，兩口兒頂頭相逢，都喜的心癢難撓。

半路裏夫妻相遇，又驚又喜。文簫說："你已先回來了。虧了我沒回家，若要回家，豈不被你閃④煞人也！"

文蕭一見吳彩鸞，一行驚怪又喜歡，誰想先到蓬萊殿。虧了純陽渡脫我，不曾回家再留戀，留戀閃的肝腸斷。吳彩鸞門[七]口微微笑，不好說呆想三年。

吳彩鸞看見書童跟在後邊，又笑說："你也來了麽？"書童在雲端中就磕了一個頭說："虧了相公攜帶，才得重見娘娘金面。"

俺到了終南山，整待了三四年，虎狼神鬼時常見，就是心裏常不動。忽然一日開了關，天宮玉闕登時現。不虧這老祖度脫，怎能够跳出塵凡。

夫妻不好交言，只聽書童笑語。霎時到了蓬萊，娘娘的船遊到山東頭⑤去了。四人就把雲頭按落船邊，柳樹精稟了呂祖。

---

① 扯脖子代臉：從脖子到臉。

② 賤荊：對己妻的謙詞。《〈儒林外史〉稱謂研究》："'賤'多用於對人稱謂自己妻子，如'賤内''賤房''賤室''賤妾'等。"

③ 害忉：擔心、焦慮。

④ 閃：因親近的人或物突然離開而内心失落。

⑤ 山東頭：山的東部。

奉師命取文簫，這一去萬裏遥，限的却是午時到。沒有命令不敢進，還在船頭伺候着，要稟娘娘先知道。呂祖也欠身說過，便吩咐即刻相招。

柳樹精傳出旨去，文簫才進來先參見娘娘，又向呂祖磕了頭，才往別船上叩見老君合三位星君，依次與大衆相見。娘娘吩咐坐在呂祖旁邊。

先磕頭拜娘娘，次謝了呂純陽，以後才拜別船上。娘娘吩咐賜了座，坐在師傅呂祖旁。舟行去任風飄蕩。眼前瀛洲①十島，教人把名利全忘。

娘娘見書童站立，便問："這是何人?"文簫躬身稟說："這是小仙的使者，出身微賤，不敢前來叩頭。"娘娘說："仙家有甚麽貴賤，極好！我要賞老柳一席，就教他同飯。"兩個都磕頭謝恩。

主合主共一筵，僕合僕兩相歡，一時都遂心中願。各人飲酒談心事，一行山北又山南，蓬萊處處都遊遍。只見那海水潮沸，四下裏一望無邊。

把蓬萊山遍遊一週，又來到舊處。娘娘離了座，辭別了衆仙。回頭一望，海水全消，殿也沒了，現出一座蓬萊山，直插東海。

把文蕭唬一驚，那些東西那裏成，散了席一點無餘剩。一座殿高有萬丈，想那水晶是湅湅，一霎時化的好乾淨；不但[八]說牀帳桌椅，並不見酒琖茶瓶。

老君說："來的太早[九]，我帶去離恨天修煉三年，以後好複他的本位便了。"

老君指定文相公：來的早了有三冬，做神仙還是黄粱夢。練磨的工夫嫌太少，還得帶到兜率宫②，修養到底才中用。三年後進於玉皇，還做那管書的仙童。

文簫又給呂祖磕了頭，領着書童跟老君去了。娘娘待登輦，桃仙又過來向呂祖磕頭。

桃仙女笑容開，磕個頭把身擡，花枝招展顫顫拜。今生有幸得相遇，大發慈悲帶了來，如今又得娘娘愛。師傅的恩情難忘，磕萬頭也是應該。

說罷，跨上一隻仙鶴，跟着娘娘去了。以後三星起了祥雲，衆仙才各歸了洞府。

惱一番笑一番，富幾年貴幾年，天上只吃了一頓飯。但願兒孫皆榮耀，

① 瀛洲：舊稱崇明島。此指傳說中的仙山。

② 兜率宫：傳說中的天宫。

白頭夫婦共團圓，熬的那海水乾一遍；不必說天宫快樂，也就是陸地神仙。

這神仙的事，人怎麽知道呢？因着彩鸞忘不了韻哥，偷下來一次，又罰他三年，因此傳流出來。後來和小癡一齊昇仙，韻哥中了狀元，這都是後話。

吳彩鸞上了天，忘不了兒女緣，一心偷着來家看。娘娘又罰三年整，才把仙家蹤跡傳，這却人不的蓬萊宴。等老頭有了興致，再說那富貴神仙。

［清江引］洞賓拿着一壺酒，都教人吃個够，雖不得做神仙，也可以延延壽，着天下人都活到九十九。

詩曰：滄海桑田又一番，蓬萊宴罷見雙鴛，
　　　夫妻俱得長生樂，又見嬌兒中狀元。

【校】

［一］吳彩鸞打坐功：盛本作“［耍孩兒］吳彩鸞打坐功”。

［二］穿上那來時舊衣：盛本作“又從新梳了頭，穿上那來時舊衣”。

［三］大家無物可酬勞：蒲松齡紀念館藏遺著抄本作“衆人一點未酬勞”。

［四］玻璃：盛本作“琉璃”。

［五］神仙：盛本作“仙家”。

［六］那神仙好煞誰聽：盛本作“說那神仙好煞誰聽”。

［七］門：盛本作“開”。

［八］但：盛本作“唯”。

［九］來的太早：盛本作“文簫來的太早”。

俊夜叉

開場西江月[一]

不成人賭博第一，望贏錢眞是胡謅；大瞪着兩眼跳深溝，好似疔瘡①癢癢難受。起初時小小解悶，賭熱了火上澆油；田產不盡不肯休，淨腚光②才是個了手③。

又

就贏個三千兩吊[二]，何曾拿去養家？留着做本④不肯花，只等淨了才罷。下場來偷鷄摸狗，烏了眼⑤板打枷加[三]；典兒賣女還不差，又打[四]上爲王作霸。

這西江月[五]是說的不成人的憨蛋，不長俊的俬種[六]⑥。還有四句歪詩，包藏着一樁敗子回頭的故事。

詩曰：潑婦名頭甚不香，有時用他管兒郎；

管的敗子回頭日，感謝家中孩子娘。

這四句詩，原有個講說，是說的那[七]做婦人的，但犯了這個潑字，外邊廂吵鄰罵街，家中撕[八]翁罵婆，欺妯娌，降丈夫，這是人人可恨的。雖是這

① 疔瘡：又叫疵瘡。因其小而深，且堅硬如釘，故名。

② 腚光：比喻一無所有。

③ 了手：了結；結束。

④ 做本：做本錢。

⑤ 烏了眼：惱怒。

⑥ 俬種：無能之輩。

等說法[九]，這個潑字，若用的當了，就是合那疼漢子的孟姜，敬丈夫的孟光，一様相傳。譬如巴豆①、信石[十]②，用在那好人身上，就是毒藥；若是用之得當[十一]，就是那人參、黄芪也沒有那様效驗。現今有[十二]件故事，却不在唐朝，也不在宋代，也不在南蠻，也不在北塞，就出在③這山東濟南府曆城縣。有一人，姓宗，名亓人，號是三寶。他有個小小家當，尚可過度；只有件毛病，是好賭博，年來④背着醋瓶耍把戲[十三]——跳蕩⑤的也就輕快上來了。他的娘子叫張三姐，爲人極有本領，管的他那漢子回了頭，從新成了人，這幾年來，成了那木楸舒在那醬甕裏[十四]，——就[十五]大趾起來了。街房⑥上編了一套俊夜叉曲[十六]。敢[十七]說⑦這夜叉有俊的麽？只因這個夜叉不曾吃[十八]好人，吃的都是那些響馬⑧强盗賊，虎豹狼蟲，便把一切的惡業[十九]，都變成了好處，人都愛起他來了，所以人都說是俊夜叉。這個曲兒，是用時興⑨的要孩兒調兒[二十]編成，能開君子的笑口，也能發俗人的志氣。待我唱起來，給列位聽聽。

宗亓人一博徒[二十一]，擲三骰又遊湖⑩，眼看成了個弱[二十二]撒物⑪。起初輸的錢合鈔，後來無錢當衣服，得空偷了他老婆的褲。都說他是[二十三]祖宗不好，積作的寸草皆無。

宗家兒郎眞不好，輸的淨光無飯擣。換米抽了屋上椽，燒火拆了房上草。窮死煎，餓死炒，老婆氣兒受不了。不如死了⑫那塊地，還找一個小小元寶。

宗亓人算定了，尋典主把死契交，大錢找上好幾吊；安排着買柴還糴米，

---

① 巴豆：一種植物。因産于巴蜀，外形如豆，故名。果實可以入藥，有毒。

② 信石：也叫砒石。可以入藥，有劇毒。因産於信州而得名。俗稱砒霜。

③ 出在：發生於。

④ 年來：此指長時間。

⑤ 跳蕩：震蕩摇晃。

⑥ 街房：街坊。

⑦ 敢說：就会说。

⑧ 響馬：舊指強盜，又稱“響馬子”。一說因搶劫時放響箭得名，一說馬脖子上掛滿鈴鐺得名。歷史上有時稱起義軍。

⑨ 時興：當下流行。

⑩ 遊湖：一種賭博遊戲。

⑪ 弱撒物：比喻游手好閑之人。

⑫ 死了：此指賣了。

濟[二十四]留[1]下幾吊[二十五]好做梢[2]。前前後後算計到，也是合該倒運，又撞着破敗消耗。

他忽然正走有人叫，倒把宗官唬一跳。回頭認的是胡朋，滿面歡喜帶着笑。宗大叔你聽道：有個下情[3]來相報，東莊有個好大局，咱去創創妙不妙？

宗大官笑哈哈，細尋思不聽他，鍋裏[二十六]正等米來下。叫聲胡朋你先去，糴米買柴送到家，從容另作商議罷。這胡朋微微冷笑，依我說不是這麽。

胡朋又把宗官念，俗說只怕事不辦，從來本大利就長[4]。破上大本幹一幹，忽然一朝運氣轉，銀上包，錢上串，柴火買他百十捆[二十七]，糧米買他百十石。縱然娘子沒吃飯，情管笑臉來相見。

宗傻子聽巧言，心裏癢似蟲鑽，起初的念頭一霎變。胡朋接過褡子去，慇懃替他上了肩，一心要去胡突幹。一霎時到了賭場[二十八]，闖下柱擦掌磨拳。

宗官初時主意妙，這錢我只輸一吊；輸到一吊熱了盆，隨手褡裏又去[二十九]撈。這頭撈，那頭撈，撈來撈去不成吊；縱然留着也不够本，總裏[三十]上下鰾一鰾[5]。

宗亓人實是貪[三十一]，一個差淨了身，算來眞是活倒運。放着糴米不糴米，癡心只望去贏人，如今剩了一條棍[三十二]。空着身無的可弄，撅着嘴回上家門。

娘子吃了菜一碗，一等等到日頭轉，㦆頭搭腦回家來[三十三]，柴米銀錢無半點。問聲那地賣了沒？低着頭兒氣不喘。呀，㑩强人，嘲畜生！割了肉來胡觸送[6]，終朝每日瞎作蹬[7]，弄的天那大窟窿。賣地賣地你長咕噥，怎麽問着不做聲？

張三姐氣兒粗，罵强人賊囚徒，一星活路全不做。用急才賣堂前地，回

---

[1] 濟留：省下。

[2] 梢：賭資。

[3] 下情：對稱自己瞭解情況的謙辭。

[4] 本大利就長：本錢大獲利就多。

[5] 鰾一鰾：比一比；拼一拼。

[6] 觸送：放置東西；拿東西塞給他人。此指偷偷把東西送給別人。

[7] 作蹬：折騰；踢蹬。

家一個渣①也無，你說你是個什麽物？看[三十四]南莊北院②，那有你這様丈夫？

宗官已是不得意，進門又受老婆氣，跳將起來喝的聲："放你娘的狗臭屁！也無錢，也無勢，俺達掙下幾畝地，我要丟個干干淨[三十五]，看你嗄法把我治！"

宗亓人惡狠狠，罵一聲潑賤人，我受氣受到何時盡？我賣的原非你嫁粧地[三十六]，也沒輸了你首飾銀，幾噹哈嚛瞎撑棍。我輸的自家東西[三十七]，累着你那條彎彎筋③？

三姐說每日來到那麽晚，說你做個什麽繭？家裏等你去賣地，既至④回家沒也[三十八]板。雖是人家也賭錢，誰像你乜沒腚眼⑤？吊了帽子看見鬢，縷繿搭撒⑥什麽款？說說你還跳油鍋，你的廉耻沒一點！咳，俺一日吃了一碗菜汁子⑦，拾了一把爛棘子⑧，着咱家裏小妮子，借把鹽來炒蝨子，章邱的話頭⑨好日日读二音子[三十九]。

罵一聲賊强人，殺白黑的不來家[四十]，你在外邊做什麽？只管擲你那額髏骨⑩，不管家裏吃什麽，這樣漢子要你囉？一窩嚛[四十一]紅蟲⑪相似，難道說你就眼瞎？

漢子聽說把脚跺，這話說的忒也錯。已經夫妻這些年，孩子養活好幾個。米成堆，柴成垛，那樣日子也曾過。如今就是嫌我窮，百樣款兒都揑過。酒肉賠[四十二]着⑫滿歡喜，那有這樣混賬貨！

罵一聲潑老婆，活活的氣煞我！安穩日子你不待過。酒肉賠[四十三]着心歡

---

① 一個渣：形容很少。
② 南莊北院：代指周圍。
③ 累着你那條彎彎筋：不關你什麽事。
④ 既至：等到。
⑤ 沒腚眼：沒心數。
⑥ 縷繿搭撒：衣衫襤褸。
⑦ 菜汁子：此指菜湯子。形容沒的吃。
⑧ 爛棘子：泛指帶刺的草木。
⑨ 話頭：話語；說的話。
⑩ 額髏骨：額骨。比喻骰子。
⑪ 紅蟲；水蚤。
⑫ 賠着：（酒肉）成堆地伺候。

喜，一時[四十四]沒了就是發作。昂贓氣①死[四十五]受不過，我給你休書一張，嫁漢子另去快活[四十六]。

三姐說道也不錯，這等漢子[四十七]戀不過，雖然嫁不着好丈夫[四十八]，不少這樣破喇貨②。尿裏賭，屎裏臥，忘八也是[四十九]一處坐，鼻咀黑烏不成人，說甚羞煞鬼一個。喛，你還可笑聽我道：借身白袍把喪吊，你就送在那千[五十]字號，本主待穿撈不着，上門打戶每日要。誰還拿你當個人，你還打你那花花哨③。

賭博鬼不害羞，爲乜錢把臉丟，霎時狗臉還依舊。年前官家來拿賭，捨死逃命爬牆頭，掉下來幾乎跌壞了前槽子肉④。我還嫌[五十一]辱沒祖宗，待要休即時就休！

宗官聽說把火起，罵聲潑婦太無禮，結髮夫妻無了情，聽說休你心歡喜。鐵拐李把眼擠，若是休了便宜你，狠狠一下搠了你的生，到還割了這塊癖⑤！

宗亓人大發威，瞪着眼攢着捶⑥：你到肯合人家漢子睡，我偏不肯休了你！不如捞頭⑦一棒槌，殺老婆破上個充軍罪。彎腰來抹⑧起石頭一塊，那婦人抹起[五十二]個秤錘。

三姐凄凄腆起臉，罵聲强人你瞎了眼！這番勸你是好意，你倒反把粗氣喘⑨。我說道你不敢，給你把鋼刀也嚇不着俺。不是說句啦咀的話⑩，你有那心沒乜膽。哏，您娘常把您達哄，說你賭博沒點影；您達打你兩條子⑪，嬌兒哭了三天整。每日慣着當達叫，着你撐的碁無種。今日試試你那漢子頂，看看你有嗄本領！

---

① 昂贓氣：窩囊氣。

② 破喇貨：此指不務正業、游手好閑的人。

③ 花花哨：此指主意。

④ 前槽子肉：豬脖子以下肚子以上部位的肉。

⑤ 癖：此指惡妻。

⑥ 攢着捶：握緊拳頭。攢，即“攥”。捶，口語稱拳頭，也叫皮捶。

⑦ 捞頭：對着頭。

⑧ 抹：即“摸”。拾起、拿起。

⑨ 把粗氣喘：此指发威风。

⑩ 啦咀的話：粗話；狂妄之語。

⑪ 條子：樹枝之類。

張三姐怒冲冲，罵强人少逞凶，活到百歲成何用？你無三頭合六臂，看你能作什麽梗[五十三]！滚崖跳井擠①你弄，看着你沒什麽仗勢，不如死了乾淨！

漢子罵聲好潑婦，您娘嚛生這樁物！我仔說了够一把，你就抉②了一大捬③。留着你又少襖又少褲，做鞋還得三尺布。殺了休了都不好，這樣漢子怎麽做！

宗大官沒了法，把石頭又放下。老婆不要仔顧詐，好像捕下一窩雀，捽着賊毛够一抓，嗓啞叫人聽不下。寧可還一刀兩斷，你還去另嫁人家。

三姐說：咱今已是變了臉，摘了帽子看見纂；一行要休又要斫，哎喲，你今可就唬煞俺。大囤流，小囤滿，那樣人家給俺揀。你叫我去我不去，偏在這裏氣你乜眼[五十四]！

俺頭不禿眼不瞎，碗會洗鍋會涮，官家俺也打發[五十五]下。我離了你時容易過，你離了我時要餓煞。哆煞我還值什麽？且休講我輕輕就去，我還要那珠鈿銀花④。

要你乜身子往上長，聽我把你故事講：半夜三更纔來家，家裏不敢[五十六]把門擋；播⑤開門閂鑽進來，抹抹[五十七]索索找飯嗓⑥；抹了一回沒的想[五十八]，抿了幾碗冷眵塊，撲着坑頭只一攮⑦。提將[五十九]起來氣煞人，不如散了也到爽。

宗大官叫老三，歪揣貨太不賢，常惹的鄰捨家在牆頭上看。搗[六十]⑧丁子也是吵，只等我吃完你才罵完，虧了能捱才積不住飯。每日裏像那疔瘡着骨，你去了我也[六十一]鬆緩。

虧了我那面皮混，沒似你罵的忒也甚。進的門來就是吵，口口聲聲不長俊，緊一陣，慢一陣，等我顛了才封印⑨。漢子就是鐵打的，也着你罵的有了

① 擠：任憑。
② 抉：即“嗆”。罵。
③ 一大捬：一大抱之意。指很多。
④ 珠鈿銀花：帶有鑲嵌物的婦女首飾。
⑤ 播：即“撥”。
⑥ 嗓：即“搡”。此指往嘴裏塞。有貶義。
⑦ 攮：此指頭向前歪倒。
⑧ 搗：吃。有貶義。
⑨ 封印：舊指官吏春節前把印綬封存起來，暫停辦公。此指停止吵罵。

壘。

三姐說不相干，你那不是該打一千，收上來還該打一萬。長長罵着還踢蹬，給你句好氣就上了天，我還嫌我罵的善。咱就到歷城堂上，也就說個[六十二]閉口無言。

咱可休要扎住咀，鬆緩上半年直了腿[六十三]。我不去却也不是戀的你，怕的是兩個孩子成了鬼。你也輸的沒了魂，臉上常似滴下水；一頂帽子開了花，一雙鞋兒沒了底；手裹淨光無的弄，行裹步裹光大[六十四]盹。我說罷呀，不理你，你就詐的沒了拐①。咱就同上歷城縣，只怕你爬到地下沒了本。

你看我到如今，襖沒袖鞋沒底，飽飯可曾吃一頓？拾了根繩子扎着腿，上下一堆破鋪襯，你扎裹②的老婆好不俊！不看[六十五]我千補百衲，露[六十六]③出來見人。

一根菜兒沒嗄咬，一個碗兒沒處討；衣服首飾都會飛，地土[六十七]宅子都會跑，腚上褲，身上襖，轉眼花花不見了，臘月裹穿着“雁過愁”④，這還說是我不好。

越尋思越痛酸，這苦處對誰言？俺一日掙了一升糊突麵⑤，白日裹給人家納鞋底，夜晚紡到三更天，百般苦楚都嘗遍。逐[六十八]日裹白黑掙命，你還要[六十九]花邊柳邊⑥。

强人强人你再說，我看你有什麽訣？講好的咱就犯商量，不好原是命裹拙。不必講，不用說，再要勸你是個鱉。或是跳在踢天籠[七十]⑦，那是你可自在蹭，典兒賣女儘你撧。

宗大官臉兒忙，低着頭豎在傍，兩扁擔夾不出一個屁來放，吃些菜瓜也應當[七十一]。口裹漸漸不敢强，笑着說：我若再去賭博，就着俺老婆爲娼！

三姐聽說嗤聲道：叫我沒有那好笑，好眉好眼什麽調！這一霎裹囃不跳？

---

① 沒了拐：瘸子沒了拐，走路就會蹦躂。這裡指脾氣發作。

② 扎裹：打扮。

③ 䐁䐁：乳房。

④ 雁過愁：此指單衣。

⑤ 糊突麵：做粥用的雜糧面。

⑥ 花邊柳邊：行為放蕩，不務正業。

⑦ 踢天籠：比喻無拘束的環境。

若是我投了井上了吊，再要個來現世報，輸的着急沒了法，愁你不掛忘八號！

宗大官氣兒消，罵的俺口難學，叫我心裏怎不躁？我一時爆燵[七十二]性①，你也罵的儘够了，從今受了娘子教。我若是再去賭博，就死在地府陰曹！

起的咒誓天那大，娘子不要生氣罷。分明是我不成人，事到如今待說嗄？盡你吵，盡你罵，哏哏哏[七十三]，殺野鷄我的不是大。咱們情願合你在一堆，過了若再去輸錢，叫你使錐子扎萬下！

張三姐笑吟吟，我着你傷了心，牙疼咒兒②我全不信。前日你道說洗了手，起的咒誓似血盆，隨即輸了個大荆囷。若是狗改了嚓屎③，你說話就是那公鷄拂羣④。

你就好似一把傘，撑的剩了一根杆，賭博的咒誓不值錢。我曾見你那咀合眼，烏紅眼，烏黑眼，披着狗皮還打着板。你說從今不賭博，再帶賭百回還帶一千[七十四]。

宗大官叫老三，我那人你聽言：我抓不出心來給你看。我的年紀還不老，從今成家也不晚，發憨風才出了一身汗。你從此往前去看[七十五]，管叫你擎⑤吃擎穿。

小三小三你睜開眼，忒也說的不成款。雖然長了二三十，從今還要做個繭。如再跌牛又拉滿，變個小狗沒大點。以後齊心往前過，生個兒來叫老小改。

張三姐叫一聲，老天爺在上聽：怕他心口不相應。若不是成人還不好，這才是合該命裏窮[七十六]。若再上賭博場裏撞[七十七]天命，那屋裏總是有神靈，也不加護那吊腚的蒼生⑥。

---

① 爆燵性：比喻火爆脾氣。爆燵，鞭炮。

② 牙疼咒兒：又叫牙疼誓。並非重要的賭咒。《說岳全傳》第十一回："我這樣大官，怎能得到外國？就到番邦，如何變豬？豈不是個牙疼咒？"

③ 狗改了嚓屎：民間有"狗改不了吃屎"的說法，指本性不改。此處用意相同。嚓，通常指豬狗等吃非固體食物，並伴有響聲。

④ 公鸡拂羣：公鸡发情。指不可能的事情。

⑤ 擎：坐享其成。

⑥ 吊腚的蒼生：此指穷人。民间有"穷掉腚"的说法。

開場設賭無二話，終日就把那套來下；若是偢蟲①來嗲張②，打殺還把皮來剝；背地裏偷明地[七十八]拿，那裏有點良心查③？你看東莊李[七十九]打頭，生個兒來長不大；只有一女才十七，又先學着零碎嫁④。

打頭的好營生，引好人跳枯井，輸贏的叫他淨打淨。輸了若是取他的梢，一日一個本利平，相識也要吊了腚！你要想[八十]賭場裏發跡，這心眼可就跳枯的不成。

只說賭乖不賭賴，越才[八十一]把那良心壞，誰的棉襖不中穿？撈着達[八十二]達也啃一塊！瞧他的牌抓他的快，錯錯眼睛⑤受他的害，賭博場裏奸似賊，那裏下着你的菜。輸的熱了再去撈，投尋結下人命債，沙窩裏淘井越發深，這可是嘲呱可是怪。

賭博場似賊奸，那有你贏的錢？豈不是個眞憨蛋！買賣發財從來有，莊農也有大收年，賭博起家何曾見？空說是某人會賭，到頭來片瓦無椽[八十三]。

丈人勸你是爲你，你的性兒便發了；斷了往還這幾年，不知外孫多大小，捨上奴家這塊肉，死在這裏沒有人找。他二姨命眞好，綾羅緞疋穿不了，到家好似接天神，粗飯怕他吃不飽。咳，俺媽媽[八十四]，俺達達，給俺找的好人家！攤着你這個賭博鬼，拿着[八十五]不置個爛甜瓜。你休怨我胡輪打，不過是忘了不[八十六]撐擦。

誆借錢賭起來，沒根基不成才，傾家敗產還開外。他娘家裏斷了氣，還要看下這把牌，也不顧[八十七]親朋怪。因賭博人品儘喪，只輸的眼裏插柴⑥。

對你說：去年的皇曆看不的，別人蹭蹬⑦盼不的，蒺藜塊子咽不的，三日不吃幹不的，早晨不吃算不的，一日兩飩[八十八]欠不的，今日你也怨不的，從今成人彖⑧不的，再不成人[八十九]勸不的。

---

① 偢蟲：平庸无能。

② 嗲張：开张。

③ 良心查：形容没有良心。查，即“渣”。

④ 零碎嫁：做暗娼。《姑妄言》第一回：“他家男人死了，他如今也不嫁，也不守，却零碎嫁。”

⑤ 錯錯眼睛：眨眼。

⑥ 眼裏插柴：心神不定。

⑦ 蹭蹬：倒運。

⑧ 彖（tuàn）：斷定。

宗亓人句句聽，猛擡頭把眼掙，忽然大醒南柯夢。辭了混江合老教，別了四梆與三窮①，從今再想踩[九十]花鳳。爲漢子着老婆管教，就死了難見祖宗。

宗大官果然洗了手，敗子回頭餓煞狗。婆子依然紡棉花，漢子就去賣柳斗。生意雖然不算大，三日掙了二百九。家裏有了活便錢②，柴米油鹽般般有。人人說他成了人，過的不好那裏走。

那一日在南橋，遇胡朋摟着腰，拉去要和他贏東道。亓人說是斷不可，竊盜就是强盜苗，你擁撮③死人來上吊。弍、弍攢窮還不可，骰子牌再也是不消。

胡朋這裏又念款：你可成了個老迂板！娘子雖然家教嚴，他也沒有這麼長的眼。爲個漢子要自由，不是孩子還吃奶當飯？亓人聽說不耐煩，仔說我沒有那也饜。起來徉常一溜煙，胡朋成了個李[九十一]大板。

宗亓人跳了行④，有財主來商量，趕着⑤就把錢來放；合了夥計做生意，他的時運又順當，年年家道好興旺。有了錢銀[九十二]包臘彈，就恭然⑥大弄通堂。

絲綢褲，藍綾襖，上酒魚肉吃不了。當時是個宗亓人，如今成了宗三寶。錢不少，人不老，如今纔說三姐好；說道三姐委是好，當初虧了那一吵。

康熙爺己[九十三]卯年，宗亓人四十三，婆子大他一年半。住着樓房騎大馬，官宦都合他有往還，這幾年全把人家[九十四]變。若是執迷不悟，到如今兩手攀肩⑦。

東莊有個李搗鬼，老婆輸給了張三水。死後淨光沒口材，凹[九十五]出窩子沒人壘，狗一咀，狼一咀，不知此時悔不悔？當日賭手[九十六]數他能，三日剩了一條腿！

---

① 三窮：指鳥窮、獸窮、人窮。《荀子·哀公》："鳥窮則啄，獸窮則攫，人窮則詐。"

② 活便錢：隨意支配的錢。

③ 擁撮：此指慫恿。

④ 跳了行：改了行。此指改邪歸正。

⑤ 趕着：主動上門。

⑥ 恭然：公然。

⑦ 兩手攀肩：雙手抱着膀子。指生活困頓。

［調寄劈破玉］不成人可也是前生造就，就是他老子娘也管不回頭；造化低又攤着娘子忠厚，順從着不言不語，嗄家當盡他去丢。這樣人不餓煞那裏走？

您都看着，誰敢合我打下賭，一個猪頭一瓶酒。

［西江月煞尾］最可笑煞人也：賭博輸的屁嗤狼煙①，着急尋法去抓錢，顧不的廉恥體面。放着天堂不走，照着地獄生鑽。清夜想來我好憨，豈不是一身冷汗？就是那相識會賭博，不弄[九十七]鬼難說長贏，哄來的富貴天不容，死也難得好病。或是賊打火燒，費了錢還受官刑。雖然當下還爭榮[九十八]，兒孫後來也弄[九十九]淨。

似這等成人天下少，只是回頭妙。丢去骰子牌，上了正經道，宗大官到後來還有碗飯擣。

【校】

［一］開場西江月：蒲松齡紀念館藏遺著抄本无。盛本作“開場［西江月］”；蒲本作“［開場西江月］”。

［二］就赢個三千兩吊：盛本作“［西江月］就赢個三千兩吊”。

［三］枷加：盛本作“加枷”。

［四］打：盛本作“搭”。

［五］西江月：盛本作“［西江月］”。

［六］不長俊的𠇗種：盛本作“勸化那不長俊的𠇗種”。

［七］的那：盛本作“這”。

［八］撕：盛本作“吵”。

［九］說法：盛本作“說”。

［十］信石：盛本作“硇子”。

［十一］之得當：盛本作“的當了”。

［十二］現今有：盛本作“今有一”。

［十三］要把戲：盛本作“使八勢”。

［十四］楸舒在那醬盆裏：盛本作“鍬舒在那醬甕裏”。

［十五］就：盛本无。

① 屁嗤狼煙：此指狼狽不堪的樣子。

［十六］俊夜叉曲：盛本作“‘俊夜叉曲’”；蒲本作“《俊夜叉曲》”。

［十七］敢：盛本作“您”。

［十八］吃：盛本作“吃了”。

［十九］一切的恶業：盛本作“他的惡处”。

［二十］要孩兒調兒：盛本作“‘要孩兒’調”；蒲本作“［要孩兒］調”。

［二十一］宗亓人一博徒：盛本作“［要孩兒］宗亓人一博徒”。

［二十二］蹋：蒲本作“蹋”。

［二十三］他是：盛本作“是他”。

［二十四］濟：盛本作“擠”。

［二十五］幾吊：盛本作“兩錢”。

［二十六］鍋裹：盛本作“滚锅”。

［二十七］柴火買他百十捆：盛本作“柴禾買他几百屦”。

［二十八］賭場：盛本作“賭場里”。

［二十九］又去：盛本作“只顧”。

［三十］總裹：盛本作“使性子”。

［三十一］宗亓人實是貪：盛本作“宗大官，實是偪”。

［三十二］棍：盛本作“裩”。

［三十三］回家來：盛本作“才進門”。

［三十四］看：盛本作“你看看”。

［三十五］丟個干干淨：盛本作“撩個淨打淨”。

［三十六］我賣的原非你嫁粧地：盛本作“也沒賣了你陪嫁的”。

［三十七］我輸的自家東西：盛本作“我的東西我丟了”。

［三十八］也：当为“乜”。

［三十九］章邱的話頭好日日读二音子：盛本作“章邱的話頭兒，過的好日子”。

［四十］罵一聲賊强人，殺白黑的不來家：盛本作“罵一聲强人殺，白黑的不來家”。

［四十一］嚛：盛本作“落”。

［四十二］賠：盛本作“擣”。

［四十三］賠：盛本作“擣”。

［四十四］時：盛本作“霎”。

［四十五］死：盛本作“兒”。

［四十六］嫁漢子另去快活：盛本作“情願你找個漢子去快活”。

［四十七］等漢子：盛本作“宗日子”。

［四十八］丈夫：盛本作“漢子”。

［四十九］忘八也是：盛本作“你和忘八”。

［五十］千：盛本作“天”。

［五十一］嫌：盛本作“嫌你”。

［五十二］抹起：盛本作“早抹起”。

［五十三］看你能作什麽梗：盛本作“你説你能我也能”。

［五十四］氣你乜眼：盛本作“㜷你的眼”。

［五十五］打發：盛本作“打發的”。

［五十六］不敢：盛本作“已經”。

［五十七］抹抹：盛本作“摸摸”。

［五十八］抹了一回沒的想：盛本作“盆也響，碗也響，抹了一回沒的想”。

［五十九］將：盛本作“掇”。

［六十］搗：盛本作“搗着”。

［六十一］也：盛本作“且”。

［六十二］也就説個：盛本作“説你個”；蒲本作“也就説你個”。

［六十三］直了腿：盛本作“只怕直了腿”。

［六十四］大：盛本、蒲本作“打”。

［六十五］看：盛本作“着”。

［六十六］腢腢：盛本作“铚铚”。

［六十七］地土：盛本作“田地”。

［六十八］逐：盛本作“我每”。

［六十九］要：盛本作“去”。

［七十］或是跳在踢天籠：盛本作“或是割了打滾棚，或是跳在踢天籠”。

［七十一］吃些菜瓜也應當：盛本作“釵環都是我輸了，捱些菜瓜也應當”。

［七十二］煒：盛本作“仗”。

［七十三］哏哏哏：盛本作“情願着你打幾下，從今再若不回頭，孩子娘呀你可就指臉駡，哏哏哏”。

［七十四］張三姐笑吟吟，我着你傷了心，牙疼咒兒我全不信。前日你道説洗了手，起的咒誓似血盆，隨即輸了個大荆囷。若是狗改了嚓屎，你説話就是那公鷄拂羣。你就好似一把傘，撑的剩了一根杆，賭博的咒誓不值錢。我曾見你那咀合眼，烏紅眼，烏黑眼，披着狗皮還打着板。你説從今不賭博，再帶賭百回還帶一千：本部分蒲松齡紀念館藏遺著抄本无。

［七十五］去看：盛本作“細瞧”。

［七十六］合該命裏窮：盛本作“命裏合該窮”。

［七十七］撞：盛本作“闖”。

［七十八］明地：盛本作“明地裏”。

［七十九］李：盛本作“赵”。

［八十］想：盛本作“待”。

［八十一］才：盛本作“乖越”。

［八十二］達：盛本作“他”。

［八十三］片瓦無椽：盛本作“無片瓦根椽”。

［八十四］咳，俺媽媽：盛本作“你也是個人，爭爭氣，俺也把臉瞟一瞟。咳，俺媽媽”。

［八十五］拿着：盛本、蒲本作“拿着俺”。

［八十六］你休怨我胡輪打，不過是忘了不：盛本作“哦，你休怨我胡輪打，不過望你還”。

［八十七］也不顧：盛本作“那裏顧的”。

［八十八］飩：盛本作“頓”。

［八十九］成人：盛本作“回頭也”。

［九十］睩：盛本作“鄱”。

［九十一］李：盛本作“直”。

［九十二］錢銀：盛本作“俩錢”。

［九十三］已：盛本作“乙”。

［九十四］人家：盛本作“家道”。

［九十五］凹：盛本作“刨”。

［九十六］當日賭手：盛本作“賭博場裏”。

［九十七］弄：盛本作“搗”。

［九十八］爭榮：盛本作“崢嶸”。

［九十九］弄：盛本作“丢”。

窮漢詞

［西江月］孩子絕不探業[一]，老婆更不通情。攮他娘的養漢精①，狗腿常來逼命。止有一身破衲，夜間蓋蓋蒼生。綽號名爲“大起靈”，一起滿牀光腚。

大年初一，燒炷名香，三盞清茶，磕了一萬個響頭，就把財神爺爺來祝讚祝讚。

忙祝讚，忙磕頭，財神在上聽緣由；聽我從頭說一遍，訴訴窮人肚裏愁。

爺爺，爺爺！你是個甚麼意思？我亟待揚譽②揚譽[二]你，怎麽再不肯和我見面？

掂量着你沉沉的，端相着你俊俊的，撈着你着親親的，撈不着你窘窘的，望着你影兒殷殷的，想殺我了暈暈的，盼殺我了惛惛[三]③的。好，俺哥哥狠狠的，窮殺我了可是眞眞的。

俺果然褻瀆④你幾回，抛撒⑤你幾遭，你看着俺不中擡舉⑥的東西，就合俺絕了來往，也都罷了。

賭場裏玩，嫖場裏耍，丟了𨨏，撂了𨨏，窮殺狗還該打。俺如今又不仯⑦，又不傻，又不聾，又不啞，窮的像個聳打瓦⑧。東頭邋遢雖是窮，還有一身新坐馬⑨；沒似俺家他窮達，窮的忒也沒有把⑩。

---

① 養漢精：有婚外情的女子。此為詈詞。

② 揚譽：讚美。

③ 惛惛：神志不清。

④ 褻瀆：不恭敬。

⑤ 抛撒：抛棄散落。此指浪費。

⑥ 不中擡舉：即不識抬舉。

⑦ 仯：傻。

⑧ 聳打瓦：無能的敗家子。

⑨ 坐馬：坐馬衣。騎馬時穿的衣服。

⑩ 沒有把：形容程度深。口語中形容一個人錢多，常說“他家的錢多得沒有把子”。

俺長了這麽大小，從沒枉費分文，是怎麽粧化錢的自是有錢？

蠢的蠢，夯的夯，空有臭錢不幫寸。撅着①肚皮裝富漢，偏他交的是好運！

俺也曾血汗暴②流，扭筋拔力③。只有鵓鴿屎呀似的一塊銀子，雀子[四]屎呀似的一塊金子，俺也算有了身分。

快生火，燒凍凍；快掃雪，填枯井。只說窟窿天那大，還有大其天④的大窟窿。昨夜晚，做一夢，拾一錠，喜個怔，老婆孩子呱咁腚⑤，醒來還是淨打淨。咳，就是溫和溫和，好一似火上燎毛，一烘而盡[五]。

糧也欠，米也欠，糧食糶的沒一石，衣裳當的沒一件。狗腿常來給俺沒體面，嘴兒翻邊又捲沿⑥，眼兒惡釘⑦珠兒轉，把他娘的好難看！說了道了都不算，也有酒，也有飯，儘他搗，儘他揎⑧，還要給截官兒見，休要誤了這一限。成年論月，犁眼鑽圈⑨，眞正是氣也氣不死[六]！

牆又塌，屋又倒，大風刮了屋上草。又少褲，又少襖，孩子哭，老婆吵，都說不如死了好！

把叉⑩了一年來，弄的是淨打光的。當鋪裏强人，倒好似剝皮廳的鬼判！

天字號，地字號，宇宙洪荒一百號，當了二錢水絲銀，回時定把拾成要，回不出來又翻票，利錢使了七八吊。衣服待穿沒處撈，到來年，拜不的[七]節，上不的廟。又清鍋，又冷竈，哭的哭，叫的叫，有心只待上一吊！這樣苦楚誰知道？

我那親親的爺爺！你到幾時合夥⑪你那些衆兄弟們，一當踏凶，二來散

---

① 噘着：挺着。

② 暴：表示程度深。

③ 扭筋拔力：此指全力以赴。

④ 大其天：比天大。

⑤ 呱咁腚：比喻歡快高興。

⑥ 翻邊又捲沿：翹起。此指撅嘴。

⑦ 恶釘：狠命盯着。恶，程度副词。

⑧ 揎：吃。

⑨ 犁眼鑽圈：視綫模糊。

⑩ 把叉：辛苦勞作。

⑪ 合夥：聚集起來。

悶，光降[①]光降來舍下走走？

元寶哥，黃邊沿，象象帕，顛顛塊，看看底[八]，認認面，是幾兩，是幾件，或是字，或是幕，幕读漫音進進包，上上串，合俺做上兩日伴。紅纓帽子胭脂瓣，滿洲襪子扣絲線，紗羅穿上混身涼，皮襖穿上一身汗；獅子碗[②]，象牙筷，脂油餅，蘸辣蒜，大米乾飯鷄黄麪；黑叫驢，紅鞍韂，打一鞭，風霜快。鄰舍百家看一看，也是俺陽世三間爲場人，熬沒兒馬騷了蛋[九][③]。

你也試試俺的心腸，誌誌俺的性情，看俺望着你珍重不珍重，希罕不希罕？蒼天！俺若是褻瀆了你，辱沒了你，你就該下個絕交的帖子，再休理俺。可憐俺渾家大小，祖祖輩輩，子子孫孫，就沒有個有財命的、有擔福的？怎麽的弄的少油沒鹽，少柴無米，少襠無系[④]，少吃無燒？

［淸江引］孩子熱了穿上襖，腚冷了戴上帽，飢困了喝涼水，𩜾[⑤]的吱吱的叫。剩下個老婆兒，穿的還沒根線條！

【校】

［一］孩子絕不探業：盛本作“［西江月］孩子絕不探業”。

［二］揚譽揚譽：关德栋《聊斋俚曲选》作“仰攀仰攀”。

［三］惛惛：盛本作“昏昏”。

［四］雀子：盛本作“家雀子”。

［五］咳，就是溫和溫和，好一似火上燎毛，一烘而盡：盛本、蒲本均独立成段。

［六］成年論月，犁眼鑽圈，眞正是氣也氣不死：盛本、蒲本均独立成段。

［七］的：关德栋《聊斋俚曲选》作“了”。

［八］黃邊沿，象象帕，顛顛塊，看看底：关德栋《聊斋俚曲选》作“顛顛塊，看看底，黃邊沿，象象帕”。

［九］熬沒兒馬騷了蛋：盛本作“熬沒兒馬騸了蛋”；蒲本作“熬磨兒馬騷了蛋”。

---

① 光降：光顧。

② 獅子碗：有獅子圖案的碗。舊時富人家多用。

③ 兒馬騷了蛋：公馬生了蛋。

④ 少襠無系：借指沒有衣服。

⑤ 𩜾：肚子因吃得過多而發脹。

快曲

第一聯　遣　將

却說：孔明祭起東南風，助周郎燒那曹操，到了樊城。

東風[一]一陣助周郎，百萬雄兵一掃光。老賊縱然燒不死，把脚一跺，說教他皮肉焦爛骨頭傷！

笑說："妙哉，妙哉！俺祭起東南風助周郎，我想這時曹操[二]老賊着了處①也，他必然棄甲丟盔而走。待俺略使小計，教他插翅難飛！"

[黄鶯兒] 連天火燒，東南風陣陣高。百萬雄兵，填不滿火神廟②。我想那曹操，必定逃奔來走夷陵道。老雜毛，由此經過，休想把你饒！

"衆將何在?"傳了一聲，關、張、趙、糜五將俱到，等候孔明點名[三]。叫："趙雲。"答應："有。"孔明說："今日你在赤壁山前鏖兵③，曹操百萬人馬，必然盡喪。老賊到四更天時，必到烏林，你便那裏埋伏。——這烏林草密，可放火燒之！"

烏林埋伏着。你聽聽四鼓敲，那時節老賊必然到。他那裏一燒，俺這裏再燒，能通神，也教他賊頭弔！老曹操，賊毛滿嘴，今夜口也胡焦！

"他起初逃走，跟的勇將還多，這頭仗非子龍不可，須得小心!"答應："得令[四]。"又叫："糜竺、糜芳。"答應："有。"孔明說："北夷陵爲葫蘆峪，你二人可去埋伏。那峪裏有窄窄一條出路，樹木甚多。那老賊天明必到，殺

---

① 着了處：遭受攻擊。

② 火神廟：道觀中供奉着火神，故名。

③ 鏖兵：激烈戰鬥。

他一陣，放火燒之！”

精兵領一標①，葫蘆峪等曹操，須要伺候他天明到。那一番燎毛，這一番皮焦。奸似賊，不出我胸中料，縱然能逃，連頭帶腰，也起個大燎泡②！

“他到這裹，還不甚困乏，一人不能擒他，得你兄弟同去。”答應：“得令。”又叫：“張飛。”答應：“有。”孔明說：“你領一枝[五]人馬，順③路北下去，但見曹操殘兵敗將，斬他首級，奪他器械。”

江上火連大，燒不死順江邊，必然齊逃竄[六]。伏一伏雕鞍，加一加馬鞭，儘奪儘殺從君便。這一番盔甲滿載，齊唱歌舞還。

“還有一句話囑咐你：到了午轉④時候，要到雙陵頭大路上歇馬，休得遲誤。”又叫小校。答應：“有。”“您幾個去北夷陵道旁，熰⑤着數堆煙火，休要斷絕。”答應：“得令。”却說：玄德在屏後待了多時[七]，聽到這裹，一步出來。慌的孔明下了座，讓他坐下。玄德說：“軍師差矣！你既望他這一條路上來，又熰着火，他看見煙起，怎肯從這條路來也？”

［要孩兒］既要他這裹來，又熰着火幾堆。反[八]知道兵馬在，就是個嘲巴也不來；况那賊，奸又乖，必然遠躲天涯外。我聽着軍師調遣到這裹，教人難猜。

孔明說：“皇叔不知。兵法有云：‘因人用計。’他若是個粗人，我便上南夷陵謊[九]他，他必然往北夷陵來矣。正因着曹操甚詭，看見煙火，他意料必是疑兵，斷然無人，反照着煙火來也。”

論兵法無正規，那敵人看是誰來。從來戲法⑥人人會。粗人就合他行粗法；爭奈曹操奸似賊，他既奸，就合他把奸對。俺佈下天羅地網，要教他插翅難飛！

玄德拱手稱道：“謝軍師妙算，誰人能知。軍遣定了麼[十]？”孔明說：“完了。皇叔只穩坐樊城，只等衆將獻功便是。”關爺久等，見不用他，便氣冲冲

---

① 標：清代軍隊編制，相當於後來的團。

② 燎泡：因遇到高溫或受硬物摩擦而在皮膚表面出現的水泡或血泡。

③ 順：順着；沿着。

④ 午轉：太陽偏西時候。

⑤ 熰（ōu）：沒有明火的燃燒。

⑥ 戲法：我國傳統雜技之一。

的大叫："軍師！末將從來上陣死殺，不曾退後，今日伺候多時，獨不用俺，是何緣故？"

論死殺數俺强：誅文醜，斬顏良，五關也曾斬六將。怎麽諸人都用了，單留下俺關雲長？這事怎教人忿不上！若叫我匹馬獨去，揮大刀殺上許昌！

孔明説："將軍息怒。不是不用你，到有個極吃緊①的去處，極得一員大將；只是躊躇了幾回，不敢奉託。"關爺説："怎麽説起？"孔明説："聽我道來。"

我想那老曹操，葫蘆峪燒不焦，必然要走華容道。像如將軍有幾個，當道攔住怎能逃？就是一點不大妙。關爺説："那一點？"孔明大笑説你合他平日相厚，怎麽肯頂上一刀？

關爺説："豈有此理！他雖然待俺有情，我已是報了他了。他若來時，我怎放他！"孔明説："這等極好。設或放了他着，該怎麽處？"關爺説："割下頭來！設或他不走華容，却也是軍師失計。"孔明説："若是他不走華容道，我照樣砍頭。咱就立下軍令文書。"關爺説："咱就寫下罷！"

軍令狀甚是嚴，打賭賽休當玩，一言既出難更變。誰輸了誰頭割下來，盛來只用了[十一]金漆盤，皺眉不是男子漢！上邊有皇叔作證，到日後不許食言②！

孔明寫定[十二]，給玄德看了一回。給[十三]關爺看了，説："就是這等。"孔明説："雲長再思一思，若不能殺那曹操，不如不去，省得那時懊悔。"關爺搖頭説："思他怎的，怎的[十四]！"孔明説："既然這等，請了。"關爺上馬加鞭而去。孔明合玄德也就散了。

不斬曹瞞勢不休，君主穩坐望江樓；
北來一道紅塵滚，馬上提歸老賊頭[十五]。

【校】

[一] 東風：蒲松齡紀念館遺著抄本作"東風南"。

[二] 我想這時曹操：盛本作"我想這時"。

[三] 等候孔明點名：盛本作"孔明點名"。

---

① 吃緊：要緊，重要。

② 食言：不守諾言。

［四］得令：盛本作“是，得令”；蒲本作“是！得令”。

［五］枝：盛本作“支”。

［六］必然齊逃竄：盛本作“烧不死必然齊逃竄”。

［七］却說：玄德在屏後待了多時：蒲本作“却說玄德在屏後待了多時”。

［八］反：盛本、蒲本作“反教”。

［九］諕：盛本作“唬”。

［十］軍遣定了麼：盛本作“軍師完了”。

［十一］了：盛本作“個”。

［十二］定：盛本作“完”。

［十三］給：盛本作“遞給”。

［十四］思他怎的，怎的：盛本作“思他怎的”。

［十五］不斬曹瞞勢不休，君主穩坐望江樓；北來一道紅塵滚，馬上提歸老賊頭：盛本、蒲本爲“詩曰：不斬曹瞞勢不休，君主穩坐望江樓；北來一道紅塵滚，馬上提歸老賊頭。”

第二聯　快　境

却說：曹操中了連環計，把幾萬只戰船纜的緊緊的，穩坐船樓，單等吳兵來降，自在之甚。

志氣騰騰貫九霄，雄兵百萬壓江潮；

直將一指遮吳境，銅雀春深鎖二喬。

“吾乃曹操是也。今夜吳兵來降，叫人探聽一遭。”

［耍孩兒］撚髫鬚氣昂昂，等吳兵來投降，差人不住往東望。一馬平吞東吳境，萬船填滿揚子江，孫權那在心坎上。不日間兩國到了手，這境［一］快樂非常！

仰起頭來說：“呀！東南風起了。若吳兵來降時，且休叫他進寨，看有詭詐。”都答應：“是。”却說：吳兵各帶火把，用小船裝載硫磺，搖櫓來了。

［倒扳槳］周郎定計捉曹操，裝載硫磺火焰硝。那怕曹營兵百萬，定不留他一根毛！火儘燒，三軍不用動鎗刀，動鎗刀。那裏逃？尸滿長江水不潮。

也麽咳，咳，蓮花花裹一朶梅花落。

曹兵趕着來船大叫："丞相吩咐，且休前來!"叫了幾聲，吳兵不應，竟往前走。

低頭不語往前行，萬櫓齊搖不住聲。吱吱呀呀一片響，小船風快[①]如流星；如流星，進曹營，一齊吶喊殺曹兵。也麽咳，咳，蓮花花裹一朶梅花落。

到了曹營，齊聲叫"殺"，都用火把殺將起來。大叫："休走了曹操!"燒的那曹兵亂竄。曹操慌極說："中了他的計了，計了!"許褚、張遼，徐晃、張郃盔歪甲斜，來扶曹操，說："丞相快換衣帽，看人認的!"帽也倒了，衣也敞着，帶百十個兵卒好跑。曹操去了不提。且說：那船上八十萬人馬，被吳兵好殺好燒，死了個盡絕。那吳兵齊唱凱歌而還。

殺的殺來燒的燒，亡人死馬滿江漂。魚鱉都吃燒人肉，可惜單走了老曹操[二]。曹操[三]雖然逃，縱不膽戰也魂消。也麽咳，咳，蓮花花裹一朶梅花落。

却說：喊殺連天，曹操魂不附體，跑了半宿，才不聽的吶喊。說："衆將，你們都看看，我有頭呱[②]沒有?"都說："丞相，你看[③]沒有頭怎麽說話?"曹操說："有頭還好!"

[耍孩兒] 離大江百里遙，走一步哭嚎啕，咱只當也把頭來吊；既然有頭還不錯，大丈夫那怕小兒曹！到京定把仇來報！咱也要加鞭快走，怕孔明詭計難招。

却說：一氣跑了半夜，人困馬乏。"咱且慢走幾步。"曹操掩面流淚。

不聽的吶喊聲，定定神慢慢行，八卦爐中逃性命。雖然火裹沒燒死，鬍子短了一揸零。百萬人一個何曾剩！我已是用兵半世，這場戲忒也傷情！

"前邊什麽去處?"都說："是烏林。"曹操一看，哈哈大笑。都說："丞相正哭，如何又笑?"曹操說："我笑得諸葛亮，人都說他用兵如神，看來也是虛名。若是會的着[④]，這裹安下一隊人馬，不罷了咱麽?"

人說起臥龍[四]，齊孫臏漢張良，拿來說比諸葛亮；可見人言不足信，看

① 風快：飛快。

② 呱：哇。

③ 你看：引起下文的提示語。

④ 會的着：會做事的話。此指會用兵的話。

來兵法也尋常，到底不如我曹丞相。若是這裏埋伏下兵和馬，咱爺們逃上[五]何方？

都說："孔明那裏跟[六]丞相的。"一言未盡，一聲礮響，火把齊明，一將大叫："曹操認的俺常山趙子龍？奉將令等你多時！早早留下人頭，放你過去！"

［皂羅袍］叫曹操留下腦袋，做夜壺①不費安排，摳眼彈刮了毛腮；上鑲銅幾年不能壞。早早下馬，休要掙揣②。鎗刀沒眼，怕壞了天靈蓋。

曹操戰戰說道："怎麼了！怎麼！"張郃、徐晃說："許褚，你保着丞相快走，俺二人去敵一陣。"上前合子龍死殺。但見火焰冲天，曹操說："了也了不的了③！四下裏是火，往那裏逃走！"

［哭黃[七]天］哩溜子喇，喇哩子溜，百萬雄兵一旦休，一旦休！那裏投？教人傷慟淚交流！纔自江東逃出命，又遇趙雲耍[八]老頭。罵諸葛，老賊頭，平地掘成萬丈溝。一行殺人又放火，合你前世裏甚寃仇？我的哥哥喲，咳，咳，我的黃天！

許褚說："丞相快走！追兵就到。"曹操說："罷了，罷了！"只得捨命抱着頭大跑而去。却說：三人戰了多時，張郃被子龍腿上着了一下[九]，兩個纔逃了。子龍說："饒你狗命去罷！"却說：曹操正走，天又下雨，便說："苦哉，苦哉！又下起雨來了！天那，天那！"

趙子龍用火攻，何不早早往下傾？這雨單留着打[十]掇俺，大罵龍王太不通。順臉流水濕馬鬃，山水呼呼往下冲。今日眞是活倒運，跴[十一]④着蠍子按着蜂！我的哥哥喲，咳，咳，我的黃天！

你看這水好利害，正走着把馬絆倒，倒闖下來⑤，說："死了，死了！"許褚、張遼扶他上馬說："看有追兵，快走，快走！"又跑了一回說："好了，天明了。"叫李典："你登山一望[十二]，探探虛實，兩條路看那一路無兵。"李典答應一聲，上山去了。曹操說："冷的緊！且下馬把衣服擰擰。"

① 夜壺：尿壺。

② 掙揣：掙扎。

③ 了也了不的了：可不得了。

④ 跴：踩。口语中 z、c、s 与 zh、ch、sh 有混用的情况，故而"踩"发成 chǎi 的音。

⑤ 倒闖下來：頭向下迭下來。

雨又大，水又深，渾身上下水淋淋。西北風來好不冷，凍的我幾乎近[十三]了心！打寒森①，好難禁，忍寒受凍到如今。給我把衣服擰一擰，撲撒撲撒②前後襟。我的哥哥哟，咳，咳，我的黄天！

“擰了擰衣給我穿上。”李典回來，曹操説：“看的何如?”李典説：“這一路是上北夷陵，望見有些煙火；那一路是上南夷陵，却極寧静。咱上南夷陵罷。”曹操説：“我偏要上北夷陵。”衆人説：“既有煙火，必有埋伏。”曹操説：“這兵法家虚虚實實之法，你那裏曉的！”

［呀呀油］静悄悄，静悄悄，必然有兵埋伏着。他要哄俺上這裏來，俺可怎肯上他套？把火燒，把火燒，虚張聲勢把人唠。他意料我不敢行，我偏走這條道。

“這是孔明詭計，那清静處必有埋伏，有煙火處必定無人。這好計，去要哄别人，如何哄的我？我竟上北夷陵。”

他雖通，他雖通，怎麽哄的老祖宗？我用兵用了三十年，這個方法常常用。用火攻，用火攻，偶然中了他計牢籠。有朝一日到京都，咱可再把機關弄。

少時，許、張二人來了。曹操問：“來了麽?”答應：“來了。張郃中了鎗了！”曹操慌忙去看説：“好，好！雖透了甲，幸而傷不甚重。如今人困馬乏，須要尋個去處，歇歇人馬，烤烤衣服，做些飯吃。前面不知什麽去處?”衆人説：“到了葫蘆峪了。”曹操説：“速速埋鍋造飯，給我烤烤衣服。”衆人聽説，都去奔忙。曹操坐下一瞰③，哈哈大笑。衆人説：“丞相，烏林一笑，笑出了個趙子龍，如何又笑?”曹操説：“還笑的孔明無智。”

笑孔明，笑孔明，這裏兵馬好安營；若是安下一支兵，咱可真正難逃命。這裏平，這裏平，他還是個小後生；雖然有點小計謀，到底也還上不淨④。

“你説這裏埋伏下兵馬，咱那裏逃走?”言還未盡，一聲礮響，跑出兩員大將，大叫：“曹操休走！俺乃糜竺、糜芳，奉將令取你首級！早早下馬，免動刀鎗！”

---

① 打寒森：打寒噤；打冷顫。

② 撲撒撲撒：此指將衣服拿在手裏抖一抖。

③ 瞰：瞅；看。

④ 上不淨：處理不徹底；考慮不周全。

奉將令取你首級[十四]，早下馬是你便宜。刀劍一動剁如泥，那時休說咱無仁義。割了奸肉，剝了賊皮，也給朝廷家出出骯髒氣！

曹操又戰戰起來。衆人扶他上馬。一干人顧不得困乏，一齊亂戰。那蜀兵放火來，滿峪皆着，燒的曹兵棄甲丟盔，死的死，殺的殺。二糜得了衣甲器械而去。却說：那峪裏只有一條出路，曹操被將護着逃出性命。都說：“丞相身上還有火哩！”給他搓殺。曹操說：“怎麽又吃一場横虧，好恨人也！”

［呀呀油］好奸徒，好奸徒，燒的我鼻臉黑又烏！不惟說是衣服燒，身上燎泡無其數。天叫孤，天叫孤，一統天下坐皇都，儘他怎麽弄機關，自然還有天加護。

“說不的人困馬乏，只得慢慢走去，惱死我也！”[十五]

慟傷心，慟傷心，眵眉欻眼①欺負人。不是他的武藝高，原是自己交死運。爲了君，爲了君，拿住周郎抽了筋；還把孔明剁千刀，方才解我心頭恨！

衆人說：“前邊是華容道了。”曹操走去看了看，大笑說：“好了，好了！虧了孔明失計，這裏沒有兵馬。”

我孤窮，我孤窮，人困馬乏肚裏空。萬死千生跑出來，像是一個南柯夢。到華容，若有兵馬往上冲，拴縛只用一條鎖，何須又把刀兵動？

正說着，一聲磤響，轉出一枝[十六]人馬，爲首大將高叫：“關雲長在此！”曹操諕的魂不附體，說：“可死了，可死了！”一干人戰戰成塊。關爺又叫：“早早投降，饒你性命！”

［皂羅袍］有本領夾馬就上，闖過去算你命長。我有刀來你有鎗，前前搐搐②不成像。待要不戰，下馬投降。孔明若喜，未必不把你放。

大家光戰戰起來。許褚說：“咱捨命合他决個勝負罷！”張遼說：“咱人困馬乏，怎是個敵手③！如今只有一策：關雲長雖然勇猛，他生平打的强言[十七]漢，不肯打死蛇；何况丞相待他甚有恩情，他爲人義氣，咱和他說好的，未必不見面生情[十八]。不如丞相親去。”曹操無奈，只得欠背躬身，到了馬前說：“將軍好麽？”關爺喝了一聲說道：“待死殺，就死殺，問俺怎的！”

何勞你問俺近况？殺過我，放你顛鎗。馬上誰合你敘家常？費唇舌，上

---

① 眵眉欻眼：形容兇狠的樣子。

② 前前搐搐：欲進不進的樣子。

③ 敵手：對手。

不的正經賬。打夥商量，或殺或降，軍令森嚴，誰把人輕放！

曹操說："我在將軍身上也有好處來！"關爺說："我已是報答過了。"

俺當年曾領大教，你待俺情義也高。顏良、文醜把頭梟，那時已報恩情報。今日相遇決難輕饒！不敢狥私①，我實相告。

"點點人數，聽俺綁縛。"一個，二個，三個，……共十六個。曹操說："將軍，你忘了過五關，斬六將時節麽？"關爺回頭自思說："可是老賊雖然可恨，今日却也可憐。舊日交情，忽然打動，可怎麽處？"張遼見他躊躇，招了招[十九]曹操說："還不逃命，更待何時？"果然闃的聲②跑了。關爺見他跑了，大喝一聲，那十六個人一齊跪下。關爺又不動手。他爬起來，上馬好跑。關爺低頭說："這可怎麽處？"叫三軍快趕。衆人說："去遠了。"關爺長吁了一口氣，說："也罷！一時自己沒分曉，且聽軍師去發落。"

那孔明才能出衆，招[二十]指兒算定關公，方才老鱉在甕中，一刀就把殘生送，一時昏惑放過華容，事到而今，懊悔中何用？

關爺領兵回去不題。却說：張飛一路截殺曹兵，奪了許多兵器。隔着大林不遠，叫三軍："軍師教俺午時歇馬，休要違了將令。"

俺凜凜一條好漢，不教俺截殺曹瞞。殺兵斬將好幾番，一次何曾用着戰？前邊下馬歇雕鞍，大小三軍都把功勞獻。

"這個大林，就好歇馬。"不免下馬進去，到了裏邊坐下。有獻耳級的，有獻器械的。小校來報："曹操逃下來了。"翼德驚道："哎呀！快牽馬來！"上了馬大笑說："好妙，好妙！"

那孔明兵機神妙，他已是算定曹操，一處不死一處逃，午時三刻，必然在此歇馬，等着正好。這個乖子③，看看你那裏逃？

不一時，曹操來到，說："前邊是上京的大路，可無事了。"張遼一望說："林裏有人！"正說着，翼德一馬飛出來，大喊一聲："張翼德在此！老賊那裏走？"不用分說，一矛刺去，曹操落馬。許褚來救，又一矛刺去，攮了個透明。那別人喪膽亡魂，各逃性命。命把二人首級梟了，獻於翼德。翼德哈哈大笑說："奸賊，奸賊！一般也有今日麽！"提過曹操的頭來，端詳了一遍。

---

① 狥（xùn）私：徇私。狥，同"徇"。

② 闃的聲：指四散奔逃的情形。

③ 乖子：比喻聰明的人。

看樣兒奸雄無對，毛滿腮兩道濃眉，端詳眞是老奸賊；老奸賊，思量要篡君王位！皮焦毛落相吃大虧。爲什麼一矛刺死，半點事兒全不費？

“趕了個痂脚鬼①兒，討愧的緊！奸賊，奸賊！你記的害人麼？”

漢天子何人打救②，一任你殺斬存留；禰衡死在鸚鵡洲，又因何杖殺伏皇后？殺了文若，又殺楊修，那董、馬兩家都吃你的肉！

把頭拴在矛上，抗③起來大笑：“快哉，快哉！都像這一矛，不三兩矛，‘天下大事定矣’了。”

只當賊頭是鐵銅，割來也是軟沽濃④；

凱歌直到中軍帳，一手提來獻首功[二十一]。

【校】

［一］境：盛本作“老瞞”。

［二］可惜單走了老曹操：盛本作“可惜單走了老曹操，可惜單走了老曹操”。

［三］曹操：蒲本作“老曹操”。

［四］臥龍：盛本、蒲本作“臥龍崗”。

［五］上：盛本、蒲本作“向”。

［六］跟：盛本、蒲本作“跟上”。

［七］黄：盛本、蒲本作“皇”。下例均同。

［八］耍：盛本作“要”。

［九］張郃被子龍腿上着了一下：盛本作“張郃腿上被子龍着了一下”。

［十］打：盛本、蒲本作“折”。

［十一］蹀：盛本作“踩”。

［十二］一望：盛本作“望一望”。

［十三］近：當為“禁”。

［十四］奉將令取你首級：盛本、蒲本作“［皂羅袍］奉將令取你首級”。

［十五］説不的人困馬乏，只得慢慢走去，惱死我也!：盛本、蒲本作“説不的人困馬乏，只得慢慢走去，说：‘惱死我也!’”。

---

① 痂脚鬼：瘸腿鬼。痂，通“跏”。

② 打救：搭救。打，通“搭”。

③ 抗：扛。

④ 軟沽濃：柔軟而不成態。

［十六］枝：盛本作“支”。

［十七］强言：盛本、蒲本作“謈”。

［十八］未必不見面生情：盛本作“咱和他說好的，未必不見面生情”，蒲本作“咱合他說好的，未必不見面生情”。

［十九］搯了搯：盛本、蒲本作“掐了掐”。

［二十］搯：盛本、蒲本作“掐”。

［二十一］只當賊頭是鐵銅，割來也是軟沽濃；凱歌直到中軍帳，一手提來獻首功：盛本、蒲本作“诗曰：只當賊頭是鐵銅，割來也是軟沽濃；凱歌直到中軍帳，一手提來獻首功。”

第三聯　慶　功

却說：孔明和玄德坐在帳中。玄德說：“這一回拿住曹操了纔好。”孔明說：“雲長必然放了他。”玄德說：“只怕也未必。他不想那個軍令狀麽[一]？”

［銀紐絲］我想二弟雲長也麽長，一世爲人性氣剛，最傲强①，喜他一片好心腸。一言既說出，生死不能忘，况且立下賭頭狀；只怕那曹操性命長，捉他不住溜了韁②。我的天，趕上難，可是難趕上！

孔明說：“不然。曹操到華容已是力盡筋舒，只消刀一割而已。”玄德說：

我想那曹操老賊也麽奸，雄兵百萬下江南。老曹瞞猛將還有數十員：張郃也驍勇，許褚敢當先，張遼、徐晃皆能戰。若是天意滅曹瞞，殺了奸賊大事完。我的天，獻猪羊，就把猪羊獻！

“兵馬也該有來的了？”孔明說：“眼下便見雲長放了他，或者翼德不放他。”却說：子龍得意而歸，說：“被俺殺的痛快！來此已是中軍帳，待俺進去。”孔明起來說：“辛苦了！”子龍獻首級，便說：

［耍孩兒］老曹操到烏林，果然有四更時分。大礮一聲排成陣，軍士滿山去放火，張郃被俺攮斷筋。曹操死命生逃遁。雖沒把老賊拿住，可也是喪膽

---

① 傲强：高傲堅強。

② 溜了韁：牲口脱韁。此指人逃走。

亡魂。

孔明說："拿酒來，與子龍賀功。"三人飲酒。二糜來到說："皇叔、軍師在此，待俺下馬進去。"孔明說："鞍馬勞頓了！請坐！說說那戰鬥俺聽。"二糜說[二]："有耳級在此。"

葫蘆峪裹埋伏着，聽了聽五更敲，待了霎老賊才來到。大喝一聲殺出去，四下裹軍人放火燒，一羣齊把黃[三]天叫。殺了的割了耳級，可惜是走了曹操。

孔明說："就好，就好！快斟酒，給二位賀功。"却說：關爺懨頭搭腦的，一路行來，說："俺一時失了主意，把個曹操放去[四]了，如今怎麽見軍師？俺待拔刀自刎，又可惜一身本領，沒做出一點事業來。也罷！來此已是中軍帳，只得進去，任憑軍師怎麽處分罷。"

懊悔煞關雲長，失主意沒算當①，一時就把曹操放。俺今若到中軍裹，說不的短，道不的長，但憑軍師怎麽樣。若饒了是看體面，就殺了也是應當。

大步驀進來，合席都起來。孔明說："拿酒來給雲長賀功，想是拿了曹操來了?"關爺朝着玄德雙膝跪下，大叫一聲："哥哥!"低下頭不做聲了。孔明說："奇哉！想是曹操過去了?"也不做聲。又問："想是曹操未打華容道上來麽?"又不做聲。孔明說："這就奇了!"

叫雲長你聽知：你緣何把頭低，一問一個不喘氣？若是沒走華容道，把我就給個脖兒齊②，我也怨不得軍法治。可怎麽不言不語？這個事好不蹊蹺！

"哦！是了。想是你放他了？這可說不的，有軍令狀，你可記的麽?"關爺說："記的。"孔明說："可該怎麽樣呢?"關爺說："砍頭便是!"孔明叫："刀斧手!"一羣人喊了一聲。玄德說："暫看薄面，恕了這一次罷!"孔明說："斷斷難恕!"

關雲長太不通，放曹操走華容，把江山只當人情送。百計千方把他趁③，趁到網裹落場空。恨的恨來牙根痛！休說有賭頭令狀，按軍法斷斷難容！

却說：翼德挑着頭，直到中軍，便問那把門的："裹邊吆喝什麽?"軍人說："軍師因着二爺放了曹操，要行刑哩!"翼德把得勝鼓亂打，提頭直入，大叫："軍師！曹操賊頭在此。饒了二哥罷!"滿堂都說："可喜，可喜!"孔

① 算當：盤算。

② 脖兒齊：指殺頭。

③ 趁：追趕。

明說："既然斬了曹操，大家賀喜。把罪人釋放，罰[五]他不得入席。把頭掛起，鼓吹①飲酒。"

一來看皇[六]尊，二來看張將軍，三來慶賀不暇問。把賊頭掛起[七]，大吹大打飲酒巡。曹操死，一統②咱有分。快叫人宰殺牛馬，犒賞那大小三軍。

"翼德，你說說那殺曹操的情狀，大家下酒[八]。"翼德哈哈的大笑說："待俺說來。"

奉將令殺奔逃，坐林中驗功勞。午時三刻曹操到，我就一馬闖出去，分心③刺殺老奸曹。那些人莫敢把我招④；只有許褚來掙扎，只被我透甲一矛！

都說："快哉，快哉！"都要一口一盅，把杯放下，擊鼓爲令。孔明叫軍人埋下百尺高杆，把頭掛起，賭一賭弓箭，射着大家賀一大盅。翼德說："妙，妙！待俺來[九]。"

[倒扳槳] 走獸壺中把箭抽，撚弓搭箭把腰[十]彄，撒手好似流星快，直中曹操老賊頭；老賊頭，爛流丟，奉勸合席一大甌。

一箭射去，果然中了，鼓聲亂響。都喝采說："到底是張將軍！"斟上酒，都吃了。子龍起來，撚弓在手。

龍角彎弓待俺開，扯時好似月滿懷，悠悠撒去雕翎箭，端端穿透老賊腮；把酒篩[十一]，奉勸合席一大杯。

一箭射中，都喝采說："好箭，好箭！"鼓聲齊鳴，大家又吃一杯。糜竺起來說："我也射他一箭。"

飛魚袋内取彎弓，搭上雕翎不放空，今日全憑你支架，一撒直中老賊雄；老賊雄，鼓咚咚，奉勸合席一大盅。

糜竺又中了。大家又喝采，又吃酒。糜芳也起來說："我也射他一箭。"

弓兒彎彎箭又長，從來百步會穿楊⑤，這會射中老奸黨，明朝封你箭中王；箭中王，都稱揚，奉勸合席一大觴。

把箭撒去，都說："不好，不好！歪了，歪了！"少時，那箭落將下來，

① 鼓吹：奏樂。

② 一統：一起。

③ 分心：滿心；一心。

④ 招：碰。

⑤ 百步會穿楊：形容箭法高超。

軍人拾箭來報說："箭上穿落一耳。"都哈哈大笑說："妙，妙！投壺[①]中耳也算的，斟酒慶賀。"關爺大叫："有罪之人，也許射他一箭麼?"玄德說："射中免罪。"關爺撩衣向前，拿起弓來，說道："待俺射他左眼，中着右眼，便算俺輸了。"

一筵長箭插當腰，曾向空中射雁毛，放出單單射左眼，中着別處算落操；算落操，難免叨，立刻罰酒一大瓢。

纔射出，那鼓聲亂響，都說："將軍神箭，果然中了左眼!"合席喝采。孔明叫賞一大盅。此時，玄德已醉，便說："二弟坐着，俺也射一箭。"踉踉蹌蹌，起來纔待開弓，便就歪倒了。都說："皇叔醉矣!"叫二人扶進去了。衆人都起來作別。

［清江引］沒似今朝醉的好，大家同歡笑。箭箭中賊頭，鼓聲酒杯倒，把一個劉皇叔生醉倒。

可恨華容欠一刀，此時緊的點剛矛；

誰憐軟弱劉天子，强奪江山付漢朝[十二]。

【校】

［一］只怕也未必。他不想那個軍令狀麼：蒲松齡紀念館藏遺著抄本作"他也未必，不想那個軍令狀麼"。

［二］二糜說：蒲松齡紀念館藏遺著抄本無。

［三］黄：盛本、蒲本作"皇"。

［四］去：盛本作"走"。

［五］罰：盛本作"討"。

［六］皇：盛本、蒲本作"皇叔"。

［七］把賊頭掛起：盛本作"把個賊頭高掛起"。

［八］你說說那殺曹操的情狀聽聽，咱大家下酒：盛本作"你說說那殺曹操的情狀聽聽，咱大家下酒"；蒲本作"你說說那殺曹操的情狀，咱大家好下酒"。

［九］來：盛本作"先來"。

［十］腰：盛本、蒲本作"弦"。

［十一］把酒篩：盛本、蒲本作"老賊腮，把酒篩"。

---

① 投壺：舊指士大夫們飲酒時往壺裏投擲箭的一種遊戲。

［十二］可恨華容欠一刀，此時緊的點剛矛；誰憐軟弱劉天子，強奪江山付漢朝：盛本、蒲本作“詩曰：可恨華容欠一刀，此時緊的點剛矛；誰憐軟弱劉天子，強奪江山付漢朝。”

第四聯　燒　耳

却說：張翼德斬了曹操，劉玄德君臣飲酒射頭作樂，大醉而散。又犒賞三軍，軍人們也分隊飲酒。有一夥軍人提壺瓶酒盞商議說：“老爺們散了，賞咱們的酒肉，可以痛飲。那賊頭掛在那邊，咱也就着那裏作一個會[①]，有何不可？都坐下，都坐下，咱就猜拳，贏了的吃酒，輸了的着他指頭罵曹操，罵的都成溜[②]。”猜了兩拳說：“你輸了，我吃酒，你罵。”那一個指着曹操就罵起來了。

［黃泥調］罵聲曹操：狡肚蛆心[③]忘八羔！一心要作朝廷，那裏不思想到，惑也好刁[一]！扯帶腮，一堆毛，毛裏響一聲，叫人魂也吊。

“該合李大哥猜哩。”又猜說：“我輸了。你吃酒，我罵他。”

罵聲曹瞞：看你渾身都是奸！殺了伏娘娘，要把朝來篡！痛快難言，一矛刺下寶雕鞍，一刀割下來像個毛蟻蛋[④]！

又猜說：“我想起來一件事最奸惡，極可恨，待我罵他。”

罵聲奸行：當初逃難在他鄉，到了朋友家，還把禍來降。候家村莊，裝酒殺豬給你嘗；你殺他一家人，這是那裏的賬？

罵罷又猜。一個輸了，說：“老奸黨，我也想起一件該罵他處。”

罵聲奸曹：你也各成一大包。你說你奸不奸？自己吃毒藥，奸的口難學；白日挺着尸[⑤]，裝睡覺，猛起來殺了人，還推不知道！

---

① 作一個會：做一次集會。

② 成溜：不拗口或者合轍押韻。

③ 狡肚蛆心：形容兇惡狠毒。

④ 毛蟻蛋：毛茸茸的球。毛蟻即毛尾（yǐ）。

⑤ 挺着尸：屍體僵硬。此用作詈詞，指睡覺。

一個說：“您罵的都好。我雖未輸了，不罵也缺點①。我也罵他幾句。”

禰衡雖狂，他把口舌當刀鎗；雖不能殺賊，他那氣也壯。你這奸行，殺他又怕惡名揚，就把個禰正平送給了壺瓶匠！

罵罷，跳起身說[二]：“罵到如今，越發引上火來了。”

天爺好蹊蹺，潼關割須又棄袍，總不着他死，放他只胡別本作顧跳。撞着馬超，樹林轉了好幾遭；魏延一箭來，只射的門牙吊。

“好恨人，好恨人，罵他不盡，嚼他兩口纔好。一個全頭，不敢動着；有糜二爺射吊了的那個賊耳，拿來燒燒，每人嚼他一口，出出惡氣。”都拍手說：“妙，妙！”即時從箭上捸②下來，爭着燒。

爭着去燒，到了火上甚腥臊。上前聞一聞，都說不大妙。原來錯了，燒猪也要用姜椒，即忙拿來加上點材料③。

“快拿來加上些花椒、茴香，去去那賊的惡氣。”加上又燒，說：“好了，不大臭了，可也中了。這是個異味，大家都嘗嘗，休要偏了。都吃大盅。”一個說：“都坐下細嚼嚼，纔有滋味。”都嚼了嚼，說：“有個別味。”一個說：“咱不要混鬧④。這不是五營的人都有，咱大家斟上酒，着一個起去做手着，各人說[三]那殺曹操的光景，快活快活。”一個說：“咱是頭一陣⑤。你吃酒，我就先說。”這人果然拿過鎗來，做手着，說起來。衆人都吃着酒，側耳笑着聽。

［梆子腔］一杆長鎗一口刀，都在烏林埋伏着。等了半宿沒有信，聽得城頭四更鼓敲。忽然像有人馬動，心裏就知是曹操。大礮一聲齊吶喊，老爺大喝似江潮，說是“常山子龍”到，他就打戰似篩糠⑥頭也搖！兩個漢子齊來鬥，俺老爺一杆長鎗把他朝。話不投機一鎗去，把那個行子攮着腰。兩個着忙就撒腿，俺又放火把他燒。一行殺來一行燒，滿山滿谷哭嚎啕。砍瓜切菜不住手，使的我，大汗淋淋透甲袍。曹操好過[四]老奸黨，不知幾時亦奔逃。

---

① 缺點：缺少但不多。

② 捸：捋。

③ 材料：佐料。

④ 混鬧：胡鬧。《紅樓夢》第八回：“寶釵笑道：‘又混鬧了。一個藥也是混吃的？’”

⑤ 頭一陣：打第一仗為頭陣。此指開始。

⑥ 篩糠：比喻渾身哆嗦。

實指望捉住老賊耍一耍，誰想是只殺幾個毛小妖！老賊雖然逃了命，必然嘴上沒了毛。俺把死人割耳級，跟來帳前獻功勞。

都說："妙，妙！若不着趙老爺，這頭仗難打。"又有一個說："你是糜老爺的人，說說那葫蘆峪的死殺俺聽聽。"那人也起來舞刀做勢，說起來了。

［梆子腔］一蓬火箭一張弓，暗暗埋伏在峪中。亂鶏叫罷曹操到，俺那大礮只撲通。糜爺兄弟人兩個，大罵曹操老奸雄。兩杆長鎗一齊去，人似金剛馬似龍。他就諕[五]得打溺戰①，老頭無路亂烘烘。一羣漢子齊來戰，俺就燒山用火攻。哭的哭來叫的叫，上下一片火光紅！那些行子沒處伏，撒馬開交一溜風。俺就趕着只顧殺，砍瓜切菜一般同！一人回頭向我炤[六]，我顫長鎗只一通，不禁湯水②落了馬，我就割頭來獻功。曹操不知那裹去，耳級穿上一大繩。誰知勝仗[七]極好打，上前好似一窩蜂。共總一個曹操沒拿住，到如今懊悔殺的鬆！

都拱手說："得意，得意！關老爺的兵也是不弱的，你起來說說。"那人起來，伸了伸腰，長吁了一口氣，說："我跟着二老爺，也曾得意來；惟有今遭，甚不出氣。我正待對着列位訴訴哩。"空着手，彌量③着，說起來了。

［梆子腔］一羣人馬打高照，華容道上等曹操。午時三刻等的到，十數個人來往北逃，只剩游游一口氣，好像死了好幾遭。老爺大叫"雲長在"，看他魂靈撒九霄，攢攢簇簇④不敢動，好似老鼠見了貓。好漢子也不喘粗氣；只有泰[八]奸⑤肉佞狗張遼，不知他擠眼弄鼻⑥說些嗄，一霎老賊來告饒。老爺起初主意正，任他囃說把頭搖。若還此時就下手，不過只用十六刀，可叹[九]一聲人頭落，千古大恨一時消。老爺低頭不下手，燥的俺只待溺一泡。老爺又不知尋思嗄，只等他扯腿開了交。放着死蛇不會打，你說這事是乖可是潮！還合那曹操講義氣，如今悶得口難學。人人來家都要嘴，獨俺不敢把嘴啕。這個時節還錯過，那得再有第二遭！

---

① 打溺戰：身體哆嗦。

② 不禁湯水：禁不住、受不了。

③ 彌量：用手比畫。

④ 攢攢簇簇：圍攏在一起。

⑤ 泰奸：應為"秦奸"。歷史上因秦國將領章邯戰敗而背上秦奸罵名。

⑥ 擠眼弄鼻：做鬼臉。指面部表情豐富。

都擺手說："你休說罷，悶死人矣。關二老爺平生爽快，這件事着人不服。得三爺的人說那砍頭的妙景，解解這悶氣。"那個人立起，哈哈大笑："待俺說來。"

［梆子腔］俺那老爺本姓張，一杆蛇矛丈八長。領俺去把逃兵殺，一路趕殺如羣羊。跑了百里日正午，林中歇馬去乘涼。各人搶的各人獻，衣甲器物排成行。忽然報說曹操到，老爺大喜似顛狂。即時提矛上了馬，好似一尊活金剛。出林大叫"老爺到"，一堆人打戰似篩糠。前前搐搐不敢動，如同小鬼見閻王。老爺全然不答話，鬚似鋼針插嘴旁。夾馬擰矛攛出去，一聲霹靂震山崗。單炤[十]曹操分心刺，一下就成致命傷。許褚安心要弄鬼，一矛攮去透心亮。兩個翻身都落馬，欹在地下狗咥黃。脚楂①脖子梟首級，那鼻眼略動口還張。貪慌擺劃這頞[十一]髏骨②，別的跑了他賊娘！不是老爺足了意，一馬直追到汴梁。甕中捉了老痴[十二]鱉，臨行不用刀和鎗。丁點力氣全沒費，馬上提來頭一雙。老爺盡有痛快事，今遭痛快不尋常！後日英雄聽到此，必然滿飲一大觴。

都拍手說："快哉[十三]，快哉！這樣快事，俺偏撈不着，便宜你！過日撈着司馬懿，俺也這樣。酒也足了，話也盡了，咱散了罷。"

［清江引］天下事不必定是有，好事在人做。殺了司馬懿，滅了曹操後，雖然撈不着，咱且快活口。

華容一事千秋悶，未斬奸臣老賊頭；

不是一矛快今古，萬年猶恨壽亭侯[十四]。

【校】

［一］惑也好刁：盛本作"忒也好刁"；蒲本作"忒也奸刁"。

［二］跳起身說：盛本作"又跳起來，一個說"。

［三］說：盛本、蒲本作"說說"。

［四］過：盛本、蒲本作"個"。

［五］諕：盛本作"唬"。

［六］炤：盛本、蒲本作"照"。

---

① 楂：通"踏"。

② 頞髏骨：此指頭。

［七］仗：盛本作“杖”。

［八］泰：盛本、蒲本作“秦”。

［九］可叹：盛本作“呀喳”。

［十］炤：盛本作“照”。

［十一］潁：盛本作“垛”。

［十二］痂：盛本、蒲本作“癞”。

［十三］快哉：盛本作“妙，妙！快哉”。

［十四］華容一事千秋悶，未斬奸臣老賊頭；不是一矛快今古，萬年猶恨壽亭侯：盛本、蒲本作“詩曰：華容一事千秋悶，未斬奸臣老賊頭；不是一矛快今古，萬年猶恨壽亭侯。”

醜俊巴

山坡羊段　淨壇府八戒害相思

［西江月］一個說金蓮最妙，一個說八戒極精；我遂及[一]①他撮合成，那管他爲唐爲宋②。淨壇府呆仙害病，枉死城③淫鬼留情；酆都城畔喊一聲，就成了一雙鸞鳳。

［山坡羊］聖僧悟能，他原是天蓬元帥，跟着唐僧姓了猪，取名八戒。取了經來，封了個淨壇侍者，散誕④逍遙。他已跳出三界，只爲他爲了神，那色心未改，那邪裏巴⑤心腸，好好的就興起來。雖然是長嘴大耳，不成個行欵[二]⑥；他到那風月場中，調起情來，比那行者還怪⑦。他若是淨了壇，喫上了三杯哩來喲，那酒迷真性，就發起嘲獃，又是那做和尚餓鬼的情懷，雖娶了兩個毛氏，潑不下那心裏火灰⑧。

一日，八戒離了天宮，駕着雲頭去淨壇，到那吃個醺醺醉，東歪西倒要回還。忽然雲中往下看一眼，看見鬼門關；鬼門關人煙鬧，做買作賣似人間。八戒說者[三]個去處沒曾到，何不下去玩一玩？猛然動了閒遊興，按落雲頭四下觀。見了些昏昏慘慘地獄路，見了些烏烏黑黑沒黃天，見了些羶羶腥腥食店

① 及：給。口語發音為jǐ。

② 那管他爲唐爲宋：不管他是什麼人。

③ 枉死城：收容枉死之人魂魄的陰間城市。傳說為地藏王菩薩所建。

④ 散誕：悠閑自在。

⑤ 邪裏巴：不正經。也說成“邪裏巴歪”。

⑥ 行欵（kuǎn）：樣子。欵，同“款”。

⑦ 怪：聰明；機靈。

⑧ 火灰：比喻欲火。

鋪，見了些吱吱呀呀小唱班，見了些哭哭啼啼思鄉鬼，見了些惡惡扎扎[①]老判官。八戒正看陰司景，一夥人來到面前，一夥鬼押着一個鬼，佳人容貌似天仙：滿口銀牙白似玉，盈頭絲發黑如煙；一雙杏眼秋波動，兩道蛾眉新月彎；才向腰間驚細柳，又於裙下見金蓮；妙舞撒來相思害，風流喜結萬人緣。八戒一見昏迷了，魂靈飛上九重天！拉住行人問一問，才知道武松殺的潘金蓮。八戒越發動了興，想他多情容易纏，湊到近前只顧看，顛到總不害心煩。恨不的搬過頭來做個[四]嘴[②]，恨不的一手搭[五]扶在香肩，恨不的就把細腰雙手抱，恨不的即時脫褲上牀眠，又是呆情又是醉，搭上着迷越發憨。看的金蓮知覺了，斜轉秋波開笑顏，不知是那裏來的黑大漢，心裏着實犯故唵，模樣雖醜漢子大，心裏想到所以然[③]，回頭看着笑一笑，傳情只在眼角邊。八戒更把心情亂，魂靈勾上蒿裏山[④]。跟着他到衙門口，鬼魂無數鬧喧喧，旁邊跑過兩個鬼，把他各人一齊拴，三梆就說老爺坐，一羣一羣往裏牽。八戒跟到衙門裏，只見堂上一員官，金蓮上前銷了到，上頭吩咐且寄監，那時才把嬌容變，淚眼愁眉更可憐，看見虎頭門[⑤]一座，推着拉着往裏鑽。八戒看着金蓮人，心裏好似刀子剜，有心待弄個神通把他救，只怕是二番再罰上西天。閉了監門才沒望，少魂沒淺上家顛，一駕雲頭到舊府，慪頭搭腦好不堪。放身倒在牀兒上，迷迷糊糊不動彈，睡着不醒起來坐，及至起來又不安，反來覆去思又想，魂裏夢裏怪聲歡，不覺金蓮叫出口，活現美人在面前：頭上一朵烏雲亂，我的姐姐呀潘金蓮；一雙俊眼如秋水，我的親親呀潘金蓮；兩道蛾眉彎又細，我的嬌嬌呀潘金蓮；有紅似白[⑥]芙蓉面，我的妹妹呀潘金蓮；兩行牙齒白如玉，我的肉肉潘金蓮；腰兒一掐[⑦]風情軟，我的親人潘金蓮；花鞋瘦小剛三寸，我的心肝潘金蓮。又想起臨去秋波那一轉，怎教人一刻去心間，我想金蓮想的重，還不

---

① 惡惡扎扎：令人憎惡的樣子。

② 做個嘴：親嘴。

③ 所以然：隱語。如同說“那個東西”。此指男人私处。

④ 蒿裏山：山名。山東省泰安市境内。

⑤ 虎頭門：兩邊立有狴犴（bìàn 神獸）的獄門。

⑥ 有紅似白：白裏透紅。多形容人的面部肤色。《兒女英雄傳》第九回：“且說那張金鳳整好衣裙，仍同十三妹回到西間坐下，此時氣兒也緩過來了，臉兒也有紅似白的了。”

⑦ 一掐：伸開手指，兩手指尖相對合攏謂之一掐。這裏形容腰肢很細。

說烏斯高翠蘭①。想極了做了一個鴛鴦夢：我合他相逢只在曠野邊，一把拉住不放手，一親一喜口難言。只說到今世不能再相會，一般的撈着我那俏心肝，迭不的訴說相思害的重，一心裏待要倒鳳又顛鸞。他說道看有人來容再會，我說道錯過好時後會難，但只是[六]急切少個陽臺所，路旁裏找了一個秫稭攢②。他的褲來我的襖，左右遮來蓋不嚴，袍衿略動香肌露，石枕斜欹寶髻偏，土塊高低常轉側，衣裳捽扯錯鑽研，槽合一身全身動，衫隔惟餘半體沾，顛勢動搖身兩就，顫聲齊作口雙甜。梆鈴正響狂初發，雲雨方濃事未完，架上金鷄忽一[七]叫，牀頭好夢已驚殘，忽的驚來淡了個死，手脚沈沈病越添，自從那子母河邊懷了孕，白黑哐哼第二番。八戒病了十日整，渾身消瘦鬣毛鬈，腮子③掉了二斤半，後坐④瘦的豎腦尖，耳朵搖的相薄脆，前槽搭喇𩕳[八]了肩⑤。病重不顧羞合恥，逢人告訴一大篇，要想得個崐[九]崙手⑥，竊取紅綃到枕邊。晝夜尋思千般法，怕的是前生沒結歡喜緣，但結得我那金蓮見一面，總就是再貶紅塵心也甘。已定要可意人兒必到手，還未知月老赤繩拴不拴？

枉死城金蓮成雙對

[山坡羊] 猪八戒害相思，只害的懨懨憔瘦。顛倒思量，總然是無法可設。有一個長伺侯淨壇的童子，他說道一個養漢的老婆，消用甚麽巧計。爺爺，你在雲棧洞⑦裏何嘗是如此？到如今就全消了往年虎威。只聽他起解出來，大喝一聲留人，那大鬼小鬼，誰敢牙崩個不字？若是馬面牛頭，他打個遲局，來喲，只消那九齒釘鈀，築他個爛醬稀泥！童子說罷，那八戒抓耳撓腮，異樣的歡喜，儼然金蓮到手，已成了夫妻。

八戒聞言叫小童，聽你言語開心胸，你再給我找個法⑧。

[全稿至此完，似是未成稿。]

---

① 高翠蘭：八戒妻子。

② 秫稭攢（cuán）：將成捆的秫秸豎起，相互依靠聚成的堆積物。攢，聚集。

③ 腮子：腮。

④ 後坐：屁股。

⑤ 𩕳了肩：兩肩下垂。

⑥ 崐崙手：唐傳奇《崐崙奴》中的人物。

⑦ 雲棧洞：《西遊記》中八戒與卵二姐居住的洞府。

⑧ 找個法：想一個辦法。

【校】

［一］及：蒲本作“給”。

［二］欵：蒲本作“款”。

［三］者：蒲本作“這”。

［四］個：蒲本作“過”。

［五］搯：蒲本作“拓”。

［六］但只是：當為小號字體。

［七］一：蒲本作“已”。

［八］顙：盛本作“踠”。

［九］崐：蒲本作“崑”。

禳妒咒

第一回　開　場

醜笑上［西江月］諸樣事有法可治，惟獨一樣難堪：晝簾以裹繡牀邊，使不的威靈勢焰。任憑你王侯公子，動不動怒氣冲天；他若到了繡房前，咦，漢子就矮了一半！

我家房中有個人一堆，戴着鬏髻[①]穿着裙禍根；仰起巴掌照着臉瓜得[②]，內問云是你打他麽？哭云那裏，是他打我。作介我只雄赳赳的闖進門撲忒[③]。內問云這是怎麽？笑云撲忒一聲，我就跪下了。內問云你就這麽怕老婆麽？丑云列位休笑，天下那一個不是怕老婆的呢？你說先父是怎麽死了來？敝莊南裏有個八家店。這八家子被老婆降極了，大家約了一道怕老婆會。都不敢做會頭。有一個人就提着先父的名字說："北莊裏王喘氣，聽說他極大膽，何不去請他做會頭？"都說："極好，極好！"大家一齊到門，把先父請去，說了來意。先父當年還是條漢子，慨然做了會頭。這一日吃着那血酒[④]，說下[⑤]若一個有難，大家一齊上前。誰想那衆娘子們，已是都知道了，都各人拿了棒槌，來合和[⑥]

---

① 鬏（jiū）髻：舊時女子將頭發盤在腦後而成的髻。

② 瓜得：此指打耳光的聲音。得，方言发音 dei。

③ 撲忒：此指膝蓋着地的聲音。忒，方言发音 tēi。

④ 吃着那血酒：喝著有血的酒。血酒多為盟誓時所喝。

⑤ 說下：聲明。《紅樓夢》第四十五回："先說下，我是沒有賀禮的，也不知道放賞，吃完了一走，可別笑話。"

⑥ 合和：糾集。

了家母一齊跑去。這裏大家正吃着血酒，看見女兵到了慌極，都爬牆蹦了；獨有先父坐在上席，穩然不動。内云好哇！還是令尊是條漢子！丑哭云好麽[①]！到了近前看了看，那王喘氣已是不喘氣了！内云咳！令尊是這麽死的來麽？丑云你道是咱[一]着來呀？我昨日在街上聽見人唱一個山坡羊，甚是傷感。我唱唱與大爺們聽聽，普天地下甚麽人是條漢子？

［調寄山坡羊］不怕天不怕地，單單怕那秋胡戲[②]。性子發了要殺人，進來屋裏沒了氣。儘他作精儘他治，放不出個狗臭屁。休笑漢子全不濟，這裏使不的錢合勢。

你就是個王侯，你就是個閣老，常言道水長船高，到這裏也用不的。

殺了人放了火，十萬銀子包裹裹，一直送到撫院堂，情管即時開了鎖；惟獨這娘子人起了火，沒處藏沒處躲，這個衙門罷了我。

若是拿出良心細細想來，就怕他些可也罷了。

想當初把我嫁，一朵鮮花才摘下。口裏一口糯米牙[③]，頭上一頭好頭髮；臉兒好像芙芙[二]子苗，金蓮不够半揸[④]大。白綾裙綠紬褂，傳的影[⑤]上的畫，出的門支的架，扎裹起來愛煞人，好像一尊活菩薩。你說該怕不該怕？

再加上生男育女，又着他受苦遭難。

本等是家小人家，千頭百穗[⑥]難招架。沒有冬沒有夏，說不過來是做嗄。閉煞屋門紡棉花，唧唧哇哇[⑦]放不下。小的小，大的大，都從他肚裏養活下，叫叫喚喚把氣喲，他就心焦把我罵。你說該怕不該怕？

況且是丈人丈母用心用意，其情難報。

俺那小舅來這裏要，騎着騾子牽着馬，驢駝擔担一大些。本等是眞說不

---

① 麽："什麽"的省略。口語中多用。

② 秋胡戲："秋胡戲妻"的省略，這裏用了藏詞的修辭手法。《金瓶梅》第二十三回："又聽彀多時，只聽老婆問西門慶說：'你家第五的秋胡戲，你娶他來家多少時了？'"

③ 糯米牙：牙齒細密。《金瓶梅》第三十四回："西門慶見他吃了酒，臉上透出紅白來，紅馥馥唇兒，露着一口糯米牙兒，如何不愛。"

④ 半揸：見上文注"一揸"。

⑤ 傳的影：容貌豔麗可以畫像。形容容貌美麗。清代蒲松齡《聊齋志異·吴門畫工》："貴戚家爭遺重幣，乞為先人傳影。"

⑥ 千頭百穗：千頭萬緒。

⑦ 唧唧哇哇：小孩子的哭鬧聲。

的假，南瓜皮子一大筐，炊箒苕[①]箒三五把。棗麵蒸成窩窩頭[②]，嫩鷄鮮魚剁成炸[③]，丈人給了個銀子錁，丈母偷着又給了𫋭。俺可不似那沒良心，吃了費了還嫌寡。只是爲了還是窮，這樣行子本該打。

依起那沒盡足的心腸，就得二百個達達來把你填還。

我就從來沒有捆[④]，有了錢來要[三]弄鬼。學着賭博指着贏，輸了待撈沒有本，心裹癢癢沒處抓，跑前跑後撅着嘴。不知是誰撒了湯[⑤]，惱的娘子滴下水[⑥]，進來房門採住毛[⑦]，扅[⑧]了一百小鞋底。雖然打我我不怨，原是俺自家沒有理。

俺過着他的日子，他管教俺成人，還説俺是怕婆子，沒得還該不怕麼？

東莊有個李小樓，尋了個老婆門樓頭[⑨]，粗唇大口窩挖眼[⑩]，做鞋就得二尺紬。看他那人物醜甚醜，他倒跟個俊的𠲎，要打就打要罵就罵，漢子緫像有了仇。他漢子還順他的道受他的教，可笑可笑眞可笑！丈人過的着實焦，等着女壻[四]去盡孝，送了糧食送衣服，黄邊[⑪]還得好幾吊。這樣漢子還要降，寃枉寃屈那裹去告？

怕老婆的雖然不少，像這樣怕法，可就叫幾聲皇天。

我就從來爆仗性[⑫]，受不的氣兒顧不的命。到家見了那個人，吆喝一聲掙了腚[⑬]。渾身打戰似篩糠，不知這是那裹的病？老婆説有森人毛[⑭]，這話是眞不是空。到多喒拔了他那毛，治了我的病，仔怕我就膽子硬。

---

① 苕：通“箬”。

② 窩窩頭：一种麵食。多用玉米麵或雜糧麵製成。因其底部有窩，故名。

③ 炸：通“渣”。細碎的肉末。

④ 沒有捆：沒有數。

⑤ 撒了湯：比喻走漏消息。

⑥ 滴下水：比喻流淚。

⑦ 採住毛：抓住頭髮。採，此指揪、抓。

⑧ 扅：打。方言音為 duō。

⑨ 門樓頭：前額凸出。

⑩ 窩挖眼：眼部向內凹進。

⑪ 黄邊：銅錢。

⑫ 爆仗性：脾氣暴躁。爆仗，鞭炮。

⑬ 掙了腚：掉轉身子。

⑭ 森人毛：使人害怕的毛髮。

天地之間，蠶們可以老了，掩樹可以倒了，飢困可以飽了，昂[五]臓可以掃了，惟獨這着骨的疔瘡，幾時是個了手呢？

昨日煞進門就是頓巴掌子，劈頭就是頓踏棍①子，打的露着血眞脈子②，幾乎見了腥葷子③。若不着俺家他三嬸子，坐住領了雙份子④，孩子裂⑤了書本子，嗔我又沒端尿盆子。

俺只得虔誠禱告：玉皇爺爺，灶王爺爺，月光⑥爺爺，太陽爺爺，頭上頂的房爺爺，屋裹鋪的牀爺爺，三根腿的爐神香爺爺，毛廁的毛神髒爺爺，凡是天地間的神靈，無論甚麽爺爺，你若保佑俺打駡不捱，我就發下洪誓大願。

雖有巴掌不能揚，從今漢子不受降，俺就許下殺乜羊。待要攮俺折了錐，待要扎俺折了針，俺就許下殺乜鶏。鞭子手輭不能搼，爛[六]了棒槌折了拐，我就許下朝南海。紙也整鏍也整，臘月裹穿單不害冷。娘娘如有靈，一步一拜的到山頂。

聽的説：怕老婆的不少飯吃。這話衹怕是胡言。

一般俺也腆着臉，一般俺也瞪着眼。脚兒跟他三四雙，渾身不曾少一點。發恨想着掘他娘⑦，到了近前沒了膽。說怕老婆有飯吃，這話也是瞎打閃⑧。俺也怕了十來年，至到而今他不怕俺。咱且從容且怕着，只怕將來還做個繭[七]⑨。

果然從此興家，俺自家怕了不算，還囑咐那子子孫孫，休要失了家傳。

［皂羅袍］怕婆子休得取笑，十個人九個操淖⑩。誰家盆碗不廝敲？反了常倒是個不祥兆。蛾眉一豎，膽戰魂消，閣老尚書也要上他的道。

内云養漢老婆攀四鄰，誰家那正經人物子怕老婆來？丑云嗤！我道你就不

---

① 踏棍：短而小的木棍。

② 血眞脈子：由於擠壓、擊打，皮膚表面的毛細血管出現膨脹。

③ 見了腥葷子：此指流血。

④ 坐住領了雙份子：保准挨了雙倍的打。

⑤ 裂：撕。

⑥ 月光：月亮。

⑦ 掘他娘：罵娘。

⑧ 瞎打閃：此指隨意亂說。

⑨ 做個繭：比喻有好的結局。

⑩ 操淖：煩惱。

怕麼？那一日俺王大娘就沒打你呀？內云哇！我怕是上人上物哇。丑云你就不是上人，怎還算不的上物呢？若是算不的，待我說一件典故你聽：

當初明朝有一位戚繼光戚老爺，是個掛印①的總兵。他生的身長八尺，腰闊十圍，就有百萬賊兵，他一馬當先，就殺他個片甲不回。你看這是個甚麼漢子！豈不知他到了家裏，那漢子就合你我是一樣，那奶奶說跪着，他還不敢站着哩，眞正是降的至極至極的。手下那些參將，副將，游擊②，千、把總③，都替他不平。大家都來商議說："老爺領着百萬兵馬，怎麼怕一個婦人？咱不如反了罷！"戚老爺說："怎麼反呢？"衆人說："請老爺頂盔貫甲，亮出刀來，聲聲叫殺，往宅裏竟跑，大家俱吶喊助威，愁他不服麼？"戚老爺聽罷大喜，即時披掛整齊，明盔亮甲，拿着一口刀耀眼爭光，就在廳前大喊了一聲殺呀。走進了宅門，又喊了一聲殺呀，那聲就矮上來了；進了家門子，再喊了一聲殺，那殺呀之聲又矮了些；進了房門，只落了遊遊一口氣兒，那喉嚨眼裏插語着說殺呀。那奶奶正在牀上睡覺，睜開眼說："殺甚麼？"戚老爺丟了刀，一波落蓋④跪下，揑起那嗓根頭子⑤來，哏哏了一聲⑥說："我殺乜鷄你吃。"這位戚將軍不是上人麼？

戚將軍忽然反叛，一聲聲[八]叫殺連天。進去家門氣不全，到房中不覺聲音變。鶯聲一出，跪倒牀前。那輭弱書生越發看的見。

內云這沒根子瞎話，我就不聽。丑云說起來你不信，如今就現有一個哩。你看那不是怕老婆的他達來也？下

【校】

［一］咱：当为"囃"。

［二］芙芺：上海世界書局本作"芙蓉"。

［三］要：蒲本作"耍"。

［四］壻：盛本、蒲本作"婿"。

---

① 掛印：掛元帥大印。

② 游擊：武官。

③ 千、把總：統帥京師駐軍的軍官。

④ 波落蓋：膝蓋。

⑤ 揑起那嗓根頭子：故意壓低聲音。

⑥ 哏哏了一聲：停頓了一聲。

［五］昂：盛本作“肮”。

［六］爛：盛本作“斓”。

［七］還做個繭：盛本作“還個繭”。

［八］聲聲：盛本作“聲”。

第二回　雙　戲

高公[一]、高母上云年歲周花甲①，鬢邊白髮生；有子萬事足，無妾一身輕。

咱家姓高名猷，字是仲鴻，本貫②臨江府峽江縣。俺本宦官後人也，家中有萬金產業。我合夫人周氏，都是六十餘歲。五十上生了一子，叫小長命。自從讀書，起了個名字叫高蕃。可喜他聰明俊秀，今年方纔十歲，已是成了文章③，也是一件好事。

［耍孩兒］也是咱命裹該，五十纔生了小嬰孩④，如今將近十年外。我兒生的模樣好，伶俐聰明會弄乖，出去門人人看着愛。我合你年殘日暮，摸弄着也略散心懷。

夫人說四十五上纔生了他姐姐，已是沒了指望，還虧臨了纔得了他，不然怎了⑤！

十來胎不存留，看今生已罷休，不想還生下這塊肉。已是生了瘢和疹，又不瞎眼不禿頭，心滿意足今生够。但得他長命百歲，不指望富貴千秋。

仲鴻說天已晌午了，也該放了學了，怎麽到如今不來？夫人說他來到家，光合咱那賃房的樊家那小妮子江城去打瓦⑥，必定是玩住了。待我去看看。並下，

① 周花甲：六十歲。

② 本貫：籍貫。《敦煌變文集·燕子賦》：“本貫屬京兆，生緣在帝鄉。”《金瓶梅》第三十一回：“年方一十八歲，本貫蘇州府常熟縣人，唤名小張松。”

③ 成了文章：文章寫得很好。

④ 小嬰孩：嬰兒、小孩。

⑤ 怎了：怎麽辦。

⑥ 打瓦：兒童遊戲。將小石板等立在地上，在一定的距離之内用石塊擊打石板等，以擊倒者為勝。

小生扮長命上，貼旦扮樊江城上，相遇介，江城說你放了學了麽？答應說放了。江城說來來，我正等着你翻交[①]哩。兩個坐下翻介

［跌落金錢］江城說咱且坐坐翻個交，看我翻個老牛槽。長命呀，我這一翻翻的妙。長命說妮子休誇翻手高，看我翻個細狗腰。江城呀，找不着頭還着你心裏噪。江城說小廝休要瞎胡嘮，當初你曾跟我學。長命呀，方學會就弄乜花花哨[②]。長命說我纔翻了個單綿條，你自一翻就亂了交。江城說我說你還不懂竅。

江城說你才學會了，就教你乜嘴。這一回你打交，我先翻；翻錯了的打十個瓜子[③]。長命說就是這等。你犯着我手裏，我使上些唾沫打你。江城說你翻錯了，我下這四指麵條子[④]打你。

長命說咱可賭不的嘴裏叨，老實休要翻錯了。姐姐呀，翻錯了只怕還唬一跳。江城說我說你慢[⑤]翻錯了，我伺候下四指老麵條。哥哥呀，有本領不要淚珠吊。長命說犯着我手裏我也着實敲，到那進前[⑥]休告饒。姐姐呀，量着肚子好吃藥。江城說放着還不流水挑，認公認母只顧瞧。哥哥呀，悶煞人叫我心裏噪。

長命大笑說妙哇，妙哇！你可翻錯了，這可說不的了，來來！吐指頭就拉胳膊[⑦]，江城說打不的，是你從頭裏灶[⑧]的我。兩人正爭，周夫人到笑道我說一猜一個着[⑨]。長命，你不吃了飯上學裏去，是甚麽樣？長命說江城輸了瓜子，不依我打呢。夫人說我兒來罷，着他該[⑩]的罷。將着正走，高公又到。夫人說果然是我那話，正在那裏爭瓜子哩。

---

① 翻交：兒童遊戲。將兩頭連在一起的細繩或細線套在手指上，兩人或多人互動，翻出各種花樣。

② 花花哨：各種花樣。

③ 打十個瓜子：用手指在對方胳膊上打十下。遊戲中往往赢家會用手指在輸家的胳膊上擊打以示懲罰，謂打瓜子。《金瓶梅》第二十四回："宋蕙蓮正和玉簫、小玉在後邊院子裏撾子兒，賭打瓜子，頑成一塊。"

④ 四指麵條子：比喻四個手指。

⑤ 慢：不要。

⑥ 到那進前：到那时候。

⑦ 吐指頭就拉胳膊：往手上吐唾沫、挽起袖子，准备要打的样子。

⑧ 灶：通"噪"。

⑨ 一猜一個着：一猜一個准。

⑩ 該：欠。

我就說我會猜[二]，貪玩耍眞仯孩，着我找到二門①外。正爭瓜子鬧垓垓，一行叫着還不待來，兩個還要胡廝賴。若不是我找的緊趁②，他也就忘了書齋。

仲鴻說哈哈！這孩子不上學裏去了麼？連飯都忘了吃。

我的兒你聽知，高拱手深作揖，往前休弄乜孩子勢[三]。放學來家吃了飯，不要移東又轉西③，一直徑往書房去。若還是去的晚了，你看恁師傅不依。

過來過來，你吃些飯去罷，看晚了賺下打來了。

高小兒小女去翻交，周還要相爭把氣淘；

高可笑癡兒只貪耍，周不知書舍有荊條。

【校】

［一］高公：上海世界書局作“高父”。

［二］我就說我會猜：盛本作“［耍孩兒］我就說我會猜”。

［三］孩子勢：上海世界書局作“孩巴了勢”。

第三回　遷　居

樊公上云虛度人間五十秋，短袍破爛又流丟；街頭個個稱師傅，實與人家去放牛④。

咱家姓樊名才，字子正，每年以教書爲業。賃了高仲鴻家一口屋，不覺住了四年。主人到極盛德。明年的館在北門裏頭，隔着這裏太遠，不免攜家搬去。

教書教了三十年[一]，捲着席頭沿地裏搬，幾乎住遍了峽江縣。惟有這裏

① 二門：舊式四合院的垂花門。

② 緊趁：緊。《西廂記》第一折：“當日五言詩緊趁逐，後來因七弦琴成配偶。”

③ 移東又轉西：東游西逛，不安心學習。

④ 放牛：此指幫人做工。

住的久，主客相交算有緣。明年又弄的不方便，領打着[①]老婆孩子，北門裏又要重遷。

樊婆徐氏上云嫁得窮酸丁[②]，飄零五十春；搬來又搬去，南北似流民。自己徐氏便是。老頭子說在北門裏頭賃下了一口房子，今日要搬，只得合家收拾收拾。

半領席一片毡，一個鍋子一個罈，找找休忘了筆合硯。一桌破櫃掃掃土，棉花車子[③]落落絃。常言破家值萬貫，你看看這破鞋破襪，亂烘烘堆滿牀前。

樊子正說我去外邊僱一個挑脚的[④]，拾掇上給他挑着，下剩的咱自家拿着罷。

箱子裏滿滿當當，破傢伙流流的[⑤]一筐，匙箸碗碟掖打上。包起你爲人[⑥]的那藍絹襖，我還有撒脚的鞋一雙，尿鱉兒[⑦]還沒處放。你從容收拾妥當，我待去辭別街房[⑧]。

我去別別街房，辭辭仲鴻。你合江城收拾下飯，我回來吃。攜行李并下，高公上云樊子正今日要移居，他還來作別。咳，他到是個好人，怎麽就無個定所？

樊子正實是窮，今日西來明日東，爲人空好[⑨]中何用？在這裏住了三四載，我待他不與客戶同，臨別還得走相送。他或者收拾妥當，必定還到我家中。

叫道人來，你看您樊大爺來，即刻報我知道。手下人答應是，樊公上

老仲是個盛德人，見了相愛更相親，欠下房價更不問。若遇着冬年寒節，請我閒談酒滿斟，好處一言眞難盡。臨起身登門奉拜，謝謝他大德洪恩。

遠看見那門上一人，看見我他就進去了，想是他去報他主人。呀！那不

① 領打着：領着。打，詞綴。

② 窮酸丁：貧困而又不知變通的人。

③ 棉花車子：紡棉花的車子。

④ 挑脚的：替他人挑運行裝等貨物的人。

⑤ 流流的：滿滿的。

⑥ 爲人：待人處世接物。

⑦ 尿鱉兒：夜壺。

⑧ 街房：即“街坊”。

⑨ 空好：白白地好。

是高大哥已出來了？待俺速走一步。高公上前，一行走着便說今日必於喬遷了？子正說敬來叩別。握手到了堂中，即便作揖叩謝

連年來作踐非常，孩兒入閣又穿房，跳圈兒乖[①]破了紅紗帳。使破鋤頭砍壞了斧，不肯教我去賠償，借的糧食不上賬。敬登門磕頭拜謝，這恩德生死難忘！

握手到了堂中，即便作揖叩射！高公說這是那話。請坐請坐。

老頭[二]子睃[②]不上那少年，說句話霧罩雲山[③]，時腔眞有十可厭。喜的至誠又忠厚，表裏眞實無妄言，以後難得常相見。我爲人村粗直率，有小錯單望海涵。

子正說這是套言了。小弟還有幾件傢伙不曾收拾，就此告別。高公說那有此理！小弟還有一杯薄酒奉餞。子正說心領罷。不能取擾，足見高情[④]。高仲鴻那裏肯依，說不過一頓粗飯。子正沒奈何，又坐下了。仲鴻便叫快拿酒來！手下人說酒到。仲鴻說我親遞一杯。子正說不勞不勞。

［黃鶯兒］高說一杯奉坐前，聽小弟告一言：以後難得常相見。暫且留連，暫且盤桓，畢酒還有家常飯。莫推謙，酒薄情厚，請告一杯乾。

子正說忒也多情了！

老兄情太高，擾過了千萬遭，不曾杯水將恩報。又飲香醪[⑤]，又享佳殽[三][⑥]，臨別又領兄臺教。不勞消[⑦]，相隔不遠，何必在今朝？

已是領過情了，別了罷。仲鴻拉住說豈有此理！即時飯到。子正說忒也過擾了。

一別路途遙，蒙相別情義高，不領也被旁人笑。留也是虛邀，飯也是免囂，你我惟有心相照。請飽叨[⑧]，省的老嫂，重複費烹調。

子正說已是醉飽了，就此告別。仲鴻說老兄既忙，小弟也不敢久留。搖手送

---

① 乖：碰；劃。

② 睃：此指看。

③ 霧罩雲山：即"雲山霧罩"，此處為押韻而倒序。比喻說話沒有邊際，不靠譜。

④ 高情：盛情；深厚情誼。

⑤ 香醪：美酒。

⑥ 殽：同"餚"。

⑦ 勞消：勞累。

⑧ 叨：吃。

介

芥蒂[20]無分毫，我兩人道義交，往來盡脱虚圈套。心戀戀難抛，恨重重難消，臨行還有言相告。請聽着：如有閒空，相訪莫辭勞。

子正説是是，請了。高公下，子正擡頭看介呀！天已晌午了。其實不能他去，俺且回家再處。急走介

［香柳娘］客何曾謝完，客何曾謝完，擡頭看天，一客拜到晌午轉。急等着要搬，急等着要搬，心火又生煙，諸事還不辦。老婆兒望穿，老婆兒望穿，定説老漢一去不回還。

作進門介，徐氏説你灶死我也！怎麽一去不還了？子正説一言難盡。

蒙仲鴻死活留，蒙仲鴻死留[四]，難把身抽，三杯已是飯時候。纔剛剛罷休，才剛剛罷休，好似魚脱鉤，兩脚忙忙走。跑的來汗流，跑的來汗流，不暇再别兩鄰朋舊。

徐氏説已是收拾停當，快去叫那脚夫來。子正叫：脚夫那裏？脚夫上等候已久。交行李介老婆子，你挎着這筐子；江城，你拿着小籃兒；我抗①着板櫈。

將房門放開，將房門放開，滿地塵埃，該把房屋深深拜。看梁柱庭階，看梁柱庭階，坑[五]沿鍋臺，住你三年外。今别你去來，今别你去來，脚夫等侯，不得遲挨。

走介，江城哭介俺跟不上呢！子正説您娘兩慢走，我到前邊等着。下，徐氏唱

叫江城女孩，叫江城女孩，步步走來在後邊，誰相待？俺慢慢行來，俺慢慢行來，啼哭淚滿腮，看被人驚怪。又過巷穿街，又過巷穿街，布衣上蓋，羅裙塵埃。

子正、脚夫歇介，徐氏説江城，那不是你爹爹在那裏等咱？我兒快走些。走介，脚夫要走，江城哭了説俺還待歇歇。子正説咱就再坐坐。

俺無可奈何，俺無可奈何，孩兒細弱，啼啼哭哭真難過。只得且磨陀，只得且磨陀，共向街頭坐，行人漸漸多。難把你拉拖，難把你拉拖？只管倒磨，你是待怎麽？

又歇了歇説咱可走罷。江城搖頭説俺不！子正起來説這妮子甚麽正經！我還先走罷。下，徐氏説我兒，咱也慢慢的走着。

---

① 坑：通“炕”。

［皂羅袍］盼家門叫人焦灶，女孩兒生把氣喕，十來多歲還撒嬌。路途半裏何時到？轉彎抹角，又過小橋，舖面兩行，一派人煙鬧。

江城又不行介，徐氏說哎喲！小歪拉骨！你可喕[六]①煞我了！

喕煞人前生業障②，撅着嘴坐在路旁，不言不語淚汪汪。說走就把聲來放，甚麽寃屈，皇天爺娘？坐到黄昏，終須怎麽樣？

子正上云脚夫打發去了。娘兒兩個如何還不到？不免迎他迎去。呀！還在那簷下坐着哩。坐會子就不去了麽？徐氏說正在這裏弄鬼哩。子正說過來，我背着你走吧。江城笑說將將③着罷。子正說就依着你。江城又說俺在這肩膀上站着罷。上在肩膀上介

這身材幾乎一歪[七]，到被他喕煞爺娘，丫頭還把小孩裝。脚兒在肩膀上，叫聲妮子，要立住壯。一個筋斗，只怕跌的殘生喪！

怪丫頭站的牢壯④，大立碑好似秦王。不怕翻了往下張⑤，走來好似天仙降。一心似箭，奔走慌忙，來到家門纔把孩兒放。

徐氏說原來賃在此處，到也幽靜。

詩曰：半世曾無安樂窩，書齋遷處住房挪⑥；

舊年鄰舍纔相識，又去南城二里多。

【校】

［一］教書教了三十年：盛本作“［耍孩兒］教書教了三十年”。

［二］頭：上海世界書局作“實”。

［三］殺：蒲本、盛本均作“肴”。

［四］蒙仲鴻死活留，蒙仲鴻死（漏掉活）留：盛本作“蒙仲鴻死留，蒙仲鴻死留”，蒲本作“蒙仲鴻死活留，蒙仲鴻死活留”。

［五］坑：盛本作“炕”。

［六］喕：盛本作“淘”。下同。

---

① 喕：通“淘”。

② 業障：佛教用語。比喻人的罪孽。

③ 將將：拉着手。

④ 牢壯：此指穩當。

⑤ 張：從高處跌落。

⑥ 挪：通“挪”。

［七］歪：盛本作“丈”。

第四回　入　泮①

高公、高母上云小長命跟他三叔高季去考，已是二十餘日。聽說考完了好幾日了，怎麽不見回來？夫人說他三叔是好秀才，又老成，自然教導那孩子或者不差。

［耍孩兒］我那兒心志高，十三歲望進學，跟他叔叔去進場。場裏考了好幾日，人家童生②都來了，全不見我兒郎到。雖沒有千里萬裏，也隔着水遠山遙。

高季領長命率家人上云長命進了場玩耍了幾日，或者教我哥嫂躭心。忙忙走來，已到家門，待俺即忙進去。

我姪［一］兒會做文章，但他意興太顛狂。考前不依他閒遊蕩，考後方纔領着他去，看了亭榭看池塘，連朝便惹的倚門望。進門來先參哥嫂，叔姪倆竟到高堂。

家人忙報俺三叔合哥來了。仲鴻說好好！高季進門說小弟與哥嫂拜揖。仲鴻說辛苦了！拿坐來與叔坐的。長命說給爹娘磕頭。夫人說我兒，你休磕頭了，你坐下歇歇罷。仲鴻說怎麽來到如今？高季說小長命待要耍耍，出了場留了幾日，所以來遲。仲鴻說文章如何？

三兄弟你聽着：孩子不敢望進學，叫他先學着認認號③。咱既不曾求情面，咱又不能去下操，文章也未必能做的妙。進了學千萬僥倖，進不了也就罷了［二］。

高季說文章到通。點名時宗師④見他小，還問他年紀，衹怕也有些指望。

---

① 入泮：古代學宫前因有泮水，故稱學童入學為“入泮”。《初刻拍案驚奇》第十一卷：“王生雖是業儒，尚不曾入泮，只在家中誦習，也有時出外結友論文。”

② 童生：明清時期，沒有考取生員（秀才）資格的人通稱童生。

③ 認認號：認認考場房間號，也就是熟悉一下考試環境。

④ 宗師：明清時尊稱提督學道、提督學政為宗師。

但只是學道是要錢的。

［銀紐絲］使銀錢也把好缺也麼挑，當日的文章未必高。甚操淳，敲門甎把進士嘮。再做十年官，滿眼盡蓬蒿，破題[①]兒也忘了怎麼造。酒色養的那脾胃嬌，那厭氣[②]時文也不待瞧。我的天，學道瞎，眞是瞎學道！

學棚[③]裏原是傀儡也麼場，撮猴子[④]全然在後堂。最可傷，瞎子也鑽研着看文章。偏着名下士[⑤]，眼明又心强，本宗師也做的有名望。若遇着那混賬行，肉吃着腥氣屎吃着香，我的天，喪良心，眞把良心喪！

宗師的主意甚精也麼明，只要實壓着戥[⑥]上星。求人情，好歹將來未可憑。不如包打上二百好冰凌，上公堂照他皮臉[⑦]揣，要進童生是童生，要進幾名是幾名。我的天，靈應眞，可有眞靈應！

怨不的宗師大稱也麼稱，他下的本錢也不輕。好營生，至少也弄個本利平。既然做生意，只望交易成，下上本誰不望利錢重？大縣進學十五名，其實三停[⑧]只一停。我的天，僥倖難，眞是難僥倖！

仲鴻說進學這樣難，就不必指望。他孩子又小，不進也罷了。高季說也未必。就若是進，必在三四名；沒有就沒有了。仲鴻說怎麼說呢？高季說以下都是錢了。

點着名學道笑[三]也麼開，喜的原不是求眞才。心暗猜，必定是大包封進來。只求成色正，不嫌文字歪，把天理丟靠九霄外。那管老童苦死捱，到老鬍鬚白滿腮。我的天，壞良心，眞把良心壞！

仲鴻說童生有多大年紀的？高季說咱這臨縣中有一個劉太和，今年六十五了。一夥小童生見了他每日考，便都戲他說：劉大爺，你好做詩，何不做一首？劉太和說：甚麼爲題？衆人說：就指着自家罷。劉太和順口念道：

---

① 破題：科舉時代考生要用幾句話說破題目的要義，稱為破題。《祖堂集》第七卷："羅秀才問：'請和尚破題！'"

② 厭氣：厭煩。

③ 學棚：也稱考棚，科舉時代的考場。

④ 撮猴子：耍猴的人。撮，玩弄。

⑤ 名下士：名士。

⑥ 戥（děng）：小型的秤。

⑦ 皮臉：不知羞恥。

⑧ 停：把總數分成幾份，其中的一份稱為一停。

從那來了個春風鼓，童考考到六十五。沒錢奉上大宗師，熬成天下童生祖！

仲鴻大笑說這也可笑可笑！

童生考成了白頭也麽翁，盤纏也得數萬銅。到學宫，八十衣中告不中。咱家小長命，不到着實通，不肯教他塞人家空。歲歲宗師一樣同，再沒個出來秉秉公。我的天，搖動心，都把心搖動！

報子上云報報報，俺先到，打了一個肩，崩了一宿道。買報使了四兩銀，指望還賺七八吊，還賺七八吊。

高大爺家相公進了，這就是個肥主子①，攤着他也是咱的造化。來此已是高大爺門首。門上大哥傳一聲：高蕃進了第四名，俺來報喜哩。家人慌忙來報哥哥進了第四名，報子討賞哩。仲鴻說呀！奇哉奇哉！他果然進了，可喜可喜！

如今世道愛錢也麽神，無錢難得跳龍門。這頭巾，擷擷約值二百銀。孩子忒也小，安排到[四]來春，科考纔折蹬那糧食囤。誰想全不費分文，竟進了臨江第四人。好運交，這才交好運！

叫人來，賞那報子二兩銀子一疋紅。家人應介長命我兒，你去歇歇，好上府覆②試。三弟，你還送他一遭。

都答應說是。

高公人說宗師太不通，高母不愛文章只愛銅；

高季說長說短憑他去，長命只管咱不罵文宗。

【校】

[一] 姪：盛本作“侄”。下同。《釋名》：“姑謂兄弟之女曰姪。”後俗作“侄”。

[二] 也就罷了：上海世界書局作“他不必去討敲”。

[三] 笑：盛本作“笑顔”。

[四] 安排到：盛本作“安心待”。

---

① 肥主子：有錢人家。

② 覆：通“復”。

第五回　擇　偶

丑扮媒婆上云全憑口舌作本，不用買賣耕耘；舌上打下穀豆，牙中長出金銀；一家衣服穿戴，只消兩片薄唇。他心若愛富貴，就誇騾馬成羣；他心若圖俊俏，就畫個活現的美人；就是嫦娥不嫁，也說的他愛落凡塵。東家找我配對，西家找我求婚。女兒縱然醜陋，說成個王嬙昭君①；女壻縱然窮迫，說成個十萬季倫②。光撒謊也無惡意，不過爲成就婚姻。過了門③兩家不好，出上俺再不上門。有人問我來歷，我乃女中蘇秦④。

自家不是别人，東莊裏王古董便是。城南李知府看見那高家小相公聰明俊秀，要給他做個丈人，託我做媒，許下給我裂半尺布的裹脚。待俺去走走，設或說成了，掙他這一宗布來，裂了裹脚，只怕還剩下一對鞋裹也是有的。掙賞還須看運氣，成親也是在姻緣。下，高公、高母

[耍孩兒] 小娃子十二三，戴方巾穿藍衫，模樣扎掛的極中看。資質聰明人物好，做親要擇個好姻緣，後日也省的孩兒怨。一來要門當户對，二來要貌美人賢。

仲鴻說咱小長命十二三了，也該給他定個丈人家。近來提親的到不少，只是合不着我的意思。夫人說咱眞麽個好孩子，須索要一個好媳婦纔好。仲鴻說正是呢。

夫人唱家裏窮還不妨，第一門戶要相當，女兒也要個好模樣。人物不好不成對，沒有根莖⑤也贓囊⑥，兩班兒都要配的上。這個事雖然在我，也合他本

---

① 王嬙昭君：王昭君（約前 52—約前 15），名嬙，字昭君，西漢人。與貂蟬、西施、楊玉環並稱中國古代四大美女。

② 季倫：石崇（249—300），字季倫。西晉文學家，“金谷二十四友”之一。當時著名的富豪，曾和王愷攀比財富。

③ 過了門：結婚。

④ 蘇秦（？—前 284）：字季子。戰國時著名的縱横家、外交家及謀略家。

⑤ 根莖：比喻家庭根基。

⑥ 贓囊：窩囊。

人商量。

［調寄呀呀油］做媒人，做媒人，吃了東西還賞銀。憑着這兩片唇，掙下了米一囤。做媒人，做媒人，怕的是弄假不成眞。兩親家翻了臉，才⿱屾⿰矢尋①的這頭毛盡！

來此已是高宅門首，待俺進去。相見介給大爺合奶奶磕頭。夫人說王古董，你從那裏來？王婆說我沒事不來，是爲小哥的親事。這有極大的一家人家，又是極好的個美人兒。仲鴻說是誰家？王婆說遠在臨江，近在峽江。

李知府，李知府，樓房俱是磨磚②鋪。尋常的財主家，治不起他一件物。有個閨女，有個閨女，模樣手脚一件無差。要合偺家結門親，就給相公做媳婦。

仲鴻笑說到極好。但祇是他人家大，我仰攀不起；我只找窮漢人家肩膀齊的③。王婆笑說哎喲！大爺，你人家小來麽？

好姻緣，好姻緣，他那嫁裝[一]件件全。昨日煞那李奶奶，還拾掇來給我看。他合咱，他合咱，門當戶對不容嫌。天生一對俊人兒，絕好的個鴛鴦伴。

那李老爺體面也好。

到上臺，到上臺，轎馬一到儀門④開。司道軍門都請酒，請的遲了怕他怪。手段不噴⑤，手段不噴，宮裏人情能求來。那閣老合尚書，都合他有一拜。

仲鴻說我是個鄉瓜子⑥，不敢攀那大頭腦⑦。王婆說大爺，你眞個不合他做親麽？仲鴻說你看我這裏扯着來麽？王婆說不着⑧我去罷。仲鴻說你吃些飯去。王婆說罷呀，移塑匠兩口子扎春牛⑨，忙着那忙哩。

---

① ⿱屾⿰矢尋：“㜮”的誤寫。

② 磨磚：經過打磨的磚。

③ 肩膀齊的：比喻家境、地位等相當的。

④ 儀門：舊指官衙或者府第大門裏面的門。有時指官署的側門。

⑤ 不噴：不孬；不賴。

⑥ 鄉瓜子：鄉下人。

⑦ 大頭腦：身份地位高的人。《二刻拍案驚奇》第三十二卷：“如此兩位大頭腦去説那些小附舟之事，你道敢不依從麽？”。

⑧ 不着：如果不成的話。

⑨ 春牛：立春時用泥捏或紙粘的牛。《樸事通》：“那牛廠裏，塑一個象一般大的春牛，妝點顏色。”

運氣低，運氣低，返回就到了日頭西。一門親事沒既成，到走的俺這腿兒細。再休題，再休題，撞着高家這謬①東西。費了脚步沒賺錢，又瞎啕[二]了多少氣。

一心忙似箭，兩脚走如飛。下，夫人說他纔說的這李家也就罷了，你怎麼就杜[三]住門子？仲鴻說你不知這李知府是李二蹭，少年不幹好事，曾在趙親家家裏當管家，因他不服實②，攆了他；又偷了人家牛，着人家告着他；就顛到北京，報了吏部尚書錢宅裏。從此丟起詐威，二三年間大富了，買了個官兒。偺雖是沒個鄉宦，這樣富貴，我還不曾放在眼裏。

我害囂，我害囂，從來只合那貧賤交。他雖然那線索靈，我斷不敢領他的教。咱雖窮了，咱雖窮了，門戶雖衰品極高。也該略把崖岸③存，休要惹的傍人笑。

末扮陳舉人上云咱家陳昌侯，也是丙子科中個鄉榜，合高仲鴻的姪兒同年，因此相處的極好。前日王翰林有個女兒，託我作媒，想是一說沒有不成的。

翰林王，翰林王，自從去年開了坊。高宅和他有老親戚④，用不着我說名望。竟登堂，竟登堂，兩家門戶又相當。這也是個順水船，只用俺去走一趟。

家人說稟爺，已到高宅門首了。陳舉人說待俺下馬進去。仲鴻正合夫人說話，門上人報陳爺進來了。夫人說你去瞧他瞧。下，仲鴻出去迎接，相見了，進來各作了揖，陳爺說該給老伯磕頭。仲鴻說豈敢豈敢！又作了揖，才坐下，仲鴻說年兄久不下顧了。陳爺說一向不曾問候，有罪有罪！今日來有話告稟。

［羅江怨］在春坊大號洪君，合尊宅上輩有親，四十里隔着也相近。有小姐不曾許人，他意思要作婚姻，行輩不差情理順。小年兄已到黌⑤門，十三四年正青春，現如今還又不曾聘，依我看絕妙無倫。俺如今專候臺鈞，他那裏專等着晚生的信。

---

① 謬：執拗；偏執。

② 服實：誠實；老實。

③ 崖岸：氣節。《金史·隱逸傳·郝天挺》："為人有崖岸，耿耿自信，寧落魄困窮，終不一至豪富之門。"

④ 老親戚：數代人就有的親戚關係。口語中多說成老親。《紅樓夢》第三十九回："你們這些老親戚，我都不記得了。"

⑤ 黌（hóng）：學校。《廣韻》："黌，學也。"《北史·列傳》第十九卷："祐以郡國雖有太學，縣黨宜有黌序。"

仲鴻說這到極好。煩年兄坐坐，待我去合老荊計議。出來正撞着夫人，夫人說陳昌侯言語，我已是聽着了。這個主到極妥當。仲鴻說却不知道他的女兒何如。夫人說這不消問別人，前年小長命往他姐夫家去，就曾到他家裏，就見他那孩子來。他若說好，也就罷了。叫丫頭去書房裏請你哥哥來的。丫頭答應是，不一時，長命到說爺有何吩咐？

仲鴻唱陳昌侯爲你作伐[①]，王翰林官宦人家，論起來儘可成婚嫁。他門戶雖然不差，他女兒未知怎麼，因此心上還懸掛。那孩兒你曾見他，模樣兒佳與不佳，請來問你一句話。醜合俊聽你胡吧，好合歹全在你自家，老子娘也替你定不的價。

你說說是好是不好？公子低頭不做聲。夫人又問不好麼？他也不做聲。又問好麼？又不做聲。夫人說做不做只聽你一句話，怎麼不說？公子纔說不好。夫人說怎麼不好呢，醜麼？公子說不醜。夫人說這又奇哩！不醜罷呀，怎麼不好？公子把兩手比量[②]着說那脚够眞麼大！夫人大笑說好伆孩子[四]！模樣好罷呀，要那脚做甚麼？仲鴻說既然這等，我可怎麼回覆他？哦！有了。出來見了陳舉人說可笑可笑！

可笑是婆婆媽媽，凡事兒絮絮答答[③]。他給小兒長算卦，那瞎廝一溜胡吧，說小些到還不差，媳婦不宜量比他大。王翰林門第清華，還不待找甚麼人家？奈婦人聽那瞎子的話，從頭門口磨牙。婦人這性兒難拿，汗珠兒教人通身下！

陳舉人說老伯母既然不愛也罷了，小姪行了罷。仲鴻說那有此理！不曾吃飯就走麼？陳舉人說若是飢餓，自然取擾，豈有作客之理；且是家裏有個小約，不能久留。仲鴻說既不肯，我也不便强留。陳舉人下

［清江引］仲鴻唱這兩日提親[④]的到不少，纔去了又來到。門戶若相當，人物又不妙，好事兒就眞麼不湊巧。

仲鴻回來合夫人說這事情怎麼眞麼不湊巧！前日他姐夫張石菴[五]說，何家

① 作伐：做媒。語出《詩·豳風·伐柯》："伐柯如何，匪斧不克；取妻如何，匪媒不得。"《初刻拍案驚奇》第二十卷："奴家願為作伐，成其配偶。"

② 比量：比畫。

③ 絮絮答答：嘮嘮叨叨。

④ 提親：介紹對象。

莊那何科道家，他有十三四的個女兒，極待合咱做親。不就打聽打聽，若是人物好着，合他就做了也罷了。公子在旁笑了笑說不好。仲鴻說怎麼知不好呢？這家子不好，那家子不好，你打了光棍子罷！夫人說怎麼不好？公子說那臉上一些黑雀子[①]。夫人說你見來麼？你聽的誰說？公子不語。夫人又問，公子才說那一日聽的姐夫合爺說了這宗親事，正月十五他出來走百病[②]，我瞧了他瞧。夫人說哈哈！你衹說他小，隔着十里多路，他又先打聽了來了。

老頭子你只說他小，他甚麼不知道！隔着十里多又跑插到，他自家看一看到也好。

高公妍媸皆是命裹該，高母推不能去挽不來；

長命暗裹赤繩早系定，合云空勞人力費安排。

【校】

［一］裝：盛本作“妝”。

［二］啕：盛本作“淘”。

［三］杜：蒲本作“堵”。

［四］好仯孩子：盛本作“仯孩子”。

［五］張石菴：盛本作“張石”。

第六回　邂　逅

長命上云相如樂事在當壚[③]，室有佳人意象殊；寧可空房常獨守，醜妻惡妾不如無！

---

① 黑雀子：雀斑。

② 走百病：明清時期流行北方的民俗文化。正月十五日或十六日女人們盛裝結隊外出，走路，過橋，越城牆，以袪除百病。《金瓶梅》第四十四回：“明日請姑娘眾位，好歹往我那裹坐坐，晚夕走百病兒家來。”

③ 相如樂事在當壚：據司馬遷《史記》記載：司馬相如與卓文君到了臨邛，生活艱難，靠賣酒為生。當壚，賣酒。隋唐五代《廣異記》：“洛陽郭大娘者，居毓財裹，以當壚為業，天寶初物故。”

小生年長一十五歲，事事都算如意；怎麽婚姻這樣難成，不由人心中納悶。待俺出得門去，消散一回便了。

［耍孩兒］念人生在世間，一對夫妻百歲歡，得美人方遂今生願。好花插在銀瓶裏，朝夕聞香夢也酣，衾枕還是第二件。不得個佳人作伴，却也是枉生世間。

待俺穿過大街，從小巷而去。江城領丫環上，高公子說呀！從那邊來了一個女子，好不齊整的緊！

是誰家女兒嬌，衣裳擺動暗香飄，遠看着已是渾身俏。風流教我心情亂，脚步使人魂暗消，畫中人也不過這麽妙。待小生從容走去，細看他眉眼風標[①]。

走的近了，你看我，我看你介，背介這分明是江城。怎麽五年不見，就變化的這樣齊整了！江城背介這不是小長命麽？長的越發好看了。但不好問候他一聲兒。公子見他眉眼留情，便撇下汗巾而去，公子說我把汗巾奉贈，看他意下如何。

［疊斷橋］斜眼偷瞧，斜眼偷瞧，風流一滴在眉梢。見俺似有情，低下頭微微笑。心癢難撓，心癢難撓，魂兒飛上重霄。撇下了汗巾兒，我看他要不要。

小丫環將汗巾拾去，送去江城說這是那相公吊的，我拾了他的來了。江城接過藏在袖中，又將自己的汗巾拿出來說那相公不是別人，是高大爺家小長命哥哥，你趕上送給他罷。丫環送去介相公吊了汗巾了。公子接過來看了看，背云我的多情的姐姐，他給我换了。便說多謝你家姐姐，我到家思念他罷。小丫環、江城下，公子拿着汗巾細細端相介

想這汗巾，想這汗巾，纖手拿着擦朱唇。一片麝蘭香，還有個胭脂印。我那多情人，我那多情人，看着你的汗巾親又親。想你那情兒好，愛你那模樣俊。

俺也沒心遊耍，不免回家也罷。

悶悶歸家，悶悶歸家，想他想的眼兒花。待要丢放開，反轉[②]丢不下。定了丈人家，定了丈人家，他愛我來我愛他。只愁爹娘前，怎麽好說這句話？

---

① 風標：典雅風致。
② 反轉：反而。

不覺來到家門，待俺再尋思尋思。江城心裏有了我，我心裏有了他；我給樊子正做女壻，或者他也肯可。只是這話怎麽好說出來？低頭一想說罷呀，爹娘近前也害不羞的，我就實說了罷。

思量萬千，思量萬千，心中雖有口難言。斗斗膽待說去，先自家容顔變。來到堂前，來到堂前，低了低頭只一鑽。捨上這不害羞的臉，實落訴一遍。

夫人上，公子進去門，夫人便問你往那裏去來？前年在咱家裏做飯的老張婆子他說，人家有個閨女極整齊，待找你來合你商議，再找不着你。公子說俺不要他。夫人惱了說你還沒問問是誰，就說不要，從此可也不給你找老婆了！你待等着做駙馬呵？你等着罷了！

說話忒差，說話忒差，想是要等着做駙馬。叫人好心焦，待把畜生罵。沒問是誰家，沒問是誰家，怎麽就不要他？我就猜不方，心裏是待嚾？

你說說是甚麽意思？公子說江城極好！把夫人笑極了哈哈！這就奇了！叫丫頭請你爺爺來去。

好不蹊蹺，好不蹊蹺，家家你都把頭搖。只待向叫化子[①]，去把爹爹叫。好獃好佊，好獃好佊，多少好主[②]都辭了。若臨了就[③]了他，才笑的牙兒吊！

高公上，夫人笑說你問問這佊行子，他每日嫌這家子，嫌那家子，他是待嚾？仲鴻便問你是怎麽樣呢？公子低了頭不做聲。便問夫人他是待嚾？夫人說若說出來，你纔笑倒了哩！

眞是個佊畜生，眞是個佊畜生，揀來揀去都不成，誰想心裏待要那樊子正。女兒江城，女兒江城，衣裳好似邋遢僧。也不見怎麽好，怎麽把心來動？

仲鴻大笑道哈哈哈哈！奇哉怪哉！你眞果待要他麽？他也不做聲

我那佊心肝，我那佊心肝，他無片瓦與根椽。領打着老婆孩，搬遍了峽江縣。論那老樊，論那老樊，爲人還在德行間。但沒個屋子頂，怎麽成體面？

夫人說佊孩子！有的是好主好閨女，何必他呢？天已晌午轉了，你吃飯去罷。公子說我不吃。擦淚出門下。夫人說你看飯也不吃，哭出去了。可怎麽治[④]？

高公却了南家却北家，夫人俺家生了個小佊達；

---

① 叫化子：叫花子。

② 主：配偶。

③ 就：將就；遷就。

④ 可怎麽治：可怎麽辦。

高公眼中只有江城好，夫人笑倒東鄰趙大牙。

第七回　訂　婚

長命上腰爲相思瘦，圍帶長一指；若不得江城，所期惟一死！

自從見了江城，覺着這三魂出竅，好一似身在半空。那不體情的爹娘，又嫌他貧賤。這兩日酒飯不能下咽，難道就死了罷！

［還鄉韻］好難害的相思病，也不癢癢也不是痛，這口裏說不出那心裏的症。那情可是大家的情，怎麽丢下些相思，叫俺自家哐哼？那茶不知是嗄味，那飯也是腥。顛顛倒倒，睡裏也是江城，夢裏也是江城。江城呀？我爲你送了殘生命！

起來不能站立，還是睡罷。高公、高母上，夫人說你看長命兒，三四日不曾吃飯，竟病倒了！咱去看他一看。

這孩兒着實病，你看他眉眼兒不睜。就牀頭叫了聲小長命，昨日煞吆[一]喝你兩句，也不過嫌你那氣性，笑你那獃情。休愁那親事難成，情管找一個極俊的媳婦，還強其[二]①江城，還强其江城。你好了，任拘是嗄由你的性。

你吃口湯兒罷。公子說不吃。仲鴻說這可待怎麽處？向那裏請個大夫來給他看看。高公、高母出去介，公子叫住丫頭說春香過來。你對您爺爺說，休請大夫，我這病不是吃藥能治的；待要好，必是定了江城。下，春香上，夫人說叫你做甚麽來？春香說着爺爺休請大夫，待要病好，還得江城。高公、高母兩個說怎麽就生下這樣癡兒！

這個事兒眞異樣，不知那靈魂兒飛向前方，㑩寃家你說這是那裏的賬？像是那樊江城做的魘殃，魂兒勾去，那大夫也是無方。那江城雖然不醜，却也是平常。只怕五六年不見，變成個王嫱，變成個王嫱。若不然，怎麽癡心帖②在他身上？

---

① 強其：比……強。

② 帖：通“貼”。

你說這可待怎麼處？仲鴻說想是江城他在那裏見他來，吃緊了兩個見了話，也未可知。女大十八變，那江城也未必不變的標緻了。依我說，那樊子正雖窮，也比不的市井無賴。你找個甚麼頭兒①去相相那江城，若是標緻，就做了親也罷了。方且是他自家主的，後日也怨不的那爺娘。

我想那樊子正不好處②，就是一個窮，他別沒有甚麼病。穿上件好衣裳，還是個文雅書生。況且他爲人甚好，心術又極正經。你找法相相那江城，若還是標緻，也不玷辱了門庭。也不玷辱了門庭。賢不賢，那可也是各人的命。

夫人說有了。今日是玄[三]帝老爺③的聖誕，那廟中燒香的甚多，隔着那樊子正家就不遠。我假託燒香，就一直到他家裏，有何不可？仲鴻說妙極妙極！就是這麼吧。立刻就叫轎子來，夫人上轎出門介

［倒扳槳］我爲江城去降香，到那裏推說是看他娘。他家聽說沒多屋，不過賃了兩口房，沒處藏，必定江城也在旁，必定江城也在旁。細端相，我看是怎麼樣的個窈窕娘？

轎馬直到大門前，轉過一灣，不久看見玄帝廟門前。士女鬧如山，士女鬧如山，捲起簾下轎，登門瞻聖顔。

夫人下轎，到了廟裏說待拈香則個。

拈香已罷拜塵埃，求神降福又降消災。有個兒郎身抱病，教他明日起牀來，教他明日起牀來。婚姻諧，百年琴瑟永無災！

夫人拜罷出門去，上轎說我要到樊大娘家。

廟外疾忙又起身，爲兒百計訪婚姻。借問此行何處去？要拜樊家徐夫人，要拜樊家徐夫人。那裏尋？轉過南牆第一門。

家人說來到樊大爺家了。夫人說待俺下轎進去。

進去門來四下裏觀，道路清幽氣象閒。四壁獨成一院落，面南也是屋三間，面南也是屋三間。無囂喧，閉門雅靜似深山。

徐氏從屋子出來說呀呀是高大嫂呢，你怎麼胡迷④來，來就來[四]。這裏拜了兩

---

① 頭兒：由頭；藉口。

② 不好處：不好的地方。

③ 玄帝老爺：即真武大帝，全稱真武蕩魔大帝。又稱玄天上帝、玄武大帝等。中國神話傳說中的北方之神，中華祖龍。

④ 迷：迷糊，不清醒。

拜，彼此問了安，徐說來屋裏坐坐，可只是沾了你的衣裳！

江城出來，夫人暗說江城變化的這樣齊整了，怪不的我那兒動心[五]。

江城一貌美如花，城北城南誰似他？紅拂拂①的臉兒眞可愛，瘦小小的金蓮只半揸，瘦小小的金蓮只半揸，眞叫男兒要愛煞。

夫人拉過江城的手來，撮了撮下頦②，揑了揑耳環，便說你看看江城出產③的這樣的風流，這樣的標緻！有了婆婆家沒有？徐氏說我三個閨女嫁了兩個，獨有他再不能成親。夫人說極好！我合你結了親罷。徐氏說大嫂，你說笑話哩！看折罪④殺俺了！一邊說着，一邊拉到屋裏坐了

你家樓舍垛成堆，俺家扎地也無錐。自家估量着配不上，地下那敢望天飛，地下那敢望天飛？咱是誰？莫要笑話俺窮似賊。

夫人說我不是相戲。他老兄弟又極相好，孩子又極班[六]配，有何不可呢？你若不信，我今日就定了罷。便去頭上拔下來了一對金鳳釵，插在江城頭上。夫人說

今朝專爲降香來，不曾帶的禮合財。親家若還不相信，先插一對金鳳釵，先插一對金鳳釵。莫疑猜，當面親成不用媒。

叫人拿毡來我就拜謝了親家罷。兩人交相拜了，江城唱

家人鋪下茜紅⑤毡，兩人交拜在堂前。大拜八拜婚姻定，江城低頭笑嫣然，江城低頭笑嫣然。不好言，小小心頭暗喜歡。

兩人拜罷，徐氏說江城過來，給你婆母磕頭。江城羞慚慚的磕頭介，夫人拉住說我兒，免了禮罷。

宦家辭了兩三番，合該合你有姻緣。我兒越看越發俊，也是兒郎修的全，也是兒郎修的全。若不然，那裏造化把你攤，那裏造化把你攤？我回還，名香整紙謝靈天。

徐氏唱東說西說不相當，一等等到這麽長，合該孩子造化好，等了個女壻似潘郎，等了個女壻似潘郎。不尋常，從今一步到天堂，姓名香，大謝龍天宰猪羊。

---

① 紅拂拂：紅撲撲。

② 下頦：下巴。

③ 出產：出脫。

④ 折罪殺：折殺。

⑤ 茜（qiàn）紅：絳紅色。茜，大紅色。

夫人起來，夫人說我走罷。徐氏拉住，徐氏說你再坐坐着。着你那媳婦子熱酒來你喝。夫人說不必呀。徐氏說哎喲！以後成了親家了，還眞嚒[七]見外？他爹在鄰牆教書，知道大嫂來，他去玄帝廟前買嗄來你吃去了。夫人說休呀，快着人對他說，不要費錢，我不能住下。起來走着，拉着手說咱就定了娶親的日子罷。

兒女都是大身量①，不必因循過時光。大利②原該正九月，年除日交節③大吉昌，年除日交節大吉昌。過門牆兩醯薄酒一牽羊，備衣裳，兩家不用再商量。

徐氏唱一毫財禮我不圖，諸般但憑你吩咐。我的日子你知道，大小粧奩一點無，大小粧奩一點無。把頭梳，送上高門做媳婦。託相熟，體諒俺家這窮姑姑。

夫人說我那裏一切全備，不用親家費心，請了。並下

高公上云怎麼老婆子只顧不來？是好是歹，好悶人也！

［皂羅袍］老婆子往定婚嫁，日將轉不見回家。是成是否好難拿，翻轉教人放不下。婚姻若就，孩兒病痊，大事妥然，免我心牽掛。

家人走報說奶奶來了。仲鴻起來說好了好了！相見說那事何如？夫人說大喜大喜！孩兒親事已成。

那江城仙人下降，眼兒秀眉兒彎長，臉兒嬌嫩似雪霜，腰肢窈窕嫦娥樣。胭脂不擦，粗布衣裳，千金小姐那裏跟的上！

仲鴻說可喜可喜！你合他說了麽？

他那裏着實謙讓，俺這裏沒管短長，便將金釵贈一雙，即時插在他頭上。彼此交拜，歡喜非常。年前娶來，省的孩兒望。

叫春香，對你哥說，可如他的意了，着他歡喜歡喜。春香笑說奶奶還沒來，他已着人打聽來了，極歡喜，方才吃了兩碗飯。仲鴻說哈哈！他既這等，就是醜也作成他，何況是好！

這是他百年姻眷，這可與你我何干？擇好擇歹費機關，算來眞是閑扯淡。未知媳婦賢不賢，造就前生，原不由人算。

---

① 大身量：此指年齡大。

② 大利：非常適宜結婚的月份。

③ 交節：節氣更迭。

高公人才可喜算無雙，夫人怪道孩兒夢不忘；

高公他日若還不大好①，夫人難將長短怨爹娘。

【校】

［一］吆：盛本、蒲本均作“吆”。

［二］其：蒲本作“起”。下句同。

［三］玄：上海世界書局作“元”。

［四］你怎麽胡迷來，來就來：蒲本作“你怎麽胡迷來來，就來這裏”。

［五］江城出來，夫人暗說江城變化的這樣齊整了，怪不的我那兒動心：盛本作“深宅大院享榮華，怎麽胡迷到俺家。大嫂請進屋裏坐，我叫江城去燉茶。去燉茶，喜氣加，別後離情正似麻。兩個正說話之間，江城從屋裏出來，笑嘻嘻的來到跟前說大娘好麽？夫人說好！江城長的這樣的齊整，怪不的我兒就動了心”。

［六］班：盛本作“般”。

［七］嚒：盛本作“吆”。

第八回　花　燭

長命上織女含情久，牽牛欲渡河；人生得意事，莫如小登科②。

我高蕃爲樊江城想了一場大病，因着定了親事，才覺精神健旺③。看下迎親日期是臘月三十日。這幾個月以來，度日如年，俺一般的也捱到了。

［耍孩兒］光陰速箭離絃，近來好似換了天，半年就有三年半。雖是江城見的少，模樣爛熟在心間，精神眉眼皆活現。只他那脚跡笑口，一霎時過去幾番。

最難捱是這幾天，過一刻似一年，無時不把佳期盼。還沒斷了相思苦，

① 不大好：不太好。

② 小登科：結婚。

③ 健旺：身体强健，精力旺盛。

忽然又想到合巹[①]歡，千班[②]萬樣心頭亂。雖然喜眠食不穩，好容易捱到年殘。

呀！却早擂鼓也，却早撞鐘也！

譙樓[③]上鼓已敲，熬的麥子黄了梢，看看已是良時到。穿上靴子整整袍，束上大帶緊緊腰，開盒兒有[④]拿出嶄新的帽。俺自己不好前去，單等着爹娘來招。

高公、高母上譙樓初鼓，良時已到，長命兒可去迎親了。轎馬可曾齊備不曾？衆應介俱已齊備，快請哥哥上轎。高公應介是。長命上説給爹娘磕頭。拜介，拜畢，夫人説天不早了，你上轎去罷。下，衆引介

［西調］衆唱堂上翻身纔拜罷，坐上轎一片喧嘩。呀！聽那喇叭嘻嘻哈哈，那嗩吶滴滴答答，一片人聲吱吱呀呀，門前花礮乒乒乓乓，十對家丁批溜撲喇，一行人馬唎嚠喇嗝[一]，鑼兒噹噹，鼓兒帕帕。八對紗燈，兩對火把，兩乘大轎，百匹大馬，又搭上四個小厮，四名管家。三三兩兩，説是誰家，規矩體統，這樣大法[⑤]？嚷嚷鬧鬧，喊喊插插，走走站站，指指畫畫，雖是城裏，也是鄉瓜，小小民戶，知道甚麽？多少婦女門口看，伸頭搖腦，亂説胡吧，見的見的[⑥]，欣羡他那榮華，都説道不知誰是他丈人家。呀！鄰近知道説是樊家，一個聽的撇嘴呲牙[⑦]，一口屋沒有，到處爲家，教書爲業，過的揭巴[⑧]，這些人去，怎麽打發？不用説那賞錢，饛饛[二]也是難拿。都説是他家的女兒，料想也不見怎麽，料想也不見怎麽。有的説道：這話却差。那高家公母，也不是仯巴[⑨]，聽説江城，一貌如花，雪白臉兒，昏黑頭髮，一點朱唇，一口銀牙，腰兒一捏[⑩]，脚兒半揸，穿上一件好衣服，眞似一尊活菩薩；若不然，除了這個圖他嗄？

① 合巹（jǐn）：新郎、新娘新婚之日共飲交杯酒。

② 班：通“般”。

③ 譙樓：古代城門上的瞭望樓。

④ 有：通“又”。

⑤ 大法：大氣。

⑥ 見的見的：看到的人。

⑦ 撇嘴呲牙：不屑一顧的樣子。

⑧ 揭巴：緊巴；不寬裕。

⑨ 仯巴：傻瓜。

⑩ 一捏：形容腰很細。

家人稟道頭行已到門首了。

生唱馬兒緩行轎兒慢，一霎時已到門前，火把照滿了峽江縣。人從衆多，一片聲喧，叫他一行行擺列在兩邊，夾着大轎呼呼搧搧①。吹鼓手大號連天，吹鼓手大號連天，亂紛紛惹的多少人來看。

家人說來到了。公子下轎，樊子正出來接着讓進去，公子朝上拜了就了坐，子正說寒家一無所有，蒙尊公親家勞心費事，感激之極！酒到了請酒。

子正唱心裹想來口裹念，那裹費的那事兒口也難言。呀！幾對銀花②，幾對金簪，兩對銅掠，兩對排鬢，箍上珍珠，豆大滾圓，寶石蜜蠟③，價值百千，絲紬十疋，彩緞百端，花裙紅襖，羅褂紗衫，枕頭百幅，耀眼光鮮，象牙梳櫳，件件周全，窮人家治起那一件，渾家大小都喜歡。呀！還有那酒兩罈，羊一牽，鷄籠鵝籠，叫叫喚喚，擡盒④大架，呼呼搧搧，我說恁丈母快來看看。老婆說道：哎喲皇天！這都是甚麽東西，古怪刁鑽。鄰家孩子，往裹亂搬，有許多不知道名的，三間屋擺滿了兩間。那鄰家北舍，擠擦⑤在堂前。呀！這一個瞧瞧，那一個掀掀，拿出一物，個個哄傳，老婆孩子，擦背磨肩，你猜是在水，我猜是在山。拿到屋裹，少了半盤，不知該生吃，不知該油煎？藏在房中沒敢動，收拾到如今待中乾。尊宅甚麽人家，夢也不敢高攀，夢也不敢高攀！呀！又搭上姐夫英妙⑥，一表非凡，天生伶俐，一目十篇，文章又好，定中三元⑦，小女造化，成了姻緣，就做太太，不出三年，草菴茅舍，親家不嫌。咳！我做學匠，也是可憐，學生十個，束修八千，飯要吃，衣要穿，買柴糴米，打油稱鹽，人人情情，甚是艱難，赤條條個人兒，並無一點粧奩，一回想想一個通身汗！

---

① 呼呼搧搧：此指上下起伏晃悠的樣子。

② 銀花：銀子鏤刻的花。《金瓶梅》第四十六回："當下吳大妗子與了一對銀花兒，月娘與李瓶兒每人袖中拿出一兩銀子與他，磕頭謝了。"

③ 蜜蠟：產自蜂巢的蠟。此指金黄色琥珀。《醒世姻缘传》第五十回："點收了絨簟二床，犀杯一只，姑絨一匹，蜜蠟金念珠一串。"

④ 擡盒：舊指兩人抬着的盛放禮物的箱盒。

⑤ 擠擦：擁擠。

⑥ 英妙：年少而有才華。

⑦ 三元：鄉試第一名是解元，會試第一名是會元，殿試的第一名為狀元，統稱三元。古代多以"連中三元"形容一個人才華横溢，學問精湛。

公子起身說已是醉飽了，請岳母磕頭。徐氏上，公子拜畢，江城上，徐氏說我兒，從今以往恁家裏去了，等我囑咐你幾句。

幾句話我兒在念，奉公婆孝順爲先，做媳婦這是頭一件。清晨早早去問安，凡事勤謹，休要貪眠。那裏是大人家，不愁你吃穿，不用你挾筐只要你賢，不用你挾筐只要你賢。聽我說做下媳婦來，省的娘掛牽。

叫介打轎來。公子、江城上了轎，子正夫婦下

公子唱那一日把他撞，心兒亂魂兒飛揚，模樣兒至到而今不曾忘。手拿着汗巾每日想，那畫上人兒一班[①]撈着同牀，俺可把俊臉細細端相，也揸揸那腰兒多細，脚兒多長；今夜晚一筆勾却那相思賬。

江城唱我拿着汗巾兒想，他拿着我的畢竟也思量，就着我就知道他合我是一樣。那一時裏愛他就糊迷了心腸，把一件擦嘴的東西就換與了情郎。到家纔懊悔，沒人處心慌。僥倖成了對兒，也虧天爺在行；不是呵，把這件東西那裏放？

家人稟道頭行到了門前了。

［皂羅袍］喜孜孜夫妻來到，將進門鑼鼓齊敲，行人擺了够二裏遙。齊臻臻乘着兩乘轎，穿街過巷，下下高高[②]，漸入佳境，只待自家笑。

家人吆喝落轎！江城搭了蓋頭，江城同公子都下了轎，兩個夫人出來倒毡[③]

公子唱下轎來家人亂竄，黃道鞋[④]步步生蓮，忙隨倒步倒紅毡，蓋頭紅趁着那嬌影顫。家門一入，火燭連天，那撒帳[⑤]先生口裏胡念。

丑破巾服扮先生上，伸了伸腰說哎呀！已是過了門了，好景好景！吃了兩盅，一覺兒睡着了。待俺撒帳。撒帳東，天丁力士劈鼉叢，春風一度桃花落，從此鴻溝有路通。撒帳南，抱頸雙雙入畫簾，鑿井穿渠皆大吉，明年此日產雙男。公子二人拜了天地，又拜爹娘，先生瞧見說呀！好個俊人兒！擂回頭來又撒帳撒

① 班：通“般”。

② 下下高高：此指轎子上下顫悠起伏。

③ 倒毡：按順序倒換毡片。舊時婚禮中，新娘子進門時不能腳踩地，於是在地上鋪上紅毡片，新娘踏上一片後，其他則一塊一塊往前倒換。

④ 黃道鞋：舊時婚俗中，結婚要選黃道吉日，新娘上轎前要穿黃布鞋，此鞋為“黃道鞋”。

⑤ 撒帳：民間婚俗。新婚之夜，婦人向婚床帳內撒錢、果之類，同時說些祝福之語，祈求富貴、多子。

帐西，天丁力士辟靈叢。衆吆喝說這混帳先生念不成溜[①]了！先生說呀！你看這心那裏去了！該打這嘴！撒帳北，天生一對好夫妻。衆笑喝說這個物件醉了，攢他去罷！先生忙說我絞別了嘴了。撒帳西，天生一對好夫妻，巫襄夜夜陽臺會，臨睡常聞妙小屄[三]。急改口道報曉鷄。小鬜鰾，小鬜……自打嘴說這心往那裏去了？有了法了，我閉煞眼不看便了。閉眼介撒帳北，夫妻和好兩相隨，從此夜夜無空牀，偕老雙雙到一百。撒帳上，百年偕老永無樣，小登科後大登科，坐聽禹門三級浪。正念着一脚跌倒，大聲說浪浪！家人都笑了，仲鴻說捏他出去，衆捏脖子下，仲鴻說我家造化，娶了個好媳婦。

眞可稱郎才女貌，一雙兒鳳友鸞交[②]。天生配就怎能逃？到也不惹旁人笑。大男俊秀，小婦丰標[③]，拜倒雙雙，叫我心歡樂。

夫人唱可喜是媳婦俊俏，似仙子降落雲霄，虧我孩兒賞鑑高。佳兒美婦雙年少，百年似漆如膠，今宵合巹，好去同歡笑。

叫介人來！扶㥯大嫂子去坐爐帳，便美酒佳餚教他夫婦同飲。公子、江城並下

喜兩口身端一樣，玉人兒造成雙。佳人窈窕細腰長，合我兒正配的上。夫妻和好，百歲春光，你我今生完了兒女賬。

高公佳兒英妙自天成，夫人娶的新人更娉婷；

高公只怕姸皮裹妒骨，夫人這回斷送老殘生！

【校】

［一］噶：盛本作“蹋”。

［二］噶饍：盛本作“饃饃”。

［三］屄：蒲本作“屄”。

① 不成溜：不顺畅。

② 鳳友鸞交：男女相亲相爱。

③ 丰標：体态丰盈、貌美。

第九回　閨　戲

長命上，長嘆一口氣說自從娶了江城，一經半年。那三個月恩愛異常；這三個月裏好雖好，只爲着點小事兒，把嬌容一變，就着人魄散魂消。搖頭咬指云看起來也不是個善良君子也呵！

［耍孩兒］娶了他已有半年，起初是你愛我貪，眉眼不怕人難看。近來爲着些小事，惹的心中不耐煩，登時就[一]把嬌容變。俺看他柳眉一豎，不由人意軟心寒！

他雖利害，俺半月不見，只是想他。暫罷琴書，找他耍耍。下，江城上云日色將午，公婆處懶去問安。有繡鞋一雙，不曾做完。春香，拿過針線盒兒來。

刺繡鞋介看日色斜向東南，久等躊躇去問安，整日家不待見公婆面。閨閣清閒無個事，想起弓鞋①未繡完，纖手便拈針合線。鞋底兒剛剛上②罷，悶昏昏眼澁眉酸。

打一個呵欠說好疲倦人也！待俺睡睡。長命上云呀！你看手裏拿着繡鞋就睡着了。不敢驚動他，待俺輕輕的將他鞋兒偷去，看他覺與[二]不覺。偷介他既不覺，俺就藏了他的，俺也略睡睡。

連衣服竟登牀，放倒身面朝牆，從來不敢把氣兒放。便把繡鞋拿在手，一指挑來細端相，一針針細看花兒樣。也尖兒還沒看勾，不覺的夢繞黃粱。

手拿繡鞋不覺睡去，江城醒云呀！鞋兒那去了？他從幾時睡在這裏？必然是他偷去了，待俺瞧瞧。瞧見笑云果然，果然！我且捻個紙捻兒③通通他的鼻孔。作捻介，作打噴介，江城笑着從手中奪過那繡鞋，劈頭打了兩下說偷鞋賊！官家來拿你哩！

不覺的睡沈沈，忽然間鼻癢鑽心，待打噴嚏何能禁？尖細鞋兒花一朵，

---

① 弓鞋：古代因纏足的原因腳呈弓形，故所穿之鞋稱之為弓鞋。

② 上：縫合。

③ 紙捻兒：搓捻成條狀的紙。

青紅繡線一針針，細密花鬚沒看盡。倒被他劈頭兩下，打的我疼到而今！

我來找你，你睡着了，我就沒敢驚動。我若是通你通呵，你待中惱了哩。江城說可怎麼着呢？俺通你就罷了。

叫一聲小江城，真像個鬼靈精，把人作祟的睡不定。你可是防著從今後，得個空兒照樣行，可要識玩①休使性。你看着你再睡去，也教你嚏噴連聲。

江城說哎喲！你還不敢。公子說你有兩本大明律麼？你從小光好賴人，那一年翻交，你該我那瓜子，也該還我了。

小江城小江城，你輸了瓜子還要爭，從小就有點偏心病。六年的瓜子沒還賬，至少也該個本利平，你可說說誰理正？咱今日清清賬目，光是那嘴說無憑。

江城說我給你這胳膊，你還不敢打哩。公子說你拿過來咱試試。江城沒好氣，露出胳膊來一舒②說給你！公子拿過來輕輕的打了一下，江城惱了，劈臉一掌

賊強人太揸煞③，俺今日到您家，難說濟你揉搓罷？從頭只是逞靈怪④，這個那個瞎拈麻⑤，怎麼把俺打一下？你打我我也還你，我主意不受你掐把⑥！

公子摸了摸那疼處說你惱了麼？江城說誰惱了誰不惱了哩？公子說我說你不識玩，何如？

俺不過湯一湯，也不曾把你傷，瓜子也是輕輕的放。兩個指頭打了你，你劈臉一巴掌，嫌你忒也沒人樣！不說你自己沒臉，打了人還說短長。

江城說是誰先打誰來？公子笑着說罷麼，是我先打你來。你當初曾[三]說要四指麵條子打我，怎麼加上一個指頭呢？還打着臉上呢？本利都勾了，你還氣嗄哩？我再給你作個揖，這可罷了麼。江城才有笑容

小長命你聽知：戲玩耍也須要投機，偷鞋有點小情意。讓你打時是一禮，怎麼爽然就託實⑦？以此叫我心裏氣。當初說四指麵條，可原就不是嘮你。

公子說娘子既不惱我了，咱一章掀過去，從新處好，我合你下棋罷。江城說

① 識玩：此指經得起開玩笑。

② 舒：伸。

③ 揸煞：張狂。

④ 逞靈怪：表現不一般。

⑤ 瞎拈麻：糾纏不清。

⑥ 掐把：擺佈；掌控。

⑦ 託實：實在；信以為真。

贏甚麽？公子説我再不敢贏瓜子了，咱贏彈罷。不好不好，彈你也不依打，咱贏錢罷。

［跌落金錢］拂拂灰塵放下槃，四下裹將棋子安①。江城説呀！咱可就把高低見。還讓奴家一著先，不敢占腹只爭邊。長命呀，你這意思極不善。轆轤却打到明年，你雖沒眼到相連。江城呀，這一著就把你行來斷。

江成唱滿槃只是這一[illegible]間，他的活了我的難，長命呀，這一個子兒俺不算。

江城説我不依你下這個子。公子又只是安上説在我，你怎麽不依的？江城紅了臉説我只是不依！公子説就讓你。又下幾著，數了數一五，一十，十五……江城你賴了塊，還輸二十著，你支過錢來罷。江城説再一槃著。

長命長命你過來，僥倖一槃就賣乖。長命呀，我合你兩槃分勝敗。長命唱公平休得要拿歪，我贏的你吊了紅繡鞋。江城呀，咱可賭贏不賭賴。江城唱屎棋屎棋不成才，一著跑[四]倒在塵埃。長命呀，你看我殺你這一塊！長命唱不用躊躇不用猜，我這個子兒妙哉妙哉！江城唱一遞打你全局[五]壞。

江城看了看，把棋推了推説我心緒不佳，不下了。公子説好賴好賴！既不下了，拿錢來。江城説沒有錢給你。公子説好小家子②！江城惱了説你既嫌我小家子，就不該合俺做親。

［要孩兒］小雜種太欺心，開開口就銷撇③人，有兩錢就撐他娘那棍！豈不知俺是小家子，怎麽合俺做了親？我只待掘他娘一陣！既嫌俺班[六]配不上，退了婚我就起身。

公子説你罵嗄哩？江城説我罵了還罵，怎麽着我！長命唱

罵了姐又罵娘，好眉好眼不賢良，我也沒氣合你强。有心待要照着他，又不知待鬧幾場，終朝須是常打仗。只得是存心忍耐，低著頭上了書房。

---

① 安：放。

② 小家子：小氣。

③ 銷撇：諷刺、挖苦。也作“誚撇”。見下文十七回：“我到憐惜他，他可這麽誚撇人。”

詩：生來不幸遭獅吼，不免身爲陳季常①。下

江城說賊强人躲了去了，你就再休上門了！

罵了聲小囚根②，說出話來氣殺人，罵了幾句還不忿。以後惹惱了我這性，我只是狠掘他那親，着他睜眼把我認。到晚上把門關了，我看他那裏安身！

枉惹奴家氣滿懷，强人休進繡房來，晚間早把門關上，不叫親娘門不開。重二句作發恨下介，長命上

［疊斷橋］美如仙，美如仙，忽然就把臉皮翻。聽着他俏鶯聲，只像是霹靂電。好不難堪，好不難堪，叫人膽戰又心寒。夜裏是城垣，白日裏是森羅殿。

天色已晚，只得行去，聽他處分。行介呀！怎麽角門關着？敲門叫介春香！……怎麽沒人答？

把門敲，把門敲，欠身就把吊兒搖。不見有人來，忙把春香叫。好蹊蹺，好蹊蹺，新月剛剛上樹梢，方纔掌上燈，難說就睡了覺？

呀呀呀，並沒答應。哦！是了，這意思是不准小生進門了。這便怎處？書房裏並沒煙火，又不曾伺候鋪蓋，這冬天豈不凍死人也！

無處投奔，無處投奔，罵聲江城狠心人，怎麽全沒有半點夫婦分？不好叫娘親，不好叫娘親，或者一宿死不了人。只得去蓋毡條，骨碌③到五更盡。

哎！江城江城，你好狠心！只得回上書房，受罪一宿，明日再討分曉。

詩：夜夜牀頭錦被開，爺娘還恐冷難捱；

今宵若是娘知道，只恐雙雙淚下來。下

【校】

［一］就：盛本無。

① 生來不幸遭獅吼，不免身爲陳季常：陳季常，北宋隱士。陳季常為人豪爽狂放，而且“每逢客至，必以歌妓宴客”。為此他夫人柳月娥醋性大發，每每不離老公左右，甚至陳季常在家陪客時她也會用木杖猛敲牆壁，以提醒陳季常。蘇東坡曾慕名拜訪陳季常，聽說陳妻如此兇悍，就作詩調侃說：“龍丘居士也可憐，談空說有夜不眠。忽聞河東獅子吼，柱杖落手心茫然。”

② 囚根：男性生殖器。

③ 骨碌：翻來覆去。

［二］與：盛本作“於”。

［三］曾：盛本無。

［四］跑：盛本作“跪”。

［五］全局：上海世界書局作“金勾”。

［六］班：盛本作“般”。

第十回　退　婚

公子上，長嘆介咳！我好苦也！只愛他模樣俊俏，誰知人面獸心。昨夜晚閉了房門，着我在書房中，合衣冷睡一夜，不曾合眼。這兩日才哄發[①]的略好了，今清晨又受了一場好氣。罵別的也還好受，這爺娘豈是可以常罵的呢？他已不是人了，我豈是個人乎！

［銀紐絲］可憐天生命苦也麽哥，娶了個夜叉做老婆，没奈何終朝每日吵呵呵。提心又吊膽，還要得罪着，那裏還有那夫婦樂。一句話兒不敢多，惱了還給個大揭鍋。我的天，難過人，他叫人難過！

咳！天給他這麽一個模樣，怎麽就給他這麽一個性情？天給我這麽一個人物，怎麽就給我這麽一個老婆？跺脚介眞好恨人也！

跺跺脚説小子生來命運也麽乖，怎麽娶了個禍根來？女裙釵走來好似畫圖開，模樣既然好，性兒再不歪，豈不越發着人愛？誰知禽獸是心懷，受罪也是俺自家該！我的天，没奈人，眞正人没奈！

受了無窮苦楚，還虧了爺娘不知，可憐哪可憐！

詩：一腔酸水實難受，還恐爺娘入耳聞。下

高公、高母上云娶了這個媳婦，全不孝順；但得他夫婦合好，也還罷了，又聽的他每日吵鬧。做公婆的也只得推聾裝啞。如今越發毁罵祖宗，咱那兒也不是條漢子了！

老頭終日悶央也麽央，娶了個媳婦甚不良。日子長，合他只隔着一堵牆，終日掘墳頂，一場又一場，隔壁兒教人聽不上。他自作自受還應當，怎麽爲

---

① 哄發：哄。

苦到爺娘？我的天，忍讓難，叫人難忍讓！

夫人作哭介云你止聽的他駡，你還不知他那做事哩。

終日誰敢把氣也麽抽，瞧着沒人暗淚流。忒也謅，見了丈夫似有仇。今日你合我都已白了頭，六十多只生這一塊肉，鑽在冰房沒處投，只剩絲絲游氣留。我的天，後絕了，幾乎絕了後！

高公也哭了，跺脚說這怎麽了！春香，你書房裏請您哥哥來的。公子上云爹娘有何吩咐？太公說您媳婦合你好麽？公子說也好也好呢。太公冷笑了聲說好麽？就是這口氣還喘哩！

看了看我兒淚㴝也麽㴝，你苦在心裏更不提。你受的寃情我盡知。書房終日冷，睡也是連衣，只吊了游游一口氣。你自作自受不爲奇，從來沒見這潑東西！我的天，處治難，叫人難處治！

夫人說你沒見咱這兒，忒也不成漢子了！

爲個人誰沒有夫也麽妻，把爺娘駡破嘴唇皮。把頭低，苦在心裏只自知。年紀也不小，身量①一樣齊，怎麽全沒點漢子氣？你就辨辨是合非，他也沒拿着打牙槌。我的天，受罪眞，眞是活受罪！

江城上，背後聽介

終日起來吵呵也麽呵，駡的話兒口難學。十樣多，叫人愁死不望活。他若再掘你，一樣就照着，他有甚麽降人藥？你就是個膿包哥，儘他怎麽去揉搓。我的天，貨不成，原來不成貨！

江城闖進來，怒冲冲的說我聽的了，教您兒處治我！待怎麽處治哩？處治了罷！割了頭，碗那大小一個疤啦②！投信③我掘他媽的！要死就死，要活就活！

［鬧五更］我說你滿家心兒就不平，挑唆兒家夫婦去相爭。老頭兒在這裏說，俺在那聽，又待將奴宰烹，又待將奴怎生，揭開眼罩④咱就踢蹬。老頭子你在房裏咕咕噥噥，怎麽着江城？一家大小擰成繩，惟獨這外戶子⑤沒人疼。

---

① 身量：身材。

② 疤啦：也說“疤拉”。疤痕。

③ 投信：乾脆；索性。《粉妝樓》：“若另尋將來，果然強似他，投信不消救他出來，叫他住在監裏，十朝半月進去合他睡睡。”

④ 揭開眼罩：不再遮掩；撕破臉皮。

⑤ 外戶子：外姓人家或從外地移居過來的人家。

老婆兒你在這裏駡，俺在這聽。奴家就敢應承，奴家就敢招承，把頭揪吊，趕去脫生！老婆子你在屋門裏咯咯嚷嚷，破上我江城！

滿家老少俱是瞎子丁，看不見終日氣的我肚子疼。長命兒你在裏邊聽，我在外邊聽，你待自家怎生？要把奴怎生？有的是我，逃了不成！合家兒都在一堆兒嘁嘁插插[①]，看看我江城！

夫人說江城，你就聽的，該怎麼着？

俺家你兒郎沒點漢子星[②]，濟着你吵駡自宿到天明。媳婦兒你在那裏掘，俺在這裏聽，駡達也是一升，駡娘也是一升。這個光景，嚻是人行？媳婦兒你來麼窮吵[③]窮吵，你待怎生？

江城怒將夫人推，又拉着太公衣領說你不說說您那老禍害呀！太公也倒了，公子忙將爹娘扶起說江城，你反了！江城奔出說我過嚻的嗹！便去上吊，老婆子、小妮子都去勸他，太公說這樣媳婦子要他怎的！不如把他送去。長命快寫休書。作寫介

樊家的女兒嫁在高氏門，只爲他大駡公婆太欺心。他又不能改，俺又不能嗔。情願合他斷親[④]，情願合他退婚，並無反悔，落筆爲眞。媳婦兒任憑丈人家早早晚晚，另嫁別人。

公子寫完，叫家人來吩咐說你把休書拿着，把恁大嫂送他娘家去。他那裏若不收，你丟下便走。答應是。江城說既休了我，我就去，且不受恁家臭氣。下，高公說那裏傷了天理，遭着這樣事情！可憐可憐！

［清江引］這個媳婦天下少，來把公婆鬧。除打了人還去上吊，禍臨頭還虧了休的早。這個老婆怎麼了？吵的那頭也吊！早知這個胎[⑤]，乾給也不要，我情願打光棍直到老！

詩：高公潑婦離門凶氣除，高母耳根清靜眼丁無；
　　公子送您姐姐歸家去，自有人家叫姐夫。

---

① 嘁嘁插插：嘰嘰喳喳。此指眾人紛紛指責江城的聲音。

② 星：詞綴。形容很少。

③ 窮吵：沒有節制地吵。

④ 斷親：斷絕親戚關係。

⑤ 胎：德性。

第十一回　私　會

長命上云自從江城去後，不覺一年有餘，省擔多少驚恐，省受多少惡氣；但苦於閨中冷落，好悶人也！知心朋友惟有王子雅，悶時只去訪他，敘幾句閒話。今日飯後無事，不免再去走走。

［耍孩兒］千伶俐百樣嬌，怎麽性兒那樣嬌？這般凶惡誰能招？原因愛他愛成怕，一家受氣口難學。不丈夫眞是兒不孝。今日雖孤單冷落，到落得自在逍遙。

王子雅好風標，又誠實又飽學，做詩寫字皆精妙。議論使人聞見廣，說笑使人悶懷消。我心惟有他知道。不時去棋酒快樂，我合他文字相交。

來此已是他家門首，呀！爲何門兒緊閉？待俺敲門。

拿拳頭把門敲，舉手又把吊兒搖，高高聲就把書童叫。左寫遺意惟書卷，右寫迎春但柳條，對聯細看筆跡妙。立多時徘徊瞻望，呀的聲柴門忽然開了。

王子雅上，叫魚童[一]。答應有。你看看甚麽人叫門。走來把門開放呀，原來是高大叔，極好極好！俺三叔正待說去請你。公子說裏邊有客麽？魚童說沒有。說罷，去報與主人說是高大叔來了。王子雅即時迎出，拱了一拱說妙哉，妙哉！方纔待差小价[①]去奉請，來的正好。

杏花卸柳如煙，困人春氣奈何天，連日相思不相見。要屈貴脚踏賤地，寫字幾行墨未乾，剛纔封罷離書案。草草具一杯薄酒，爲賢弟稍破愁顏。

公子說多謝盛情！別有客麽？子雅說沒有客。適纔表兄陳美卿到，又有街西頭吳麗華適纔賜拜，並留在此。便叫陳大哥，麗華，客已到了。陳攜吳妓同上，大家行禮畢，子雅說拿茶。茶到

別兄臺已數天，終日昏昏只願眠，弟兄恨不長相見。悶時信步來相訪，怪道白日把門關，原來靜對芙蓉面。可喜有美人在坐，今日裏解悶成懽。

---

① 小价：對家中僕人的謙稱。《金瓶梅》第四十九回：“西門慶道：‘萬惟保重，容差小价問安。’”

子雅說拿酒來。家人提酒到，子雅說麗華送酒。

不成酒不成肴，託兩人文字交，借着飲酒領尊教。三杯能撥愁雲散，一醉可將悶愁消，人世難逢開口笑。勸賢弟愁眉展放，我爲你暫樂春宵。

子雅說酒已過三巡[①]，麗華先合恁高大叔豁一拳。作猜拳介高賢弟輸了。斟上酒，同飲一杯，麗華唱一個。麗華便唱

［疊斷橋］正月一年新，正月一年新，火樹銀燈夜夜春。寂寞錦屏人[②]，憔悴煞誰相問？半掩繡房門，半掩繡房門，別君愁緒亂紛紛。紅袖掩朱唇，漫漫將牙兒印。

子雅說太短，以兩個爲率。麗華又唱

二月花朝[③]，二月花朝，溪梅開過子生條。獨自傍粧臺，懶把菱花照。相思病難招，相思病難招，藥鼎添薪細細燒。只將那更點兒，細數到金鷄叫。

公子說絕妙清音！先說過輸了的也要唱。子雅說可要都陪一杯酒。又合陳美卿豁拳，麗華輸了，子雅說妙妙！都斟酒。麗華又唱

三月清明天，三月清明天，人家依樹系鞦韆。惟奴少心情，高臥在深深院。愁悶懨懨，愁悶懨懨，已黃楊柳暮春寒。不見寃家來，斜依着門兒盼。

四月初夏頭，四月初夏頭，風約黃坡小麥秋。乍穿上素羅衣，越覺着腰肢瘦。臥看牽牛，臥看牽牛，未必天仙不解愁。不寒不暖天，怎麼把孤單受？

子雅說我合陳大哥豁一拳。妙哉妙哉！陳大哥輸了。麗華唱

五月端陽，五月端陽，困人天氣日初長。終日悶懨懨，只倒在牙牀[④]上。懶待梳粧，懶待梳粧，半是思郎半恨郎。漸漸的熱難熬，怎麼把歸期望？

六月薰風[⑤]，六月薰風，映日荷花別樣紅。身上素羅衣，像有千斤重！大熱如籠，大熱如籠，無限鳴蟬噪暮空。獨宿着甚清涼，只是覺身邊空。

子雅說咱不必豁拳了，咱擊鼓傳花[⑥]。叫魚童，你去庭前折一枝花來的。答

① 酒已過三巡：民間有“酒過三巡，菜過五味”的說法。“酒過三巡”就是酒喝了三輪。

② 錦屏人：指閨中女。

③ 花朝：百花的生日。又叫花朝節、花神節。時間為農曆二月初二、十二或十五。節日期間，舊時有“踏青”“賞紅”的習俗。

④ 牙牀：用象牙裝飾的床或坐榻。後來泛指做工精良的牀。

⑤ 薰風：暖風。

⑥ 擊鼓傳花：民間傳彩球的游戲。

應是。又稟花到。子雅說你去打鼓，花先從我起。作傳花介，鼓聲住，花在公子手，子雅說賢弟輸了，吃酒。麗華接着往前唱罷。

七月秋間，七月秋間，桐葉無聲下井欄。忽聽秋聲愁，越覺着容顏變。最苦是孤單，最苦是孤單，庭院寂寂人倚欄。瘦的一捻腰，怎禁的蟲聲亂！

八月露寒，八月露寒，新月娟娟愁裏生。天上也有團圓，可憐奴長孤零！冷冷清清，冷冷清清，一時一夜難爲情。過一個好良宵，犯一回相思病。

九月雁行斜，九月雁行斜，遣愁强自插黄花。晚來對銀燈，只將薄情罵。盼想寃家，盼想寃家，每依南斗[①]望京華[②]。手拿繡鞋兒，頻頻占鬼卦。

十月是小春，十月是小春，夜寒暖玉倩誰溫？獨自對孤燈，辜負了晚粧俊！捱到黄昏，捱到黄昏，少年離別枉絕魂。一手託香腮，直坐到三更盡。

又傳到子雅手，公子說一般也輸了主人翁了。子雅說十二月將完，自然該到主人手中。麗華快唱來。

十一月隆冬，十一月隆冬，一雪翻成柳絮風[③]。空將錦被重薰，奴與何人共？獨坐漏聲中，獨坐漏聲[④]中，更放蘭缸[⑤]紫談紅。牀上煖吁吁，只是覺身冰涷。

臘月冬殘，臘月冬殘，開軒惟見雪滿山。煖帳麝蘭薰，只少個人兒伴。離別一年，離別一年，囑咐你從今歲月還。辜負好光陰，千金那裏換？

公子說酒美謳佳，小弟却不能飲了，就此告别。子雅說住一晚，就借重麗華奉陪。公子說怕父母躭心。子雅說既這等，小弟也不敢强留了。作握手送介

［呀呀油］出房來，出房來，手扯手兒過庭階。既然說到父母憂，强留便是不相愛。出房來，出房來，看看西方日影歪。叮嚀改日另相邀，慇勤送出門兒外。

公子說天色已晚，到家日便落了。疾走下，樊子正上，長吁云從來說養女的不氣長，今日才知這話有理。不幸生下這個不孝的女兒，被人家休斷出來！屢

① 南斗：星名。由六顆星組成，形似斗，因在北斗以南，故稱。有時借指南方、南部。

② 京華：首都。

③ 柳絮風：春風。

④ 漏聲：銅壺滴漏的聲音。

⑤ 蘭缸：即蘭釭。舊指燃蘭膏的燈。後來多指精美的燈具。

次央親友去哀告高仲鴻，無奈那仲鴻堅執不允，這如何是好！

央仲鴻，央仲鴻，仲鴻堅執不允情。養着這不肖女兒，好叫人心酸疼！太不通，太不通，做着媳婦罵公公。應不過自家的心，怎麽合人家碰？

公子上云那不是俺丈人那老狗頭來了？待俺捎下路去罷。急走了幾步，樊子正手打涼棚[①]說呀！那分明是高姐夫，待俺追趕他去。大叫說那是高姐夫麽？公子站住上，樊子正上前搭手拉住

高姐夫，高姐夫，公壻相别一年餘。養的女兒不成才，不知是一個甚麽物！得罪翁姑[②]，得罪翁姑，近來自家悔當初。望姐夫將就他，到底是好夫婦。

到家中[二]，到家中，姐夫只領我兩三盅。若還是天黑了，老漢還去相送。喜相逢．喜相逢，一年寃氣積滿胸。對姐夫訴訴寃，出出那心酸痛。

已到家門了，請進。

到家中，到家中，門裹還是亂蒿蓬。你丈母昨夜晚，做了個極好的夢。喜重重，喜重重，離别年餘又相逢。隔牆是賣酒家，不愁沒杯水奉。

老婆子快來，高姐夫到了！徐氏忙上呀！姐夫從那裹來？請坐。公子朝上拜揖，徐氏說我還該謝罪。二人禮畢，徐氏說您爺兩坐着，我去篩茶去。

情意高，情意高，小壻亦已醉飽了。再休要去沽酒，費了錢合鈔。天又晚了，天又晚了，說兩句話便開交。等到過日來，再領丈人的教。

一個小妮子端出茶來，徐氏上，並坐一年多，一年多，終日愁死不望活。俺只待尋了死，不待把日子過！高大哥，高大哥，雙雙一對好公婆。俺那個小寃家，可眞正不成貨！

自家女兒不長進，瞞怨的親家合姐夫麽？借重姐夫合親家說說，江城也沒有再嫁之理。

沒奈何，沒奈何，終日起來悶活活。日日勸江城，只使的舌尖破。小哥哥，小哥哥，收他回去奉公婆。俺也斷不肯，再嫁第二個。

公子說天晚了，我行了罷。丈人、丈母一邊一個按着說那有此理！篩着酒哩。公子說我已醉極了，不能再飲了。子正說雖然不飲，天已昏黑了，沒有放姐夫

① 手打涼棚：將手掌平放眼睛上方，如同涼棚一般。

② 翁姑：公婆。

行的了。叫江城來。徐氏下，江城上說官人好麼？公子說好。江城低頭擦淚，公子看見，也低下頭擦眼，子正說姐夫既不飲酒，叫小妮端着燈，送他兩口兒去東房裏睡罷。公子、江城並下

一年來，一年來，夫妻恩愛兩分開。見了他模樣兒，不由人心中愛。俊嬌才，俊嬌才，忽然見俺淚下來。他亦是回了頭，還沒把良心壞。

子正說可喜可喜！女壻既宿咱家，夫婦重復和好。明日見高仲鴻，自有話說。

詩：夫妻相看意暗傷，百年恩愛不曾忘；

今宵留寄咱家宿，到得天明別有商①。

【校】

［一］魚童：據上文應為“書童”。下同。

［二］到家中：盛本前有“一言難盡。生下這樣妮子，教尊公和令堂生氣，我總然不成個人了。他今來也知道懊悔。沒什麼說，我只是謝罪爲主，還望姐夫海涵。

“一年多，一年多，也叫老夫沒奈何。大不是在江城，總然是我的過。我只跪著跪著，哀告尊公和親家婆。把小女再收回，磕響頭一個個。

“寒舍不遠，姐夫先降。公子說天色晚了，明日着罷。樊子正說隔着一箭多，也豈肯放姐夫走了呢？請，請！公子只得跟他去也。”三段文字。

第十二回　復　合

樊子正上云昨日女壻寄宿我家，天明要合他作個商議，不料天未明早早去了，也罷也罷。向來託親友去央仲鴻，仲鴻只推他令郎；今日還有甚麼推託？待俺竟到他家，看他有何話說。作行介

養女的不氣長[一]，在家倒成了著骨瘡②，教人怎麼把眉頭放？日日託人去哀告，親家只推他令郎，這事不知怎麼樣？他今日沒的推託，俺不如竟到

① 別有商：另有話說。

② 著骨瘡：又叫附骨瘡，即附骨疽。是毒氣沉聚於骨而發生的膿瘍。

高堂[①]。

高公上云自從兒媳休去，親事總不妥當。向來見孩子憂悶無聊，處處去放蕩，也還不忍的說他。夜來又在王子雅家寄宿不歸。那王子雅是個風流名士，不拘小節，宿在他家，只怕也沒有好處。

從媳婦離了房，着孩兒悶怏怏[②]，行去帶出愁模樣。不知文章讀幾遍，不知五經念幾行，終朝只去閒遊蕩。早給他成婚另娶，也省的憂慮爺娘。

子正上云來此已是高家門首。門上的管家，煩你傳報一聲。門上即刻來報樊大爺在門首。高公說他來了兩次，我不曾見他。你只說我有病便了。門上答應是。回頭待走，見子正自家進來了，仲鴻只得出房迎接，子正進門跪下，痛哭不起，仲鴻也跪下這是怎說！子正唱

告親家你知音，我的女不成人，罪兒萬剮不能盡！小兒有罪坐[③]家長，惟有跪在地埃塵，任憑親家罵一頓。但望你收他回來，我只是結草銜恩[④]！

不由人淚紛紛，小弟從今不是人，人品家風都喪盡。幸喜本人知懊惱，今日纔敢親到門，不妨叫他來親口問。但求把前愆[⑤]恕宥[⑥]，還教他從此自新。

高公說親家起來，從容細講。子正說親家不放赦書，小弟就跪到明年。高公說世間沒不了之事，你起來再作商議。子正才起來了

論令愛貌無雙，人物風流百事强，娶媳婦還待求甚麼樣？不求他賢良合孝順，但望安分不生殃，這等就滿了老父賬。俺只求平安無事，奈何他作惡非常！

子正說再不安分，小弟一面全管。

到今日魂已傷，無論令愛不賢良，到底改不了從前的樣。況且人家娶媳婦，相期百歲大吉昌，誰拆那鴛鴦賬？原是那小兒不愛，我不能替他主張。

兒大不由爺，他自己不待，小弟也就無如之何[⑦]了。子正說到是令郎沒甚

---

① 高堂：房屋正室的廳堂。

② 悶怏怏：悶悶不樂。怏怏，不愉快的樣子。

③ 坐：因為。《陌上桑》："來歸相怨怒，但坐觀羅敷。"

④ 結草銜恩：又稱結草銜環。舊典。比喻感恩報德。

⑤ 愆：罪過。《太平經》："思念在身，行無愆負，微稟自然，數見戒，前後可知。"

⑥ 恕宥（shùyòu）：寬恕；原諒。

⑦ 無如之何：沒有任何辦法。《禮記·大學》："小人之使為國家。災害並至，雖有善者，亦無如之何矣。"

麼意思。高公說怎麽見的？子正說在寒舍住了一宿，合小女極其和好。高公大驚說他幾時寄宿尊宅來？

三月裏初三天，在王家酒半酣，過寒舍夫婦得相見。兩人問到寒暄罷，惟有相逢淚眼看，到教小弟心憐念。若還得金口放赦，那公子定無他言。

高公說哦哦！他哄我在子雅家宿，這事我全然不知。若是這等，我不是替兒嫌婦了麽？他相愛，做爺娘的與媳婦爲仇呢！便從親家就是了。子正起來，又跪了一跪，說多謝，高公拉住，子正說小弟告别。高公送出

從前話一筆勾，媳婦縱然不回頭，好歹自有他丈夫受。有心待往油鍋裏跳，焦了身子吊了他的頭，到底燒不着爺娘肉。他既自己心愛，何苦替古人擔憂[①]！

拱了拱說請了。子正下，高公回來，夫人上云樊子正來做甚麽來？高公說可笑可笑！着咱那兒郎，背着咱去合他丈人家相處，咱不成了老扯淡了麽？

那一日三月三，他在王家飲酒酣，還不歸家來，去把丈人看。夫婦相看齊下淚，去在房間一夜眠。你我眞是老扯淡！從今後把他丢了，折掇煞休要可憐。

春香，請您大哥來的。公子上呀！那事决撒[②]了也！那一日酒後見了江城，便把舊情打動；他又哭哭啼啼，教人怎不心軟！适才樊子正來，必然説破機關，爺娘呼唤，必然要受氣也！

［劈破玉］在書房忽聽的爹娘呼唤，叫一聲不由人膽戰心寒，思一思想一想渾身是汗。若是長像那一夜，情願合他再團圓。不知是怎麽樣的吩咐，未曾去，先紅紅這不害羞的臉。

進門來，高公說不肖[③]的畜生！你還待受罪呵？也没人禁止，你怎麽背着我去走丈人家？公子跪下說爹娘在上，聽兒告稟。

那一日大醉了爺娘在念，適遇着樊子正苦死歪纏。不得已到他家已經半

① 替古人擔憂：毫無必要的擔心與憂愁。《兒女英雄傳》第六回："這話聽書的列公再沒有聽不出來的，只怕有等不管書裏節目妄替古人擔憂的，聽到這裏，先哭眼抹淚起來。"

② 决撒：敗露。《金瓶梅》第九回："正問間，隔壁王婆聽得是武二歸來，生怕决撒了，慌忙走過來。"

③ 不肖：沒出息。

醉，忘了在那裹睡，五更酒醒悔難言。天未明早早的來見爹娘，待說實情又不敢。

高公說畜生！你自作自受，可也怨不的爺娘！門上來報樊大爺合大嫂來了。夫人退下，高公起來說畜生起去！子正領江城進來說快來給您公公謝罪！果然江城朝上磕了頭

今日裹望親家千千萬萬，小妮子不成人罪大彌天，多虧好公婆佛面相看。若是下回還不改，任憑打死在這邊。那時節狼拖狗拉[①]，俺兩口淚也不來滴一眼。

子正說快往後宅給您婆婆磕頭。江城下，子正說小弟告別。高公說還有借重親家處。

小畜生他自己沒有漢仗，把不是[②]都掀在别人身上，我以後斷不能替他認賬[③]。趁着親家還沒走，分開他兩口在那廂。借重你做一個明證，從今後各支鍋子把飯嗓[④]。

我不能替他認過，好合歹着他自受。分給他幾石糧食，一個使女，着他兩口度日。長合短，小弟也不敢與聞。叫春香，你合老王您兩就跟去伏侍。答應是。又叫長命，你聽着。

從今後不怕你不通人性，别開門另支鍋各度日生，或是好或是歹你聽天由命。若是相好我懽喜，若有差池我並不聽。你那裹就死在眼前，却也是自作自受休怨命。

你去罷。叫家人燙酒來，我與親家痛飲三杯。子正說小弟窮忙，就此告辭。高公說親家上門來怪了！子正說實不能留，明日定來取擾。高公說休要失信。子正說豈敢豈敢！請了。

詩：花謝重開月再圓，但求兒女各相安；
　　閨房再有參差處，他日相逢見面難。

---

① 狼拖狗拉：喂狼喂狗。

② 不是：錯誤。

③ 認賬：承擔責任。

④ 支鍋子把飯嗓：分開過日子。比喻互不干涉。

【校】

［一］養女的不氣長：盛本作“［要孩兒］養女的不氣長”。

第十三回　撾　公

高公、高母上云自己生兒女，方識父母恩；但有一口氣，無日不憂心！自從媳婦重來，三月有餘，並不見舊病發作，夫婦和睦，可喜可喜！

［要孩兒］媳婦來三月有零，夫婦合睦不相爭，這番真成家門幸。慶兒郎聰明，媳婦美和順，不聞吵罵聲[一]，還有甚麽憂心病？多虧了祖宗積善，臨老來閒氣不生。

夫人說這也還未如何。向來孩兒甚是懽喜，這兩日看着他有個愁容；從夜來見他襖領解開，那脖子上有兩道縷楚①，我也沒敢問他。想是不大好了！作哭介

［銀紐絲］愁咱那孩兒淚汪汪也麽汪。向來懽喜不尋常；細端相，今日這容顏改了腔，飯也不多吃，行動悶怏怏，看他像有個愁模樣。你我只有這兒郎，軟弱禁不的怎麽降！我的天，惆悵②人，真叫人惆悵！

丑扮王婆上，笑云可笑可笑真可笑，買了個草驢③不識道；一朝騎着看閨女，扑搭跌的這腰兒吊。早知這樣不成才，怎麽肯使錢合鈔？休說使了二百錢，就是乾給④也不要！哈哈！俺家小哥哥，真正是近視老婆拾蒜瓣，自家搗了眼⑤了。其初在巷裏撞見江城，十月裏柿子不灠[二]⑥，就烘⑦上來了。那江城

① 縷楚：皮膚表面條形血痕。

② 惆悵：失意惆悵。

③ 草驢：母驢。《北史・列傳》第二十九卷：“卿前在元子思坊騎禿尾草驢，經見我不下，以方麴鄣面，我何不識卿？”清代章炳麟《新方言・釋動物》：“今北方通謂牝馬曰草馬，牝驢曰草驢。”

④ 乾給：白給。

⑤ 近視老婆拾蒜瓣，自家搗了眼：搬石頭砸了自己的腳。比喻自作自受。

⑥ 灠：即漤。用熱水或石灰水浸泡新鮮的柿子，以去澀味。

⑦ 烘：柿子等成熟變軟。

又會扭作了兩眼兒，漁媽媽的皮狐子①，變了個江米人②，就是個引漢子的老妖精，弄的俺小哥哥一相思幾乎害殺！後及至娶了那江城來，倒成了禍根，爲不着個破烘籠③。哎呀！扎着長聲又是長，又是短，想是嬌嫩嫩的[三]那手，打着臉上也不大疼麽？我只聽的瓜的一聲，可也老大響哩！俺家小哥哥可是那賣饊子④的折了本，也就煠烞[四]⑤不的了。老頭子纔替他一刀兩斷，割了那塊大痞，待了一年多，好不清静静的。誰想小哥哥自在不慣，替板的⑥長了一腚瘡，没人打就癢癢，好没聲的⑦溜到他丈人家裏；着那樊老兒定了個美人計，着那江城扎掛的合那妖精一般出來見他，那有不動心的？又搭上江城眼裏又弔下瓜子⑧來，嬌滴滴的聲兒問官人好麽，只這一聲兒，小哥哥那魂靈兒就像醃壞了的那螃蟹，久不吃了，臍子都沙⑨了。着俺爺爺知道了，就氣了個飽，賭氣把江城收回。待了兩個月，兩個説説笑笑，好不懽喜！誰想漸漸的舊病發了，這兩日蘿蔔窨子被了盜，掘開了⑩。昨日又攫了一頓把，虧了還抓在那背脚處；若是差一點兒，胡桃栗子擺在鼻窩裏，可不就臉上開起山菓鋪子來了麽？小哥哥還囑咐説，王媽媽你休合人説。作笑介嗤！我没人處不説。線匠不見了線包子，我看着也背不的。不要慌，耍把戲的開了箱，只怕還弄出故事來哩。我正愁着老頭子問我，我没嗄答應哩。連日不曾問安，趁閒去那邊蹭蹭。

---

① 皮狐子：狐狸。又稱皮狐。《醒世姻緣傳》第九十二回："晚間臨睡，那兒子依舊妝了皮狐，又使尾巴掃臉，冷嘴侵唇，壓在身上。"

② 江米人：面塑工藝中，用麵粉、糯米粉等製作的小人。

③ 爲不着個破烘籠：比喻不值得珍愛的東西。烘籠，用竹片、柳條等編成的烘乾衣物的籠子。

④ 饊（sǎn）子：一種用麵粉製作的環形或者柵狀的條形油炸食品。《金瓶梅》第三十五回："玳安戲道：'我兒少哭，你娘養的你忒嬌，把饊子兒拿繩兒拴在你手兒上，你還不吃？'"也説成饊枝。《醒世姻緣傳》第六十九回："號佛已完，主人家端水洗臉，擺上菜子油炸的饊枝、毛耳朵，煮的熟紅棗、軟棗。"

⑤ 煠烞：即"扎掙"。

⑥ 替板的：舊時在廳堂替人挨板的人。

⑦ 好没聲的：悄悄地。

⑧ 瓜子：此指眼淚。

⑨ 沙：原指瓜果、食物等水分減少而變得鬆散。此比喻鬆軟。

⑩ 掘開了：開罵了。

［呀呀油］小哥哥，小哥哥，根根毛兒都豎着。只當是美人圖，原來是夜叉坐！小哥哥，小哥哥，自尋蛐蜒鑽耳朵。既不聽老人言，還怨的那一個？

小哥哥，小哥哥，進的門來戰拸梭。分明是追魂臺，怎麽是夫妻樂？小哥哥，小哥哥，自家找的不快活。因是他命理該，也是他當初錯。

作進介，夫人說老王，你這二日不曾過來。老王說終日做飯，總不得個空兒。這兩日不見爺爺合奶奶，着春香燒着火，我纔來了。夫人說您哥哥和嫂嫂和睦麽？老王低頭說和……和睦呀。夫人說和睦就是和睦，怎麽揭揭[五]不成溜[1]了？想是不好麽？

在上聽，在上聽，起初說笑甚有情。這兩日不大好，像犯了從前的病。咯氣撩生[2]，咯氣撩生，俺家終日鬧烘烘。或者是偶然間，將來好未可定。

現如今家裹正罵哩。誰家盆碗不相敲，或者將來或好。夫人聽說哭了

［銀紐絲］死活娶了個潑奴也麽才，閨房終日鬧該該，我方才寃仇割斷兩分開。人給你推出去，你自家拉進來，到如今待將何人怪？我兒瘦的似蔴稭，千般的折掇日日也麽捱。我的天，無奈人，眞着人無奈！

老王說奶奶也不要哀傷，往後也未必常常如此，待二日再看。正說着，只見公子歪待着方巾，喘吁吁的跑來，藏着在仲鴻身後，高公忙問怎麽來？怎麽來？但見江城隨後怒冲冲的，拿着一根棍子，趕進房中，夫人忙問怎麽說？怎麽說？江城並不答言，便來仲鴻身後抓着[六]公子痛打一頓，把公公錯打了一下，仲鴻說打死我也！叫喚起來，江城纔去了，公子搽眼，高公、夫人都哭着說蒼天蒼天！

叫一聲蒼天好傷也麽悲，夫妻相對淚雙垂。把心搥，我生作了甚麽非？不曾殺了人，不曾害了誰，怎教老來苦受罪？向來不聽的鬧成堆，我兒都吃了昧心虧。我的天，碎人心，倒把人心碎！

高公說我沒說不好麽？衹是要呢！分開你原是圖個清靜，怎麽又跑來連累我受罪？

罵了聲潮兒照臉也麽啐，明知道後日要吃虧，死烏龜，待開院門引入賊。打是極該打，搥是極該搥，可怎麽帶累着人受罪？分開圖免是合非，還捱一棍纔解了圍。我的天，連累人，着你把人連累！

---

① 揭揭不成溜：說話結巴不順暢。

② 咯氣撩生：生氣吵鬧。

叫人來！答應有。你去搬您樊大爺來的。答應是。夫人下，子正上女兒江城叫人憂心之極！回去了三個多月，並不見有參差①，想是化惡爲善了。可喜可喜！呀！那是高宅家人，來做甚麼？家人入，子正問高爺好麽？答應好。你來有甚麽事？俺爺爺叫小的來搬樊大爺。子正說甚麽事？答應不知。說請樊大爺速去。子正上馬便行

[呀呀油] 奔了來，奔了來，教人心裏亂疑猜。只怕小江城，在那裏踢弄壞。奔了來，奔了來，揚鞭打馬過南街。馬蹄兒快如飛，霎時來到門兒外。

作下馬介，到宅裏，高公起來讓了坐說我請親家來，求奉勸令愛。子正跺脚說呀！他又作下甚麽惡了！高公說你聽我道來。

[房四娘][七]老夫婦適剛纔，正喜他夫婦得和諧，方且一言未落地，他從空中弔下個故事來，弔下來！

子正點頭說嗯嗯，怎麽來？高公述說一遍，子正怒沖沖去瞧江城，[八]江城說爹爹來做甚麽來？子正說我著你氣死我也！

便開言叫江城，做的事大不通，帶累老子沒德行。看你不禿又不瞎，好像一個鬼靈精，怎麽全不通人性？傳出去人人嗤笑，眞叫我難見親朋！

江城說爹爹，做了賊了麽？養了漢了麽？該你嗄事的？

罵江城好畜生，說的那話纏不清，着你氣殺我樊子正！你說改了何曾改？從新又添上打公公，潑法更比前番勝。你着那天雷就打，只怕我打碎天靈！

江城說我作的我受，或者打不着你，你管甚麽閒事？

怒恨恨罵一聲，苦口良言全不聽，說你越發逞靈聖。我又不曾傷天理，怎麽把你禽獸生？終來爲你送了命！你若不夭亡橫死，摳了我一雙眼睛！

又自家打了兩巴掌說哎喲！氣死我也！忽的聲倒了，不省人事，江城轉身說你死就死的。下，公子合老王扶起捶了捶，叫春香，快拿水來。扒開口灌了兩口，子正纔吁出兩口氣來，哐哼說氣死我也！高公忙上云子正痰厥②了，怎麽處？春香指着道還魂過來了。高公說好好。快着人使小牀擡去。答應是。扶上牀去，高公近前說親家不必這等。既勸不醒，我教他夫妻各居，也省的你我生氣。

勸親家自將養③，不必合他論短長，從此各把心來放。縱然兒女無行徑，

① 參差：差錯。

② 痰厥：因痰阻塞而閉氣或昏厥。

③ 將養：休養；調養。

但有老氣還不妨，一口不來怎麼樣？這到是區區小事，幾乎有生死存亡。

高公說你家去罷。子正點頭，從人把子正擡着走，高公說叫人先上家裏報知。答應是。從行介

［棹歌］老頭子年紀已高，兒女生把氣嗬。幾乎送了老性命，翻轉只爲嬌嬌。氣來心似火燒，頃刻命赴陰曹。幸得還魂歸去，嗬殺了人了嬌嬌。

徐氏上云好了麼？好了麼？怎着來？僕從擡子正哎哎！言不的！我合你遠走高飛便了。啀哼！扶走下

詩：孩兒可恨太不通，此去幾乎一命終；

　　惟有遠逃爲上策，合家直上大江東。

子正說怎麼樣呢？

怒衝衝走進來，抓住小兒大棍揣。老夫不曾躲得過，一棍捅來脖子歪。哩喇，嘝落。

子正說哎，反了，反了！今日裏親家來，良言好勸女裙釵。天幸若還能改過，依舊還傍到妝臺。哩喇，嘝落。子正長吁了一口氣，說總是小弟傷了天理，積下這個東西。來，我就去宅裏勸他。

［耍孩兒］請姐夫你休怕，他犯着你手着實排。打殺也麼不說一句話，看來眞畜類，知道那羞恥是什麼。這樣東西要他煞，碎尸萬段還看那狼卸尾巴。

江城上，說賊囚根子忽然要拌嘴，見我拿起棍來；便跑去藏在他達達那邊，做他的護身佛兒。孰不知，我怕公公麼？早被我打氣了一頓，出了這口惡氣。但只見錯打了公公三下，也罷了，罷了！誰着他生這樣兒來？子正到。

【校】

［一］慶兒郎聰明，媳婦美和順，不聞吵罵聲：蒲本作“慶兒郎聰明媳婦美，合順不聞吵罵聲”。

［二］的：蒲本無。

［三］瀇：盛本作“漊”。

［四］煠烐：盛本作“扎掙”。

［五］揭揭：盛本作“結結”。

［六］着：蒲本作“住”。

［七］［房四娘］：蒲本作“［娘四房］”。

［八］高公述說一遍，子正怒冲冲去瞧江城：盛本作“您女壻不成才，慌忙跑進面前

來。我和賤荊才放門，令愛凶凶跑進來，哩喇嚁落。

第十四回　招　妓

公子上不敢西來不敢東，低頭受氣幾時終？

寃魂初下閻羅殿，覺得青天分外空。

自從丈人去後，爹娘叫我獨居，今已一月有餘，倒覺鬆緩①的緊。但有一件不好言處，白日還好過，黑夜眞難捱！

［鴛鴦錦］一更新月纔照上窗櫺，又下窗櫺，孤單的人那愁苗漸生。進門來冷冷清清，沒人做聲，坐下起來只是悶。端過銀燈，點起銀燈，手兒懶擡，眼兒懶睜。孤雁聲促織鳴只在身邊叫，好不難聽。也麽咳，也麽咳，咳也麽喲，只在耳邊叫，好不難聽！

二更沈沈月又歪，倦眼難開上牀來。沒俫[一]打彩②，手伸去却拳③來，沒處安排。覆去翻來人一個，摸不着繡鞋，盪不着金釵，枕頭滾徧仰不着香腮。鼓兒鳴鑼兒篩，睡不着好不難捱。咳也麽喲，喲也麽咳，睡又睡不着，死活的好難捱！

三更譙樓響連聲，想起他那模樣，想到天庭。笑盈盈，俊生生，賽過那鶯鶯。想是俺今生沒造化，進了交情，不是不愛，寃也難明。眼矇矓夢初成，夢見寃家見了我，喜了個稜[二]掙④。喲也麽咳，咳也麽喲，纔到牀上夢又醒，惱了一個稜掙。

四更睡醒想寃家，心癢難抓，心癢難抓。想他那腰兒一捏，脚兒半搾。俊是他，美是他，俏的是他，怎麽轉眼沒情，又像是仇家，又像是仇家？怎麽樣着纔是好，好難打發。雖是他性兒差，想起他那模樣，哎喲渾身肉麻，想起他那手脚，渾身肉麻！

---

① 鬆緩：放鬆。

② 沒俫打彩：沒精打采。

③ 拳：通“踡”。彎曲縮回。

④ 稜掙：即“愣怔”。發呆；發愣。

五更敲罷不曾眠，沒個空兒鑽鑽，現放着美人却在半天。我也閒，他也閒，兩下孤單。若還跳牆見他，未必不喜歡。怕的是惱了那性兒，菓子甜吃酸。思一番，想一番，你回了心罷麼，我就許下朝山①。

夜間想來，呆呆的孤眠，好不苦哉！這書房隔着內宅甚遠，俺悄悄的尋個人兒，晚來早去，有誰知覺。叫小廝你去上東街上，叫老李婆子來。書童答應是。

好好的鴛鴦分兩邊，這苦難言，這恨難言，就是他心裏也未必自然。風片片，雨連連，一夜似一年。俺是黃金買個笑，打打這饞涎，解解這愁煩。到晚牀兒上，有個金蓮，腰兒軟，口兒甜，就不如我那寃家，也强似孤單。

丑扮李婆上云自家李婆便是。沒有南北隴，也無東西行，只憑着唇舌度日。俺也不肯傷天害理，只是撮合人家好事。他有愛漢子的呀，或是想老婆的呀，俺老李一到，就是天仙織女，俺也念誦的思凡。是怎麽這年年來，好像到了女人國裏，賣春藥的全不發市。見書童說呀！你不伺候俫大叔，來做甚麽？書童說大叔着我來請你。李婆笑說哈哈！他叫我做甚麽？書童說不知道，但說叫你去呢。

［刮地風］不上機不拿針，只將唇舌騙黃金。全憑孫衍②張儀③口，說的嫦娥動了心，人哪哎喲動了心。

不知叫我做嗄？

他那娘子好發威，終朝好似躲强賊。今日忽然來找我，不能替他捱棒槌，人哪哎喲捱棒槌！

沒哩是勸他那娘子？

從來口念說風流，那過板活兒不曾謅。我就不敢支這個架，能說的江城回了頭，人哪哎喲回了頭。

書童說你甚麽兩只小脚兒哩，啄打打打的悶殺人！過來，咱駕雲去罷。拉着飛跑，李婆叫說到了門首了，看絆倒了！一言未盡，扑的聲倒了，哎着說跌殺我！

① 朝山：到名山大寺進香。《五美緣全傳》第六回："今奉家母之命，南海朝山進香，打從此處經過，今日是俺不是，衝撞公子。"

② 孫衍：即公孫衍。戰國時期魏國人，著名的政治家、軍事家、外交家，縱橫家的傑出代表，主張合縱抗秦。

③ 張儀：戰國時期魏國人，著名的縱橫家、外交家，主張連橫。

賊囚根子！墩破[①]這不便處了！書童扶起來，見了公子說大哥叫我有何吩咐？公子笑着說你給我找個人兒。李婆說大哥說笑話哩。公子說實言。李婆咬指頭，扎着長聲說噫！夏裏的皮襖不收拾。公子說怎麼說？李婆說只怕吊了毛！俺大嫂到利害，不是頑，不是頑！公子說你悄悄的。李婆說不好不好！酒罎裏淌出糟來。公子說又是怎麼說？李婆說鼓了袋子就壞了！

前日打的沒處逃，你還要想第二遭！只怕一朝發覺了，打你那俊臉，捋了我的毛！

老虎窩裏種南瓜——守着個吃人的東西，還作大葉[②]。公子說這裏隔內宅遠，夜裏來，夜裏去，甚麼相干！這是五錢銀子，先給酬勞。李婆說沒哩我就拿着罷呀嚾，我就破上這老性命。

我這是老來貪，破上性命去掙錢。只要大家密密做，那主知道不是頑！

你待要誰呢？不就着吳麗華罷。公子說不好。我見他來，唱的倒罷了，不大白生，又是半攬子脚[③]。你還是找那半掩門子[④]。李婆說嗯嗯！你幾時要呢？公子說今晚。李婆說這就難了。天已黑了，是甚麼東西，一把就抓過來？今晚且着麗華來，你且解解悶，我從容再給你物色好的。公子說就是這等。你可瞧街上沒了人送他來。李婆說是。公子下，李婆說妙妙，俺又得了財了。待俺到麗華家，看他有客沒有。

正喜歡正喜歡，平白裏掙他銀五錢。他既癢癢圖快樂，俺且喜他個大黃邊。

呀，天已起了更了。遠遠看見麗華家門裏出來了一個人兒，不知是誰。麗華上，李婆來到近前說哎喲！原來是麗華姐姐。你待那裏去？麗華說前天王少爺約我今晚去陪客。李婆說好呀，培了的芋頭不踏，差一脚就摸了。我正是來找你，有個主兒想你哩。麗華說誰？李婆說高少爺。麗華說嘁嘁，我會他來，極好的個人兒。可只是陪他，我就失了信了。李婆說失了信，失了信，雖然愛錢也愛俊。咱流水走罷，我還待家裏等我那老相厚的哩。

他又美來你又香，雙雙一對好鴛鴦。快活時節念念我，哐哼一聲李大娘。

---

① 墩破：碰破。

② 作大葉：作大孽。方言中，"葉""孽"同音。

③ 半攬子脚：比較大的裹脚。

④ 半掩門子：暗娼。

麗華說你瘋了麼？

李大娘李大娘，奴家醜陋虧了你幫。等我相處人多了，讓你一個老夾鋼。

公子上云書童，你外邊看看，麗華待中來了。作相見介云來了麼？李婆說來了。公子說妙妙，恐怕他不在家。李婆說差着一步，幾乎就顛了！麗華說給大爺磕頭。公子說免了罷。從那一日聽了一回曲兒，到如今還想你。只是這偷生子兒可領不的你的教了。李婆說您倆都得在此，待我去罷。

詩：深深庭院夜黄昏，高點銀燈深閉門；

不敢公然聽度曲，暗並枕上敘寒溫。

【校】

［一］偢：盛本作“精”。

［二］稜：盛本、蒲本作“棱”。下同。

第十五回　裝　妓

江城上云嫁作南城蕩子妻，深閨風雨冷淒淒；

人生豈好生閒氣？只爲男兒不服低。

自從合氣之後，公婆把他兒郎喚着，俺夫妻分院而居，這也罷了。近來聽的他夜夜合老婆同睡，這樣光棍到容易打哩。不知虛實，待俺再訪。

［要孩兒］打了仗開了交，省在一處把氣啕，怎麼做局[①]把我罩？俺在這裏活守寡，你在那裏度元宵，這個公道不公道？俺這裏訪眞底確，給他個點子瞧瞧。

如今尋究起來，這個是有的。昨日到了門外，撞見老李婆子那模樣兒，毛梢梢[②]的，像有些虛驚的光景，必然他引誘爲非。且從容瞧他。

賣[一]婆子眞似賊，瓜搭[③]着嘴兒搬是非，原該問個淩遲罪。好人說的上

① 做局：設圈套。

② 毛梢梢：內心有鬼而心慌。

③ 瓜搭：象聲詞。說話時嘴唇發出的聲音。

了他道，節婦也說的解了裙，不走草①叫他蹩了對。若是他往來引誘，我着他鬢毛亂飛！

李婆[二]上云不擔驚怕與勤勞，難得銀錢到我腰；

但弄機關須要妙，纔能保守鬢邊毛。

前日大相公去玉笋山上燒香，見那陶家媳婦小嬌嬌，愛他一雙小脚兒，只是央我合他說。不知費了多少唇舌，多少脚步，纔說的招了道②兒。雖然大相公我也使他兩吊錢，可也擔的利害不小。昨日從書房出來，頂頭撞着江城，出豆腐的點不成腦，幾乎就壞了作③。還虧他不曾細問；若是細問起來，可是賣豆腐的破了布袋子，怎麽說，你就過不的④了！大相公還囑咐密着些，可是羆⑤着耳朵放爆仗，使了錢賣了些出作。待俺去報他的喜。來此已是他家門首。且瞧瞧，這二日眼跳，造化低不要再撞着他[三]。伸伸頭，搐搐腦，往裏一溜，公子說你來了麽？那事如何？李婆說恭喜恭喜！

［西調］我爲你心牽掛，我爲你磨碎了牙。昨日冒雨，到了他家，旁裏沒人，俺倆閒吧；吧了半日，不敢勾他，勾搭不上，怕他發[四]渣。天色將晚我歸家，他又留我，我就住下。晚來俺倆，睡在一榻。聽了聽窗外雨兒越發大，我就從此去趁量⑥他。問他男子，戀酒貪花，年年海角，日日天涯，孤單獨守，家又貧乏，紡織棉布，自己掙扎，說到這裏，淚下如麻。我說休惱，這也有法，獨守空牀，也是獃瓜，他也找塊肥肉，何苦喜這清茶？他就惱了臉兒，把我訿喇⑦，說道李婆子放屁，說的是甚麽！呀！我就大笑，嘻嘻哈哈，一當是玩，二當是耍。嫂子休怪，這是實話，你看那風兒細細，雨兒刷刷，四壁寒蛩⑧，吱吱呀呀，何處砧聲，敲敲搭搭，好不把人悶殺！若有個人兒，

---

① 走草：泛指動物發情。《醒世姻緣傳》第七十三回："遇廟燒香，逢寺拜佛，合煽了一群淫婦，就如走草的母狗一般。"清代桂馥《劄樸·鄉里舊聞》："犬求子曰走草。"

② 招了道：入了道。

③ 壞了作：比喻壞了事。

④ 過不的：比喻沒法生活下去。過，原指過濾。

⑤ 羆：通"捂"。

⑥ 趁量：試探。

⑦ 訿喇：訓斥；挖苦。訿，當為"呲"，"呲喇"為方言詞

⑧ 寒蛩（qióng）：深秋時節的蟋蟀。唐代馬戴《楚江懷古三首》："驚鳥去無際，寒蛩鳴我傍。"

忽搭忽搭，他又愛俺，俺又愛他，夜去明來，誰知誰覺？我那少年，也曾做過，不是這口說瞎話。他半晌無言，我往那頭亂爬亂爬。呀！我說公子風流俊雅，臉兒雪白，把人愛殺，着他一摟，渾身肉麻，况他門戶，又是大家，幾兩銀子，值他甚麼？若是合他相處，你就不紡棉花。着我說的滚熱，他就心癢難抓。我就問他幾時去，他就答應今黑[五]。呀！玉笋山上的花鞋來到手，可待怎麽謝我老人家？難道說嗎啼啼的干休罷？

公子說虧承虧承！等他來了，我謝你二兩銀子罷了麽。李婆說我去罷，這個去處久留不的。公子說你可打趚着些①。李婆說我知道。伸出頭來又搐回去，江城上云怎麽等了二日，老李婆子並不曾來？哦！是了，我在這裏，看見我就溜了。我掩殺這門兒，打這門縫裏瞧着他罷。李婆子上，看了看沒人，又是一溜，江城開門便叫李婆子倒回來！你來做嗄來呢？李婆哆哆說我……我沒做嗄。江城說這老奴才不知搗的甚麽鬼兒！怎麽是沒來？實實的招來！免的挦毛②！李婆說我實話說就是了。

既見了娘子面，不敢不一一的實言。大相公只是叫我胡突幹，看上陶家小嬌兒，降著我給他把情傳。許下了二兩銀子，約下在今夜晚。我也窮極了，圖了他兩錢，圖了他兩錢。饒了我罷麽，到家燒香念。

江城說你既說了實話，其情可恕。李婆就待拿腿③，江城說你休去了，我還用你哩。

到如今人人說我好吵，人人說我好打，人人說我好罵。我對你訴訴我自家，比比那人家，也說說那寃家。你看他作的那精兒，弄的那鬼兒，做的那事兒，人人眼裏看不下。終日把人家活活的惱殺，活活的啕殺，活活的氣殺！一家人好說是我打嗄子，說是我罵嗄子，也不問問是爭着甚麽，因著甚麽。看他作的那鬼兒，怎麽不該打他，怎麽不該掘他，怎麽不該摳他！你看看眞麽吵著，眞麽鬧著，眞麽打著不怕！

李婆子說天黑了，我去罷。江城說借重你頭裏去到他房裏，你說小嬌三來了。他害羞，着我吹殺燈哩，先把燈吹滅。你可去辦。果然李婆頭裏，江城後頭，到了書房，李婆進去，公子說他來了麽？李婆說他害羞，着我吹殺燈哩。一口吹滅，

① 打趚着些：多多走動。打趚，走動。

② 挦（xián）毛：揪着頭髮打。

③ 拿腿：抬腿走開。

回頭走了，江城隨後進去，公子摸著說我那嬌三，你想殺我也！你且坐坐，等我摸索摸索。作摸下介

玉笋山前你把轎兒下，那一時見了幾乎愛殺！你那金蓮不勾半揸大。那一日你穿的松黄縐紗，桃紅鞋兒圍着一朵金花。呀，你這腰兒還是勿一揸掐，這脚兒比前越發小些小些[六]。休害嚣，你放出嬌聲說句話。

想了你半年纔撈着，若是當面不見，豈不辜負了一番情腸？我點起燈來。點起來一照，唬了一跌，把燈吊在地下，江城說這來見了你那可意人兒，怎麼不看了？公子跪下我再不敢了！江城說你就沒怎敢罷呢？

[蝦蟇曲][七]哄我自家日日受孤單，你可給人家夜夜做心肝。強人呀，仔說我不好，仔說我不賢。不看你那般，只看這般，沒人打駡，你就上天！強人呀，你那牀上吱吱呀呀，好不喜懽！

只說你合我兩下不成雙，誰知你這裏夜夜有親娘。做的甚麼事，弄的甚麼腔？你該裂個淨光，你該刺[八]個淨光，打了不算還送監倉！強人呀，你在房兒裏，嬌嬌呀，倒不淒涼？

不圈不點①，過來跟了我去，不許你沒人處胡做。

我只是要你合我在那裏過罷，我可又不曾叫你下油鍋。強人呀，俺漫去受罪，你可去快活，今日弄出這個，明日弄出那個，這樣可恨，氣殺閻羅！強人呀，俺也叫人家哥哥呀哥哥，你心如何？

詩：幾個樓臺幾進房，那邊娘子最淒涼；
　　與人共上牀頭臥，也把淒涼教你嘗。

【校】

[一] 賣：盛本作“李”。

[二] 李婆：蒲本作“李婆女”。

[三] 這二日眼跳，造化低不要再撞着他：蒲本作“這二日眼跳造化低，不要再撞着他”。

[四] 發：蒲本作“潑”。

[五] 黑：蒲本作“黑夜”。

[六] 你這腰兒還是勿一揸掐，這脚兒比前越發小些小些：蒲本作“你這腰兒還是勿

---

① 不圈不點：既往不咎。

一揸，掐這脚兒比前越發小些，小些”。

［七］［蝦蟇曲］：盛本作“［蝦蟆曲］”。

［八］刺：蒲本作“裂”。

第十六回　誇　妒

旦扮樊滿城上南山頂上一池水，一個被窩裏四條腿；再添兩條他不依，從來只許每人每。爲甚麽咯氣又撩生？只因着漢子好弄鬼。漢子原就不該憐，當把錫壺把他毁。一點事兒不合心，嗯，脱下隻半尺花鞋打他那嘴！自家非别人，就是江城的姐姐樊滿城是也。看著模樣不大精緻，俺這心裏還俏别[①]起人。自從嫁了葛天民那王八頭，枉勾家裏夢見倆漢子，他也不敢驚著俺。他若牙縫兒崩不字，小孩子賣長生果[②]，吃不了還叫他兜着走哩！那江城枉擔着降漢子的虚名，還嫌他不會降哩。要着他怕情兒從心坎裏流出來，這纔是會降。都像那漢子有個不是，作恨聲介，拿著那長聲哎喲，氣殺我！撈著那不中用處，也是一棒槌；撈著那中用處，也是一棒槌。撈著那不見人的去處，也嘶一口；撈著那見人的去處，也嘶一口。酒店裏開了市，就挑出望布[③]來了。這就是降麽？人説江城降漢子，江城也自家説，作嗤聲介我能降漢子。

嗤！哼殺我罷了！昨日聽的二姐夫作下了點精兒，著江城家裏生氣，我去看看的。下，江城上云兩好並一好，相處纔到老；世間惟男兒，最不宜量好。你看賊强人，纔没人管著，任拘什麽蘭[④]兒都作估出來了。昨日著我擰着耳朵拿了來，著他在我牀前打鋪，慢慢的合他好説，不好罵着也便。

［劈破玉］擰著耳朵只拉在牙牀一下，就著他打個鋪近著奴家。想起他可恨處醒了就罵。近來一發不成個腔[⑤]兒，把人活氣殺！氣也不喘，像個獃瓜。

① 俏别：貶低。

② 長生果：花生。

③ 望布：酒店門前所掛的幌子。

④ 蘭：通常指壞事。

⑤ 不成個腔：不成個樣。

我纔脫鞋，他已倒下；合他說句話兒，他就打呵；給他點笑臉，他也不覺。在人跟前，嘻笑哈哈；到俺跟前，𢠸頭搭喇[①]。跪在牀下，戰戰呵呵，似上殺場，就着刀剮。看這熊兒，還能怎麼？就是相好，也只一霎，全然一點不中用，眞正是個傴[②]忘八！到而今想起他那身上，沒有一件不該打！

滿城上云進來高宅門兒，這南邊一院是江城在此，待我進去。江城看見姐姐呀，來了，極好極好！我這兩日正自納悶。滿城說我聽的說你家裏生氣，故來看看。江城說可是氣殺人！請坐，我從頭對你訴訴。

大姐姐你聽我上訴，俺那個光弄鬼的不成個丈夫。說起來也不是妹妹吃醋，他搬了院裏吳麗華，又說待看陶家那媳婦。若是那有氣性的人兒，姐姐呀，就著他氣的長氣鼓[③]！

滿城說他二姨夫都這麼作法，還是你那管法不濟。你說你是怎麼降？江城說也沒有定法。

終日家對臉兒，尋常是罵。我合他可沒有一定的方法，惱了臉也顧不的甚麼是嗄，若是迭不的攥拳，劈臉就是耳巴；或者是臉上抓，身上掐，腿上扭，腚上砸，棒槌槌，巴棍打。打開了那管是甚麽，渾身上下批丟扑搭[④]。那一日拿起一棍劈柴，把我這手指頭是傷了倆。

滿城笑說我說你不會打呀！江城說你是怎麼降？滿城笑說我那降法，你可學不的了。

我初到葛家，約有半年，那忘八意思裏就待施展。我這裏揪住毛，我就剜他那眼彈子。尋思這行子忒也詐[一]，不宜量慢慢合他纏。劈臉帶腮，就是一拳，一交倒在地面朝天。沒有那好嗄打，就使半頭磚，爬爬就待跑，接着又一磚，揣了一百下，睡了半年。像那高大官忒也嫩，不禁揎，若還手裏沒分寸，忽然一下染黃泉，這纔犯了淩遲罪兒，秋後處決定不免。

江城說您那個行貨子[⑤]，你那麼打他，可怎麼我聽的說他還合你極好呢？滿

---

① 𢠸頭搭喇：蔫頭耷腦，沒有精神。

② 傴：不详。

③ 氣鼓：鼓脹的病症。

④ 批丟扑搭：象聲詞。捶打的聲音。

⑤ 行貨子：家伙；玩意。常用作貶義。行，方言音為 háng 或 huáng。

城笑說俺不說，妙術不傳六耳[①]。江城說姐姐對俺說了罷麽！滿城笑說罷麽！也沒有別人，可只是說了，你也未必能學。

對你說這降漢子也有個妙道。要著他捱了打口又難學，受俺的降不說俺降，這法才妙。漢子沒服就把潑名來掛，這一樣降法眞是操[②]。你那性兒忒也嬌，雖有好法，只怕難學。朋友來到，不疼酒肴；我待公婆，孝敬極了。這個孝名，傳到九霄，屋裏打人，有誰知道？待合人說又害囂，他又裝體面不肯招。早晨打了仗一霎就消，咱還用他不用潮。換上對花鞋，搓上臉肥皂，着他看一看就軟了腰，給他點笑臉魂也消。狗兒甜[二]蒜碟，到屋兒還勒揹[③]他不輕饒。似肯還不肯，等他來跪著。他要把俺嘮，俺還把他嘮。到晚來也還要著盡力奉承，奉承不到俺還惱。若得了這個法兒，還著他吃俺虧，還說俺好，愛俺只到老。

江城說但只是寡人有疾，寡人好氣。滿城笑說請無好小氣。想是他不愛你麽？江城說不呢。滿城說是你不愛他麽？江城說也不不呢。滿城笑說不呀，不怎麽就撕毛砸腿鬧滿屋？這個不字容易知到[三]，是那個不字就難解了。江城低下頭說常時還好來，近因著他戰戰得塞[④]的，越發厭惡人了，著人說不出口來。附耳作小語介，滿城拍手笑說哈哈！販鮮的擔着柳杬子[⑤]魚活，我就好說，掐出水來的乜孩子，禁甚麽降？都是唬破他那肚頭子了！一樣漢子有一樣降法，怎麽抄的稿[⑥]呢？

有一句知心話兒把妹妹奉勸，你眼兒拿著他當丈夫，腹兒拿他當心肝，那小鬼見閻王命兒難保，他有甚麽心緒把人去看？旣做個漢子，也背不的打，那打時節也給他點縫兒，旣不可太寬，也不可太嚴。說你不愛他，就說不然；

---

① 六耳：第三者；外人。《五燈會元》第三卷：“師便近前，祖打一摑曰：‘六耳不同謀’，且去。”《西遊記》第二回：“悟空道：‘此間更無六耳，止只弟子一人，望師父大舍慈悲，傳與我長生之道罷。’”

② 操：操蛋。此指方法不好。

③ 勒揹：刁難。《二刻拍案驚奇》第二十一卷：“州官原是同鄉，周全其事，衙門人不敢勒揹，一些不少，如數領了。”

④ 戰戰得塞：因害怕而渾身哆嗦。

⑤ 柳杬子：用柳條編成的一種器具。整體為半圓形，上有弧形横樑。多用來盛放米麵等。

⑥ 抄的稿：模仿；複製。

說他不愛你，這也是謊言。他若不怕你，你那點不如嬌三？因你不中惹纔不傍邊[①]，找一個替身解解饞。你又只顧罵膽也寒，心裏害怕怎麽不渾身發軟？

【校】

［一］我就剜他那眼彈子。尋思這行子忒也詐：蒲本作“我就剜他那眼彈。子尋思這行子忒也詐”。

［二］甜：当为“舔”。

［三］到：盛本、蒲本作“道”。

第十七回　中　傷

公子上常時愁怕尚成歡，猶想芳閨近玉顔；

一自連朝發覺後，美人常當夜叉看。

長嘆介近來在牀前打鋪，氣兒不敢粗喘，苦哉苦哉！爹娘聽的還說是該。咳，那裏去訴寃苦！這是俺不安本分惹的，這也罷了。且是他又不依東移西轉，好悶人也！

［銀紐絲］牀頭上不是個女嬌也麽娃，分明臥着個母夜叉！見了他，渾身的筋軟骨也麻！進了娘娘廟[②]，娘娘貌如花，教人拜倒寒毛乍。心裏不知是怎麽，到他跟前百事差。我的天，高罵人，他將人高罵。

我想江城他合滿城姊妹二人最相好，我往別家去他就嗔，每遭往葛家去，他還沒嗔。今日悶極，不敢更訪他人，去找葛天民罵罵也好。行介

細細的思量苦哀也麽哉，終朝長在血魂臺[③]！命裏該，癖在心頭怎麽捱？不敢挪一步，他就胡歪揣[④]，長坐監[⑤]跳不出圈兒外。森人毛長在桃腮，柳眉

① 傍邊：靠近；照面。

② 娘娘廟：民間多稱送子女神的廟。廟內除了送子娘娘之外，往往還有催生娘娘、天花娘娘、眼光娘娘等。

③ 血魂臺：疑似殺人場。此指活得心驚膽戰。

④ 胡歪揣：撒潑。

⑤ 坐監：坐牢。

都帶些殺氣來！我的天，愁壞人，眞把人愁壞！下

葛天民笑上云峡山有個猷瓜，猷瓜家中有個夜叉，夜叉若是開了賭打，我還打他式兩參兩。爭奈見了他，渾身怪發麻。自家葛天民，是那樊滿城的漢子，綽號椎被石。我問人怎麼是椎被石？哦，說是老婆棒椎常常挂打的。哈哈！這個號兒響的緊，好令人人都知道我是椎被石，把葛天民這名兒竟嗚呼了。這怕老婆的合①縣裏無其大數，就選着做了行頭②。那官娘子着出來要棒椎，着我陪錢。如今好了，這行頭有了替的意思，俺那小姨子嫁了高家那小長命子，他還比我賽③頭哩。往後再有差使，我就頂上他。他人家大，就要金子的，銀子的，他還答應的起。聽說昨天他癢癢了，吃了横虧④，我待去瞧他瞧。嗯！那江城利害，看招了禍來了。公子上呀！我那貼戶⑤兒來了。請坐，有什麼貴幹？公子說敬來探望。

［耍孩兒］連日來熱難當，不敢出門汗似漿，今日清涼把你望。約有一月不相見，丰範肥澤⑥更異常，腰帶粗大容顏胖。椎被石擦磨光净，你看那邊背皆光。

葛天民說我正尋你，思把這行頭替給你把⑦，你還有賂墊的。公子說不必，這班缺好出來，我重重的幫你幫你便是。天民說眞果麼？若是出來班缺，我這頭兒還有使頂手⑧。不給你，不給你！這合縣裏怕老婆的，仔說一個人幫我一個錢，只怕比那那[一]十分錢糧還多，我不就富了麼？公子說還有個喜信⑨對你說：官府昨日說，宅裏白黑的事體，或也煩多，着你打那粉頭家⑩的課稅⑪錢。

---

① 合：全；整個。

② 行頭：頭目。《平山冷燕》："有個江西故相的公子，姓晏名文物，以恩蔭官，來京就選，考了一個知府行頭。"

③ 賽：強；超過。

④ 横虧：大虧或想不到的虧。《醒世姻緣傳》第二十二回："前日吃了我的捉弄，受了一場横虧，沒奈何往他手裏'飯店回葸'。"

⑤ 貼戶：替代者。明代李開先《園林午夢》："你是鄭元和的貼戶。"

⑥ 豐範肥澤：外表非凡，肌肉丰满。

⑦ 把：即"罷"。

⑧ 頂手：代理人。

⑨ 喜信：令人高興的消息。

⑩ 粉頭：舊指妓女或不正派、不守規矩的女人。

⑪ 課稅：徵稅。

你當着兩丫頭，不便宜你麽？天民說我的才短，寧自①我還當着我的，讓你這個缺罷。

小長命說話差，把個肥缺却讓給咱，姐夫方才答應下。一來是你模樣好，二來高宅是大家，立下個根基好加納。强似那宗師下道②，把四等大抹大叉。

公子說你這就怕學道哩？天民說怎麽？

槌被石不用愁，不用掛牌一筆勾，學道要給你一個點兒受。賣了秀才還嫌少，要把行頭課稅抽，你可隄防着割你的肉！自然貪贓學道，搜尋這忘八流頭。

天民說到如今空磨舌頭，咱還吃杯酒。拿酒來。酒到，滿城悄悄的來窗外聽他，天民說他三姨我只見了他一次，一眼看見，幾乎把我暈殺！昨夜夢見他，可就暈的我學不的了。

那江城眉兒彎，點點一對小金蓮，笑一笑把人魂引斷。昨宵夢裏夢見他，還叫了一聲俏心肝，我只待央你把媳婦換。你若是許了交易，我許上兩吊皮錢。

咱換了罷。公子說嗤！乾給也不要就是了。

兩道眉三指寬，一雙眼似燈盞，一口牙總似蒜八瓣。還該削削那額髏蓋，還該斫斫那小金蓮，着咱丈人再把他變一變。你給我我就留下，還給你兩吊高錢。

天民說混賬物誚嗄哩？誰說你的不俊來？不俊着就怕的那！公子說這倒未必，我是怕俊；一般也有醜的還怕的，這不奇麽？

似仙子下瑤臺③，着他打下還應該，原是心裏把他愛。就有模樣醜似鬼，一揸長短大花鞋，漢子怕的比我賽。却不知他是爲嗄？這才是奇哉怪哉！

滿城聽到這裏，氣的戰哈哈的說好賊欺心的忘八！我到憐惜他，他可這麽誚撇④人，說的俺就像個人了，氣殺我！急仔江城每待打他，我就替他效效勞罷。撈了個棒槌來，喝的聲跳出來，那天民唬的咬着指頭，顛了公子就跑〔二〕，滿城說那走！一棒槌打倒，打了四五十下子，裏頭出來了個老婆子，才拉着說勾了三姨夫的了，

① 寧自：寧願。

② 宗師下道：宗師到地方主持歲考。

③ 瑤臺：傳說中神仙居住的地方。

④ 誚撇：諷刺挖苦。

饒了他罷！

罵一聲小囚根，淺嘴薄舌誚撇人！天下就是你狗臉俊！進門流水款待你，倒被你貶扯①到如今，扯上來還該打一頓。若不是別人解勸，定把你剝皮抽筋！

滿城說便宜他，便宜他！老婆給公子勒上頭，搓呀搓呀的出門說哎喲！打折腰也！打折腿也！其勢不能到家，王子平家不遠，暫且投宿再處。

詩：行步艱難帶血痕，腰中酸楚腿瘤疼；

如今才識江城好，巴掌留心棍有情。

【校】

［一］那：衍文。

［二］那天民唬的咬着指頭，顛了公子就跑：盛本、蒲本作“那天民唬的咬着指頭顛了，公了就跑”。

第十八回　毆　姊

公子上云呀！五更三點了，身上略略的輕些了。咳，俺吃的這場横虧，那裏說起！活該合樊家前世有仇，妹妹打了，姐姐又捶了。一夜不能翻身，臨明稍覺輕些。趁王子平不能起來，待俺開門而去，看天明了街上人看見，不成個胎狀②。

［哭皇天］咧溜子喇，喇溜子咧，好好兒的訪親戚。訪親戚造化低，坐下吃了他三杯酒，到着俺替了槌被石。我的哥哥喲！咳咳！我的皇天哥哥喲！

沒處走，沒處行，一條路兒認[一]分明。誰想有個夜叉坐，險些兒一命送殘生！我的哥哥喲！咳咳！我的皇天哥哥喲！

鍋着腰，勒着頭③，只有絲絲氣兒抽。只怕江城問一句，無言答對更堪

①　貶扯：貶低。

②　不成個胎狀：不像個樣子。

③　鍋着腰，勒着頭：彎着腰，低着頭。

羞。我的哥哥哟！咳咳！我的皇天哥哥哟！

一行走着一行算設或進門，江城問我一聲，我可如何答對？待要嘮他，親戚們沒有撒不了氣[①]；待說實話，他合滿城最好，我得罪他姐姐，未必不惱了臉還要掃查[②]。這可怎麽處？罷罷！不如實說了，其罪還輕。家門一到，呀！剛才開了門，待俺進去。這個模樣，若是爹娘看見，必要唬殺。俺先去回了江城的話，洗洗臉再作區處[③]。

［房四娘］頭難擡腰難伸，模樣不堪見雙親。就是爹娘到今日，不知我訪葛天民。見江城說原因，一一從頭細說陳。我又不曾得罪他，憑我那娘子囉處分。進房門四下裏撒[④]，揭開珠簾看見他。他若見俺這個樣，未必不重新再損揸[⑤]。

江城上，臥介呀！娘子還不曾起來。江城翻身說春香，你去那邊問問你大叔，夜來那去了？公子說小生在此。江城說你往那裏死去來！帶了這麽個樣子來！公子抹淚介

告娘子得知聞：夜來飯後悶昏昏，尋一會沒處去，街頭去訪葛天民。江城說怎麽着來？夜未上酒才斟，俺𧼮巡了兩三巡，被他二姨跳將出，一頓幾乎打斷筋！

江城說你又不知作下甚麽精兒了，難道說好好的就打你？

槌被石不害羞，着我替他那行頭，誚我沒點漢子氣，打着不敢把氣抽。江城說你說什甚麽來？我說道你休嗔，我怕原是望着親，人家老婆醜似鬼，漢子怕的不像人。江城說他怎麽着來？

他二姨喝的聲，手拿槌棒似流星，打了個無其數，腰折頭破骨零仃[⑥]！

江城一骨碌[⑦]爬起來，穿上衣裳，扎了扎腰說眞果麽？公子說怎敢撒謊。江城說氣死我也！誰家的漢子他打！春香，拿棒槌來，我去合他講講。公子說着人備上

---

① 沒有撒不了氣：沒有走漏不了的風聲。民間稱漏氣叫撒氣。此處是比喻的說法。

② 掃查：當為“損揸”之形誤。下文有“未必不重新再損揸”的說法。

③ 區處：處理；安排。《朱子語類》：“今人先是自家這裏鶻突了，到事來都區處不下。”

④ 撒：通“瞰”。看。

⑤ 損揸：訓斥；責罵。

⑥ 零仃：零散。

⑦ 一骨碌：形容快速。

馬。江城說怎麽等的！公子說春香不能濟事，着老王跟了去罷。

滿城上，笑說高家那小忘八可恨，也吃了我一頓打！江城知道了，必來感激找我。江城奔上

疾如馬快如風，怒時金蓮不覺疼，來到葛家門兒上，幾步跑到正堂中。

滿城上呀！妹子來的好早！江城並不答言，一棒槌打倒滿城這是怎麽說？這是怎麽說？江城仔是打，打着才數量

蹺蹊事誰得聞，不論疏來不論親，誰家的漢子勞你打？這不說來笑煞人！罵一聲潑賤人，我合高蕃也不親，各人家漢子各人打，怎麽隔牆過了身[①]？又打介

也使我得知聞，我不出氣你再理論，嚇就不問誰是主，拿着當自家那抗腿的人？打自家打別人，不管人家嗔不嗔，一個漢子不勾打，拿着棒槌打四鄰。這個事眞是邪，打人家漢子一大些，縱然受了老婆子氣，可又生個兒來不叫俺爹？你打他打破頭，渾身上卜血交流，我也拿你這降人的，試試你這狗髑髏[②]！

打頭介，老王說大嫂罷呀，淌出血來了！奪了棒槌，推江城下，家人架着滿城大哭，扎着倒勾自家說我着小三妮子打殺我了！葛天民上云哈哈！好奇！昨日高四于雖然可恨，不過也是頑[③]，被那沒臉的東西打罷一頓，我可怎麽見他？我正待偷着給他謝罪，江城就來報仇。妹妹打姐姐，也不是別人，甚麽好貨哩！着他打的罷，我且跑到高四于那裏，速速去以便早來。公子勒頭上云怎麽江城不見回來？不免叫人打聽打聽。天民上，公子說呀！二姐夫從何而來？天民說我敬來謝罪。公子說沒見賤荊麽？天民說正在那裏報仇哩。

蒙貴脚到寒門，我是主來你是賓，姐夫姐夫休見怪，那個東西不是人。我自然來跪着，兄弟們好的時節多，怎麽全不放賒賬，就着江城去打俺婆？

公子說你不知我不能作主的麽？江城上云呀！怎麽客房裏有人說話？老王說原來是葛姨夫。江城說他來做嗄來？待俺聽聽。作聽介，天民說莫怪莫怪，我合妹夫相戲，殊不知我疼他甚麽。

---

① 隔牆過了身：從牆上越過身子。比喻越界或多管閑事。

② 髑髏（dú lóu）：死人的頭骨。《古尊宿語錄》第二十三卷："須是待廣教與你打破髑髏揭卻腦蓋。"

③ 頑：通"玩"。

要我這肉剝我這皮，不敢回手也是實，借重江城教誨他，還該謝謝他三姨。才相戲休認眞，咱從幾時羞動人，我可不是口頭話，打死疼着我那脚後跟①。

江城闖入說好沒良心的忘八！自家的老婆着人家打了，還在無人處慶幸，怎麽是人！拿那棒槌來！老王說春香拿去了。江城說氣殺我也！正使着拿去了。來查着門②，我去取的。跑下，公子戰戰下，天民一頭撞倒老王，弔了帽，弔了鞋，奪門跑出，站下說好了，出了門了。作喘介，做看介，怕來趕，又跑，站下[二]喘云詩曰：弔了頭巾吊了鞋，又跑幾步喘云吁吁喘喘過長街；又跑介，回頭介已穿小巷兩三道，還怕江城趕了來。跑下

【校】

［一］認：盛本作“讓”。

［二］下：蒲本作“上”。

第十九回　毒　友

王子雅、王子平家人擡酒上云小生王子雅是也。俺兄弟二人，合高四于孩童相交，合他最厚。聽說在葛天民家吃了大虧，不免去望他一望。

［耍孩兒］樊滿城不是人，棒槌常打葛天民，怎麽又權妹妹印；看着時勢不大好，就該撒腿早起身，因甚麽等他打一頓？這件事逢人說起，笑倒了東舍西鄰。下

周仲美家人擡盒上俺周仲美，是高四于的表兄。聽說表弟着他大姨子打的甚苦，不免到那裹看看。呀！那是表妹夫張石菴來。石菴上，仲美拱了拱手說妹夫是待看高大弟去？石菴說正是。仲美說咱就同行。石菴說我夜來方知道。

捱了打兩三朝，我是夜來才知道。他姐姐一夜沒睡着。不知他能起不能起，又不知頭兒消不消？天沒明把我叫起，叫我起來沒吃飯，打發着立刻開

① 打死疼着我那脚後跟：打死和我沒關係。

② 查着門：四肢伸開堵住門。

交。

仲美說這是那表兄弟關情①處。來到他的門首，請。石菴說敘長幼罷。正讓着，子雅、子平二人到，仲美說二位是客，不用再讓②。并入，公子勒頭上云呀！朋衆雲集了。衆云抱屈③呀！公子說少笑。大家作揖，讓了坐，仲美說三位且坐，小弟合張賢弟到宅裏問安。子雅說怎麽就到了賜打呢？公子說說來可笑。

樊滿城黑如炭苗，半尺金蓮嘴似瓢，估着不知怎麽妙。槌被石待合我換老婆，我說他不值個破棗，乾給跪着也不要。不提防[一]從裏跳出，一棒槌帶腚連腰！

子平兄弟大笑說這也瞞怨不的④打。仲美、石菴出，並飲，石菴說恭喜！子雅說甚麽喜？石菴說到了宅裏，才聽的說那弟婦大義滅親，已是報了仇了。

爲丈夫打他二姨，渾身打了勾百棒槌，治人的法還去打他治。每日說他不明白，這樣快事誰能之？眞乃有個豪傑氣！你看他單刀直入，一霎時得勝班師。

子雅大笑說快哉快[二]哉！拿大杯來，咱每人滿飲一杯。

立時去轉時來，興兵全不費疑猜，賢人做事眞爽快。聽說四于被了打，深恨漢子不成才，胸中悶氣結成塊。忽聽的這段佳話，伸伸腰把這破甕蹬開。

石菴說小長命子，他大妗子這樣疼你，就打你幾下子也該不怨。我且問你：聽說江城過來不合你睡覺，近來好了麽？公子說混賬材料！你問問他不合我睡，你待送你嫂子來合我睡哩麽？

張大哥無日生，縱着老婆養滿村，石菴吃醋心不忿。他令兄出去隨人情，半夜去聽他嫂嫂的門，二搗鬼還撑什麽棍？弄張致遞上呈子，差夜捕給他拿人。

仲美說高兄弟學的油嘴滑舌，爲什麽轉下棒槌？江城聽的吵笑，便說一夥人喧嚷，我聽他一聽。作聽介，石菴說小長命子，我問你：昨日這打，比着江城誰輕誰重？仲美說必是自家的還有點情。石菴說江城我愛他，就打着也自在。

眼澄澄眉彎彎，朱唇一笑更嬌然，俏步眞如花影顫。若是前生沒有福，

① 關情：動情；關心。

② 讓：謙讓。

③ 抱屈：心懷委屈。《五燈會元》第六卷："胡羊往楚，抱屈而歸。"

④ 瞞怨不的：沒法責怪。

難得他手來身上安，悶癢待求他打一遍。不妨那尖尖花鞋，眞移[三]這嘴上唇邊。

公子說這個東西不是人！王大哥、王二哥，咱說咱的，不必聽這雜毛物。仲美說我有一件疑惑處，弟婦那麼降你，可不知道到了好處，也稱呼你甚麽呢？公子說好混賬！周二嫂稱呼你甚麽？仲美說自天子以至於庶人，壹是皆以兩個字稱呼爲本，你還不知，必然沒稱呼你。石菴說好鋪囊貨①！

周二嫂人物也精，必定叫的甚麽中聽，周二哥想是也回敬。夫婦從來無定準，打就打來稱就稱，到了牀頭使不的性。怎麽就三年捱打，掙出親親的一聲？

江城聽了多時說這兩個忘八好可惡！用甚麽法兒治他？只顧尋思，仲美說我醉了，這一霎兒渴，叫人去宅裏要涼豆湯來吃。家人便叫周二叔待吃豆湯哩。江城笑說有了！你看那巴豆②還有兩個藏着，拿來加在這豆湯裏給他。又笑說妙哉！我且放倒一個。下，家人端豆湯來，仲美接來，石菴來奪爭飲，公子又叫再盛來。子雅說我也吃口。吃了兩三口說這豆湯不甚好吃，有點甚麽氣味。石菴說怎麽這一霎裏肚子不大快活呢？我告一告便。起來出去了，仲美說我像也是如此。急急跑出去，子雅說奇哉！我這肚子也響起來了，不免也去走。下，石菴回來，坐不多時說不好，不好！跑出來說不能遠行，就在這近處罷。墩③下便瀉，仲美回來，忽然又大吐，子雅又回來了，石菴回來一行又吐，仲美正坐着又說不好，不好！往外跑着說這褲裏像有了物了。墩下又瀉，石菴又跑着說不好，不好！跑了去相對孤堆④着哇哼，子雅說我也還不調貼⑤。也去孤堆着一處，少時子雅起來，回來說哎喲！虧了我還輕些。

好奇哉好怪哉！忽然腹内似沈雷⑥，三人同病眞奇怪。你去我來無停止，酒飯全然吐出來，必然受了那豆湯的害。可憐那石菴、仲美，只瀉的眼花鼻歪！

---

① 鋪囊貨：軟弱的人。

② 巴豆：灌木或小喬木。种子可做瀉藥。

③ 墩：通“蹲”。

④ 孤堆：蹲。

⑤ 調貼：妥帖。

⑥ 沈雷：悶雷。此指肚内叫聲。

家人托湯上云這是宅裏送出菉豆湯[①]來，給王二叔吃。子雅說甚好。接過來吃了說奇哉！果然好了些。石菴、仲美捧着肚子哐哼回來說哎喲！就死也去給俺要盆菉豆湯來，給俺解解。家人荅應了一聲，回來說宅裏熬着哩。春香笑出來說大嬸子說，問問周二叔合大姑夫，還敢那不敢？石菴哐哼着說哦哦！吃了他的虧了。你說他再不敢了。他出來，我光着跛骼蓋[②]跪着他。春香待走，石菴哐哼着說哎喲！你回來，我問問，那藥是別人加的，是你大嬸子自己加的？若是他自己加的，死了還不懊悔。春香笑着去了，家人托上菉豆湯來，仲美說只怕又加上了。石菴哐哼着說經了美人手，我先吃了死了罷！二人吃訖說呀！果然止了。子雅說愚兄弟先行了罷。石菴說咱同行。公子說宿了罷。石菴搖頭說不是玩，不是玩，求每人親賜一根拄杖罷。果然拿了三根來，每人拄了一根說請了。

詩：子雅刮肚搜腸眼也枯，子平幾乎三命盡嗚呼；

仲美哐哼從今朋友應相戒，石菴哐哼莫訪城南高四于。並下

【校】

［一］提防：蒲本作"堤防"。

［二］快：蒲本作"塊"。

［三］移：盛本作"拸"。

第二十回　男　裝

公子上云前日江城用巴豆得罪了親友，那周、張二人還不屈[③]他，但連累了王子雅，着實慚愧，又不曾敢出門謝罪。那縣前有個茶館，紅梅甚盛，反蒙他請我去賞，心中越法討愧的緊！

［耍孩兒］他攜酒到俺家，巴豆湯來連累他，汗珠叫我通身下。約有半年不相見，反蒙他請去賞梅花，此行還得告一告假。這心裏躊躇不定，我可待

① 菉豆湯：綠豆湯。有解毒功效。

② 跛骼蓋：膝蓋。

③ 屈：冤枉；委屈。

託個甚麼？

久不出門，着實納悶。當時那朋友還來訪我，自從王子雅中毒之後，半年以來，並沒有一個登門，想是惡名遠播了。今日之約，必得去才好。若說吃酒，他必不放我，我可託個甚麼原故？思介

半年來愁悶殺，有人說請癢難抓，勃勃興致安不下。出門的假兒實難告，反覆思量說甚麼？這個謊要託的題目[①]大。俺說的冠冠冕冕，嘮的他見信方佳。

有了，俺就託文社裏請我去看課[②]罷。江城上，公子笑人云適才衆朋友寫了字來，大家會課[③]，請我去看文章。江城說去去就來。公子大喜說是。下，江城背云又不知弄甚麼鬼兒！下，王子雅合二三朋上云天已午時了，高四于待好來也。

［羅江怨］春風早，春風又吹來，梅花嬌紅亂開，千枝萬朵門外。這館中柳榭花臺，桌椅光並少塵埃，一杯酒叫人心中快。茶兒好酒兒亂篩，滿坐人鬧鬧垓垓[④]，博士[⑤]奔走忙成塊。午將轉日色漸歪，諸客到一客未來，沒上席大家殷勤待。

公子上云來此已是王家茶館，待俺進去。呀！這館中客甚多，各席已滿，却不知王子雅在何處。茶博士說王二叔在後邊哩。走上幾步說又是一層院落，好不幽雅！這各處却也不少梅花，果盛的緊！

一步步轉迴廊，庭院開清雅異常，上欄干盡是梅花放，亂紛紛滿院清香。有楊柳垂下池塘，撥琵琶何處高聲唱？酒席兒各處高張，吃酒的逐隊成行，醉鄉人漸有風顛樣。這裏瞧瞧那裏張張，作望介同事人却在何方？王子雅出來翹首望。

子雅說這裏來，四于，大家等候久矣。館中都不爲禮罷。公子說小弟和兄臺還該爲禮，年前得罪，又蒙盛情。子雅說怎麼又客套呢？讓了坐，斟上酒，公子說小弟實實有愧！

---

① 題目：藉口。紀曉嵐《閱微草堂筆記·如是我聞四》："姦璫柄國，方陰伺君子之隙，肆其詆排，而羣聚清談，反予以鉤黨之題目，一網打盡。"

② 課：依照規定講授或學習。

③ 會課：舊時文人彙集在一起研習功課，傳看所寫文章。《金史·選舉》第一卷："凡學生會課，三日作策論一道，又三日作賦及詩各一篇。"

④ 鬧鬧垓垓：熱鬧非常。

⑤ 博士：舊指對技師等人的尊稱。

蒙親友同到我齋，那一日得罪兄臺，回頭已是半年外。每日家想在胸懷，總未能叩謝庭階，到而今朋友心腸在。縱然是小弟不才，絕了交也是應該，幸蒙見諒不深怪。今早兒又把人差，約小弟來看梅開，治肴治酒還相待。見了字着實徘徊，俺已是有心不來，若不來辜負了老兄愛。

子雅說這都是些套言，不必再題。這悶酒難吃，新來個名妓，名字蘭芳，模樣絕好，我已約下他了。叫人請他來。公子說叫妓我便行矣。子雅說我不是相戲，不過你恐怕犯法，那家裹眼也沒有這麽長。正說着，蘭芳到，拱了拱手，讓他坐下，公子起背云好個標緻人！怎麽行戶[①]中有這樣美人！

好一個標緻人，一件件典雅無倫，難得處就是一個韻。也不在畫黛烏雲，也不在杏眼朱唇，教人說不出是那裏俊。嫌粉兒白的掙新[②]，嫌胭脂紅的太深，一半點[③]倒合江城近。一見面着人消魂，心上癢何處抓悶，沒操就入了迷魂陣。

公子坐下，子雅說這一位是高大爺，是世家名士。蘭芳笑了笑說看人物就知是才子。高大爺貴庚好像十七八歲？公子說今年二十一歲了。蘭芳說大奴三歲。兩個彼此端相，子雅說蘭芳上來，陪高大爺一坐，省的遠了看着不便。果然兩人坐在一堆

他二人接坐挨肩，彼此都喜喜歡歡，時時笑語垂情盼。這一個暗蹴金蓮，那一個笑上眉尖，兩家都把心緒亂。啞謎兒暗會心間，眉眼把情傳，做手勢背不的旁人看。合坐人吃酒猜拳，他兩個意惹情牽，看情勢也顧不的把王法犯。

子雅說佳人才子，極好的一對夫妻，您㑚個違法犯了嫁娶罷。蘭芳說高大爺何等人物，俺夢也不敢高攀！子雅說我管撮合。蘭芳說多謝王二爺，若不的[④]呢？子雅說好奇呀！賭了咒誓不成麽？

低下頭暗自沈吟，高公子是個才人，好處不止模樣俊。若是他合俺成親，俺情願做個文君，就是賣酒也不恨。可只是他似天人，俺而今流落風塵，怎

---

① 行戶：妓院别稱。《警世通言》第三十二卷："我們行戶人家，吃客穿客，前門送舊，後門迎新。"

② 掙新：非常新。掙，也寫作"錚""鋥"。

③ 一半點：很少。口語中也說"一星半點"。

④ 不的：不這樣。

麽望合他成秦晋[①]？可憐俺生在人羣，逐日家棄舊迎新，今輩子已是無好運。

子雅說吃了飯了。咱起去看看梅花，着他擺下圍碟，咱可痛飲。并下，江城上云我說他是撒謊，才到了婆婆那裏，說起來才知道縣前吃酒。在我看來，還不止光吃酒。春香過來，天已將黑，我合你女扮男裝，咱也去看看梅花。果然兩個裝點了出了門，江城說你看多大霎，天已黑了。

[跌落金錢] 城頭新月已娟娟[②]，黑夜茫茫春氣寒，春香呀，滿街多少行人亂。靴裏塞上半斤棉，脚兒沈沈腿兒酸，春香呀，街不平又怕脚兒絆。我看你奔不覺難，我只待一倒跌牆邊，春香呀，你看我一霎兒通身汗。過了牌坊過柵欄，門樓高高像縣前，春香呀，你問問那是王家店？

春香說問他怎的！我知道前邊就是他。這門限兒甚高，從容驀去，看絆倒了。江城撩衣進去說不知那梅花在那邊？春香說往裏還有一層哩。江城走去說你看這梅花照着燈兒，越發好看。聽說您大叔在此吃酒，怎麽不見他？春香說那盡[③]西邊那插屏[④]遮着的那一席，才見王家那管家在那裏擺菜碟兒，必然就是了。江城說我乏了，就在這盡東邊這一席上，坐下歇歇。茶博士說爺是吃酒是吃茶？江城說茶罷。子雅說斟上酒。蘭芳，你可唱個曲兒。公子說麗華唱的那疊斷橋，甚好，你會麽？蘭芳說此小技耳。

[疊斷橋] 春色溶溶，春色溶溶，杏花良宵雨聲中。黃鶯兒枝上啼，驚醒了團圓夢。暖雨和風，暖雨和風，此宵難得一伴同。獨坐悶懨懨，只將裙帶兒弄。

夏熱難當，夏熱難當，明珠劈黃小荷香。細腰兒瘦伶仃，只覺着沒處放。夜晚汗如漿，夜晚汗如漿，小閣清風枕簟[⑤]涼。孤伶伶一個人，懶進那輕紗帳。

秋夜淒涼，秋夜淒涼，知時蟋蟀解親牀。砧聲和雁聲，都叫人聽不上。

---

① 秦晋：秦、晋兩國曾世世通婚，後來泛稱聯姻。唐代卢照邻《哭明堂裴主簿》："潘杨称代穆，秦晋忝姻连。"

② 娟娟：明媚。

③ 盡：最。

④ 插屏：一種幾案上的擺設。此指屏風。

⑤ 簟（diàn）：竹席。《禮記・喪大記》："君以簟席，大夫以蒲席，士以葦席。"

鐵馬[①]兒叮噹，鐵馬兒叮噹，風雨蕭蕭夜打窗。若一年兩個秋，便把殘生喪！

冬雪霏霏，冬雪霏霏，江頭吹落豆稭灰[②]。此時夜如年，溫不煖紅綾被。獨守孤幃，獨守孤幃，病起烏雲正作堆。也合那歡樂人，照樣添一歲。

公子說唱的比麗華更悲。夜已深了，我行罷。子雅說你看東席上那一位美少年在那裏狂飲，那樣高興，咱爲什麽散了？蘭芳拿起公子手來，着指寫了個字，公於起背云他在我手上寫了個「宿」字。好多情人也！好愛人也！他那裏知道我這心裏！

［刮地風］彼此相愛都有情，口雖不語兩心明。欲待不留難割捨，住下還愁禍不輕，人哪哎喲禍不輕！

起來坐下又沈吟，左右想來難殺人。只爲佳人一個字，魂兒已不在當身，人哪哎喲在當身！

子雅說咱且吃酒。江城說春香，你支[③]了茶錢，咱行了罷。下，子雅說那美少年走矣。江城出來說你去對您大叔說，俺主人請您說話。我先歸家，你合他隨後就來。答應是。

娘子差我請主人，就從門外反回身。只怕說個主人請，聽這一聲轉了筋，人哪哎喲轉了筋！

春香進去，子雅說你看那美少年的管家照着咱來，甚麽意思？春香來到近前說俺主人請高大叔去說話。公子認了認，急忙爬起來，把手裏酒盅吊在地下，往外就跑，子雅拉住說那美少年是誰？公子說江城。掙了跑出來趕上，戰戰成塊，江城說你看的那文章可也不好嚛！叫開門到了宅中，公子跪下說這是我的不是！江城說我可也不依你出去這院落，也不依你進這屋門，你就在這門外孤堆着，好思想你那美人。下，公子走來走去說天還沒打一更，春夜這樣寒冷，一宿怎麽捱的！這好苦也！

一更獨自立庭前，人聲寂淨更淒然。走來走去無人問，深夜還愁長似年，人哪哎喲長似年！

呀！已交二更了！

---

① 鐵馬：宫殿、廟宇等簷下懸掛的銅片或鐵片。《水滸傳》第二十一回："畫簷間叮噹鐵馬，敲碎旅客孤懷。"

② 豆稭灰：比喻細碎的雪。因豆稭灰為白色，故稱。

③ 支：付。

二更裏心緒更難堪，心頭寃苦對誰言？趁着宿酒還未醒，帶醉容易眠，人哪哎喲容易眠。

趁着酒還未醒，俺且睡睡。只怕依着這門，還有些暖氣。便蹲下低頭，兩手把膝作睡聲，醒介好冷呀！渾身打戰，兩脚再起來走走罷。呀！却早三鼓也！

三更鼓聲半夜天，忽然酒醒一身寒。四肢冰冷人將死，死在中庭誰見憐，人哪哎喲誰見憐？

走了一回，兩脚少熱，只是身上冰冷，不得已出門邊孤堆下略略的避風，蹲下說又打四更了！

四更天冷不堪言，搐頭蹲在畫簾前。坐下嘴唇着雙膝，臀腿酸麻斜正難，人哪哎喲斜正難！

哎！苦也苦也！呀！好了！交了五更了！

五更鷄叫鬧喧喧，一刻難捱最可憐。看看東方已放亮，太陽好似鰾膠[①]黏。人哪哎喲鰾膠黏。

好了！天已明瞭！春香開了門，公子進了繡房，江城臥在牀上說今夜夢見蘭芳來麽？公子打拱說不曾。江城說你去取你那筆硯書箱，放在西房裏，從今把門鎖了，送飯你吃。公子說是。果然取了書來，江城才起來，公子問說我進去罷？江城說還等甚麽！公子下，江城鎖門介

詩：堂上煉磨如戒僧，一朝鬆手去如繩；
　　恨他日日眠花柳，敬你從今悶氣蒸。

第二十一回　觀　劇

江城上云可恨男兒遊蕩，只想出去胡行。自從鎖門之後，將近一月，起初還聽見他長吁短嘆，這兩日吟哦起來了。既不誤了他讀書，又省他出去放蕩，豈不妙哉！

［要孩兒］恨男兒大不通，時時妄想在心中，鬆鬆手就去瞎胡弄。鎖在他

① 鰾膠：魚膠。

間房一月久，沒可思想才咕噥，把書本才有了清閒空。這個策公私兩得，也不怕婆婆公公。下

耍猴人領老婆、老猴上實不能招輕作重，老婆孩餓斷腰筋。教給那猴子學作人，耍一耍爲衆爺們解悶。處處鳴鑼玩耍，走徧了城市鄉鎮。無君子不養異人，費的那錢財有盡。衆人擠看介，猴人説誰與俺做個牌官[①]？多是衆爺的情，少是小人的運氣。拿着錢繩團團走，江城跑上云春香背着杌子[②]，外邊鑼響，咱去看看。跑出説放下杌子，待我上去。猴人説來來來，就耍來，一翻觔斗到天台。猴作觔斗介再來連十個始算乖，再來再來再來，再來把個跟頭再打開。人人説你打的好，賞你一隻大花鞋。猴開帶鬼臉穿衣裳，裝李三娘[③]上

［皂羅袍］劉智遠一生放蕩，去投軍撇下三娘。哥嫂叫他受苦磨房，一推一個東放亮。天色明了，奔走慌忙，擔筲[④]打水，才把磨棍[⑤]放。

衆人指指畫畫，不看猴子，都看江城，高公上，仰面見江城説呀！兒婦在此。反面疾趨下，猴裝目蓮母[⑥]上

目蓮母良心盡喪，墮下孽去見閻王。刀山劍樹受災殃，地獄才把人磨障[⑦]。目蓮到獄，去救親娘，用手一指，方把門開放。

猴裝昭君，衆看江城，作擠眼弄鼻介

王昭君眉清目秀，模樣兒異樣風流。窈窕風韻百花羞，朝廷怒殺毛延壽[⑧]。自背琵琶，兩淚交流，獨向荒庭，去把孤單受。

猴打跟頭，並猴人下，衆人下，江城亦下，高公、高母上云咱那兒被兒婦囚禁，雖是酷虐，也是自己作的。況且古人讀書就有這等的，到還罷了。適才見他在外邊看耍猴子，多少人指畫，是甚麼道理！羞死人也！哭介

---

① 牌官：即牌長。《清史稿·食貨志一》："州縣城鄉十戶立一牌長。"

② 杌子：凳子。《二刻拍案驚奇》第七卷："東老正要問他來歷，恰中下杯，命取一個小杌子賜他坐了。"

③ 李三娘：（約 913—954），後漢高祖劉知遠的夫人。《醒世姻緣傳》第二回："咬臍郎打圍，井邊遇着他娘是李三娘。"

④ 筲：水桶。

⑤ 磨棍：推磨的棍子。

⑥ 目蓮母：戲曲《目連救母》中的人物。故事來自《佛說盂蘭盆經》。

⑦ 磨障：折磨。《西游記》第二十八回："縱然好事多磨障，誰像唐僧西向時。"

⑧ 毛延壽：漢代宮廷畫家。

［還鄉韻］想一想通身汗，年小小媳婦豎立上人前，不知勾多少眼睛把他看！指指畫畫都是些少年，嘁嘁嚓嚓又帶些閒言。俺如今愁有千般。也是前世裹不好，留下的孽寃孽寃，羞殺人嗄還把親朋見。

夫人也哭了說若有了主兒，還可以休給他；他老子知道他勸不過來，不知藏在那裹去了，撇下這大害給咱。

孽障也是天生就，前世的寃家才來報仇。可不知何年何月填還够！好眉好眼全不知羞，他漫不覺[①]可叫人怎麽擡頭！罵一聲樊子正那賊囚，偷着躲了，一點信兒不留不留。可怎麽撇下這禍害着别人受！

老兩口抱頭大哭說哎！苦哉！苦哉！

詩：高公醜事贓名日日多，夫人不知究竟更如何？

高公但求速死黄泉下，夫人永閉雙睛不見他！哭下

第二十二回　奪　門

高公、高母上云昨日三弟來説，學道裹調牌已到，該放出高蕃來去趕考。那兒媳子不依他早去。今早晨甚燥，老孫婆子可再去對您大嫂説，宗師下了道了，着他出來罷。

［耍孩兒］鎖了門沒處逃，聽的書聲日日高，我也不怨媳婦虐。隔着府遠無真信，久久遲延怕誤了，有人説宗師下了道。早放他安排行李，也走的自在逍遥。

老孫來了，怎麽着來？老孫説大嫂説他早上府裹，就在那裹遊蕩，待三日方才開鎖。高公説或者待三日也還不妨。高季奔上，高公説三弟怎麽這樣慌張？高季説事急矣！怎麽樣？這不是王子雅的字。高公看字介

學師來已三朝，學中朋友盡開交，宗師初二下了道。遣了個人去説信，不敢託别人把信捎，教星夜忙投到。貴叔姪忙忙奔走，休誤了初四下學。

這學道着實貪，打撈生童託學官，高低講價惟書辦。講書定要人人到，

---

① 漫不覺：一點也不察覺。

一處抽到幾支籤，誤了講定價三十串。萬一的運氣不好，抽着了後籤後悔難堪。

高公說怎麽了？夫人說你自家去說說。夫人下，江城上云這二日，只是教我放出他來，慣着他悠遊放蕩，不成個人品。我定然不放他，把角門關了，免的胡纏[①]。夫人上，叩門介春香，春香！……不答應，又叫江城，江城！……我自已來了。全沒人答應，夫人回來了

到那裏叫了百聲，叫春香又叫江城，站多時並沒個人答應。叫着他全不入耳，說着他那[一]裏還聽。他從幾時通人性？細躊躇無法可治，定叫人悶愁轉增。

高季說天已日西了，幾時到府？着人快去備馬，着人快去備馬，待我跐[②]着梯子爬過牆去，把門開了。嫂嫂領着幾個健壯婦人，堵住江城；我合哥哥扭了鎖，奪他出來便了。速行不必再思。果然招着[③]梯子去臺上，高季爬過牆，放開門，一羣人擁入，江城從屋裏見了高季說三叔不必管俺家閒賬。高季合高公去扭了鎖，江城背云來的這樣凶惡，我若擋他，必定不妙，不如做個人情罷。便問這是怎麽？夫人說你主意竟要着他抹[④]了秀才麽？江城笑說怎麽就抹了？兩個說着，高季領了公子跑出來，已開了門走了，夫人也去，江城說看着到那裏，定然考個四等！下，高季說快牽馬來！二人慌忙下，高母說愁殺，怎麽到的了！

到府裏路正長，看看西方落太陽，明日怎麽趕的上？沒有月明天已暗，道途深夜黑茫茫，教人難把心兒放。這都是今生孽報，說不的受苦遭殃！

高公說我看勢不能到。湊上三十兩銀子，差人早早送去。叫老孫，你去看看王寧睡了沒睡了？叫他起來。老孫去了，王寧披衣上云叫小人有何吩咐？高公說您三爺合您大叔必定誤了下道，你外邊賒上三十兩銀子，隨後送去。答應是。下，高公、高母上云有難同胞急，出門慈母憂。並下，高季、公子慌張上云好了！好了！天明上來了。

［呀呀油］走終宵，走終宵，天陰不辨路低高。看東方明上來，略略的看見道。鞭上搖，鞭上搖，如隔雲山萬裏遙。恨不能插翅飛，臨江府一霎到。

---

① 胡纏：胡攪蠻纏。

② 跐（cǐ）：踏；踩。

③ 招着：扶着。

④ 抹（mā）：錯過。

急急奔，急急奔，往來多少行路人。心兒裹甚膽懸，一路子逢人問。

過一村，又一村，問着宗師未動身。打對的不大同，全沒有眞實信。

那遠遠的是王次山來了。王大哥，宗師下了學了麽？王次山說學道下的學極早，我來時出了道了。

快開交，快開交，及趕到城聽下學。天就有小傍晌[①]，眞有些不大妙。快開交，快開交，冀幸他學中未散了。俺就着跑上堂，跪下哀哀告。

遠遠的看見城上譙樓了，看這馬兒不快走，又住下撒溺。

見譙樓，見譙樓，渾身火急汗珠流。如今還未進城，天已是飯時候。到關頭，到關頭，來往行人更密稠。不敢放馬加跑，怕開了難收救。

咱已進了城門了，得個相識的問看宗師還在學裹沒有。好了，好了！那是王子平來了。子平說貴叔姪忒也悠忽[②]了，宗師已是回了道了。咱縣裹抽了六個，就是四于沒到。高季跺脚說這待怎麽處？這待怎麽處？子平說咱到敝寓住下，再作計較。

好營生[③]，好營生，夜來將黑起身行。整跑了一宿多，好像是掙了命。晝夜不停，晝夜不停，差一脚兒進不的城。受了苦枉徒勞，把一個秀才擲。

子平說來到敝寓了。請進請進。子雅也來，拱了拱手說貴叔姪這麽大膽，怎麽如今才到？高季說俺不是大膽致的，却是小膽致的。子雅說宗師回了道，已是掛出牌來，不到的即降。

說甚麽，說甚麽，降青就是待要蚨[④]。便破上四十千，休要講別的話。也不差，也不差，論起四于文字佳。但是他降了青，便不給打好卦。

如今就是破錢，你不使錢，就好文章也沒有上等給你。高季說來得倉猝，盤費甚少。子雅說他已是掛出，就待三日亦可。高季說待我寫字差人。

低下頭，低下頭，動筆就把家書修。早些兒告家知，他家裹好展湊[⑤]。把他求，把他求，卷上青字一筆勾。今歲勒止一考，怕等兒[⑥]定不就。

---

① 小傍晌：也稱小晌。快要中午的時候。

② 悠忽：閑散。

③ 營生：差事。

④ 蚨：又稱銅蚨，即銅錢。

⑤ 展湊：齊集。

⑥ 等兒：此指等級。

寫完說高立，你回去說，大叔降了青了，得湊三十兩銀子來收拾。速去快來！答應是。王寧上云天已黑上來了，不知寓在那邊。呀！高立來了。高立說妙妙！我正待去找你，來的正好。便回來進去說家裏着王寧來了。高季說你來怎的？王寧說爺爺怕不妥當，着小的送了幾兩銀子來了。

掌上燈，掌上燈，爺爺喚我到家中。吩咐我湊了銀，急急往這裏送。夜朦朧，夜朦朧，走了五十日出紅。這是銀子三十兩，教三爺隨便用。

高季說好了！高立拿的那字燒了罷。明日託人送進去，着他不降就是了。

詩：學道人言是美差，好官利市大招財；
　　若從門外丟將去，眞自牀頭買出來。

【校】

［一］那：盛本作“好”。

第二十三回　秋　捷

高公、高母上云兒子上府中應試，考了個一等。怕他來受氣，我就叫他叔姪在省中讀書。三場已畢，他三叔說他有個指望，便留在那裏觀榜。今日八月將盡，該有消息；仔怕他沒有造化。

［要孩兒］老爺爺做刑廳，咱爺爺御史南京，隔一代就是一番盛。到我又隔了一輩子，高蕃生的也聰明，只怕咱沒有封君命。你看一家遭際，怎麽望平地飛騰！

報子上云報報報，佳音到，中舉十三名，賞錢一百吊。來此已是高宅門首。高爺中了十三名舉人，門上的傳與老爺知道。門上人急忙跑進磕頭說爺爺，奶奶，千萬之喜！少爺中了十三名，報子在門首哩。高公說好呀！如此謝天謝地！叫人來賞他二十四兩銀子，紅緞二疋。答應是。

金榜上把名標，我兒平步上青霄，亂烘烘報馬門前鬧。常時文章還平等，今日才學分外高，也虧娘子那無情教。若任他東西放蕩，怎能够長進分毫？

家人亂烘烘都來磕頭雖然誤了講書，費了白銀三十兩，我也不怨那媳婦子

了。你這些婦人都去給你少奶奶磕頭報喜。答應是。江城上云

［玉娥郎］人家夫妻共牀眠，兩相憐，知心話兒枕邊言。俺家六七年，日日受孤單，想是沒結下歡喜緣。相好只待兩三天，就要終日鬧鬧喧喧，兩下都難堪，縱然是在一堆[1]也甜。自從離了俺，花邊又柳邊[2]，想那裏放風箏[3]好自然。

家人、婦人上云給奶奶磕頭，大哥中了！江城笑說呀！他中了麽？您太爺也該不怨我折掇他那兒子了。濟他放風箏，怎麽中了呢？衆人下

爹娘生下一個男，嘴裏啣，任他南北去風顛。書本全不掀，老婆任意搬[4]，對旁人還要說我不賢。自從捨給他屋三間，把門關，只在四堵間，沒處去跳圈[5]，沒奈何方把書本翻。八月場三完，僥倖第十三，想是又瘋魔了張解元。

他雖可恨，着人奶奶長、奶奶短的，我也歡喜，不免去到公婆那裏。高公、高母上云咱那兒中了，若是江城歡喜，必然來到這邊；若不來，就是怪人了。

［滿詞］聽說丈夫折桂還，必然喜地又歡天；若不喜歡，若不喜歡，眞是終身不解寃。若不然，還望他合好到百年。

夫人說好好！那不是江城來了？江城到說今日大喜！給爹娘磕頭。夫人笑說我兒，這不好麽？如今中了舉了，你往後可些須給他點體面。江城說他大了，俺就不大麽？

［玉娥郎］像爹娘把他嬌，任逍遙，荒疎難把考官嘮。爹若不害囂，早玩晚又嫖，這時娘也要把氣喣。他又輕狂把俺誚。怎不焦，又不是相交，光把瞎話叨，惹閒氣都是他自己招。弄鬼就吃敲，閣老也難逃，常言道水兒長船兒高。

夫人說他來家，我也要善勸他。

① 在一堆：在一起。
② 花邊又柳邊：尋花問柳，不務正業。
③ 放風箏：比喻四處遊蕩。
④ 搬：邀請。
⑤ 跳圈：招惹。

兩人終日鬧喧喧[一]，不似人間並頭蓮[①]。媳婦若賢，媳婦若賢，男子的話兒容易言。他回還，勸他回頭到不難。

家人稟報說莊裏的人都來道喜，請太爺去陪客。高公下，夫人背云你看江城還是不改的話，罷罷，且自由他。下，江城轉身說你看公婆還是向[②]他兒子。

詩：皮裏出來皮裏親，道來媳婦是他人；

不知夫壻雖榮貴，還是當年舊杵砧。

【校】

［一］兩人終日鬧喧喧：盛本作"［满词］兩人終日鬧喧喧"。

第二十四回　撻　廚

丑扮廚子上云一身好似油褡[③]，逐日家冒火沖煙。六月暑伏熱難堪，汗珠淌到脚面。俺只是混條馬條，一褡兒且去清閒。好歹抓打上兩三盤，那管他揎[④]與不揎。自家姓吳名恆，號是良心，高宅廚子是也。哈哈！俺在高宅吃着他兩個覓汗[一][⑤]的工糧，其實俺可不肯給他做半個覓汗的活路。適才胡撓胡抓的做了兩碗菜，已是完了一天的大事，且找個人去巴巴瞎話[⑥]。呀！那是秦夥計來了。秦大哥，這旁裏沒有別人，你說咱這做廚子的有五個字兒。秦廚說那五個字？吳恆說諂、懶、尖、奸、貪。怎麽說呢？遇着那利害主人家，一碗菜兒做不好，就打屁股；我遇着那富貴人，一碗菜做好了，就賞錢幾百，糧食幾斗。你說這個就是要咱那老婆，要咱那女兒，咱也要扎掛了去奉獻，何況

① 並頭蓮：同一個莖上並排生長的兩朵蓮花。多比喻夫妻恩愛。

② 向：偏向；袒護。

③ 油褡：也叫"油褡子"，過去農村用來擦拭鏊子的一種工具。大多用柔軟的棉布做成，上面塗有豆油或花生油。

④ 揎：吃。

⑤ 覓汗：即"覓漢"。

⑥ 巴巴瞎話：閑聊。

是幾碗東西，還不用心哩麽？這就是諂呢。

［黄鶯兒］一年八石糧，上了工細端相，主人家試試怎麽樣？一碗不香使巴棍就降，打的褲兒提不上。這才害怕，刀板慌忙，恨不能把老婆孩子剁了用葱薑！

秦廚說好混賬物！待扎掛你扎掛罷，待拉扯别人噠？怎麽懶呢？吳恆說這懶還消說麽？即如就是一碗豆腐，若是切成葉[1]着油煎了，蘸上個蒜碟兒，或是切成細餡包包兒，敢子他就吃了。這個休說。咱還要省下那香油拿了家去，方且是誰奈煩翻翻弄弄的，剁剁打打的？秦廚說你是怎麽做？吳恆說俺無論幾頓，只是鍋子裹泚[2]上瓢水，抓上把鹽，把豆腐切把[3]切把，扑棱翻上，俺就合人家去閒話，這不省便麽？本等也該費點事，就是十八的大姐鉸了頭。秦廚說怎麽呢？吳恆說就是不待嫁呢。這不是懶麽？

主人家若不嫌，把良心放一邊，工糧每年七八石。那鷄蛋是鐵丸，那豆腐是没鹽，菜兒竟不着香油拌，一天大事霎時就完。好自然，落下物料，轉了得清閒。

秦廚說怎麽尖呢？吳恆說這尖還罷了。譬如兩廚子打發主人，省事的着人做，費事的着咱做；不就是掙賞的人去幹，倒包的咱去幹。這不是鎊地[4]的鎊出來了個碖骨碌[5]麽？秦廚說怎麽說呢？吳恆說鋤着咱這死眼子了。咱可就把梨子連皮吃，秦廚說怎麽說呢？吳恆說不啃他的。這便是尖處。

冒火又沖煙，這生意實是難，有個出產心情願。主人家若偏把俺體恤，着人轉錢，獨俺没錢轉。再來有事，躲在後邊不近前。吵紅了天，若有兩個，就是尖對尖。

秦廚說怎麽奸呢？吳恆說客房裹有了客，給了東西着咱去做，咱可不要傻着頭就做，先伸頭兒去瞧瞧那客，看咱樣的個客，若是打傘坐轎，或是穿着綾羅緞疋，這必是主人敬的了，咱可就買了肝肺來不上碗。秦廚說怎麽呢？吳恆

---

① 葉：片。如面葉。

② 泚：傾注；傾倒（dào）。

③ 把：詞尾。

④ 鎊地：鋤地。鎊，通“耪”。碧野《荊州漫步》：“泥土耪得又勻又細，像過了篩似的，遠遠望去，像一幅閃光的黑緞。”

⑤ 碖骨碌：用來壓實新翻土的石制工具。

說用心。若是那客戴頂破帽子，穿着身破袍子，咱可就小臘梅的裹脚。秦廚說怎麽說？吳恆說有塊塊就是了。看起這個來，也就自家昧不的良心，養漢老婆不生兒，奸擣的沒了種了！

好他賊奸達，自頭頂到脚下，沒有一點不奸詐。他若是衣不堪，跨驢似螞蜡①，俺就不把齒來掛。人頭客到，材料多加。若主家砸頭敲腚，另把一包拿。

秦廚說怎麽貪呢？吳恆說就是我罷，每日領着主人家工食月糧，也儘够費的。給俺老婆做的通紅的襖，嬌綠②的棉褲，扎掛的合那花鵓鴿一樣，人人看着齊整。昨日待去燒香沒有鞋，我賣了一斤香油，他截③了半尺三綾，又給了他一斤薑，半斤胡椒，换了一付扣絲帶子。你說這都不是在主人家掙的？也就該知足，怎麽見了主人家的東西，拿一點兒，又待拿一點。臨了看看我拿的那個，比着主人家那個還略猛點④，心裏才自在。那一日俺家裏殺了一隻鷄待親家，才賁出來，我沒犯尋思，就把那胸脯揎⑤下來，包了包掖在腰裏。俺婆子看見，便問待怎麽。我才頓混⑥了頓混說："你看我呀，好當還是主人家的來呢。"這不是貪麽？

廚子最臟貪，肉塊兒掖腰間，腚腄⑦腚眼都油遍。羊落了半邊，魚落了中間，書房鷄也把胸脯兒揎。好傷天，殺佛吃血，心裏怎麽安！

咱這把戲，說起來又待哭又是待笑，我索性再從頭數量⑧數量。

［哭笑山坡羊］終日家頂着一個黑灰鬏兒，瞪着兩個淚眼兒，守着一塊肉板兒，拿着兩個油盞兒，渾身上下沒有干淨的一點兒。哭你不信身上這油，巴剔⑨下來還够一擔[二]。

俺可有件好處。

---

① 螞蜡：即螞蚱。一種體積較小的昆蟲。

② 嬌綠：非常綠。嬌，也作"焦"，很，非常。

③ 截：剪；裁。此指買。

④ 猛點：多點。

⑤ 揎：通"鏇"。

⑥ 頓混：思索。

⑦ 腚腄（chuí）：屁股。

⑧ 數量：勸說。

⑨ 巴剔：剝剔。

俺不拾拾那車靬[①]兒，也不挑挑那筐擔兒，也不擔那飯罐兒，也不挎那菜笐[②]兒，也不曾楔[③]楔那鋤塾兒。笑俺可也輕輕巧巧的每日吃飯兒。

遇着那胡突官兒，廚房只一間兒，又是熱殺人的天兒，打上嘔[④]殺人的煙兒，那汗成了灣兒，又沒人倒倒班兒。哭忙起來就是熱殺那裏躲閃！

黑了點上燈兒，使船看看風兒，譙樓上還有個更兒，簾子上還有個釘兒，糧食有個升兒，秤上有個星兒，何況是眼裏放着釘兒，怎麽不聽聽聲兒？笑該用心不該用心，俺自有個成算宗[⑤]兒。

秦廚說那該用心的，是甚什麽人呢？

轟轟烈烈的鄉官兒，出門打着傘扇兒，王家有個十萬兒，身上穿着紬緞兒，大兒到了撫院兒，小兒到了知縣兒，望他給點體面兒，弄的不成酒飯兒，主人砸這手腕兒。哭這可才費的心思，眼也不敢去晰[⑥]。

那不該用心的，是甚麽人呢？

頭上戴着朗素兒，身上穿着粗布兒，腚上穿着破褲兒，騎着毛驢沒點馬褥兒，老輩的親戚，窮的不成個樣物兒，或是主人家治下的花戶[⑦]兒，或是書房裏教書師傅兒，又打公婆不喜的媳婦兒，這算甚麽客數兒！笑這可就生硬腥臟，取俺的尊便去做。

那用心的，怎麽樣呢？

海參切成四[三]瓣兒，鮑魚切成薄片兒，皮鮓[⑧]切成細線兒，鯉魚成個正面兒，葱絲切成碎段兒，花椒研成細麵兒，包了剁了細餡兒，蒸合壓了餅沿兒，稀爛的猪頭還帶蒜瓣兒。哭使碎了俺這心兒，還怕說一聲不好看兒！

那不用心的，怎麽樣呢？

---

① 車靬：搭在雙肩用來協助推車的帶狀物。《说文解字》："靬，馬縶也。"

② 笐：也寫作"杭"。參看"柳杭子"。

③ 楔：敲擊；捶打。

④ 嘔：通"熰"。

⑤ 成算宗：總的打算。

⑥ 晰（zhǎn）：同"眨"。

⑦ 花戶：佃戶。《清史稿·志》第九十六卷："其後更刊四聯串票，一送府，一存根，一給花戶，一於完糧時令花戶別投一櫃以銷欠。"

⑧ 皮鮓：海蜇。

成拉①的菜蒸一抓兒，豆腐帶水一窪兒，連皮的蘿蔔一掐兒，挺硬的鷄蛋[illegible]兒，煎或用個蔥花兒，並不見個油花兒。今日是這個做法兒，十年五年並沒第二個做法兒。笑省天下的大事，那管他嫌與不嫌！

昨日霎嫌那猪肉沒點好塊兒，鷄肉椅②了不够幾塊兒，又說煑爛了海帶兒，又說蒸生了燒賣兒，少油沒鹽的涼菜兒。拿鞭子打俺那膝蓋兒，棒槌敲俺這骨頭兒，拳頭打這腦袋兒。哭是當着這一行生意，說不的那命苦！

雖是打了。

俺可鏇了一塊肉胡兒，轉了一個鷄脯兒，偷了兩對鴿鶵兒，香油稱了一伏③兒，清酒④落了幾壺兒，炭塊還够一爐兒。笑拿到家裏，老婆孩子大家好揎。

說那菜裏沒有香油。

俺一碗青菜一錢兒，一碗豆腐一錢兒，一碗湯是一錢兒，四個菜碟也合着一錢兒。擔驚受怕的一年兒，剛才積攢了一罈兒。

問依你說，一碗一錢，十碗才是一兩，怎麽能攢成塊呢？吳恆說說起傷慘！哭俺不是半截兒，插上了個鵝眼⑤。

俺這幾年治了幾畝田兒，買了一個園兒，有了幾吊錢兒，小廝叫小全兒，妮子叫蠻兒。笑實言一家四口，俺不用打油稱鹽兒。

你看我呀，貪叨瞎話，打發書房的那鷄蛋，從清晨舂[五]⑥在鍋裏，雖然化了不要緊，看熬紅了那鍋子，得去看看。下，江城上誰想做奶奶有多好處，且不說別的，常時那廚子一日打發兩頓飯，少油沒鹽，上頓也是那個，下頓也是那個；這一月來一日三頓，一頓就換一樣。如今思想起來，那廚子始常忒也拿我不當人，甚是可惡！就該揭了他那皮才好！老王，你去叫吳恆那奴才來的。

---

① 成拉（zuǒ）：成把；成捆。拉，通“撮”。

② 椅（jī）：用筷子夾取。通“攲”。宋代趙叔向《肯綮錄·攲》：“以箸取物曰攲。”《集韻》：“攲，以箸取物。或作椅。”

③ 一伏：一份。

④ 清酒：以米為主要原料釀制的低度酒。

⑤ 鵝眼：鵝眼錢。一種輕小的劣質錢。

⑥ 舂：沖。

[耍孩兒] 那廚子太欺心，該剝皮又抽筋！莫似他奸詐的忒也甚。因着公婆不向我，他就拿我不當人，如今想來眞可恨！叫他來一千鞭子，打他個掙命發昏！

吳恆上，老王說奶奶叫你哩。吳恆說妙哉！近來我打發的奶奶甚是用心，必然待賞我點甚麼。快去快去。見了江城說吳恆來了。江城說你去外邊叫個管家來。吳恆說奶奶待賞小的嗄，着小的出去問他要的罷。江城說等着賞你一千鞭子！吳恆說小的不知是甚麼不是？

罵一聲賊奴才，賊頭賊腦眞殺才！做廚子全把良心壞。就看今來這樣款，才知你常時忒也乖；你該殺已是三年外。要把你的賊頭割下，把賊心剜將出來！

老王說叫了人來了。江城說拿鞭子來，打吳恆這奴才！家人稟奶奶：是連衣打，是解衣打。江城說解衣打！吳恆說奶奶，解衣不冠冕[①]。解衣打二百，家人說二百了。江城說再打！又說四百了。江城說拿棍來再打四百，着實打！又打二百棍，家人說吳恆沒了氣了！江城說再打一百拉出去！打畢，江城下，家人扶起吳恆哼說虧了我推佯死，少捱了一百。這一場虧從那裏說來！下，高公、高母上云聽說咱媳婦解了衣打那廚子，這是個甚麼景況！況且聽說是爲了打發的好了打，這怎麼是個人來？天哪天哪！

媳婦才二十三，到了這樣不值錢，光腚滚來怎麼看？說是爲打發的好，這個難以對人言，這件事傳遍了峡江縣。愁我兒來家受氣，想起來心似刀剜！

哭了回子，打了個哈睡着了，高母說我也疲，也睡睡兒。作睡介，羅漢上云吾乃金身羅漢是也。忽見高仲鴻夫婦愁氣沖天，待我驚他。高仲鴻，高仲鴻，我勸你不要空愁。那江城原是那淨業和尚養的個長生鼠兒。你兒那前生是秀才，到了那寺裏，只當是個尋常鼠兒，一杖打死，所以今生來報寃仇。你只每日念佛一千聲，自然消除寃孽。記着記着！我去也。下，高公驚醒呀！好奇！好奇！夫人也醒了，高公說我方才得一個怪夢。

剛才夢見羅漢來，叫俺暫把愁解開，他說是前生寃孽債。江城原是長生鼠，我兒原是一秀才，堂下把他殘生害。他叫咱念佛千遍，自然要降福消災。

夫人說奇哉！我也是夢見如此。高公說這又奇了。

---

① 冠冕：體面。

我方才入夢中，怎麼你夢也相同？這夢不比尋常夢。分明羅漢來驚我，還當頂禮拜虛空，念佛休說不中用。就從此勤宣寶號，消却那孽障千重。

南無阿彌陀佛！

詩：不擊金鐘與法鐃，念佛千聲禍自消；

到得悍婦回頭日，還向如來掛錦袍。念佛下

【校】

［一］覔汗：蒲本作“覔漢”。

［二］你不信身上這油，巴剔下來還夠一擔：蒲本作“你不信身上這油巴，剔下來還夠一擔”。

［三］四：蒲本作“回”。

［五］春：蒲本作“臼換作血”。

第二十五回　喜　聚

太公、太母念佛上，公子揚鞭上云三載寒窗苦，一枝占桂[①]；雖懷逆鱗[②]懼，且慰父母心。家人報大爺已到。公子云給爹娘磕頭。

［桂枝香］爲兒僥倖，居然得中。半年間滿腹文章，就覺着秋闈[③]必然勝。果得成名，果得成名，看起來再休談命。但在窗下，莫負青燈[④]，若還讀得工夫到，萬裏青雲自有程。

太母云若是這等，也虧了您媳婦。公子云雖然七年受罪，不沒他六月鎖門。太公云這就是命了。

休說無數，聽我告訴：若是你命裏該成，就遭着家中悍婦。坷坎全無，

---

① 一枝占桂林：原指桂花林中的一枝。後來泛指才學出眾。典出《晉書·郤詵列傳》。

② 逆鱗：逆生的鱗片。此指觸犯妻子。典出《韓非子·說難》。

③ 秋闈（wéi）：秋試。因科舉時期鄉試在秋季，故稱。

④ 青燈：油燈。因燈光青熒，故稱。宋·崔與之《水調歌頭·題劍閣》：“對青燈，搔白髮，漏聲殘。”

坷坎全無，怎能够高登雲路？鬼神撥弄，心眼迷糊，好歹都是前生定，白黑打襟盡成虛。

我如今再不敢怨你媳婦了。昨天那羅漢託夢，說是你前生打死了長生鼠兒，今生來報怨仇，叫我念佛。我和您娘已念七日了。公子唱

爹將兒教，教兒知道，前世裏結下怨仇，怎能免今生惡報？數定難逃，數定難逃，情難堪只該一笑。愁也不必，怨也何消，只該念佛千千遍，禱告天公把俺饒。

只怕是爹娘的幻夢，不足爲憑。太公說若是幻夢，如何兩夢相符？公子云既是如此，就怨不的了。

前生造就，神佛保佑，既遭了前世寃家，要脫逃如何能够？潑水難收，潑水難收，到不如今生全受，免的再生再來報仇。想來怕也不該怕，何況戚戚[①]終日愁。

夫人云你今中了舉人，他還給你點體面，也是有的。你去罷，我和你爹念佛哩。下，江城上云這半年沒見他，又中了舉。聽說他回家，不免喜迎，只怕他沒有了這個心腸。公子見云娘子好哇！江城云官人好麽？公子背云半年沒見，江城大變了也！

半年沒見，笑容滿面，忽蒙他問道一聲，喜的人手脚麻亂[②]。口雖不言，口雖不言，做舉人這樣體面。別來幾日，乍得團圓，如同織女牛郎會，此身不像在人間。

江城笑云官人中了，也該謝謝這鎖門的嚴師。公子揖云門生感激，不曾敢忘。老師若不棄嫌，當是竭力酬報。江城云伺候酒饌，給老爺洗塵。家人應曉得。

詩：江城夫妻原無隔宿嫌，公子如何離別動經年？
江城遙知酬報無隆禮，公子且効牀頭一夜眠。

① 戚戚：憂傷。

② 麻亂：亂麻。混亂。

第二十六回　虐　妬

公子上云連日江城與小生竟有了說笑，雖則是我去奉承着他麽，到底也還奉承得過了。不知是念佛之力也，不知是舉人之功也。妙哉！小生交了好運也！

［耍孩兒］小娘終日搜求，怎麽忽然回了頭？孽罐想是填不够。若是念佛見効[①]，我向如來便磕頭，保佑俺再不把罪來受，若是舉人的體面，刻方兒傳遍千秋。

江城上云小長命呀，咱這悶悶的，做點什麽？公子說我中了舉，怎麽還叫我小長命？江城說好大的個舉人哪！也就是在炕頭上稱罷。公子說我這舉人，可就是這炕頭上稱不得。

見同年稱年兄，拜知縣稱治生，莊村誰不把我敬？從此沒有下三等，順口談文儘着俺烹[②]，見人說嘴又墪[③]腔。若來到這繡房以內，這一把青傘難撑。

我是不敢叫你江城。娘子待做嗄來？江城云咱抹骨牌罷。公子云抹骨牌不好，放着安穩不安穩，看咱弄的不好了。

我也愛打哈哈[④]，這骨牌爭競多，不敢再做從前錯。放着自在不自在，又尋蜒蚰磋耳朶，只怕又弄出什麽禍。惱了臉大家不好，那其間如何如何！

江城云你這意思是記仇麽？公子打躬云不敢！我是預先裏這麽說。娘子旣待，焉敢不從。江城云你那不在家霎，我悶了就合春香抹牌，覺着和他不如你呢。公子云你是贏甚麽來呢？江城云我輸了一柱一個錢，他輸了一柱一瓜子。咱今日還和春香抹，咱⿺走兩贏瓜子，還給春香錢。公子說咱都一柱一個錢罷，看瓜子有爭競。江城說誰沒見過⿺走兩錢呢？你從頭裏這個那個的！我只賭瓜子，我

---

① 効：同“效”。

② 烹：誇口；亂說。

③ 墪：同“墩”。

④ 打哈哈：說笑。

輸了該着[①]，你輸了我可打你。公子笑云就是這麽。咱分一樁[②]兒，六到底，該春香。

［滿調］揭起牌來個樁，馬兒不在柱子上。却是春香，却是春香，你運氣强不强？若是强，贏幾錢來買梳粧[③]。

春香搖頭云嗄呀！俺老爺先戲把人。江城打起牌來云七在手。春香云俺不用看了，我是孤紅。公子云這妮子運氣好，該我樁哩。春香云我打九到底。江城唱

打個臨老入花叢，又見霞天一隻鴻。柳綠桃紅，柳綠桃紅，你看我這禿爪龍不同，還是巫山十二峯。春香唱你看打個錦屏風，打個楚漢大爭鋒。眨眼烏龍，眨眼烏龍，紛紛落花滿地紅。晝夜停，又是劈破老蓮蓬。公子唱

你看五嶽去朝天，一心打個八珠環。二士入桃園，二士入桃園，蘇秦背着七星劍。火煉丹，打個人牌也不難。

公子云妙哉，妙哉！我是人牌。春香舒出[④]胳膊來罷。春香果然露出，公子打兩下，江城云你望他親麽？公子云若是親，親你着。你待中惱了？江城把牌一推，打了公子一耳把子[⑤]云春香給跪着！公子云打我罷呀，該他甚麽事？江城云他從頭裹合你擠眉弄鼻的，難道我看不見麽？

［蝦蟆歌］駡一聲强人忒也值錢[⑥]！這一個妮子還要合他纏。春香兒他那眼兒擠，你這眉兒彎，一個推説要[一]錢，一個推説換錢，眉來眼去，手脚動彈。小鬼兒只在我這眼前裹，指指兒畫畫，指指兒畫畫，教人難堪！

春香云看我這宗模樣哩，屈也屈殺我了！江城説看不的模樣！打介，一行駡着

駡一聲奴才你就太欺心，模樣不俊你就會弄神。春香兒你也把他愛，他也把你親。我要着你分身，我要叫你斷筋，着你難受，叫你難禁。强人哪，你看這鞭子，乒乒兒乓乓兒，乒乒兒乓乓兒，打你那親人！

江城放下鞭子，找了把剪子來云我鉸下一塊肉來，安在你那親漢子身上。公子云使不的！忒也暴虐了，看人説你！江城説你説又咱不鉸你了麽？把春香那懷中

① 該着：欠着。

② 樁：同“樁”。

③ 梳粧：此指梳妝用品。

④ 舒出：伸出。

⑤ 耳把子：耳光。

⑥ 忒也值錢：太不值錢。

一剪子，把他那媽媽頭子[①]鉸吊一個，春香大哭，又跑過來把公子那衣領解開，公子大哭，一剪子又把公子奶頭鉸吊，公子嗡叫，江城云我把春香這一個給你安上，你可和他親個够；把你那個給春香安上，您各人抱着，吊了我還打！公子、春香在房哐哼，江城又罵

罵一聲强人膽就大起天[②]！時時對我摔你那春香。那舉人只宜量唬小廝，只宜量唬覓漢。贓幫的難堪，牙咚[③]的難堪，上頭撲腚，不似從前。從今後抱着媽媽頭兒，思思兒想想，思思兒想想，你那小心肝。

你不宜量好，到晚上還來我這牀前打鋪。下，春香哐哼下，公子云世間那有這事！蒼天哪蒼天！佛也不來搭救，那舉人也不能優免[④]，這寃孽何時了也！

［銀紐絲］想來今生最不也麽堪，這附骨的疔瘡在心間。苦難言，叫不應的老蒼天，夢也無靈驗，神也不見憐。南無佛[⑤]空叫爹娘念，我是前生有寃孽，可與春香嗄相干？我的天呀！遭難同，和我同遭難！

哎喲！

詩：說起家門鬼也羞，孽寃相報幾時休？

人身無處不招妬，李代桃僵[⑥]禍奶頭。

【校】

［一］要：盛本作“要”。

第二十七回　占　化

公子上云江城，江城，你好狠也！怎麽凶惡至此！他說鉸我的奶頭，我當

---

① 媽媽頭子：乳頭。

② 大起天：比天大。起，表示比較。

③ 牙咚：噁心。

④ 優免：豁免。

⑤ 南無佛：“南無阿彌陀佛”的省略。

⑥ 李代桃僵：代人受過。

個震話[①]，不想就眞果鉸下來了！當時着帶子勒住，待了兩宿，竟不疼了。待我解開看看。呀！春香這個奶頭竟長住了，奇哉，奇哉！

[疊斷橋] 兩下奶頭，兩下奶頭，倒換過來好不謅。誰想他的皮，竟成了我的肉。那個丫頭，那個丫頭，合我原沒甚來由。摸着這奶兒頭，倒教我心難受！

想是我那個，春香也長住了。難道着他帶了我的肉去嫁別人麼？

甚麼相干，甚麼相干，把俺身體兩摧殘。倒換過媽媽頭，到叫俺心裏念。叫人心酸，叫人心酸，要留他成雙自是難。我的肉和皮，怎麼去陪村漢[②]！

爹娘每日念佛，越發念大差了。受了大害，怕爹娘傷心，沒敢言語。今日好了，不免去勸勸爹娘，不必晝夜念誦，枉受辛苦了。下，太公、夫人上云咱每日念佛，毫沒效驗，聽說他媳婦子把他那肉都鉸下來了！咳！天哪！哭介

兩淚如澆，兩淚如澆，寃家作對更難逃。前世裏結下仇，自然是今生報。念佛也該饒，念佛也該饒，怎麽報的更蹊蹺？連他那奶頭兒，一剪子生鉸掉！

太公云不必啼哭，還是咱那虔誠未到。

夫人莫焦，夫人莫焦，前世寃仇恨未消。咱只管去念佛，休要岔了道。我說你聽着，我說你聽着，想來不必哭號咷。這大禍越發增，還是咱沒修到。

公子上，太公云我兒，聽說你媳婦子把你那媽媽都鉸去了，你怎麼受來？公子云當時難受，一宿就好了。可只是念佛無用，爹娘不必勞心。太公云胡說！難道修養三日，就成仙麼？

休得胡言，休得胡言，難說三日便成仙？你只管但去捱，休管俺念不念。再看往前，再看往前，若是似今朝太不堪。你會試早上京，除非是不見面。

夫人云你聽聽那裏鈸鈸響，你媳婦必然去看和尚的。你且上屋裏藏着的吧，俺待念佛去哩。並下，和尚領童子挾鉢頭上云今世惡姻緣，原是前世寃；寃仇從中解，佛法廣無邊。俺乃靜業和尚是也。苦修了三百年，得證金身。修行的時節，養了個長生鼠兒，被裴相公一杖打死。裴相公脫生了高蕃，鼠兒脫生了江城，成了終身的寃報。他翁姑虔誠念佛，不免與他解釋。來此已是他的門首，不免打動鐃鼓，引他出來。街上人都來看，待俺裝一個羅漢。童子打動

① 震話：震懾、威脅他人的話。

② 村漢：村夫。

鐃鼓，江城上云春香，外邊鐃鼓響，搬着杌子，咱去看和尚的。春香云是。出門介，江城云太多太多。就杌子放在簷下，你可扶住，待我上去看。上介，衆人看江城，和尚裝降龍童子念唱

[浪淘沙] 南海有毒龍，作害無窮。金身羅漢下天宫，捉着龍頭按龍尾，搭救蒼生。

和尚又裝伏虎童子念唱

猛虎在深山，爲害人間。金身羅漢下西天，猛虎一見伏在地，不敢動彈。

和尚又裝彌勒童子念唱

身體胖如綿，耳大頭圓。全無煩惱在胸間，常似見人裂嘴笑，一派喜歡。

和尚起來念唱

静業和尚入深山，苦苦修道三百年。

洞中養個長生鼠，寺内齋糧任他餐。

鼠子年久通人性，日日聞經又聽禪。

裴氏秀才來到寺，打他當作等閒看。

鼠子見人全不避，秀才一脚喪黄泉。

前世寃仇今世報，莫怨人來莫怨天。

生生相報何時了？一解全消前生寃。

衆居士見贈清水一盞。衆遞水介，和尚接水，又念咒云

莫要嗔，莫要嗔，前世也非假，今世也非眞。鼠子縮頭去，莫待[一]貓兒尋。

咒畢，含水一口，照着江城噴了一臉水，江城打了寒噤下杌子下，和尚亦下，衆人云奇哉！江城這麼個惡人，被那和尚噴了一臉水，竟沒惱回家去了。咳！一個俊臉，俺還沒看够，可恨那和尚就把他噴了去了！衆人下，江城上，以巾抹臉，不語，上牀便睡，公子上云每日出頭露面，教人羞死！今日受了這大辱，想是也怕囂了。

[疊斷橋] 他不害囂，他不害囂，跑着到人前去立着。名道是高奶奶，豈不叫旁人笑？低頭睡着，這場羞口難學。想是自家羞，恐怕人知道。

他却睡了，我也把這鋪伸開[①]，臥下聽候。春香上云爺爺奶奶都睡了，我且在這門外頭伺候。

---

① 伸開：鋪開；展開。

冷水一澆，冷水一澆，低頭不語竟歪倒。晚飯沒曾吃，已是睡了覺。俺待去了，怕他醒來又心焦。衣服未曾脱，又不敢把他叫。

夜已是三更，俺且在簷下打了個盹罷。江城起來坐着云官人哪！官人哪！公子立云小生在此。江城云你上牀來。公子戰戰着坐在牀頭上，江城云我總不是個人了！怎麽叫官人這麽害怕！拉着公子手大哭介

［哭皇天］喇嚁[二]子喇，喇嚁子唎，合你一對好夫妻，好夫妻。好夫妻，親又親，雖是兩身是自身。着你看見心膽戰，奴家如何是個人！咳咳！我的皇天哥哥喲！

咱㑚同是二十三，合你夫妻六七年，總像寃家來相會，何曾牀頭一夜歡？咳咳！我的皇天哥哥喲！

我想那和尚是個菩薩化身，着他那一口水噴來，如夢初醒。

涼水噴來冷滿身，和尚想來是佛神，忽然大夢如初醒，想想從前羞殺人！咳咳！我的皇天哥哥喲！

鐃鼓喧喧方到門，滿街男子亂紛紛，怎麽一個良家女，出頭露面不避人？咳咳！我的皇天哥哥喲！

又摸公子的奶頭，自己打臉介

如此禽獸不成材，碎尸萬段也應該！怎麽一個人身體，忍着剪子鉸下來？咳咳！我的皇天哥哥喲！

自頭摸下來，又自己打臉介

爺娘生下禽獸來，指抓輕輕到項腮，自己想來眞該死，不知當時怎麽捱！咳咳！我的皇天哥哥喲！

我想翁婆年紀高上，生了一個兒子，娶了一個媳婦，到躲的遠遠的，整好幾日不見個影兒，這怎稱的是個人哪！

父母命年六七十，一個媳婦一個兒，㖵的爹娘分兩院，枉在人間披人皮。咳咳！我的皇天哥哥喲！

官人哪，咱搬回家去，早晚好侍奉爹娘。公子云不料娘子就變成個賢人，眞是合家造化！江城云春香，天多咱了？春香云五更了。江城云掌燈來。應云是。燈到，江城云你去收拾傢伙，咱好回家去，我待梳頭的哩。

［還鄉韻］剛才聽的更鷄鳴叫，那譙樓上鐘鼓亂敲，捲行裝裏外都着銀燈照。想從前淚珠兒亂拋，説了一夜，懊悔了終宵。等不到天明，就要開交。

叫一聲丫鬟先瞧瞧，瞧瞧天還早，恐怕爹娘唬一跳。

看老王拾掇着，春香先去叫開角門子，問太爺和太太醒了沒。春香云是了。

丫環去把角門叫，你叠起乜衣裳捲起那毡條，看不眞就把燈兒照一照。俺如糊突夢兒醒了，今晚一夜何曾睡着？見爹娘自家全招，罪該萬死，只望恕饒！悔從前媳婦不賢，都成兒不肖。

春香云開了角門子，太爺合太太都起來念佛哩。江城云既是開了門，待俺自己前去。遠遠的聽見佛聲，俺且在門外等候。丫頭開門云我當是何人，原是大爺、奶奶來了。待我稟太爺、太太知：大爺、奶奶到了。太公、夫人大驚上云又是甚麽禍事！眞唬人也！江城進見跪哭介，太公云這怎麽了？江城哭唱

爹娘聽我讀一遍，俺如今懊悔從前，到如今一回想一身汗。做的那事兒，自己口裏也難言，就是萬剮凌遲，也盡不的罪愆[①]！望爹娘把奴寬，從新做人，只當是另脫生了一番。未曾來躊躇難見爹娘面。

夫人拉起來云我兒是眞果麽？江城云着娘不信，可見我不是人了！夫人大哭云咳，我兒不，你就變化了[三]！

忽然就把個人來變，見你這等到叫我心酸，淚珠兒好似珍珠斷了線。叫了聲我兒，又叫了聲心肝，愛的極了，已是忘了那從前。那麽個人兒一霎變成了聖賢，雖不叫人喜歡，雖不叫人喜歡！佛有靈，從今越發虔誠念。

我兒既是待回來，這是你孝心。那裏拿不了的東西，叫個人去，你看着搬搬的罷。江城云是。下，太公云可喜可喜！媳婦兒竟變化了！

佛法有靈，你我往西朝謝。

詩：太公全憑佛法保安寧，夫人苦海風波一日清；

太公長命幾乎成短命，夫人江城今不止傾城。

【校】

［一］待：盛本作“等”。

［二］嚠：盛本作“溜”。下同。

［三］我兒不，你就變化了：蒲本作“我兒，不你就變化了”。據蒲本，“不”後有

① 罪愆（qiān）：罪過。愆，過失。

“想”脫落。

第二十八回　納　婢

江城上云梳頭已畢，天早明了，不免去翁婆處問安。連日想來，昨日把公子合春香的奶頭鉸下，怎麽是個人！那春香脚雖不小，倒也不醜。給他交换了皮肉，我有心想把他撮合一處，問安時稟過翁婆才是。

［耍孩兒］想當初最不該，生把奶頭换過來，神靈又叫他長成塊。官人身上一塊肉，教他帶去嫁奴才，他㚒心裏也不愛。俺把他撮合一處，也把這愁悶解開。

裏邊念佛，待俺先問問老王：你太爺和太太今夜安好？王云好，念佛久了。夫人上云我兒，幾時來的？王云奶奶來了多時了。夫人云我兒，你再來晚着些，忒也早了，我這心裏不安。

我的兒忒蹊蹺，不好煞人難熬，好了就不尋常孝。每日起來梳洗罷，未明先來伺候着，你這等到把我肝腸吊。乍受着媳婦孝順，這兩天心癢難撓。

江城云兒有件事稟娘知道。夫人云甚麽事，你只看該做就做。江城云我待給你兒子收了春香。夫人笑云嗯，你是懊悔那一剪子了。江城低頭背云好羞人也！夫人笑云我兒紅了臉了麽？江城唱

轉過臉低了頭，話兒不管人害羞，當面託白①真難受。俺這心裏不好說，怎麽把人拡根子抽，一霎汗濕衣襟透。只望再休提起，把前情一筆全勾。

夫人云我兒，你可不要後悔。江城云兒不後悔。夫人云既不後悔，你就去做的。江城下，太公上云咱那媳婦子才說嗄來？夫人云說起來可也喜人。

忽然又愛春香，要把春香收進房。我說是爲媽媽的賬，他就一霎紅了臉，看他羞愧甚難當。往時怎麽敢冲撞？件件兒温柔孝順，沒有半點兒張狂。

太公云咱兒沒在家，不知他商量來沒？夫人云想必兩口商量就②了。

---

① 託白：告白。

② 商量就：商量好。就，完成。

手底下[①]乜丫頭，既待來把他收，三人必定商量就。還得看個好日子，給他開臉[②]才上頭，咱還得把衣服做。等咱那兒來到家，見了他再問緣由。下

江城上云春香，你去叫老王給你渾身洗淨，再來見我。應是。王云平日不嫌春香髒，怎麽忽然今日嫌他髒？是甚麽意思？過來，我給你秃把秃把[③]。下，江城云待我找出幾件新衣服來，好扎掛他扎掛。

開開櫃打開箱，取出套好衣裳，檢粧盒又找的銀簪樣。杭州宫粉搽面俊，胭脂如血點唇香，畫道眉母猪也看的上。人物好也須打扮，常言說馬在鞍裝。

把這衣裳放在牀上，這簪鐶放在桌子上。春香原自不醜，扎掛起來，想是也還看的過。老王領春香上云給春香洗了。江城云待我給你梳頭。春香云不敢勞動奶奶，着老王吧。江城云他不在行[④]。

將頭髮細分開，頭上烏雲垂下來，細細梳不留一點灰塵在。挽上一個揚州纂，插上一枝鍍金釵，髻高到有半尺外。又拿過胭脂宫粉，才給他勻搽香腮。

呀！春香俊了也！這不是衣服，你拿了去穿上，去那穿衣鏡前照照你自家，看看俊也不俊？春香穿上一照，抿嘴一笑，江城云是俊麽？王云怎麽看見就不認的他了？江城唱

搽了臉抹了唇，穿上套衣服耀眼新，俗眼都要看着俊。扎掛起來看一看，丫頭竟自像個人，就是那金蓮不止有三寸。要把你打扮齊整，嫁於那放猪的老陳。

我扎掛你扎掛，待叫你合老陳合房，好麽？春香摇頭云俺不去。江城云你看這個丫頭！扎掛了扎掛，就乍了[⑤]哩！你不嫁他，誰還要你？老王，你合老孫打上轎擡了他去，給太爺和太太叩頭的罷。二人交起手[⑥]來，春香坐着，二人口内掌着號[一]

---

① 手底下：就近；身邊。

② 開臉：也叫絞面、絞臉。舊時女子出嫁前由一婦女用絲線、錢幣等將其臉上汗毛除去的一種儀式。

③ 秃把秃把：（用溫水）洗洗。

④ 不在行（háng）：不專業。

⑤ 乍了：扎煞。

⑥ 二人交起手：二人手相握做轎子狀。

不免到爺娘處問安。老孫，太爺、太太關了門沒？孫云關門念佛去。公子云罷了，且往娘子那邊去。江城云官人回來了麼？公子云回來了。娘子怎麼有喜色？江城云官人有喜事，奴家就有喜色。公子云小生沒有甚麼喜事。江城唱

［耍孩兒］我尋了一美人，今日等你來成親，且是模樣委實俊。東屋裏鋪下牀合帳，安排下酒饌去合婚，不必來這裏瞎胡混。他那裏化粧等候，你休要錯過良辰。

公子云我去看看的娘子弄的甚麼鬼？春香上，公子云這是甚麼人？細認之原是春香麼？公子笑回，江城云你不在那裏合房，又倒回來做甚麼？公子笑云怪丫頭先作弄人，我不去！江城推介云官人，這是我稟過爹娘的。若不去，可不辜負我這一片好心麼？我待關門哩。作關門下，公子云娘子把門關了。也罷，我就領娘子這段美意。

詩：可憐兩乳久離分，割斷恩情生去身；

今宵骨肉重相會，雙雙兩個對頭親。

【校】

［一］二人口內掌着號：盛本作“二人口內掌着號公子上云”。

第二十九回　買　妓

江城上云向來與官人才有了夫婦之樂，他又待上京會試，好傷感人也！

［銀紐絲］俺𡚸同牀六七也麼年，今日才有夫婦歡。好可憐，又要離別上長安。口裏不說，心裏好難堪，見行裝不覺的神思亂。此去也不過幾月間，又像一去幾千年！我的天，感念人，到叫人感念。

公子上云行裝收拾停當，別了爹娘，再到娘子那邊。相見，江城云官人今日就要行了？公子云娘子，我這番出行，不像往常了，好傷感人也！

夫妻恩愛好難也麼言，又要離別各一天。兩孤單，鐵石人兒也心酸。依着我心裏不待求官，守着你勝做翰林院。覺着近來這兩月間，夫妻分離一霎難。我的天，盼程途，又把程途盼。

江城拭淚云功名大事，你到得中高官，告假養親，那時越發榮華快樂。

叫一聲官人你聽也麽言：千里離別自古難。莫心酸，爹娘望你做高官。不過幾日間，到京師已把念頭[1]換。此去望換紫羅衫，來時人呼高狀元。我的天，念恩情，莫把恩情念。

公子云娘子，別離了！江城云得了高官早告假。公子云不用囑咐。下，江城云官人去了，好凄涼人也！好悶倦人也！我想妓女蘭芳，合官人彼此留戀，被我打斷了他的恩情，也是一件恨事。那蘭芳溫柔雅致，我還愛他，休說是個男子。

［耍孩兒］那蘭芳俊如仙，性格溫柔不可言，我也跟不上他一半。沒有一點不可愛，俺還常挂在心間，怎麽怨的那男子漢？我若是還是男子，也定然意惹情牽[2]。

聽說他要從良[3]，要嫁個秀才，不給人家做妾。不免差王寧又問他問，若肯來着，我贖了他來。官人不曾在家，俺且解悶，豈不是好！

聽的他志向佳，從良要嫁好人家，秀才這是他口中話。前年曾在王家店，他愛他來他愛他，合他只怕他也肯嫁。他若是肯來俯就，且解悶棋酒琵琶。

老王，你去對王寧說，叫他到鴛鴦巷，找着那名妓蘭芳，問他問他待從良，咱買了他罷。他若來是來着，可問問他要多少身價。速去快來。王云是。下，江城唱

又低頭想一番，買老婆要大錢，只怕他叨的無邊沒沿。有心待向翁婆說，買妓他也不喜歡，買來方着翁婆見。俺破上釵環典當，也省的求地告天。

王寧上云王媽媽對奶奶說，我回來了。王云王寧回來了。江城云叫他進來。王云奶奶着你進去哩。江城云王寧，怎麽來的這樣快？見他來沒？寧云小人到了那裏見本人，我說高宅裏待買你。他說不給人家做小。問是那個高宅，我說是新舉人高老爺。他說，這倒極好，不過那太太願意沒？小人說，老爺上京會試去了，這是奶奶尋的。他說，既是奶奶尋的，還我自己去看看。你先回去對太太說，我隨後就到，想必待好來了呀。江城云既是如此，你且出去。王寧下，江城唱

---

① 念頭：想法。

② 意惹情牽：引起情感上的牽掛。惹：招惹；引起。牽：牽掛。

③ 從良：舊指妓女終止賣身，嫁人為妻。

他安心嫁秀才，說起來官人又徘徊，想來還是心裏愛。必然還得相相[①]我，我若好時他才來，這個丫頭心裏怪。待霎兒他若來到，我看怎麽安排。

蘭芳上云奴家蘭芳便是。我想風塵下賤，好苦命人也！行介

［鴛鴦錦］流留[②]煙花四五年，今日這邊，明日那邊。强把笑臉兒，下四低三，光棍行，皂隸班，但肯給錢，不管奴家愛不愛，陪他去眠。縱然打盹，只得去動彈。清夜間，五更天，想到那將來，不覺痛酸。哎喲！想到那結果，不覺的淚漣。也麽咳，咳咳也麽喲！

俺積攢了一百兩銀子，苦苦哀告，許着有了主還給他五十兩，他才慨然許俺從良。但只是不爲娼，就做妾，朝打暮駡，還是火坑。

鴇兒慷慨許從良，晝也思量，夜也思量。若還做衙官，伺候正堂，搥孤拐[③]，駡淫娼，好似閻王，那可才攞劃的俺出了滚湯，又到火牀。還有甚麽路，只得懸梁！好悽惶！好悲傷！尋思了一遭子，那的是個樂鄉？哎喲！尋思一千回，那裏是個良方？也麽咳！咳咳也麽喲！

我待嫁個秀才，又想那富的不尋我做妻，窮的那有出起一個元寶的？罷罷，适才高宅裏來説待尋我，那高舉人我見來到極愛人。聽説他那娘子利害。我想他丈夫不在家，他替他買妓，其人可知。雖然只怕有什麽緣故，待我前去認認[④]那江城，看是怎麽樣的個太太。來此已是高宅大門，待俺進去。王云來了麽？蘭芳，奶奶等久了。蘭芳云給太太叩頭。江城云免了罷。你看蘭芳好個俊人。

烏雲高簇麝蘭香，好個蘭芳，好個蘭芳。每日家聞名，只當尋常，美無雙，俏無雙，典雅無雙。一雙金蓮尖又細，花也在行，鞋也在行。面如花瓣，貌似雪霜，眼兒光，眉兒長。只你這模樣，引殺情郎。哎喲！見了你這人物，害殺情郎。也麽咳！咳咳也麽喲！

蘭芳云見了奶奶，自家就不像個人。江城云你坐下，我問問你，會下棋呀不

---

① 相相：看看。

② 流留：漂泊。

③ 孤拐：脚踝骨。

④ 認認：察看。

會？蘭芳云才學着做。江城云你會打雙陸[①]呀不會？蘭芳云才知道成梁。江城云妙呀！我要做嫖客，合你犯個嫁娶，不知你肯那不肯？蘭芳云奶奶若是擡舉賤人，情願服事奶奶，一輩子不要丈夫。江城云是果然麼？蘭芳唱

今日是你眼見的，不是我自言的，不是人傳的，遇着知心人，難捨難離。有天知，有地知，眞眞實實，不嫌奴家天生纷，做個伴兒，做個伴兒，又不推磨，又不織機，下下棋，叠叠衣。若我是肯賭個兒誓，哎喲！我若是撒謊，說誓[②]兒。也麽咳！咳咳也麽喲！

江城云你可不要過來懊悔，大認認。蘭芳云我早已認眞了，有甚麽悔處！江城云你貴庚？蘭芳云癡長一十九歲。江城云你還小我四歲，那有不要丈夫的。也罷，我把個丈夫讓給你罷。

聰明人兒怪心腸，乖覺的異常，聰明的異常，話溫柔，全無有張狂。潑潑茶，燒燒湯，唱唱崑腔，雙陸棋兒解解悶，要你在行。若不能守寡，給你個情郎。不孤單，不淒涼，白日裏有我同房，黑夜裏有他，哎喲！合你同牀。也麽咳！咳咳也麽喲！

你看，還有要緊的一句話沒問，不知你得多少身價？蘭芳云我給他一百了，許着有了主還給他五十兩。江城云不多，這麽一個人物，也就再要一百，我也給他。原打算典當釵環，這就不用了。你本姓甚麽？蘭芳云我本姓高。江城云你原與官人同姓。也罷，咱昧這一層[③]罷。今日你就住下，我打發人去支你的身價，給你取箱子的。蘭芳云那于媽媽養了我一場，我去辭他辭。一個丫頭在家裏看家，我去合他拾掇拾掇就來。

［耍孩兒］辭他辭也應該，也曾受他教誨來，只得朝他拜一拜。一個丫頭看着家，還有舊衣合破鞋，我去合他拾成塊。這到不甚遠，請奶奶就把人差。

江城云既是如此，你先去，我隨後安排人去接你的。蘭芳云是。江城唱

奴終日悶懨懨，丈夫不知甚日還，娶一個清客來作伴。白日烹茶下棋子，黑夜飲酒聽絲絃，他𪨊又遂了心中願。那個人心滿意足，俺賺了解悶消遣。

---

① 雙陸：古代一種棋盤游戲。《金瓶梅》第三回：“諸子百家，雙陸象棋，折牌道字，皆通。”

② 說誓：發誓。《初刻拍案驚奇》第三十一卷：“何正寅對天說誓。三個人同來到賽兒家裏，正是黄昏時分。”

③ 昧這一層：隱瞞這一事。

蘭芳去了，那箱子裏還有幾兩銀子，待找出來稱上五十兩，着人好支蘭芳的身價。稱介云這銀還有六十餘兩，待俺稱上五十兩，老王把這銀子交給王寧，叫他備上馬一匹，夫二名，前去交了蘭芳的身價，好合他來。應云是。下，江城唱

他一去交了銀，合蘭芳就趕來，晌午只怕就有信。不拘說他模樣好，說話典雅也愛人，白日不愁夜間悶。望着親親熱熱，我合他前世有因。

蘭芳上，江城云來了麽？怎麽來的這樣快？蘭芳云恐怕奶奶盼望，我到了家拾掇拾掇，就先來了。那丫頭合王管家，還在後邊哩。江城云好好！這裏冷，咱後邊下棋去罷。

詩：江城未共郎君一夜眠，蘭芳先從女主接清談；

江城如何相見即相愛？蘭芳想是前生定有緣。

第三十回　館　選

太公、太母上云孩兒去應試，朝夕挂心間。相公，三月將盡，怎麽會試的還沒有信？太公云道路訛傳，說報子失了錄條，不知眞假。咱那兒不中，就該還家來了。

［耍孩兒］到京師够兩千，不中的早也還，怎麽信兒全不見？近來媳婦異常的孝，一家老少喜平安，就是常把兒挂念。若是咱嬌兒來到，就不中可也喜歡。

報子上云這是高老爺家門首。門上的快忙快忙傳與太老爺得知，老爺中了第五名，俺來報喜的。家人報太爺、太太大喜！老爺中了五魁。太公云可喜可喜！快忙報與您奶奶知道。江城、蘭芳上，江城云到如今進士沒有消息，也是你的喜信。蘭芳云怎麽說？江城云官人不中，就該還家也。蘭芳云我原是奶奶尋的，又不是老爺尋的，來與不來，與我何干？丫頭報云奶奶大喜！老爺中了進士了。江城云眞乃可喜！蘭芳，跟我去給翁婆磕頭的。

喜官人又中了，脱藍衫換紫袍，滿門貴顯眞榮耀！不望他封妻合廕子，

只望他殿試早回朝，來家合咱打馬吊[①]。你是個影裏愛寵，還沒有一夜相交。

江城云爹娘在上，媳婦叩喜。蘭芳云給太爺、太太叩頭。太母云我看着蘭芳沉重[②]典雅，不是下賤之人。我兒既然愛他，我又老了，他寫算皆通，就叫他替你管家。往後休叫太太，就叫爹娘，着下人叫你于奶奶。

我看着于蘭芳，他的人物不尋常，看來是個有福的像。我兒既然望他好，也愛他不張狂，待他休合人一樣。往後的銀錢出入，都要去合他商量。

江城云兒久有此意，想怕娘嗔。娘既愛他，就是如此。蘭芳云給爹娘叩頭，謝爹娘擡舉。江城云往後休叫奶奶了，就叫姐姐罷。蘭芳云奶奶買了我來，怎敢自大！

蒙奶奶費錢財，從火坑提出來，這個恩德如天大！諸般家事託給我，又着我叫太太，原是爹娘把我愛。我若是居然就把姐姐叫，這可就斷然不該。

江城云這是我愛，與你何干！蘭芳云既是如此，就叩頭謝恩。報云老爺選了翰林了。江城云真乃可喜！蘭芳，你我同給爹娘叩喜。二人同拜

同拜倒爹娘前，一家大小都歡然，俺家新有翰林院。上世原爲黄榜[③]貴，今又平步上青天，從此直到文華殿[④]。祝爹娘幞頭[⑤]封贈，有福分享受百年。同下

樊子正上云只因女兒不肖，合家潛逃他鄉。聽得門壻得中，才來登門叩望。老夫樊才，只因女兒不賢，恐怕休斷，連年躲在江東。昨天見了鄉試錄，才知道女壻中了；中了便沒有出妻之理。俺才來家，待去道喜，又遇着報了翰林。我的女雖然不賢，這奶奶可也就扎住根了。

怕女兒累爹娘，遠走高飛把頭藏，六七年沒敢把影傍[⑥]。聽見女壻中了舉，才敢重來到故鄉，誰知好事從天降！我女兒雖然不肖，如休斷壻也無光。

來到門首，待俺進去。太公上云樊親家又出頭也！子正作揖云恭喜親家！還該叩拜。太公拉着云豈敢。

---

① 馬吊：即馬吊牌。

② 沉重：穩重。

③ 黄榜：發佈殿試考試合格名單的公告。

④ 文華殿：始建於明朝，是太子們的正殿。後來成為皇帝的便殿，春分、秋分時在這裏舉行“經筵”典禮。

⑤ 幞頭：頭巾。

⑥ 把影傍：露面。

樊親家你好乖，仍崩[①]一去不回來，再找那得個影兒在！去了六年無了信，不知何處把頭埋，捨一個賢令愛。樊親家來的極好，這媳婦正難安排。

媳婦正啕氣哩，你來了可好了。子正云還啕甚麽氣？小弟雖然來家，可也沒有富貴出妻之理。

令公子選翰林，俺到道喜竟登門，女兒的好歹不堪問。女壻既把高官做，沒有官員休夫人，大貴出妻理不順。親家若做出這事，只怕還惹笑鄉親。

太公云親家拿甚麽極[②]呢！近來令愛竟變了賢人了。子正云是果然麽？太公云豈敢相戲！

從那日你去了，做的事兒口難學，說來也被傍人笑。子正云，眞乃可恨忽然神佛來點化，一口水向頂門[③]澆。子正云，哦，怎麽樣着來？猛回頭就不是尋常的孝。到而今房中夫婦，竟成了鳳友鸞交。

子正云可喜可喜！還是小弟天理不曾傷盡。今日來我原不曾待見他，既是這等，我上宅裏看他去的。暫別。太公下，老王云奶奶，樊老爺來了。江城上，哭云給爹爹叩頭。子正云我兒這不好麽？聽你長進了，我異常的歡喜。江城在父懷大哭唱

［北黃鶯］爹爹在那方，見了爹問問娘，不覺就把聲來放。恨孩兒不良，教父母不光，回頭不成個人模樣。愧難當，看見爹爹，只待自懸梁！

子正笑云我兒，這才是好人了！

我兒這樣賢，翁婆丈夫歡，忽然把個人來變。你心裏也安，我心裏也安，從今又得重相見。好心酸，這回相見，如在夢魂間！

實不料我兒還能給爹娘爭氣。我這回來住在鄉里，今日回家，就叫你娘來看你。江城云爹到家着娘就來。

久不見娘親，沒人處淚紛紛，就是沒處逢人問。教爹娘遠奔，怎麽是人！如今已是悔難盡。爹娘到門，兒今榮貴，以後莫愁貧。

爹爹到家，着母親明日就來。子正云我去罷，到家也教你娘喜歡喜歡。我也不去別你翁翁了。

詩：數載歸來形影酸，喜逢愛壻做高官；

---

① 仍崩：快速離開。

② 拿甚麽极：着什麽急。

③ 頂門：腦門。

女兒誰想眞賢孝，一樣喜成兩樣歡。

第三十一回 錦 歸

太公上云得一吉祥夢，說與夫人知。夫人那裏？太母上云相公怎麽哩？太公云我適才合眼做了一個奇夢，夢見一把傘，一頂轎，哈[①]道進宅。我問甚麽人，說是尚書老爺。我去跟着看的，擡了春香房裏去了。你速去看，若是春香待生産，是個大吉之夢。老王上云太爺、太太大喜！春香添了小哥哥了。太公云此兒必然大貴，眞乃可喜！

［劈破玉］我和你已將近七十之數，到如今那孫子一個還無。乜丫頭居然是代把夫人做，他給了俺兒圓下房，到如今又産麟兒落了肚。若能再見孩兒的成人，賢妻呀，我合你准有好日過。大喜同下

公子衣錦榮歸，見過父母，回房與江城相見介，唱

一年沒見容顔[一]，想是那心内無愁，便叫人春風滿面。俺夢魂常牽，俺夢魂常牽，長安花無心去看，剛剛假准，急急回還。得合娘子重相會，勝似金釵十二環。

江城云春香給你生了貴子，你怎麽還不問問？

丫頭命重，新把璋弄[②]。高尚書坐轎八擡，還驚他爺爺清夢。看孩兒不凡，看孩兒不凡，定然是麒麟[③]來送。頭圓耳大，像貌豐隆，又是一門老少喜重重。

快快伺候酒筵，與老爺洗塵。應完備多時了。請老爺上坐。江城斟酒唱

滿滿斟上，親手奉讓，爲官人洗洗風塵，說一說都中景況。再賀親新郎，再賀親新郎，勸郎把胸懷開放。隔半年不見，訴訴衷腸。還有喜事向君報，叫君喜歡到天亮。

咱倆飲酒，添上個人才好。公子云娘子差矣！人千里來，恨不能兩個人弄

① 哈：呵。魯中南地區存在a、e不分的情况。

② 把璋弄：即弄璋之喜。生男孩的代稱。

③ 麒麟：中國傳統的瑞獸。舊有麒麟送子之說。

成一個，怎麽還容的半個？

千里來到，夫妻歡喜，恨不能兩個身子併起來，還加緊篡[①]。再半個多了，再半個多了，添𤥨眼到是不妙，搭扶肩背；摟着纖腰，房中歡笑全無禁，旁有一人更不消。

江城云情管添上此人，官人也未必嫌多。公子云是誰？江城云是我個清客[②]，如今又給母親當總管，極在行。公子云這不喜麽！

自蒙青盼，全無他念，况且是母親的總管，又說是夫人的篾片[③]。是恁大官銜，是恁大官銜，怎肯來牀頭相見？等到明日，敬寫紅箋，今日夫妻會，何勞清客來幫閒。

江城云你不知近來座中無他不樂。公子云既是如此，就叫他來。江城云還有一件：他是個門裏人[④]，我合他論日，沒合他論夜。今日官人來了，他不過連宿都算，叫他黑夜裏也不要閒着。公子笑云這倒不必。

［鴛鴦錦］既然是論日不論夜，有甚麽話說，有甚麽話說？你和他從今後就快活。我老實，心似鐵，並不隨邪。您𤥨下棋，我點着替找却，我點着替找却。天若黑了，一拱而別，我冰清，他玉潔，若有甚麽事兒，敢當面證折[⑤]。哎喲！若有甚麽話說，聽合他發牒。也麽咳！咳咳也麽喲！

江城笑云你不必疼那宿錢，我管給你支，叫他來罷。蘭芳領頭上云給老爺叩頭。江城云你坐下罷，磕甚麽頭！公子細認驚云呀！這就是那清客麽？江城云是。添上他不多麽？公子云不多是不多，只是夫人太癡了。

俺曾留情一笑間，兩不相干，兩不相干，甚麽人引進把他夤緣[⑥]？你也須，他也須，怎麽要錢？看看若別有事故，撻他飛顛，撻他飛顛。鴇兒太怪，夫人忒憨。女子弟，女幫閒，還講包年月，奇事堪傳。哎喲！還講論晝夜，這事希罕。也麽咳！咳咳也麽喲！

蘭芳抿着嘴笑云從來是兩家子玩了還都得要錢，這算奇麽？公子云也罷，久

---

① 篡：用絞索絞緊。此指緊貼。

② 清客：舊指富貴人家幫閒湊趣的文人或傳授彈唱技藝的藝人。

③ 篾片：舊指富貴人家幫閑湊趣的清客。

④ 門裏人：妓女。

⑤ 證折：即折證。對質。

⑥ 夤緣：攀附。

不聆你的清音了，你唱一個將功折罪罷。蘭芳云俺伏事奶奶，原說下棋打雙陸，不曾講着唱。公子云這又奇呀！唱還另要錢麼？江城云着他這個小丫頭替他唱一個罷。公子云十來歲的孩子也會唱甚麼？蘭芳云他會唱狗呀狗，你看家，雖不中聽，也足發笑。丫頭唱一和解……蘭芳笑云哈！又自唱下了道了。公子云怎麼說？蘭芳云不好葷耳。公子云我這耳朵正待葷葷，快唱罷。

丫頭唱道[二]

一和解，坐臥思量頭不擡。哎喲！想殺奴了麼呀，我的乖乖！

二和解，帶病不曾上牀來。哎喲！害殺奴了麼呀，我的乖乖！

三和解，忽見燈光一夜開。哎喲！喜殺奴了麼呀，我的乖乖！

四和解，洞裏躲賊賊不來。哎喲！你上來罷麼呀，我的乖乖！

蘭芳云够了，不必唱完，已見大意罷。公子云怎麼不唱？我定要叫他唱完。又唱

五和解，春裏風箏抱在懷。哎喲！你放放罷麼呀，我的乖乖！

六和解，馬鈍途長日又歪。哎喲！快着些罷麼呀，我的乖乖！

七和解，脂油熬菜油吃齋。哎喲！葷了奴了麼呀，我的乖乖！

八和解，丫頭買貨到當街。哎喲！叫一聲罷麼呀，我的乖乖！

九和解，急待着烹茶水未開。哎喲！聽聽聲罷麼呀，我的乖乖！

十和解，打破的盌兒對上來。哎喲！休要動了麼呀，我的乖乖！

公子云妙哉！不著家裏丫頭，不會唱這麼個曲兒。你也唱一個罷。蘭芳云我去取琵琶來的。下，江城云你上那屋裏聽的罷，我待睡哩。公子云好奇呀！一年不見，往別處攤撮①，不成情理。江城云官人不必推辭，我不怪你便了。把公子推出，關了門，老王云那邊已是吹了燈，關了門睡了。公子云這不閃了我露地裏了麼！夫人開門來！

［黃鶯兒］整歲隔山河，好夫妻恩愛多，全然不想第二個。這天還[三]煖和，這簷前是舊窩，不開門只在簷邊坐。蒙撮合，奈俺心裏不愛却如何！

娘子不開門，簷下也是下官的熟徑，就此坐下便了。江城云這是好心不得好報，到反揭挑⑬起來了。開門云我合官人實說了罷：這是我使了一個元寶，將他買來，今夜不去，辜負了我的心了。公子唱

① 攤撮：推。

夫人這樣賢，買佳人奉我歡，越發叫我心感念。但離別一年，那離情萬千，牀頭只待訴一遍。若下官見新忘舊，誅滅在人間！

江城云官人不必太固執了，待俺替官人叫門。蘭芳開門！蘭芳云姐姐就怪些也罷，這門是不開的了。江城云罷了！今晚就叫官人上我那房內去，到明夜再來。公子云這還近情理。

顛倒費躊躇，分身法俺又無，自然該往急處做。俺和他心情疏，俺和你不不熟，離情乜[四]只兩三句。怎能如恩愛夫妻，終夜不嫌俗？

詩：公子夫妻恩愛話離情，江城况值尊榮喜氣生；

公子乍作陽臺雲雨會，合云已拚刺刺到天明。

【校】

［一］一年沒見容顏：盛本作"［桂枝香］一年沒見容顏"。

［二］丫頭唱道［十和解］：盛本作"丫頭唱道［十和解］"。

［三］還：盛本作"邊"。

［四］乜：当为"也"。

第三十二回　賀　子

太公父子兄弟同上云重重喜事滿門庭，公嫗蒼蒼白髮生；孩兒錦衣歸故里，一門歡喜又添丁。太公云我兒，今日親友前來給你賀喜，你去料理①料理。公子云是。衆下，公子唱

［耍孩兒］中進士選翰林，告假來探雙親，宮門曾帶牙牌②進。又夢春香生貴子，大慰高堂父母心，將來斗大黃金印。尚書夢一時傳出，衆親友把喜酒來斟。

前月生了一子，今日滿月。爹爹因着夢見尚書，就名叫小書子。今日親友來賀，待俺伺候。門上報大姑爺已到。石菴到，公子云生了一男，怎麽敢勞姊

① 料理：處理。

② 牙牌：象牙製作的腰牌。宋元以後官員出入宮門隨身攜帶的身份證。

夫勞費！太公上云石菴來看看罷，何必又厚費？石菴云好說，不堪之極！

大賢弟得令郎，做的夢甚吉祥，將來定有個尚書望。親戚朋友都喜歡，大家今日敬登堂。小小一幅紅錦帳，每人分資五百兩，就借重子雅的文章。

太公云這怎麼敢當！客還沒到，咱且上後宅坐坐罷。同下，仲美上唱

高四于造化强，做了官又生郎，真能遂了[一]雙親望。自從榮歸有一月，他在城俺在鄉，道了喜不曾把他望。俺今日早些來，上後宅看看姑娘。

門上報周二叔來。公子上云石菴在後邊嗹[二]①，哥哥，咱且上後邊坐的罷。下，子平兄弟唱

高老伯年五十，才生了高四于，還得見他連登第。而且今日又生子，公姑兩個甚歡喜，未必不還得了濟。你看天生造化，把悍婦變成了賢妻。

俺合葛天民約在關帝廟裏會齊，他還沒到，只得在此等候。天民笑云哈哈！常時我這行頭，還望高四于替我，而今可做牢實②了。他選了翰林，甚麽還優免不了；况且江城我那個俏心肝[三]，變成了一個賢人了，給他買妓收婢，不多大時節，就生了個白胖小廝。好造化！好造化！

踩踩脚叫聲天，老天爺忒也偏，偏起來不怕人難看。俊的不賢還好受，醜的就該變成賢，怎麽偏着那俊的變？只待淩霄殿上對玉帝，訴訴這奇寃。

方才出門，我說他三姨怎麽就這麽賢德了，不但不打他三姨夫了，又給他收妾買妓。你說俺個物件③把眼一白說："你可伴④不的他，他能着人叫他三姨奶奶哩！"我就也沒敢喘，跑出來了。我果然沒有小長命那本領嗎？天下可也沒有他那一份子奶奶罷了。王子平云來了麽？葛大哥，等久了，想必仲美和石菴都到了，咱快去罷。可是如今葛大嫂合他令妹和了麽？天民說和了。

姊妹𡢃還家門，都去看俺丈人，江城前來把罪認。若是我被江城打，他未必不還向別人。江城真有個奶奶分，到如今坐轎打傘，他姊妹親上加親。

子平云來到門首了，閒話休說罷。門上報，太公、公子上云衆兄着實厚費，小

① 嗹：助詞。

② 牢實：結實。

③ 物件：此指老婆。含貶義。

④ 伴：比。《醒世姻緣傳》第三回："那前邊伺候珍姨的人們，他都是前生修的，咱拿甚麽伴他？"

弟怎麽敢當！衆云好說。太公云衆位請。衆讓介，公子云不必讓了，咱今日敘了齒[1]罷：子平兄頭，葛姐夫隨大，王二哥第三。請。仲美、石菴上云衆客都來了，將帳子掛了，咱好行禮。主客相拜，子平云老伯着人抱出令孫來，大家添壽。遂將小娃子抱出來，大衆齊看云好福相！好福相！子平云我有一雙銀鈴相送。遂給娃子拴在右手上

［倒扳槳］小後生來小後生，耳大頭圓眼又明。沒有甚麽來奉贈，白銀打就一雙鈴；一雙鈴，把歲增，壽活到一百有餘零。

天民云我有銀錢一枚，祝外甥長命富貴。

線條兩股辮銀錢，壽祝嬌娃富貴全。從此無災又無害，少年平步上青天；上青天，做高官，富貴榮華一百年！

子雅云賤荆自造了一條錦帶，祝賢姪聰明富貴。遂拿出來，衆人都看云怎麽這樣精巧！一頭系着錦書一套，還用的是牙籤兒，一頭斧戟弓箭，俱是五色絨線，纏的好精巧，好精巧！奶母且拿着罷。子雅唱

天生文武好全才，少年無難又無災。將來一舉人頭上，將相聲名福九垓[2]；福九垓，到八抬[3]，又做三邊總制[4]來！

仲美云我有銀鎖一把奉送。

眉清目秀小神童，將來必定作相公。鎖住長生鎖富貴，鎖來兄弟更無窮；更無窮，鬧烘烘，生子還得見老公！

石菴云我無以爲敬，他姑母給他做了珠箍一頂，紬衣一件奉送。

身穿五彩帶珠箍，百福齊來百病除。强壯堅牢容易養。聰明伶俐會讀書；會讀書，災難無，一路功名到尚書！

太公云抱小娃子去罷。衆親友着實厚費了。請坐罷。衆人坐，太公、公子拜謝斟酒

家中生個小嬰孩，又勞親友大破財。衆位貴人添了壽，必然去病去消災；

---

① 敘了齒：按照年齡大小確定席次。《金史》第六十六卷："鄭留乃引安兄弟與諸生敘齒，列坐會酒，陳說古之友悌數事。"

② 九垓：九天。《漢書·司馬相如傳》："上暢九垓，下溯八埏。"

③ 八抬：即八抬大轎。清代三品以上京官乘坐八抬大轎。

④ 三邊總制：明朝以前陝西北部設有延綏、寧夏和甘肅三邊，明朝時設"三邊總制"，集中管理。總制，總督。

去消災，縱不才，且叫老夫笑口開。

子平云令孫面方耳大，定是大貴之像。

耳大聲高眼又光，秀眉兩道更彎長。聽說老伯有佳夢，應夢生來大吉祥；大吉祥，不尋常，將來定是尚書郎！

淨扮張三瘋破衣赤足上云俺本天上大羅仙，遊戲人間一百年。欲學顛狂藍采和，踏歌飲酒道塗邊。我乃張邋遢是也。從京都一路行來，只見瑞雲繚繞，原來却是高翰林家。待俺進去會會。哈！門上給我傳傳，我待見你老爺。門上云裏邊有客。三瘋云呀呀哈！難道裏邊是客，外邊是主麽？門上云請問尊號？三瘋云我乃張邋遢是也。門上報稟知老爺：外邊有個瘋人，自稱張邋遢，要見老爺。公子驚云他從何處而來？久聞張邋遢乃一有道神仙，今日下降，不勝驚喜！連忙出見云家人不識仙顏，得罪得罪！請進請進。三瘋大笑云原來是個八擡。入見衆人，作一長揖，便在上邊坐下云這是甚麽公宴？公子云衆位親友給學生賀子。三瘋云那小娃子怎不賜俺一看？公子云快抱出小娃子，求仙長添歲。媽媽抱出來，三瘋子見子云哎唧唧[四]！你又來了這裏麽？又是一個八擡。我有壽珠一串奉送。便取出來掛在小娃頚子上

小兒男來小兒男，肚内文章有萬千。比他尊公還長業，一十六歲做高官，做高官，福壽全，轟轟烈烈六十年！

抱了小娃子去罷。太公、公子拜謝，三瘋子云幾時上京？公子云因着父母年高，意思要告假養親。三瘋云不必不必。

到無妨來到無妨，休慮尊公和令堂。只管跨馬搖鞭去，合家保取都安康；都安康，要還鄉，等着小者開了坊！

起身云我行矣。太公云既蒙仙長下降，那有不飲幾杯便行得？三瘋云罷了，我就領擾一杯便了。公子取了個大杯來斟滿，雙手奉上，三瘋連飲三杯云足了。我要行也。衆人向前拉住云求仙長說說俺衆人的終身。三瘋又站下指子雅唱

［皂羅袍］王翰林休得埋怨，你是卯小者的同年。指子平、高季云兩個風流老教官指石菴云你是當今的王十萬。指仲美、天民云功名富貴您㒲一般，指公子云借重此老，得個小官銜。

公子拉住三瘋云請仙長坐下，用過粗飯。衆人云還要請教。三瘋云那邊又來客了。衆人回頭，不見三瘋，衆人驚云張神仙那裏去了？公子云想必又弄障法[五]走了。咱且坐下飲酒罷。衆人云天色已晚，俱醉飽了，就此告別。子雅云老伯請

了。公子云老兄不必以言介意。

老兄臺不必焦燥，讀書人立志要高。瘋僧一片瞎胡叨，信口吧來眞可笑！不出三載，直上青霄，玉堂金馬，原自不難到。

子雅云從此我不求功名了，只等令郎罷便了。

我也到全不在念，怕的是命裏沒官；命裏若還能做官，何必急急苦思盼？公子同我四十三，也還康强做的翰院。

請了。

詩：石氏豐財範氏貧，一生計較枉勞神；
　　高才日望登金榜，今日才生同榜人。

【校】

［一］了：盛本作“上”。

［二］嗹：盛本作“呢”。

［三］俏心肝：盛本作“心肝”。

［四］哎唧唧：盛本作“哎呀呀”。

［五］障法：蒲本作“障眼法”。

第三十三回　祝　壽

公子上云下官告假還家，祭掃塋田，不覺三月。昨日那張神仙許爹娘百歲高壽，甚是可喜！看的日子，後日上京，天冷不能起行。夫人便講趁着下官在家，擺個酒席，給爹娘上壽，甚是有理。待我前去檢點[①]檢點便了。

［耍孩兒］神仙說要還鄉，等着孩兒開坊，父母都到九十上。我若今年有造化，掙一頂封贈與爹娘，方才遂了心中望。也不等孩兒得志，就告假事奉高堂。

江城上，公子云上壽酒席完備不曾？江城云問蘭芳便知。蘭芳上，江城云酒席停當了沒？蘭芳云停當了。請官人合姐姐去看看。三人同看，公子云地鋪了毡，

① 檢點：檢驗查點。

爐裹有了火，牆上掛了畫。呀！這孔雀毛是我京裹買的，忘了拿出來，是誰偷了來了？夫人你看，蘭芳不枉的做總管，安排的好不鮮明也！

叫一聲我的蘭芳，你不只人物在行，才能人就跟不上。給我母親當總管，用心去做，賞你件梭布[①]衣裳。

蘭芳云多蒙主賞賜。公子云向來不曾查你賬目，快拿賬來我看。蘭芳抱了一大羅來云官人請看。公子看云這麽些從那裹看起？也罷，就看這新的罷。二十日發錢四吊，燕窩、海參、熊掌、鮑魚。呀呀，這還給他個單兒，他知道用甚麽？公子云怎麽又夾着一個？蘭芳云前邊那一個是我給他的，怕他待[②]了我的筆跡，叫他寫下來，還將原稿變回來。公子云怎麽上頭一個差[③]兒？蘭芳云他多寫上了一百五十二個錢[一]算不着，還不曾發出去問他。公子笑唱

叫一聲我那蘭芳，一字字一行行，從頭至尾無差賬。我去京師千萬里，得你料理替爹娘，越發我把心來放。賞你個總管工價，每一年百石上糧。

這兩席酒，二兩燕窩如何够用？蘭芳云這燕窩太貴，窮翰林吃不起，做兩盤給爹娘吃罷。公子云這總管打算的也是。二十日鷄一支。這總管該打，夜來何曾吃鷄來？蘭芳云這與外厨不相干。每早晨不曾吃飯，先做兩碗熱湯與爹娘吃了做點心，天氣涼爽，賸下的明日再用。公子笑唱

叫一聲我的蘭芳，你又能孝順爹娘，叫我敬你那一様？體情又念窮鄉官，不肯多做燕窩湯，打算給我省家當。我有你這一個總管，賞個座坐在門旁。

蘭芳云咱家雜糧不過五百餘石，自官人來家，就費了够二百七八十石；若不儉省，只怕那俸糧也不能救急。

自官人到家中，這使費便無窮，二兩銀不足一日用。內外使人數百口，五個倉囤兩個空，家中等不的京師俸。若不着我這謹查點，一千石也費不到年終。

官人沒來，咱爹看着撥出來了二十石穀，鎖了倉門，我去貼封條的；又把倉門開開，將穀堆平，看了看去了不止二十石[二]；又叫老孫領了兩個人去糧食房裹，我自看着又撥了二十五石。回來稟了姐姐，才着咱爹把管事的打五十。江城云我這眼色，跟不上蘭芳一半子。

---

① 梭布：家庭織布機織的布。

② 待：通“得”。口語中讀 dēi。

③ 差：即×號。

咱爹爹已老耄，不知哄過十數遭，蘭芳一見早知道。倉裏還有半倉穀，怎麽這樣眼力高？再差幾石誰能料？那一天又撥，才請咱三叔來看着。

公子云夫人，大事，咱爹年高，以後就託三叔便了。家中有二位夫人看管，我何憂哉！江城云官人，請你去請爹娘上席。俺去把春香扎掛起來的。同下，太公、太母上云這麽時節，那媳婦們一個也不見，去做甚麽的？丫頭云後日老爺待上京，今日要太老爺合老太太上壽，奶奶們都忙哩。那樓前廳房內擺的好齊整！太母唱

［桂枝香］才到樓陳設才罷，只見是耀眼爭光，也不知擺的嗄。似錦上添花，似錦上添花，兩邊列屏兩架。屋前屋後，香透窗紗，選丫頭五六個，換上新鞋去看茶。

孩子們這樣多事！公子冠帶上云兒後日上京。昨前在京裏，人家送了幾件古董玩器在樓上，請爹娘去看看。

爐香一片，古董幾件，爲的是孩兒做官，擺設下請爹娘去看。備兩桌酒筵，備兩桌酒筵，也不別請親眷，家人聚首，父子團圓。堂前共獻一杯酒，壽祝爹娘萬萬年！

太公、太母同着去云孩子們這樣擺設，這座壽山是瑪瑙石；這福海是水晶雕的；這一軸八仙慶壽，眉目這樣精巧；這個香爐是滲金①，裏邊焚的是甚麽香？公子云龍涎②。太公云怪道香的異常！挂的這一幅大畫，是甚麽圖像？公子云是瑤池宴。太公云這插孔雀的是玻璃瓶麽？公子云正是。太母云好好！你若不做官，那裏有的這個東西！

滿屋照耀，件件精妙，若不是我兒做官，小人家怎能知道？我兒官高，我兒官高，一個媳婦賢孝，過了一日，勝如三朝。不必珍饈常到，只碗清水也逍遙。

公子云請爹娘坐下歇歇罷。江城、蘭芳、春香、丫頭捧衣服上，太母云這是甚麽東西？江城云官人從京裏捎了兩疋緞子來，我合蘭芳給爹娘做了兩件衣服，請爹娘穿上。太公、太母接過穿上云極好！甚是可體。

媳婦伶俐，針指細密，看了看長短遂心，試了試寬窄如意。教人心歡喜，

---

① 滲金：用金粉、金箔等塗飾在物體的表面。

② 龍涎：即龍涎香。也叫灰琥珀，因外部呈現灰黑色而得名。醫療價值很高。

教人心歡喜，晚來得了兒家濟。江城甚孝，蘭芳出奇，春香有福生貴子，誰似咱家福壽齊！

四個站在兩旁，公子吩咐云斟酒來。公子送了酒，朝上便拜，太母云何必又行禮？公子叩頭云祝爹娘百歲！

［四朝元］深深下拜，滿斟酒一杯。祝爹娘壽比南山，福如東海；也無病也無災，到百年開外。雖是春夏秋冬，暑去寒來，見黄河雖乾，朱顏未改，春色年年。嗏！武陵花①日日開，好似㫾家桃園，並不知甚麽朝代。爲兒平步天街，官到了宰相，榮華萬載，那子子孫孫，滿堂金帶！

公子站下，江城又送二杯酒叩頭云祝爹娘二百歲！

壽星下照，壽星萬丈高。俺這裏殺烹鮮鯉，酒煖葡萄，撲翻身又拜倒，奉爹娘歡笑。見那海水乾，成了萬頃田苗，也不必海上三山，說甚麽蓬萊十島，去把天門叫。嗏！那神仙也非逍遥，只是旺相百年，又早見五花官誥，封贈數十遭。長生更不老，忽然白頭黑了，齊齊整整變成年少！

江城站下，蘭芳叩頭云祝爹娘三百歲！

爹娘在上，滿斟酒一觴。望髮還黑，牙落還長，似蓬壺日月長，又年年旺相。俺也常常少年，事奉我的爹娘。見兒登金榜，又見孫上玉堂，俺一家都在人頭上。嗏！那牙笏②擺滿牀，且喜白髮雙親，那時節全然無恙，到百歲還安康，如神仙下降。你看那雪蓮花放，枝枝朵朵一開千丈。

蘭芳站下，春香跌跌笑笑站着，江城云你看看春香！如今生了兒子，也算的人，敢還不給爹娘斟酒？春香疾忙送酒叩頭云祝爹娘一千二百歲壽！

錦堂佳宴，壽酒獻高前。俺這裏深深下身，盡了這誠心一點。祝大壽比南山，又年年康健！俺那有福的嬌兒，連中三元，却把那夢裏尚書，眞眞是八擡黄傘，從頭兒擺爹娘看。嗏！笑彭祖一少年，何曾見王母桃花開過兩三徧？且喜滿門貴顯，雙親得親見。奴家心願，望安安穩穩，春秋千萬！

太母笑云你看春香出產的越發有福氣了！好好！您都坐下罷。

公子云你三個坐一席，我在一席上好伺候爹娘。各人入席坐下，太公大喜唱

［黄鶯兒］滿屋笑哈哈，一個兒這一窩，兩席已是滿了坐。煖溶溶春和，

① 武陵花：代指桃花。源自《桃花源記》。“武陵花”亦為詞牌名。
② 牙笏：舊時大臣上朝時所持的象牙手板。

喜孜孜笑多，此地說不盡家人樂。好快活，兒才子媳婦似嫦娥！

公子云給太爺斟酒，給太太換酒。太母云我够了，給您太爺斟罷。

媳婦個個賢，我的兒又做官，牙牌直到金鑾殿。恐妨你不安，恐妨我不歡，做官都遂人心願。一般般，老來如意，多活二十年。

江城給太太斟酒云娘再吃一盅。太母云我吃够了。公子云爹娘都再用些兒。太母云我合您爹能吃多少，就這麼些東西？可忒也費事。

熊掌滿金盤，鮮魚肚鱉裙襴[三]①，燕窩當不的家常飯。一箸兒萬錢，一碗兒百千，小人家何曾來着見？這佳肴肥美，酒味香甜，這一餐，家有八口，可活十數天。

太公云你上京，只安排了安車②蒲輪便了。

一齊上家室團圓百事佳，從此官到一人下。兒帶着烏紗，孫插了宮花，爺娘玉帶腰間挂。貴無加，福壽雙全，天下第一家！

詩：兒貴孫生婦又賢，高堂雙慶各歡然；

從今更受天公眷，福壽榮華萬萬年！

【校】

[一] 錢：盛本無。

[二] 石：盛本無。

[三] 襴：盛本作“衫”。

① 鱉裙襴：鼈甲背四周的軟邊。《日用俗字》：“清水洗副魚髒肚，汁湯濃煮鱉裙襴。”

② 安車：可以乘坐的小車。《漢書·元后傳》：“賜安車駟馬，黃金五百斤。”